JN329034

N a t h a n i e l H a w t h o r n e

ナサニエル・ホーソーン
短編全集

III

國重純二 訳

南雲堂

ナサニエル・ホーソーン短編全集 Ⅲ 目次

ナサニエル・ホーソーン短編全集　Ⅲ

りんご売りの老人

道徳的な美しさを愛し求める人は、ある人物の中に自分の探しているものを見つけることが時にはあるものだ。とは言っても、その人物の影があまりにも薄いので捉えどころがなく、生き生きとした言葉を駆使して想像力に富む視覚に訴える体のものである。一例としてぼくが思い出すのは、ある鉄道の駅でジンジャーブレッドとりんごの小商いをしている老人のことだ。列車が動き出すのを待っている間、ぼくの観察眼は辺りにいる人々の間をあちらこちらと飛びまわるが、その人々に比べて生気がなく、しかも無色透明に近いこの人物にいつの間にか釘付けになる。こうしてぼくは、知らず知らずのうちに、しかも相手に疑われることなく、このりんご売りの老人を細かく吟味にかけていたのだが、やがて彼はぼくの内なる世界に帰化して市民権を得てしまった。全く見ず知らずの人間の内なる目がたびたび自分の姿に釘付けになっているなど、夢にも思わないのではないだろうか——貧しく、無視され、友もなく、有難がられることもなく、有難く思えと自ら言うことも殆んどない。多くの気高い姿が——多くの美しい顔が——ぼくの眼前を掠め、影のごとく消えていった。この特徴のない、色あせたりんご売りの老人がぼくの記憶に住み着いてしまったのは、不思議な魔法のせいだ！

彼は小柄で、白髪混じりの髪、顎には半白の無精髭を生やし、いつも、灰色のズボンが半分隠れる嗅ぎ煙草のような黄褐色の見窄らしい外套を着込み、ボタンをきちんとかけていた。着ている物は清潔で欠けているものはないが、ひどく擦り切れ、生地が薄くなっているのが目に見えてわかる。その顔は痩せこけて生気がなく、深い皺が刻まれ、老齢の力を持ってしてもその目鼻立ちに、厳粛さを与えることはできておらず、霜に打たれたような冷たい印象を与える。それは道徳的な意味での霜であり、肉体のぬくもりや肉体の心地よさで中和できる体のものではない。夏の太陽は白熱した光の矢を彼に投げつけるかもしれないし、冬の日には、赤々と燃える駅舎の暖炉の火が炎の中心を彼に向けるかもしれない。しかし何の効果もない。なぜなら、老人は相変わらず、心臓の辺りの生命を保つぎりぎりの暖かみしかない、酷寒の大気の中にいるような顔つきをしているからだ。我慢強く、困難に耐え、冷静で、諦めきった、寒気に震える人の表情である。老人は絶望しているのではなく——絶望とは、語源的にはもはや望みを持たないという意味であるが、それでも極めて積極的な表現である——単に望みが欠落しているのだ。おそらく、これまで過ごした人生には、記憶に残る輝やかしいことが全くないので、現在の貧しさと不愉快さをごく当たり前のこととして受け止めているのだろう。自分自身に関する限り、貧しく、寒く、不愉快というのが生存の定義だと老人は思っている。これも加えていいだろう——時は、老人の躰に外套よろしく威厳を着せかけてはいない。老人には、神さびた雰囲気がまるでない。だから躊躇なく彼を哀れんでしまう。

彼は駅舎内のベンチに坐っている。前の床にはバスケットが二つ、その中に売り物は全て収まる。バスケットとバスケットの間に板を渡し、その上にケーキとジンジャーブレッドを載せたお皿、薄茶や赤みを帯びたりんごが幾つか、そしてまだら模様の棒状キャンディの入った箱を並べてある。他には、白い紙できれいに包んだ、子供たちが「ジブラルタル岩」と言っている食い気をそそる極めて美味なる調味料がある。さらに、砕いたクルミを入れた半ペック枡がひとつ、溢れるほどクルミの種を入れた半パイントや四分の一パイントのブリキ枡が二つ三つ、買い手を待ちかまえている。以上が、我が老友の毎日世間の前に持参するささやかな商品である。世間のささやかな求めとこれまたささやかで気まぐれな食欲に応え、それによって確固たる生活の糧を――彼が生存を続ける限りは――求めているのだ。

おざなりに眺めた人なら、老人は穏やかだと言うだろう。しかし仔細に観察してみると、彼の内部で不安な感情が絶えずうごめいているのが分かるだろう。それは、命が立ち去ったばかりの死体に見られる、神経の痙攣にどことなく似ている。激しい動きを示すようなことは全くないが、そして、まさしく穏やかに坐っているように見えるけれども、もっと目立たぬ特徴が見抜けるようになると、彼が絶えずかすかな動きらしきものをしているのに気づく。気遣わしげにケーキの載った皿とか、りんごの山に目をやる、そしてほんの少し並べ方を変える、よく売れるかどうかは、ある一定の並べ方にぴったり合っているかどうかで決まると思ってのことにちがいない。それから一瞬、窓の外を見つめる。それから、静かに、身を震わせる。そして胸の前で腕を組む、まるでもっと自分の内部に自分を引きこみ、そうすることで孤独な心の内でちろちろと燃えている火を消さないようにしているみたいだ。今度は、商品――ケーキ、りんご、キャンディ――に目を戻し、このケーキ、あのりんご、向こうの赤と白の棒キャンディが、なぜか、あるべき位置から外れているのに気づく。小さなブリキの枡のひとつには、クルミの種が多すぎるのではないか、あるいは少なすぎるのではないか？　ふたたび、全ての配列が自分の思うとおりになったと思われる。しかし一、二分のうちに、位置を直さなければならない商品が必ず現れる。時おり、彼の顔に現れる名状しがたい翳によって——翳とは言っても、普段の顔つきに慣れ親しむまでは気づかないほど秘やかなものだが——冷ややかで我慢強い失意の表情が強く訴えかける力を持つことがある。ケーキやりんご、そしてキャンディを売って糊口をしのぐ冷え冷えとした晩年にあって、自分はひどく惨めな老い耄れではないかという疑念がふと湧いた、そんな風に見えるのだ。

しかし、もし彼がそんなことを考えたとしたら、それは間違いだ。彼は究極の惨めさを味わうことはできない。なぜなら、彼の存在全体の色調は、何かを痛切に感じ取るにはあまりにもくすんでいるからである。

ごくたまに、乗客のひとりが、待ち時間の退屈凌ぎに老人に近づき、板の上に並べた品物をためつすがめつし、果ては二つのバスケットの中まで物珍しそうに覗きこむ。別なひとりが、駅の中をぐるぐる大股で行ったり来たりしながら、向きを変えるたびにりんごやジンジャーブレッドに目を走らせる。さらに、先ほどの二人よりは性格的に繊細でデリケートらしい人が、買うかどうかまだ決めかねているので、買ってくれるという期待を抱かせないように気を遣いながら、おずおずと品物の方に目をやる。けれども、我が老友の感情に、そういう気遣いは無用と思われる。たしかに老人は、ケーキかりんごが売れるかもしれないというかすかな可能性に気づいているが、これまで数え切れないほどの失望を経験して、哲学者と同じくらい物に動じなくなっており、たとえ売った品物を返されても、それはまったく自然な理と考えるほどである。彼は誰にも話しかけず、商品を他人様に売ろうとする気配を全然見せない。それじゃプライドに押しとどめられて見せないのかと言えばそうではない、売らんかなの気持ちを表に出しても、顧客を増やすことにはならないという固い信念があってのことだ。その上、この手の商売気を出すには、若い頃でも消極的としか言いようのない彼の性格とはおよそ相容れないエネルギーが必要ではないだろうか。本物の客が現れると、必ず老人は見上げて、じっと見る。値段と品物が気に入ってもらえると、釣り銭の準備をする。気に入ってもらえないと、再び瞼は閉じる。十分に悲しげではあるが、今までに比べもっと落胆しているという様子は微塵もない。彼はおそらく身を震わせ、痩せた腕で痩せた躰を抱きしめ、自分の力の源である、一生の間変わらぬ冷え冷えとした忍耐心を取り戻すのであろう。たまに小学生の坊やが大急ぎでやってきて、一セントか二セントを板の上に置き、ケーキか棒キャンディか、クルミ一枡、あるいは自分の頬と同じように赤いりんごを買ってゆく。値段については一言も言葉を交わさない、値段は買い手にも売り手と同じくらいよく知られているからだ。りんご売りの老人は必要のないことは一言も喋らない。だからといって、気難しいわけでも、むっつりしているわけでもない。話す気を起こすのにまず必要な陽気さとか元気さというものが彼にはないのだ。

頻繁に、ある金持ちの昔馴染みの市民が彼に声をかけ、天気について慇懃無礼な調子で一くさり述べる。それから慈善事業のつもりで、りんごを一つ買い求めようと話をする。我が老友は、過去の知り合いにつけ込むような真似は一切しない。他愛もない問いかけにはどれも、できるだけ手短に受け答えして、再び元の自分にひっそりと戻ってゆく。板に並べた商品がどれか減るたびに、バスケットからケーキやキャンディ、りんご、あるいは枡入りのクルミを取り出して、売れた商品の補充をするように気を配る。板上の商品を満足のいくようにもう一度並べるには、二度か、三度——あるいはひょっとして六度——やり直さなければならない。銀貨を受け取ったときには、買い手の姿が見えなくなるまで待ってから細かく調べたあげく、人差し指と親指を使って曲げてみようとする。それでやっと、チョッキのポケットに仕舞うのだが、なんだかそっと溜息を洩らしたように見える。この溜息は、実に微かで殆んど気づかないし、特定の感情を表すものでもない、ただ彼のあらゆる行動の締めくくりに必ず伴うものである。これは彼の老齢に内在する心凍る寒さと心塞ぐ無気力の象徴であり、平穏がわずかでも破られるとそれらが感じられることから生じたのである。

ジンジャーブレッドとりんごを商う我らが友は、「我が世の春を謳歌したこともある貧しき人」ではない。もちろん遙か昔の若かりし頃、今よりは豊かで楽しい日々を送ったこともある。だが、老境に入ってからの冷たさ、失意、そして収入の減少といったことが不意の訪れだったと言えるほど、光り輝く豊かさがあったわけではない。彼の人生はずっと一つながりだった。つまり、感情を表に出さず活気に乏しい少年時代は、壮年期が花開かぬままに終わることを予想させたし、同様に、その壮年期は、痩せこけて無気力な老年の姿を予言するものが含まれていた。彼はその道を極められなかった職人かもしれない、それとも爪に灯をともすようにして糊口をしのぐ小商人だったのだろうか。生涯における輝ける時期、そう、貯蓄銀行に百ドルか二百ドルの預金のあった頃に思いをはせることがあるかもしれない。彼の幸運はその程度のものであったに違いない——彼のささやかな尺度からすればそれがこの世の勝利だった——それこそが彼の知る成功の意味だった。控えめで、伏し目がちで、慎ましやか、その上不平不満を口にするような人ではなかったので、もっともっと神の恩寵を受ける資格が自分にはあるなどと思ってみたこともないだろう。それでも、彼が手を差し出して施しを乞うたことがなく、現世の、寄る辺のない失意の人々の住まいであり家庭であるあの悲しい家、救貧院を頼ろうとする気になったことがないというのは、大したことではないだろうか。だから、自分の運命にも、運命の紡ぎ手にも不平を抱くことはない。すべて世はこともなし、というわけだ。

とはいえ、息子を奪われたとしたら——大胆で精力的、そのうえ活力に溢れた若者で、弱い性格の父親が力強い杖とも頼る息子を奪われた場合には、そうでない限り彼の心に芽生えることのあり得ない苦い感情が湧いたかもしれない。しかしながら、そのような息子を持つ喜びとその息子を失う苦痛を経験していたならば、老人の徳性と知性をいま私たちが目にするよりずっとずっと深めかつ高めたに違いないと思う。だが激しい苦悩は、燃える幸せと同じく、この老人にはそぐわない様子である。

正直に申して、いま私たちが描いているような人物をきちんと定義し特徴づけるのはそれほど容易いことではない。描きだされる肖像画はどこから見ても否定的でなければいけないのだから、肯定的すぎる色合いを多少なりとも持ち込めば、どれほど筆遣いに気をつけても失敗作になりかねない。抑えたタッチで描かないと、全体にとって不可欠な沈んだ色調が台無しになってしまう。おそらく、直接彼を描くのではなく、誰かと比較する方がより効果的であろう。そのため、彼と同じように鉄道の駅に出没する違うケーキやキャンディ売りを利用することにする。後者の御仁というのは立派な洋服を着込んだ非常に小粋な少年で、年の頃は十歳前後、あちらこちら元気よく飛び回り、小生意気な声で乗客に売り込もうとするが、口調や発音にはどことなく育ちの良さが感じられる。さてその彼はぼくと目が合うと、小憎らしいくらい小生意気な態度で駅舎の中を走り寄ってくる。横面をはり倒してその生意気さを懲らしめてやりたいくらいだ。「旦那さん、ケーキはいかが？　キャンディは？」

結構、ぼくは結構だ、きみ。ぼくはただきびきびしたきみの姿に目をやっただけなんだ。きみが反射する光を捉え、向こうにいる老いたるきみのライバルに投げかけてやるためにね。

この老人に対するぼくのイメージにもっとはっきりとした現実感を与えるために、いちばん喧噪を極める瞬間、つまり列車が到着する瞬間の彼に、もう一度視線を向ける。駅の構内に突入するときの機関車の轟音は、蒸気の悪魔の悲鳴のようだ。人は彼を魔法で征服し、荷物運びの動物の役をさせている。彼は猛然と川面を掠め、森を突き抜け、山の奥深くに突き入り、都会から荒れ果てた土地へと瞬間的に移動し、再びはるか遠くの都会に至る。流星のごとく素早く、見えたかと思うとたちまち視界から消え、それでも反響する咆哮は耳を聾する。旅行者たちが列車から続々と降りてくる。どの人にも、自分が運ばれてきた汽車の勢いがついている。まるで世界中が、精神も肉体も含めて従来の固定された位置から外れ、急激に動き始めたような具合だ。この恐ろしいくらい活発な動きの中にジンジャーブレッドを商う老人は坐っている――控え目で望みがなく、人生との関わりさえないとはいえ惨めそのものというわけでもない――彼は、うらぶれ老いたる人物は、そこに坐って、陰鬱で寒々とした毎日を過ごし、ケーキやキャンディやりんごを売ってわずかな金を稼ぐ――嗅ぎたばこのような黄褐色と灰色の混じった見窄らしい洋服を着込み、胡麻塩の無精ひげを生やしたりんご売りの老人はそこに坐っている。見たまえ！　痩せた両腕を痩せた躰に巻きつけ、あの静かな溜め息を漏らし、殆んど分からないほどのあのかすかな身震いをしている。溜め息と身震いが彼の内なる状態を示す印なのだ。これでこの老人のことが分かったぞ。老人と蒸気の悪魔はまさに正反対なのだ。後者は前進するすべての物の典型であり――老人はあの憂鬱なる人々の代表である。彼らは何か悲しい魔法によって、世の中の心浮き立つ進歩に棹を差さないことを運命づけられた階級なのだ。かくて人類とこの孤独な人物との対照は、絵画的な美しさを帯びる、いや荘厳な美しささえ帯びるに至る。

それではさらば、老いたる友よ！　人生を研究する者が、孤独と思索に富んだ一時間を超える時を、貴兄の性格を主題に過ごしたのに、あなたは少しも気づいていない。多くの人は、あなたには自己愛の対象になるに相応しいほどの個性というものさえ全くといっていいほどないと言うだろう。しかしそれなら、どうして他人の目があなたの知と情の中に好奇心をそそり研究心をあおるものを見つけられるのだろうか？　しかも、そこに書かれているものの欠片でも読みとりうるなら、最高の賢者たちがこれまで世の中に与えてきたすべてのものよりも深く広い重要性を持つ大冊となるであろう。なぜなら、人間の心と永遠が持つ底知れない深みが、あなたの胸には口を開いているからだ。現在の人間の姿が、鉄で造られているのでもなく、永遠に不朽の金剛石を刻んでできたものでもなく、はかなく消える蒸気でできていて精髄は無限の彼方へと飛びさるのが、あなたのためだけであるにしても、これは有難いことだ。この陰鬱で痩せこけた老人の姿にも、天上を目指して飛び去る精神的な精髄がある。その通り。これまでずっと止むことのなかった身震いが彼という存在から消えてゆき、長い長い間もらし続けたあの静かな溜め息が、永遠に途切れる領域というものが間違いなくある。

古い指輪

「本当に仰しゃるとおりだわ。この宝石はお星様のようにきらきらしています。細工も精巧ですね」たった今愛する婚約者が、すてきな言葉を添えて贈ってくれた古い指輪をためつすがめつしながら、クララ・ペンバートンは言った。「欠けているのはたった一つだけ」

「それは何なんだい？」贈り物を褒めてほしいと密かに願っていたミスター・エドワード・キャリルは尋ねた。「もしかして、現代風の台がいいってこと？」

「とんでもないわ！　そんなことをしたら、たちまち魅力が台無しですわ」とクララが答える。「必要なのはお話だけなのです。わたくし知りたくてたまらないのです、この指輪が何度愛する二人の誓いの印になったのか、この指輪が象徴している誠実の誓いは常に守られたのか、それともしばしば破られたのか。何が何でも事実が知りたいと申しているのではありません。万一、指輪にまつわる本当の故事来歴をご存じでないなら、かえってその方がよろしいのです。女王様の指で光ったことがあったかもしれませんし、ポスチューマスがイモジェンから受け取った指輪ということだって、ありえないことではありません。つまり、このダイヤモンドの輝きであなたの想像力に火をつけて、ぜひ伝説を作り出していただきたいのです」

ところでこのような仕事は――クララはそのことを百も承知していたに違いないのだが――エドワード・キャリルに頼めばもっとも引き受けてくれやすいものだった。彼は大勢いる若い紳士の一人だった――頼りになる法律の太い枝か、もしかしたら小枝かもしれないが――そういう輩の名前はチューダー様式の建物の入り口に金文字で示されているし、裁判所の近くにある別の建物にも現れる。後者の方は、深刻な思索をする場合だけでなく、もっと穏やかな夢想に耽るときにもよく出かけてゆくところのようである。エドワードは、依頼人の少ないときなど、ありあまる余暇を、アメリカ文学発展のための助力にしょっちゅう注ぎ込んでいた。この立派な大義名分のために、最高級の便箋を少なからず寄付したのだが、それには思いつきや、荒唐無稽なことや、深遠な感情はもとより、若い作家にありがちな突拍子もない考えも大量に込められていた。短い十四行詩、テニソン風の甘い調べ、ドイツ神秘主義にたっぷりと染まった物語、ジャン・パウロの翻訳、昔のイギリス詩人たちへの批評、『ダイヤル』誌風の随筆などが、彼の種々雑多な作品の中に含まれていた。人気雑誌の編集者たちは、彼の筆跡に慣れっこなので、ジャケットの第一ページを飾る有名な文士の名前の欄に彼の名前も加えていた。それどころか賞賛の声も惜しみなく与えられた。ヒラードは、彼が編集する『ボストン・ブック』で、ニューイングランドの中心都市における名士に彼を含めている。ブライアントは『アメリカ詩撰』において、彼の作品を掲載するだけの余白を見つけだした。ミスター・グリズワルドは、最近、唄を作る若い男女を集めたが、精選された八十人の詩人の中からエドワード・キャリルを選んで、詩の殿堂の内庭に導き入れた。実際彼には、もっと高くもっと重要な地位につく将来が開けていた。企画中の詩集に関して、ティックナーと面談し、ハーパーズ社と連絡を取り合っていた。これは主として雑誌に掲載されただけの詩を集め、さらに未発表の長めの詩を一編加えるというものであった。ことによるとこの詩集、読者大衆を喜ばすかもしれない。

ところでこのエドワード・キャリルなる男、簡単に言えば、文学面での実戦経験はあまりないとはいえ、新進気鋭の作家世代のひとりとして好ましくない人物ではなく、そのような作家たちの心意気からすれば、全員がその名に恥じない作品を生み出してくれることだろうし、中には立派で見事な結果が生まれるものもあろうと期待しても無理からぬと思わせるものがある、ということになる。エドワードが、ご婦人の求めに応じ、古風な指輪にまつわる麗しい伝説を書くのに打ってつけの人物であることはまもなく分かるだろう。彼は手のひらに宝石を載せ、角度を変えて宝石のきらめく輝きが捉えられるようにした。その様子は、クララの言ったことに従って、星のようなきらめきで自分の空想の力に火をつけたがっているようだった。

「バラードがいい？――韻文で書いた物語が」と彼は尋ねた。「魔法の指輪は、古いイギリスの詩の中で輝くことが多い。宝石を主題に何か書けるとは思うけれど、散文より韻文向きじゃないかな」

「いいえ、ちがうわ」ミス・ペンバートンが言った。――「韻文は、指輪に彫るモットーだけで沢山です。飾り気のない散文で伝説をお話し下さいな。出来あがったら、わたし、ちょっとしたパーティーを開いて、あなたに朗読していただくわ」

若い紳士は、書いてみると約束した。そして床に入ったが、頭の中は指輪、腕時計、剣の柄がしらの形で身につける習わしだった使い魔たちで一杯になった。夢の中で役に立ちそうな構想が手に入ったのはかなりツイていたのだ。この構想と、たまたま知っていた指輪にまつわる本当の来歴を結びあわせ、仕事は終わった。クララ・ペンバートンは友だちの中から何人かを選んで招待した。客はみんなエドワードの才能を心から信じており、従って、公平この上ない批評家ではないにしても、書き手が望みうる最高に有難い聞き手であった。人を賛美する力を持つゆえに女性は幸いである。特に、男が頭でもって冷ややかによしと認めるのに対し、心でもって賛美する傾向があるゆえに幸いである！

エドワード・キャリルは、太陽のように明るく灯ったランプの下に椅子を進めると、光沢のある巻紙をほどいて、次のように話し始めた。

伝説

エセックス伯に対し、死刑の宣告がなされたあとのことです。死刑が執行されるという日の夕方、シュローズベリー伯爵夫人は、エセックス伯を訪れました。伯爵は子供のように、指輪をおもちゃにしているところでした。とにかくそのように見えたのです。指輪を飾っているダイヤモンドは、小さな星のように煌めいていますが、どうしたわけか赤みがかっています。ロンドン塔の、石の分厚い壁をくりぬいた小さな窓を幾つか持つ薄暗い牢舎が、伯爵にとっては世間を見渡す視野の全域でした。ですから伯爵が宝石にじっと見入り、闇に坐す破滅に瀕した人の常として、現世での輝ける偽りの栄華につくづくと思いを馳せたとしても、あまり不思議ではありません。しかし、伯爵夫人――狡猾で節操のない女性――は、エセックス伯の友人を装ってはいましたが、伯爵から受けた侮辱――伯爵自身はもう忘れていた――の恨みを存分に晴らすためにやってきていましたので、その鋭い目で伯爵がこの宝石に寄せる並でない関心を見抜きました。零落し死刑を宣告された罪人である友を見捨てなかったと言って礼を述べている間さえ、伯爵の視線は指輪にくぎ付けになっていました。残された地上の時間と事柄の全てが、その小さな金台の指輪に凝縮している、そう言わんばかりです。

「伯爵様」伯爵夫人が申しました。「あなたのお心をこんなにも奪っているのですもの、きっとこの指輪にまつわるなにか重大なことがあるのですね。しるし、おそらく、さる美しいお方の愛のしるしなのでしょうか――ああ、お気の毒に。そのご婦人は、これほど素晴らしい殿御の心を我が物になさって、いちどはこの上なく恵まれておいででしたのに！　その方に宝石をお返しになるおつもりですの？」

「女王なのです！　女王なのですよ！　女王陛下に賜ったものなのです」宝石の奥の奥を深くをのぞき込むのをやめずに、伯爵は答えました。「女王はご自分の指からこれを抜き、笑いながら、チューダー王家に代々伝わる家宝であり、かつてはブリテンの魔法使いマーリンの持ち物で、彼が愛するご婦人に贈ったものだと、仰しゃったのです。彼の魔法によって、このダイヤモンドに霊が住みつきました。本来は悪霊なのですが、指輪が愛と貞節の印である限り、贈った方にも贈られた方にも、善だけをなすように定められていました。しかし万一、愛が偽りと分かり、貞節が破られたりすれば、悪霊は自分の思うとおりに悪をなすのです、指輪が善にして聖なる行為の手段となり、再び貞淑なる愛の印となって純化されるまで。宝石はやがて霊験を失いました。彼がそれを贈った当のご婦人の手で魔法使いが殺されたからです」

「たわいのない伝説ですこと！」伯爵夫人が言いました。

「その通りです」もの悲しげな笑みを浮かべてエセックス伯が応じました。「しかし女王のご寵愛は、この指輪がその象徴なのですが、結局私の破滅を証明しました。死が近づくと、人は夢や影と話をします。私はこのダイヤモンドにじっと見入っておりました、そして――あなたはお笑いになられるでしょうな――そこに悪霊の姿を盗み見ることができるのではないかと思っていたのです。この赤い輝きがご覧になれますか――眩い輝きの中にある、赤くて、しかも黒ずんだ輝きが？　これこそ、やつが存在している証拠です。私には思えるのです、いまのいまさえ、怒りに満ちた落日のようにどんどん赤さと黒ずみを増していると」

けれども伯爵の態度から、指輪の持つ魔性に殆んど信を置いていないことははっきりしておりました。自分が逆境にあることをまともに感じたなら魂などたちどころに砕けてしまうのですが、しかし、そうした絶体絶命の折りに訪れる冗談めいた気分というものがあります。そのとき伯爵は、少しの間、我を忘れて物思いに耽っておりましたが、伯爵夫人の方は、ほくそ笑みながらじっと伯爵の様子を仔細に観察しておりました。

「この指輪だけが」伯爵は再び話し始めましたが、声の調子がいままでとは違っています。「残りました、女王陛下がご寵愛のお気持ちから、臣下に惜しみなく与えたもうた品々のうちで。かつて私の運命は、この宝石のように光り輝いておりました。そしていまは、このような暗闇が私の周りにたち籠めています、もしこの宝石の輝きが――私の獄舎にある唯一の光が今すぐ消え失せる運命にあるのならそれも当たり前のことかもしれません。この世における私の最後の望みはこの宝石にかかっているのですから」

「どうしたと仰しゃるのです、伯爵様？」シュローズベリー伯爵夫人が尋ねます。「宝石は輝いておりますわ。けれども、これほど悲しいときにも、この宝石の力で希望が持てると仰しゃるのなら、これには不思議な魔力がきっとあるのでしょうね。悲しいですわね、ロンドン塔の鉄格子も城壁もそのような魔力に屈服しそうにありません」

エセックス伯は思わず顔を上げました。伯爵夫人の言い方に伯爵を不安にさせる何かがあったからです。しかしながら、敵が誰も侵すべきではない聖なる空間である囚人の土牢に押し入り、かつてはあれほどまでに輝いていた運命の、こんなふうに暗黒にまみれて破滅した姿を嗤おうとしている、とまで疑うことは出来なかったのですが。彼は伯爵夫人の顔をまともに見つめてみましたが、不審の念をかき立てるような物は見つかりません。このような表情の秘密を読みとるには初代ソールズベリー伯セシルさえ敵わないくらいの鋭い眼力が必要だったのかもしれません、長いこと宮廷の偽りの光にさらされ続けたものですから、いまでは仮面と同じで、本当のこと以外ならどんな話でも語るのですから。死刑を宣告された貴族は、再び指輪に視線を注ぎながら話し始めました。

「これには――この輝く宝石には、昔、力が宿っていました、偉大なる女王の寵愛というお守りに相応しい魔力が、です。女王は仰しゃいました、この先わたくしの不興を買うことがあったなら――それがどれほど深いものであろうと、そちの罪がいかなるものであろうと――この宝石をわたくしの前に持ってくるがよい。これがそちのために弁護をしてくれるほどに。きっと女王は、あの研ぎすまされた洞察力で、あの時でさえ私の無思慮を見抜き、私に破滅をもたらしたあのような行いを予知しておられたに違いない。さらに女王は、ご自身に代々伝わる厳格な性格もご承知だったので、おそらく、私が進退窮まった折りには、優しく思いやり深かった頃を思い出し、御心を和らげて私を救ってやろうとお考えになられたのでしょう。私は疑っておりました――私は信じられませんでした――しかし、この土壇場で、この指輪がどれほどの幸運をもたらす力を持っているか、誰にも分からないのではないでしょうか？」

「あまりにも遅すぎますわ、指輪をご覧に入れ、女王陛下の仁慈に厚いお約束にお縋りするには」と伯爵夫人は口を挿みました。――「ことここに至っては」

「その通り」伯爵は応えた。「しかし私は、我が名誉のために、女王陛下の御慈悲を請うのは潔しとしなかったのです。法の正義により、命だけは助かるという望みが持てる間は、同輩による審判で、賢きあたりを弑逆し奉る企てについて無罪を申し渡されたあかつきには、陛下の御足許に身を投げ、宝石を差しだし、私の愛と熱意をどうかいかようにも厳しくご詮議下さい、それ以上のお慈悲は願いませんと申し上げたでしょう。しかしながら今は、陛下のご仁慈だけを頼りに惨めに命乞いをするのは、自白するも同然ですし、あまりにも自分を貶めることになります。陛下は、陛下のご仁慈をお願いする資格など、私にはもうないと思っておられるのです！」

「けれどもそれだけがあなた様の希望ではありませんか」伯爵夫人が申しました。

「それにまた」エセックス伯は自分一人の思いに浸りながら続けました。「このいかにも女性らしい感情の証が何の役に立つでしょうか、一方では、私の失脚を揺るがぬものにしようとする、佞臣どもの権謀術数と、国の方針を左右する有力な意見が手を結んで勢揃いをしているのですから。セシルやローリーは、たとえ父君の御心が女王様と違っていても、女王陛下が御心のままになさるのを許すのでしょうか。そんなことを望むのは無駄なこと」

しかし相変わらずエセックス伯はわき目もふらずに指輪を見つめていました、そのことは、伯爵にとって広い世間のどこを捜しても、その金環の範囲に存在するものを除いてなにもないようなときに、楽天的な性格がどれほどの希望をここに集めているかを証明していました。ダイヤモンドに内在する眩い輝きは、現実の炎より激しく煌めき、目も眩むような伯爵の経歴を思い出させました。太陽のごとき女王の寵愛が翳りを見せても、決して色褪せることはなかったのです。色褪せるどころか、黒ずんだ赤という珍しい色合いにもかかわらず、ダイヤがこれほど鮮やかに輝いたことはなかったのではないかと、伯爵は想像していたのです。祭りに燃える松明の輝き――香料入りのランプの煌めき――国民的寵児である伯爵のためにたかれた大篝火――伯爵がひときわ異彩を放つスターであった宮廷の荘厳なる美――それら全ての精神的物質的栄えある光がこの宝石に集まったかに思われました。さらに、過去から集めたばかりでなく、未来からも得られる輝きで燃えているようにも見えたのです。あの輝きが今一度逆りでるかもしれない。いまはその内部だけに限られているダイヤの輝きは、まず最初に陰鬱なロンドン塔の壁に照射され――それから周囲にどんどんと広がって――イングランド全土に及び、そしてイングランドの断崖を取り囲む大海がその光に照らされて喜ぶに違いない。それは長い憂鬱に続いて起こりがちな、喜びの爆発でありました。そして、おそらくは死すべき人間に降りかかるもっとも恐ろしい運命に違いない瞬間に先立って起こると考えられています。伯爵はまるで護符のように指輪を心臓に押し当てました。女王がふざけて断言した悪霊の棲む護符――しかし女王の語った伝説と違ってずっと幸せをもたらす霊の棲む護符であるかのように。

「ああ、女王の御足台まで進むことさえできたらどんなにいいか！」伯爵は叫ぶように申しました。一方の腕を高くうち振り、獄舎の石畳を激しく踏みならしながら。――「跪づくこともできる、まことに、破滅した男、断頭台行きを宣告された男だ――しかしどうやってもう一度立ち上がればいいのか？今一度エリザベスの寵臣となり！――イングランドのもっとも誇り高き貴族となり！――いかなる野望も目指したことのない洋々たる前途を持つ身！　何故私は、このうんざりする土牢にこれほどべんべんと長居したのだろう？　この指輪には私を自由の身にする力があるのに！　宮廷は私を必要としている！　おーい牢番、扉を開けろ！」

しかしそのとき、永遠に行き違ってしまった女王と会見し、まだ自分にはあると自惚れている女王の愛を左右する力を試すのは不可能だということが脳裏に甦ってきました。――牢獄の外に足を踏み出すことさえできれば、外の世界は太陽の陽差しに溢れていることだろう。しかしここにあるのは薄闇と死だけ。

「悲しいかな！」伯爵はそう言ってゆっくりと淋しげに、両手に顔を埋めて言いました。――「たった一言、有難いお言葉を頂けぬばかりに私は死ぬ」

シュローズベリー伯爵夫人は、伯爵の豪奢な夢物語の中でその存在を忘れられていましたが、どれほど疑り深い人にも、なにひとつ見抜かれないような表情を浮かべて、伯爵を見守っていました。断末魔の苦しみを味わって、言ってみれば、雅量の広い心がわななくのを見ている人の表情にしては冷たすぎるということを除けば。そして彼女は近づきました。

「閣下」彼女は言いました、「何をなさるおつもりです？」

「何も――なすべきことはなしました！」すっかり力を落として伯爵は答えました。――「それでも落ちた寵臣に友と呼べる人がいるなら、その中の一人にお願いしたい、どうかこの指輪を女王のおみ足のところに置いて下さいと。この指輪が、かつては身に余る寵愛を受けた男も、ついに過酷きわまりない扱いを受けたのだということをこのあと女王が思い出すよすがとなる以外、他には何も望みえないだろうけれど」

「その友人の役を私が果たしましょう」伯爵夫人が申しました。「ぐずぐずしている暇はありません。このかけがえのない指輪を私にお預け下さい。必ず今宵、女王様のお目にかけて差し上げます。指輪はきっと陛下のお気持ちを動かすに違いありませんが、私もつたない言葉を惜しんだりせず、いっそう御心を動かすようにいたします」

伯爵は、その言葉を聞いたとたんに指輪を差しださなければと思いました。しかし受け取ろうとして身を屈めた伯爵夫人を見て、宝石の赤い輝きが彼女の顔全体を染めあげ、曰くありげな表情を帯びた気がしました。かつて交わした多くの言葉が記憶に戻ってきました。尋常ならざる眼力の煌めきが、おそらくは死が迫ったために得られたものでしょうが、まるで流星の光のように一瞬、伯爵の立場全体を浮き彫りにしたのです。

「伯爵夫人」彼は言いました、「なにを躊躇っているのか自分でも分からない、全く救いのない窮状に追い込まれているし、友人を選ぶ権利などないに等しいのに。ところで、ご自身の心の内を覗いてご覧になりましたか？　このお役目を誠実に果たせますか――真心を込めて――涙を流さんばかりの熱意を込め、心を痛めながら――人の命という尊い賜り物を救う力となるような誠実さを込めて？　この役目を引き受けておいて、私を裏切るような真似をなされば、災いが下りますぞ！　ご自身のお心のために、そして心安らかに命を終えられるように、どのようなお心持ちでこの指輪を受け取られるのかよくお考えになるがよろしかろう！」

伯爵夫人はひるみません。

「閣下！――閣下ともあろうお方が！」彼女は非をならしました、「そんなお疑いをお持ちになるなんて、女心を誤解なすっていらっしゃいますわ。別の使者をお選びになるのもようございましょう。ですが、常識はずれのこんな時間に女王様のお近くに参れるのは、お付きの女官の他に誰がおりましょうか？　これはあなた様のお命のためなのですよ――あなた様のお命なのですよ――でなければ、二度と申し出たりはいたしません」

「指輪をどうぞ」伯爵が言いました。

「信じてくださいい、一時間もたたないうちに女王様にお手渡しします」夫人は、生死を分かつこの聖なる預かり物を受け取るときに答えました。――「明日の朝は、私の取りなしの結果をお楽しみになさってください」

彼女は帰っていきました。再び伯爵の希望は高まりました。眠っているときに訪れた夢は、ロンドン塔の中庭にある床を黒く塗った断頭台ではなく、玉座の天蓋、こびを売る宮廷人たち、いま再び寛大なものとなった女王の微笑み、壮麗さ、華やかさ、それに自分のこれからの一生を照らす魔法の宝石から発する一条の光だったのです。

藁にも縋りたい伯爵がシュローズベリー伯爵夫人に寄せた信頼を、夫人が物の見事に裏切ったことは歴史に記録されています。その夜夫人は、指輪を保ったまま、エリザベス女王の御前に出ても、かつての彼女の寵臣のために一肌脱ぎ、その親譲りの激しい癇気を和らげようとはしませんでした。翌日伯爵の気高い頭部は断頭台に転がりました。卑劣な夫人も臨終の床につくと、とうとう自らの魂に背負わせた恐ろしい罪悪感に苛まれるようになり、エリザベス女王に迎えをやり、指輪を巡るいきさつを明らかにしたうえで、自分の裏切りを許してほしいと訴えました。しかし、過去における冷酷な仕打ちに対する後悔の念が心の琴線をかき鳴らすこのようなときでさえ、冷酷無情である女王は、臨終の床にある夫人を揺さぶったのですが、その様子はまるで自分の意趣遺恨を晴らす特権を行使するために死と争っているようでした。伯爵夫人の魂はこの世から消えていきました。より高い裁判所の裁きを受けるためかもしれませんし、慈悲を受けるためかもしれません。言い伝えによれば、運命の指輪は夫人の胸で見つかり、胸には黒ずんだ赤い丸の跡がついておりました。まるで灼熱の火で焼いたような感じだったとのことです。遺骸に埋葬の支度をさせていた従者たちは身を震わせ、指輪の熱の源は地獄の炎なのだと次々に囁きました。従者たちは指輪をそのまま夫人の胸に載せたまま棺に納めたので、それは罪深い女とともに墓に入ったのでした。

長い年月が経って、シュローズベリー家の墓がある教会がクロムウェル軍勢に汚されたとき、兵士たちは先祖代々が眠る柩所を暴き、そこに眠っている高貴な人々から金目の物を一つ残さず奪い取りました。魔法使いマーリンの古い指輪は、クロムウェル率いる鉄騎隊の逞しい軍曹の所有するところとなり、お蔭で軍曹はそのときも魔法にかかった宝石の奥に棲み続ける悪霊の力に振り回されることになりました。まもなく軍曹は戦闘中に殺され、その結果法的な遺言書の類を一切欠いたまま、指輪は陽気な騎士党員のもとに伝わり、その騎士党員は直ちに指輪を質に入れ、手に入れたお金を酒に費やしてあっという間に墓場行きとなりました。ついで私たちは、陽気なチャールス二世の統治下にあった様々な時期に、魔法のダイヤの輝きを捉えることになります。しかし凶運はついて回りました。この強力な指輪が誰の手から渡されようと、誰の指にはめられようと、これは男と男、男と女の欺瞞の証拠、不実な誓いの証拠であり、不浄な情欲の証拠であり続けました。そして王侯や貴婦人の手に渡ろうと、あるいは村の乙女の手に渡ろうと――ひどく身分の低い人の手に渡ることもあったので――相変わらず悲哀と汚名以外のものをもたらしませんでした。この小さな星の中にある眩い住処から悪霊を追い出すような清めの行為は一切なされなかったのです。再び指輪のことを聞くのは、時代が下ってロバート・ウォールポール卿が、もっと豪華な宝石類とともに、ある立法府議員夫人に与えたときのことです。夫である議員の政治家としての信望を危うくしたいと願ってのことでした。これ以外の様々な珍しい出来事から、数多くの陰惨で不幸な物語を紡ぎだせるかもしれません。この間ずっと、不吉な黒ずんだ赤色は深みを増し黒ずみを増してゆき、とうとう、白い紙の上に置くと夜と血の混じった光を発し、周囲はきらきら煌めく丸い光の輪によって奇妙な具合に照らし出されました。しかしこの特異性は指輪の価値をいっそう増しただけでした。

いやはや、この凶運の指輪こそ哀れなり！　指輪の暗い秘密が明るみに出て、代々の所有者に伝わってきた凶運が、最終的にその力を失うのはいつのことでしょうか？

言い伝えはとうとう大西洋を渡り、私たちの生きる現代にやってきます。私たちが住む町のある教会で、そう遠い昔ではないある夜、慈善を目的とした寄付集めがありました。情熱家の牧師は、思いやりの籠もった中身の濃い講話の形で、自分の胸のうちを洗いざらい吐き出しました。やがて数多くの聴衆の涙を、そして涙よりもっと実りがあると思われる同情心を引き出しました。聖歌隊が優しく歌いオルガンが美しい旋律を大きく奏で、執事たちがマホガニー製の箱を差し出しながら、側廊、二階席を行ったり来たりします。それぞれの人は、哀れな人間を助けるために神に差しだしても大丈夫と思う額をその箱に入れるのです。慈悲の心が耳に聞こえる音になります――チャリン、チャリン、チャリン――慈悲の心が、共同の献金箱につぎつぎと落ちるたびに。ざわざわという音――身じろぎ――ポケットに手を差し入れるかさこそという押し殺したような音がします。時どき気まぐれなコインが床に落ちて、探し出せない隅の方に反響音を長く引きながら転がっていきます。

ついに、全員が寛大な心の持主になれる機会に恵まれると、二人の執事は献金箱を聖餐台に置き、ついで、礼拝が終わると聖具室に運びこみます。その部屋で善良なる二人の老紳士は腰を下ろし、集まった財宝を勘定します。

「いやはやティルトン兄弟」ティルトン執事の箱をのぞき込んだトロット執事が言いました、「集めも集めたり、実に見事な銅貨の山じゃないですか！　年寄りのあんたにとっちゃあ、こいつを運ぶのはいかさま骨が折れますよ。銅貨！　銅貨！　銅貨！　あの連中、銅貨二、三枚で天国にゆける入場券を買ったとでも思ってるのかな？」

「あの人たちを悪く言っちゃいけませんよ、兄弟」素朴で思いやりのある老ティルトン執事が応えました。「乙にとっての金貨より、甲にとっての銅貨の方が霊験灼かなことがあるかもしれん。儂が箱を差しだした二階席では、教会の中央廊とか教会員席にいる上流階級の人々からあんたが取り入れたような収穫を期待しちゃいかん。儂のところの会衆は、殆んどが貧しい職人や一人前でない工員、船乗り、お針子、女中さんたち、それに団子状態の手に負えない小学校のいたずら小僧たちなんだ」

「うん、うん、うん」トロット執事は言いました――「だがティルトン兄弟、献金箱の差し出し方次第でどうにでもなる。このコツというやつは生まれついてのもので、分からないやつには金輪際分かりっこない」

さてそこで二人はその夜の収益の計算にかかりましたが、先ずトロット執事の受取額から始めました。じっさいその尊い人物は実り多い収穫を上げていました。彼は全ての紙幣が自分自身のポケットから寄付された場合に劣らぬくらいすっかり鼻高々でした。もしも善良なる執事がテキサスへの遊山旅行を考えていたとしたら、マホガニー箱の財宝のお蔭で、彼は喜び勇んで旅に出られたかもしれません。確かに殆んどの銀行券は、寄付者の紙入れの中でもっとも少額の物ではありましたが、全体としてみればかなりな平均値になっていました。一番高額の寄付は、名の知れた商人の署名した百ドルの小切手でした。彼の気前の良さは、早速翌日の新聞に公表されました。七枚もの五ドル金貨、乱暴に積み上げた銀貨に混じって光っているイングランドの一ポンド金貨が一枚。献金箱は銅貨の類で汚されてはいません。例外は真新しいぴかぴかの一セント硬貨が一枚。小さな坊やが初めて慈善行為をやってのけたのです。

「結構！　実に結構だ、全く！」トロット執事は自画自賛しました。「夕べの仕事としてはなかなかのものだ！　それじゃティルトン兄弟、あなたの方の献金額が私のに匹敵するかどうか調べてみましょう」

悲しくなるほどの差がありました！　二人はティルトン執事の浄財をテーブルにざーっと空けました。実際、まるで国中の鋳造銅貨が、驚くほど大量の小売商人の代用貨幣や、大部分が卑金属から鋳造されたイングランドやアイルランドの半ペンス貨と一緒に、献金箱になだれ込んできたみたいに思われました。実に頑丈そうな鉛筆箱とシリング銀貨らしきものが一枚あります。でも後者は錫製で前者は洋銀であることが判明しました。メッキした真鍮のボタンは金貨の代用を演じ、折り畳んだ小売商の広告ビラは銀行券のような様子を呈しています。だがティルトン執事は、もう一枚の銀行券、美しい彫刻模様を施し、大きな黒体活字で紛れもなく弐拾と書いてある手の切れるような新品の銀行券を見て、ぐっと元気を取り戻しました。なんと言うことだ、偽札だ！　つまり、気の毒にも老執事は妖精と取引をした人に劣らず不運なのです、手に入れた物は必ず枯れ葉とか小石その他のがらくたに代わってしまうのです。

「きっと悪魔がこの箱の中にいるんだ」少々いらだって執事は言いました。

「お手柄、お手柄、ティルトン執事さん」トロット兄弟は腹を抱えて笑いながら大きな声で言いました。――「銅貨で銅像を造らなくちゃ」

「心配ご無用、兄弟」善良なる執事は平静を取り戻して応えました。「儂が自分のポケットマネーから十ドル寄付しよう、これで神様の祝福がありますように！　おや、見てご覧なさい！　これは何でしょうな？」

銅貨の山の下に――この山を取り除くには一苦労も二苦労もしたのですが――古い指輪がありまし

た！　それはダイヤをあしらい、光に当たるやいなやキラリキラリと輝き始め、これ以上はあり得ないほど透明で無色の光を放っておりました。魔術師が天上で一番明るい星を、繊細な女性の指に相応しい指輪にぴったりはめ込める大きさに凝縮したかのように光り輝いていたのです。

「これはどうしたことだ？」同役のもとに集まった他の物と同じく無価値な屑だと分かるのを期待して念入りに調べていたトロット執事が言いました。「おや、これはなんということだ、本物のダイヤに見えるぞ、それも最上級の。いったい、誰が？」

「いやはや、全くわからん」ティルトン執事が言いました、「何しろ儂の眼鏡はすっかり曇ってしまって、誰の顔もみんな同じに見えたからな。じゃが、いま思い出した、一瞬、箱からぱっと光が出た。だが、黒ずんだ赤色に見えた、このダイヤの輝きのように無色透明じゃなく。さてと、この指輪で銅貨の埋め合わせはつくだろう。指輪をくれた人が、指輪にまつわる故事来歴も一緒に箱に入れてくれたらよかったのだが」

その故事来歴の一部を取り戻せたのは幸運でした。エリザベス女王がエセックス伯爵に下賜された当の指輪は、ブリテンのマーリンの時代以後、所有者から所有者に不運を伝え続けたあと、最後に、ニューイングランドの教会の献金箱に投げ入れられたのです。二人の執事は一流の宝石商のショーケースに指輪を預けました。そしてその商人から、この言い伝えのささやかな語り部が、美しい女性の指に輝くのを許されることを願って買い取ったのです。長く棲みついていた悪霊を、さりげない慈善の行為で追い払い、いまでは貞淑でひたむきな愛の象徴となったのですから、新たな所有者の優しい胸は、指輪の力が悲しみをもたらすのではないかと恐れる必要はありません。

「とっても素敵！　美しい！　独創的だわ！　とっても上手に書けてるわ！　本物ね！　素晴らしい想像力！　力に溢れている！　哀愁がある！　繊細なユーモア！」――というのが、言い伝えを語り終わったとき、エドワード・キャリルの優しくて寛大な聴衆たちの漏らした感嘆の叫びだった。

「素敵なお話だわ」ミス・ペンバートンは言った。彼女は自分の褒め言葉は他の人々のそれに比べ、ダイヤと小石ほどの違いがあることを承知していたので、手放しで褒めるわけにはいきません。「本当に素敵なお話だわ、どんな年鑑にだって載せる値打ちが十分あるわ。でもねエドワード、教訓には不満なの。指輪で表そうとしたのはどんな教えなの？」

「いやークララ、あんまりだよ！」半ば咎めるような笑みを浮かべてエドワードが応えた。――「君は知ってるじゃないか、ぼくには、観念と観念を具体化した象徴を切り離すことができないってことを。そうは言っても、〈宝石〉は人間の心で、〈悪霊〉は〈欺瞞〉を意味すると思ってもいいんじゃないかな。それはいろいろ姿を変えるが、この世の悲しみや災いの全てを作り出す悪魔なんだ。お願いだ、これで満足してくれないかな」

「もちろんよ」クララは優しく言った。「信じてくださいな、世間の人がこのお話のことをなんと言おうと、あなたの想像力に火をつけたダイヤモンドより、わたくしはこのお話をずっとずっと高く評価します」

空想の殿堂

ふと気がついてみると、公立取引所風な特徴を備えた建物にいることがしばしばあります。内部は広々とした大広間になっていて、床には白い大理石が敷き詰められています。頭上を見上げると非常に高い風変わりな建築様式の丸天井があり、長い列柱が支えています。おそらくアルハンブラにあるムーア時代の廃墟か、『千夜一夜物語』に出てくる魔法の屋敷からヒントを得たものでしょう。この大広間の窓は全て大きく意匠は壮麗を極め、精巧な出来映えを見せています。旧世界に残るゴシック様式の大聖堂の窓を除けば、これに匹敵するものはどこにもありません。お手本と同じように、ここの窓も天からの光は絵を描いたステンドグラスからしか入ってこられません、その結果、大広間には様々な色の光が満ちあふれ、大理石の床には美しい模様やグロテスクな模様が描かれます。従って中の住人は、言ってみれば幻の大気を呼吸し、詩才のある人々の生み出す幻想の上を歩むわけです。そういった奇抜な特徴と、アメリカの建築家でさえ通常は許しうるものとして認める以上の——ギリシア、ゴシック、東洋、不詳の諸々——様式が大胆に混じり合って、建物全体に、大理石の床で足踏みするだけで粉々になって雲散霧消するかもしれない夢ではないかという印象を与えます。時代が下るにつれて必要となる修正や修理を加えれば、〈空想の殿堂〉はこれまでに大地を塞いだ中で一番実体のある建造物よりも長く持ちそうなのです。

この建物は、いつでも入れてもらえるわけではありません。大抵の人は人生のあれこれの時期に中に入れるのですが——もし目覚めていなければ、夢という万能パスポートを使って。前回訪ねた時、と言っても埒もない短編作品のことで頭が一杯だった私は、うっかりそちらにふらふらと足を向けてしまったわけですが、突然現れたように見える大勢の人に囲まれて吃驚しました。

「しまった！　ここは何処だ？」自分のいる場所がよく分からずに叫んでしまいました。

「君は空想の世界にあって」たまたまそばにいた友人が言いました、「経済界においてフランス、イタリア、アメリカの金融市場が占めているのと同じ場所にいる。〈現実〉の上か下か、もしくはそれを超えて存在するあの謎の領域の関係者全員がここに会して、夢の取引のことを話し合うんだ」

「見事な大広間だな」ぼくは言いました。

「うん」と彼は答えました。「だがぼくたちが見ているのはこの建物のほんの一部なんだ。上の階には幾つもの部屋があって、地球の人間が月の住人と話が出来るらしい。そして足許の下には地獄の領域に通じる暗い小部屋があるが、怪物やキメラが監禁されていてすべての不健全なるものを餌にしている」

大広間を取り巻いている壁龕や台座には、あらゆる時代における男たちの全身像や胸像が置かれています。想像力やそれに類する領域の大立者や半神たちです。老いたるホーマーの堂々たる頭部。体は萎びて老化していますが溌剌としたイソップの顔。暗いダンテの像。荒ぶるアリオスト。歓喜の深く刻まれたラブレースの微笑。深遠にして哀愁に満ちたセルバンテスの諧謔。輝やきわたるシェイクスピア。

寓意的な建造物にふさわしい賓客スペンサー。厳格な威厳を見せるミルトン。粗末な粘土で作られながら、天上界の火がみなぎるバニヤン。特にこういう人々がぼくの目を引きました。フィールディング、リチャードソン、スコットが目立つ台座に載っています。人目につかず薄暗い壁龕に、我が同国人の胸像が安置されています。『アーサー・マーヴィン』の作者です。

「こういう本物の天才たちの朽ちることのない記念像の他に」と連れの男が言いだしました。「それぞれの世紀は、人気が長続きしなかったお気に入りたちの木像を建立する」

「そういう朽ちかけた記念の像も幾つかあるね」とぼく。「だが時どき〈忘却〉は大きな箒を持ってやってきて、大理石の床から残骸をすっかり掃き出してしまうみたいだ。だけどこの立派なゲーテの像はそういうことにはなるまい」

「ゲーテの隣も同じだよ——エマヌエル・スウェーデンボルグだ」と友人。「ともに卓越した想像力の持ち主ながら、こんなにも似ていない二人はいないんじゃないか?」

大広間の中央には観賞用の噴水があがり、水は次々に形を変え、色彩に溢れる周辺の大気から千変万化の色合いを奪い取っています。この噴水が魔法のダンスを踊り際限なく形を変えるため、この場の状景がどれほど奇妙な陽気さに包まれているか見当もつきません。そして想像力豊かな人は、その変化する形の中に自分の望むものを見つけられるかもしれません。この水はカスタリアの泉と同じ水源から流れてくるという人もいれば、〈青春の泉〉の効能と、物語や詩の中で昔から喧伝されてきたその他多くの魔法の泉の効能を合わせたものだと誉める人たちもいます。一度も味わったことがないのでその特性を証明することは出来ません。

「この水を飲んだかい？」ぼくは友人に尋ねました。

「二口か三口、時たまだけど」彼は答えました。「しかしここにはこの水を常用している人たちがいる――いや少なくともそうしたという評判の人がね。ある場合には、この水、酩酊性のあることが知られている」

「頼む、この水を常用している人たちに会わせてくれないか」とぼく。

そんなわけでぼくたちは風変わりな列柱群を抜け、大きなステンドグラス窓の一つから入る光を浴びながら、大勢の人が群がっている場所に行きつきました。光はグループの人たちが踏んでいる大理石ばかりでなく、グループの人みんなも称えているようでした。大部分の人は額が広く、思索型の顔立ちで、思慮深い心の目を持っています。しかし、厳粛で高尚なことを考えこんでいる最中にも陽気さが顔をのぞかせているので、笑いを引き出すにはごく些細なことで十分でした。たった一人無言で、歩き回ったり大広間の柱に寄りかかったりしている人もちらほら。その人たちの顔は恍惚としています、まるで周りの空気の中に甘美な音楽が満ちているか、内奥の魂が旋律に乗って漂い去ろうとしているようです。どうやら一人か二人は、詩的な気分に浸っているところを視られているかどうか確かめるために、見物人たちをチラリと盗み見たようです。他の人たちは固まって立ち話をしています、表情は生き生きしていて、よく微笑むうえに、知的な軽い笑いも漏らし、それで鋭い機知が仲間内であちらこちら猛烈な勢いで飛び交っているのが分かります。

少数の人が昂揚した議論をしていて、落ち着いた憂鬱気味の魂が目から月光を発するようになっていました。彼らのそばを離れずにいますと――たとえ天分はないにしても、共感の気持ちが彼らの仲間に結びつけてくれたかのように感じて、ぼくは内心、彼らに心惹かれたからです——友人が何人かの名前を口にしました。その名前は世間にも聞き覚えがあります。中にはずっと前から馴染みの人たちもおり、他の人たちは毎日のように万人の胸にどんどん深く入りこんでいます。

「あーよかった」大広間の別の箇所に進みながらぼくは連れに言いました。「神経質で気まぐれ、内気のくせに誇りが高く、聞き分けのない、名誉ばかり求める人たちから離れられて。作品中のあの人たちは好きだが、作品以外で会いたい気持ちは殆んどない」

「そうか、君も昔ながらの偏見の持ち主なんだね」友人が答えました、彼は先ほどのお偉いさんたちの大部分と親しく、彼自身が詩の道にいそしみ、熱い詩心がないわけではありません。「ところがぼくの経験によれば、天才はかなりな社会性に恵まれている。現代では、彼らの間にこれまでに育たなかったような仲間意識が生まれているらしい。人間として、彼らは仲間と対等という以上のことを望んでいないし、作家としては、よく知られているような嫉妬心は捨て去っていて、寛大な兄弟愛を認めている」

「世間はそうは思ってないよ」とぼくは答えました。「作家というものは、ぼくたちが〈空想の殿堂〉で受け入れられないのとほぼ同じくらいに一般社会に受け入れられていない。我々は作家を我々には無縁のものと見なし、我々が従事するような仕事には適していないのじゃないかと疑っている」

「それならその疑問は全く馬鹿げている」と友人。「そうだな、ここにいるのは毎日取引所で会うような皆さんだよ。しかし、この大広間にいる詩人と、取引所の中で一番賢明な人を比べたら、どちらが空想の犠牲者だろうか？」

友人は、事実は明白なのに、〈空想の殿堂〉の中にいると言われたら、それを侮辱と思うような人を何人も指さしました。その人たちの容貌は、様々な皺の中に辿ることが出来ます、皺の一本一本が人生における実際の経験を記録したもののように思われます。彼らは、抜け目がなく計算高い眼力の持ち主で、仲間の人柄や目的について、実業家が知るべき全ての関連事項を迅速且つ確実に見抜くのです。いまの風貌・服装から判断するに、彼らは商工会議所の尊敬され信頼される会員かもしれません、正真正銘の蓄財の秘訣を発見し、賢明であるがゆえに財産を意のままに扱う力を与えられています。彼らの話し方には細かで事務的なところがあり、お蔭で話自体の持っている途方もない意味合いを隠し、結果的に狂気じみた企みが日常的な現実味を帯びるのです。ですから傍で聞いている人は、人跡未踏の森林地帯の真ん中に、魔法のように町を幾つも建設するとか、現に荒波が押し寄せている海に道路を敷設するとか、あるいは、紡績工場の機械を動かすために広大な河の流れを堰き止めるといった構想を耳にしても吃驚しないのです。そのような思惑は昔からの黄金郷エルドラドの夢、お金の神マモンの洞窟、あるいは貧乏な詩人やロマンチックな冒険野郎の想像力が現出させた諸々の黄金の夢と同じように空想のなせる業と納得するには、ただ努力するしかありません、しかし、努力してもなかなか納得できるものではありません。

「誓って言うが」とぼく。「こういう夢想家たちの話しに耳を傾けるのは危険だ！　こいつらの狂気は伝染する」

「その通り」友人が言いました。「だって連中は〈空想の殿堂〉を煉瓦とモルタルで出来た本物の建物と間違えているし、紫色の大気を純粋の太陽の光と間違えているんだから。しかしだ、詩人は自分が何処にいるか承知してるから、実際生活じゃ馬鹿な真似はしそうにない」

「またまた」少し先に進むと、この言葉が口をついて出ました。「違う種類の夢想家たちのお出ましだ――いかにも我が国の天才らしい天才たちでもある」

この人たちは奇想天外な機械を発明しました。発明品の模型が大広間の列柱を背景に展示されています。それらの模型は、白日夢を実践に移すような真似をすればだいたい予期しうる結果を示す格好の実例を提供していました。夢と実践の間には、物理学ばかりでなく道徳に於いても同じような関係が成り立つのではないでしょうか。たとえば、空中を走る鉄道と、海底トンネルの模型があります。ぼくは盗んだ物だと思いますが、月光から熱を抽出する機械と、朝靄を花崗岩の四角い塊に凝縮する機械もあり、出来た花崗岩を使って〈空想の殿堂〉の全面改築をしてはどうかと提案しています。ある人は、ご婦人の微笑から太陽の光を作りだすのに成功した一種のレンズを展示しておりました。この素晴らしい発明によって地上を限無く照らすというのがこの人の目的でした。

「これは全然新しくありませんね」とぼくが言います。「だってそうでしょう、ぼくらの日の光の大半は、もうすでに女性の微笑から訪れているのですから」

「その通り」発明家が答えました。「しかし私の機械は、家庭で使用する日光を常時確実に供給してくれますよ――これまでは非常に不安定だったんだが」

別の人は水たまりに映った物体の影を固定して、考え得る最高に本物そっくりの姿を写し取るという計画を持っていました。同じ紳士は、夕日に映える豪華な雲に浸して、ご婦人方の洋服を永久に色褪せしないように染め上げることの実現性を強調しました。少なくとも五十種類の永久運動があり、そのうちのひとつは、あらゆる種類の物書きや新聞編集人の頭の回転に適応可能でした。〈嵐の王様〉エスピー教授もいらして、弾性ゴムの袋にとてつもない嵐を入れておられました。非現実的な発明品をもっともっと数え上げることも出来ますが、結局、もっと想像力に富んだ発明品の山はワシントンの特許事務局で見つかるに違いありません。

発明家たちに背を向けて、ぼくたちはもっと大雑把に中の人々を観察しました。沢山の人がいます。その人たちの殿堂に入場する権利は、頭脳の面妖な働きにあるようでした。脳が働いている限り現実社会との関係に変化が生じるのです。上の空での物思い、一時的な思いつき、有望な見通し、鮮明な記憶などの理由で入場を許されない人がほとんどいないのは注目に値します。希望とか記憶の中では、現実さえ理想になり、夢想家を騙して〈空想の殿堂〉に連れこむからです。運の悪い人の中には、この殿堂に住みここを仕事場にしているため、生きていく上で本当に仕事に就くのに、相応しくないものになってしまう人々もいます。他の方がたは——非常に少ないのですが——時どき訪れては、ステンドグラスの作りだす光や影の中に、現実世界が与えうる以上に純粋な真実を見つける能力を持っています。

そして様々な危険な影響力を持っているにも拘わらず、現実生活における憂鬱や冷気から逃れるこうした場所が存在することは、神に感謝しなければなりません。囚人が、ここの魔法の大気に包まれて自由の空気を吸うために、暗くて狭い独房と肉を腐らせる鎖から逃れてここへやってくるかもしれない。病人が鬱陶しい枕を離れてここまで彷徨ってくる力を見つけるのです。消耗しきった四肢は、病室の敷居までであっても彼を支えられないかもしれないのに。亡命者は、故国の土を再訪するためにこの〈空想の殿堂〉を通り抜けるのです。殿堂の扉が開いた瞬間、積年の重荷が老人の肩から転がり落ちるのです。愛する人を失った人々は深い悲しみを入り口に残し、思い出が唯一の事実に変わるまで、他の場所ではその顔を見ることのない亡き人々と中に入って再会します。実は、この殿堂に入ろうとしない人々にとって、人生は半分——それもさもしくて俗っぽい半分——しかないと言ってもかまわないのです。この建物の展望台には、〈喜びの山々〉の羊飼いたちが、遠くに煌めく〈天上の市〉をちらりとクリスチャンに覗かせてくれた透視望遠鏡が保管されていることに、言及するのを忘れてはなりません。〈信仰〉の目はいまでもこの望遠鏡を覗くのが大好きです。

「おや何人も眼に入るねえ」ぼくは友人に言いました。「当代の最重要人物の一人に数えてくれるべきだと強硬に主張なさるようなお方が」

「その通り」と友は答えました。「時代に先んじている人なら、ぐずぐずしている同世代人たちが追いついてくるまで、この殿堂で住むことに甘んじなければならないからさ。宇宙の何処を探してもここ以外の避難所は見つからない。しかし、ある日思いついた空想の産物が未来においては現実そのものになるんだ」

「この大広間の華やかで眼を欺くような光の中だと、そういう人を見分けるのは難しいね」とぼくは答えました。「本物かどうかテストするには、現実生活における白日が必要だ。ぼくは、白日という真実を語る媒体を通して向かいあわない限り、人もその論理も疑う方かもしれない」

「もしかしたら、理想に対する君の信念は、君が思っている以上に深いものかもしれないよ」と友は言いました。「少なくとも君は民主党員だ。思うに、そういう信念を少なからず持っているということが、民主党の信条を受け入れるには不可欠だ」

こういうやりとりの引き金になった人々の中には、物理学はじめ政治や道徳、あるいは宗教における当代の著名な改革者の多くが含まれていました。〈空想の殿堂〉入りするには、事実でなく理論の流れに身を投ずることほど確実な手段はありません。なぜなら、流れに沿って事実の所在を示すどのような目印が築かれることがあろうとも、その理論の流れを殿堂に向かって押し流す自然の法というものがあるからです。そしてそれならそれでいいでしょう。なぜならこの殿堂で、賢明なる頭脳と広大無辺の心の持ち主は自分の仕事をするかもしれないからです。そして善と真実は次第に事実へと鍛えられてゆき、誤謬はだんだんに消え失せ、大広間の陰に紛れてゆくからです。ですから人類の進歩を信じそれを喜ぶ皆さまが、ステンドグラスのはまった窓の幻想的な輝きの中に、皆さまの指導者、先導者を見つけたからと言って、どなたもぼくに腹をお立てにならないで頂きたい。皆さまと同じようにぼくもそのような指導者、先導者を愛し尊敬しています。

この避難場所に住む本物の改革者あるいは自称改革者は数が多く、書き留めるとなると果てしがないでしょう。彼らは、人類がボロボロの衣服のように、太古から連綿と続く習慣を脱ぎ捨てようと努めている騒然とした時期の代表者たちです。彼らの多くは水晶のように澄みきった真実の欠片を手に入れたのですが、その輝きが眩しすぎるので、宇宙広しといえどそれ以外の物は何一つ見えなくなっているのです。自分の信念が馬鈴薯の形で具体化した人たちもいます。自分の長い顎髭が深遠な精神的意義を持つに至った人々もいます。たった一つの見解を鉄製の鞭《むち》のように振り回している奴隷廃止論者もいます。一言で言えば、ありとあらゆるタイプの善と悪、信と不信、叡智と戯言の人々——まことに相矛盾する考えの持ち主たちが大勢いたのです。

しかし同時に、極めつけの保守主義者の心臓でも、人との友情を捨てない限り、これまでに述べた無数の理論家たちに充満している精神に共鳴して、鼓動を打たざるを得ないのではないでしょうか。心の目覚めていない人間は、理論家たちの戯言に耳を傾けるのだって役に立つのです。遙か下の方、知力の及ばないところでも、魂は、これら千変万化し相矛盾し合う人間性の全ての発展が一つの心情に集約されるということを認めています。たとえ個々の理論が、空想のあたえる限り放埒なものであったとしても、それでももっと賢明な精神なら、既に地上に現実化されたものより善にして純なる人生を求める人類の戦いを良しとするでしょう。改革者たちの計画は悉く拒絶していても、ぼくの信念は復活しました。世界がこれまで通りの状態を永久に続けることはあり得ません。つまり、〈幸福〉は珍しい花であり、〈徳〉はしょっちゅう胴枯れ病にかかる果実であるような大地。善なる主義が、頭上高くおのが楯を掲げても、敵の勢力に押し寄せられ自らを救いうることが稀な戦場である現状。そのようなことどもを考えて気分が狂おしくなる時、ぼくはステンドグラスの窓から外を見ました。するとどうでしょう！外の世界の様相は全て、〈空想の殿堂〉に特有のぼんやりとした栄光に染まっていました。ですからその瞬間、人類を完璧にするような計画を実現することは不可能でないように思えました。しかし残念ながら、もしも改革者たちが自分の運命が投げ入れられた領域を理解したいと願うのなら、彼らはステンドグラスの窓を通して外界を見ることをやめねばなりません。なのに彼らはこの内と外を隔てる媒体を利用するばかりでなく、この媒体を正真正銘の白日と誤解するのです。

「ねえ」深い物思いから我に返って、ぼくは友に言いました――「先を急ごうよ、でないと、理論を作りたい気持ちにさせられそうだ――そんなことになったら、人類はもうおしまいだ」

「じゃあこっちへ来いよ」と彼は答えました。「ここに一つの理論がある、これは他の理論を悉く飲み込み絶滅させる」

彼は大広間の奥の方にぼくを連れてゆきました。そこでは、飾り気がなく正直で信頼出来そうな様子をした年輩の男性の周りに多くの人が集まって熱心に聞き入っていました。自分の学説を真摯に信じていることを示す熱意を籠めて、その人はこの世の破滅は間近だと言い切りました。

「ミラー牧師ご本人じゃないか！」とぼくは叫びました。

「まさしくご当人だ」と友は言いました。「彼の教義と、我々がいま見てきたばかりの改革者たちの教義がどれほど目にも鮮やかな対照をなしているか観察してみたまえ。彼らは人類をこの地上において完璧なものにすることを求めて色んな計画を立てているが、計画は不滅の霊魂が、これから先数え切れない時間が経過するうちに、肉体と結びつくであろうということを暗示している。これに対し、善良なるミラー牧師が現れて容赦のない理論をぱっと吹きかけると、萎れた無数の木の葉が突風に煽られるように、彼らの夢は悉く散ってしまう」

「恐らくそれが、陥っている多種多様な窮地から人類を救い出す唯一の方法なんだろうな」とぼくは応じました。「それでもぼくは、何かある偉大な教訓が導き出されるまで、世界が持ちこたえることを許されるように願う。謎々は提示されている。解答は何処にある？　スフィンクスは、謎が解かれるまで自殺しなかった。世界の場合も同じではないのか？　明日の朝、世界が燃やされるとするなら、どのような目的がそれで達成されることになるのかさっぱり分からず、人類の生存と死滅によって宇宙はどれほど蒙を啓かれるのか、あるいはどれほど改良されるのかさっぱり分からん」

「地球とその住人の生存を通して、強力ないかなる真理が実際に具現化されるのか我々には言えない」と連れが答えました。「恐らくそれは、我々の破局のドラマに幕が下りたあと、我々に明らかにされるんじゃないだろうか。あるいはもしかすると、我々が心ならずも役者を務めているドラマ全体が、我々とは異なる観客に対する教訓として演じられてきたのかもしれない。ぼくには、我々がそれを理解することが問題にとって必須であるとは思えない。いずれにせよ、我々の視野がこんなにも狭くこんなにも皮相である限り、これまで存在していたことが無駄であったように思えるという事実に基づいて、地球がこれからも持続すると議論するなど馬鹿げているのではないかな」

「哀れな我が地球よ」とぼくは呟きました。「正直言って、地球の犯した過ちは万死に値する、かといって地球を滅ぼすというのは耐えられん」

「そんなことは大したことじゃない」と友は言いました。「我々のうちで一番幸福な人々でさえ、幾度となく地球にうんざりしてきた」

「そうだろうか」とぼくは食い下がりました。「人間性の根っこは、この地球の土壌に深く根をおろしている。我々は、〈天〉にある、より手入れの行き届いた畑への移植であっても、喜んでそうされるのではない。大地の滅亡が誰か一人の人間でも満足させられるかどうか疑問だ。例外は、最後の審判の翌日に満期が来る手形を振り出した、金に困った商人ぐらいだろう」

その時、ミラー牧師の予言した終末論に抗議する群衆の叫びを聞いたような気がしました。恋人は己の至福に影が差したことで神と格闘しました。両親は、生まれたての赤ん坊が寿命を騙し取られないように、地球の存続期間が七十年あまり長くなりますようにと懇願しました。若い詩人は、自分の詩の持つ霊感を認めてくれる後世の人々がいなくなるので、不平をこぼしました。改革者たちは自分たちの理論を確かめたい、それが終われば宇宙が破滅しようとどうしようとかまわないからといって、こぞって数千年の延長を要求しました。蒸気機関の改良と懸命に取り組んでいる機械技師は、完璧な試作品を完成させるに要する時間だけを求めました。守銭奴は、先ず自分が積み上げた巨大な黄金の山に一定額をつけ加えることが認められない限り、世界の破滅は自分への不当な個人攻撃だと言い募りました。幼い少年は悲しげに最後の日はクリスマスの前にやってきて、そのために楽しみにしていたご馳走が奪われるのかどうかと尋ねました。要するに、滅ぶべき物事の現状が今すぐ最後を迎えるのに満足する人は一人もいないらしいということです。しかし実を言えば、大地の存続を望む群衆の動機の大部分はあまりにも馬鹿げているので、〈限りなき智恵〉が遙かに優れた理由を認識しなかったなら、堅い〈大地〉はたちまちのうちに溶解してしまったはずなのでした。

ぼくとしては、二、三の密やかな個人的意図は別として、本心から我が懐かしき〈母〉の存続が長くなることを、愛しい母自身のために願っていました。

「哀れな我が地球よ!」とぼくは口に出して言いました。「地球の滅亡で一番残念に思うのは、恐らくその地上性、俗っぽさだと思う。この俗っぽさは地球以外の領域、他の存在状況では更新したり埋め合わせしたり出来ない。花々や刈りたての干し草の匂い。太陽の光がもたらす心地よい暖かさと、雲間から見える夕日の美しさ。一家団欒の心地よさに心躍る幸福感。果物や全てのご馳走の美味しさ。山並み、海、瀑布の荘厳さと、それよりは穏やかな田園風景の魅力。降りしきる雪だって魅力的だし、雪が降り続く灰色の大気も。これらみんな、そしてその他無数の楽しい地上の事柄も地球と一緒に死に絶えなければならない。それから田舎のお祭り騒ぎ、素朴なユーモア、明るく騒々しい哄笑、その笑いの中で肉体と魂が心から結ばれる！　地球以外の世界はこれと同じような物を何一つ我々に見せられないのではないだろうか。純粋に徳篤き喜びについては、どのような存在状況の下にあっても善人ならば見つかるだろう。だが物質的なものと道徳的なものが共存するところでは、次に何が起こるのだろうか？　それから物言わぬ四つ足の友人たち、森に棲む羽根の生えた歌唄い鳥！〈楽園〉の聖なる森にいても、彼らのことを懐かしく思うのは合法的ではないのだろうか？」

「君はまるで、掘り返したばかりの土の匂いの染みこんだ大地の精のように喋るね！」友が大きな声を出しました。

「だからといって、ぼくは自分のためにいま言ったような楽しみを諦めるのに大反対しているわけでもない」とぼくは続けました。「しかしその楽しみが、喜びのリストから永久に消されてしまうという考えは嫌だね」

「そうなる必要ないよ」と彼は答えました。「君の言うことには本物の迫力がなさそうだ。この〈空想の殿堂〉に立つと、土に足を取られた人間の知性でさえ環境を創造する時に出来る事柄に気づく。我々はそんな環境を影だ幻だと言うが、実際生活で我々を囲んでいる環境も似たり寄ったりだ。そういうわけなら、疑っちゃ駄目だ、肉体を離脱した人間の霊魂が、新たな環境に特有のあらゆる娯楽を持つ〈時間〉と〈世界〉を自らのために再創造するかもしれないってことを。もしも永遠無限の生活の中でもまだ、人間的な欲望があるとすればの話だが。しかし我々が、もう一度そんな哀れな場面を演じる気になるかどうかは疑わしいがね」

「おやおや、君は〈母なる大地〉に対して恩知らずなんだ！」ぼくは答えました。「何が起ころうとぼくは彼女のことは決して忘れない！　単に頭の中だけに彼女を存在させるなんてことにも満足がいかない。彼女が偉大で、丸みを帯び堅くて無限に持ちこたえ続け、この先も自分で思っているより遙かにりっぱだとぼくが弁護する優しい人類を住まわせることを願う。それにも拘わらずぼくは全てのことを神慮に委ね、いつなんどき世界が終わりを迎えても、他に拠り所を見つけられずに途方に暮れることのないよう生きることに努める」

「そいつは立派な覚悟だ」時計を見つめながら連れが言いました。「しかし行こうじゃないか、ディナーの時間だ。野菜のみの食事につき合ってくれるかね？」

食事の内容が野菜と果物にすぎない時でも、ディナーへの誘いといった平々凡々たる事柄は、ぼくたちを〈空想の殿堂〉から直ちに立ち退かせました。玄関から出る時、催眠術で眠らせてそこに送られてきた何人かの人の魂と会いました。彫刻を施された列柱や、キラキラ輝きながら変化する噴水を振り返りました、そして一生涯そのような幻想的な場面で暮らせたらいいのにと願いかけました。そこなら堅い角を持った現実世界がぼくに近づいて自分を擦りつけることも決してないでしょうし、絵の描かれたステンドグラスの窓という媒介を通してのみ見られるでしょう。しかし〈空想の殿堂〉で日々を無意味に過ごしている人たちにとっては、善良なミラー牧師の予言はもう既に成就しており、堅固な地球は時ならぬ最後を迎えていました。ですからこの現実生活の下品さを浄化するために、そして〈観念〉が完璧になるような状態をぼくたちが思い描けるように、ほんの時たま訪れることで満足しましょう。

新しいアダムとイヴ

この世の人工的な組織の中に産み落とされた私たちは、自分がいま置かれている局面や状況のうち自然に由来する部分がどれほど少ないか、そしてどれほど多くが、単にゆがんだ人間の知と情が改悪したものであるかを、正確に知ることは出来ない。〈人工〉が、第二のそしてより強力な〈自然〉になってしまった。彼女は義母であり、うまく優しさを装って実母の慈愛に満ちて健全な助けを軽蔑することを私たちに教えた。私たちが、真実とか現実と名付けている鉄の足枷をゆるめ、自分たちがいかに囚人であるかを部分的にもせよ自らに実感させうるのは、想像力の仲介を通した場合だけなのだ。たとえば、立派なミラー牧師による予言の解釈が的中したものと考えてみよう。〈最後の審判の日〉が地球を襲い、全人類を一掃してしまった。都会から、田園から、海岸から、内陸の山岳地帯から、広大な大陸から、大洋の果てにある島々からさえも――生きている物はことごとく消えた。神の造りたもうた物の呼吸がこの地球の大気をかき乱すことはない。しかしながら人類の住居、成し遂げた事柄すべて、彷徨した足跡、苦労の成果、知的陶冶と道徳的進歩の目に見える象徴には――つまり、人類の現在置かれている立場を証明できる物質的なものすべてには――運命の手は触れないままであるということだ。そして、荒涼として住む人のいない地球を受け継ぎ人を住まわせるために、新しいアダムとイヴが造り出されたと想像してみよう。知と情の面では十分に発達しているが、先住者のこと、周辺を覆い尽くしている病める環境のことは何一つ知らない。そのようなカップルはたちまち人工と自然を見分けてしまうだろう。二人の本能と直感は、たちどころに後者の叡智と素朴さを認識するだろう。手の込んだ悪に染まった前者は、次から次に二人を戸惑わせ続けるだろう。

それでは遊び半分、真面目半分の気持ちで、我々人類の想像上の後継者二人が、地球第一日目に経験したことを跡づけてみようではないか。人間生活の炎が消えたのはつい昨日のことだ。生き物の呼吸のない夜が過ぎ、いま新たな朝が近づく、夕方に劣らず人影のない地球を見いだすものと決めて。

夜明け。東の空が太古から変わることのない茜色を帯びる、ただし、それを見つめる人の目はないけれど。というのは、人影のない寂寥感がいま地球を静かに覆っているけれど、自然現象は全てその活動を繰り返しているからである。美そのものの故に、大地にも、海にも、空にも変わることのない美が存在している。しかしやがてそれを見る者が現れる。ちょうど曙光が地上の山々の頂を黄金色に染める頃、二人の人間が生を受ける。花を満開にして我々人類の最初の先祖を歓迎したエデンのようなところではなく、現代的な都会の真ん中に生まれるのだ。二人は自分が存在していることに気づく、そしてお互いの目をのぞき込む。彼らは驚きの気持ちに襲われるわけではない。自分たちが何者で、何処から来て、なぜ存在しているかなどを知ろうと懸命になって自らを困らせるような真似もしない。それぞれは、相手が同じように存在している故に、自らが存在していることに満足を覚える。二人が最初に意識するのは共に感じる静かな喜びであり、それはいまその瞬間に生まれたものではなく、無限の過去からずっと存続してきたように思われる。こうして彼らは共に住む内なる世界に満足する、外なる世界が割り込んできてむりやり二人に意識させるのは今すぐというわけではない。

しかしながら、やがて、この地上でどうしても生きていかなければいけないことを知覚し、自分たちを取り巻いている色々な物や状況を知り始める。二人は、お互いを見つめるという現実から、至る所で悩みの種になる夢や幻に向かって足を踏み出さなければならないが、この最初の一歩ほど大きな一歩は他にはないのではないだろうか。

「愛しいイヴ、ここは何処だろうね?」新しいアダムが大きな声を出す。——なぜなら、言語が、あるいは言語と同じ表現手段が、生まれつき備わっていて、息と同じように自然に出てくるからだ。——

「ここがどこだか分からない気がする」

「わたしもよ、愛しいアダム」新しいイヴが応える。「それになんて不思議なところなんでしょう! もっとあなたの傍に近づいてあなただけを見させて。だって、目に見える他の物はみんな私の心を苦しめ悩ますのですもの」

「いやいや、イヴ」とアダムが応える。どうやら物質的世界にイヴより強く惹かれるようだ。「こういう事柄を少し考えてみるのはいいことじゃないかな。ぼくたちはいま変な立場にいるんだ! 周りを見てみようよ」

地球の新たな後継者たちを、どうしようもない困惑の淵に投げ込むほどの光景が存在するのは確かである。大きな建物が長く連なり、その窓は黄色い朝日を浴びて煌めき、建物に挟まれた舗装された狭い通りは荒涼としていて、いまは呼び戻せない過去に轟音をたてて走り去った車輪のつけた凹みの跡が残っている！　訳の分からない記号を記した看板の類！　整然としている物、雑然としている物、規則性を持った醜悪さ、あるいは無秩序な醜悪さ、それが二人の目に入るすべて！　摩耗と摩滅、甦ることのない衰退、これが人間の生み出したものと自然の生み出したものとを隔てる差だ！　一本一本のガス街灯、家屋の煉瓦の一つひとつに内在している人工的な仕組みのことなど何一つ知らない者に、わずかでも意味を持ちうるような何が、これら全ての中にあるのだろうか？　さらに、もともと喧噪と騒音から成り立っていた場所にいて、全くの孤独と沈黙は、人類は消滅したばかりではないかと疑ってみもしないアダムとイヴにも、寂寥感を覚えさせずにはおくまい。森にあって、人気のなさは生であるが、都会にあっては死である。

新しいイヴは、疑惑と不審の念をもって周囲を見回す。都会住まいの主婦、つまり太古から今に至る数えきれない市井の人たちの子孫が、いきなりエデンの園に連れてゆかれたら感じると思われるような疑惑と不審の念だ。とうとう下を見ていた彼女の目が、舗道の敷石の間から芽を出しはじめたわずかな草を見つける。彼女はさっとその草を掴む、するとこの可愛い新芽が、心の内部に波紋を広げるのが感じとれる。自然が彼女に差し出せるものは他にはない。アダムは通りを端から端まで眺めてみたが、自分の理解力が感知しうるものを何一つとして見つけられず、ついには空を見上げる。確かにそこには、彼の内部の魂が思い出す何ものかがある。

「ぼくだけの愛しいイヴ、あそこを見上げてご覧よ！」大きな声で言う。「きっとぼくたちはあの黄金色に染まった雲に住むべきなんだ。もしかしたら、雲の向こうの青い青い彼方に。いつ、どうやってかは分からないが、ぼくたちは自分の家から迷いでたに違いない。だってそうだろ、このあたりにはぼくたちに馴染みのありそうなものは何一つ見あたらないもの」

「あそこまで上っていけないのかしら?」イヴが尋ねる。

「いけるさ」期待を込めてアダムが答える。「でも、駄目だ! 一所懸命にやってるのに、何かがぼくたちを引きずりおろす。たぶん、そのうち道がみつかるよ」

新たに生まれた生命力を持ってすれば、空に昇ってゆくことは絶対に不可能な至難の業とは思えない! しかし二人はもうすでに悲しむべき教訓を受け取っている。大地に残る踏みならされた行路を逸脱しないようにする必要を認めたとき、この教訓は、最終的には、二人を消え失せた人類の水準にまで貶めるかも知れない。そこで二人は、この肌に合わない界隈から逃げ出そうとして、町中をぶらぶらし始めた。伸びやかで瑞々しい心の動きの中に、二人はすでに倦怠という観念を見つけていた。二人が店や公共の建物、あるいは個人の屋敷に入ってゆくのを観察することにしよう。なぜなら、市会議員の家だろうと貧乏人の家だろうと、教会だろうと市庁舎だろうと、扉という扉は、中にいた人間を一掃したのと同じ摂理によって大きく開かれていたからだ。

たまたま二人が最初に入っていったのが一流の衣料品店であったのは——依然としてエデンの園に相応しい身なりをしているアダムとイヴにとっては、不運なことにというわけにはいかない。丁重かつ執拗な店員が、注文を受けようと急いで近づいてくることもない。大勢のご婦人方がパリ製の豪華な生地を肩に掛けてみることもない。人気は全くなく商売は停止状態である。国家のスローガンである「進んで、お試しください!」の余韻さえ、新来の客の安らかな心をかき乱すことはない。しかし地上における最新流行の見本や、色とりどりの絹製品、人体を飾り立てるためのもっとも繊細でもっとも豪奢な衣装が、森を彩る鮮やかな秋の木の葉に負けないくらいふんだんに、まき散らされている。アダムは、二、三の品物に目をやったが、自然に生まれた新たな言語だと「フン！」とか「ヘン！」とかに当たりそうな不満を漏らしながら脇に投げ捨てる。しかしイヴの方は――彼女の生まれついてのしとやかさにケチを付けるつもりはないが――言ってみれば、こうした女性にとって愛おしい物をアダムよりはやや強い興味を見せて手に取った。たまたま売り台にコルセットが置かれている。物珍しそうにためつすがめつしてみるが、何に使う物か分からない。それから流行の絹に触ってみるが、あまり欲しそうでもない――頭はあちらこちらへ迷走し――本能は無知の闇を探ってみる。

「色々見たけど、おしなべて気に入らないわ」彼女は、光沢のある生地を売り台に戻しながら言った。「でもアダム、とっても変な感じなの！　こういうもの、いったい何に使うのかしら？　是が非でも知りたいわ――まだ、何がなんだか分からないんですもの！」

「馬鹿を言っちゃいけない！　愛しいイヴ、君の可愛い頭を、どうしてそんな下らないことに使うんだい？」短気を起こしてアダムが声を荒げる。「どこか他の所へ行こうよ。一寸待って！　とっても綺麗だよ！　愛しいイヴ、肩に掛けるだけで、そのローブは実に魅力的になった！」

イヴが、彼女を形作る際に自然が与えた趣味の良さを見せて、洗練された銀色の薄織物を手に取り、躰に巻きつけたからだ。その結果アダムは、着る物には魔力があるということを初めて知ったのだ。彼は相手を見つめ直し、賛嘆の念を新たにした。しかし、彼女自身の金色の巻き毛に比べれば、他のものにはとても満足できなかった。しかしイヴの例に倣い、勝手に青い天鵞絨のマントを取って羽織ると、惚れ惚れとするほど美しくなり、天から彼の堂々たる躰に舞い降りてきたように思われた。こうして衣服をまとった二人は、新しい発見を求めて足を進めた。

　次に二人が入り込んだのは〈教会〉であるが、それは立派な着衣を見せびらかすためではなく、高い空を指している尖塔に惹かれたからである。空こそすでに二人が昇ってゆきたいと願った場所だ。玄関に入ると時鐘が――紐を引くのが寺男にとってこの地上での最後の仕事になったのだ――荘重な音を轟かせて時刻を繰り返す。なぜなら〈時の翁〉はかつての子供たちより長生きして、いま、人間が彼に与えた鉄の舌で二人の孫に向かって語りかけているのだ。二人は耳をすますが、翁の言葉は理解できない。〈自然〉は、現実生活を作り上げる連続的な思考と行動によって時を計るのであって、無為のうちに過ぎる時間によるのではない。二人は教会の側廊を奥に向かって歩き天井に目をやった。アダムとイヴがどこかヨーロッパの町で人となり、古い大聖堂の広大さと荘厳美の中に迷いこんだとしたら、それを建立した高邁な創建者たちの意図に気づいたかもしれない。仄暗い太古の森が人を畏怖させるように、大聖堂の雰囲気そのものが二人に祈りたい気持ちを起こさせたであろう。都会のこぢんまりとした教会の内部に、そのような力はありえない。

　しかしここにはまだ、宗教の香りが微かにたゆたっている――永遠の生を前もって味わう恩寵に浴した敬虔な人々の形見だ。おそらく彼らは、苦労と災いだらけの現世にすっかり嫌気のさした後継者たちに、より良き来世の来ることをそっと予言しているのだ。

「イヴ、何かが上を見るようにさせるんだ」とアダム。「でも、ぼくたちと空の間にあるこの天井を見上げるのは、気分がよくない。先へ行こうじゃないか、きっとぼくたちを見下ろしている〈偉大な顔〉が見つかるよ」

「そうね。〈偉大な顔〉、太陽の光みたいに愛の光線が顔中に輝いているわ」とイヴが応える。「そうよ、そういう顔をどこかで見たことがあるはずだわ！」

二人は教会から出るが、戸口のところで跪き、慈悲深い〈父〉を崇めるという生れつき心に備わっている本能に従う。しかし実を言えば、これまでの二人の生活は祈りの連続であった。純粋と純真が、四六時中、二人を造りたもうた〈造物主〉と語りあっているのだ。

今度我々が見るのは二人が〈裁判所〉に入ってゆくところだ。だがこの建物が何をするためのものかとなると、二人は最もかけ離れた概念を持つのではないだろうか。二人と同じ本性を持ち、二人の生活を支配する唯一の掟である愛の法に、元々は包含されていた同胞の人々に対し、魂に内在する真実の声を外に出して強制する必要があるなどという考えが、二人の脳裏に浮かぶだろうか？　しかも、悲惨な経験——幾多の世紀にわたって育まれてきた暗い果実をなにひとつ味わったことのない二人に、犯罪の悲しい秘密を教えられるものなどあるのだろうか？　ああ〈判事席〉よ、汝は純粋な心によって築かれたものにあらず、純真な本性によって築かれたものにあらず、酷薄で歪んだ人間たちが、現世での過ちを積み重ねた山の上に築いたもの！　汝はまさに、邪道に堕ちた人間の有様を象徴している。

今までと同じように実りを期待できないまま、次に我々の彷徨い人は〈議会〉を訪ね、アダムはイヴを議長席に坐らせる。そうやって彼はある教訓を示したわけだが、無意識のうちにやったことだ。〈女性〉の優しさと道徳心に制御された〈男性〉の知性！　世界の法律がそのようにして制定されるなら、〈州議会議事堂〉も、〈連邦議会議事堂〉も、〈国会議事堂〉も、大きな木陰を作る木の下での小さな長老会議さえ必要ないだろう。我が母国で初めて、自由の意味を人類に教えたのはこの長老たちだ。

二人は次に何処へ行くのだろう？　つむじ曲がりの運命は次から次に不思議な謎をかけて二人を困らせるようだ。その謎は、人類が方向の定まらない世界に向かって出しておいて、未解決のまま自らは絶滅していったものである。二人は、周囲を取り巻く他の建物からは孤立し、近寄りがたい印象を与える石でできた灰色の建物に入ってゆく。その建物は太陽を浴びていても陰気で、太陽が鉄格子のはまった窓越しに侵入するのを滅多に許さない。それは〈刑務所〉である。看守は、保安官より位の高い上官に呼び出されて持ち場を離れている。だが囚人は何処だ？　運命の使者は、全ての扉を開け広げたとき、治安判事の令状や裁判官の判決を尊重して、牢内の収容者が地上における正当な法の手続きに従って釈放されるのを許したのか？　違う。上級審における新たな裁判が認められたのだ。その法廷では、判事、陪審員、被告を廷内に一列に並べ、三者は同罪だと言うだろう。今では牢は、地球自体と同じように人気がなく、そのために牢自体が持っている重苦しい暗さが幾分減じている。しかし墓に似た狭苦しい独房がいくつかある。その中に肉体と一緒に不滅の魂まで埋められていた故に、いっそう陰鬱で殺伐としている。壁に字のようなものが見えるが、鉛筆で殴り書きしたものか、錆びた釘でひっかいたものかは分からない。おそらくは短い言葉で苦しみを書きしるしたものであろう、あるいは、罪の意識が世間に向かって自暴自棄の反抗心を表明したのかもしれない、それとも書き手はただ、外界の時間の経過を記憶にとどめておこうとして日付を記しただけかもしれない。今となっては、その記録を読み解く生きた人間の目は一つとしてない。

二人が〈造物主〉に造られて間もないあいだは——いや、千年後の子孫にしても——この場所が先住者の苦しみの中で一番不吉と思われる病を癒す病院だとは理解できないだろう。ここの患者たちは、すべての人が多かれ少なかれ感染しているあの癩病の外的な症状を見せている。彼らは罪という疫病――まさに死に至る病だ――にかかっている！　人間の中で一番純粋無垢な人だって同じだ。胸の内にその兆候を感じ取ると、人は恥と恐れの気持ちに駆られてそれを隠し、あげく不幸な人々にいっそうつらく当たってしまう。不幸な人々というのは、病に冒された箇所が普通人の目にもはっきり見えるほどひどく爛れている人のことだ。悪疫の発疹を隠せるものなど、豪華な衣服をのぞいてありはしない。この世界が続いた間、発疹の治癒とか摘出を目指してありとあらゆる治療法が試された。例外はただ一つ。それは天に咲く花で、地上のあらゆる悲惨を癒す特効薬である。人は罪を「愛」で癒そうと試みたことはない！　一度だけでもその努力をしていたら、アダムとイヴが迷い込んだ暗い癩病院の必要などなかったかもしれない。その可能性は十分にあり得ただろう。生まれたままで汚れを知らないうちに、先を急ぐがよい。未だに悪が染みついている部屋の湿気がおまえたちにも伝わり、またも堕落した人類が蔓延らぬように！

牢獄内を通り抜け、外壁に囲まれた空間に出る。アダムは、非常に単純な構造なのにその正体がまったく分からない装置の下で立ち止まる。まっすぐな柱が二本建ち、それが横に渡された梁を支え、その梁から綱が一本下がっているだけである。

「イヴ、イヴ！」名状しがたい恐怖に駆られて震えながらアダムが叫ぶ。「これはいったいなんだろう？」

「分からないわ」とイヴ。「でもアダム、わたしの心臓の具合がおかしいの。空がもうなくなったみたい！――お日様もなくなったみたい！」

アダムが身を震わせたのももっともだし、可哀想にイヴの心臓の具合が悪くなったのも当然だ。この謎の物体は、神が解決すべしと与え賜うた幾多の大難問に対し、人類が考え出した解決装置すべての典型だからである。すなわち恐怖と復讐の装置であり、決してうまくはゆかなかったが最後まで継続したのである。ここで、最後の命令が下った今朝、ある罪人が――罪なき者など一人もいないところに生を受けた一人の罪人が、この絞首台で死んだ。世間の人々が、近づきつつある自らの運命の足音を聞いていたのなら、こんなふうにいかにも人間らしいこの行為によって、人間のなした諸々の行為の記録に終止符を打つのは、決して不適切というものでもないだろう。

さて、二人の巡礼は急いで牢獄を離れる。もしも二人が、自分たちより前にこの地球に住んでいた人々が、人の考えだした誤謬に閉ざされ、自らの堕落によって拘束され鎖につながれていたのを知っていたなら、この道徳的世界全体を牢獄になぞらえ、地上からの人類一掃を全囚人の解放と見なしたかもしれない。

次に二人は、取り次ぎの案内も受けずに――といって玄関のベルを鳴らしても、無駄であったろうが――ビーコン・ストリートでいちばん豪壮な私邸に入っていった。荒々しく、それでいて哀調を帯びた震えるような旋律が屋敷のうちを流れてゆく、パイプオルガンの荘厳な音色のように大きく高まるかと思うと、今度はかすかな囁きに似た低音となって消えかける。まるで、消えてしまった一族に関心を抱いていたある妖精が、玄関の間にも部屋にも人影ないのを悲しんでいるような感じだ。もしかして、全人類を悼む挽歌を奏でるために、死すべき人類の中でもっとも無垢な処女がひとり後に残されたのだろうか？　そうではない！　それは風鳴琴《エオリアン・ハープ》の音色、それは〈自然〉が、夏のそよ風であろうと嵐であろうと、自分の息という息の中に隠してある美しい調べをハープで奏でているのだ。アダムとイヴはなんの驚きも見せず、恍惚として酔いしれた。ハープの弦を鳴らして吹きぬける風が静まると、見事な家具や豪華な絨毯それに部屋の作りを調べてみようという気になった。どれもこれも素人の目さえ楽しませてくれるが、心の奥の何かに訴えかけるということはない。壁に掛かった絵画にしても、興味をかき立ててもう一歩踏み込んでみたいという気を起こさせない。絵画というものはほんらい不自然で、欺瞞的なものを持っていて、それが太古の純朴な心と共鳴しあわないのだ。招かれざる客の二人は、並んでいる一族の肖像画を見つめるが、頭の働きが鈍って、奇妙な衣服に身を裹しているのが男であり、女であるということには気づかない。長きにわたって、精神と肉体が衰えたゆえに、目鼻立ちも表情も卑しいものになっている。

しかしながら、〈自然〉の手から生まれたばかりの美しい人間の絵画が、偶然ふたりに現れる。豪奢な部屋に入ってゆくと、人影がふたつ出迎えようとこちらに向かってくるのに気がついて、びっくりしたが怖くなったわけではない。自分たちふたり以外の命が、この広い世界に残っていると想像するのは怕しいことではないのか？

「これはどういうことだ？」アダムが大きな声を出す。「イヴ、美しい君は二つの場所に同時にいるのかい？」

「あなたもよ、アダム！」イヴは不思議そうに、でも嬉しそうに応じる。「間違いないわ、あの気高くて麗しい姿はあなたのものよ。それなのにあなたはここ、わたしの横にいるわ！　わたしはひとりで十分――絶対ふたりいてはいけないと思うわ！」

この奇跡は背の高い姿見がおこしたものだ。ふたりは姿見の謎を程なく解いたが、それは〈自然〉が人間の顔を映すためには水たまりで、自分の偉大な相貌を映すためには波のない湖で鏡を作り出しているからである。嬉しい気持ちで心ゆくまでお互いの鏡像を見つめたあと、今度は部屋の隅に大理石でできた子供の彫刻を見つける。理想的な出来映えなので、ふたりの間に生まれる最初の子供の似姿を先取りしたものと言っても過言ではないくらいだ。彫刻というものは、最高傑作にあっては絵画よりも純粋度が高く、葉や花と同じ法則に従って、自然界に芽生えそこから発育したように思われるかもしれない。子供の彫像は、寄る辺のないカップルにとって、仲間のような印象を受けた。さらにその像は過去と未来の隠された意味をほのめかしてもいた。

「あなた!」イヴが声を潜める。

「何が言いたいんだい、イヴ?」アダムが尋ねる。

「この世界には、わたしたち二人だけかしら?」とイヴは続けるが、自分たち以外にも誰かが住んでいるかもしれないと思うと、恐怖に似た感情が湧いてくる。「この小さな姿、とっても可愛いわ! 息をしたことがあるのかしら? それとも、鏡の中のわたしたちみたいに、本物の作るただの影なのかしら?」

「不思議だなあ!」片手を額に押しあてながらアダムが応える。「周りは謎でいっぱいだ。目の前を絶えずこんな考えが飛んでいく――捕まえられるといいんだが! イヴ、イヴ、ぼくたちはぼくたちに似ている存在の跡を辿っているのだろうか? もしそうなら、彼らはどこに行ってしまったのだろう? ――それから彼らの世界はどうしてこれほどぼくたちの住まいに相応しくないのだろう?」

「偉大なる〈お父様〉だけがご存知だわ」とイヴが答える。「でも何かが言うのよね、お前たちはいつまでも二人だけではないって。この美しい像そっくりの存在がわたしたちのところにやってきてくれたらきっと素敵だわ！」

それから二人は屋敷の中を歩き回り、至る所に人間が生活していた印を見つけ、つい先ほど浮かんできた考えによって、今度は前に比べて強い興味が胸の中に沸き上がってきた。女性がここに女の繊細さと洗練の痕を残し、女らしいやさしい仕事の跡を残している。イヴは裁縫道具のかごをかき回し本能に促されて指ぬきにピンク色をした指先を通す。そして彼女は、本物そっくりの花を鮮やかに刺繍した作品を手に取ってみる。花の一つには、消え失せた人類の美しい娘が置き忘れた刺繍針。こういう立派な仕事が完成する前に〈最後の審判〉が訪れたのは残念なことだ！　イヴは、仕上げる技量が自分にあることを感じそうになる。ピアノのふたが開けたままになっている。彼女は無造作に指を鍵盤に走らせ、即席のメロディーを叩き出す。風鳴琴のそれと同じように自然だが、憂き世の苦労をまだ知らぬ彼女の躍動する生のために喜びが溢れている。薄暗い玄関の間を通り過ぎ、扉の陰に箒を見つける。十分すぎるほどの女らしさを持っているイヴは、それが自分に相応しい道具ではないかと漠然と感じる。別の部屋では天蓋付きのベッドをはじめとする、贅沢な睡眠に役立つ様々な小道具を見つめる。だが、森の落ち葉を山盛りにした方がもっと効果的だろうに。二人は子供部屋に入り、小さなドレス、帽子、靴、それに揺り籠を見て当惑する。ひだのついた厚手の蔽い布の陰には、まだまだ赤ん坊の形跡がある。アダムは、こうした細々した事柄には殆んど気づかない。イヴの方は、突然物思いに引きずり込まれ黙りこくる。彼女を我に返らせるのはなかなか難しそうだ。

不幸この上ない成り行きが重なってとしか言いようがないが、この屋敷では、招待客を含め、一族全員に果てしのない未知の宇宙空間への招集が発せられた日に、大がかりな晩餐会が開かれることになっていた。運命の瞬間が訪れたとき、実際に料理は並べられ、参加者はまさに席に着こうとしていた。アダムとイヴは招かれないまま宴会場に入っていった。料理が冷えてからしばらくの時間が経過している。しかし冷えていることをのぞけば料理は、先住者たちが到達した最高峰の見本を提供してくれたのである。上流階級の洗練された食欲さえ満足させることのできる料理の中から、純朴な二人が最初の食事に相応しい食べ物を選ぼうとすれば途方に暮れるにちがいないと想像するのは難しい。〈自然〉は二人に亀のスープの奥義を教えるだろうか？〈自然〉は鹿の腰肉にかぶりつけと励ますだろうか？大西洋を渡った最後の蒸気船で輸入した、パリ製のパイの功徳を教えこむだろうか？それともむしろ、汚れを知らぬ二人の嗅覚に、死と腐敗の厭うべき臭いを届ける魚や鳥や獣の肉に嫌悪を覚えて、二人が顔を背けるように命じないだろうか？――食べ物だって？献立表には、二人が食べ物と見なすようなものはなにひとつ含まれていない。

そうはいっても幸運なことに、隣のテーブルにデザートの支度が整っている。食欲と動物的な本能のことならイヴより敏感なアダムは、お誂え向きのこのごちそうを見つけだす。

「ねえ、イヴ」彼は大きな声を張り上げる。「食べ物があるよ」

「そうね」主婦としての萌芽が体の中でうごめき始めたのを感じて彼女は応える。「わたしたち、今日は大忙しだったから、間に合わせの食事で十分だわ」

そしてイヴはデザートのテーブルにやってくると夫の手から赤いリンゴを受け取る。彼女の先祖が、我々に共通の父祖へ渡したあの決定的な贈り物の返礼として。彼女はそのリンゴを食べる。それは罪ではなく、彼女の未来の子孫に破滅的な結末をもたらさないことを願うことにしよう。二人はたっぷりと、だが度を過ごすことなく果物の食事を終える。この果物は、楽園で集められたものではないが、その土地に植えられた種からまっとうに得られたものなのだ。ひとまずお腹はくちくなった。

「イヴ、何を飲もうか?」アダムが尋ねる。

イヴは、瓶やデカンターにちらりと目を走らせ液体が入っているのを知ると、ごく自然にきっと喉の渇きを癒してくれるに違いないと思う。ところが、芳醇にして稀な香りを放つボルドーの赤ワイン、ドイツの白ワイン、マデイラの白ワインがこのときほどひどい嫌悪をかき立てた例は以前にはなかった。

「なんてことかしら!」ワインの匂いを次々に嗅いだあとで彼女は言い放った。「わたしたちの前に行ってしまった人々は、わたしたちと同じ性質の持ち主であったはずがないわ。だって、飢えも渇きもわたしたちと同じじゃなかったもの!」

「向こうの瓶を渡してくれないか」とアダム。「およそ人たる者が飲みうるものなら、喉を潤おしてやらなくては」

一言二言いさめたあとで、シャンパンの瓶を手に取ったが、いきなりコルク栓が弾け飛ぶと、床に落としてしまった。液体は味わわれないまま泡をたてる。二人が飲み干していたなら、あの束の間の激しい興奮を味わったことだろう。精神から生まれるものにせよ、肉体から生まれるものにせよ、その興奮の中に、人は〈自然〉に背いたために失った静かな終生の喜びの代償を求めたのだ。とうとうイヴは、山間の泉から湧き出た水の中でも一番澄んでいるうえに、冷たくて煌めくような水の入ったガラスのピッチャーを冷蔵室に見つける。その水を飲んですっかり元気を回復した二人は、この貴重この上もない液体は、わたしたちの体内を流れる命のそれと同じものなのだろうかと互いに尋ねあう。

「さてそれじゃあ」アダムが言う。「もういちど、ここがどういう世界なのか、ぼくたちは何故ここへ送りこまれたのか見つける努力を始めなくちゃ」

「何故ですって?――お互いに愛し合うためじゃないの!」とイヴが声を高める。「役目としてはこれで十分でなくって?」

「まさにその通り」アダムは彼女にキスをしながら答える。「それでも――自分でもよく分からないんだが――何かがぼくたちに囁くんだ、なすべき仕事があるって。ぼくたちに割り当てられている務めは、おそらく、地上とは比べものにならないくらい美しい天空に昇ることに他ならないのではないかな」

「それじゃあ、いま天空にいるといいのに」とイヴが小声で呟やく。「そして務めも義務もやってきませんように!」

二人は気前よくご馳走してくれたお屋敷を立ち去る。次に二人を見かけるのはステート通りだ。古びた州議事堂の時計の針は正午を指している。この時間の株式取引所は一番活況を呈しており、過去の人となった多くの俗物たちにとっては人生における唯一無二の仕事なるものをこの上なく華やかに象徴している。それも今は終わった。永遠に続く安息日がステート通りに静寂の影を落としている。新聞配達の少年さえ、『タイム』紙や『メール』紙が発行した、前日の大惨事の詳細を含む一ペニーの号外を買えと言って、二人だけの通行人に迫ったりしない。商人にしろ投機家にしろ、このときほど商いの不振を経験したことはない。最悪だ。それというのも、商人や投機家に関する限り、作られた世界は破産法の恩恵を受けているからだ。結局今回はお気の毒さまというわけだ。望み通りの富をまんまと手に入れたばかりのあの巨大な資本家どもめ！　利に聡い貿易商人たち――長い年月をひたすら複雑きわまりない人為的な学問に精進し、やっとマスターできたと思った瞬間、天のラッパの音によって世界の破滅が宣せられた連中！　自分たちが出向いた国の通貨を持って出なかったり、地上の貧乏人から天国の金庫番に宛てた為替手形や信用状を用意しないほど、彼らは不注意でいられたのだろうか？

アダムとイヴは〈銀行〉に入ってゆく。銀行に預金があるからといって、慌てる必要はありませんよ！　いまとなっては、お金の必要など生じないでしょうから。警察を呼ぶのはやめて下さい！　道路の石ころも金庫室のお金も、この素朴な二人にとっては同じ値打ちしかないのです。不思議な光景が見えます！　二人は両手いっぱいの輝く金貨を掬うと、大はしゃぎで空中高く投げあげる。きらきら煌めくガラクタがシャワーのようにもう一度降ってくるのを見るためだ。この黄色くて丸い小さな物体が、かつては魔法の力を持っていて、人の心を左右したり、倫理観を揺さぶりえたことは、二人とも知らない。過去を調べることは、ここでいったんやめさせよう。二人はある体系の主発条、生命、精髄を見つけだしたのだ。それは、人間の中心器官となりおおせた上に、その本性を自らの致命的な手によって窒息せしめた体系のことである。がしかし、地上世界が貯めこんだ富も、この二人にかかっては無力そのものである！　紙幣――霊験灼かな紙片――の分厚い束もある。かつて紙幣は息を吐くように簡単に魔法の宮殿を築く効力を有し、ありとあらゆる危険な奇跡を起こし、それでいて自らは貨幣の亡霊、陰の影に過ぎなかった。この金庫室は魔術師の穴ぐらと実によく似ている！　全能の杖が折れ、幻の光輝が消え失せ、床に粉々になった魔法の残骸や、かつては悪魔たちが命を吹き込んだ者どもの死骸が散らばっているならば、だ。

「イヴ、至る所に」とアダムが話す。「色々なガラクタの山が見つかる。きっと誰かが、懸命になって集めたんだ――でも目的は何なのだ？　ひょっとしたらぼくたちも、これから同じようなことをしたいと思うのではないだろうか。それがこの世でのぼくたちの仕事ってことはあり得るのだろうか？」

「違う、違う、違うわアダム！」イヴが答える。「静かに坐って天を見上げている方がましよ」

二人は〈銀行〉から立ち去るが、時宜を得ている。こんなことを言うのは、もう少しぐずぐずしていれば、資本主義者という通風病みの老いたる子鬼にきっと出会うだろうからだ。彼の魂は、自らの財を預けた金庫室以外の場所には長くいられないのだ。

次に二人は宝石店に立ち寄る。宝石の輝きを目にして心が浮き立つ。アダムは一連の真珠をイヴの頭に巻きつけ、自分のマントを見事なダイヤモンドのブローチでとめる。イヴはアダムに礼を言い、手近にある姿見に映る自分の姿を見て嬉しくなる。直後イヴは、水を張った花瓶の中にバラをはじめとする様々な美しい花を見て、非常に高価な真珠を投げ捨て、もっとすばらしい自然の宝石で身を飾る。自然の花は美しさばかりでなくその情感によって彼女を魅了するのだ。

「間違いないわ、この花は生きているのよ」彼女はアダムに囁やく。

「ぼくもそう思う」とアダムは応え「それにこの花もぼくたちと同じで、この世界では居心地が悪そうだ」

二人の探求者のあとを何処までもついて行くような真似をしてはならない。〈創造主〉が二人に委ねたのは、消え去った種族の生き方や産み出した物に何物にも左右されない判断を下すことだから。この頃になると、ものごとを鋭く正確に見抜く力に恵まれた二人は、周囲に溢れる色々な物が何のためにあるのか理解し始めた。たとえば、この街にある建物はこの世界を作りだした方が直接手を下したのではなく、自分たちと似通った存在によって、身を守り快適に暮らすために建てられたと推測した。しかし、むさ苦しく貧しげな他の建物に比べ、或る住まいが突出した豪華さを持っている理由を二人はどう説明するのだろうか。どうやって隷属という概念が二人の頭に入ってくるのだろうか？　失われた地上の民の一部が贅沢な生活を送り、大多数の者は僅かな糧を求めてあくせく暮らすというこの惨めにして重大なる事実をいつ二人は理解するのだろうか？――その証拠となるものが、至るところで二人の感覚に訴えているのに。神意の第一項たる「愛」は完全に廃棄され、人はその兄弟の持つ物を欲して当然ではないかと思うに至るには、まず、二人の心の中で認識に関する惨めな変化が起きなければならない。二人の知力がそのレベルに達したなら、大地に拒否されたかつての民よりも、自分たちが優れていると喜ぶ理由はほとんどないだろう。

歩き回っているうちにとうとう街を離れて郊外にたどり着いた。二人は草に覆われた丘の上に立っている。御影石でできた方尖塔の土台のところだ。巨大な先端が天を指しているのを見ると、感謝の念を表すためか願い事をするためかは知らないが、高貴なる生贄として、時代を超えて朽ちることのない目に見える象徴を捧げることに、人類という一族が同意したかのようだった。荘厳を感じさせる記念碑の高さ、神秘的なまでの単純さ、それと卑俗な実用性にまったく欠けているところが相まって、アダムとイヴはなおのこと心を揺さぶられ、建立者の思惑よりもっと純粋な気持ちをこめてこの塔の正体を推測した。

「イヴ、これは祈りを顕しているんだ」とアダムが言う。

「じゃあ私たちも祈りましょう」とイヴが応える。

名高いバンカー・ヒルに建つ、男が礎を築き女が仕上げを施した記念碑の意図をすっかり誤解してしまったからといって、父も母もいないこの哀れな二人を責めるのはやめようではないか。戦争という概念は二人の心にはもともと存在しない。勇敢なる自由の守り手に対する共感もない。なぜなら迫害そのものが、彼らの推測の域を凌駕する謎のひとつであるからだ。いま安らかな気持で立っている草地は、かつて人の死骸が散乱し、その血に染まって真っ赤だったことを想像できたなら、ふたりにとって、ひとつの世代が末代まで残る殺戮を犯したことも驚きなら、後の世代がそれを誇らしげに祝うのも驚きだろう。

喜びに浸りながらふたりは、緑の草地を越え静かな河のほとりをそぞろ歩く。接近しすぎないようにして跡をつけると、ふたりのさすらい人はゴシック様式の大きな建物に入っていった。過去の人類が、記録に値すると見なしたものを、ハーヴァード大学の膨大な蔵書として残した建物だ。

奥行きのある幾つもの部屋にいま垂れこめているような寂寥と静寂を享受した学生は未だかつていない。いま入りこんだふたりは、どれほどの好機が自分たちに降りかかってきたか分かっていないに等しい。だがアダムは、書物の長い列を不安げに眺める。床から天井まで次々に上へ上へと積み重ねられた人間の知恵。彼は大きな二つ折り本を手に取る。はらりと開く。まるで著者の精神を新しい人類の清新で清純な頭脳に伝えたくて独りでに開いたみたいだ。彼は立ったまま、整然とした神秘の文字列に熱っぽく見入っているように思われる。それというのも、頁に記された訳の分からぬ思想と彼の知性の間には神秘的な関係があり、その思想は自分に向かって投げつけられた大きな荷物のように感じざるをえないからだ。彼は当惑しきって痛みすら覚え、未知のものを知ろうとする努力は無に帰す。ああアダム、早すぎる、少なくとも五千年は早すぎる、眼鏡をかけ、図書館の小部屋でせっせと学ぶには！

「これはいったい何だろう?」とうとうアダムが呟やく。「イヴ、思うんだ、この際一番やるべきなのは、小さな無数の仕切りが入ったこの大きくて重い物の謎を解くことじゃないかと。ほら！　ぼくを正面から睨んでいる、いまにも喋りだしそうだ！」

イヴは女の直感で洒落た詩集に目を走らせる。これを生み出したのは地上の詩人の中で一番強運の持主に違いない、なにしろ大詩人たちがことごとく忘却の淵に沈んでいるというのにその詩が人気を保ち続けているのだから。しかし、その詩人の幽霊を有頂天にさせないようにしよう！　この世でただ一人の女性はその本を床に投げ出すと、放心状態の夫をおかしそうに笑う。

「ねえアダム」彼女が声をかける。「あなた、悲しそうだし憂鬱そう！　その馬鹿げた物を放り出しなさいよ、たとえ喋ったにしても、聞くに値するものじゃないわ、たぶん。お互いに話しましょうよ、空と、緑の大地と、木や花と話しましょう。そういうものたちの方が、ここで見つかるよりもっと素敵な知識を教えてくれるわ」

「そうだね、イヴ、たぶん君の言う通りだろう」アダムは溜息まじりに答える。「それでも、一日中謎に包まれて歩き回ったわけだけど、その答えがここで見つかりそうに思えてならないんだ」

「答えなんか捜さない方がいいんじゃないかしら」イヴは諦めない。「ここの空気、肌に合わないの。

わたしを愛しているなら、出ましょうよ!」

彼女が勝って図書館の持つ神秘的な危険から彼を救い出す。これは嬉しい女性の力だ! もし彼が収納されている宝に近づく鍵を手に入れるほど長居したなら——手に入れるのは不可能ではない、間違いなく彼の知性は成り立ちの上では人間のものであるし、ただ鋭敏な活動力が伝達されていないだけだから——もし彼がたちまちこの場で学問の徒になったなら、哀れな我が世界の年代記編者は、やがて第二のアダムの破滅を記録することになっただろう。新しい〈知恵の木〉に実る運命のリンゴが食せられたことだろう。あらゆる曲解に詭弁、さらには巧みに真理を装う偽りの英知。半端すぎて虚偽より人を誑かしやすいあらゆる狭量な真実。あらゆる誤った原理原則と間違った実践、人生の邪悪なお手本と不正な決まり。大地をお伽の国に変え、人を影に変えるあらゆる尤もらしい理論。人類が長い長い時間をかけて積み上げてきたのに、そこからは将来の指針となるような教訓をただのひとつも引き出せなかったあらゆる悲しい経験。——こうした諸々の悲惨な物語からなる山が、アダムの頭上に一挙に崩れ落ちたことであろう。そうなれば、彼はもう失敗に終わった人生の実験を引継ぎ、我々は捨ててしまったにもかかわらず、しばらくは実験を続けながら営々と進む以外、彼に残されるものは何もなかったであろう。

しかし知らぬが仏、彼は、疲弊しきった我らが世界にあってあらたな世界をさらに楽しむかもしれない。たとえ彼が、我々と同じように善をおこなうに悖るとしても、彼には、自ら過ちを犯す自由がある。これは埒もないことではない。何世紀か過ぎると文学を生み出すだろうが、その文学は我々の詩の際限のない繰り返しではないであろうし、唄と創作の我らが偉大な父祖たちが作りだしたイメージの再生でもないであろう、そのメロディーは未だこの地上に流れたことはないし、知識人たちも我々の概念に曇らされたこともない。それゆえ、図書館の書物の上に時代の埃が積もるのを放っておこうではないか、そして然るべき時が来て、ついに建物の屋根が崩落するならそれでよいではないか。第二のアダムの子孫が同じように自分たちのガラクタを集めるようになれば、それが我らの廃墟を発掘して異なる二つの人類のどちらが文学的に進歩しているか比較する時期であろう。

しかし我々はあまりにも先のことを考えすぎている。これは長い過去を持つ者の悪癖のようだ。新しいアダムとイヴに戻ることにしよう。彼らには儚く朧な前世の幻影を除いて過去の思い出はなく、いま生きていること、いま幸せであることに満足している。

日が暮れかかる頃、死せる先祖から生まれたのではないふたりのさすらい人は、マウント・アーバンの墓地に近づいた。軽やかな心で――と言うのも、大地と空がいまお互いをその美で喜ばせあっているから――大理石の記念碑、紛いものの神殿、壺型墓、オベリスク、石棺などの間を縫って曲がりくねった小径を歩く。時どき立ちどまって、人類の成長が生み出したこのような奇妙な空想の産物を鑑賞したり、〈自然〉が退廃を愛らしき美に変える道具に使った花々を愛でる。〈死〉は、かつて収めた勝利の印のただ中で、人類すべてが投げ捨ててしまった死すべき運命にある者の厳しい重荷を引き受けてしまったということを二人に感じとらせられるのだろうか？　彼らと同類の塵が墓になったためしはない。だとすれば、ふたりは即座に、自分たちの肉体を要求する奪うことのできない権利が〈時〉と自然の力にあることを悟るだろうか？　それはありえないことではない。魂と、魂を取り巻く環境は相いれないとふたりが悟るには、たとえ生まれて初めて浴びた陽光のただ中にいるときでも、十分な影が存在したたに違いないからだ。ふたりはすでに何かを失わなければならないことを学び取っている。〈死〉という概念はふたりの中に存在する、いや正確には遠くない将来に芽生えると言うべきか。ふたりが〈死〉のための象徴を選ぶとすれば、それは舞い上がる〈蝶〉なのだろう、それともふたりを天に招き寄せる輝く〈天使〉だろう、もしくは心地よい夢に包まれて眠る〈子供〉だろう。その夢は彼女の純真さのために透きとおって見える。

純白の大理石でできたそのような〈子供〉を、ふたりはマウント・アーバンの墓石の中に見つけた。

「愛しいイヴ」手に手を取ってその美しい墓石に見入りながらアダムが言う。「向こうに見える太陽はぼくたちから去っていった、そして世界全体がぼくたちの目から霞んでゆく。この愛らしい小さな子供が眠っているように、ぼくたちも眠ろう。今日ぼくたちが自分のものにした周囲の世界は、永遠にぼくたちから奪われる運命にあるかどうかは〈父〉にしか分からない。しかし、たとえぼくたちの地上での命が遠ざかってゆく日の光と共に消えてゆくとしても、次の朝が、天から〈神〉の微笑みたもう地上のどこかにぼくたちを見つけてくれるのを疑う必要はない。取り戻されることのない命を〈神〉はお恵み下さったとぼくは感じる」

「そして何処で生きるかは問題ではないわ、だってわたしたちいつも一緒なんですもの」とイヴが応える。

痣

前世紀の後半、自然科学のあらゆる分野に造詣が深い優れた科学者がおりました。ぼくたちの物語が始まる少し前、彼はいかなる化学物質同士の親和力よりもっと魅力的な心と心の親和力なるものを経験しました。彼は実験室を助手に任せ、整った顔から溶鉱炉の煤を拭い、指から酸の汚れを洗い流すと、美しい女性を説きつけて妻に迎えたというわけです。当時は、電気をはじめ、自然界に存在する似たような謎が解明されて間もない頃でしたから、こうした謎の解明が奇跡の領域に分け入る道を開いてくれそうな勢いでした。ですから、科学を愛する気持が、男心を夢中にさせる具合と激しさの点で、女性への愛に劣らないというのはそれほど異常ではありません。高度な知力、想像力、精神力、それに心情までが、科学研究の中にそれぞれ自分好みの食材を見出していたふしがあります。熱狂的な信奉者の中には、研究は激烈な知性の階段を一歩一歩登ってついには科学する者が創造力の秘密を手に入れ、新たな世界を自ら作り出すのではないかと信じる者もいたのです。エイルマーも、人間がそこまで自然を徹底的に支配すると信じていたかどうかぼくたちには分かりません。しかしながら、科学研究への傾倒ぶりは天井知らず、別の対象に情熱の矛先を転じさせようとしても全く無理でした。新妻と科学を比べれば、妻への愛が勝っているかもしれません、しかしそれは妻への愛と科学への愛を縫り合わせ、科学への愛の力を妻への愛に結びつけることによって、初めて可能になったのではないでしょうか。

そんなわけで、ふたつの愛がひとつになり、それに伴って誠に驚くべき結末が生まれ、極めて感銘深い教訓も生まれたのです。結婚後間もないある日のこと、エイルマーは苦悩の表情を浮かべて妻をじっと見詰めていました。苦悩は深まるいっぽうで、とうとう言葉が口をついて出ました。

「ジョージアナ」彼は言いました。「頬の痣なんだけど、消せるかもしれないと思ったことはないのかい？」

「ええ、全然」微笑みながら言ったものの、夫の真剣な様子に気づいて真っ赤になりました。「正直なところ、この痣は魅力的だ魅力的だとしょっちゅう言われたので、そうかもしれないと単純に思いこんでしまって」

「うん、他の人の顔にあるのなら、そうかもしれん」と夫は応えました。「でも君の場合は絶対にそうじゃない！　そうなんだ、ジョージアナ、君は〈自然〉の手から完全無欠に近い姿で生れてきた、だからごくごく些細な取るに足りない欠点に――いやいや欠点というべきか、美点というべきか迷ってしまうが――ぼくはショックを受けるんだ、なにしろ、その痣はこの地上の不完全さを示す目に見える印に思えるから」

「ショックを与えるですって、あなたに！」ジョージアナはひどく傷ついて声を高くしました。最初は怒りに駆られて一瞬赤くなったのですが、すぐに涙にくれました。「それじゃあ、なぜわたしを母のもとから引き離したのです？　ショックを与えるような女を、あなた、愛せるわけがありませんもの」

この会話のいきさつを説明するためには、ジョージアナの左の頬の真ん中に奇妙な痣があり、それが、言わば、肌の表面ばかりか内部にも深く織りこまれていたことを申さねばなりません。顔色が普通の場合――かすかとはいえ健康的な赤味を帯びている場合は、痣は地肌より少しだけ紅色を帯びていて、周りを囲む薔薇色のせいで輪郭はぼやけています。彼女が顔を赤らめるとますますぼやけてゆき、おしまいには誇らしげに勢いよく流れる血の色の中に消えてゆきます。そのときは頬全体が鮮やかに赤く燃え立ちます。しかし、何らかの変化が心に生じて蒼白くなったりすれば、エイルマーが時には恐ろしいと思うほどくっきりした痣が再び現われます。雪に散った深紅の飛沫です。形は人間の手にそっくりと言ってもいいのですが、大きさは一番小さいピグミーくらいしかありません。ジョージアナを愛した男たちは、ある妖精が生まれたばかりの赤ん坊の頬に自分の小さな手を押し付け、この印を残したのだとよく言ったものです。この手形は彼女に魔法の資質が備わっている印であり、それがあらゆる人の心を支配する力を与えるというのです。この謎めいた手に口付けする特権のためなら、多くの向こう見ずな伊達男たちは命まで賭けたことでしょう。しかしながら、妖精が自ら押したこの手形は、見る人の性格の違いに応じて受ける印象が大きく変化したことは隠すべきではありません。気難しい人たちは――といっても彼女の同性ばかりだったのですが――「血みどろの手」は――彼女たちはことさらそういう言い方をしたのです――ジョージアナの美しさをすっかり台無しにしてしまい、彼女の顔を美しいどころか恐ろしいものにしていると言い切りました。そうだとしますと、彫刻に用いる純白の大理石には時おり青い小さな染みが生じることがありますが、そんな染みが一つでもあれば、パワーズ作の〈イヴ〉は怪物に変ってしまうと言うのも、道理に叶ったことになるのではないでしょうか。これが男性の場合なら、痣を見てジョージアナを賛美する気持が高まるということがなくても、無くなってほしいと願うだけで満足しました。そうすれば欠点のかげさえない理想的な美を体現したただひとりの生きた見本を、この地上が持てるからというわけです。エイルマーは結婚したあとになって、というのも結婚するまでは痣のことを殆んど、いや全く考えたことがなかったからですが、いまの話は自分にも当てはまると思いました。

もし彼女が今より美しくなければ——もし〈嫉妬の女神〉が嘲笑すべき対象を他に見つけておれば——彼は、ぼんやり姿を現すかと思うとすっかり消え失せ、かと思うと再び微かに浮かび出る、さらには心臓の内部で鼓動する感情の波に合せて仄かに光ったり消えたりするこの可愛い小さな手形によって、自分の愛情が高められたと思ったことでしょう。ところが他のところはあまりにも完璧に思えたので、このたったひとつの欠点が結婚生活の一瞬毎にますます耐え難いものに思えてきたのです。それは〈自然〉が刻印した、けっして消すことのできない人間に内在する避けられない欠陥でした。〈自然〉は、自分の創りだしたものはすべて限りある束の間の存在にすぎないことを示すためか、創られたものが完全を目指すなら苦しみと痛みによらなければならないことを示すためかは分かりませんが、すべての創造物に何らかの形で欠陥を刻印するのです。〈深紅の手〉は避けることのできない運命の手を表わしていました。死は、この地上が作り出した最も気高く最も純粋な者にその手で掴みかかり、最も卑しい者の仲間に貶め、それどころか獣そのものの仲間に貶め、そして最も気高く最も純粋な者も、獣と同じくその目に見える肉体は土に帰るのです。このようにして痣を、妻には罪を犯したり、悲しんだり、衰えたり、死んだりする可能性があることの象徴だと思い定めたものですから、エイルマーの陰気な想像力はまもなく痣を恐るべきものにしてしまい、魂の美しさであれ、見た目の美しさであれ、ジョージアナの美しさがこれまで与えてくれた喜びを上回る苦しみと恐怖を引き起こしました。

ふたりとっていちばん幸せであるべき時期を通じて、彼の頭はいつも、それと意識せずに――いや、それどころかそうすまいと思っているにも拘わらず――このただひとつの不吉な関心事に戻っていきました。初めは取るに足りないことのようでしたが、それが次から次に生まれる考えや、感情の起伏と密接に繋がり、その結果、あらゆるものの中心になってしまったのです。朝の光が微かに差してきて、エイルマーが目を覚まし妻の顔を見る、すると不完全さの象徴が目にはいるのです。夜になって暖炉のそばに一緒に坐る、すると彼の目はこっそり彼女の頬の方にさまよってゆき、薪の炎に合せて消えたり現れたりする亡霊めいた〈手〉を見てしまうのです。その手が、痣さえなければ賛美を惜しまなかったはずの頬に、彼女は死すべき運命にあると書きつけたのです。やがてジョージアナは彼に見詰められると身震いするようになりました。薔薇色の頬を死人同様の土気色に変えるには、彼がしょっちゅう見せるあの特別な顔つきで彼女を一瞥すればよいのです。その時〈深紅の手〉は、真っ白い大理石に刻まれた真っ赤な浅浮き彫りのように、その蒼白な頬にくっきりと姿を現すのです。

ある日、夜が更けて暖炉の明かりがだんだん暗くなり、頬の赤い斑紋も殆んど目立たなくなった頃、哀れな妻は初めて自分からこの問題を持ち出しました。

「ねえエイルマー、あなた覚えていらっしゃる」彼女はそう言いながら微笑もうとしてみましたができません。「夕べご覧になったこの憎らしい〈手〉の夢、少しくらい覚えていらっしゃる?」

「全然!――まるっきり!」エイルマーは答えたもののぎょっとしました。しかしすぐに奥深くの感情を見抜かれまいとわざと素っ気ない冷ややかな口調でつけ足しました――「夢を見ても別におかしくはない。だって、寝入る前、〈手〉はぼくの頭をがっちり掴んでなかなか離さなかったのだから」

「じゃああなたは〈手〉の夢をご覧になったのね?」ジョージアナは急きこんで続けました。涙がどっと溢れて言うべきことを言えなくなるのを恐れたからです。「恐ろしい夢なのね! あなた、お忘れになれるかしら。こういう言葉を忘れられるものでしょうか――〈もう彼女の心臓のなかだ――こいつを取り出さなくちゃ!〉あなた、よく考えてくださいな、何が何でもその夢を思い出していただきたいの」

全てを巻きこむ「眠り」が、配下の亡霊たちを薄暗い領地に押しとどめられず、彼らが境界を突き破り、もっと奥深い領域に属していると思われる数々の秘密で実生活を脅かすに任せるとき、心は惨めな状態になっています。エイルマーはとうとう夢を思い出しました。夢の中のエイルマーは、使用人のアミナダブと一緒に、痣を除去する手術を行っています。しかしメスが深く入ってゆくにつれてその小さな〈手〉はどんどん奥に潜ってゆき、とうとうジョージアナの心臓を掴んでしまったように思われました。ところが夫は、冷酷にもそれを切り取るか捩り取ろうと決意を固めます。

夢がすっかり記憶の中に蘇ってくると、妻の面前にいるエイルマーは罪悪感にかられました。〈真実〉は、眠りという衣服をしっかり着込んだ精神に辿り着くと、目覚めているときには無意識のうちに知らぬ顔を決め込んでしまうような事柄について一切の妥協を排して率直に語ることが多いのです。その時まで彼は、自分の心が、ある観念のもたらした暴虐な力に支配されていることにも、自分は、自分を安心させるためなら何だってやってのけるということにも気づいていませんでした。

「エイルマー」ジョージアナが真剣な口調で続けました。「わたしたち二人にとって、この宿命的な痣を取りのぞく代償がいかほどか、わたしには分かりません。もしかしたら、取りのぞくと手の施しようがないくらい醜くなるかもしれません。いやこの斑紋は、命の源にまで届いているかもしれません。もう一度聞きますが、生まれてくる前から、わたしをしっかりと掴んでいるこの小さな〈手〉を、何とかして開かせる可能性はあるのでしょうか?」

「ジョージアナ、そのことについては、十分すぎるほど考えた」エイルマーが慌てて妻を遮ります――「除去の可能性は百パーセントあると確信している」

「ほんの僅かでも可能性があるのでしたら」とジョージアナは続けました。「どんな危険があっても、試してみてください。危険なんて、わたしには何でもありませんもの。だって命なんか――この憎らしい痣がもとで、あなたがわたしを怖がったり嫌ったりなさるのなら――命なんか重荷にすぎないんですもの、喜んで投げ捨てます。この怖ろしい〈手〉を取りのぞいてください、それが駄目ならこの惨めな命を奪ってください!　あなたは豊富な科学的知識をお持ちだわ。そのことは世界中の人が証言してくださっています。奇跡のような業績だってあげていらっしゃる。そんなあなたがわたしの両手の小指の先で隠せるような、この小さな小さな痣を取り除けないのですか?　あなたの手に余るのですか?――あなたご自身の心を鎮めるために、そして哀れな妻を狂気から救うためにこの痣を取りのぞくことは?」

「君!　君はなんて気高く――愛しく――優しいんだ」エイルマーは嬉しさのあまり狂ったように叫びました。「僕の力を疑っちゃいけない。僕はもう、この問題をとことん考え抜いた。考え抜いたために蒙を開かれ、もう一歩で人間を――君ほど完璧でない人間なら――創り出せるほどになった。ジョージアナ、君のお蔭でこれまでよりも深く科学の真髄に入り込めた。僕には、この愛しい頬をもう片方と同じ完璧なものにする能力が十分備わっていると思っている。愛するジョージアナ、〈自然〉が最高傑作に残した欠点を矯したあかつきには、僕は勝利の美酒にすっかり酔いしれるだろうね！　自分の作った彫刻が命を獲得したときのピグマリオンより、もっともっと恍惚として我を忘れるだろうね」

「それじゃ、決りですね」ジョージアナは微かに微笑みながら言いました――「それからエイルマー、痣が最後にわたしの心臓に逃げ込むのが分かっても、容赦しないで下さいな」

夫は優しく彼女の頬にキスをしました。右の頬にです――〈深紅の手〉の押印がある方ではありません。

翌日エイルマーは自分の立てた計画を妻に知らせました。予定の手術には集中的な思索と絶えざる観察が必要ですが、その機会を彼に与えると同時に、ジョージアナにも手術の成功に不可欠な完全休養を提供するような計画です。二人はエイルマーが実験室として使っている幾つかの広い部屋に引き籠もることになりました。孜々《しし》として勉学に励んだ青春時代、エイルマーはここで自然界の四大元素に関する発見を重ね、ヨーロッパ中のあらゆる学会から称賛されました。白皙の科学者はここに静かに坐り、最高層の雲から最深部の鉱床に至るまでの神秘現象を研究したのです。火山に火をつけ、燃え続けさせる諸原因について納得のゆく結論を出しました。彼は泉の謎――泉は大地の暗い胸からを吹き出してくるが、どうして透明で澄んだものもあれば、顕著な薬効を持つものもあるのかを明らかにしました。それ以前にもこの部屋で、不思議に満ちた人間の肉体を研究し、〈自然〉が大地と大気から、さらには精神の領域からも有りと有らゆる貴重で神秘的な力を取り出しそれを融合して、自らの最高傑作である〈人間〉を創りだし育てあげるまさにその過程を見極めようと試みたことがあります。しかし後者の研究の方は、長いこと中断したままでした。あらゆる研究者が遅かれ早かれぶつかる真実——偉大なる創造の〈母〉は、白日の下で創造の仕事をしているふりをして研究者を喜ばせるくせに、自分自身の秘密は漏らさぬように厳重に警戒している、そして隠し事など一切していないふりをしているくせに結果以外は何も見せないという真実——を不承不承認めたためなのです。実際に〈母〉は、人間が壊すことは許しても、修復することは滅多に許さないし、嫉妬深い特許権者と同じで作ることは決して許しません。しかしこの時、エイルマーは忘れかけていた研究に再び取りかかったのです。勿論のことながら、最初にこの研究を思い立った時のような希望とか願望をもって取りかかったわけではありません。研究が生理学上の真理を多く含んでいるからであり、ジョージアナのために立てた治療計画の一部に含まれているからです。

夫に連れられて実験室の敷居を跨いだとき、ジョージアナは寒気がして戦慄《わなな》きました。元気づけようと思ったエイルマーは、にこやかに妻の顔を覗き込みましたが、痣が白い頬の上で真っ赤に燃え上がっているのを見てすっかり動転してしまい、躰が激しく震えるのを抑えきれませんでした。妻は気を失いました。

「アミナダブ！　アミナダブ！」激しく床を踏み鳴らしてエイルマーが怒鳴りました。

すぐに奥の部屋から、背は低いけれどがっちりした体格の男が現われました。ぼうぼうの髪の毛が、炉の蒸気で黒ずんだ顔を囲むように長く伸びています。この男はエイルマーが科学の研究を志して以来、ずっと助手をやっているのですが、物事を機械的に処理する途方もない早さと、原理など唯のひとつも理解できないくせに主人の実験の実質面ならなんでもやってのける技量の持主なので助手に打ってつけだったのです。彼は強烈な体力、もじゃもじゃの髪の毛、煤けた容貌、それに躰全体を覆う筆舌に尽くし難い俗悪さのゆえに、人間の物質的な本性を代表しているように見え、同じようにエイルマーの華奢な身体つき、青白く知的な顔立ちは、人間の精神的要素の典型に相応しいと思われました。

「家内の部屋のドアを開け放って香を焚くんだ、アミナダブ」とエイルマーは言いました。

「はい、先生」とアミナダブは答えましたが、意識を失ったジョージアナに見とれています。そして「俺の女房だったら、あの痣を絶対手放さんのだがな」と独り言を呟きました。

意識を取り戻したジョージアナは、自分が辺り一面に広がっている香しい匂いを吸っていて、その穏やかな効き目が失神して死んだようになっていた自分を蘇生させてくれたことを知りました。あたりの光景は魔法にかけられたようです。エイルマーは、煤けて黒ずんだ陰気な場所を――彼はそこで深遠な研究に明け暮れる最も輝かしい日々を送りました――美しい女性が人目を避けて暮らすに相応しい続き部屋に模様変えしてあったのです。四方の壁には豪華なカーテンが掛かって壮麗さと優美さを与えており、他の飾りではこうはいきません。カーテンは天井から床まで届き、角も直線もすっかり隠しているので、どっしりと重々しい襞がその部屋を無限の空間から遮断しているように見えます。おそらくジョージアナは雲に囲まれた大型テントにいるように思ったことでしょう。そしてエイルマーは化学的な処理を施す妨げになりそうな太陽光線を締出し、代わりに芳香を封じ込めたランプを用いました。ランプは様々な色の炎をあげるのですが、全部がまとまって柔らかな紫の光となっています。このとき彼は妻の傍らに跪き真剣な眼差しで見詰めていますが、うろたえてはいません。自分の科学に自信を持っていて、彼女の回りに、どんな災いも入り込めない魔法の円を描けると分かっていたからです。

「ここは何処？　ああ、分かったわ」ジョージアナは消え入りそうな声で呟くと、頬に手を置いて夫の目から怯ろしい痣を隠しました。

「怖がることはない、ジョージアナ」彼は強い調子で言いました。「ぼくの目を避けては駄目だ。信じてくれ、ジョージアナ、ぼくはたったひとつあるこの欠点を喜んでるくらいなんだ、これを取り除く喜びは何物にも勝るのだから」

「ああ、許して！」妻は悲しげに答えました——「お願い、二度とこれを見ないで。さっきの引きつったようなあの身震い、絶対に忘れられないわ」

ジョージアナの気持を鎮め、その心からいわば現実の重荷を取り除くためにエイルマーは、深遠な知識と共に科学から学んださささやかでお茶目な技術をいくつか披露しました。肉体のない人間、実体のない観念、実質を伴わない美などが目の前に現われては踊りを踊るのですが、光線に刻む足跡はあっという間に消えてしまいます。この錯覚が起きるからくりについては、彼女も何となく知っているのですが、それでもこの視覚現象は、夫が精神界を支配する力を持っているという信頼感を裏書きするに足る完璧な出来映えでした。それだけではありません、隔離された部屋から外が見たいと願った瞬間、彼女の思考回路に即応するように、外の状況が次から次へとスクリーンに映し出されてゆきました。風景も、血の通った人間も、そっくりそのまま再現されていますが、あのうっとりさせる、そのくせ言葉では表現できない違いを持っています——絵画や鏡に映った像、水に映った影を決まって実物より遙かに魅力的にするあの違いです。これに飽きるとエイルマーは、土が一杯入った容器を見るように言いました。ジョージアナは言われた通りにしましたが、初めはあまり気乗りがしません。しかしすぐに、土の中からまっすぐ植物の芽が伸びてきたのに気づくとはっと驚きました。芽から細い茎が出て、巻いていた葉が次第に広がって――その真ん中には非の打ち所のない美しい花。

「魔法なのね！」ジョージアナが声を上げました。「わたし、触ってみる勇気ないわ」

「駄目だよ、摘みとってごらん」エイルマーが答えます。「摘みとって、すぐに消える匂いを吸うんだ、吸えるかぎり。あっという間にこの花は萎んで、残るのは茶色の果皮だけ――でもその果皮から、同じように儚い命の子孫が絶えることなく生まれる可能性はある」

しかしジョージアナが花に触ったとたんに、全体が枯れて、葉は火に焼けたみたいに真っ黒になってしまいました。

「刺激が強すぎたんだ」エイルマーは考えこみながら言いました。

失敗に終わった実験の償いに、自分が発明した科学的な方法で君の肖像写真を撮りたいとエイルマーはジョージアナに申し出ました。磨いた金属板に光線を当てるとできあがるはずでした。ジョージアナは受け入れましたが――できた写真を見たとたん、目鼻立ちはぼんやりと不鮮明なのに、頰のあるはずの場所に小さな手の形が浮かびでているのを知ってすっかり怯えてしまいました。エイルマーは金属板をひったくると腐食酸の壺に投げ込みました。

それでもエイルマーはほどなくこうした屈辱的な失敗のことを忘れました。研究と化学実験の合間を縫って、疲れ切り紅潮した顔を彼女のところに運びます。そして彼女を前にすると元気が出るらしく、学問的な蘊蓄の深さを熱く語りました。彼は、万能溶媒を求めて長い歳月を費やした〈錬金術師〉王朝の連綿たる系譜について話しました――これはどのように卑しい金属からでも〈黄金の元素〉が引き出せる類の溶媒です。エイルマーは、単純至極な科学上の論理に従い、大昔から探し求められてきたこの溶媒を発見する可能性は絶対にあると信じている様子でした。ところがこんなことも付け加えました――その力を我が物にするほど学問の深奥に至ったなら、錬金術師にして賢者たる人は、英知の頂上に立つわけだから、実際にその力を振るうというような自分を貶める真似はできないだろう。〈不老不死の霊薬〉についての考えにしても同じように奇妙なものでした。彼は何年か――おそらく何年でも――寿命を延ばす霊薬を自在に調合できると言いきりました――しかし、不死の妙薬は自然界の調和を乱し、そのことを世界中の人が、中でも秘薬を飲んだ人が呪うのは尤もだと思うとも言ったのです。

「エイルマー、あなた本気なの?」ジョージアナは畏怖と恐怖の入り交じった目で見つめながら尋ねました。「そんな力を持つなんて、いいえ、持とうと夢見るだけでも怖ろしいわ!」

「ジョージアナ、怖がったりしないでくれ!」夫は言いました。「自然界の調和を乱す力をぼくたちの寿命に加えて、君やぼくを傷つける気持は毛頭ない。だけど考えて欲しいんだ、この小さな〈手〉を除去するために必要な技術など、その力に比べれば問題にならないってことを」

痣のことを言われジョージアナは、いつも通り、真っ赤に焼けた鉄が頬に触ったかのように身を竦ませました。

エイルマーは再び仕事に打ち込みました。彼女の耳に、遠くの溶鉱炉室でアミナダブに指示を与えている夫の声が聞こえます。それに答える耳障りで下品でおまけに気味の悪い声も聞こえますが、人間というより獣の唸りか吠え声のようでした。エイルマーは数時間後にもう一度姿を現し、ジョージアナにこれから化学製品と大地から採集した貴重な自然物を納めた棚を調べてみてはどうかと言いだしました。化学製品の中から小さな瓶を取りだして彼女に見せました。彼によれば、上品でありながら浸透力が非常に強い香水が入っていて、国中の風という風にその香りをしみこませることができるそうです。この小さな瓶の中身は非常に高価だ、そう言いながら空中に数滴振りまきました、すると部屋中に爽快で疼くような歓喜が溢れました。

「それからこれは何ですの？」黄金色の液体が入った小さな水晶球を指さしながらジョージアナが尋ねました。「目にとっても美しく見えますから、〈不老長寿の霊薬〉と思えるのですが」

「ある意味ではその通りだが」エイルマーが答えます。「正確に言えば、〈不死の霊薬〉なんだ。これまでこの世で調合された最も価値ある毒薬だ。誰であろうと君がこの人と指させば、ぼくはこの薬の力を借りてその人の寿命をいかようにもできる。その人がこれから何年も生き永らえるか、それともあっという間に頓死するか決めるのはこの薬の匙加減ひとつ。衛兵に守られて玉座に坐るどんな王様だろうと、ぼくが個人的に、国民の幸福のためにはその命を奪っても構わないと判断すれば、自分の命を守ることはできはしない」

「どうしてそんな怖ろしい薬をおいておくの？」恐怖に怯えながらジョージアナは尋ねました。

「ぼくを信じなくちゃ駄目だ！」にっこり笑いながら夫は言いました。「この薬は悪より善なる力の方がずっと強い。そんなことより、これを見てごらん！　効果抜群の化粧水だ。水の入った花瓶に数滴落とすと、手を奇麗にするのと同じくらい簡単に雀斑《そばかす》が洗い流せる。もっと濃くすれば、頬から血の気を奪い、薔薇色の美女を蒼白な幽霊にしてしまう」

「この化粧水で私の頬を洗うおつもりですの?」ジョージアナが心配そうに尋ねました。

「とんでもない!」夫は慌てて答えます――「これは表面にしか効かない。君にはもっと深くまで浸透する薬が必要だ」

エイルマーはジョージアナと顔を合わせるとたいてい、気分はどうか、家に籠もりっきりで大丈夫か、部屋の温度は丁度いいかなど細々と尋ねました。質問がひどく偏っているので、ジョージアナは、香しい空気と一緒に吸いこんだり、食事と一緒に摂取したりして自分の躯はもうすでに何らかの治療によって影響を受けているのではないか、と考え始めていました。彼女はこんなことも空想しました――たぶん全く根も葉もない空想なのでしょうが――肉体が弾むように感じる――漠然とした不可思議な昂りが血管に忍びこみ、心臓のあたりに痛くもあり快感でもある疼きを与える、そんな気がしたのです。それでも、思い切って鏡を覗くたびに彼女が見るのは、白薔薇のように蒼白で、頬にはくっきりと真っ赤な痣を刻印された自分の姿だったのです。痣を憎む気持は、エイルマーでさえいまの彼女には勝てません。

夫は必要と思う限りの時間を化合したり分析したりするのに費やしましたが、ジョージアナはその間の退屈を紛らすために、夫の科学に関する書物を繙きました。古くて黒ずんだ大きな本が沢山ありましたが、その中でロマンチックな詩情に溢れる出来事にいくつも出会いました。それは、アルベルトゥス・マグヌス、コルネリウス・アグリッパ、パラケルスス、予言する〈真鍮の頭〉を創った有名な修道僧ロジャー・ベーコンといった中世の学者たちが著したものでした。このような古代の博物学者たちは、時代より遙か先を駆けていましたが、信じこみやすい時代の傾向に染まっていて、自然の探求によって自然を上回る力を得たとか、物理学によって精神界を支配する力を得たと信じられましたし、いやそのように自らも想像したらしいのです。初期の英国王立学士院会報も負けず劣らず好奇心旺盛の上に想像力が逞しく、会員たちは自然が持つ可能性の限界を知らず、絶えず奇跡を記録したり、奇跡を起こしうる方法を提案しています。

しかしながらジョージアナの心を一番惹きつけた書物は、夫自身の手になる大型の二つ折り判でした。夫は、科学を志して以来のあらゆる実験——実験の当初の目的、実験を進めるために採用した手法、最終的な成功と失敗、そのような結果をもたらした諸状況——を記録に残してあったのです。夫はこれまで、熱意に溢れ、野心に満ち、想像力を駆使しつつ現実面も忘れない、勤勉な人生を送ってきましたが、まさにこの本はその歴史であり象徴でした。彼は自然界に存在するものを、この世にはそれだけしか存在しないかのように扱いながら、それらすべてを精神化するばかりでなく、無限なるものに対する強烈で熱い思いによって物質主義に堕すのを免れていました。彼の手に掛かると、全くの土のかたまりが魂を獲得するのです。ジョージアナは読み進むうちに、エイルマーを尊敬し、いままでにも増して心の底から愛するようになりました、しかしながら、これまでに比べれば、彼の判断力に全幅の信頼を置くことは少なくなりました。彼は数多くのことを成し遂げましたが、彼が目指した理想に比べれば、目もあやな成功さえ九分九厘失敗と思わざるをえないのです。自分の手の届かぬところに隠れている貴重な宝石に比べれば、絢爛たるダイアモンドさえただの石ころ——彼自身がそう感じていたのです。この本は著者の名声を高めるような成果に満ちてはいても、人の手になる記録の中で、これほど読む者を暗澹たる思いに誘う物はありません。肉体を背負わされ物質の中で働く精神——こうした複合人間の力の及ばなかった失敗と、自らが内包する地上的部分によって惨めに裏切られたときに天上的な部分を襲う絶望の悲しい告白であり、繰り返される実例なのです。専門分野が何であれ、天才の誰もが、エイルマーの記録の中に自分の経験と同じ例を見いだすのではないでしょうか。

そのようなことを色々考えて心を強く揺さぶられたジョージアナは、開いた本に顔を伏せ涙に暮れました。そういう状態の時に彼女は夫に見つかったのです。

「魔法使いの本を読むのは危険だよ」彼は笑いながら言いましたが、顔は不安と不快を示していました。「ジョージアナ、その本には目を通したら決まって僕の頭がおかしくなるような箇所がある。その本から被害を被らないように気をつけるんだよ!」

「この本のお蔭で、私は今まで以上にあなたを尊敬するようになりましたわ」と彼女。

「いやいや、今度の実験が成功するまで待ってくれないか」彼は答えました。「その暁には、よかったら尊敬してくれてもいいよ。それに値しないとは僕も思わんだろうし。さあさあ、君の朗々たる声を聞きたくて捜していたんだ。ジョージアナ、歌ってくれないか!」

そこでジョージアナは、渇きを訴える夫の心を癒すために、玲瓏《れいろう》たる歌声を響かせました。そのあと、子どものようにすっかり上機嫌になった彼は、この部屋に引き籠もるのもそう長くはない、良い結果が出るのはもう間違いないよと言って出てゆきました。彼が立ち去ったとたん、ジョージアナはどうしてもあとを追わなくてはならないという気になりました。二、三時間前から気になりだしたある症状のことをエイルマーに言い忘れていたからです。それはあの致命的な痣に生じた感覚で、痛みというのとは違い、体中の落着きをなくさせる体《てい》のものでした。急いで夫のあとを追い、初めて彼女は実験室に入りました。

最初に眼に飛びこんできたのは溶鉱炉でした。炎のために真っ赤になっている、熱くて熱烈な働き手である溶鉱炉は、表面を覆っている大量の煤のせいで大昔から燃えているように見えました。フル稼働している蒸留装置もあります。部屋中にレトルト、試験管、シリンダー、るつぼはもちろん、他にも化学研究に必要な装置が散らばっています。電気関係の機械はすぐにでも使える状態です。部屋の空気は重苦しいくらい濃密で、ガス臭かったのですが、それは科学的な攪拌処理によって生じた臭いでした。むき出しの壁に煉瓦敷きの床という、飾りがなく、簡素で質素なその部屋は、自分が使っている上品ですばらしい部屋に慣れてきたジョージアナの眼には奇異に映りました。何者にもましてと言ってもいいくらい強烈に彼女の注意を奪ったのは、エイルマー自身の表情でした。

彼は死人のように蒼白で、不安げで、それでいて無我夢中でした。そして蒸留中の液体が不死の幸福をもたらす薬となるか取り返しのつかない災厄をもたらす薬となるかは、彼が脇目もふらずに注視しているかどうかにかかっていると言わんばかりに、溶鉱炉に覆いかぶさっていました。ジョージアナに励まされたときの、あの陽気で喜びに溢れた態度とは何という違いでしょうか！

「さあアミナダブ、慎重に！　そっとだぞ、この人間機械め！　気をつけろよ、この土塊人間め！」助手にというより自分に向かってエイルマーは呟きます。「そうだ、少しでもいきすぎがあったり足りなかったりしたら、それでなにもかもお仕舞いだ！」

「へっへっへっ！」アミナダブが口をもぐもぐさせる――「ご覧なさい、先生、ほらほら！」

エイルマーが慌てて眼を上げます、そしてジョージアナの姿を見ると、初めは赫くなりましたが次は今までにないほど蒼くなりました。彼はジョージアナのもとに跳んでゆき、ぎゅっと腕を掴んだので指の跡が残りました。

「どうしてこんな所に来るんだ、君は？　夫を信頼してないのか？」彼は激しく詰りました。「僕の研究にその致命的な痣の影を投げかけて駄目にしたいのか？　けしからんことだ。出てゆけ、詮索好きな女め、出てゆけ！」

「違うの、エイルマー」生まれついての気丈さを十分に見せて、ジョージアナは言いました。「非難なさる権利があるのはあなたではありません。あなたこそ妻を信頼してらっしゃらない！　今度の実験の成り行きに不安をお持ちなのに、そのことをあなたは隠していらっしゃる。あなた、私のことをそんなふうに蔑まないで下さい。私たちの冒している危険をみんな話して下さい。私が後込みするだろうと心配なさるのはやめて下さい、あなたの危険に比べれば、私のなど物の数にも入らないのですから！」

「違う、違う、ジョージアナ！」エイルマーは苛立たしげに言いました。「そんなはずはない」

「仰るとおりにします」彼女は静かに応えました。「そしてエイルマー、どんな薬であろうと、あなたが持って来て下されば飲み干します。それと同じ信念に基づいて、私はあなたに飲めと言われれば、毒だって飲む気になるということです」

「君には気高いところがあるんだね」エイルマーは心を強く揺さぶられて言いました。「僕には今の今まで、人物としての君の深さと高さが分かってなかった。一切合切隠さないことにするよ。それじゃ分かって欲しいんだが、その深紅の手は、表面だけにあるように見えていても、君の生命の奥深くをがっちりと掴んでいる、しかも実験に着手する以前には考えてもいなかった力を発揮して。もうすでに、君の体をそっくり作り変えてしまうのは無理でも、他のことなら何だってできるくらい強力な薬を投与してある。やってないのはあと一つだけだ。それが失敗したら、ぼくたちは破滅だ！」

「どうしてそれを打ち明けるのを躊躇なさったりしたのです？」彼女が訊ねます。

「それはね、ジョージアナ」エイルマーは声を落として言いました。「危険があるからだよ！」

「危険ですって？　危険はただ一つです――この怖ろしい屈辱的な印が私の頬に残るというだけではありませんか！」ジョージアナが声を大きくしました。「取り去って下さい！　取り去って下さい！――どんな犠牲を払っても――でないと、私たち二人とも気が狂ってしまいます！」

「確かに君の言うとおりだ」エイルマーは悲しげに言いました。「それじゃあ君、部屋に戻ってなさい。もう少しで、全部のテストが終わると思う」

エイルマーは彼女を部屋まで送り届けて戻っていきましたが、その時見せた心からの優しさが、今がどれほどの危機的状況であるかを言葉よりも遙かに雄弁に語っていました。彼が立ち去ったあと、ジョージアナはあれこれ考えこんでしまいました。彼女はエイルマーの性格を吟味にかけてみましたが、これほど公平無私に吟味したことは過去にはありません。彼女の心臓は、彼の高潔な愛を思って震えながらも勝ち誇っていました。彼の愛は、あまりにも清らかで気高く、そのため完璧なものでない限り受け入れられず、理想より地上的な部分のまさるものに満足するような、そんな屈辱には耐えられないのではないでしょうか。そういう愛の方が、彼女のためと称して不完全なもので我慢したり、完璧な理想を現実のレヴェルにまで貶めて聖なる愛に裏切りの罪を犯すような俗っぽい愛より遙かに価値があると、彼女は感じました。これ以上はないほど高邁で深遠な彼の考えを、一瞬だけ、自分が満足させられますようにと、彼女は全身全霊を籠めて祈りました。彼女にはよく分かっていました、一瞬より長く続くはずはない、と。なぜなら彼の魂は常に前進を続け――常に上昇を続け――一瞬ごとに、前の一瞬の限界を超えるものを求めるからです。

夫の足音に我に返りました。彼は水晶の杯《ゴブレット》を手にしています。水のように透明な液体が入っていますが、不死の霊薬に相応しい輝きを持っています。エイルマーは蒼白になっていましたが、恐れているとか疑っているというより、精神状態が非常に興奮しているためと思われました。

「薬の調合は完璧だ」ジョージアナの視線に答えて彼は言いました。「僕がこれまで積み上げてきた科学の成果に騙されてない限り、失敗するわけがない」

「ああエイルマー、愛するあなたのためでなかったら」妻は申しました。「他のどんな方法よりも、死すべき体自体を投げ捨て、死すべき人間の象徴であるこの痣を消し去りたいと願ったかもしれません。命というものは、私の立っている精神的高みに到達した人間にとって、悲しい持ち物にすぎません。私がもっと弱くてもっと理性に欠けていたら、命は幸福と同義語かもしれません。もっと強ければ、希望を持って耐えられたかもしれません。けれども私の見るところ、私はあらゆる人間の中で一番死ぬのに相応しい人間に思えます」

「君は死を味わうことなく天国に行くに相応しい！」夫が応じます。「だがどうして我々は死ぬことを話すんだ？　この薬が効かないはずがない。この花にかけてみるから効き目を見てご覧！」

窓際のベンチに置いてあるゼラニュームは、黄斑病に冒され、全ての葉に黄色い染みが拡がっています。エイルマーは、ゼラニュームの生えている土に僅かな液体を注ぎました。たちまち、花の根が水分を吸いこむと、醜い黄斑は瑞々しい緑のなかに消え始めました。

「証明などいりません」ジョージアナは静かに言いました。「ゴブレットを渡してください。あなたの言葉に喜んで全てを賭けますわ」

「じゃあ飲みなさい。君って立派だね！」熱い感動を籠めてエイルマーは強く言いました。「君の心に不完全なところは全くない。君の肉体ももうすぐ完璧になるよ！」

彼女はゴブレットを飲み干し、彼の手に戻しました。

「素晴らしいわ！」穏やかな笑みを浮かべて彼女は言いました。「天国の泉の水みたいに思えるの。よくは分からないけれど、慎み深い香りと味が含まれていますもの。何日も前から喉がカラカラ、その激しい渇きを癒してくれるわ。ああ、あなた、眠らせてください。地上的な感覚が私の心に被さってきましたの、日暮れになると薔薇の花を葉が覆うように」

彼女は最後の言葉を躊躇いがちにそっと囁きました。消えそうで消えない微かな声を出すにも、自分の自由になる以上のエネルギーが必要と言わんばかりでした。最後の言葉が口からゆっくりと出るかでないかのうちに、彼女は眠りに落ちてゆきました。エイルマーは彼女の傍らに坐り、自分の存在価値の全てが、いま試されている薬の作用次第にかかっている男に相応しい感情を籠めて、妻の様子を見つめていました。しかしながら、こうした気分に、科学者に特有の学問的探求心が混じっていました。どんな些細な症状も彼の目を逃れることはありません。頬の赤みの強まり——呼吸の微かな乱れ——瞼の痙攣——関知するのが非常に困難な体全体の震え——このような症状を詳しく、刻々と二つ折りのノートに書き留めてゆきました。そのノートのどの頁にも、集中した思索の跡が刻印されていましたが、長い年月に渡る思索の全てはいま開いている頁に集中していました。

そんなふうにノートを取りながら、致命的な〈手〉にたびたび目を向け、身震いをしました。ところが一度だけ、説明のつかない不思議な衝動に駆られて、その〈手〉に唇を押しあてました。しかしまさにその時、エイルマーの心は怯み、ジョージアナは、深い眠りを続けながら不安げに身じろぎし、まるで諌めるような呟きを洩らしました。再びエイルマーは観察に戻りましたが、無駄ではありませんでした。深紅の〈手〉は、初め大理石のように蒼白なジョージアナの頬にくっきりと浮かびでていましたが、いま輪郭はだんだんおぼろになってゆきます。顔色はこれまで以上に青白いままでも、痣の方は、呼吸するたびに少しずつ鮮明さが薄れていったのです。痣の存在は怕しいものでした。ですが、それが消えてゆくのはもっと怕しいことです。虹の色が空から消えてゆくのをご覧になって下さい。そうすれば、どんなふうにしてこの謎めいた象徴が消えていったかがお分かりになるでしょう。

「ああ、殆んどなくなった!」エイルマーは自分自身に話しかけましたが、恍惚となる気持ちを抑えきれないといった様子です。「もう跡を辿ることもできないくらいだ。成功だ! 成功だ! もう薄くて見えないくらいの薔薇色になった。頬にごくごく僅かな赤みが差せば、圧倒してしまうだろう。それにしても彼女の顔色は蒼いなあ!」

彼は窓に掛かっているカーテンを開け、昼の光が部屋に射しこんで彼女の頬に憩うようにしました。その瞬間、下品で嗄れたくすくす笑いが耳に入りました。召使いのアミナダブが喜びを表現する笑いだということは、昔から知っておりました。

「なんという馬鹿者! なんという凡俗な土塊!」逆上したように笑いながらエイルマーは怒鳴りま

した。「お前はよく尽くしてくれた！〈物質〉と〈精神〉——〈地上的なるもの〉と〈天上的なるもの〉——今度のことではこれらのものがそれぞれの役割を果たした！五感を備えた人間たる者よ、笑え！　お前には笑う権利がある」

その叫び声がジョージアナを眠りから覚まさせました。彼女はゆっくりと目を開け、鏡に見入りました。鏡はそのために夫が手配してあったのです。あの〈深紅の手〉が、殆んど気づかれない状態にあるのを知ると、微かなほほえみが口許に浮かびました。〈手〉は、二人の幸せを恐怖で追いつめ追い払うほど毒々しい鮮やかな炎を今までは燃え上がらせていたのですが。ところが、そのつぎに、エイルマー自身にも説明のつかない不安と苦悩の籠もった目で彼の顔を探し求めました。

「可哀想なエイルマー！」彼女は呟くように言いました。

「可哀想？　とんでもない、一番恵まれているよ！　一番の幸せ者だよ！　一番恩寵に恵まれている！」彼は叫ぶように言いました。「たぐいまれなジョージアナ、成功なんだ！　君は完璧なんだ」

「可哀想なエイルマー！」彼女は、人間には真似のできない優しさを籠めて繰り返しました。「あなたは高い目標を目指しました！——立派にやり遂げました。非常に高尚で清らかな感情から、この地上が差し出せる最高の者をあなたが拒絶したことを後悔しないように。エイルマー——愛しい愛しいエイルマー——私は死ぬのです！」

悲しいことに、それは紛れもない真実でした。致命的な〈手〉は生命の真理を握りしめていたのです、そしてそれは、天上の精神を地上の肉体に繋ぎ止めておく絆だったのです。痣が帯びている最後の深紅色——人間の不完全さを示すあの唯一の印——それが頬からかすれてゆくにつれ、今や完璧になった女性の臨終の息があたりに溶けてゆき、彼女の霊魂は夫の近くで一瞬躊躇ったあと、天国へ飛び立ってゆきました。それからまた、嗄れたくすくす笑いが聞こえてきました！　こんなふうにいつも下品な〈地上の宿命性〉は、この薄暗い未発達の領域にあって、よりいっそう高度な完璧をもとめる不滅の精髄に必ず勝利して勝ち誇るのです。しかしもしエイルマーがもっと深遠な叡智に達していたなら、天上に負けない素材で死すべき人間である彼の人生を織り上げてくれたかもしれない幸福を、このように投げ捨てる必要はなかったでしょう。この一瞬の状況は、エイルマーには強烈すぎました。彼は〈時〉という曖昧な領域の向こうを見通すことができず、しっかりと〈永遠〉の中に生き、現在の中に〈完璧な未来〉を見いだすことに失敗したのです。

利己主義、もしくは胸中の蛇*

未完に終わった「心の寓話」より

「あいつが来たぞ！」通りの男の子たちが叫びました。「胸に蛇のいる男が来たぞ！」この叫びがエリストン邸の鉄門を入ろうとしていたハーキマーの耳に入り、彼は立ち止まった。青春のまっただ中で知りあった古い友人に、いまにも再会するのだと思うと身内に戦慄が走る。いよいよ五年ぶりに、その友が妄想の犠牲者、あるいは恐ろしい肉体の悲劇に取り憑かれたことを知ろうというのだ。

「胸に蛇！」若い彫刻家は小声で繰り返した。「彼に違いない。胸にそんな親友のいる奴なんて、この世に二人といるわけがない！　今こそ、天よ、使命を恙なく果たす知恵を我に授けたまえ！　気の毒なロジーナ。きみの信頼がまだ揺らいでいないのだから、女性の信頼というのはきっと強いものに違いない」

＊［原注］この現実におきた出来事——そこに道徳的な意味合いを与えることが本編で目されている——は、これまで一度ならず生じたことが知られてきた。

そんなことを考えながら門のところに陣取って、さきほど奇妙な先触れのあった人物が姿を現わすのを待った。すぐに黒い髪を長く伸ばし、目をギラギラさせた、いかにも病みやつれた痩せこけた男が目に入ってきた。どうやら蛇の動きを真似ているらしい、というのは、胸を張って真直ぐ前に進むのではなく、くねくねと蛇行しながら舗道をやって来たからだ。彼の精神面、あるいは肉体面における何かが、奇跡が起きて蛇が人間に変わったものの、変わり方が不十分だったので、人間という薄い皮の下にまだ蛇の本質が隠れている、いや殆んど姿を見せている、と思わせるというのは突飛すぎる想像だろうか。ハーキマーは、その男の病人らしい蒼白な顔に緑がかった膜がかかっているのに気付いた。そして昔、髪の毛が蛇という「嫉妬の女神」の頭部像を彫った大理石のことを思い出した。

惨めな男は門に近づいてきたが、中には入らず急に立ち止まり、ぎらぎらした目で彫刻家の顔を正面からじっと見すえた。彫刻家の顔は同情心に溢れているが、毅然としている。

「あいつが咬むんだ！　俺を咬むんだ！」と男が叫ぶ。

その時、シューシューという音が聞こえてきた。しかしそれが狂人としか思えぬ男の口から漏れてきたのか、それとも本物の蛇がたてる音なのか、にわかには決められない。それはともかく、ハーキマーは心臓が凍るほどの恐怖を覚えた。

「俺が誰か分かるかい、ジョージ・ハーキマー君？」蛇憑きが尋ねた。

もちろんハーキマーには分かる。しかし、いま彫刻家が凝視している顔の中にロデリック・エリストンの俤《おもかげ》を認めようとすれば、人の顔についての深くて実際的な知識――モデルと生き写しの塑像を造ることによって得られる知識――が必要だ。だがそれはロデリックだった。僅か五年、ハーキマーがフィレンツェに滞在している間に、かつては才気溢れる青年だった男がこんなふうに不愉快で恐ろしい変化を蒙ったのだと考えても、不思議さが増すわけではない。人は途方もなく変わりうる、と認めてしまえば、この変化に長い年月がかかろうが、あっという間であろうが、想像するのは同様に難しくない。彼の変貌は言いようもない衝撃と驚愕だったが、それよりも一番ハーキマーの心が痛んだのは、女らしい優しさの典型である従姉妹のロジーナが、神によって人間性を奪われたらしい輩の運命と分かちがたくあざなわれていることを思い出したときだった。

「エリストン！　ロデリック！」彼は叫ぶように言った。「このことは聞いておった、だが、真相はぼくの想像を遙かに超えている。一体どうしたというんだね？　どうしてこんなことに？」

「いや実はつまらん事さ！　蛇だよ！　蛇なんだ！　この世で一番ありふれている奴だ。胸のなかに巣くっておる蛇――それだけさ」とロデリック・エリストンは答えた。「だが、君の胸はどうなんだい？」と続ける、彫刻家がこれまで出会った中で、最も鋭いあの心の底まで見通すような眼差しで、真正面から睨みすえながら。「染み一つなく健全そのものなのかね？　蛇は一匹もいないのかい？　神と良心に誓って、我が胸中の悪魔に誓って言うが、こいつは奇跡だ！　胸中に蛇のおらん人間だなんて！」

「落ち着くんだ、エリストン」蛇憑きの男の肩に片手をおいてジョージ・ハーキマーが囁いた。「君に会うために海を渡ってきたんだよ。まあ聞きたまえ！　二人だけになりたい。ロジーナの言づて――きみの奥さんからの言づてを持ってきたんだ！」

「あいつが咬むんだ！　俺を咬むんだ」とロデリックは呟く。

しょっちゅう口にしているこの悲痛な言葉とともに、不幸な男は両手で胸を強く掴んだ。まるで耐え難い毒牙の疼きか激痛に駆り立てられ、たとえこの生きた災いの元が自らの命と絡みあっているにしても、胸を引き裂き掴み出さざるをえないという様子だった。そして、微妙に体を動かしてハーキマーの手をすり抜けると、するすると門を潜って古めかしい先祖代々の屋敷に逃げこんだ。彫刻家はあとを追わなかった。こんなときに会っても実りのある話し合いはできないと悟ったからだ。今度会うまでにロデリックの病気の正体と、こんなにも痛ましい状態に追い込んだ事情を詳しく調査しておきたいと思った。そしてさる高名な医者から必要な情報を得ることに成功した。

エリストンが妻と別居して間もなく——別居してからもう四年近くなる——ときおり夏の朝から陽光をこっそり盗み取る冷たい灰色の靄のように、奇妙な悲しみの影が彼の日常生活を覆っていることに友人たちは気づいた。この症状は友人たちにとって果てしのない困惑を次々にもたらした。肉体の病が彼の精神からのびやかさを奪い取るのか、それとも心を壊死させる癌細胞がよくやるように、精神組織からその影にすぎない肉体組織まで少しずつ浸食しているのか、分からなかった。彼の夢見た家庭の幸せが粉々になったことに——彼自身がわざと壊したのだが——この災いの原因を求めてみたが、間違いなくそうだと言うのは躊躇された。かつては聡明を誇った友人は精神病の初期なのではないか、激しい立腹ぶりはその前兆だったのではないかと疑う人もいた。また、全身が胴枯れ病に犯され段々弱ってゆくのだと予想するものもいた。ロデリック自身の口からは何一つ聞けなかった。確かに幾度か、彼が激しく両手を握りしめて胸に押し当て——「あいつが咬むんだ！　俺を咬むんだ！」と言っているのを聞いた人はいる。けれどもこの不気味な言葉には数多くの説明が色んな人によって付けられたのも事実だ。ロデリック・エリストンの胸を咬んだのは一体何だったのか？　悲しみか？　単なる肉体の病気だったのか？ それとも、深みにはまり込まないまでも、しょっちゅう不品行ぎりぎりの無茶をやっているうちに、己が胸を、良心の呵責というもっと恐ろしい毒牙の餌食にせざるをえないような罪を何か犯したのだろうか？ こうした推測の一つ一つにはそれぞれ尤もと思われる根拠があった。けれども、食いしんぼうでそのうえ無精癖の付いてしまった長老たちが一人ならず、この件全体の謎を解く鍵は消化不良なのだと極め付けたことも隠すべきではなかろう。

一方ロデリックは、自分が世間の好奇心と憶測の的になっていることを承知していたようだが、注目の的になったり、あるいはたとえ僅かでも注目を浴びることへの病的な反感を示して、一切の交友関係から身を引いたのだった。人の目が恐ろしかったばかりでなく、また友人の顔に浮かぶ厚意が怖かったばかりでもない。喜ばしい太陽の光りまで同じように恐ろしかったのだ。太陽の光りというのは、自ら創り賜うたものども全てに愛を下さる〈創造主〉のお顔の輝きを広大無辺の恩恵という形で象徴しているのに、である。近頃では、黄昏の薄明かりさえロデリック・エリストンには眩しすぎた。彼がこっそり外へ出るのは文目《あやめ》もわかぬ深夜だった。彼の姿を目にする折りがあるにしても、それは、胸にこぶしをしっかり押し当て、相変わらず「あいつが咬むんだ！ 俺を咬むんだ！」と呟きながら通りを音もなく歩いている彼の姿を、夜警のランタンの光りがぼんやりと照らし出したときだけであった。彼を咬んだのは一体何者なのだろうか。

しばらくして、エリストンがこの町にはびこっている、あるいは、金を出せば遠くからここまでやってくるような、あらゆる名の売れたいんちき医者のもとにしげしげとかよっていることが知られた。治療に成功したと思い込んで有頂天になった、この連中の一人が、粗末な紙に印刷されたチラシや小冊子を通じて、著名な紳士ロデリック・エリストン氏は、胃中の「蛇」を除去された！と広範囲に宣伝した。そのため、この恐ろしい秘密が、醜悪極まりない姿で隠れ家から公の場に追い出された。秘密は明るみに出た。が胸の蛇のほうはそうはならなかった。蛇云々が妄想などでないとしての話だが、きゃつは相変わらず、己が生きた棲家にとぐろを巻いていたのだ。ニセ医者が治療をしたというのはいんちきで、治った様に見えたのは何かの麻酔薬のせいだと思われた。その薬は醜悪な蛇より患者のほうをすんでのところで殺すところだった。ロデリック・エリストンがすっかり意識を回復して知ったのは、自分の不幸が町の噂の種――すぐには消えない好奇心と恐怖心を掻き立てる噂話――になっていることだった。一方、彼の胸では、吐き気を催す生き物のうごめきと、食欲と残忍な復讐心の双方を同時に満足させているような、あの毒牙が絶えず咬んでいるのを感じていたのだ。

彼は黒人の老召使をよびよせた。老僕はロデリックの父の家で育てられ、彼が揺りかごに入っていた頃は中年になっていた黒人だった。

「スキピオ！」と言った。それから心臓のあたりで腕を組んだまま黙っていた。「スキピオ、町の人たちは僕のことをどう言っている？」

「旦那様、お気の毒な旦那様！　胸に蛇がいたんだって……」下僕はためらいながら答えた。

「他には？」青ざめた顔を向けて、ロデリックが尋ねた。

「他には何も、旦那様」とスキピオは答えた。「先生様が、粉薬を旦那様に差し上げ、蛇の奴めが床に飛び出したって事だけで」

「違う、そんなことはない！」首を振り、一層激しい力で両手を胸に押し付けながら、ロデリックは呟いた、「感じるぞ、奴はまだいる。あいつが咬むんだ！　咬んでいるんだ！」この時以来、哀れな受難者は世間を避けなくなった、いやむしろ、自ら進んで知人や、他人の目に留まるようにしたのだ。自分の胸の空洞が、たとえそこに這い込んだ忌まわしい悪魔にとって安全このうえない要塞であっても、秘密を隠しておくには十分な深さも暗さもないことが分かって自暴自棄に陥った結果ということもあっただろう。だがそれ以上に、悪評をたてられたくてたまらないというこの気持は、今では彼の本性にまで行き渡ってしまったこの激しい病気に特有の症状の一つだったのだ。慢性の病に罹った人々はみな利己主義なのだ。その病が心のものであれ、肉体のものであれ同じこと。それが罪や悲しみや、ただどこかがいつまでも痛むという、もう少し耐えやすい災難や、人間関係の悩みであっても。そのような人は、苦悩の中で強烈に自己を意識させられるものだ。それゆえ、「自分」が、掛けがえのない大切なものとなるあまり、偶然通り掛った誰にたいしても自分を突き付けざるをえないのだ。痩せ細った、あるいはただれのできた四肢や、胸の癌をみせびらかす事には、喜びがある——おそらくそれは、苦しんでいる人間に許された最大の喜びである。やることがえげつなければえげつないほど、そいつが鎌首をぐいと持ち上げて世間様を脅かすのをやめさせるのは、それだけ一層困難をともなうのだ。なぜなら、それぞれの個性を作り上げているのが、そうした癌、あるいはそうした罪であるからだ。少し前まで、人間共通の運命を軽蔑を込めて見下していたロデリック・エリストンも、今では今言った不面目な通例に心からの忠誠を払ったのだ。胸中の蛇は、恐ろしい利己主義の象徴のようだった。この利己主義こそあらゆるものの源であり、彼は悪魔崇拝のためだけの生け贄をひたすら捧げて、昼となく夜となくこれを甘やかし続けたのだった。

間もなく彼は、多くの人が紛れもない狂気の印と見なす症状を呈するようになった。妙に聞こえるかもしれないが、気分しだいで二重の本性、生命のなかに生命を持っていることによって、人間一般の経験とは区切られているといって自らを誇らかに讃えたのだ。彼は、どうやら蛇は神なのだと思っているようだった——確かに天の神ではなく暗い地獄の神である——そして、確かに恐ろしくはあるが、どんな野心が目指すのよりも望ましい高位と尊厳を自分はその神から授かったと思っているようだった。かくて彼は、己の不幸を王者のマントの如く身に纏い、怪物に内蔵を喰らわせて命を奪わせることをしない人間たちを、誇らかに見下していた。しかしながら、彼のなかで人間らしい気持ちが打ち克って、友情を乞い求めることのほうが多かった。日がな一日、通りをこれという目的もなしにうろつき歩くことが彼の習慣になった。もっともこの場合、自分と世間との間に見かけ上の同胞関係を打ち立てることを目的と呼んでもいいかもしれない。ねじ曲がった才覚を発揮し、彼はあらゆる人の胸に自分と同じ病を見つけ出した。気が狂っていてもいなくても、彼は罪、過ち、悪徳を鋭く見抜く力を見せたので、多くの人は彼が蛇に取り憑かれているだけでなく、本物の悪魔に取り憑かれていて、人の心に潜む最も醜悪なものを識別するこうした邪悪な能力を与えられたのだと考えた。

例を上げよう。三十年の間、実兄に憎しみを抱き続けてきた男にロデリックは会った。ロデリックは、人通りの多い往来で、その男の胸に手をやって、その険悪な顔を正面から覗き込んで——

「今日の蛇のご機嫌はどうかな？」偽りの同情を見せて尋ねた。

「蛇だって！」兄を憎んでいる男が叫ぶように言った——「何を言ってるんだ？」

「蛇さ！　蛇だよ！　奴は咬むかね？」とロデリックは追討ちを掛けた。「あんたは今朝、お祈りの時間に、あいつに相談したかい？　兄さんの健康、財産、信望のことが頭に浮かんだ時、奴は毒牙で咬まなかったかい？　兄さんの一人息子の放蕩を思い出すと、奴は喜んで跳ね回らなかっただろうかね？　咬もうがはしゃごうが、あんたの体と魂に行き渡っている毒のために、あらゆるものが酸っぱく苦いものに変わってゆくのを感じるんじゃないかい？　そういうのが、こういう蛇どものやり口というもの。俺の蛇から、連中の習性をすっかり教わって知っておるのさ！」

「お巡りは何処だ？」ロデリックにしつこく訊かれた男は、喚きながら、本能的に胸を掴んだ。「なんでこの狂人が捕まらずにうろうろしてるんだ？」

「ハッハッハ」男を掴んでいた手を離してくっくっと笑った。「すると奴の胸の蛇が咬んだんだな！」

この不幸な若者は、もう少し軽めの、しかしそれでもなお蛇毒の幾分きいた皮肉で人々を悩ませて喜ぶことも多かった。或る日、野心的な政治家に出会った。そして、彼の王蛇の安否を重々しく尋ねた。というのは、この紳士の蛇はこの種のものに違いない、その食欲は全国土、全政体をむさぼるほどに旺盛であるから、とロデリックは断言した。別な折、大金持ちなのに継ぎの当たった青い外套、茶色の帽子、黴の生えた長靴という乞食スタイルで町中をこそこそ歩いては小銭を掻き集めたり、錆びた釘を拾いあげる握り屋を呼び止めた。この立派な人物の胃の辺りを熱心に見詰めているふりをしながらロデリックは、あなたの蛇は銅色のアメリカ蝮だよ、毎日あなたがご自分の手を汚しているあの嫌らしい大量の銅貨で作られたものだ、と請負った。更に、彼は赫ら顔の男を攻撃して、蒸留所の大樽で育つ蛇よりも、自らのうちに多くの毒をもつ胸の蛇はまずいないと告げた。ロデリックが次に敬意を表したのはその頃神学論争の真っ最中だった有名な聖職者だった。そこで人間の怒りは神の霊感よりはっきり見てとることができた。

「聖餐用の葡萄酒のコップに入った蛇をお飲みになったな」と言った。

「この罰当りめ！」くだんの聖職者は喚いた。しかしそれでも手のほうはそっと胸にいった。

彼は神経過敏症の男に出会った。その男は、かつて或ることで失望を味わい、世間から身を引き、それ以降人と交わらず、元に戻せない過去のことをむっつりと考え込んだり、熱っぽく思い出していた。ロデリックの言うとおりとすれば、この男の心臓は蛇に変わってしまっていて、彼と自分を苦しめ、ついには殺してしまうはずだった。夫婦仲が悪いので有名なカップルを見かけると、お二人揃って胸に家蛇を抱えておられるとは誠にお気の毒だと同情の意を表わした。逆立ちしてもかなわない他人の作品をけなす嫉妬深い作家に向かっても、あんたの蛇はあらゆる爬虫類の中で最も下劣で醜悪なやつだが、幸いなことに毒牙は持っていない、と言った。ふしだらな暮しをしている厚かましい男が、俺の胸に蛇はいるかと尋ねたとき、ロデリックは、いるとも、昔野蛮なゴート人ドン・ロドリゴを苦しめたのと同種の蛇がね、と答えた。ロデリックは、若い美女の手を取って、悲しげにその目を覗き込んで、君の優しい胸には、死を招く恐ろしい蛇が潜んでいるよ、と忠告した。数か月後、この哀れな娘が愛に身を持ち崩して死んだとき、世間はロデリックのこの不吉な言葉が本当であることを知ったのだった。互いに流行を競いあっている二人の御婦人は、女特有の何千という小さな悪意の針で傷つけあっていたが、それぞれの心は小さな蛇どもの棲家になっていて、その蛇どもは一匹の大蛇と全く同じ害をなすのだと教えられた。

けれどもロデリックを一番喜ばしたのは、嫉妬の虜になった男を餌食にすることのようだった。彼が言うには、嫉妬とは巨大な緑蛇で、身の毛もよだつ長い胴を持ち、一種類の例外を除いてあらゆる蛇の中で最も鋭い毒牙を持つという。

「で、その例外というのは何だね?」と彼の言葉を耳にした見物人のひとりが尋ねた。

質問したのは陰険な顔つきの男だった。その男の目は落ち着きがなく、十年ほどの間、人の顔をまともに見たことがなかった。この男の人柄には怪しいところ、つまり悪い噂があったのだが、それがなになのかはっきり言えるものは誰もいなかった。噂好きの男も女も、ひどく恐ろしい推量を囁いていたのだが。最近まで、彼は船乗りをしていて、実に奇妙な事情から、ジョージ・ハーキマーがエーゲ海で出会った船長その人だった。

「一番鋭い毒牙を持っているのは、どんな胸の蛇かね?」とこの男は重ねて尋ねた。必要にかられていやいやながらといった風に、そして言葉を発しながら蒼白になっていった。

「尋ねる必要などないだろうに」ロデリックは、暗い秘密を知っている様子で答えた。「ご自分の胸を覗いて御覧になることだよ。お聞きなさい! わたしの蛇が興奮してるよ! 魔王がお見えになったことに気付いたんだ!」

そしてその時、その場に居合わせた人たちがあとで断言したように、シューシューという音が、間違いなくロデリック・エリストンの胸から聞こえてきた。答礼のシューという音が、船長の内蔵から漏れてきた、とも言われている。まるで蛇が本当に胸に潜んでいて、仲間の呼び掛けで覚醒したみたいであったという。実際にそんな音が聞こえたにしても、ロデリックが、いたずらっ気を出して腹話術をつかったせいであったかもしれない。

こんな具合に、自分の本物の蛇を——ほんとうに蛇が彼の胸中にいたとして——各人の致命的な過ちや胸に秘めた罪や良心の動揺の象徴に仕立て上げ、冷酷無残に毒牙を一番痛いところに突き立てたのだから、ロデリックがこの町の疫病神になったと思っても無理はない。誰も彼から逃れられず——誰も彼に逆らえなかった。彼は、見つけうるかぎり最も醜悪な真実と格闘し、敵にも同じことをさせた。それは人の世の不思議な光景だった。誰も彼もがそうした悲惨な事実を隠し、人との付き合いの材料となる、取るに足らない話題を山ほどすることでそれらに触れられないよう我知らず努力するのが普通だというのに！　悪を手放すことなく平和を確保するために世間は最善を尽くしてきたが、その暗黙の了解をロデリック・エリストンが破るなんて容認されることではなかった。似たような人間は多くいたので、彼の辛辣な言葉を浴びせられても面目を失うことがなかったのは確かである。というのは、ロデリックの理論によれば、どんな人間もその胸にひとかえりの小さな蛇か、他のものを全部食ってしまって大きくなりすぎた大蛇を一匹棲まわせているのだから。それでも、町の人々はこの新しい使徒に我慢がならなかった。殆どの人が、特に身分の高い人々は、ロデリックが自分の胸の蛇を公衆の面前に突き出し、立派な人々の蛇を、隠れ場所から引きずり出して、一般に認められている礼儀を破るのをこれ以上容赦すべきではない、と言い出した。

そんなわけで、親類のものがなかには入り、彼を私立の精神病院にいれた。そのニュースが広まると、多くの人々は前より伸びやかな顔付きで通りを歩き、前より無造作に両手で胸を隠すようになったといわれた。

しかし、彼の監禁は町の人々の平和には少なからず貢献したけれど、ロデリック本人には不利に働いた。孤独のなかで彼の憂鬱はますます度合いを深めていった。朝から晩まで蛇との交友に費やした――まさに彼の唯一の仕事だった。言葉がずっと交わされていた――隠れた怪物がそれに加わっているように思われた。尤も聞いているものには何を言っているのか分からなかったし、シューシューという音以外耳に入ってこなかったのだが。奇妙に映るかもしれないが、被害者は今では加害者に一種の愛情を抱くようになっていたのだ。しかしその愛情には激しい嫌悪と恐怖が混じっていた。そしてまた、そのような正反対の感情は対立しあうわけではない。対立するどころか、それぞれが相手に力と毒を分け与えたのだ。恐ろしいほどの愛――恐ろしいほどの憎悪が彼の胸のうちで互いに抱き合い、ともに彼の内臓に這い込んだ（あるいはそこで生み出された）存在に全力を集中したのだ。その存在は、彼の食べ物を栄養とし、彼の命を食らい、己が心臓と同じく彼に親しいものでありながら、あらゆる創造物のなかで最も醜悪な生き物だった！　けれどもそれは、病的な本性を誠によく表わしたものだった。

ときたま、蛇と自分自身に対する怒りと憎悪に駆り立てられたおりは、ロデリックはたとえ自分の命を犠牲にしても、奴を殺してやろうと強く思うことがあった。一度、断食でそれを実行に移そうとしてみた。しかし、哀れな男は餓死寸前になっても、怪物のほうは彼の心臓を食らいよく育ち陽気になったように思われた、まるで、彼の心臓こそ、己が好みにあった大の御馳走であるかのように。それから、こっそり効き目の早い毒をあおってみた。この毒なら自分か、自分に取り憑いている悪魔のどちらかを必ず殺す、ひょっとすると両方とも殺すに違いないと思ったからだ。これも思い違いだった。なぜなら、もしロデリックが今になっても自分自身の有毒な心臓で殺されていないのなら、また蛇がそれを咬んでも死なずにいるのなら、両者は砒素や昇汞《しょうこう》を恐れる必要は殆どないからだ。まさに、猛毒性の寄生物は、他のあらゆる毒物に対する解毒剤として働いたようだった。医者たちは邪鬼を煙草の煙で窒息させようと試みた。彼は煙草の煙を普通の空気のように平気で吸い込んだ。今度は、患者に阿片を大量に飲ませたり、アルコール漬けにしてみた。そうやれば蛇が麻痺して、ひょっとしたら胃から追い出されるのでは、と期待したのだ。ロデリックの意識を失わせることには成功したが、彼の胸に手を置いてみると、言葉で表わせないほどの恐怖に襲われた。彼の狭い体のなかで怪物がのたうち、くねり激しく前後に動いているのを感じたからだ。明らかに阿片とかアルコールの刺激で陽気になり、いつになく活発な芸当をやってのけていたのだ。それ以来医者たちは、治療とか緩和のための試みを一切諦めてしまった。呪われた被害者は、自分の運命を甘受して、心の悪魔にたいして以前の忌まわしい愛情を再び抱くようになった。鏡のまえで惨めな日々を過ごした。喉の遥か奥で蛇がチラリと頭を覗かせるのを口を大きく開け、期待と恐怖の入り交じった気持でじっと待ち続けた。うまくいったらしい、というのは、看護人が逆上した叫びをきいて部屋に飛び込んだところ、ロデリックが気を失って床に倒れていたことがあったからだ。

彼の監禁はその後ほんの僅かしか続かなかった。詳しい検査のあと、施設の医学監督官たちは彼の精神的疾患は狂気には達しておらず、また、幽閉を必要としないであろうと判断した。何よりも、拘禁は彼の士気に悪い影響を与えており、治療すべき悪疾をかえって生じさせる恐れもあるからだ。確かに彼の変わり物ぶりは異様な程だった。社会のしきたりや先入観の数々を破る常習犯だった。けれども、これらを上回る確実な証拠がない場合、彼を狂人として扱う権利は世間にはない。正当な権限をもつかかる権威者のこの決定にしたがってロデリックは釈放された、そして、生まれ故郷の町へ、ジョージ・

ハーキマーと出会う前日に戻っていたのだった。

こうした細かい事情を知ると出来るだけ急いで、彫刻家は悲しみと恐怖に打ち震えた人を一人連れて、エリストンを屋敷に訪ねたのだった。屋敷は、壁柱とバルコニーのある大きくて陰鬱な木造だった。大通りの一つからは、三段重ねのテラスで隔てられていて、そこへは切れ目のない石段で昇るようになっていた。巨大な楡の古木が数本、屋敷の正面を隠さんばかりに立ちはだかっていた。かつては威容を誇ったこの広大な先祖代々の住居は、前世紀初めに一族の偉い人によって建てられたものだった。当時は、土地の値段が比較的安かったので、庭やその他の地所を含めるとかなり広大な場所を占めていた。世襲不動産の一部はすでに譲渡されてきたが、まだ邸宅の裏には鬱蒼たる木立に囲まれた地所が残っていた。そこでなら、学生でも、夢想家でも、心に痛みをもつ人でも、梢を揺らす風の音を聞きながらただ一人終日芝生に伏し、周囲がすっかり都会になっていることを忘れられるだろう。

この人目につかぬ隠れ場所へ、彫刻家と連れはスキピオに案内された。老黒人召使の皺だらけの顔は、訪問客の一人に恭しく会釈して相手の正体を知って喜びに溢れんばかりになった。

「この東屋にいてください」彫刻家は自分の腕にすがりついている人物に囁いた。「姿を現わしたほうがいいかどうか、何時現わしたらいいかがお分かりになるだろう」

「神様が教えてくださいますわ」これが返事だった。「それから、神様、どうか私に力をお与えください！」

ロデリックは泉の縁に寄掛かっていた。泉は、太古の森がその内懐に影を投げかけていたときと同じように澄んだ煌めきと軽やかな低い音をたてながら木の間漏れの陽光にむかって迸り出ていた。泉の寿命は何と不思議なんだろう——刻々と生れ落ちながら、岩と同じ年齢をもち、神さびた太古の森を遥かに凌駕しているのだから。

「来たね！　待ってたんだよ」と彫刻家に気付くとエリストンは言った。

彼の態度は前日と打って変わり——おちついていて丁寧、そしてハーキマーが思うには、客にも自分自身にも十分気を配っていた。この常ならざる自制ぶりが、何か異常があることを示す唯一といってもよい特徴だった。彼は草のうえに本を投げ出したばかりで、半開きになっていた。それで、実物そっくりの挿絵図版入の、蛇族についての百科事典であることが分かる。そのそばに、良心に関わる諸症を一杯集めたあの分厚い本、ジェレミィ・テイラーの『迷える者の道知るべ』が置いてある。良心の問題を持っている人は、大抵自分の目的に叶う例をこの本で見つけられるらしい。

「あのねぇ」エリストンは、口許に微笑をたたえ、蛇の本を指差しながら言った。「我が心の友ともっと知り合いになろうと努力中なんだが、この本にはこっちの知りたい事が何一つ書いてないんだ。僕が間違ってなければだけど、奴は独自のもの、他の生きたどんな蛇とも似ていないんじゃないだろうか」

「この奇妙な災いの主は何処から来たんだね」と彫刻家が尋ねた。

「黒い友人スキピオが言うには」とロデリックが答えた。「最初の植民者たちに発見されたときから、この泉は見掛けは純粋で穢れがないが——ずっと蛇がいたって事だ。この狡猾な著名な蛇は、一旦僕の曾祖父の内臓に入り込むと長年そこに住み着いて、老紳士を人間の耐えうる限界を越えて苦しめたんだ。つまり、これは先祖代々の特徴なんだ。けれど、本当のことを言うと、蛇が相続動産というこの考えは信用出来ないんだ。この蛇は僕だけのもので、他の人のものじゃないんだ」

「けど、どうやって生まれたんだ?」ハーキマーが重ねて尋ねた。

「ああ、ひとかえりの蛇を生み出すに十分な毒質くらいどんな人間の心にもあるものさ」空ろな笑い声をたてて、エリストンが答えた。「君に僕が善良なる市民諸氏に行なった説教を聞かせたかったね、勿論、たった一匹しか蛇を生み出さなかったことは幸運だったと思っているよ。しかし、君は胸に一匹も持っていない、だから世の中の人々に同情できないんだ。あいつが咬む! 俺を咬む!」

この叫びとともにロデリックは自制力を失い、草のうえに身を投げ出してのたうって自分の苦痛を現わした。ハーキマーは、その悶えのなかに、蛇の動きに似た点を想像せずにはいられなかった。そのうえ、あの恐ろしいシューシューという音が聞こえてきた。その音は苦しむ人の話にも突き入り、言葉と音節の繋りを断ち切ることなくそのなかに忍び込んできた。

「これは全く恐ろしい!」彫刻家は叫んだ——「恐ろしい苦しみだ、現実のものであれ、空想のなせる業であれ。言ってくれ、ロデリック・エリストン、この忌まわしい災いに治療法はないのかい?」

「あるよ、でもとても無理な相談だな」ロデリックは呟いた。顔を草のなかに突っ込んだまま転げ回りながら、「僕が一瞬、自分のことを忘れられたら、蛇は僕の胸のうちに住めなくなるかもしれない。奴を生み出し育てたのは、僕の病的な自己省察なんだよ」

「それじゃご自分をお忘れなさい、あなた」優しい声が頭上で言った。「他の人のことを考えてご自分をお忘れなさいな!」

ロジーナが東屋から姿を見せて、彼のうえに屈み込むようにしていた。顔には彼の苦しみの影を映していたが、それは希望や無私の愛と混じりあい、あらゆる苦しみは単なる現世の影、単なる夢に過ぎないと思わせるほどだった。彼女の手がロデリックに触れた。震えが彼の体を駆け抜けた。その瞬間、報告が信じるに足りるなら、草がうねるように揺れるのが彫刻家の目に入り、まるで何かが泉に飛び込んだような、ポチャンという音が聞こえた。真実かどうかはともかく、ロデリックが復活した人のように身を起こすと、正気を回復し、自分自身の胸という戦場で彼を完璧に打ち負かしていた悪魔から救われたことは確かである。

「ロジーナ！　許してくれ！　許しておくれ！」彼は勢い込んで言葉を詰まらせながら叫んだが、彼の声にはあんなにも長く付きまとっていたあの激しい嘆きの調子はすっかり消えていた。

彼女の幸せな涙が彼の顔を濡らした。

「罰は厳しかった」と彫刻家は呟いた。「いかな正義の女神も、もう許してくださるだろう、況や、女の優しさにおいておや！　ロデリック・エリストン、蛇が実質のある蛇だろうとなかろうと、君の病的な本性がそんな象徴を思い付かせたのだろうとなかろうと、この一件の教訓には、やはり真実と強さがある。とてつもない利己主義は、君の場合嫉妬の形を取って現われたが、これほど恐ろしい悪魔が人間の心に忍び込んだことはない。こんなに長くあいつが住んでいた胸というものは、清められるものだろうか？」

「ああ、清められますとも」天使のような微笑を浮かべてロジーナが言った。「蛇は暗い空想が生み出したにすぎなかったのですわ、あれが象徴していたのは、本体と同じように影だったのですわ。過去は暗く見えるけれど、未来には些かの陰も投げかけたりしませんわ。今度のことにはそれ相応の重みを与えるために、私たちの永遠の中での一つのただの逸話として考えなくてはいけませんわ」

人生の行列

人生は私にとって、祝祭の、もしくは葬送の行列として浮かんでくる。そこでは私たち皆がおのおのの場所を与えられ、総司令官の指示に従って進んでいく。ここで大きな厄介が生じるのは、この巨大な、政治的熱狂の際に町なかや街道を埋め尽くす人々よりはるかに多い人の集まりを、司令官補佐たちが、つねに誤った法則に基づいて並ばせようとするせいである。補佐連中のやり方たるやおそろしく旧式の、人類の記憶のはるか彼方に、否、歴史の記録の彼方にすら遡るものであり、行進が為されてきた無数の世代にわたって人々の心を落着かなくさせてきた、これは何か変だという直感によっても、また、もっといいやり方があるはずだという漠たる知覚によっても、ほとんど修正されずにここまで来てしまっている。行列を構成する者たちは、ごく外的な事情によって分類されるのであり、これならいっそ何の法則も適用されない方が、真なる位置から投げ出されてしまう確率がまだしも低いというもの。行列の或る部分では、地所資産や金銭資本を持つ者たちが、収税吏の帳簿において同様の位置を占めているという埒もない理由ゆえに厳めしく同行しているのが見える。商売上、職業上の同業者たちも、繋がりという意味ではさして変わらぬ実質のなさで相共に行進している。見かけの関係に従って人間たちが全体から切り離され、種々の類に分けられていることは否定しようがない。誰もが何か人工の記章を身につけているうちに、世間は、そして誰よりも本人が、その記章を本物の特性と見なすようになってしまうのだ。そのように、外見の類似だの違いだのに目を奪われるせいで、自然、運命、宿命、神意が万人について定めた、これに従って人間を分類することこそ人智の大きな務めであるところの絆の基をなす真実が見失われてしまう。ひとたび人が、人生の行列のしかるべき配列を、もしくは社会の真なる分類を――あくまで思索の次元にとどまるとしても――しかと胸に刻み込むなら、わざわざ行進の順番を実際に変えずとも、おおむね納得の行く、満足な事態が生じるはずである。

たとえば、こうした行列を司令する権限を引き受けたなら、私はまず、喇叭《らっぱ》吹きに命じ、ここから中国まで聞こえるくらい大きな音を出させる。次に伝令が、世の隅々まで浸透する声で、位置につくべき或る人間たちの類を宣告する。彼らを一堂に会させる法則は何か？　結局のところこれも、ほかに考えうる多くの法則と較べて外面的なものにすぎないが、これまで世間が同じような目的の下に選んできた諸々の法則に比すればはるかに本物である。同様の病を体に患った者たち皆を、整列せしめよ！

この最初の分類の試みは、あまり上手く行かない。病気とは実のところ、人生のほかのいかなる要素にも増して、階級と富、貧困と卑しさによって打ち立てられた序列に敬意を払うものだからだ。その事実を想って、貴族は己の誇りを満たしもしよう。ある種の病気は贅沢で高価であり、相続によって得るか、金《きん》でもって購《あがな》うしかない。この手の病としては痛風があり、紫色の顔をした紳士階級にとって友愛の絆の役割を果たす。彼らは伝令の声に従い、世界中の文明地帯から足を引きひきやって来て、大行列のなかの己の位置につく。彼らの足指のためにも、行進が長くないことを祈ろう！　消化不良の人々も、やはり世に高い地位を占める人たちである。彼らのために、わが国東部の川で季節最初の鮭が獲られ、内気なヤマシギも人里離れた住みかにおいて枯葉を己の血で汚し、亀ははるか太平洋の島からやって来てスープにされ貪られる。消化不良の人々は、自分の食すべての料理に怠惰の味つけを施せるだけの財力を持つ。通説とは裏腹に、これは運動で得る食欲などよりはるかに味わい深いソースである。卒中もまた相当に高級な病気である。脳がくらくらする徴候を示す者すべてを私たちは共に並ばせ、道中誰かが脱落するごとに、市議会から代わりを補給することとしよう。

一方こちらには、その肉体的生活が生の劣化した一変種でしかなく、自身も人類のより卑しい種にすぎぬ者たちが幾種族もやって来る。汚れた都市の空気、乏しく不健康な食べ物、体に有害な労働形態が、そしてそうした悪影響を少しは和らげ得たかも知れぬ精神的支えの欠如が、何と悲しい結果をもたらしていることか。ここには塗装屋の一団が歩き、誰もが奇妙な種類の疝痛《せんつう》を患っている。次は食器作りに携わる、鋼《はがね》の細かい埃と一緒に致死の疾患を肺に吸い込んだ職人たちを行進させよう。仕立屋や靴職人も一日じゅう座って働く人種であり、行進の或る一箇所におおむね集まり、同じような病の旗の下で行進することになろうが、その列のそこここに、古典的書物の紙上に健康を置いてきてしまった病める学生も私たちは目にすることだろう。同様に、役所の高い丸椅子で死を迎えた役人たちや、自らの心の血を浸したペンで一枚また一枚と書き綴った天才たちの姿も見られよう。これらは見るも哀れな、ぶるぶる震えている、息も続かぬ連中だ。だがこちらの、青ざめた頬の、痩せた、無数の短い空咳で私たちの耳を煩わす娘たちの群れは何なのか？　仕立て屋の親方や、しみったれの請負業者に使われて日も夜も針を動かし、いまやそれぞれ己の屍衣《しい》の縁縫いをする時も近いお針子たちである。行列のなか、彼女らの位置を、結核が指し示している。その悲しい姉妹たちの友愛のあちらこちらに、貴族の館においても病み、何とかその病を癒やそうと科学者が万巻の書を空しくめくり、愛する者たちが息をひそめて看病してきた若き乙女が混じっている。この行列にあっては、富める乙女と貧しい針子が腕を組んで歩いても不思議はない。ほかにもかように、共通の病の絆が――国中に蔓延する疫病は言うに及ばず――尊き者も卑しき者も等しく取り込み、王を道化の兄弟としている例が数多く見られよう。とはいえ、病というものが生まれながらの貴族だと認めるのは難しくない。病にはその位を保たせ、熱病の火照《ほて》りの色をした王侯の外套を着させよう。高貴にして裕福な者たちは、わが身の虚弱自慢にふけり、その徴候を高き身分の記章として見せびらかすがいい！　考えてみれば、人間が誇りを抱くに相応しい事柄として、世が定める位階の高低に劣りはしまい。

ふたたび喇叭を轟かせよ、息の深い喇叭吹きよ！　伝令よ、その逞しい声で、欧州の男爵の古城から、わが国西部の荒野の荒《あば》ら屋まで届く召集の声を上げよ！　死すべき者たちの行列の、次の位置を占めるのはいかなる類か？　天賦の叡智の気高き絆で結ばれている者たち、歩み出よ！

そう、これぞ真実、これを前にしては社会における因襲的序列など、手で摑もうとする蒸気のように霧散してしまう。もし今日バイロンが、そしてバーンズが生きていたなら、前者は先祖代々暮らしてきた修道院から出てきて、千年にわたり引き継いできた名誉を渋々ではあれ投げ捨て、背を曲げて鋤をふるうなかで不滅の存在となっていった農夫たる後者の腕を取ることだろう。この二人はもはやこの世にない。が、地主屋敷、農夫の炉端、山小屋、あるいは宮殿すら、さらには商人の執務室、職人の作業場、村、都市、人生の高き場低き場、それらすべてがそれぞれの詩人を生み出しうるのであり、そうした詩人皆に、共通の気質が電気的感応のごとく行きわたっている。華族であれ耕夫であれ、彼らを集めよう、二人ずつ、肩を並べさせて。社会も、たとえこの上なく人工的な社会であっても、この取決めに異を唱えはしない。ローウェルから来たこれら女工の娘たちが、富裕な家庭や文学サークルの華たる女性——上流社会の花束におけるブルーベル、現代版サッフォー、モンタギュー、ノートン——と交わることだろう。その他の流儀の知性からも、等しく異様な組合せが生じる。絹のガウンを着た言語学の教授よ、この逞しい鍛冶屋に片腕を差し出し、見た目は鉄床《かなとこ》仕事に薄汚れた相手との繋がりを栄誉と見なし給え。このたぐい稀なる男にとっては、あらゆる種類の人間の言葉が母語のようなものなのだ。王のごとく軍を率いる才、人民を動かす才を有する者——自然の将軍、立法者、王——は皆、いかなる身分であれ、己の位置につくがいい、そうしてそこに、或る世代において次の世代の世を革命的に変える思考を営む深遠なる哲学者たちも加わるがいい。遠い先祖から雄弁の芸を引き継ぎ、キケロの時世以来力強い声で豊かな谺《こだま》を響かせてきた立法者の相方《あいかた》には、生まれ育った森の木々のあいだを吹く風から言葉の野性なる力を吸収した驚くべき樵《きこり》を私たちは差し出そう。けれども誰と誰がペアを組むのか、それは友愛を育む当人たちに任せて差し支えあるまい。真理に基づく分類を前にしては、日常のありきたりな分け隔てなど、いかにも取るに足らぬ、実体なき、笑止千万な夢想となり果て、この件に関し何を言ったところで、たちまち陳腐な決まり文句に堕してしまうのだ。

とはいえ、考えれば考えるほど、高い知力を基準として人間の類を別個に設けるという発想が私には不満に思えてくる。それはせいぜいのところ、万人に共通した天賦の才がよりよく育っているということでしかない。しかも、その才が誰よりも深く真に見える者といっても、たかだか表現の巧みさにおいて他人に優るにすぎない。たしかに時おり、たまたま真理を匂わせるような言を吐きはしようが、その真理自体は、人間みな心の奥底で、言葉にはできずとも勘づいているものなのだ。したがって、知性を絆とする者たちを共に行進させることに我々としてもやぶさかではないけれども、この関係はひょっとすると、行列が現世の輪の外まで進んだとたんに消えはじめてしまうのではないか。もっとも、私たちは永遠を考えて分類しているのではないが。

さて次に、喇叭は葬送のごときむせび泣きを発するがいい、伝令の声は大きく一度叫び、地上すべての場に聞こえるあらゆるうめき声、嘆きの声に息を与えるがいい。私たちはいま、悲しみの聖なる絆に訴え、同様の苦境に喘ぐ無数の人々を呼び出し、行進のなかの己の位置につくよう促す。

ほかのいかなる呼びかけにも感応しなかったであろう、いったい幾つの心が、憂いに満ちたその声の響きに応えたことか！　声は遠く広く、高きにも低きにも広がり、訪れなかった人の住まいはほとんどないと言っていい。実際、この類はあまりに普遍的なので、何らかの限定を加えぬことには私たちの人類分類法を破綻させ、行列全体が葬送行進と化してしまうだろう。ここはある程度の差異化を図らねばならない。一人の孤独な金持ちの男が来る。男は己の住まいとして立派な屋敷を建てた。前面は荘厳として床は大理石、扉はいずれも高価な木材、館全体が夢のように美しく、長年その地にある岩石のごとくがっしりしている。だが、永代にわたる子孫の姿を思い描き、彼らの住む場としてこの家を意図したにもかかわらず、その見通しは、建てた者の一人息子が亡くなって以来無と化した。客間を飾る幾つもの華麗な鏡のひとつに、金持ちの男は己の黒貂《くろてん》毛皮を一目認めたのち、高々とのびた階段を下りていって、とっさの直感に任せ、あちらで貧しさに喘ぐ未亡人に腕を差し出す。色褪せた黒いボンネットをかぶり、つぎだらけのガウンの上にチェックのエプロンを着けた未亡人は、この世で唯一の支えであった船乗りの息子を先日の嵐で失った。荒れ狂う風に、息子は船の外へ投げ出されたのである。片や御殿から、片や救貧院から来たこの二人組は、まだまだ幾らでもいる仲間たちの一典型にすぎない。彼らは人生の暗い悲劇を代表する身であり、より高い位を求めて言い争ったりはしない。悲しみほど人を平等にするものはない。それ自体の威厳、それ独自の謙虚さがそこにはあって、貴族も農民も、乞食も君主も、我々が差し出がましく口を出したりせずとも、外面的な序列に対する権利など自ら進んで放棄するだろう。プライドという、この世のさまざまな偽りの隔たりを生む源が心から去らぬ限り、悲しみはそれを尊く聖なるものにする切実さを欠く。その真性を失い、見るだにみじめな影と堕す。この基準に従って、ここころ己の居場所と唱える無数の者たちを私たちは峻別し、相応しからざる者には別の場を割り振ることとしよう。歎き悲しむ者に、もし己の悲嘆以上に大切なものがあるなら、その者はよそに真の居場所を探さねばならない。実体を欠く悲しみは掃いて捨てるほどある。怠惰のあるところ、人の死すべき定めはかならずやそうした虚ろな悲しみを生み出す。だから、情を排してはたから見ていると、本物の悲嘆などというものは果たして存在するのだろうか、するとすれば掛け値なしの肉体的苦痛と、誰よりも親しい友を亡くすことくらいなものではないか、とすら思えてくる。自分では傷心をさらしているつもりの一団がここにあり、そこには、恋に破れた多くの乙女や独身男、芸術や政治において野望を挫かれた男たち、かつては裕福だった――もしくは空しく富を追い求めた――貧者らがいるが、その大半はどこかよそで別の同胞の輪を探さねばなるまい。ここに彼らが入る余地はない。そうした不幸な者たちがしかるべく収まるよう、別個にひとつ類を設けるのも一案かもしれない。ひとまずは脇に立って辛抱強く待ってもらうしかない。

もし我らの喇叭吹きが、運命の日に轟く喇叭の音を借りられるなら、いまこそそれを鳴り響かせるがいい！　恐ろしい警報は、大地の芯まで震撼せしめるはずだ。なぜならいまや伝令は、どれほど潔白な人間でも胸のうちにかすかな谺が響くのを感じるであろう呼出しを発しようとしているからだ。多くの胸にそれは、静かな、小さな、しかし伝令の声のすさまじい反響以上に恐ろしい声を呼び覚ますであろう。

おぞましい訴えが地球全体に広がった。来《きた》れ、汝ら罪を犯した者たちよ、罪人《つみびと》の絆に則って整列せよ！　これは誠に恐ろしい呼出しである。行列のこの部分において、渋々と、だが「似た者同士」という最強の必然によって形成されつつある奇妙な連合を目にして、私はほとんど身震いしてしまう。州刑務所から来た贋金作りが、世に知られた実業家の腕を摑む。後者は何と憤慨した口調で、己がいかに取引所で信望を得ているかを訴えることだろう！　自分の営みは、その壮大なる規模ゆえに、こんな情けない同伴者のそれとはまったく違う道徳領域に移されるべきだと彼は主張している！　だがこの結びつき、切れるものなら切るがいい。今度は殺人者が、ガチャガチャ鳴る鎖を引きずってやって来て、何と――語るだに恐ろしい！――聖なるパンとワインを口にした誰にも劣らず万事潔白で公正なる人物とペアを組む。おそらくこの人物こそ、あらゆる罪人たちのなかでもっとも望みなき者の一人である。外から見る限りこの上なく模範的に己の務めを果たすあまり、命にかかわる罪すら、その真実なき霜花《しもばな》模様の下、自分の目からも記憶からも隠されてしまいかねない。だがそんな男も、いまここに己の場所を見出す。あそこでこれみよがしに歩く、気どった小生意気な笑い声を上げ、見物人たちに悪賢い流し目を送る娘二人は、なぜあちらの気品あるご婦人や、いささか取り澄ました乙女と同じ列に割り込んでくるのか？　己の唯一の相続遺産として悪徳に生まれついたあんな浅ましい連中が、家庭生活の諸々の礼儀作法によって四方から護られ、自らその機会を作り出さぬ限り道を誤りようがない女性たちに適《かな》う仲間であるはずがない！　まさか、そんな。これはきっと、あの恥知らずの阿婆擦《あばず》れ娘たちが厚かましいというだけのこと。あの立派なご婦人方が、よもや自分に関係あるはずのない呼出しにどうして応えたのか、私たちとしては首を傾げるほかない。

　ここでは構成員一人ひとりが、罪深い過ちゆえに陥った下劣なる堕落を分かちあい、ゆえにほかのどの構成員の手を握ってもよいことになっている。こんなみじめな者たちには、我々はもうこれ以上かかずらうまい。この類に正当に属す、卑劣にして非道なる輩に、おぞましい仕事を引き継いでもらおう。罪の奴隷たちよ、先へ進むがいい。だが、善が優勢である男も女も、この列を嘲《あざけ》ってニヤニヤしたりせせら笑ったり、放逐曲〔軍人を追放するときに演奏する曲〕を奏でよなどと唱えたりはしまい。犯されたかもしれぬ罪のしるしと言える、戦《おのの》き混じりの共感を彼らも胸のうちに抱き、この人類の大行列においてこの最高に悲惨な場以外の位置が自分に与えられたことを神に感謝するであろう。けれども、自分たちをこの場に引き寄せる破滅的な衝動に愕然とする者も少なくあるまい。罪を犯した者の良心から、罪がわが身を隠すのに用いる千態万様の欺瞞ほど驚くべきものもほかにない。おそらく一番多い欺瞞が、衣服の壮麗さによるそれであろう。政治家、支配者、将軍など、公の場で広く活動する者たちが誰よりもこの虚偽に陥りやすい。あまりに大きな規模で悪、破壊、殺人を為すものだから、それが現実というより一種の思索に思えてしまうのである。けれどこの行列にあっては、そんな彼らが、チャチな俗悪さに彩られた罪を犯した、この上なく卑しい犯罪者たちとおぞましく連合しているのを私たちは目にする。ここでは境遇や偶然に根ざしたものは葬り去られ、人は己の罪がいかなる形を採ったにせよ、その罪の精神に則って自らの位置を見出すのである。

悪しき者たちはもう呼んだ。今度は、善き者たちを呼ぼう。喇叭の真鍮の喉が天上の音楽を地上に注ぎ、伝令の声は天使の語調の心地よさとともに、高潔なる者一人ひとりを正当な報いへと呼び寄せるかのように世に広がっていくはずだ。だが、これはどうしたことか？　誰も呼びかけに応じぬのか？　一人として。なぜなら、正しい者、純なる者、誠なる者、誰よりもこれに応えるに相応しい者たちこそ、己の過ちや不完全さを誰よりも痛感するがゆえに、悲しく尻込みしてしまうのだ。ならば、愛を主たる規範とする者たちを呼び出そう。この分類なら、真に善なる者はすべて取り込まれ、善行であれ幸福であれ天上へと広がりゆく可能性を持つ資質を魂に何ひとつ持たぬ者は残らず排除されるであろう。

真っ先に名のり出るのは、遺産の大半を病院に寄付すると申し出た富裕な人物だ。この場合、生きた体よりもその幽霊の方がここに加わる権利があるのではないか。だがこちらに来るのは、人類に掛け値なしに恩恵をもたらした人たちである。うち何人かは、その胸に至福の情景を思い描いて地上をさまよい、痛みや悲しみを想って鋭敏にひるみつつも、人間に耐えうるあらゆるたぐいの悲惨を注視してきた人たちである。牢獄、精神病院、救貧院の見るに堪えぬ屋内、悪魔のごとき機械が人の魂を抹殺する工場、神の似姿が役畜となり果てる綿畑、その他人間が己の兄弟を虐待し見捨てるあらゆる場に、これら人類の使徒は足を踏み入れた。インドの灼熱の陽ざしに真っ黒に焼けたこの宣教師は、わが国のどこかの都市の、悪習はびこる裏街や忌まわしい悪の巣窟を知りつくした青白い顔の兄弟に腕を預けることだろう。気前よき大学の創始者の相方には、財の乏しいなかで孤児《みなしご》たちのささやかな学校を開くなどの善行を為した未婚女性を。千ドル単位で施しを行なう大商人が自分を有徳と見なすなら、病人の看病をはじめ病気や悲惨にじかに触れる必要のある務めによって己の愛を証してきた女性と一緒に行進するがいい。そして、自らの衝動に導かれて慈善を行なってきた者は、神意によって人と違う才と力を与えられた者たちと組ませることとしよう。人類のために敬虔に、惜しみなく黙想してきた者たち。ある種の神々しさをその精神に有するがゆえ、周りの空気を浄《きよ》め、それによって、善良なるもの、高尚なるものが発案され実行される仲介を務めた者。彼らにも、たとえ世間で行ないと呼ばれるような行ないは記録されておらずとも、人類の恩人たちの輪のなかに気高い場所を提供しよう。世間で用いられるいかなる道具に手をつけるのもそぐわないと思える人間、いかなる具体的行動を実行するのも似合わないと思える人物が世には時おりいるものだ。その一方で、おそらく等しく高尚な、肉体においても精神においても、同胞の幸福のために働くことが根っからの資質である人もいる。ゆえに、その目に見えぬ、評価もしようのない影響力によって人類の道徳的水準を高めた霊的なる賢者が見つかったなら、その相方には、自分よりもっと貧しい隣人のジャガイモ畑を無償で耕した貧しい人夫を選ぼう。

愛という規範に基づいて、この多様な大軍を私たちは呼び出した。そう、人間も捨てたものではない、これはなかなかの大軍なのだ。とはいえ、この類の多くの構成員たちのあいだに存在する引っ込み思案ぶりはどうしたことか。この人たちはいかにも、共通の善性から生じる友愛によってたがいを認めあい、同胞のごとく抱擁しあって、かくも多様に人間に善性を与え給うた神に感謝しそうなものである。ところが、全然そうではない。それぞれの宗派が、己の正義を棘の生垣で囲っているのだ。善きキリスト教徒が善き異教徒を認めるのは困難である。善き正教会信徒が善きユニテリアンの手を握り、論争の余地ある点の解決は神に委ね、これは間違いなく正しいと思える事柄にのみそれぞれ専心することはほとんど不可能である。それにまた、心は広くとも、頭はしばしば広さも限られ、ひとつの観念で一杯になってしまったりする。特定の種類の善行、ある一種の改革に長年身を献げてきた善人は、自分が日々歩んでいる道の内にこもってしまいがちである。自分が手を染めてきた善を、自分の考えに一番沿った形で行なう以外、この世で為しうる善はほかにないと思ってしまうのだ。残りはいっさい無価値であって、自分の企てこそが、世界中の愛の蓄えすべてを注ぎ込んで成就されねばならず、さもなくばこの世界は宇宙に場を占めるに値しない、と。おまけに、強力な真理というものは、幾時代にもわたる葡萄園から絞り出された豊かな果汁であるからして、強い知性の持ち主が飲むのでない限り人を酔わせる性質があり、いわば酩酊せる飲み手を、しばしば争いへと駆り立てる。そういう訳で、妙な話であるが、人生の行列において、これら愛と正義の同胞たちを友好的にまとめ上げるのは、犯罪という鎖によって文字どおり繋がれている悪人たちをひとつにする以上に厄介なのである。涙するにはあまりに馬鹿げた、笑うにはあまりに痛ましい事実ではないか。

とはいえ、この地上での行進にあっては善人同士押したり突いたりするとしても、その栄《は》えある行列が天上の地を踏むあかつきには、すべてが平和に包まれるであろう。そのときにはきっと、自分たちがいままで実は相手の大義に尽くしていたこと、誰であれまっとうな目的をもって加えた一撃は、たとえその対象は狭くとも、善の普遍的大義のために為されたのだということを彼らは知るであろう。一人ひとりの見方は、国、信条、職業、個々人の性格の相違によって限定されていようと、それらすべての上に神の摂理が広がっている。これまでたがいを敵対視してきた何人の人々が、今後、世界に広がる収穫の畑をふり返り、実は自分たちが無意識の絆の下、同じひとつの束を束ねるべく助けあっていたと知って顔をほころばせることだろう！

だが、急ごう！　太陽が西へ急ぐなか、人生の行進は、これまで止まったことなどなかったのに、私たちがその順番を組み換えようとしたせいで遅れが出てしまっている。これまでは一人ずつを列に組み込んできたが、ここからは何か、数千数万を一気に組み込めて作業を楽にしてくれるような包括的規範を探すのが望ましい。ゆえに、喇叭には、もし可能なら、その真鍮の喉も裂けよといままでにも増して大きな音《ね》を響かせてもらい、伝令には、いかなる理由であれこの世における自分のしかるべき居場所を失った、あるいは見つけたことのない、すべての者たちを呼び寄せてもらおう。

この呼びかけに従って、大勢の者たちが集まる。大半は足どりも力なく、魂の疲れを露呈しているが、これまで空しく探してきた己の場にようやくたどり着けそうだという思いに、顔にはかすかな満足が浮かんでいる。だがここでもまた私たちは失望することだろう。我々にここでできるのは、ひとつの輪のなかに、同じ漠たる悩みを抱えた者同士を呼び入れるだけだからだ。人生において何か大きな誤りを犯したこと、これがこの類に入れてもらうための主たる条件である。ここにいる何人かは、学問的な職業に従事しているものの、神からは鋤、鍛冶場、手押し車、等々知性とは無縁の日常的な作業に関し格別の才能を与えられた者たちである。彼らの行進仲間には、しがない人夫や手職人でありながら、知識という届かぬ泉に、末期《まつご》の喉の渇きのごとく焦がれてきた者たちを割り当てよう。後者の方が損失としてはより少ないが、本人たちにしてみれば無限の損失であり、むしろより多いと言うべきであろう。

この二種の不幸な人々がたがいに慰めあわんことを。ここには戦いの本能を内に秘めたクエーカー教徒がいるし〔クエーカーは平和主義を貫き兵役も拒む〕、本当はつば広帽〔クエーカーのトレードマーク〕をかぶるべきであった戦士がいる。己の子たる人間たちをからかう自然の悪戯によって、作家のなかでも、俺は天才なのだという自信と、名声を求める強い欲望を吹き込まれたものの、それに見合った才能は与えられなかった者たちもこの類に入れるべきであろう。気高い才はあるのに、表現力などの、天上的資質を人類に示す上で必要な地上的方便が伴わぬ者たちもしかり。こうした人々はみな、憂鬱な物笑いの種となってしまうのだ。次は、正直で悪気もないのに、機転が足りぬせい、認識力が不正確なせい、想像力が歪んでいるせいで年じゅう世間と食い違ってしまい、人生の径《みち》を歩むにあたって当惑しどおしの人たち。我らの行列からも、彼らがはぐれてしまわぬとよいが。また、悪しき成功のなかでも最悪のたぐいたる、自らの能力に相応する以上の評判を取ってしまった人々もこの群れに場を与えねばならない。作家、役者、画家などで、つかのま世の寵児となったものの、髪は白くなっても栄冠の月桂樹はいっこうに新しいものに取り替えられぬ者たち。悪意ある偶然の成行きによって相当な地位に押し上げられ、世間の凝視を浴びながらも、自分は大馬鹿だという鬱念が捨てられず、己の生まれた日を呪う政治家。そうした者たちの伴侶としては、そのたぐい稀な才能を発揮するには革命のひとつも必要なのに、停滞しきった環境の墓に埋もれてしまっている者たちを与えよう。

　彼らからさほど遠くないところに、間違った種類の成功を遂げてしまった者の場所も確保してやらねばならぬ。本当なら大学で、修道院のごとき環境にとどまって、古代の知の埋まった地下都市から新たな宝を発掘し、文学の深さと精緻さを国中に広め、かくして自らも大いなる、静かな名声を得るべきであった人物。ところが、周囲の外的な趨勢が彼の内的な本性を押しのけ、混沌とした政治の場に彼を引き込み、現実に根ざした逞しい巨人たちと向きあうにせよ並ぶにせよ、とにかく不向きな戦いを彼は強いられる破目になった。下手をすれば、騒々しく争う派閥同士がボールのごとく打ち返しあう名前になり果てもしよう。連邦議会の議員、地元州の知事、あるいはどこかの王国に遣わされた大使として、世間は彼を、幸福な星の下に生まれた男と見ることだろう。だが賢者の目はごまかせぬし、彼自身もだまされはしない。自らの経験をふり返り、あの好ましい感覚が、すべてのものを真とし本物とするかけがえない感触が失われたことに思い至り、ため息をつくのである。さよう、多くを成し遂げはした。だがこの人生、いかに空しく終わらんとしていることか！　彼の相方には誰を選ぼう？　その華奢な筋力には鉄床《かなとこ》より仕立て屋の陳列台の方が好適だったであろう虚弱な鍛冶屋あたりだろうか。

喇叭がもう一度鳴るよう命じようか？　それには及ぶまい。あとはもう、一握りの怠惰な資産家、酒場の常連、物乞い、老いた独身男、色褪せかけた未婚女性、知性か気質がねじ曲がった者たちがいるのみであり、彼らはみな、いま挙げた類の豊富な多様さのなかに己の同類を、少なくともまずまず近い仲間を見出すであろう。さらには、一生涯、自分は何かに向いているはずだという思いを抱き、それが何なのかどうしても決められなかった夢想家についても、やはりそこを到達点とさせてもらうしかない。そして誰にも増して不幸なのは、人生の諸々の快楽に浸ろうとめざし、人生の苦労と悲しみを相手に正々堂々闘うことを避けてきた者たちである。さらにまだ残りがいるとすれば、おのおのの嗜好と良心とに一番合っていると思える位置に合流してくれればよろしい。最悪の運命は、世界中が永遠に向かって進んでいるというのに独り取り残され、時の孤独のなかで震え戦くことであろう。社会を分類せんとする私たちの試みはこれで完了した。結果は完全というには程遠いかもしれぬが、それでも、ごく控えめに自賛するとしても、伝令の伝える古代からの規則よりましであろうし、現代における収税吏の規則よりも上であろう。何しろそれらの規則にあっては、個人の本性とは少しも関係ない、偶発的要素や皮相的特徴が人類のもっとも深い特性としてまかり通っているのだ。私たちの作業は済んだ。さあ、大いなる行列を進ませよう！

だがちょっと待て！　総司令官を忘れていた。

聞け！　世界中に押し寄せる厳かな音楽が、その統制された轟きの向こうから響く力強い鐘の音《ね》を伴って、総司令官の訪れを告げている。来た――厳粛な、落着き払った、不動の暗き騎手が、世界を統《す》べる職杖《しょくじょう》を振りつつ、長い列に沿って、黙示録の蒼ざめた馬に乗って進んでゆく。それは、死！　人類全体が加わる行列を導く大役、ほかに誰が務められよう？　そしてもし、これら幾百幾千万の者たちのなかで、自分は間違った類に入れられたと思う者がいたとしても、いずれ死が、私たちをひとしなみに大いなるひとつの絆の下にまとめ上げ、次の生において誤りもきっと正されるはずだと念じて己を慰めてもらうことにしよう。そして、満たされぬ人の心が発したすべてのため息から成る憂鬱な音楽の一団よ、むせび泣く大地の風に向けて汝のむせび泣きを吐き出すがよい！　汝の響きにはいまだ歓喜が混じっている。いよいよ我々は動く！　襤褸を着た乞食たち、紫衣《しえ》の裾を引きずる王たち、キラリと光る戦士の兜、黒衣に身を包んだ僧侶、人生の周期を一周して子供に戻った白髪の翁《おきな》、行進の横にくっついて元気よく跳ねている血色のよい金髪の巻き毛の小学生、職人の毛織物上着、星が飾られた貴族の上衣――そうしたすべてがまだらな見世物の様相を呈しているが、それでも、ほの暗い壮麗さがその上に立ちこめている。進め、進め、行列に沿ってこれまで燃え立ってきた時の光が、いまやその燭台で危うくちらついている薄暗がりのなかへ！　それから、どこへ？　私たちは知らない。これまで我々の先導者であった死は、私たちの無数の歩みの響きが死の領域の彼方まで届くなか、私たちを道端へ置き去りにする。私たちの定められた行先を、死も私たち同様知りはしない。だが、私たちを作り給うた神はご存じであり、難儀で覚つかぬ行進に私たちを置き去りにはなさるまい――私たちが底なしに心許ない思いでさまようにせよ、道中で息絶えるにせよ！

天国鉄道

それほど遠くない昔、夢の門を潜って有名な『滅亡』の都市が所在するあたりを訪ねたことがあります。人口が多く繁栄しているこの都市と『天上の市』の間に、公共心に富む市民の手で鉄道が敷かれたばかりであることを知って大変興味をそそられました。少々、時間を持て余していた折でもあり、かの『市』へ旅をして大いなる好奇心を満足させることに致しました。そこで、或る晴れた日の朝、ホテルの支払いを済ませると、馬車のうしろに荷物を積み込むようポーターに言いつけて車中の人となり、『駅舎』に向けて出発しました。運よく或る紳士と道連れになりました。運よくと申しましたのは、スムーズ=イット=アウェイ《物事を円滑に進める人》氏なるその方は、御自身でいらしたことはありませんが、『天上の市』の法律、習慣、政策、統計的数字には生れ故郷である『滅亡』市同様に通じておられる様子のうえに、鉄道会社の重役であり、大株主の一人でもありましたので、この賞讃に値する事業に関し、知りたい情報を何でも教えてくれることができたからなのです。

ぼくたちの乗った馬車はガタゴトと町を出てゆきました。町を外れてすぐ、優雅な造りの橋を渡りましたが、重量のある物を支えるには少し華奢すぎる気がしました。両側には広大な泥沼がひろがり、たとえ地上の溝という溝の汚物をここへ空けたとしても、見るのも嗅ぐのもこれ以上不愉快にはならなかったことでしょう。

「これが」とスムーズ＝イット＝アウェイ氏はさらりと言いました。「かの有名な『落胆の沼』でして——近隣の者にとっては恥の種、楽々と堅固な大地に変えられそうなので、ますますもって恥の上塗りというわけですわい」

「堅い大地に変えようと、太古から数々の努力がなされてきたことは存じています」とぼくは言いました。「バニヤンによりますと荷車二万台以上の有益な教訓がここに投げ込まれたのに、何の効果もなかったとか」

「当り前です！　それに、あんな見かけだおし、何の役にだって立ちゃしませんよ」スムーズ＝イット＝アウェイ氏は大きな声で言いました。「この便利な橋を見て頂きたいものですな。橋をしっかり支える土台を造るために、道徳の本、フランスの哲学書やドイツの合理主義の本、当代の牧師さんたちの小冊子、説教集、随筆の類、プラトン、孔子、それに大勢のヒンズーの聖人たちの著書を、聖書の巧みな本文注釈書と共に沼に投げ入れました——全部、科学的な処理を施されて花崗岩もどきの堅い塊に変っております。沼全体を同じ物質で埋めたてるのも可能かもしれませんな」

しかし実を申せば、橋は肝が潰れるほど上下左右に揺れるような気がしました。スムーズ＝イット＝アウェイ氏は土台の堅固さを保証してくれましたが、満員の乗合馬車で渡るのは御免蒙りたいものです。乗客の誰もが件の紳士やぼくの様に重い荷物を持っている場合は尚更です。ですが、何事もなく渡りきり、やがて『駅舎』に到着しました。この清潔で広々とした建物は狭い『潜り門』の跡に建てられています。昔巡礼をなさった方なら、どなたも覚えておいででしょうが、かつて大道を真横に跨ぐ形で建っていたその門は、通り抜けるのに支障があるほど幅が狭く、心の広いお腹の出っ張った旅人には大変な障害になったものです。ジョン・バニヤンの読者なら、クリスチャンの旧友で、巡礼一人ひとりに秘義を記した巻物を渡す習慣だったエヴァンジェリストが、現在出札主任になっているのを知って嬉しく思われることでしょう。ただ、この立派な人物が、古のあのエヴァンジェリストと同一人のはずがない、なんなら欺りだという有力な証拠を出そうかという様子さえ見せる意地悪な人々がいるのは事実です。論争に加わるのは御免蒙り、ぼくの経験した限りでは、現在乗客に渡される四角いボール紙の方が、古い羊皮紙の巻物より道中では遥かに便利で助かるとだけ申し上げ、その切符が『天上の市』の門で巻物同様すんなり受けとってもらえるかどうかについては、意見を控えさせて頂きます。

『駅』ではもう既に大勢の乗客が発車を待っておりました。皆さんの様子から、この町の人々の聖地巡礼に対する感情がいい方に変っているのが、すぐ分りました。これを見ればバニヤンの心も弾んだことでしょう。町中の人々の嘲笑を背中に、大きな荷物を背負いただ一人悲しげにとぼとぼと歩いてゆくみすぼらしい男に代って、ここには近郷近在の身分の高い立派な人々が集り、巡礼を夏の小旅行くらいにしか思わないのか、『天上の市』への出発を嬉々として待っていたのです。男性の中には広く名を知られていて当然の人々、つまり偉いお役人、政治家、富豪などが含まれ、もっと身分の低い人々の信仰心をいやでも掻き立てるのにこれ以上はないお手本ばかりでした。女性待合室にも社交界の名花を幾たりか見かけて、すっかり嬉しくなりました。『天上の市』の華やかな上流階級に花を添えるに相応しい方々です。その日のニュース、財界や政界のこと、或いはもっと軽い娯楽などを話題にして大変楽しい会話が交されておりました。ところが、一番心にかかっているはずの宗教は、品よく背後に押しこめられておりましたので、不信心な者が聞いても心が痛むことはなかったでしょうし、あってもほんの僅かだったことでしょう。

巡礼の旅にのぼるこの新しい方法の最大の利点に言及するのを忘れてはなりますまい。大量の荷物は、昔の習慣のように肩にかついで運ぶのではなく、荷物車に全部きちんと積み込まれ、終着駅で夫々の持主に間違いなく手渡されるということでした。それからもう一つこのこともお知りになれば、お優しい読者の皆さんはお喜びになるでしょう。ベールゼバブ王と『潜り門』の番人の間には大昔から争いがあり、有名なこの王様に味方する者たちが、『潜り門』の扉をノックしている正直な巡礼に死の矢を射かける習慣だったことはご記憶だと思います。この争いは、双方の歩みよりという原則にのっとって平和的な解決をみたのですが、これは鉄道の立派でさばけた重役諸公ばかりでなく、前述の傑出せる王様にとっても大変名誉なことです。王の家臣のうち、かなり多くの者は現在、この駅の構内で働いております。或る者は荷物の面倒を見、他の者は、燃料を集めて機関車に与えるといった具合で、夫々に適した仕事をしております。彼ら以上に自分の職務に忠実で、乗客に進んで親切を尽し、何事につけても愛想の良い駅員はいかなる鉄道にも見当らないと、良心に誓って断言できます。心優しい方ならどなたでも、大昔からの難題がこれほど申し分のない形で解決をみたことにきっと大喜びなさるでしょう。

「グレイトハート《大勇の人》さんはどこにいらっしゃるのですか？」とぼくは尋ねました。「きっと会社の偉い方々は、あの有名なかつての勇者を主任機関士に雇っておられるのでしょうね？」

「それが、違うんです」スムーズ＝イット＝アウェイ氏は空咳をしながら答えました。「あの男には、制動手の口が用意されたんですよ。ところが、正直申して、我らが友のグレイトハートは年をとってからひどく頑固で偏屈になりましてな。数えきれないくらい何度も、巡礼を徒歩で案内したもので、他のやり方で旅をするのは罰当りだと思うんですな。それればかりか、爺様はベールゼバブ王との昔の争いに本気で加わっておったものだから、制動手になれば王の家来とのべつまくなしに殴りあったり、罵りあったりするでしょうし、そうなれば、わたしたちまで新たに巻き込まれかねません。そんなわけですから、馬鹿正直なグレイトハートが腹を立て『天上の市』へ行ってしまい、お陰でもっと親切な適任者を自由に選べるようになったときには、別段残念に思わんかったのです。あそこに機関手がきます。すぐに誰だかお分りになるでしょう」

丁度そのとき、機関車が客車の前に連結されました。正直に申しますと、その外観は、ぼくたちを楽々と『天上の市』まで運んでくれる見事な文明の利器というより、地獄へ素早く送りこむ機械仕掛の悪魔という方が遥かに相応しかったのです。屋根に座っている人物は半分以上煙と炎に包まれていました。読者諸兄を驚かすつもりはないのですが、煙と炎は機関車の真鍮の腹からばかりでなく、屋根の人物の口と胃からも吹きでているように見えたのです。

「目がどうかしたんだろうか?」とぼくは叫びました。「一体あいつは何者だ! 生きた人間か? もしそうなら、自分が乗っている機関車の実の弟だ!」

「おやまあ、なんと鈍感な」大声で笑いながらスムーズ=イット=アウェイ氏は言いました。「アポリオンを御存じないのですか、クリスチャンの宿敵だった? 二人は『屈辱の谷』で猛烈な闘いをやったじゃないですか。機関車を操るには、打ってつけの男だもので、巡礼の旅に出る習慣を認めさせ主任機関手として雇ったのですわい」
「凄いですね、素晴らしいですね！」興奮を抑えきれず、大きな声を出してしまいました。「これは、現代が公平無私であることを示しています。これはまさに、黴臭い偏見を根こそぎ取り除く見込みが十分にあることを証明するものです。かつての敵のこの素晴らしい変身ぶりを聞けばクリスチャンがどんなに喜ぶでしょう！　『天上の市』に着いたとき彼にこのことを伝えるのは、いや本当に嬉しいことです」

乗客全員がゆったりと腰を下ろしおわり、いよいよ心楽しくガタゴトと出発です。十分もせぬうちに、クリスチャンが一日がかりでてくてく歩いたと思われる距離よりうんと遠くまで進みました。言ってみればぼくたちは、稲妻の尻尾に乗って光の早さで進むわけです。ところが、昔ながらの巡礼衣装に身を包み、鳥貝と杖、秘義を記した羊皮紙の巻物を両手に、背負いきれないほどの荷物を背負って埃まみれで歩いてゆく二人連れを見かけたものですから、ひどくおかしくなりました。現代の進歩を利用せず、しゃにむに困難な道を喘ぎながらよろめき歩く馬鹿正直な二人の途方もない頑固さは、知恵ある我が同胞諸氏の大笑いを誘いました。挨拶代りに、滑稽なからかいの言葉を投げつけたり、大笑いを浴びせますと、馬鹿ばかしいくらい哀れみに満ちた悲しげな顔で、こちらを見返すではありませんか、それでぼくたちの笑いは十倍も騒がしいものになりました。この悪戯にはアポリオンも勇んで加わり、機関車の煙と炎、というか彼自身の息を巡礼の顔めがけて投げつけ、火傷しそうに熱い蒸気で包みこみました。こうした悪ふざけのお蔭で、ぼくたちは大いに愉快になりましたし、巡礼たちは巡礼たちで、自分が殉教者だと思いこむ満足を味わったに違いありません。

スムーズ=イット=アウェイ氏は、線路から少し離れたところに建つ大きくて古びた屋敷を指さし、昔からある旅篭で、かつては巡礼が立ち寄る所としてよく知られていたと説明してくれました。バニヤンの道案内書では『解説者の家』と言われています。

「随分前から、あの古い屋敷を訪ねてみたいと思っていました」とぼくは言いました。

「お気づきのように、あそこは我が鉄道の駅じゃありません」と道連れが申しました。「宿の主人は鉄道に大反対しましてな。無理もないんです、線路は歓待の館の脇を素通りするわけで、立派なお得意さんをすっかり奪ってしまうのはほぼ確実だったのですから。しかし、歩行者用の道は依然として玄関前を通っておるわけで、老紳士は時折身分の低い旅人の訪問を受けちゃ、御当人同様に古くさい道化芝居で客を歓待しておりますわい」

この問題に関するぼくたちの語らいが終らないうちに、十字架を見てクリスチャンの肩から荷物が転げ落ちた場所を猛烈な勢いで通りかかりました。それがスムーズ=イット=アウェイ氏、リヴ=フォー=ザ=ワールド《世間体を重んじる人》氏、ハイド=シン=イン=ザ=ハート《心中に罪を隠している人》氏、スケイリー=コンシェンス《心の卑しい人》氏、更に『悔い改めなき町』から参加した一団の紳士方に話の種を提供し、みなさんは荷物を失くさずにすむことから生じる計り知れない利点について、蘊蓄を傾けることになりました。ぼく自身、そして文字通り全乗客も口を揃えてこの意見に与しました。なぜならぼくたちの荷物には世界中何処にいっても高価とみなされるものが沢山含まれていたからです。なかんずく、夫々がお気に入りの『洋服』をどっさり持参しており、これは『天上の市』の上流階級の方々に混っても引けをとらない自信がありました。そうした色々な貴重品が墓の中に転げ落ちるのを見れば、さぞ悲しくなったことでしょう。そんなふうに、昔の巡礼や当代の心の狭い巡礼たちと比べ、ぼくたちの立場がどれほど恵まれているか楽しくお喋りしているうちに、やがて『困難山』の麓へ着きました。この岩だらけの山の真ん中を貫いて、堂々たるアーチとゆったりした複線を持つトンネルが掘られています。その建築技術たるやまことに見事なもので、大地と岩が崩れ落ちるようなことでも起きない限り、造った人の技術と壮大な野心の記念物として永遠に残ることでしょう。『困難山』の中心部からでた物質が『屈辱の谷』の埋め立てに用いられ、お蔭で、あの不愉快で不健康な谷へ降りてゆく必要がなくなりました。僥倖とはいえ、大変に有難いことです。

「これは全く素晴らしい進歩です」とぼくは申しました。「ですが、『美の宮殿』を訪ねて巡礼を親切にも歓待して下さる魅力的な若い御婦人――プルーデンス《思慮》嬢、パイエティ《敬虔》嬢、チャリティ《慈悲心》嬢その他の諸嬢に御紹介頂く機会を得たかった気もします」

「若い御婦人ですと！」スムーズ＝イット＝アウェイ氏は、笑いが収まってやっと話せるようになると叫びました。「おまけに、魅力的な若い御婦人ですと！　まあ、あなたというお方は。あの人たちは年寄、誰もかれもお婆さん――とり澄まして、堅苦しく、かさかさしてて、おまけに片意地ときています。こう言っちゃなんですが、誰一人として、クリスチャンが巡礼に出た時代以来、洋服のデザインさえ変えちゃいないんですよ」

「あゝ、そういうことなら」ぼくは大いに安堵して申しました。「御婦人方とお知りあいになるのを、すっぱり諦められるというものです」

そのとき、傑物アポリオンは、凄まじいスピードで蒸気機関車を運転しておりました。おそらく、クリスチャンと戦って大敗した場所にまつわる不愉快な記憶を追い払いたかったのでしょう。バニヤン氏の案内書を調べて分ったのですが、『死の影の谷』まであと数マイルの地点におり、現在のスピードなら、どう考えても望ましくないほど早くその陰気な地域に突入するにちがいありません。望ましくないなどと言いましたが、実は、片側の溝の中か、もう一方の泥沼の中に放り出される程度で済めば御の字だと思っていたのです。けれども、ぼくの懸念をスムーズ＝イット＝アウェイ氏に伝えたところ、この道が最悪の状態だったときでも、ここを通り抜ける困難さはひどく誇張されていた、だから、それが改善された現在ではキリスト教国のどんな鉄道にも負けないくらい安全と思って差支えない、と保証してくれました。

ぼくたちが話している間にも、列車はこの恐ろしい『谷』の入口目がけて突進してゆきました。谷に建設された土手道をがむしゃらに突き進んでいるとき、心臓が愚かにも動悸を打ったことは白状します。それでも、最初にこの計画を思いついた人の大胆さと、これを実行にうつした人々の工夫の才に対する最高の賛辞を差控えたりすれば、それは公正を欠くというものでしょう。この畏怖すべき影の領域には、一筋の太陽も射しこんだことはありません。ここの永遠の闇を追い払い、陽気な日の光の欠如を補うためにどれほどの配慮が払われたかを見るのもまた愉快なことでした。この目的を達成するために、大地から大量にしみだす可燃性ガスがパイプを使って集められ、更に、トンネルの入口から出口までずらりと並ぶ四列のランプへと、送られるのです。かくて、この谷にどっかと腰を下ろしている焼けつくような、そして地獄の業火の如き災いの種からさえ、燦然たる光輝が生みだされているのです。とは申せ、連れの方々の顔に生じた変化で知ったのですが、この光輝は目に有害で少々目眩を起させます。この点は、自然の日光に比べ、真実と嘘くらいの隔りがあります。しかしながら、この『闇の谷』

を旅した読者なら、どんな光でも――たとえ空からではなく、呪われた地下からのものであっても、有難く思うようになっておられることでしょう。ランプの赤みがかった輝きは、線路の両側に炎の壁を造ったのかと思うほど凄まじいものでした。その壁の間を、雷のような轟音を谷にこだまさせながら、稲妻並みのスピードで進みました。もし機関車が脱線したら――鉄道の大事故というのは、先例のないことではない、というひそひそ話が聞こえます――底無しの陥穽が（そんな場所があるとしての話ですが）、ぼくたちを呑みこんでしまうことでしょう。この種の恐ろしいたわごとを考えて心臓が震えた丁度そのとき、物凄い悲鳴がおこりました。『谷』を駆けぬけていくその悲鳴は、千もの悪鬼が肺も裂けよと叫びたてたかに思えたのですが、分ってみれば、停留所に到着したことを知らせる、ただの汽笛でした。

そのとき停車したのは、繰り返すのも気がひけるのですが、我が友バニヤンが――誠実な人なのですが沢山の突飛な考えに取り憑かれていましたので、臆面もなく地獄の入り口と名付けた当の場所でした。しかし、これはバニヤンの誤解に違いありません、と申しますのも、煙が充満して不気味な洞窟に停車中に、スムーズ＝イット＝アウェイ氏が機をとらえて、トペテ（地獄）なるものは比喩的な実体さえ持っていない、と証明してくれたからです。この場所は半死火山の噴火口にすぎず、重役諸氏はここに線路用の鉄を製造する鉄工場を建てており、ここからは機関車用燃料も豊富に得られるのだ、と断言しました。時々黒ずんだ巨大な炎の舌が飛びだしてくる黒々と大きく口を開けた陰気な洞窟を覗き込み、形の定かでない奇妙な怪物や、煙が渦を巻いてできあがったような恐ろしくグロテスクな幻影の如き顔を見、人間の言葉に聞こえる折もある身の竦むような風の呟き、悲鳴、悲しげな囁きを聞けば誰だって、ぼくたち同様、スムーズ＝イット＝アウェイ氏のほっとするような説明に必死でしがみついたことでしょう。その上、洞窟に住む人たちは醜く、黒く煙で汚れ、大抵の者は足が悪く、暗赤色の目の光は、まるで心臓に火がついて、炎が上部の窓から吹きだしているかのようでした。鉄工場の労働者や機関車に燃料を運搬する者たちは、息切れしはじめると、鼻や口からさかんに煙を吐きだすのですが、それがぼくの目にはひどく奇異に映りました。

　列車の近くをぶらぶらしている連中は、大抵噴火口の炎で火をつけた葉巻をくゆらしていましたが、その中に『天上の市』に向け以前汽車で出発したはずの者が何人か混っているのに気づいて、訳が分らなくなりました。彼らの容貌は陰険で野卑、しかも煤けていて、元からの住人と不思議なくらいよく似ていました。おまけに質のよくないからかいや皮肉を飛ばす不愉快な癖まで同じように身につけ、それが染みついてしかめ面が直らなくなっていました。その内の一人、テイク＝イット＝イージー《暢気な人》という名で通っている物ぐさの役立たずとは言葉を交す仲だったので声をかけ、ここで何をしているのかと尋ねました。

「出かけたのではなかったのですか」とぼくは申しました。「『天上の市』へ？」

「出かけたのは本当さ」とテイク＝イット＝イージー氏は、無神経に煙をぼくの目に吐きかけながら言いました。「ところが、その『市』が建っている丘を苦労して登る気が失せるような悪い噂を聞いたもんでね。商品の売買はなく、面白いこともなく、酒も煙草も御法度、朝から晩まで教会音楽が鳴りひびいているそうな。家賃も生活費も無料にしてやると言われたって、そんな所に住むのは真っ平だよ」

「ですがテイク＝イット＝イージーさん」とぼくは大声で尋ねました。「なぜ、よりによって《・》こ《・》こ《・》に居を定めたのです?」

「あゝそいつは」とのらくら男はにやりとしました。「この辺りは随分暖っかいし、昔からの知り合いにも大勢会える、ここはまあまあ儂の性に合ってるってとこかな。遠からず、戻ってきた君に会いたいもんだね。いい旅を祈ってるぜ」

彼の話が終らないうちに汽笛が鳴り、猛烈な勢いで発車しました。その前に乗客を数人下しましたが、新たに乗った人は誰もいませんでした。『谷』をガタガタ進んでゆくと、激しく燃えあがるガス燈のせいで、先程と同じように目が眩みました。しかし、強烈な輝きのもたらす闇の奥から、時々残忍な顔が、光のヴェールを押しわけてこちらを睨みつけ、ぼくたちの進行を邪魔するつもりか、大きくて黒ずんだ手をぐーっと伸ばしてくるように思われました。一つ一つの顔が一つ一つの罪或いは邪心を表す容貌を帯びています。すんでのところで、今自分を震えあがらせているのは、ぼくが犯した数々の罪なのだと思いこみそうになりました。それは想像力が造りだした奇形児、心より恥ずべき単なる幻覚だったに違いありません――おそらくそれ以上のものではありますまい。しかし、『闇の谷』を通過する間中、同じ様な白日夢に苦しみ、悩み、頭は混乱しきっておりました。あたりの有毒ガスが脳細胞を酔わせてしまうのです。しかしながら、いま述べたような実体のない空想の産物は、自然の光がガス燈の真っ赤な輝きと争いはじめると生気を失い、一筋の日光が『死の影の谷』から逃れたぼくたちを迎えてくれたとたんに、とうとう消えてゆきました。そこから一マイルもゆかぬうちに、あの陰気な谷間の旅はみんな夢だったと誓ってもよいほどになりました。

『谷』の一番外れには、ジョン・バニヤンが言及しておりますように、洞窟があります。バニヤンの当時は、二人の残酷な巨人、ポープ《教皇》とペイガン《異教徒》が住んでいて、住居のまわりの地面に殺害した巡礼の骨を撒き散らしておりました。この昔の卑しい類人猿どもは最早そこにおらず、二人が捨てた洞窟には別の恐ろしい巨人が押し入り、正直な旅人を捕えては、煙、霞、月光、生のじゃがいも、おがくずなどを盛り沢山に食べさせて太らせてからおのが食卓に供するのを仕事にしております。その男はドイツ生れで、ジャイアント・トランセンデンタリスト《巨人超絶主義者》と呼ばれています。しかしこの巨大な悪漢の一番大きな特徴は、その体つき、顔立ち、実体、性質一般に関して、本人自身も、また本人に代る誰一人として詳しく語りえた例がないという点です。洞窟の入口を猛烈な勢いで通りすぎるとき、チラリと巨人の姿が見えました。奇形児に多少似ていなくもありませんが、霧とか薄闇の塊にずっとずっと似ていました。巨人は、背後から叫びましたが、その言葉遣いが変てこりんでしたので、何を言っているのか、励ましているのか、それとも脅かしているのかも分りませんでした。

　列車が古い都市『虚栄』に轟然と滑り込んだのは、その夜遅くなってからでした。そこの『虚栄の市』は相変らず繁栄の頂上にあり、太陽の下にある、ありとあらゆる輝かしきもの、心楽しきもの、魅惑的なるものの雛形が展示されております。相当長期間ここに滞在するつもりでしたので、町の人々と巡礼の間に不協和音——クリスチャンを迫害し、フェイスフルを壮烈な殉教に追いやるような歎かわしい誤った処置を町の人々にとらせたあの軋轢がもはや存在しないことを知って嬉しく思いました。それどころか、新しい鉄道は大量の商取引と、間断の無い旅行者の流入をもたらすので、『虚栄の市』の頭取は鉄道の第一の後援者となり、町の資本家たちは大株主の仲間入りをしています。実際、多くの乗客は、『天上の市』への旅を続けずに『市』で遊んだり儲けたりするために下車します。実際、この町こそ唯一正真正銘の天国だと人々がよく断言するほど、ここの魅力はたいしたものなのです。天国なんてここ以外にはない、ここより先へ天国を探しにゆく連中は只の夢追い人、伝説に名高い『天上の市』の輝きが、『虚栄』の町の門からほんの一マイルのところにあるとしても、出掛てゆくほど自分たちは馬鹿じゃない、と頑固に主張するのです。このような賛辞は誇張がすぎているようで、同意はしませんが、この町での滞在はおおむね快適でしたし、住民との交遊が多くの楽しみと知識を生みだしてくれたことも嘘ではありません。

根が真面目なものですから、ぼくの関心は、無数の訪問者の第一の目的である陽気な歓楽ではなく、ここに住むことから生じる堅実な利点にありました。バニヤンの時代以降の町の様子を御存じないキリスト教徒の読者は、ほぼ通りごとに教会があり、牧師様が『虚栄の市』ほど高い敬意を払われているところはない、とお聞きになれば驚かれることでしょう。それにここの牧師様はそうした高い評価を受けて当然の方々なのです。なぜなら、牧師様がたの口から漏れる知恵と徳に満ちた格言は、古代の賢明なる哲学者の言葉と同じように、深い精神の源から出くるものであり、高尚な宗教的目的に資するものだからです。こんなふうに誉めあげる正当性を主張するためには、シャロウ=ディープ《浅く深い》尊師、スタンブル《真実に》=アット=トゥルース《つまづく》尊師、ザット=トゥ=モロー《あれは明日》尊師に説教壇を近々譲りわたしたいと思っておられるあの高齢の聖職者ジス=トゥ=デイ《これは今日》尊師、並びにビウィルダーメント《狼狽》尊師、クロッグ=ザ=スピリット《精神の枷》尊師、そして最後にして最高のウィンド=オブ=ドクトリン《教義の空論》神学博士のお名前をあげるだけで十分でしょう。この優れた牧師様がたの仕事は無数の説教師に助けられています。説教師は、人間の科学と神の科学のあらゆる問題に関して数多くの深遠な知識を広めておりますので、苦労して文字の読み方を習わなくとも誰もが該博な学識を得ることができるのです。そんなわけで文学は人間の声によって伝えられることを前提にしたため軽やかなものとなり、知識は、重量物質をことごとく——勿論、金は除いてですが——沈澱させて蒸発し、常時開いている町の人々の耳にすっと入りこむ音声となっています。これらの独創的な方法は一種の機械装置を造りあげており、この装置によって思考と研究は、そうしたものに付随する厄介事に些かも煩わされることなく、誰もが自家薬籠中のものにできるのです。個々の道徳を大量生産するために作られた別種の機械もあります。こうした目覚ましい成果は、あらゆる種類の高潔な目的を達成するために結成された様々な協会のお蔭なのです。つまり人は当該協会に関係し、いわば自分に割り当てられた徳を共有資産に投入するだけでよいのです。あとは会長と幹事が、総資産が有利に運用されるように面倒をみてくれるというわけなのです。こうした倫理、宗教、文学に於けるあらゆる改善はもとより、他の素晴らしい改良点についても、才気走ったスムーズ＝イット＝アウェイ氏が分り易く説明してくれましたので、『虚栄の市』を大いに賛美したいという気持が頭をもたげてきました。

人の世の商業と歓楽のこの偉大な中心地で見聞したことを何もかも記録するなら、薄いパンフレット流行の時代に、分厚い一巻本分にもなるでしょう。社会のあらゆる階層の人々がいました——有力者、賢者、才子、あらゆる階級の著名人——王様、大統領、詩人、将軍、画家、俳優、博愛主義者など、誰もが『市』で商品の売買をしていて、自分の気に入った品物のためならどんな値段も法外とは思わないのです。たとえ売ったり買ったりする気がなくても、商店街をぶらつき、そこで行われている様々の駆け引きを見てみるだけの価値は十分にあります。

買い手の中には、馬鹿げているとしか思えないひどい取り引きをする人もいました。たとえば、莫大な財産を相続した若い男は、かなりの額を色んな病気の購入に費やし、ついには有り金全部をはたいて膨大な後悔の種とボロ服を一着買いこみました。とっても奇麗なお嬢さんは、彼女の最高の財産と思われる水晶のように澄んだ心を、同じ水晶とはいっても、すっかりすり減り汚れて何の価値もない宝石と交換しました。或る店には大量の月桂樹やてんにんかの冠が置いてあり、軍人、作家、政治家、その他にも大勢の人が買いとろうと躍起になって押しよせていました。そうした下らない花冠を自分の命で買う人もいれば、何年にもわたる苦しい奴隷奉公で購う者もいました。しかし、多くの人は一番価値のある物を犠牲にしても、結局は王冠を得ることができずこそこそ退散してゆきました。『良心』と呼ばれる、仮の株券みたいなものがあり、殆ど何でもこれで買えるらしく引張りだこになっている様子でした。この特別な株券を大量に支払わずに手に入る高級品は殆どありませんでした。買いだめした『良心』をいつどうやって市場にだすか正確に知らないかぎり、商売で儲かることなど滅多にありません。その上、この株券だけが永遠の価値を持っているので、誰であれこれを手離した人は、結局は損をする羽目になるのです。投機の中にはいかがわしいものも含まれておりました。時折、国会議員が選挙民を売って財布を補充したり、お役人がひどく安い値段で自分の国をちょくちょく売るという話も本当のことだと聞かされました。何千という人が、ほんの気紛れから幸せを売りとばしました。金メッキの鎖は引張りだこで、どんな犠牲も厭わず購入されておりました。実際、古い格言に従って貴重品を二足三文で売りたい者は、『市』のいたるところで買い手を見つけられるほどでした。一椀の羹《あつもの》のために家督権を売る連中のために、しゅうしゅう湯気をたてている無数の羹が並んでいました。しかしながら、『虚栄の市』では本物を見つけられない品も幾つかありました。もし客が青春の手形を書きかえたいと申しますと、商人は総入れ歯と金褐色の鬘を差しだしましたし、心の平和をどうしてもと言いますと阿片かブランディの瓶を勧めたのです。

『天上の市』の土地や黄金の大邸宅は、『虚栄の市』の小さくて薄暗い、不便なアパートを数年間借りる権利としばしば交換されておりましたが、これほど割の悪い交換条件があるでしょうか。ベールゼバブ王自身がこの種の取り引きに大変な興味を示し、時々親切めかしてちょっとした問題に口をだしました。嬉しいことに、一度だけ王が或るけちん坊と魂の売買契約をするところにぶつかりました。才の限りを尽した双方の駆け引きのあと、約六ペンスで魂の獲得に成功した王は、にっこりして、俺はこの取り引きで損をしたよ、と申したのです。

来る日も来る日も、『虚栄』の町を歩きまわったので、立居振舞が住人のそれにだんだん似てきたうえ、この町が故郷のように思われはじめました。ぼくの心から『天上の市』への旅を続けようという気持は、殆ど消えておりました。けれど、この旅を始めてすぐ、アポリオンが顔に煙と蒸気を吹きかけ、ぼくたちが心から笑った、あの素朴な二人組の巡礼を見かけて、旅のことを思いだしました。二人は『虚栄』の町でも一番混みあっている場所に立っていました。商人たちは王侯の紫衣、上質の亜麻布、宝石の類を勧め、機知とユーモアに富んだ人々は嘲笑けりの言葉を投げつけ、丸ぽちゃで愛くるしい二人の女性は秋波を送りました。慈悲深いスムーズ＝イット＝アウェイ氏の方は、近づいていって知っていることを少し洩らし、建ったばかりの寺院を指さしました。けれども、尊敬すべき単細胞の二人は、取り引きにも歓楽にも加わることを一切頑強に拒否し、それだけで、その場の光景はどこか狂った恐ろしいものになりました。

　我ながら大変驚いた次第ですが、この独りよがりのすぎる二人組に一種の共感と感嘆に近い気持を感じざるをえなくなり、そのうちの一人、スティック＝トゥ＝ザ＝ライト《正義にしがみつく人》氏が、ぼくの顔にそういう気持が浮んでいるのを見抜いて、話しかける気になったようです。

「あのう」彼は悲しげだが優しく親切な声で尋ねました。「御自分で巡礼を名乗っておられる？」

「ええ」とぼくは答えました。「そう名乗る資格は十分にあります。ここ、『虚栄の市』には逗留しているだけで、必ず『天上の市』へ新しい鉄道で参りますから」

「おやおやお友だち」とスティック＝トゥ＝ザ＝ライト氏が応じました。「よろしいかな、鉄道などというあの事業は全て泡ぶくなんですよ。お願いだから、儂の言うことを疑わんで下さい。あんたに何千年もの命があるとして、一生あれで旅を続けても、『虚栄の市』の境界線は絶対に越えられんのです。そうなんです、あんた自身は『祝福された市』の門に入っているつもりでも、そんなのは惨めな幻想にすぎないってことになるんですから」

「『天上の市』の王は」ともう一人の巡礼、フット＝イット＝トゥ＝ヘヴン《天へ徒歩で行く人》氏が口を開きました。「この鉄道会社の設立を拒否なさっておられるし、これからもずっとお認めにはなりますまい。その許可が得られない限り、乗客は誰一人として王の領土に入る希望を持てやしないのです。ですから切符を買う人は誰でも料金を損することを覚悟しなければなりません、切符代というのはその人の魂の値段なのですがね」

「おやおや、馬鹿なことを！」ぼくの腕を取って二人から引き離しながらスムーズ＝イット＝アウェイ氏が申しました。「あの連中は侮辱罪で告発されるべきですな。もし法律が、かつての『虚栄の市』におけるように有効なら、二人が監獄の窓の鉄格子から歯を剥きだしているのが見られるでしょうに」

こんなことがあって、心にかなり強いショックを受けました。それに、他の事情も加わって『虚栄』の町にずっと居つくのが厭になりました。だからと申して、当然のことながら、鉄道で楽々と便利にさっさと進むという最初の計画を断念するほど単純ではありません。それでも、立ち去りたい気持は高まってゆきました。一つだけ奇妙なことがあって、それがぼくを悩ませました。『市』で仕事をしているときや楽しみを味わっているときに、人の身に一番よくおこるのは――祝宴の最中であろうと、観劇中であろうと、或いは教会で祈っている最中であろうと、富と名誉を求めて取り引き中であろうと、何をしているときであろうと、中座するのがどれほど間の悪いときであろうと、突然石鹸の泡のように消えてしまい、以後絶対に人目に触れないということでした。人々はこうした些細な出来事にすっかり慣れてしまっているので何事も起きなかったかのように自分の仕事を続けるのですが、ぼくはそうはいきませんでした。

結局、かなり長く『虚栄』の町に滞在したあと、『天上の市』への旅を再開しました。相変らずスムーズ＝イット＝アウェイ氏が一緒でした。『虚栄』の町の郊外を過ぎてすぐ、デマスが最初に発見した古い銀山を通りかかりました。現在は効率よく採掘されて世界の流通硬貨の大部分を供給しています。更に少し行ったところに、塩の柱の格好でロトの妻が永い年月立っていた場所がありました。その柱は、好奇心の強い旅行者たちが少しずつ長いことかかってすっかり持ち去ってしまったのですが。あらゆる未練の念が、この気の毒な女性のように厳しく罰せられるとしたら、さしずめ断念した『虚栄の市』の喜びに対する切なる思いのせいで、ぼく自身の肉体に同じような変化が生じ、将来の巡礼たちへの警告になったことでしょう。

次に目を引いたのは苔に覆われた石造りの巨大な建物でした。苔に覆われてはいましたが、現代的で優美な建築様式でした。機関車はその近くで例によって凄まじい悲鳴とともに止りました。

「ここは、昔、あの恐るべき巨人ディスペアー《絶望》の城でしたが」スムーズ＝イット＝アウェイ氏が説明してくれました。「彼が亡くなったあと、フリムジー＝フェイス《信仰薄き人》氏が修理しまして、ここで素晴らしい娯楽場を経営しておられます。わたしたちの停車駅の一つです」

「組み立てが、しっかりしてないようですね」とぼくは脆そうで、しかも重そうな壁を見て言いました。「フリムジー＝フェイスさんの住いを羨もうとは思いません。いまに住んでいる人の頭の上にガラガラと崩れ落ちてきそうですし」

「いずれにしても、わたしたちは逃げだすことになります」とスムーズ＝イット＝アウェイ氏が言いました。「アポリオンが再びスピードをあげはじめましたから」

鉄路はいまや急坂を下り、『快楽山脈』の渓谷に入りました。かつて盲目の人々が墓の間をよろよろ歩きまわっていた原野を横ぎってゆきます。誰か意地の悪い人が、その古代の墓石の一つを線路に横倒しにしてあったので、列車は激しく揺れました。起伏の激しい山腹のずっと上の方に錆びた鉄の扉があるのに気がつきました。半分ほど蔦やかずらの類に覆われていますが、隙間から煙が流れでていました。

「あれは」とぼくは尋ねました。「羊飼いたちがクリスチャンに地獄への近道だと言った例の山腹の扉ですか？」

「あれは羊飼いの冗談だったのですよ」とスムーズ＝イット＝アウェイ氏はにこりとして言いました。「あれはマトンハムを加工する燻製場代りに使っている洞窟の扉で、それ以上でも以下でもありません」

ここで、奇妙な眠気に襲われたので、その先の旅行の記憶がしばらくぼやけて混乱しています。『魔法の大地』を通過中のため、あたりの大気が眠気を強めたからです。しかしながら快適なベウラへの国境を越えたとたんに目が覚めました。乗客全員は目をこすりこすり、時計を見比べ、順調に終着駅まで到着できそうなことを互いに祝しあいました。この幸せの国を渡ってくる優しいそよ風は鼻孔にすがすがしく、きらきらと勢いよく溢れでる銀色の泉が目に入りました。泉の上には、神の国の庭から接ぎ木によって伝えられた美しい葉が繁り、美味しそうな実のなっている木々が張りだしていました。ハリケーンのように猛烈なスピードで進んでいたときのことです、羽ばたきの音がして、何か神の用事をになって、猛スピードで飛ぶ天使の光輝く姿を空中に見かけたことが、一度だけありました。機関車は最後の恐ろしい悲鳴を一声あげて、いよいよ終着駅が近いことを告げました。悪魔か狂人の荒々しい笑いとすっかり混りあっていますが、その悲鳴の中からありとあらゆる泣き叫び悲しむ声や、激しい怒りの声を聞きわけられるような気がしました。アポリオンは旅行中ずっと、駅で停車するたびに蒸気機関車の汽笛の中から一番厭らしい音を絞りだす独特の才能を発揮しました。この最後の一笛を鳴らすに際して彼は、これまで以上に腕の冴えをみせ、地獄の哄笑を造りだしました。それはベウラの心穏やかな住民を狼狽させたばかりでなく、その耳ざわりな騒音を『天上』の門の中にまで送りこんだにちがいありません。

まだその恐ろしい叫びが耳から消えないうちに、心の浮きたつような旋律が聞こえてきました。勇敢に闘い輝かしい勝利を得た有名な英雄が、折れた武器を永久に捨てるべくやってくるのを迎えるため、高い音、低い音、そして優しい音色をだす無数の楽器が、穏やかにかつ誇らしく一斉に掻き鳴らされたのかと思いました。この喜ばしい音楽が奏されている原因を確かめようと、列車から降りてみました。なんと、川の深みから浮びあがったばかりの気の毒な二人の巡礼を歓迎するために、『光り輝く人々』が大勢川の向こう側に集まっていたのです。旅の初めの頃、アポリオンとぼくたちが、嘲笑や愚弄や熱い蒸気でいじめたあの二人――『虚栄の市』で飲み騒ぐ連中に囲まれていたとき、浮き世離れした容貌と印象的な言葉でぼくの良心を刺激したあの二人に他ならなかったのです。

「あの二人は見事にやりとげましたね」とぼくはスムーズ＝イット＝アウェイ氏に叫びました。「ぼくたちもあんなふうに大歓迎を必ず受けられるといいのですが」

「心配御無用、全く心配ありませんよ！」と友人は答えました。「さあ、急いで急いで。渡し舟がすぐに出ます。三分もすれば川の向こう岸ですよ。間違いなく、入り口の門まで運んでくれる馬車が見つかります」

蒸気で動くフェリーボートが――この重要ルートに於ける最後の改良です――河岸に停泊しておりました。煙をぽっぽっと吐き、蒸気を吹きだし、他にも出帆が差し迫っていることを示す、ありとあらゆる不快な音を発しています。他の乗客の方々と一緒に急いで乗りこみました。大部分の人が慌てふためいていました――荷物をよこせと喚いている者、髪を掻きむしり舟が爆発するぞとか、沈没するぞとか叫んでいる者、川のうねりにもう真っ青になっている者、舵手の醜い顔を恐ろしそうに見詰めている者、魔法の大地の催眠効果でまだふらふらしている者もいました。岸を振り返り、スムーズ＝イット＝アウェイ氏が別れの印に手を振っているのを知って驚いてしまいました。「『天上の市』へ渡らないのですか？」とぼくは声を張りあげました。

「とんでもない！」と答えたその顔には、奇妙な笑みと不愉快な歪みが浮んでいました。『暗黒の谷』の住民の顔に見つけたのと同じあの歪みです。「渡りませんとも！　あなたの楽しい道連れになるため、ここまで来ただけですから。さようなら！　またお会いしましょう」

素敵な我が友スムーズ＝イット＝アウェイ氏は、そう言ってからからと笑いました。その馬鹿笑いが続いているうちに、彼の口と鼻孔から煙の輪が、双の目からは毒々しくぎらつく炎が吹きだし、彼の心臓が赤い地獄の火だけでできていることをはっきり証明しました。あつかましい悪魔め、おのが胸でトペテの激しい責め苦が猛りたっているのを感じながら、そのトペテの実在を否定するなんて！　岸に跳びおりようと船べりに突進する、けれども外輪が回りはじめ、冷たい飛沫が凄い勢いで振りかかり——物凄く冷たい飛沫、その冷たさたるや『死』が自分自身の川で溺れ死ぬまで離れそうもないほどでした——そのため、心臓が震え身が震え、目が覚めました。有難い、『夢』だったのです！

蕾と小鳥の声

　穏やかな春が――予想より数週間、希望よりも数か月遅れて――とうとうやってきた。我が古屋敷の屋根や壁に生えた苔もまた生き返ることだろう。春は晴れやかに書斎の窓を覗きこみ、こう言って僕を誘うのだ――窓を開け放って、私の心地よい吐息と、黒くて暗いストーブのぬくもりを混ぜ合わせて夏のような大気をお造りなさい、と。窓が開くにつれ、数えきれない思念というか空想といったものが、果てしのない空間に向かって飛び出していく。それは、緩慢に過ぎてゆく寒々とした冬の日々、隠遁所のようなこの小さな書斎で僕の遊び相手を務めてくれた思念や空想だ。朗らかな幻、グロテスクな幻、そして悲しい幻たち。自然の飾り気のない慎ましやかな灰色と薄茶に染められた、実生活の姿形。虹色で飾り立てられた夢の国の光景、それも染め上がる前に色褪せていった。そうしたもの全てが今は消え失せ、僕は自在に陽の光から、新たな空想物を作り出す。気の滅入る瞑想はフクロウのように黒っぽい翼を羽ばたき、元気いっぱいの真昼の明かりに目を細めながら飛んでいくかもしれない。この手の相棒たちは、霜に覆われた窓ガラスや、火がパチパチはぜる季節に相応しい。木枯らしが、街路樹のトネリコをヒュウヒュウと吹き抜け、吹雪が運んできた雪が森の道にぎっしりと積もり、石塀から石塀まで街道を埋めつくしてしまう季節に相応しい。春と夏になれば、重苦しい想いはすべて、重苦しく想いに耽るカラスと共に冬の後を追って北に向かうべきだ。あの懐かしい幸せな生の営みが再び力を得る。僕たちは、考えたり働いたりするためではなく、ただ幸福になるという単純な目的のために生きる。今という時には、我々に備わっている無限の力を傾けるに値することがらは何もない。ただ、暖かな天の微笑みを吸い込み、蘇る大地に共感するだけでよい。

今年の〈春〉は、いつもより足取りが早い、それは冬が途方なく長く居坐っていたために、春がいくら一生懸命になっても、割り当てられた統治期間の半分も取り返すことが難しいからだ。水かさの増した川っぷちに立ち、寒さの厳しかった四か月の間に厚くなった氷が流れ下るのを見たのはほんの二週間前だ。そのとき、山腹にはところどころ雪の溶けた箇所が帯状になっていたが、そこを除けば、見渡す限り深い雪に覆われていた。一番下に貯めこまれているのは、十二月初めの嵐がもたらした雪だ。この光景は見る者を凍りつかせる。なにしろこの広大な白いナプキンを、死体のような自然の顔にかぶせるのにかかった時間より早くどうやって取り除いたらいいか、まるで考えつかないのだ。しかし、荒涼たる外なる世界であろうと、凍てつく人の心の中であろうと、穏やかさが発揮する力の強さを推し量ることは誰にもできない！　嵐のような大雨が降ったわけではない、いや、気温の高い日があったわけでもない。たえず南風がやさしく吹き、ときには穏やかな陽射しの日があり、ときには同じように穏やかな霞の日があり、やわらかい驟雨の日があった。そういう雨には、微笑みと祝福がしみこんでいるようだった。雪はまるで魔法にかかったように消えていた。山のような雪が森の中や、深い峡谷には隠されているかもしれないが、あたりで大量の雪がまだ残っているのはその二箇所だけ。その残雪も、あしたになれば見当たらなくなっているだろう。それで惜別の念に近いものを覚えることになるのだ。退却してゆく冬の足音に、春がこれほど近づいたことは今までないと思う。道路沿いでは、吹きだまりの雪のすぐそばから緑の草が芽吹いている。牧草地や草刈り場は、まだ一面の緑というわけにはいかないが、植物がすっかり枯れ果てる晩秋に身に纏う侘びしい茶色の気配はどこにもない。今はかすかな生命の芽が萌えはじめたところも、やがて次第に輝きを帯びて本来の暖かな姿となるだろう。よく日の当たる場所もある。たとえば、南西の方角に見える果樹園の斜面のような場所だ。そう、川の向こうの、あの赤い古びた農家の前方にある果樹園のような場所。そういう場所は、もうすでに美しくて柔らかな緑色を帯びていて、これからどんなに生い茂ってもこれ以上魅力を増すことはないだろう。それは現実のものとは思えず、預言、希望、あるいは、少しでも目を動かせば消えてしまいそうな、特殊な光が一瞬見せる力業《わざ》みたいだ。しかし美しさは幻影ではない。青々とした場所ではなく、それを取り巻く黒くて何一つない光景が影であり、夢なのだ。一瞬一瞬が勝利を収めて、大地のそこここが死から生へと変貌する。突然緑色がきらめいて、一瞬前まで不毛の茶色を呈していた陽の差す土手の斜面を輝かせる。もう一度眺める、すると緑の草が姿を見せている！

果樹園や他の場所に立つ木々は、まだ葉を落としたままだが、植物の血液と命の力が満ちてきたのはもう目に感じられる。魔法の杖が一度触れたら、木々はたちまちのうちに猛烈な勢いで全ての葉を身に纏い、今はまだ葉の落ちた枝の間を無言のうちに吹きぬけてゆく風も、数えきれない葉叢《はむら》に囲まれて突然音楽を奏でるかもしれない、そんなふうに感じられる。過去四十年に渡ってこの西側の窓に影を落としている苔の生えた柳は、最初に緑の衣を纏う木の仲間だろう。この柳には多少気に入らないところがある。湿気と無縁の清潔感がなく、見る者は粘りつくような感じを連想する。僕に言わせれば、木というものは、つやつやした葉、乾いた樹皮、堅く引きしまった幹や枝の持ち主でないかぎり、話し相手としてはあまり好ましくない。しかし、必ず美しくなることを約束して僕たちを喜ばせてくれる魁《さきがけ》は、おそらくこの柳ではないだろうか。この柳の美は、優雅で繊細な葉叢に包まれることであり、黄色くなってもほとんど萎れていない葉を最後に地面に散らすことだ。それに冬の間中、黄色い小枝のせいで太陽を浴びているように思われ、陰鬱この上ない日であろうと、見る者の気持ちを高ぶらせてくれないわけでもない。曇り空の下にいても、柳は陽光をきちんと覚えている。冬は雪のつもった屋根を黄金色に輝く梢から見下ろし、夏は生い茂る緑の冠を差し出すこの柳が切り倒されたら、我が古屋敷の魅力はなくなるだろう。

書斎の窓の下に生えているライラックの木も、同じように葉が出はじめている。二、三日すれば、ぼくは手を伸ばして芽吹いたばかりの緑に包まれた一番背の高い枝を手折るかもしれない。何本もあるライラックの木はひどく歳をとっていて、若い頃の溢れかえるような葉叢に覆われることはない。心情というか、鑑賞眼、正義感、美意識のようなものは、このライラックの今の姿に不満を覚える。老齢は、それがライラックやバラその他の観賞用の低木に現れた場合、神さびた趣を持たない。美しさを誇るためにだけ成長するこうした木々は、永遠に若さを謳歌するか、少なくとも悲しい老醜をさらす前に死に絶えるべきだ、そんなふうに思われる。美を表す樹木は天国の木だ。だからもともと朽ち果てるようにはできていない。ただし、地上の土に移し植えられると、この不朽という得難い生得の権利を失ってしまう。樹齢を重ね、時の重みにのしかかられ、その結果趣の出たライラックというような考えはなんだか滑稽だ。このことは人間についても言える。優雅で見た目に美しいだけの人は――あでやかな花しか世間に与えられないような人は白髪や皺を見られるべきではなく、早死にしなければならない。花の美しさを誇る木々が、ぼくの窓の下に生えているライラックのように、苔むした樹皮や萎れた葉を持ってはいけないのと同じだ。だからといって、美は永遠に生きる価値がないなどと言うのではない。美は永遠に生きるべきだ――だから、時が美に打ち勝って勝利の雄叫びを上げるのを見ると、違和感を覚えるのではないだろうか。反対にリンゴの木は樹齢を重ねても恥とはならない。できるだけ長生きさせ、好きなように曲がりくねらせればいい。そして、春の華麗さを象徴するピンクの花でやせ衰えた枝を飾らせるがいい。たとえ、取り入れ時に一つか二つのリンゴしかもたらさなくても、リンゴの木は立派なのだから。数少ないこのリンゴの実、というか、ともかくも昔から育ってきた実の思い出が、功利主義が冷酷に求める、長生きという特権に対する償いなのだ。花の咲く人間という木は、地上で年齢を重ねるなら、麗しい花だけでなく、地上的な食欲を満たすような果実も実らせなければならない。でなければ、人も、律儀な自然も、そういった花木としての人びとが苔むすことをよしとはしないだろう。

冬のもたらした白いシーツがはぎ取られたとき、いちばん最初に人目を引くのは、まずその下に隠されていた荒廃と混乱である。我々の先入観によると、〈自然〉はきれい好きではない。これまでの歳月美しさを誇っていたものが、いまは萎れて枯れた醜さに姿を変え、現在の輝かしい麗しさを妨げる。我が町の大通りには、〈秋〉が収穫した枯れ葉が一つ残らずまき散らされている。次々に襲った嵐にふき倒された大量の木の枝が、朽ち果て、黒ずみ腐っている。その朽ちた一つ二つの枝々に壊れた鳥の巣がすがるようにくっついている。ずさんな栽培者が取り入れの暇を見つけられなかった菜園では、干からびた豆の蔓、茶色くなったアスパラガスの茎、古びて侘びしげなキャベツが、凍って土中に埋もれている。生のあり方はいろいろあるが、そのどれにもさまざまな死の形見が必ず見つかるのは、なんということであろうか！　俗世間においてはもちろん、思考という土の上にも、心という菜園にも、萎れた木の葉が積もっている。我々が捨ててきた思考とか感情のことだ。それを吹き払ってくれるほど強い風は存在しない。無限の空間も、それを懐に納めて我々の目から隠すことはないだろう。それにはどんな意味があるのだろう？　どうして我々は、人類最初の人のように、初めて我が世を謳歌するかのごとく、心楽しく生きることを許されないのだろう。干からびた骨と朽ちかけた遺跡の上を、いつもとぼとぼと歩まねばならないのだろう。その骨と遺跡が長年積み重ねられていくその中から、これほど若々しく新鮮に見えるものが全て、生み出されているというのに。楽園の春は甘美なものだったに違いない、前の年が作り出した腐敗を、生えたばかりの芝生の上にまき散らしていないし、住人の心の中で、夏の成熟や、秋の衰退といったことが経験されたこともない！　これこそが住むに値する世界だ！　ねえねえ、不平やさん、きみが埒もない嘆き節をでっち上げるのは、そういう生活から生まれる、我が儘勝手のせいだ。腐敗などありはしない。それぞれの人間の魂は、それぞれ自身の楽園に住まうべく、最初に創られたものだ。ぼくたちは苔に覆われた屋敷に住んでいる、過去というすり減った足跡を辿る、そして昼も夜も家族の一員として青白い牧師の幽霊と一緒だ。しかしこうした外的な状況は、魂を蘇らせる力によって、夢幻にも足らぬものとされる。万一魂がこのような力を失ったなら、つまり、萎れた木の葉が、腐った木の枝が、苔に覆われた屋敷が、陰鬱な過去の幽霊が全くの現実になり、緑やみずみずしさが単にその妄想に過ぎないとなれば、魂にこの地上を去ることを願わせようではないか。素朴なエネルギーを蘇らせるためには、天国の空気が必要のはずだろう。

クロトネリコやバルサムポプラのたち並ぶ日陰になった大通りから、無限に向かってのこの飛翔は、まったく予想外のものだった！　いまぼくたちは、再び芝生に降り立つ。この飾り気のない庭ほど、草木が懸命に繁茂している場所はない。石塀の裾に沿ったところや、建物に囲まれて人目につかない場所、そしてとりわけ南側の戸口の階段に近いあたりなどがそうだ。土地柄が草花の成長にことさら向いているようだ。なにしろ、もう頭を垂れるほど丈が高くなり、風にそよいでいるのだから。いくつかの種類の雑草を見ると、中でも、黄色い樹液が指を汚す種類の草に何度も目が向くのだが、それらは冬の間中、元気と瑞々しさを失わずに命永らえてきたのだ。かれらがこうして同族たちに共通の運命から免れているのはどんな価値があるからなのか誰にも分からない。彼らは過ぎ去った前年の長老であり、当代の草花を相手に定められた死について説き聞かせているのかもしれない。

春のもたらす喜びの中でも、小鳥たちのことを忘れるなどできはしない！　黒いカラスだって歓迎だ、もっと輝かしくて愛らしい仲間の到来を告げる先触れとしてなら。彼らは雪が溶けてしまう前に訪ねてきてくれるが、今ごろになるともう大部分は旅立ったか、遠く森の奥深くに行ってしまい、夏の間ずっとそこに棲みつくのではないだろうか。しょっちゅうぼくは森の奥深くを訪ねて彼らに迷惑をかけ、安息日の静寂に包まれて木々の梢で無言の礼拝を行っている彼らの群れにまるでむりやり押し入ったような気分になりそうだ。さえずるときの彼らの声は、夏の午後の人里を遠く離れたのどかさと見事なほどマッチしている。頭上はるかの高みで反響する騒々しい啼き声は、この場の宗教的なしじまを破るというよりそれをますます深いものにする。ところがカラスの方は、威厳のある物腰や、黒の装いにも拘わらず、抹香臭い振りは一切しない。きっと泥棒だろう、いやたぶん無神論者なのだろう。道徳的かどうかとなれば、カモメの方がはるかに立派だ。荒波に洗われた岩に棲み、人気のない海浜に出没する彼らは、この季節になるとぼくたちの住む内陸の川を遡り、頭上はるかに舞い上がり、上空の日の光を浴びながら大きな羽根をばたつかせる。カモメは、一番絵になる鳥の仲間だ、なにしろ、空中に身を任せてふわふわと漂い、風景の中に静止点のようなものを幾つも作りだすのだから。だから、彼らをもっとよく知るだけの時間的余裕が想像力に生まれる。一瞬のうちに飛びさるような真似を彼らはしない。君も雲の高みにまで登って、羽根を持つこの高雅なカモメに挨拶し、下から支えてくれる大気の上で彼らと一緒に堂々と寝転がってはどうだろう。カモは淋しい川の畔に姿を見せ、水に埋もれた広大な草原の内懐に群れをなして舞い降りる。彼らは猛スピードでまっしぐらに飛ぶために、彼らの飛翔を楽しみたいと願う人の目には捉えきれない。しかし、つねに狩猟家の根深い本能をかき立て、心をかき乱す。彼らはもう、はるか北の国に向かって飛び去ったが、秋になればまた戻ってきてくれることだろう。

もっと小さな鳥たちは——森に棲む鳴き声の美しい小さな鳥たちや、人家にしょっちゅう出入りして、風雨から身を護ってくれる軒下や、果物の木に巣をかけて人間からの友情を求める小鳥たちは、彼らを描くのにぼくより相応しい、もっと繊細な筆遣い、もっと優しい心を要求する。彼らが一斉にあげる心地よい啼き声は冬という鎖から解き放たれた小川を思わせる。彼らの啼き声を、〈創造主〉を讃える聖なる歌と呼んでも、過剰壮大に過ぎると考える必要はない。甦えってくる四季を数多くの美しい光景で描き出す〈自然〉は、祝福された小鳥たちの囀り以外の音色で、命の蘇った感慨を表現することはないからだ。しかしながら、いま聞こえてくる鳥たちの心地よい音楽は偶然の産物らしく、目的があってのことではないようだ。彼らはいのちと愛のいとなみ、夏の住まいの場所や作り方を話し合っていて、小枝に止まって荘厳な聖歌、オペラやその序曲、交響曲、ワルツを大声で奏でる暇はない。喫緊の疑問が問いかけられ、重大な問題は闊達な議論でさっさと片付けられてしまう。ほんのときおり、まったくの偶然から、純粋な喜びがあふれ出るように、豊かな囀りが金の音色のさざ波を繰り出し、大気を満たす。その小さな体は啼き声と同じように慌ただしい。彼らは休むことなく羽ばたきを続けている。協議をするため、二、三羽が梢に退くときでさえ、常にしっぽと首を揺すり続けている。生まれ持ったそうした忙しい動きは抑えることはできず、おそらくそのため、彼らの現実における短い寿命は、緩慢な動きの人間が長寿を全うするのと同じ長さをもつことになるのだ。三種類いるハゴロモガラスは共存していて、羽根を持つ我らが市民の中では一番かしましい。彼らが大勢集まると――〈マザー・グース〉が不滅にした、かの有名な「二十四羽」より大勢集まると、つまり、隣り合った梢に鈴なりになると、騒然とした政治集会の混乱と怒号そっくりに喚きたてる。そのような騒々しい議論の理由は、まちがいなく政治問題にちがいない。しかしそれでも、他の政治屋どもとはちがって、それぞれの発言の中に心地よい旋律を注ぎこみ、全体がまとまるとハーモニーを作り出す。あらゆる小鳥の啼き声の中で、太陽が縞になって差しこむ、丈の高い納屋のほの暗い内部で聞くスズメほどぼくの耳に優しく溌剌と聞こえるものはない。コマツグミよりも、もっと親密な共感をもって人の心に語りかける。しかしそうは言っても、人里の近くに棲む羽根の生えた住人はおしなべて、人間的な性質を身につけ、魂が不死を獲得するとは言えないまでも、その萌芽くらいは持つものである。朝焼けどき、夕焼けどきになると、彼らが唱える心地よい祈りを聞く。ほんの少し前、真夜中頃、近くの木から可愛い小鳥の一声が鋭く響いたことがある。深紅色の夜明けを迎えるような、もしくは黄金色の日の光と混じり合うような真剣な囀りだ。真夜中にそんな大声を発した訳はいったいなんだろうか？　深い眠りに落ち、連れ合いと〈天国〉にいる夢を見ているさなかに、突然、ニューイングランドの霧が羽毛の間に入りこみ、葉の落ちた凍てつくような枝で目覚め、夢見心地のうちに本物の啼き声を発したのであろうか。これほど悲しい想像力と現実の交換があろうか！

昆虫も、春になってすぐに生まれてくる仲間だ。名前までは分からないが、数多くの色んな虫がずいぶん前から雪の表面に姿を見せていた。小さすぎて殆んど目に見えないけれども、虫の大群は日の光の中で浮遊しているうちに姿を消してしまう、まるで、日陰にはいると消滅するような具合だ。ブーンという小さくて恐ろしい蚊の羽音はもう耳に入っている。大型の蜂が、日当たりのいい窓のところに群がっている。一匹の蜂が、もうすぐ花が開くというお告げを持って部屋のひとつにやってきた。雪が溶ける前に、珍しい種類の蝶がやってきた。冷たい風の中で、金色の縁でかがった、ビロードのように輝く豪華な黒い衣をまとって誇らしげに舞っているが、妙に侘びしく常軌を逸しているようにみえる。

野原にも森の小径にもまだ、散策する者の目を楽しませる光景はほとんどない。先日、散歩に出かけたが、スミレやアネモネはもちろん、花らしきものにはいっさいお目にかかれなかった。そうは言っても、春の進み具合がどのようなものかおおよそのところを掴むためなら、向かいの丘に登ってみるだけの価値はあった。なにしろぼくは、ここまでかすかな進捗状況にも目を配ってきたのだ。半円状にぼくを取りまいている川は、インディアン名の由来となった牧草地をすっかり水浸しにしている。そして果てしなく広がる水面は日光を浴びてきらめいている。こちら側の畔《ほとり》に沿って、列をなした樹木が人で言えば膝のところまで水中に浸かっている。遠く離れた川面から、灌木の茂みが、まるで息を吸いこもうとするかのように、頭部を突きだしている。一番人目を引くのは、あちらこちらにポツンポツンと立っている巨木で、周りは直径一マイルほどの水たまりにすっかり囲まれている。水に浸かって幹が低くなり、巨木の美しい均整がだいなしになっている。お蔭でぼくたちは、自然の持つありふれた姿形の中に、調和と適正を感じとれるというわけだ。今年の氾濫は——ぼくたちの町のおとなしい川の場合、洪水にはいたらないけれど——これまでに例がないほど内陸深くまで及んでいる。少なくとも二十年ぶりだ。石塀を越え、本街道の一部はボートを漕げるほどになった。それでももうすでに水は少しずつ引いていて、小さな島々が本土と陸続きになり、他の島々も、新たに造りだされたかのように水中から姿を見せている。この眺めは、氾濫したナイル川の、そしてノアの洪水の水かさがだんだん引いてゆく見事な光景を彷彿させてくれる——ただしぼくたちの川は、ナイルのように肥沃な黒土を残していってはくれない。また、原状を回復した大陸の新鮮さと瑞々しさは、大洪水で清めねばならないほど汚れきった世界と言うより、創造されたばかりの世界が与える新鮮さと瑞々しさであり、そこがノアの洪水とは違う。次第に姿を現しつつあるこれらの島々は、辺り一帯で一番緑の豊かな場所であり、この島々を緑で覆うには、太陽の光が一筋差せば、それで十分なのだ。

〈春〉を恵み給う〈神の御心〉に感謝を！　大地も、そして生まれ故郷との共感によってぼくたち自身も、命の根本である原動力をこうやって定期的に注入されることなく、とぼとぼと憂き世の旅を続けるとしたら、いまの自分たちとはまったく違ったものになっているだろう。この世界があまりにも朽ち果てたために、春によってその装いを一新されることがなくなるということがあるだろうか？　青春の日々のごくわずかな陽光が、一年に一度も訪れないほど、哀れ人間が、年齢《とし》に打ちひしがれることがありうるだろうか？　ありえない。古ぼけた屋敷に生える苔は、晴れやかさを増して美に変わる。その屋敷にかつて住んだことのある老牧師さまは、九十回目の優しい春風に吹かれて、青春を取り戻し、少年時代に戻られた。若い人であれ、年寄りであれ、春のもたらす晴れやかな陽気さを失ったとしたら、その人の疲れきった重い魂こそ哀れである！　そのような魂に、この世は、悪の矯正を望むことはできまい。この世は、そのような魂に、この世のために戦う人々の徳高き信仰心や雄壮な闘いへの共感を求めることはあるまい。〈夏〉は現在で仕事をし、未来を考えない。〈秋〉は、金持ちの保守主義者である。〈冬〉は完全に自信を喪失しており、過去の思い出にわななきながらしがみつく。しかし生命力のあふれ出る〈春〉はまこと〈運動〉の象徴なのだ！

可愛いダッフファダンデリィ

ダッフファダンデリィ《ラッパズイセン》と彼は呼ばれていましたが、そのわけは性格が花に似ていて、美しいことや楽しいことしかしないのをよしとし、体を使う仕事を嫌っていたからでした。それなのに母親は、まだ幼いダッフファダンデリィを、快適な家庭から離し、ミスター・トイル《苦しみ》という名で知られた非常に厳しい先生の監督下に置いたのです。彼のことを一番良く知っている人たちは、かのミスター・トイルは、とっても高潔な人柄で、彼ほど大人にも子供にも親切をつくす人は他にいないと申しました。きっと彼は、存分に長生きをして数限りない善行を積み上げたにちがいありません、なぜなら、噂がすべて本当だとしたら、アダムが楽園を追放されて以来この地上に住んでいたことになるからです。

そうは言っても、ミスター・トイルの顔つきは、怠け癖のある小さな子供や大人にとって、おっかない上に醜いものでした。声も耳障りでした。彼のやることなすこと全てが、我が友ダッフファダンデリィにとっては不愉快だったのです。日がな一日、この厳しい老先生は、机の前に坐って生徒たちを見渡すか、恐怖心をあおる樺の枝むちを手に、教室の中を威張って歩き回るのです。遊んでいる男の子を見つけて肩をビシリとぶつかと思うと、勉強について行けないクラス全員に罰を加えました。早い話が、黙りこくって教科書に集中でもしない限り、ミスター・トイルの教室で安らかな気分を味わう機会など一瞬だってありはしないのです。

「こんなことは絶対ぼくのためにはならない」とダッファダンデリィは考えました。

ダッファダンデリィは、これまでずっと優しい母親とふたりで暮らしてきました。母の顔立ちは老ミスター・トイルよりはるかに穏やかで、幼い息子を甘やかせ放題にしました。だから気の毒なダッファダンデリィが、立派な女性の傍から引き離され、この醜い顔をした先生の監督下に置かれるという変化を、酷すぎると思ってもなんの不思議もありません。先生は、彼にリンゴひとつくれなかったし、ケーキだって、ただの一切れもくれませんでした。おまけに、幼い子供たちは教えを受けるために生まれてきたと思っている節がありました。

「これ以上ガマンできない」学校に来て一週間くらいすると、ダッファダンデリィは胸の裡で呟きました。「逃げだしてあの優しい母さんを捜すことにしよう。とにかく、このミスター・トイルの半分も不愉快な人にお目にかかることなど、ぜったいにないはずだ」

そういうわけで、その翌朝、哀れなダッファダンデリィは漫遊の旅に上ったのでした。朝食としてはわずかなパンとチーズ、道中の費用としてはごくわずかな小遣い銭。しかし、ほんの少ししか進まぬうちに、ころ合いのスピードで街道をとぼとぼ歩いている、落ちついてまじめそうな男の人に追いつきました。

「おはよう、坊や」その見知らぬ男は言いました。よそよそしくて冷たい声でしたが、それでも、親切気がないわけではありません。「こんなに朝早く、どこから来てどこへ行くところなんだね？」

可愛いダッファダンデリィはとっても無邪気な子供で、生まれてから一度も嘘をついたことがありませんでした。いまも彼は嘘をつきません。ほんの少しためらった後、結局はミスター・トイルが大嫌いなので、学校から逃げ出したこと、老先生の顔を見たり、声を聞いたりすることが二度とない場所をどこかに見つけるつもりであることを打ち明けました。

「なるほど、よく分かったよ、坊や」見知らぬ男は言いました。「それじゃ、一緒に旅をしようじゃないか。実を言うと、わたしもミスター・トイルと大いに因縁があってね、彼の噂のこんりんざい聞こえてこないところが見つかれば嬉しいからさ」

わが友ダッファダンデリィにしてみれば、道ばたの花を集めたり、チョウを追いかけたり、旅が楽しくなるようなことを一緒にいっぱいしてくれる同じ年頃の仲間の方が嬉しかったことでしょう。でも彼には、道案内をしてくれる経験ゆたかな人と連れになる方が、世渡りをする上でずっと便利だと感じるだけの知恵がありました。そういうわけで彼は、見知らぬ人の申し出を受けいれ、ふたりは和やかに道を進みました。

すこし行くと牧草地を通りかかりました。干し草を作る人たちが、丈が高い草を刈りとって広げ、天日で乾かそうとしています。ダッファダンデリィは、刈りたての草の放つ甘い香りを嗅いで大喜びでした。薄暗い教室に閉じこめられ、一日中勉強し、しょっちゅうミスター・トイルに叱られるより、太陽の日差しを浴びながら、青空の下で干し草を作る方がどれほど楽しいだろうと思いました。それに近くの木々やヤブでは小鳥たちが優しくさえずっていますし。ところがそんなことを考えながら、立ちどまって石塀の向こうを覗きこんでいたときのことです、彼は身を引きながら連れの手をつかみました。

「早く、早く！」彼は叫びます。「走って逃げないと、あの人につかまってしまう！」

「誰につかまるんだね？」見知らぬ男が訊ねます。

「ミスター・トイルですよ、先生の！」ダッファダンデリィが答えました。「先生が、干し草作りの人たちにまじっているのが見えませんか？」

そう言ってダッファダンデリィは、かなり年配の男を指さしました。その男がこの牧草地の持ち主で、働いている人たちの雇い主のようです。その人は、上着とチョッキを脱ぎすて、ワイシャツ姿でせっせと働いています。額には大粒の汗がたまっています。それなのに彼は一瞬たりとも手を休めず、干し草作りの働き手たちに向かい、たえず日のかげらないうちに仕事を急げと喚きたてています。おかしなことを言うようですが、そのときの老農夫の顔や体つきは老ミスター・トイルにそっくりでした。先生なら、この時間、教室に入ろうとしているはずなのに、です。

「びくつくことはないよ」と連れは言いました。「あの人は先生のミスター・トイルじゃなくて、弟だよ。お百姓として育てられたんだ。噂では、兄弟の中であの人の方がつき合いにくいらしい。だけど、彼の農場に雇われないかぎり、君を困らせたりせんよ」

可愛いダッファダンデリィは、連れの言葉を信じましたが、ミスター・トイルにびっくりするくらい似ている老農夫から見えないところにいることをとっても嬉しく思いました。ふたりの旅人は少し進むと、何人かの大工さんが家を建てているところに行きつきました。ダッファダンデリィは連れに頼んで足をとめてもらいました。大工さんたちが、オノ、ノコギリ、カンナ、ハンマーなどを使って手際よく仕事をしているところを眺めるのはとっても楽しかったからです。ドアがだんだん形になっていったり、窓枠をはめたり、羽目板をクギでとめたり。そしてオノ、ノコギリ、カンナ、ハンマーなどを使ってひとりで小さな家を建てたくてたまらなくなりました。それから、もし自分の家を持てたら、老ミスター・トイルも自分をもてあそぶようなまねはしないだろう、という思いもふり払えなくなったのです。

ところが、そんなことを考えて嬉しがっていると、すっかり怯えて連れの手を握りしめてしまうようなものを、可愛いダッファダンデリィは見てしまったのです。

「いそいで！　はやく、はやく！」彼は大きな声を出しました。「またあの人が現れた！」

「誰のことだい？」とっても穏やかに見知らぬ男は訊きました。

「老ミスター・トイルですよ」とダッファダンデリィは震えながら言いました。「あそこですよ！　大工さんたちをあれこれ指図している。あれはぼくの老先生です、ぜったいにまちがいありません！」

見知らぬ男はダッファダンデリィが指さしたあたりに目をやりました。大工さん用の物差しと製図に使うコンパスを手にした年配の男が見えます。その人は未完成の家の周りを行ったり来たりしながら、材木を測ったり、これからの仕事の段取りを決め、骨惜しみするなと絶えず他の大工さんたちに声をかけていました。おっかなくて皺だらけの顔がどこを向こうと、他の大工さんたちは、自分たちには厳しい親方がいることを思いしらされるらしく、ノコギリでひき、クギを打ち、カンナをかけました、まるで命がかかっているかのように。

「イヤ、違う！　あれは、先生のミスター・トイルじゃない」と見知らぬ人は言いました。「先生のもうひとりの弟で、大工さんをやっている人だ！」

「それはとってもうれしいけど」ダッファダンデリィは言いました。「でも、もしよかったら、おじさん、できるだけ早くあの人から離れたいんだけど」

それからふたりは少し先へ進みました。やがて太鼓と横笛の音が聞こえてきました。ダッファダンデリィはその音に聞き耳をたて、兵隊さんを見逃さないように、先を急いでほしいと連れに頼みこみました。だからふたりはできるかぎり急ぎ、ほどなく、兵隊さんたちにであいました。華やかな軍服に身をつつみ、帽子には羽根飾りをつけ、肩にはぴかぴかのマスケット銃を担いでいます。先頭を行進しているのは、ふたりの鼓手とふたりの笛手です。思いっきり太鼓を叩き横笛を吹いています。とってもはつらつとした音楽なので、おそらく可愛いダッファダンデリィは地の果てまでついていったのではないでしょうか。そしてもしぼくが兵隊さんだったら、それだけでもう老ミスター・トイルは、面と向かってぼくを見たりするまねはしないだろうと、呟きました。

「駆け足前進、進め！」どら声がひびきます。

可愛いダッファダンデリィは、すっかり怖じ気づいてとびあがりました。兵隊さんたちに向けられたその声は、毎日ミスター・トイルの教室で、ミスター・トイル自身の口から聞いていた声にそっくりだったからです。兵士たちの隊長に目を向けたとき、彼が見たのは老ミスター・トイル自身そのものの姿にちがいありません。頭に羽根飾りをつけたスマートな帽子をかぶり、肩章のついたレースで縁取りした上着を身につけ、腰には紫のサッシュを巻いています。手には樺の枝むちのかわりに長い剣を持っています！

威風堂々と気どった歩き方をしているけれど、教室で生徒たちの朗読を聞いているときとまったく同じ醜くて不快な顔をしていました。

「あれはきっと老ミスター・トイルだ」ダッファダンデリィは震える声で言いました。「あの人の部隊に入れられないように、いっしょに逃げましょう！」

「坊や、君はまたまちがえてるよ」見知らぬ人は、とっても落ちついた声で応えました。「あれは、先生のミスター・トイルではなく、ずっと軍務に服している弟だ。まったく血も涙もない男だという評判だが、君も私も怖がる必要はない」

「それは、それは」と可愛いダッファダンデリィは言いました、「でも、よかったら、おじさん、ぼく、これ以上兵隊さんたちを見ていたくないんだけど」

そこで幼い子供と見知らぬ男はまた歩きはじめました。やがてふたりは、大勢の人が陽気に騒いでいる街道に面した家にやってきました。満面に笑みを浮かべた青年やバラ色の頬をした乙女たちがバイオリンの音に合わせて踊っています。それはダッファダンデリィが今まで見たことがないほど楽しい光景でしたので、それまで心はひどく沈んでいたのに、元気が出てきました。

「ネエ、ここで足をとめようよ」彼は連れに呼びかけました。「バイオリン弾きがいて、みんながダンスを踊って陽気に騒いでいるところに、ミスター・トイルは顔を出す勇気などないでしょうから。ここならぜったい安全ですよ！」

しかし最後の言葉はダッファダンデリィの口の中でしだいに消えてゆきました。そのわけは、たまたまバイオリン弾きの方に目がいったのですが、またもその顔に、まぎれもないミスター・トイルに生き写しの顔を見たからです。彼は樺の枝むちのかわりにバイオリンの弓を手に、これまでずっとバイオリン弾きであったかのように、楽々と見事な弓さばきを見せたのです！　彼には少しだけフランス人風の趣もありますが、それでも老先生その人に見えるのです。ダッファダンデリィには、先生はうなずいてウィンクをしたばかりか、ダンスの仲間入りをしろという合図を送ってきたようにさえ思えたのです。

「いやだいやだ」青くなって、彼は低くささやきました。「この世には、ミスター・トイルしかいないみたいじゃないか。ミスター・トイルがバイオリンをひくなんて、とても考えられない！」

「あれは君の老先生じゃないよ」見知らぬ人が教えてくれました。「あの人も、先生の兄弟で、フランスで育ち、バイオリン弾きになる修行をしたんだ。家族のことを恥ずかしく思っているので、たいていはムッシュー・ル・プレジール《喜び》と自分では名乗っているが、本名はトイル《苦しみ》なんだ。彼をよく知っている人たちは、彼の方が他の兄弟よりいっそう不愉快だと思っている」

「お願いですから、もうすこし先へ行きましょうよ」とダッファダンデリィが言いました。「あのバイオリン弾きの顔つきが大嫌いです」

さて、そんなわけで、見知らぬ男と可愛いダッファダンデリィはぶらりぶらりと本街道を進んだり、日陰の小径に入ったりしながら、感じのよいいくつかの村を通り過ぎました。しかしご覧下さい、どこへ行こうとも、老ミスター・トイルそっくりの人物がいるのです！　彼は、トウモロコシ畑の中で、案山子のように立っています。家の中に入ってゆくと、彼は客間に坐っています。台所を覗くと、そこにも彼はいます！　彼はどこの田舎家でもくつろいでいます、姿をいろいろ変えては豪華この上ない大きなお屋敷にこっそり入りこみます。どこにも、ミスター・トイルによく似た人物が必ずいるのです、その人物は、（見知らぬ男が自信を持って言ったように）、老教師の無数にいる兄弟でした。

小さなダッファダンデリィは疲れはてていましたが、そのとき、日陰になった道ばたでだらしなく体を休めている人々がいるのに気づきました。かわいそうな子供はここに腰を下ろして少し休みませんかと、連れに頼みこみました。

「老ミスター・トイルはここにはぜったい来ませんよ」と彼は言いました。「先生は、くつろいでいる人を見るのが大嫌いだから」

ところが、そう話しているそばから、ダッファダンデリィの目は、ごろりと体を横にして日陰で眠っている、だらしがなくてのろま、おまけにぐうたら男のなかでも、とびきりだらしがなく、とびきりのろまで、とびきりぐうたらな男の上にとまったのです。それが誰あろう、またもやミスター・トイルのそっくりさんだったのです！

「トイル家は大家族なんだ」見知らぬ男が語る。「あれは、老教師の、また別の兄弟だ。イタリアで育ったんだが、すっかり怠け癖がついてしまって、シニョール・ファア・ニエンテという名前で通っている。安楽に暮らしている振りをしているが、実際は家族の中で一番みじめな奴だ」

「ああ、連れもどしてください！　連れもどしてください！」かわいそうに、幼いダッファダンデリィはわっと泣き出して言いました。「もし世界のどこに行っても、トイル《役立たず》しかないのなら、学校に帰った方がまだましだ！」

「ほら、あそこに——学校があるよ！」見知らぬ男が言いました。その人と幼いダッファダンデリィはかなり長いこと歩いたのですが、まっすぐの線ではなく、円を描いて歩いたからです。「さあ、一緒に学校へ戻ろう」

そのときの連れの声に、幼いダッファダンデリィは聞き覚えがありました。もっと早く気づかなかったのは不思議です。彼の顔を見上げると、ご覧なさい！　そこにはまた老ミスター・トイルのそっくりさんです。そういうわけですから、トイルから逃げだそうと一生懸命になっていたときにもかわいそうな子供は一日中トイルと道連れになっていたわけです。私の語る幼いダッファダンデリィの話を聞いた人のなかには、老ミスター・トイルは、魔法使いで、よしやろうと思えば、いくらだってどんどん姿を変える力を持っていると言う人もいました。

いずれにしましても、幼いダッファダンデリィは立派な教訓を学びました。それ以来彼は、自分の勉強を一生懸命にやりました、一生懸命にやるということが、気晴らしや怠け癖に比べちっとも苦痛でないことを知ったからです。ミスター・トイルとよく知り合うにつれて、先生のやり方はそれほど不愉快ではなく、老先生が、よくやったと認めてにっこりすると、ダッファダンデリィのお母さんの顔とほとんど変わらず心地よいものになると思い始めました。

火を崇める

こういう開放型の暖炉を、無愛想で陰気なストーブとほぼそっくり取りかえるのは、社会生活においても家庭生活においても一大革命である――そして隠遁者の生活においても同じように革命である。今みたいに朝が、ぼくたちの住む薄暗い牧師館の周辺に降りてくるような場合、いつも炉床で踊りを踊り、もっとなじみ深い陽光の一部を演じていた古い友人の明るい顔が懐かしい。雲におおわれた空や暗くて陰気な景色から――あの丘、頂上に生えたつむじ曲がりのクロマツ、そして太陽が見えないと侘びしく見えるその葉叢《はむら》から目を背けるのは悲しい。荒涼としたあの牧草地、鋤返されたジャガイモ畑、畑の茶色の土は、前夜に降った雪で部分的に隠されている。緩慢に流れる水かさを増した河。岸近くは氷に被われ、果樹園の端に沿って青みがかった灰色の流れが、寒さで冬眠しかかった蛇のように、のろのろ進む。心を慰めてくれるものがないに等しい外の情景から目を背け、ぼくの書斎に立ちこめている同じたぐいの憂鬱な気配に気づくのは悲しい。あの華やいだ客はどこだ？　人類に文明をもたらし、そのうえ冬の侘びしさに落ちこんだ人類を励ますために、プロメテウスが〈天〉からおびき寄せたあの軽やかで捉えがたい霊はどこだ？　心を温めてくれるあの同居人はどこだ、その微笑みが八か月の間、そう、夏がなかなか盛りにならず早々と逃げ出したあとの八か月、ぼくたちを十分に慰めてくれた同居人はどこだ？　悲しいことだが、ぼくたちはなぜか客人を温かくもてなさず、客人が陽気で活発でいるために必要なご馳走を出し惜しみ、鉄の牢獄に押しこみ、わずかな食事で、毎日、命の火をくすぶらせるように強制した。昔なら、朝食にしても足りないくらいのわずかな食事だ！　直截に言おう、ぼくたちは現在、夜明けから日暮れまでに約六本の薪しか使わず、気密性ストーブで火を燃やしている。

ぼくは絶対に、この手の犯罪行為と折り合うことなどしない。この犯罪的装置のお蔭で世の中は前より暗くなったようだ、と言ってもいいのではないだろうか。何かにつけ、あっちこっち、いや、周りじゅうで、人間の発明が、人間の暮らしから絵になるもの、詩的なもの、美しいものを急速に消し去っている。家庭における火は、そういう資質の象徴だった、そして威力と威厳、野性的な〈自然〉、さらに魂の精髄を、人間の奥深い住処に運びこんでくれ、なおかつぼくたちと仲良く暮らして火の神秘と驚異が心の動揺をかき立てることはなかったのだ。ぼくたちの顔ににこやかに微笑みかけてくれるその穏やかな友人は、エトナ山からゴーゴーと吹き出し、拷問から解き放たれた悪魔のように猛然と空に駆けあがり、天使の仲間入りを求めて戦う存在でもある。猛烈な雷雨をものともせず、雷雲から雷雲に飛び移るのも彼なのだ。一部のゾロアスター教徒がごく普通に盲目的な崇拝の対象にしたのも彼だった。ロンドンやモスクワをはじめ数多くの有名な都市を焼き尽くしたのは彼だった。我が国の緑濃き森林を蹂躙し草原を全滅させるのを好むのは彼だし、その飽くことを知らない貪欲な胃袋に対し、いつか世界は最後のご馳走として供されるであろうと言われている。その一方で彼は、偉大な職人であり、働き手であって、彼の助けを借りて人間は、世界の内部に世界を作り上げることができるのであり、いや、少なくとも〈自然〉がぼくたちに放り出したきめの粗い創造物に滑らかな仕上げを施すことができる。彼は巨大な錨を鍛造するし、それほど大きくない道具をなんでも造る。彼は蒸気船を走らせるし、列車を引っ張る。この恐ろしい力を持つ存在、多方面にわたって役立つ存在、全てを破壊する存在、それが彼なのだ。かつては冬の日々に陽気で素朴な友人だったのに、ぼくたちが、この鉄の檻の囚人にしてしまったのが彼なのだ！

彼は驚くほど親切だ！　そして、変化を引き起こす恐ろしい動因ではあるけれど、大変な優しさを持っているし、生涯変わらぬ同輩仲間になってくれるので、まるで〈自然〉の世界における偉大な保守派のように思われた。人は、炉辺に代表される家庭に忠実であるかぎり、国家と法にも忠実であり続けるだろうし、先祖たちが崇めた〈神〉に忠実であり、若い頃の妻にも、そして、本能、もしくは信仰が尊敬に値すると教えてくれたその他のもろもろに忠実であり続けるだろう。この根本的をなす精霊は、自分がその一員となった家族のために必要なあらゆる役割を心地よく慎ましやかに果たしてくれる！彼は様々な食材を取りそろえた豪華な料理も力を発揮するかと思えば、ジャガイモを焼いたり、チーズを炙ったりするのを厭うこともない。彼は小学生のかじかんだ指をとっても優しくいたわり、快適な暖かさで老人の関節をほぐし、若者に負けないくらいのぬくもりをとっても優しく与えている。どろんこ道や雪道を苦労して通り抜けた牛革のブーツや凍てつく霙に打たれて強ばった毛足の長い屋外服を念入りに乾かし、吹雪の中をご主人についていった忠実な犬を励まそうとして同じようにいろいろ気を遣う！　火種でパイプに火をつけるのを断ったことがあっただろうか、隣人の火をおこすために、我が身を使うとはけしからんなんて言ったことなどあっただろうか？　それから夕暮れどきに、労働者だろうと学者だろうと、また年齢、性別、地位を問わず、人間が彼のそばに椅子を寄せ、その紅潮した顔を覗きこんだとき、それぞれの人の気持ちに対する彼の同情心がどれほど鋭敏で、深遠で、理解力に溢れたものであることか！　彼は人々の思いを絵のように描き出してくれる。若い人には、冒険に満ちた人生の様々な場面を目の前に見せてくれる。老人には、過ぎ去った愛や希望の残滓を見せてくれる。現世のものが何もかも嫌になり、炉端に坐って考えこんでいる人がいたら、輝かしい来世の一端を垣間見せて喜ばすこともやってのける。そればかりではない、こんな風に人々の心と様々に交わりながら、同情者にして深遠な道徳家、そして魔法の絵を描く画家でもある彼は、薬罐まで湧かすのである、忙しいことだ！

　彼は親切にしてくれ、助けてもくれるけれど、物腰は柔らかで押しつけがましくなどない。それが彼の魅力だ。しかし機会さえ与えられたら、悪魔のような激情が平和な家庭の中を荒れ狂い、家族を恐ろしい力で抱きすくめ、後には白い骨しか残さないということになるが、彼の魅力が薄れるようなことはない。狂気としか思えないこの破壊は、親しみやすい優しさをいっそう美しく、いっそうほろりとさせるだけなのだ。これ程の力を与えられながら、来る日も来る日も、そして次々にやってくる長くて侘びしい夜も、薄暗い暖炉を離れないのは、彼のたとえようもない優しさというものだ。もちろんほんの時たま、荒ぶる本性を露わにし、煙突の先から長い舌を突き出すことはあるけれども！　確かに彼は、これまでこの世で数多くの悪行をなしてきたし、これからもっと悪いことをする可能性も高い。しかし、彼の温かい心は全てを償って余りある。彼は人類に対して親切だし、人類も彼特有の欠点を許すのだ。

　ぼくの前にこの屋敷に住んでいた年老いた立派な牧師さんは、炉端の心地よさを十分に知っていた。

牧師館に住む条件に従い、毎年彼に与えられる薪は七六八〇立法フィートを下回らなかった。毎年のように森の木は、台所で、客間で、そしてこの小さな書斎で樫から灰に変えられた。書斎では今、その資格もない後釜が――と言っても、牧師としてではなく、単に彼の地上の住まいの後釜として、気密性ストーブの傍らで、せっせと文章を書いている。炉端というものがあった時代の一日を頭の中で思い描いてみるのがぼくは大好きだ。その頃、つまりほぼ六十五年前の牧師さんは、独立戦争の同時代人であり、壮年の真っ盛りであった。おそらく日の出前、炎は灰色をした夜の裳裾あたりで消えようか燃えようか迷いながら、小さな窓ガラスにカーテン状の結晶を作った霜を溶かしていたことだろう。朝の炉端には、何か特別な様子がある。炎は一段と爽やかでキビキビしていて、あの柔らかさに欠ける。それは、半ば燃え落ちた丸太、白い灰につつまれ形をなくした燃えさし、空腹な炎の猛烈な力が木の幹を何時間もむさぼり続けた残滓である堅い木炭、そうしたものだけが生み出すことができる柔らかさだ。それに朝の炉床は掃き清められ、真鍮製の薪載せ台も十分に磨かれているので、陽気な炎の顔が薪載せ台に映るかもしれない。牧師さんが、たっぷりとした朝食で元気いっぱいになり、上靴を履いて肘掛け椅子に腰を下ろし、『神学大典』か『ヨブ記注解』あるいは毎週行うお説教で言及する可能性のある古い二折判や四折判の書物を開くとき、それこそが幸福というものにちがいない。激しい北風が教会の尖塔と取っ組み合いを続けているとしても、ありあまる暖炉のもたらす暖かみと輝きをお説教の中にしみこまさず、聴衆の心を安らかにしておかなかったりすれば、それは牧師さんの責任にちがいない。牧師さんが書物を読んでいるうちに、堅い表紙が熱で反りかえる。書き物をしている間、牧師さんの心も指先もかじかむことはない。彼は惜しげもなく火の中に新しい薪を投げ入れる。

教区の人が入ってくる。暖かい慈悲の心を見せて——暖かいという以外、彼の性質を言い表す言葉はない——牧師さんはよく来られたと挨拶する。あまりにも炉床の近くに客の椅子を置くものだから、すぐに客は焦げそうに熱くなった脛を赤らんだ大きな手でこすらなければと気づく。湯気を出しはじめたブーツから、雪が溶けて水滴になり暖炉に落ちて水泡となる。縦横に刻みこまれた額の皺がのびる。風雪にさらされた険しい表情が、炉端のぬくもりのお蔭で優しくなるのを見るこういう機会《おり》がなければ、炉端の熱が与える喜びの大半が失われてしまう。その日のうちに牧師さんは出掛ける、おそらくあちこちの家庭を牧師として訪ねるのだろう、あるいは、高く積み上げた材木の山に出向いて、大きな丸太を割って、燃やすのに丁度いい大きさの薪にするためかもしれない。牧師さんは、出掛けたときより元気溌剌として愛する炉端に帰ってくる。すぐに日は暮れるけれど、それまで西日は書斎に射しこみ、真っ赤な炎を睨みつけて真っ青にしてやろうとするが、勝利は束の間のもの、すぐにもっと強烈な輝きを持つライバルに取って代わられる。輝きが強まり、明るさの度合いが高まり、そして次第に人や、テーブル、背もたれの高い椅子の影を、反対の壁にくっきり映しだし、とうとう夕闇が迫る頃になると、部屋の中をもう一度溌剌とした燦めきで満たし、何もかも楽しくするのを眺めるのはなんと素晴らしいのだろう。遠くの街道を歩いている者が、窓ガラスの上で踊っているようなゆらゆら揺れる炎を見つけ、これこそ人間愛の標識灯だと言って歓迎し、寒く淋しい道を歩いていても、世間は雪ばかりではないし、孤独でもないし、荒れ地ばかりでもないということを思い出す。夜になると、書斎にはおそらく牧師の妻や家族も集まるだろう。子供たちは炉端に敷いた絨毯の上で転げ回り、重々しい顔つきをした猫のプスは、火に背中を向けて坐りこむか、瞑想にふける人間のように、燃えさかる火の奥の奥をじっと見つめていたのではないだろうか。頃合いを見計らって、朝から大量に溜まっていた灰が小さくなった燃えさしにかけられ、すると灰の山から炎が勢いよく燃え上がり、一晩中消えることのない香りのよい煙が静かにゆっくりと煙突から出てゆく。

神よ、この老いたる牧師さんをお許し下さい！　晩年になって、いや九十年近くのあいだ、ずっと彼は炉端の明かりを見ると心が和んだ――幼い頃から高齢になるまで、炉端の明かりは彼に輝き続け、顔だけでなく気持ちまで明るくせずにはおかず、おそらくそのお蔭でこんなにも長生きできたのだろうが――その晩年になって、彼はこの煙突を煉瓦で塞ぎ、昔なじみの顔に永遠の別れを告げる無情さを持ち合わせていた！　どうして彼は、太陽の光にも永遠の別れを告げなかったのだろうか？　七六八〇立法フィートの薪は、現代なら、はるかに少ない量になっていたにちがいない。しかしあきらかにご老体は、寒さ以前に時の流れと大動乱のため気が狂ってしまったことだろう。それでもやはり、白髪の長老が気密性ストーブで暖をとるようになるのは、開放型暖炉の凋落と没落を示す一番悲しい印のひとつだ。

ぼくも同じように――先住者が天国に飛び立ったために、この古いフクロウの巣に居を構えたわけだが――恥ずかしながら、台所、客間、そして部屋にストーブを据えつけた。家中を歩き回っても、大地に生まれながら天を目ざすエトナ山の悪魔が――雷雨の中でたわむれるヤツ――ゾロアスター教徒たちの偶像神――都市を焼き尽くすもの、森林を滅ぼすもの、大草原を一掃するもの――将来この地球を破壊するもの――家庭内の喜びや悲しみを仲良く共にする昔ながらの炉端の友――この力強く親切なヤツが我々の目に触れることは一瞬と言えどもない。今の彼は目に見えない存在である。鉄の檻が彼を閉じこめている。それに触ると、彼は触った者の指を焦がす。彼は衣類を焦がしたり、埒もないちょっとした悪戯をやってのけるのが好きだ。なぜなら、彼の気分は恩知らずな人類によって害されているからだ。彼は人類に対しとてつもなく暖かな感情を抱き、ありとあらゆる技術を教えた。自分自身を閉じこめることになる牢獄を作る技術さえ教えたのだ。怒りに狂うと、扉の隙間から大量の煙と臭いガスを放出し、獄舎の鉄の壁を揺する。これは獄舎のてっぺんに付いている飾り物の壺をひっくり返そうとしてすることだ。彼が目の前に勢いよく飛び出てくるのではないかと思って、ぼくたちは震える。彼は殆んどの時間、言語に絶する悲しみに痛めつけられ、ため息をついて過ごす。そのため息がストーブの煙突の中を長々と流れる。彼はまた、風のもたらすうわさ話や、うめき声、もっと大きなお喋り、あるいは嵐のような咆哮を繰りかえして楽しむ。そうすればストーブが、大気の世界の縮図になるからだ。時どき妙な具合に入りまじった音が聞こえることがある。中に人がいるはずのない鉄製の櫃の中で、かなりハッキリ喋っている声が聞こえる。だから、我が家の薪は、ダンテに向かって泣き言を吹きこんだ嘆き悲しむ樹木の集まりである地獄の森で育ったにちがいないと錯覚してしまうほどだ。聞き手が半分眠っているような場合、聞き手は簡単にその声を精霊同士の会話とみなし、明瞭な意味を持たせるようだ。そのうち、水の垂れる音が聞こえる――ポタン、ポタン、ポタン――まるで夏の夕立がストーブの狭い内部に降ってきたみたいだ。

こうしたろくでもないうんざりするような奇癖が、我々が開放型暖炉を捨てたために失った貴重な徳高き力と交換に、気密性ストーブが与えてくれる全てなのだ。この世界は明るすぎるので、家庭における喜びの源泉を塞いでも大丈夫というのは悲しくないだろうか？　暗くなった火の源の傍らに腰を下ろしながら、暗がりに気づくことがないとは悲しくないだろうか？

炉端の明かりのように人づきあいを活性化してくれる大切な要素を取りさった今となっては、これまで通りのようなつき合い方を長続きさせるのは無理だと、ぼくは思っている。この影響は、精神的には昔とすっかり変わっているが生活のスタイルは変わっていない場合のある我々の世代より、子供たちや、その後の世代の方に、より強く及ぶのではないだろうか。家庭の火に対する聖なる信頼感は、有史以来とぎれることなく伝えられてきた、そしてノルマン人の征服者たちが科した燈火禁止令のように様々な邪魔が入ったにも拘わらず、きちんと育まれてきた。もっとも、物理科学が、炉端の明かりを消すことにほぼ成功した邪悪な今日に至るまでの話だが。しかしぼくたちは少なくとも、暖炉の鮮やかな輝きに染まった若き日の想い出を持っている、家庭の火から生まれる相互依存を原則に取り決めた生涯にわたる交流や習わしも持っている。だから愛想のよい友人が永遠にいなくなっても、その一部は煥霊魂としてぼくたちと一緒にいる。いや、これからもまだ、かつては彼の陽気な存在があふれかえっていた空っぽの形式が、ぼくたちの振る舞いを支配し続けることだろう。遠い昔から、ぼくたちも先祖も互いに椅子を近寄せあって部屋の隅に坐ったものだが、いまもぼくたちはがらんとして何もない部屋の隅を取り囲むように坐り、心地よい炉端に相応しい話題を、わざと楽しそうにぺちゃくちゃ喋ることになるだろう。過去のぬくもり――過ぎ去った歳月の灰の、そして遠い昔の残り火をかき立てて生まれるぬくもり――が、ぼくたちの心を包む氷を溶かしてくれることもたまにはありそうだ。しかし、ぼくたちの後継者はきっと違うだろう。どれほど好意的に想像しようと、無愛想なストーブよりましな形をした暖炉と顔見知りになることはないだろう。もっと確実なのは、子供たちは地獄の穴蔵の上に土台を築いていると思われるような家の、暖房炉の熱で大きくなるのではないかということだ。地獄の穴蔵からは、床の隙間を通って地獄の蒸気や吸いこむことのできない湯気が立ち上ってくる。哀れな子供たちを団欒の中心に引きつけるものは何もないのではないだろうか。彼らは特異な幻を通してお互いを眺めやることはないだろう――燃え上がる薪の真っ赤な輝きや真っ黒な木炭の生みだす幻を通して眺めれば、それは相手に対する非常に深い洞察力を人間の心に与え、人間愛を溶かして心の中で一番大切な心、すなわち温かな心を作りだす。家庭生活は――まだ家庭と言えるとすればだが――それぞれが別々の片隅を探し求め、何人かずつ集まることは決してない。たわいのないうわさ話――面白いが控えめな冗談――簡単には片付かない、大事な問題を巡って何気なく展開される現実的な議論――炉端で話される素朴な言葉に具現化されることの多い真実の精髄――こうしたものはこの地上から消えてしまうだろう。語り合いは論争の様相を呈し、心と心の交流は恐ろしい霜によって冷却されるだろう。

古い時代には、キケロの「我らの祭壇と炉辺のために《プロウ・アーリース・エト・フォーキース》」戦えという奨励が、愛国心に対しておこなわれるもっとも強力な訴えかけと考えられていた。この言葉は永久に死なないと思われていた。なぜなら、後の時代もその人々もみんなこの訴えの力を認め、〈自然〉が各人に割り当てた役割を男性全員がそれに応えたからだ。ひとつの強烈な文章の中で〈祭壇〉と〈炉辺〉を結びつけたのは賢明であった！

なぜなら、炉辺もまた同等の神聖さを持つからだ。〈宗教〉がその傍らに坐り、飾り立てた僧服を着込まずに、おそらく祭壇のところで変装したのだろうが、質素な主婦の衣装に身をまとい、優しくて心情溢れる母親の声で教えを語る。なんと畏れおおい〈炉辺〉であろうか！　もしもこの地上的で物質的な物が――いや正確に言えば、煉瓦や漆喰の中に包含されている聖なる思想が、限りある人間の真実を永遠に持つと思えるとすれば、これがそうだ。全てがこれを怖れあがめる。この聖なる地面で靴を脱がなかった人は、祭壇を踏みにじるのを娯楽と思っていたのかもしれない。暖炉を追い払うのがぼくたちの仕事だった。我々の子供たちも祭壇を破壊するのでなければ、子供たちに残されているやるべき改革とはいったい何だろうか？　この先、敵軍の吐く息が我が故郷の清らかで冷たいそよ風と交わることがある場合、いかなるスローガンを掲げて故郷の肝っ玉を目覚めさせればいいのだろう？　諸君らの炉端のために戦え、か！　この国にはそんなものはどこにもないだろう。ストーブのために戦え、か！　断じて、ぼくは違う。そういう動機なら、ぼくは反抗して、敵の側につくだろう。そして神よ、忌まわしい器具を粉々に破壊することをお許しあれ！

クリスマスの宴

未完に終わった「心の寓話」より

「ぼくはこれをやってみたんだ」ロデリックは、ロジーナや彫刻家と一緒に東屋に坐ると、数枚の原稿を広げながら言った。「時どきなんだが、ぼくと同じ人生を歩みながらぼくの傍らを通り過ぎてゆく男を掴まえようとしてきた。知っての通り、ぼくは以前に悲しい経験をしたから、人の心が抱えている暗い秘密を見抜く力が多少は得られた。その暗い秘密の中を、ゆらゆら揺れてすぐに消える相手の松明を頼りに、真っ暗な洞窟の中で迷った人のように、ぼくは歩き回った。しかしこの男——この手の男は——解き明かしようのない謎だ」

「うーん、でも俎上に載せてみようじゃないか」と彫刻家が言った。「先ず始めに、どういう人物か教えてくれよ」

「いや、もちろん、君なら大理石から彫り出せそうな人物だ。人としての知性の完成に、まだ完全には至っていないので、知性とよく似ているが、そう呼べないものを持っている。おまけに聖なる〈創造主〉による尊い最後のタッチに欠けているときている。彼は人間に見える、おそらく我々がいつも会っている普通の人より立派な人に見える。彼のことを頭がいいと思っても構わない、教養を積み洗練される能力がある。彼には少なくとも外見的な分別はある、ところが心が心に求める要求となると、彼にはとても応えきれないことばかり。やっとの思いで彼に近づくとすると彼は実体がなくて冷たい――そう単なる気体なんだ」

「そうね」とロジーナは言った。「あなたの仰りたいことがなんとなく分かります」

「それはよかった」夫はにこにこしながら答えた。「しかし、これからぼくが読み上げる話から、もっと何かが分かると当てにしてもらっては困る。ぼくが想像力でここに作りだしたのは、心という器官《うつわ》が自分には欠けていることを意識している――おそらく普通なら決して意識しないんだろうけど――そんな人物なんだ。思うに、その結果、実体のない冷ややかな感覚の持ち主ということになり、その冷たさに震えながら世の中を渡っていくのだろう、自分の抱えた重い氷と、運命が人に投げつけた本物の悲しみの重荷とを交換したいと願いながらね」

この前置きに満足して、ロデリックは朗読を始めた。

ある老紳士の遺書の中に、遺贈金の話が出てきた。晩年の考えや言動がそうであったように、その遺贈金は、憂鬱で風変わりな長い人生と不思議なくらい釣り合いが取れていた。彼は基金を設立するために、かなりの額を遺贈した。基金の利子は、探し出しうるもっとも惨めな人物十人を招いて〈クリスマスの宴〉を催すために、毎年末永く使われることになっていた。遺言者の目的は、悲しみに苛まれる心を持った十人の人間を楽しくさせるのではなく、たとえ一日限りの喜びに溢れた聖き日であろうと、不満分子の険しい、あるいは険悪な表情が全てのキリスト教国が高らかに歌う祝日の感謝の歌に溺れてしまわないようにすることのようだった。それればかりでなく遺言者は、地上における〈神慮〉の示され方に対する自分の抗議の姿勢を永遠のものにしたいと願い、現世に太陽を見いだしたり、天から太陽を地上に招くような、いわゆる宗教や学問の作り上げた救済組織から自分が悲しい心で厳しく分離したことを長くとどめておきたいと願った。

客人を招くというか、この不吉な持てなしを共にする権利があると主張するような人の中から客人を選ぶ仕事は、基金の管理人、あるいは執事にあたる二人の人物に託された。二人の紳士は亡くなった友人と同じように、苦いユーモアの持ち主で、人の生涯という入り組んだ織物の中から黒い糸を数え上げ、金の糸が一本たりとも勘定に混じらないことを最大の仕事にしていた。二人は当面の仕事を正直、かつ慎重に果たした。最初の饗宴が催された日に集まった面々の様子は、彼らの悲しみが人間の悲しみの大きさを示すものと言いうる価値を持ち、世界中から特別に選ばれた人々だと、見物人を残らず納得させなかったかもしれない。しかしよく考えると、解消などできない様々な苦悩がここに集まっているということに異を唱えることはできない。たとえその苦悩がいい加減な理由に基づいて生まれた場合もあるにしても、それはかえって人生の本質や仕組みに対するいっそう鋭い批判となるだけなのだ。

宴会の手はずや飾りつけは、おそらく、遺言者にとっての生の定義、つまり生きながらの死を示すことを意図していたと思われる。松明に照らされた大広間には、陰鬱な濃い紫色のカーテンがぐるりと掛かり、イトスギの枝と死者の上に撒くのに使う花に似せた造花の花輪が飾られていた。どのお皿のそばにも、パセリが置かれていた。一番大きなワイン容器は、死体の灰を入れる銀製の壺だった。ワインはそこから幾つもの小さな壺に注がれてテーブルに配られたが、それは大昔の会葬者が涙を入れたいわゆる涙壺そっくりに作られていた。こんなふうに細かな点にまで気を配るのが二人の執事の趣味だとしたら、あらゆる宴席に骸骨を坐らせ、頭蓋骨の落ち着き払った笑いによって自分たちの浮かれ騒ぎを嘲るという古代エジプト人の酔狂も忘れていなかった。このときは、経帷子のような黒いマントにくるまったひどく恐ろしい骸骨の客人が、テーブルの最上席に坐っていた。遺言者自身が、この骨格を身に帯びて、かつてこの世を闊歩したことがあるという囁きや、遺言者には毎年こうやって、自分が創始者である宴席に坐る権利が認められるというのが遺言に書かれた条件の一つであるという囁きも聞こえてきたが、どの程度本当か、筆者は知らない。しかしそれが本当なら、彼が感じた不幸、あるいは現世に存在すると思われる不幸を、埋め合わせてくれるような幸福を、彼は墓の向こうの世界に期待していなかったことを暗に匂わせているのかもしれない。たとえ、地上に存在することの目的をあれこれ詮索して困惑した出席者たちがヴェールをかき分け、死の姿をかたどったこの人物以外に答えを求める相手がいないからと、目で答えを求めたとしても、うつろな眼窩が見返し、骸骨の顎がにやりと笑うのが唯一の答えだろう。当の死者が、己の生の謎を解いてくれと〈死〉に頼んだときに得たと思った答えはそういうものだった。彼は、自分の始めた陰鬱な宴の客たちが、同じような疑問に困り果てたときに、同じことを繰り返してやりたいと願っていた。

「あの花冠はどういうことなんでしょうなあ?」テーブルの飾りつけに目をやりながら何人かの客が疑問を口にした。

彼らの言っているのはイトスギの花冠のことで、黒いマントの中から突きでた骸骨の手で高く掲げられていた。

「あれは王冠です」と執事の一人が答えた。「一番ご立派な方にお授けするものではなく、一番惨めな方にお授けするものです、その方がその名前にふさわしいことを証明なさればの話ですが」

この宴に最初に招かれた客は、温和しくて優しい性格だったので、そんな気性の持ち主が陥りがちな痛ましい失望と戦う元気はなかった。だから、彼を幸せから除外する外的な原因は何もないままに、彼は穏やかで惨めな人生を送ってきたのであり、お蔭で彼の血が騒ぐこともなく、重苦しい呼吸をしながら、無抵抗な心臓の鼓動に人生の悲哀が生気のない悪魔のようにどっかり腰を据えるままにしていた。彼の惨めさは、生まれついての本性そのものではないけれど、同じくらいの深みを持っているらしい。二番目の客の不運は、胸の中に病に冒された心臓を抱えていることだった。ひどく痛むようになり、断り切れずに世間の人から絶えず擦られたり、敵から打撃を受けたり、見知らぬ人にうっかりぶつかられたりすればもちろん、友人に誠実で愛情を込めて触られてさえも、心臓に潰瘍ができる始末だった。こういう病に苦しむ人の習性で、この哀れな潰瘍を、怖いもの見たさでわざわざやってくる人に見せつけるのが一番の暇つぶしとなった。三番目の客は憂鬱症で、その想像力が外面においても内面においても魔法を駆使したものだから、彼は炉辺の火の中に怪物の顔を、夕暮れの雲の中に竜の姿を、美女に姿をやつした悪魔たちを、自然の持つあらゆる心地よい表面の下に隠れている醜悪で邪悪なものを見る羽目になった。彼の隣に坐った人は、若くして人間を信じすぎ、他人に高い期待をかけすぎ、数多くの失望に出会い、すっかりひねくれてしまっていた。数年前から、この厭世家は同胞を憎み軽蔑する動機の収集に精を出した。たとえば、殺人、肉欲、裏切り、忘恩、信頼していた友人の不誠実、子供の示す生まれついての堕落、女性の不純さ、聖人面をした男どもの隠れた罪など。そして端的に言えば、外面的な上品さと栄誉でもって自らを飾ろうとするありとあらゆる黒い現実を集めてきた。しかし彼のリストに加えられる極悪非道な実体の数々を目にすると、また人生を賭して収集してきた悲しい情報が増すのを目にすると、かわいそうなこの男が生まれつき備えている、すぐに人を信じる愛情深い心根のために、苦しみのうめきを漏らしてしまう。その次の客は、不機嫌そうに顔をうつむけて、こっそり宴会広間に入ってきた。うまれつき熱い思いに取りつかれていたこの男は、遠い昔の幼かった日から、世間の人々に向かって高尚なメッセージを発することを意識していた。ところが発表しようとしても恥ずかしくなったり、しゃべり方が分からなかったり、あるいは傾けてくれる耳がなかったりした。だからその男のこれまでの人生は、自分に対する苦い質問ばかりだった――「どうして誰もわたしの使命を分かってくれないのだろうか？　わたしは自己欺瞞に陥った愚か者なのだろうか？　この地上でのわたしの仕事は何なのだ？　わたしの墓はどこだ？」　宴会の間中彼は、骨壺からワインをひっきりなしにあおっていた。そうやって、彼自身の心を痛めつけ、同胞に何の益ももたらすことのできない天上の火を、冷まそうと願ったのだ。

その次に入ってきたのは――宴会場への通行手形を放り投げ――陽気な昔の伊達男。額に四、五本の皺が刻まれ、ちゃんと数え切れない白髪が頭に増えたことは承知していた。いいセンスと感受性に恵まれていたのに、青春時代を愚行に費やし、とどのつまりはいわゆる侘びしい晩年に達した。〈愚行〉は自然に離れてゆき、できるなら〈知恵〉と仲良くしなさいというふうに仕向けた。そういうわけで、寒々とした侘びしい気持ちで、宴会に〈知恵〉を探しに来たのだが、くだんの骸骨がその〈知恵〉かどうかに関心を寄せた。仲間を増やすために、二人の執事は養老院から困窮している詩人を、街角からも陰気で愚かな男を招待してあった。後者は自分の頭が空っぽであることを意識するほどのぼんやりした知恵しか持ちあわせていなかった。かわいそうにこの男は、生まれてこの方、知識をいっぱい詰めこもうとして、街の通りを漠然と行ったり来たりしたが、その試みはむだだったので、悲惨なうめき声をあげるしかなかった。宴会場に出席している唯一の女性は、美しくはあったが、完璧無比という域には達していなかった。左目がかすかに斜視という取るに足りない欠点のせいだった。気にするほどのこともないこの欠点は、虚栄心よりも、完全無欠な彼女の心にショックを与えたものだから、一人きりで暮らし、ヴェールで覆って自分の目からも顔を隠した。そういうわけで、骸骨がテーブルの一端に坐り、その正面にこの気の毒な女性が坐った。

まだ言い落としている客が一人残っている。額に皺のない若い男性で、頬も健康そうで、身のこなしも当世風だ。外面からすれば、身を持ち崩し、運命に翻弄され、おかしな考えに取りつかれた、星回りの悪い客に数え入れられるより、華やいだクリスマスの宴席に席を見つける方がずっとふさわしいかもしれない。同席の客たちは、闖入者が自分たち全員をじろりと見回したのに気づくとざわついた。あの男は我々に仲間入りして何をしようというのだろう？　なぜ、この宴会の創始者である死者の骸骨は、ガタガタと音を立てる関節を伸ばして立ち上がり、この場違いな見知らぬ男にテーブルから去れと合図を送らないのだろうか？

「けしからん」心臓に新たな潰瘍のできた病気持ちの男が言った。「あの男は我々をからかうためにやってきた！――奴さんの飲み仲間の笑いものにされるんだ！――我々の惨めさを茶番劇に仕立てて舞台にかけるつもりなんだ！」

「ああ、あの人のことは気になさることはありません！」苦々しげな笑いを浮かべた厭世家が言った。「彼は向こうにある深皿に入った毒蛇のスープを戴くでしょう。食卓にサソリのフリカッセがあれば、どうか彼の分を差し上げて下さい。食後のデザートに、彼はソドムのリンゴを食べるでしょう。それで、私たちのクリスマスの宴が気に入ったなら、来年もまた来てもらいましょう！」

「彼を困らせてはいけません」陰気な男が小さな声で優しく言った。「惨めな気持ちが二、三年早く来ようが遅く来ようが、たいした問題じゃないのでないですか？　この青年が、今の自分が幸せだと思っていても、これから訪れる惨めさの故に、やはり同席させてあげましょうよ」

哀れな愚か者が青年に近づいた。いつものことながら、愚か者はむなしい疑問を心に秘めて哀しげな表情を浮かべている、だからみんなから、彼は常に失われた知能を探していると思われている。長く見つめたあとで、見知らぬ青年の手を取ったものの、すぐにその手を引っこめ、首を横に振りながら身を震わせた。

「冷たい、冷たい、冷たい！」愚か者はつぶやいた。

青年も身を震わせながら――にこりとした。

「紳士の皆さん――そしてマダム」――宴会を仕切る執事の一人が口を出した。「この若い客人――ジャーヴェイス・ヘイスティングスというお名前ですが――の主張を慎重に秤にかけたり、十二分に調査をすることなく、私たちが出席を認めたと思うほど、私たちの慎重さと判断力を低く評価なさらないでいただきたい。信じていただきたいが、この方ほどこのテーブルに着くにふさわしいお客様は一人としていらっしゃらない」

執事の保証で、いやおうもなく満足するしかなかった。だから一同は自分の席に着き、宴の主要な役割に集中したが、やがて憂鬱患者によって動揺させられた。彼は椅子を後ろに引き、ヒキガエルと毒蛇のシチューが前に置かれ、ワイングラスには緑色をした溝の水が入っていると文句をつけた。この手違いは改められ、彼は静かに元の席におさまった。埋葬用の壺からふんだんに振る舞われるワインは、陰気な霊感に染まってきたように思われた。だから酔うほどに、賑やかな客たちを陽気にするのではなく、深い憂鬱に沈みこませるか、そうでなければ、精神が高揚して不幸の極みに達した。話題は多岐にわたった。みんなは、このような宴に参加する資格のありそうな人々の哀しい話をした。人の歴史上に起きた身の毛のよだつ出来事を語った。ちゃんと考えれば、苦悩の発作に過ぎない、奇妙な犯罪について語った。不幸この上ない人生を送った人々のこと、どこから見ても幸福としか思えない装いを凝らした人々のこと。宴会に気味の悪い顔の男が入りこんできたみたいに、不幸が訪れて遅かれ早かれ一変してしまうのだが。臨終の床の場面。死に行く人の言葉から集められるかもしれない暗いほのめかし。自殺について。どれがよりふさわしい方法だろうか――首つり、ナイフ、毒薬、水死、次第に食を細める、あるいは一酸化炭素。客の大部分は、深い心の病にすっかり冒された人々の常として、自分の苦悩を話題にし、自分が一番苦しんでいることを証明したがった。厭世家は、悪の哲学に深くのめり込み、闇の中をさまよっていた。時おりは、気味の悪い姿や恐ろしい光景の上に、一筋の薄ぼけた光が漂っている。先祖代々直面してきたような惨めな考えの数々を、彼はふたたび新たにかき集め、それを満足げに眺める。まるで、値段のつけようのない宝石、ダイヤモンド、さらに天の舗装に使われるかけがえのない石のような善き世界の明るくて霊的なお告げよりも遥かに望ましい宝物のように。それから自分の集めた悲運の物語に顔を隠して涙を流した。

それは、あのウズの悲しみの人〔旧約聖書のヨブのこと〕が、毎年毎年、最も心に沁みる人生の辛酸をなめた人々みんなと一緒に客になるのにふさわしいような饗宴だった。そしてこれも言わせてもらえば、女の腹から生まれた娘や息子が、どれほど幸せな幸運に恵まれているとしても、一度か二度悲しい思いをしたとき、このテーブルに坐るという、胸を悲しみにうちひしがれた者の特権を要求するかもしれない。しかし、祝宴の間中、なじみのない若者ジャーヴェイス・ヘイスティングスが、祝宴に広まっている空気を読み損なっていることに、みんな気づいていた。奥深くて強固な考えが言葉になる度に、さらに、言わば、人の意識の最も悲しい奥底から引きはがされる度に、彼は途方に暮れ困り果てた。真剣な気持ちから、そういうものを捉えようとして、たまにそれを理解する哀れな愚か者以上といってもよかった。青年の話は他の人よりも冷ややかで軽いものだったが、才気走っていることが多かった。しかし苦しむことによって鍛えられる強烈な性格の強さというものには欠けていた。

「きみ」ジャーヴェイス・ヘイスティングスの話に応じて、厭世家がぶっきらぼうに言った。「二度とわたしに話しかけんでもらいたい。語り合う権利なんてわたしたちにはないんだ。わたしたちの心に共通するものなど何もない。君がどういう資格でこの宴席に姿を見せたのか、わたしには見当もつかない。しかし、君が今話したようなことを言える人間にとって、わたしや、わたしの仲間は壁にちらちら映る影に過ぎないと見えているに違いないとは思う。そして、我々にとって、君もまたまったく同じなんだ！」

青年はにっこり笑うとお辞儀をして席にもどると、宴会場が冷えてきたみたいに、上着のボタンを胸までかけた。愚か者が憂鬱そうな目で再び青年をじっと見やるとつぶやいた――「冷たい！ 冷たい！ 冷たい！」

宴会が終わりを告げ、客人たちは部屋から出ていったが、宴会場の敷居を跨ぐか跨がぬうちに、今過ぎていった光景が、病的な空想の描き出したもの、あるいはよどんだ心から吐きだされたもののように思われた。しかしながら次の年、この愁いに沈んだ人々は時おり、お互いの姿をちらりと見かけた。文字通りちらりと見かけただけではあるが、お互いにこの世で割り当てられた現実味を担って、地上を歩んでいることはよく分かった。その中の二人が黒いマントに身を包み夕闇の中を忍び足で歩いているとき、たまに面と向かい合うことがある。思いもかけず、たまに教会の境内で出会いもする。一度、こんなこともあった。宴会に出席していた陰気な客のうちの二人が真っ昼間、通りの人混みの中で迷った幽霊のようにふらふらしているところを、たがいに認めてびっくりするといったこともあった。なぜあの骸骨も、正午に姿を見せないのかと二人が訝ったのは間違いなしだ。

しかしこうしたクリスマスの客たちがやむを得ぬ仕儀から、活気に溢れた世の中に出ていかなければならなくなったときには、まったく理解不可能な理由からあの饗宴に出席を許された件の青年に必ず出会った。陽気で運のいい連中の中に彼を見つけた。煌めくような明るい彼の瞳に出会った。軽やかでのんきな彼の声を聞いた。そして惨めな貴族だけが、油を注ぐことのできる怒りに燃えて、こっそり呟いた――「裏切り者め！ 卑劣なペテン師め！〈神〉よ、しかるべきときに、あの若者に、わたしたちと宴を共にする真の権利を下したまえ！」 ところが若者の方は、すれ違うとき平然とした目を彼らの陰気な姿に向け、おそらく多少の嘲りを交えて、こう言うかのようだった――「先ず、ぼくの秘密を知ることとです！　そのあとで、ぼくと皆さんの権利を比べなさい！」

〈時〉の歩みは密かに進み、再び陽気なクリスマスがやってきた。教会では喜びに溢れる荘厳な礼拝、スポーツ、娯楽、饗宴、炉辺の火を囲んで輝くような〈喜び〉の笑顔が至る所に見られる。同じように再び、陰気な紫色のカーテンの掛かった広い宴会場を、死者を送る松明が照らし、墓場を連想させる饗宴の飾りつけに反射していた。ヴェールに隠れた骸骨がテーブルの上席に坐り、その場で優先権を主張する輝かしい資格を持った客の誰かに授ける褒美として、イトスギの花冠を頭の上に掲げている。二人の執事は、この世に惨めさの種は尽きないと思っており、様々な形の惨めさを見つけたいと願っていたので、前年の出席者を再び呼び集めるのはよくないと考えた。今回集められた新しい顔が、テーブルに暗い気分を投げかけている。

非常に良心的な男がいる。その胸には血の痕――同胞の死――がついている。非常に特殊な状況の下でたまたま起きたことなので、彼の行為が意図的なものだったかどうか、必ずしも明瞭ではなく、そのためますます激しく彼を責めさいなむのだった。お蔭で彼の一生は、殺人に対する内面の裁判に苦しみつづけた。恐ろしい惨劇の細かな点を常に精査しつづけるものだから、とうとう彼の頭はそのできごとを離れて考えられなくなり、魂もそのことと関わりのない感情を抱くことができなくなっていた。それから母親もいた――母親といってもそれは昔のことで、今は独りぼっち――何年も前のこと、歓楽的なパーティーに出かけ帰宅したとき、彼女の赤ん坊が小さなベッドの中で窒息して死んでいるのを見つけた。それからずっと彼女は、埋葬した赤子が棺おけの中で息を詰まらせているという妄想に苦しめられている。さらに年老いた婦人がおり、太古の昔から体中を絶えず震わせている。彼女の暗い影が壁の上で震えているのに気づくと恐ろしくなる。同じように彼女の唇も震えている。目の様子から彼女の魂も震えているのが見て取れる気がする。彼女の知性を混沌に近い状況に陥れた困惑と混迷のために、どれほど恐ろしい悲運が彼女の本性をこれほど骨の髄まで震えあがらせてしまったのか見つけ出すのは不可能だった。だから二人の執事は、彼女の過去を知ったからではなく、惨めな外見という確かな証拠に基づいて彼女が宴席に着くのを認めたのだ。ミスター・スミスとかいう赭ら顔のぶしつけな紳士が出席しているのを見て、ちょっとした驚きの声が上がった。明らかに彼は、自分の内部に極上のごちそうから生じた脂肪を大量に蓄えており、いつもきらきら輝いている目は、理由などないに等しくても、突然騒々しい笑い声を上げる癖の持ち主であることをさらけ出していた。ところが、我らが気の毒な友は、この上なく快活でありながら、心臓病を患っており、一瞬でも腹を抱えて笑ったりすれば、そればかりか楽しいことを空想して体が興奮するだけでも、即死する危険があると分かった。こうした窮地に陥った彼は、饗宴に参加する許しを求めた。表向きは退屈で惨めな状況に置かれていることを口実にしていたが、本心は、憂鬱な気分に染まって命を永らえたいと願ってのことだった。

苦いユーモアが引き金になって、結婚しているカップルも招かれていた。顔を合わせる度に、言葉にならないほどお互いを惨めにすることがよく知られていたので、この饗宴では似合いのカップルでないはずがない。彼らとは対照的な、まだ結婚していない別のカップルもいた。若い頃、愛し合っていたが、朝霧同然の曖昧な事情によって引き裂かれ、そして長く離れすぎていたので、いまさら心を通わせることは不可能だと思いなしていた。それゆえに、親しい交わりを求めながら、お互いにひるんで引き下がり、ほかに相手を選ばず、二人とも一生伴侶は持てないと思いこみ、永遠を果てしのない砂漠と見なしていた。骸骨の隣にごく普通の俗っぽい男――取引所に入り浸っている輩――ピカピカ光るお金《ごみ》を集めている手合いが坐っていた。その男の生涯は売り上げ台帳に記録され、魂はその牢獄、つまり預金してある銀行の金庫室に閉ざされている。この人物は、自分をこの町で一番幸せな人間のひとりだと思っていたので、招待を受けたとき非常に戸惑った。執事たちは、あなたは自分がどれほど惨めな人間か気づいていないと言って説き伏せ、彼の出席をしつこく求めた。

そして今度は、前回の饗宴にも出席していた顔馴染みと認めざるをえない人物が姿を見せた。それはジャーヴェイス・ヘイスティングスだった。前回は、彼の出席に対し数多くの疑問が発せられごうごうたる非難が浴びせられたが、今回は、自分には自分でも満足のいく資格があり、他の人からも許されて当然と思っている人間の持つ落ちつきを見せて席についた。しかしながら、屈託のない冷静な顔は、何の悲しみも示していない。眼力のある出席者たちは一瞬彼の目を覗きこみ、心が洞窟の入り口である人々の、無言の共感――疑いようもなく仲間である合言葉がそこにないのに気づいて頭を横に振った。その入り口を通って、彼らは無限の悲しみの領域に降りてゆき、同じようにさまよう仲間をそこに見つけるのだが。

「この若者は誰なんです?」良心に血痕がついている男が尋ねた。「彼は、魂の奥底に降りていったことは絶対にない! あの暗い谷間を通り過ぎていった連中の顔なら、私はみんな知っている。何の権利があって、彼が仲間に入っているのです?」

「そうですよ、悲しみもないのに、ここに来るのは罰当たりというものですわ」体じゅうを絶えず震わせている年老いたその女性は、声も振るわせながら呟いた。「あなた、出てお行きなさい。あなたは、魂が震える経験などしたことないでしょう。ですからあなたを見るとますます私、震えてしまうの」

「彼の魂が震えるですと！　絶対にノーです、私が請け負います」無遠慮な物言いをするミスター・スミスが、自分の心臓を押さえながら言った。突然笑いの発作に襲われて心臓が止まるのを恐れ、できるだけ憂鬱そうにしようというわけだ。「私はあの若者をよく知っています。街の誰と比べても、彼ほど恵まれた前途を持っている若者はおりません。惨めな我々の仲間入りをする権利など、生まれていない赤子同様、彼にはありません。彼が惨めだったことは絶対にないし、これからだって恐らくそうでしょう！」

「ゲストの皆様」二人の執事が口を挟んだ。「私どもの人選になにとぞご辛抱をお願いいたします。少なくともこれだけは信じていただきたいのですが、私どもはこの儀式が神聖なものであることを心から大切に思っておりますので、その神聖さを故意に冒すなどありえません。どうかこのお若い方の同席をお認め下さい。この方の、若々しい胸のうちで鼓動している心臓とご自分の心臓を取り替えようとなさる方は、お集まりの皆様の中にはどなたもいらっしゃらないと申してもよろしいかと存じますので！」

「得な取引と言いたいわい、それも喜んで」ミスター・スミスが悲しみと陽気な考えの入り交じった複雑な様子で、ぼそぼそと呟やく。「愚かな執事どもめ！　一座の中で唯一本物の惨めな心臓は、私のものだ――こいつが私にとって、最後の命取りになるだろう！」

それでも前年と同じように、執事の判断に文句は出ず、一同は席についた。例の不愉快な客も、それ以上差し出がましく、自分についてあれこれ喋るのを控えたが、そういう機会でなければ彼には手の届かない、まるで貴重な秘密が何気ない言葉で伝えられているかのごとく、おかしなくらい熱心にみんなの雑談に耳を傾けている様子だった。それに、実際、その価値を認め理解できる人にとって、ここに招かれたゲストから迸りでる言葉には大切なものが豊かに含まれていた。ゲストには悲しみこそが、他の呪文では開かない精神の深みという領域に招き入れてくれる呪《まじな》い札であった。ときおり、漆黒の闇の中から水晶のように純粋で、星の輝きのように明るい光が一瞬ひらめき、ゲストたちが「まさに謎が解き明かされようとしている！」と叫ぼうと身構えるほど鮮烈な煌めきを人生の秘密に投げかけることがある。そんな風に蒙を啓かれるとき、この世の誰よりも嘆き悲しむ人たちは、人間の哀しみなど影のようにはかなく、表面的なものに過ぎないということが明らかにされたと思うのだった。そう、哀しみはある種の聖なる現実をゆったりと包みこむ黒い衣服にすぎず、そうでもしない限り人間の目にはまったく見えないことを示しているのかもしれないと思うのだった。

「たった今」あの震える老婦人が言った、「表面の向こう側を見たような気がしました。すると永久に止まることのなかった震えが消えました！」

「一瞬で消えるこのような輝きの中でいつも暮らせたらなあ！」と、良心の呵責に苦しむ男が言った、「そうなれば、私の心についた血痕もきれいに洗い流されるだろうに」

このようなお喋りは、陽気なミスター・スミスには途方もなく馬鹿げていると思われたらしく、医者から厳に慎むようにと警告されていた通りの笑い——即死を招きかねないという笑いの発作を引き起こした。実際に彼は仰向けに倒れ、椅子で息を引き取ったのだ。顔には大笑いの表情を浮かべていたが、彼の霊は恐らく、遺体のそばにとどまり、この世からの予期せぬ退場に戸惑っていたのではないだろうか。この非業の死のために、宴はもちろん取りやめになった。

「なんということでしょう？　あなたは震え上がったりしないの？」体を震わしている例の老婦人が、異常なくらい熱心に死者を見つめているジャーヴェイス・ヘイスティングスに気づいて言った。「暖かくて強い性格でいらした方が、人生の半ばで突然この世から消えるのを目にするなんて恐ろしくなくって？　私の魂の震えが止まることは決してありませんし、このことのせいでまた新たに震え出しましたわ！　でもあなたは冷静なのね！」

「何か教えてくれたらよかったのに！」長いため息を漏らしながらジャーヴェイス・ヘイスティングスが言う。「みんな、壁に映った影のようにぼくの前を通りすぎ、そして消えてゆく――みんなの行動や、喜びも悲しみも、明かりの揺らめきなんだ！　遺骸も、向こうの骸骨も、このお婆さんの止むことのない震えも、ぼくの求めているものを与えてくれない」

それから、みんな立ち去った。

この宴に関わるもっと多くの事柄をこのようにこと細かくのんびりと話すことは無理だ。なにしろこの宴は創始者の意志に従い、きちんとした慣例として規則正しく続けられたのだから。時がたつと、その不運が衆に抜きんでている人々、従ってその精神的、道徳的発達ぶりが、それに相応しい興味をかき立てると思われる人々を各地から招待するというのが、執事たちの習慣になった。フランス革命で故国を追われた貴族とか、大英帝国の傷痍軍人も同じように選ばれた。玉座を追われ、世界を放浪していた君主たちも、この侘びしく惨めな宴の席に居場所を見つけた。自分の属する党派に見放された政治家も、望みさえすれば、一度限りの宴席で再び大立て者になれるかもしれなかった。アーロン・バー〔ジェファソン大統領の副大統領。反逆罪で訴追される〕の名前も記録に残っている。彼が完全に失脚して――他の誰に比べても劣らないと言ってよいほど道徳的な意味合いを持つ壮大な失脚に見舞われて孤独を託《かこ》っていた時期に当たる。スティーブン・ジラード〔裕福な貿易商〕も、山のような富にのしかかられたとき、自ら出席の許可を求めたことがある。しかしながら、こういう人々は、平凡な人生行路において同じぐらいしっかりと学ぶことができないような、不満や苦悩の教える教訓を与えることは、おそらくできないだろう。不幸な著名人は、普通の人より広範な同情を呼ぶが、それは彼らの哀しみの方が深いからではなく、高い台座に据えられているために、悲惨な運命の実例、文字通りの実例として人類によりよく奉仕するからなのだ。

宴にジャーヴェイス・ヘイスティングスが顔を現すと言うことは、目下の我々の目的に関係がある。若さのもたらすしとやかな優美さから少しずつ、思慮深い大人のもつ端正な顔立ちに変わり、さらに年の功の貫禄に満ちた禿げ頭の大立て者となった。だが　彼は一度も休まず宴に参加する唯一の人物だった。しかし宴が開かれる度ごとに、彼の評判や身分を承知している人の間や、彼の前に出ることを思わず尻込みする人たちの間から、彼が秘密の友愛会に入会することを拒否するようなつぶやきが漏れた。

「この平然としている人はどなたです?」この問いは何百回となく繰り返された。「彼は苦しんだんですか?　彼は罪を犯したのですか?　どちらの痕跡もありませんよ。それでは何のために彼はここにいるのです?」

「そういうことは執事さんたちかご本人に聞いてみなくちゃ」これもいつもの答えだった。「同じ町に住んでいるこの男のことは、よく知っている、金回りがよくて幸せ者ってことだけ。それでいて毎年毎年、この陰気くさい宴にここまでやってくる。まるで大理石の彫像のように客人に挟まれて坐る。あの奥にいる骸骨に聞くんだね——恐らくその謎を解いてくれるかもしれないよ、たぶん！」

実際、それは不思議だった。ジャーヴェイス・ヘイスティングスの人生は、単にお金が有り余っているだけでなく、華やかだった。彼の場合、何もかもが順風満帆だった。彼の富は莫大なので、豪華絢爛たる衣装、類まれな純心さと教養に裏打ちされた趣味、旅行熱、見事な蔵書を収集する研究者としての本能、そのうえさらに、貧しい者たちに施す気前の良さらしきもの、これらに必要な経費を遙かに上回っていた。彼は家庭の幸せも求めた——そしてもし美しくて愛情豊かな奥方や、将来を嘱望される子供たちがそれを保証してくれるものなら、その望みも叶えられたと言えるだろう。おまけに彼は、著名人と無名の人を分ける境界を突き抜けていて、広く国民の目を集める重大な事柄に関し、しみ一つない評判を得ていた。と言って人気者だったというのではないし、こういう類の成功に不可欠ななぞめいた性格を隠し持っているというのでもない。大衆にとって、彼は人の姿をしているが具体性に欠け、豊かな人間性というものは欠片もなく、生身の人間の温かさ、自分自身の心というスタンプを大勢の人の心に押す独特の能力にも欠けていた。大衆は、そういうもので自分の肌に合う人物を見分けるものだ。これは言っておかなければいけないのだが、ごく親しい仲間が懸命に努力して彼のことを何もかも理解し、暖かな愛情を寄せるようになったあとで、彼の方はこちらの愛情をまったく理解していないことを知って肝を潰す始末だ。仲間たちは彼に好意を寄せ、敬服の念を覚えるが、それでも、人間の心が何よりも実体のあるものを欲しがっているとき、彼には求めているものを与える力のないために、ジャーヴェイス・ヘイスティングスから尻込みする。目を欺く薄明かりの中で、壁に映った影の手を取ろうと自分の手を伸ばしたあとで、また引っこめてしまうときに感じる、信じがたいほどの落胆の思いを覚えるのだ。

若さの持つ表面的な熱情が薄れると、こうしたジャーヴェイス・ヘイスティングスに独特の性格から生まれる影響力はますます目立ってきた。彼が自分の子供の方に手を伸ばすと、子供たちはよそよそしく膝のところまで近寄ってくるが、自分から膝に上ってくることはなかった。彼の妻は、その胸の冷たさに身を震わせたことで、ひそかに涙を流し、自分を罪人同然に思った。彼の方でも、折にふれて自分の心の冷え冷えとした状況に気がつかないわけではないらしく、もしそれが本当なら、情け深い火で自分を暖めたいという気持ちになった。しかし次第に年をとると、彼はますます、感受性をなくしていった。彼の髪に白いものが置くようになりはじめた頃、妻は墓に入ったが、墓の方が暖かかったに違いない。子供たちも亡くなったり、それぞれ自分の家庭に分かれていった。年をとったジャーヴェイス・ヘイスティングスは哀しみに心を痛めるでもなく――独りぼっちで、と言っても人との交わりを必要としないためだが――これまでと変わらぬ足取りで世間を渡ってゆき、相変わらずクリスマスの日には休むことなく陰鬱な宴会に出席していた。招待される特権は、今では長年続いた習わしとして認められた。彼が食卓の家長席を要求すれば、例の骸骨でさえその席を追い出されたかもしれない。

とうとう、彼が満八十歳を迎えた年、陽気なクリスマス・シーズンが訪れたとき、顔色が蒼白で、額の広い冷酷な顔立ちのこの老人が、昔から通い慣れた宴会ホールに再び入ってきた。この宴に初めて出席したとき、不満を表す数多くの言葉を引きだしたのと同じ、感情のない表情を浮かべていた。時の経過はただの外見的な事柄を除けば、良きにつけ悪しきにつけ、彼に何の影響も与えていない。席につくと、静かな物問いたげな眼差しで食卓を見まわしたが、まるで満足な結果をもたらさなかった宴を数多く経験した後で、やっと自分に秘密を教えてくれる客が現れたかどうか確かめたがっているみたいだった。秘密——深遠で暖かな秘密——生の中の生——喜びの中に現れようと哀しみの中に現れようと、それは影の世界に実体を与える物だ。

「お友達の皆さん」この宴に長年親しんできたのだからそうあって然るべき立場を引き受けてジャーヴェイス・ヘイスティングスは言った。「よくいらっしゃいました！　皆さんのために、私はこの葬儀用のワインのグラスを飲み干すとしましょう」

客たちは丁寧に応じたが、それでも、この老人を自分たちが属している哀しみの団体のメンバーとして受け入れられないのを示す態度ではあった。今日、この宴に出席している人々がどのような人たちかを読者の皆さんにお知らせするのがよいかもしれない。

一人は元は牧師だった人で、聖職に心を打ちこみ、アメリカの古いピューリタンの由緒正しき王統に属しているらしく、一族は天命を信じ、その仕事を厳しく実践し、この世では有力者の仲間だった。ところがこの客は、当代の思索的風潮に屈服し、営々と守ってきた信仰という堅固な土台から道を踏み外し、曖昧模糊とした世界に迷いこんだ。そこでは何もかもが漠然としていて錯覚を生み、見せかけの実体で彼を欺しつづけ、そればかりか支えと休息を求めてその上に身を投げかけると溶けてしまう有様。生まれついての性格と早くからの鍛錬の結果、彼は堅固な物を求めていた。ところが前を見ると実体のない幻影の上に積み重なった幻影、後を見ると、昨日の人間と今日の人間の間には通り越せない深淵、そして彼はその境界を行ったり来たり、時には苦痛のあまり両手をもみ合わせ、自分自身の苦悩を苦い笑いの種にすることもしばしばだった。この人は間違いなく惨めだった。次は理論家だった——この手の人は無数にいる——ただし、自分では天地開闢以来唯一人の理論家と見なしていた——この世に存在する精神的、身体的あらゆる不幸が取り除かれ、同時に千年の至福が成就するような計画を考え出した理論家というわけだ。ところが、人々の猜疑心が計画の実行を妨げ、彼はありとあらゆる苦悩が彼自身の胸に押し入ってきたかのような無数の哀しみにうちひしがれ、それを癒す機会を与えられなかった。黒ずくめの平凡な老人が、ミラー牧師その人ではないかと思われ、列席者の注目を大いに集めた。牧師は最後の大火の到来が遅れに遅れていることに絶望して自暴自棄になっているように見えた。さらに生まれついての自尊心と頑固さで有名な男もいた。ほんの少し前まで莫大な富を所有しており、専制君主が帝国の武力を行使するのと同じように好き勝手に多くの財界人を支配し、途方もない規模の道徳上の戦争を遂行し、その怒号や振動は国中のどの家庭にいても感じられた。ついに決定的な破滅が訪れ——富も権力も人格も完膚無きまでに打ち砕かれ、そのことが傲慢ではあるが多くの点で気高くもあった彼の性格に与えた影響を考えれば、彼には我々の宴ばかりでなく、伏魔殿の貴族席に出席する権利があるかもしれない。

　当世風の博愛主義者もいた。彼は、数限りない同胞たちの悲惨な状況と、それを救う広範な手段がどれもこれも実行不可能であることにあまりにも深く感じ入り、すぐ手の届く範囲内にあるごくごくささやかな善行すら施す気持ちを失い、同情を求めて惨めな状態でいることに自己満足を覚えるようになった。彼の近くに、前代未聞の窮境にいる紳士がいた。しかし今という時代は、同じような境遇の人をたくさん作り出しているのではないだろうか。この人物は、新聞が読めるようになって以来一つの政党にずっと忠誠を尽くしていることを自慢にしていたのだが、最近の混迷状況にすっかりまごつき、自分の政党の居所がわからなくなっていた。このように精神的にすっかり見捨てられ意気阻喪した惨めな状態は、長い間、大きな団体に自分の個性を融けこませることに慣れてきた男にとっては、経験した人にしか想像できないことだ。彼の次にいたのは、声が出なくなった著名な雄弁家だ。彼の失うべき財産はまさにそれだけだったので、絶望のどん底に落ちふさぎ込んでしまった。さらに食卓は、二人の女性の出席という栄誉に預かった。ひとりは肺結核を患い空腹にあえぐお針子で、何万といる同じよう惨めな人々の代表であった。もうひとりは、使うすべのないエネルギーの有り余った女性で、この世でなすべきこと、楽しむべきこと、おまけに苦しむことすら何ひとつ見つけられない。そのため彼女は、女性たちに対しておこなわれた不当な行為と、女性たちが正当な活動領域から疎外されていることを深刻に考えすぎ、気も狂わんばかりになってしまった。こういう次第でお客の名簿は完璧な物となり、サイドテーブルが、猟官に失敗して落胆し死んだも同然の心の持ち主三人ないし四人のために用意された。執事たちが出席を認めたのは、かれらの不幸はここに入ってくる資格を十分に与えているからであり、彼らはことのほかおいしいご馳走を必要としていたからである。その上、尻尾を後ろ足の間に挟んだ野良犬が一匹、パンくずをなめとり、ご馳走のおこぼれをしゃぶっていた。通りで時おり見かける飼い主のいない惨めな犬で、自分の忠誠ぶりを最初に受け入れてくれる人の後に喜んでついて行く。

この人たちはこの人たちなりに、今までこの宴に集まった人々に負けずに惨めだった。彼らはこの宴の創設者であるヴェールをかぶった骸骨と一緒に坐った。骸骨はテーブルの一端に、イトスギの輪飾りを高く掲げて坐っていた。骸骨と向かい合う形で、毛皮にくるまったジャーヴェイス・ヘイスティングスの老いさらばえた姿があった。冷ややかで、堂々と落ち着いており、出席者に畏怖の念を起こさせたが、いささかの同情を引くこともなかったので、誰ひとり「あの人はどこに行ったのだろう？」という声を上げることもなく、忽然と消え失せてもおかしくはなかっただろう。

「失礼ですが」博愛主義者がその老人に声をかけた。「あなたは、一年に一度開かれるこの宴に実に長い間客として招待されています。そして苦しみ悩む多くの人とおつき合いがおありなわけですから、ことによると、多くの重要な教訓をそこから得ておられるのではないでしょうか。あなたは実に運のよい方だ、この山のような苦しみが、ことごとく取り去られるような秘密の鍵をどうか明かして下さい！」

「私の知っている不幸はひとつだけ」と、ジャーヴェイス・ヘイスティングスは静かに答えた。「それは私の不幸だ」

「あなたの不幸ですと！」博愛主義者が応じた。「しかし、のどかで豊かなあなたの人生を振り返ってみて、人類の中で例のない不幸者だなんてどうしておっしゃれるです？」

「あなたにはお分かりにならんでしょう」ジャーヴェイス・ヘイスティングスは、弱々しく答えたが、発音が奇妙なほど不明瞭で、時には単語を間違えた。「誰もわかってくれた人はいない――同じ経験をしている人でさえそうだ。それは冷たさなんだ――真剣さの欠如だ――私の心を作っているのはまるで気体のように感じることだ――私には実体が欠けているという気持ちがつきまとって離れないことだ！　そんな次第で、他の人が持っている物をみんな持っているように見えたり――みんなが持ちたいと願っている物を持っているように見えても――実際のところ、私は喜びも悲しみも、何ひとつ持っていない。ずいぶん昔、この席で私に向かって言われた真実なんだが――あらゆる物は――あらゆる人は

——壁の上でちらついている影みたいなものだ。私の妻や子供たちも同じだ——私の友だちと思われてる人の場合も同じだ、私が今、目の前に見ている皆さん方も同じだ。私自身も実体のある存在ではないのです、皆さんと同じ影なのです！」

「来世についてはどうなのです？」思索にふける牧師が尋ねた。

「あなたの場合より暗いですな」老人は、くぐもった弱々しい声で言った。「何しろ私は、希望とか恐怖を感じ取れるほど人生をまじめに考えられんからです。私の人生——私の人生は惨めなのです！　この冷たい心——この現実味に欠ける生！　ああ、我が人生はますます冷たくなっていく」

こういう状況の時、たまたま腐っていた骸骨の靭帯が切れて、骨が崩れ落ちてうず高いかたまりとなり、結果として埃をかぶったイトスギの輪飾りがテーブルに落ちた。こうして一座の人々の注意が一瞬ジャーヴェイス・ヘイスティングスから逸れたが、再びに彼に目を戻したとき、老人に変化が起きたことに気づいた。彼の影は壁の上でちろちろ動くのをやめていた。


「ところでロジーナ、君の意見はどうだね？」ロデリックは原稿を丸めながら尋ねた。

「率直に言うわ、完璧な成功作じゃないわ」彼女は答えた。「あなたが描き出そうとした登場人物についちゃわかるような気がするわ、でもね、それはあなたが表現したからじゃなく私が思索をめぐらせたからよ」

「それはやむを得ないよ」と彫刻家が口を挟んだ。「この人物の特性というのはみんな消極的だからさ。もしジャーヴェイス・ヘイスティングスが、陰鬱な晩餐の席で人間の哀しみのひとつを吸収できたとしたら、彼を描写するのはずっとずっと易しかったんじゃないかな。ああいう人たちが——ぼくたちは時どきああいう道徳のお化けみたいな人に出会うけれど——どうしてこの世に存在するようになったのか、来世で先も生きていくどんな材料を持っているのか、答えを考えだすのは難しい。彼らは全てのものの外側に存在しているように思われる、そしてできる範囲で彼らを理解しようとする以上に魂を退屈させる物はない」

善人の奇跡

全ての善行には、霊的な側面があり、ある特定の行為の完結をもって終わるのではなく、次から次へ終わることなく善行を生み出し続ける。とは言え、人間の目がぐんぐん伸びる聖なる連鎖を跡づけることは先ず不可能である。この鎖は、情け深い人の善意から出た地上での行為から伸びて、それを天上で天使が喜んで行って下さる愛の働きに結びつける。しかし時おり、こうした喜ばしい上に素晴らしい結びつきがはっきりと分かるような瞬間に出会うことがある。ミスター・ロバート・レイクスの人生に起きた有名な出来事が、末頼もしくわくわくするような論法のひとつを与えてくれると、僕にはいつも思われる。善をなすごくささやかな機会もないがしろにしてはいけない、それをなすことによって計り知れない神慮の広大無辺の目的に資することが可能かもしれないのだから、という論法のことだ。このささやかな物語は何度も語られているけれど、もう一度ここで語ってもよいだろう。なぜなら、この話は冒頭で述べた格言を鮮やかに例証してくれるから。

ロンドンに住んでいたミスター・レイクスは、ある日たまたま、住人の大半が貧しくて教養のない通りを歩いていた。不幸なことに大都市では、貧しい人々が悪い人の隣に住んだり、同じ建物に住まなければならないことがよくある。無知な人々は自分を取りまく無数の誘惑を目にすると、正しい方向に導いてくれる親切な助言者がいないため、やむなく正道を踏み外し、悪人の数を増やすことになる。そういうわけで、ロンドンのような大都市の怪しげな通りに、あらゆる悪徳が身を潜めているただ中にあって、貧しくとも品行方正な人がたくさんいるのは確かであるが、彼らが品行方正でいられるのは神の特別の思し召しによると思われる。神の目が一瞬でも逸れることがあれば、彼らは常に周りを取り囲んでいる悪の奔流の中に没してしまうことだろう。さてミスター・レイクスは歩きながら、悲しい気持ちにさせられる多くの光景を目にした。どちらを見ても罪と悲惨の数知れぬ兆しがあるものだから、多くの人は善をなすことなど不可能と考え、できるだけ早くこの場の光景を忘れようと努力するのではないだろうか。

ロンドンの、こうした怪しげな通り以上に陰気な光景は、世界中探しても見つからないのではないだろうか。家屋は古くて荒れ果て、空はもちろん太陽の光さえ閉め出すほど密集し、一筋の太陽が目に入るとしても、それはロンドンの汚れた霧のせいでどんよりと暗い。通りは溝《どぶ》と同じで泥水が流れている。どの家も雑然としているところを見ると、住んでいる人たちは自分の住まいというものに何の愛着も感じておらず、上品できちんとした家にしようとする自負心も持っていないことが分かる。こういう家々で、多くの人が病気にかかり、飢えに苦しんだり、寒さに震えているのではないか、(悲しい限りだが) 多くの人が罪という心の痛む病に陥り、真っ当でない手段で暮らし向きを楽にしようとしているのではないかと心配だ。端的に言えば、その通りは、救いの天使が訪れたことなど殆んどないのではないか、善良な人が足を踏み入れたこともないのではないかと思われる。しかし善良な人々がしょっちゅうその通りに行き、ミスター・レイクスの心に浮かんだような思いに悲しむようなことがあれば結構なことだ。そうなれば彼らの心はかき立てられ、改善の方向に努力しようという気持ちになるかもしれないから。

「ああ、ここの光景はひどすぎる！」この善人は呟いた。「自宅から朝の散歩に出かけられる距離のところに、矯正すべき悪がどっさりあるというのに、どうしてキリスト教徒のだれもが手をこまぬいていられるのだろう？」

しかし哀しみや同情によって、何がいちばんミスター・レイクスの心を動かしたかについてまだ話していない。通りで遊んでいる子供たちがいる。溝に入って水をばしゃばしゃはね散らかし、単なるいたずら心から仲間たちにその汚らしい水をかけている子供たちもいる。もうすでにギャンブルすることを教えこまれた他の者たちは、半ペンスを賭けて、コイン投げをやっている。そのほかの者たちは恐らく喧嘩して毆り合っている。手短に言えば——目にするのが悲しすぎる光景を描きたくないので——この可哀相な子供たちは、目の前には悪いお手本だけしかなく、悪行以外のことを学ぶ機会を奪われて、怠惰のうちに成長するのだ。彼らの薄汚れた小さな顔は、もう既にいっぱしの悪党面になっている。この世の悪行と貧困が彼らと一緒に生まれてきて、彼らが生きている限りしがみついて離れないように思われる。これらの光景は、昔から小さな子供が大好きで、子供たちの明るくて幸せそうな顔のお蔭で、この世の中が一段と美しくなり、自分の心も洗われるように思っているミスター・レイクスのような人にとってこの上なく悲しかった！　しかしこの通りの哀れな子供たちを見つめていると、今ほど、この世界が暗く、醜く、哀しみに満ちて見えたことはないと思った。

「ああ、あの子たちを救うことができたら！」と彼は思った。「彼らにとって、キリスト教国でこんな風に成長するより、野蛮きわまりない未開人に生まれついた方が幸せだったのではないだろうか」

さて、一軒の家の戸口に女がひとり立っていた。貧しく哀れっぽい様子だったが、このおぞましい通りに住む他の人に比べれば、こぎれいで見苦しくないと思われた。女は、ミスター・レイクスと同じように子供たちを見つめていた。恐らく彼女の心もミスター・レイクスと同じような思いに満たされていたのだろう。女には自分の子供たちがいて、悪いお手本ばかりの中で大きくなっていかなければいけないことを思い、今にも涙が溢れそうだったのかもしれない。とにかくミスター・レイクスはこの女を見ると、哀しみと不安に苛まれている自分を分かってくれる人が見つかったような気持ちになった。

「奥さん」子供たちを指さしながら話しかけた。「こういう光景を見ていると憂鬱になりますな――神がお造りになったこんなに大勢の子供たちが、悪いことをしろということしか教えられないで、怠惰と無知のうちに大きくなるのを見るのは」

「悲しいですわ、旦那様」女は答えた。「ご覧のように週日もそりゃあひどいものです――ですが、日曜にこの通りにおいでになれば、もっともっともっとひどいことがお分かりになりますよ。他の日ですと、良い悪いは別にして仕事を見つける子もいます。ですが安息日は、子供たち全員をこの通りに送りこむのです――すると朝から晩まで無茶な悪さばかり」

「ああ、これは実に悲しむべき例ですな」とミスター・レイクスは言った。「聖なる安息日がここの哀れな子供たちに祝福をもたらすことはできないのでしょうか？　これは最悪ですよ」

そう言ってからもう一度、彼は憐憫の情と慈悲の心を持って通りを眺めた。彼の心全体が、自分の見ている光景に動かされたからだ。長く眺めれば眺めるほど、ここの子供たちが無知と罪の中で大きくなり、天が彼らの魂に播いた不滅の善の種は、世話をないがしろにしたため永久に芽を出さないとなると、ますます恐ろしく思えてきた。するとと彼の熱烈な同情心は、たちまち何をなすべきかに気づかせてくれた。彼をそれほど悲しませた光景を眺めているうちに、突然嬉しそうな希望の表情が顔にあふれ出た。まるで煌めく太陽の光が顔に落ちかかったかのようだった。精神の太陽が物質の上にも認められるとしたら、そのような輝きこそ陰気な通りに差しこみ、ほの暗い窓という窓を明るくし、哀れな子供たちも可愛くて幸せそうに見せたことだろう。喜びの光はその惨めな通りに現れるだけでなく、そこから世界中に広がったのではないだろうか。と言うのも、その時、ほどなく世界全体を今までよりもっと輝かしいものにするはずの或る考えが、ミスター・レイクスの心に浮かんだからだ。

ところで、その或る考えとは何だろうか？

ミスター・レイクスが大変な大金持ちではなかったことを考慮に入れなければならない。イギリスには、〈神慮〉が彼の財産より多くの富を与えたもうた人はたくさんいた。だから誰もが思うように、そういう人々が同胞に対し、ミスター・レイクスの力を遥かに上回る善行をなすこともあり得たわけだった。さらに、国王はじめ、皇族、貴族、政治家などがいる。彼らは高い地位を占め、法律を作りそれを執行する責任を負っている。もし世界が改善されなければならない状態にあるとすれば、それを果たすべきは彼らではないのか？　しかし善をなす本当の力は富にあるのでも、社会的地位にあるのでもない。それは、情愛深い心の持つエネルギーと知恵の中にある。そういう心は人類全体に同情を寄せ、全ての不運な男女の中に弟や妹を見いだし、誰も養ってくれない孤児の中にわが子を見いだすことができるのだ。ミスター・レイクスの心はそういう心だった。とうとう神は、謙虚な彼が夢に見ていたよりも大きな善を、人類全体に与えるめでたい機会を彼に下された。国王も貴族も、無尽蔵の富を持つイギリス中の金満家諸氏も、この慎ましい個人によって今なされようとしていることに比べれば、感謝を込めて記憶されるほどのことは長い年月の間に何ひとつなしていなかったと言ってもおかしくない。

それにも拘わらずこの偉大なアイデアは、実に単純で、ミスター・レイクスがその実行のために必要とする資金は実に少額なのだ！　上品で聡明な女性たちを一回一シリングの給料で、安息日ごとに来てもらい、遊んでいるところが彼の目にとまった哀れな子供たちのためにささやかな学校を幾つか開くという、ただそれだけのことだった。ミスター・レイクスが通りで言葉を交わした善良な女性は、彼が開く新しい学校の先生のひとりになるだろう。それはともかく、このアイデアは成功し、慈善心に富んだ人々の注意を引き、まもなくロンドンの荒れ果てた多くの通りで採用された。そしてこれが日曜学校の始まりだった。やがて同じような学校がこの大都会のあらゆる場所に作られ、そこからイギリスの果ての果てまで広まり、大洋を越えてアメリカに渡り、ロバート・レイクスというささやかな名前が一度も口の端に上ったこともないような世界中の国々に及んだ。

かの善良な紳士が亡くなって長い歳月が流れた。しかし今でも、安息日の朝になると都会でも田舎の村でも、そして教会の尖塔が空に向かって屹立している場所ならどこでも、子供たちは日曜学校に向かう。何千、何万という子供たちが、地上の黄金全てを合わせたより役に立つ教えをその学校で受けている。そしてこのシステムの創設者は、今暮らしている天上の国において、他の幸せな人々につぎつぎと出合い、自分たちを絶望的な無知と悪行から救い出し、天国への道に導いてくれた地上での手段を創った人として感謝されていると、信じても許されるのではなかろうか。このことは、どれほど身分の低い人であろうと、善をなすこと以外の意図を持たず、ひたすら汚れのない心だけで行動を起こせば、神はご自分の全能の手に問題を受け入れ、ご自分のものとして行動を起こしてくださると思ってよい証拠ではないだろうか？

情報局

都会のある役所の片隅に置かれた机に、曰くありげな鼻眼鏡をかけ、ペンを耳の後ろに挟んだ実直そうな人物が坐っていた。部屋にはカウンターと樫木製のキャビネットが備えられ、飾り気なしの事務的な椅子が一脚か二脚置いてある。周囲の壁一面には、失せ物、探し物、処分品などのお知らせが留めてある。それらをおしなべてみれば、人間の想像力が考え出してきた、ほぼすべての文明の利器や何やかやが含まれている。部屋の内部に陽は差しこんでいないが、それは道の反対側にそびえる高い建物と、青と深紅色の紙に描いた、三つの窓にまたがるほど大きな、お芝居のポスターのせいだった。人々の足音、ガタガタ走る馬車の音、うるさい人声、触れ役の叫び声、新聞売り子の甲高い声、その他、この役所の前を奔流のように通り過ぎてゆく無数の人々の生きている証に煩わされることなく、机に向かっている件の人物は精魂込めて、台帳のような外観と大きさを呈している二つ折り版の帳簿を熟読していた。この人物は、記録の精髄——手にしている大きな書物の精霊であって、人間の形をしているため人の目に見えるように思われた。

しかし、ひっきりなしに雑多な界隈から誰かしらがやってきて戸口に姿を現した。その人が近づいてきたことは、騒々しいがやがや声、早口のお喋り、叫び声でわかるのだ。あるときは、ささやかな家賃で手にはいる安アパートを求めてやってくる腕のいい職人とか、あるいは、アイルランドのキラーニー湖あたりからやってきた、真っ赤な顔をした娘――台所奉公をしてこの国をほうぼう周ったのだが、心は故郷の田舎家のピートを燃やす暖炉にあるという案配。ときには経済情報の掲示板を熱心に見つめている独身紳士、そしてまたこの役所は、世俗のもろもろ一切を縮図にして提供するのだから、容色の衰えた美人が、失った青春の輝きを捜しに来ることもある。あるいは自分の影を失ったピーター・シュレミール〔シャミッソー作同題中編の主人公〕、あるいはまた、失われた名声を求めるデビュー十年目の作家、あるいは昨日の日光を求めている気まぐれ屋。

次に掛け金を外して入ってきたのは、頭に帽子をゆがめてかぶり、体型にまったくあってないスーツを着こみ、目はやぶにらみで、全身が場違いな奇妙さに満ちていた。たまたまに何処にいようとも、つまり宮中だろうと、田舎屋だろうと、教会だろうと市場だろうと陸にいようと海の上にいようとあるいは自宅の炉辺にいてさえ、彼は、自分の居場所にいない男に特有の表情を帯びていたに違いない。

「ここは」と決めつけるような感じでその男は尋ねた。「ここは中央情報局ですよね」

「その通り」机の前の人物は、例の帳簿をもう一頁めくりながら応えてから、応募者の顔を正面から見つめ、素っ気なく「あんたの用件は?」と言った。

「ほしいんだ」緊張で震えながら応募者は言った。「定職が!」

「定職だって!――どういう類の?」情報局の職員が尋ねる。「空きは沢山あるし、もうすぐ空くものもある。その内のどれかはあんたにぴったりだろうね。召使いから上は参議会や内閣、玉座、大統領の席まであるのだから」

机の前に立った新参者は、心は動揺し苦り切った様子で、あれこれ思案投げ首の体であった。顔を少ししかめているので分かるはっきりしない心臓の鈍い痛み――期待をこめて頼む様子を浮き彫りにしている真剣な眼差し、しかし絶えず目が泳いでいて、信用していない様子もある。手短に言えば、彼は明らかに勤め口を求めているが、それは肉体的にでも知的にでもなく、心的にせっぱ詰まった状況に巻こまれたためであって、それを満足させることなど至難中の至難の業。なにしろ求める物を自らも知らないのだから。

「ああ、あんたは誤解している!」とうとう彼は心のいらだちをあらわにして、「あんたの言った仕事はどれも私の目的にかなうかもしれない――いやおそらくはまったくかなわないと言うべきだろう。私の欲しいのは自分向きの職業、私だけに相応しい勤め、この世で最も私に相応しい働き口、私にうってつけの職業、私のなすべき仕事――自然が、こんな風に私を捩れた人間に作って、私にさせようとした仕事、それを私は生涯をかけて探し求めて見つけられなかったのだ! 召使いの仕事だろうが、王様の仕事だろうが、そんなことは取るに足らないことだ。それが私に本来向いているものでさえあればね。この役所で助けてくれないか?」

「あんたの申し込みは書き入れとくよ」と応えながら情報局の職員は、同時に抱えている帳簿に、二、三行書きこんだ。「しかしそういう仕事を引き受けようというのなら、正直言って、私の手にはまったく負えませんな。具体的な仕事をお求めなら、状況に従うという条件で、あんたのためにきちんと話し合えると思うんだが。だが、これ以上さらに足を踏みこむということになれば、私は全市民を両方の肩に担ぐことになりかねん。市民の大部分は、多かれ少なかれ、あなたと同じような状況に入りこんでるんだから」

職探しの男はたちまちすっかり気落ちして、再び目を上げることなく扉から出て行った。もし彼が気落ちしすぎて亡くなったとしたら、恐らく間違った墓に埋葬されるんじゃないだろうか。そういう人を司る宿命は彼らを決して離れていかないから、生きていても死んでいても、彼らはいつも場違いな場所に置かれるのだ。

殆んど間を置かず、別の足音が玄関から聞こえてきた。若者はせかせかと入ってくると、情報局の職員が一人きりなのかどうかを確かめようと所内をぐるりと見回した。それから机のすぐそばまで近づき、乙女のように顔を赤らめて用件をどう切り出したものか迷っている様子だった。

「あんたは心臓《こい》の問題できなすったね」役人はそう言って曰くありげな眼鏡越しに若者を覗きこむようにした。「できるだけ簡潔に話してみたまえ」

「その通りです」若者は答えた。「心臓を捨てたいんです」

「交換をしたいってわけかね?」と情報局の職員。「浅はかな若者だ、どうして自分の心臓で満足しないのかね?」

「そのわけは」さきほどまでの決まり悪そうな顔は姿を消し、怒りから真っ赤になって叫ぶように言った。「そのわけは、ぼくの心臓が耐え難い炎でぼくを焼くからなんです。正体の分からぬものに恋いこがれるぼくを一日中苦しめ続け、鼓動は熱を帯び、漠然とした哀しみに痛むのです。恐ろしい者など何もいないのに、夜中に震え上がって目が覚めるのです! もうこれ以上は耐えられません。たとえお返しに何ももらえなくても、こんな心臓は捨てる方が利口というものです！」

「分かった」役人はそう言って、帳簿に書きこんだ。「君の問題は簡単に解決すると思う。この手の仲介は私の仕事の相当な部分を占めるし、種々雑多の在庫が大量に常備されているので、その中から選べるというものさ。ホラ、私の勘に狂いがなければ、なかなか結構な見本のご入来だ」

彼がそう言ったとき、ほっそりした若い女性の姿がちらりと見える程度に、扉がゆっくりそろそろと少しだけ開かれた。彼女はおずおずと入ってきたが、薄暗い部屋の中に外の光と楽しい雰囲気を持ちこんできたように思われた。我々には彼女がここにやってきた用件は分からないし、件の青年が自分の心臓を差し出して彼女に委ねたのかどうか、それを明らかにすることもできない。もしそうだったなら、この取り決めは、百例中の九十九例と比べて可もなく不可もなしというところだ。そういう場合、似たような年齢の似たような感受性、切迫した愛情、浅薄な自意識を持つお互いの性格に対する安易な満足感が、もっと深い共感力に相応しい場所を占めるのだから。

しかしながら、愛とか恋とかの仲介は、簡単至極な役目かというとそうでない場合もある。まさしく、起きるんだ——通常の規則に則っている場合と同様にごく稀なこととはいえ、やはりそういうことが起きる——つまり時どき心臓がここに持ちこまれるんだが、その心臓は非常に精巧であり、調節具合も微妙なうえに、入念に作られているので、それに匹敵する他の心臓を見つけるのは至難の業ということが起きる。水晶のように無色透明なダイアモンドの心臓を持っている人は、俗世間的な見方をすれば、おうおうにして不運だと思われかねない。これは物の道理にかなっていると思うんだが、このような心臓は、平凡な小石か、ガラス製の贋物か、あるいはせいぜい、もとは素晴らしいものだが、台座との相性が悪かったり、致命的な傷を持っていたり、輝いている中心部をいやらしい血管のような筋が走っている宝石と交換できるのが関の山だから。別な人物を例に取ろう。無限の泉を持ち、汲めども尽きることのない共感力を湛えた心臓が、浅はかな器の中に自らを流しこみ、結果として豊かな愛情が大地に惜しげもなく注がれることになっているなんて悲しい。男性にせよ女性にせよ、人より優れて深い性格に恵まれ、それ以外にもあらゆる繊細な才能のある人が、しばしば一番大切な才能に欠けているというのも不思議だ。卑しいものに感染するのを防いで我が身を守るという才能のことだ！　時どきではあるが、精神の泉が、それに内在する叡智によって透明度を保たれ、天上の光の中に躍り上がるのも本当だ。泉が吹きあげるときに通り抜ける土の層で濁ることもない。時どきではあるが、この地上でも、清らかな人が清らかな人と交わり、疲れを知らない強さが、無限の力で報われることもある。曰くありげな眼鏡の主のような人物は、こうした奇跡は自分の手柄だと言い立てるだろうけれど、こういう奇跡は人間関係を扱う浅薄な仲介屋風情の守備範囲を遙かに凌駕している。

扉がまた開いて、街のざわめきが入ってくると、情報局はいままでとは違う反響音に包まれた。こんど入ってきたのは視線を落とした悲しげな男だった。まるで、魂を体からなくし、それをもう一度見つけようと願って、世界中を歩き回り、大通りの埃の中、木陰道、森の落ち葉の下、海辺の砂浜を探した男のような顔をしていた。ここへ来る舗道にも、探るような視線を投げかけていた。さらに玄関までの階段の隅や、部屋の床にも目を向けた。それからやっと情報係に近づくと、なくした宝が係官の目の中に隠れていると言わんばかりに、例の謎めいた眼鏡の奥を覗きこんだ。

「なくしました――」と話し始めたが、そこで言葉を切った。

「そうですか」と情報係は言った。「あんたがなくしたのは分かったが——何を、です?」

「かけがえのない宝石をなくしたのです」不運な男は答えた。「どんな王様の宝の中にも見つからないような物です。手元にあった間は、それを見つめることが、私のただひとつの十分すぎる幸せでした。どんな大金を積まれても売る気はなかった。ところがのんきに街をうろうろしていたとき、つけていた胸から落ちてしまったのです」

情報係は、失せ物捜しに来た男になくした宝石の特徴を述べさせると、部屋の備品のひとつとして言及しておいたあの樫のキャビネットの引き出しを開けた。通りで拾われたあらゆる品物は、本当の持ち主が引き取りに現れるまでこの引き出しに保管される。引き出しの中には奇妙なものが入り交じって入っていた。拾得物の中でまず目を引くのは、数え切れないほどの結婚指輪だ。一つひとつは、聖なる誓いと最も厳かな儀式の勝ち取る魔法の力によって、指にきっちりとはめられていたが、しかしそれでも、指輪をはめている人の監視の目をくぐっていとも簡単にするりと抜け落ちてしまうというわけだ。金の指輪の中にはすり減って薄くなっているものもある、これは結婚生活の歳月によって摩滅したことを示している。そうでないものは、宝石店にあるときと同じ輝きで、新婚まもなく紛失されたにちがいない。黄色くなった便箋もある、一枚いちまいに若かった頃の書き手にとって深い真実であった心情が書きつけられているが、いまでは記憶からすっかり消え去っている。落とし物はこの引き出しに入念に保管されるので、萎れた花さえ拒否されない。白いバラ、赤いバラ、コケバラなど、処女の清らかさや恥じらいにうってつけの象徴は、なくすか、投げ捨てられ、汚れた通りで踏みつけにされたものだ。髪の毛の小房——金髪や、つやつやした黒髪——女性の長い髪や、男性のくるくるとカールした髪は、恋人たちが時どき自分に寄せられた信頼をまったく顧みなくなったしるしであり、胸中に秘めた隠し場所からこの信頼の象徴をなくしてしまったことを意味している。こうした品物の多くには芳香がしみこんでいる。そしておそらく、その品物を進んでなくしたか不注意でなくしたかはともかく、なくして以来、甘い香りは以前の持ち主の体からは消えてしまっているだろう。金でこしらえた鉛筆入れ、黄金の矢に貫かれた小さなルビーの心臓、ブローチ、硬貨、あらゆる種類の小物類、といった、古来失せ物となってきたものはほぼ全てがここにはある。その大部分は、探し出す時間と、語る余裕があれば、きっと来歴と意義を持っているにちがいない。胸中や頭脳、あるいはポケットから何か大切なものをなくした人は、中央情報局で尋ねるのが賢明というものだ。

そして、樫でこしらえたキャビネットの引き出しを細かく調べたところ、その一つの隅に、天上の純粋さを持つ魂かと思われる大きな真珠が見つかった。かちかちに凍って光沢を放っている。

「ぼくの宝石だ！　まさしくぼくの真珠だ！」氏名不詳の男は喜びのあまり我を忘れた様子で叫んだ。「それはぼくのものだ！　返して下さい――今すぐ！――でないとぼくは死んでしまう！」

「分かりました」情報係はもっと詳しく調べながら言った、「これは例の〈高価な真珠〉ですね」

「その通りです」と男は答えた。「さあ、それを胸からなくしたときの惨めさを分かって下さい！　ぼくに返して下さい！　それがないなら、一瞬たりとも生きてはいられません」

「申し訳ないが」と情報係が静かに答えた。「あなたが求めておられるのは、わたしの権限を越えています。よくご存じのように、この真珠は特定の条件で保管されています。また、いったん手放してしまえば、他の方々以上の保有権はなくなるわけです――いやむしろあなたの保有権は、他の方々より薄弱ですね。私にはこの真珠をお返しできんのです」

命の宝石を目の前にして、返還を求める権限のない哀れな男が懸命に頼んでも、この厳格な係官の心を和らげることはできなかった。他人の運命には明らかな影響力を行使するというのに、人への同情心に欠けるのだ。とうとう高価この上ない真珠を失った男性は、両手で頭をかきむしり、狂ったように表に飛び出し、その絶望的な顔を見た人は恐怖を覚えた。玄関の階段のところで、上流階級らしい青年紳士とすれ違ったが、彼の用向きは、やんごとなき恋人から受け取りながら一時間もたたないうちに背広のボタン穴からなくした香りのよいダマスクローズの蕾の行方を捜すことだった。この中央情報局を訪れる人の用向きはこれほどまでに種々雑多だったので、そこでは、あらゆる人間の望みが明るみに出され、運命の許す限り、その望みの成就に向かって交渉が行われるように思われた。

次に入ってきた男性は中年を過ぎていて、世間を心得、その中での自分の来し方を承知している人の顔をしていた。彼は立派な自家用の馬車から降り立つと、持ち主が交渉に臨んでいる間、通りで待つように命じた。件の紳士はしっかりした足取りで素早く机のところにやってくると、情報係を正面から毅然とした目で見つめた。しかしながら、赤と薄暗い明かりの中で見ると、その目から何か秘密の悩みが仄見えていた。

「処分したい土地がある」、性格らしく言葉は短い。

「詳しくおっしゃってみて下さい」と情報係。

申し込んできた男は続けて語った。土地の広さ、環境、耕作面積、牧草地、森、広大な公園。さらに豪壮な屋敷――空中楼閣を建てるという目的のための屋敷だった。実体のなかった壁を固めて花崗岩のように堅くし、分かる人間には幻想的な壮麗さが目に入るようにした。彼の話を聞く限り、屋敷は夢のように消えるに相応しいほど美しく、それでいて何世紀も持ちこたえるほどの実体を持っている。彼は、豪華な家具や、洗練された調度品、贅沢な工芸品のことにも言及した。そうしたものがすべて合わさると、この屋敷は、人生が黄金の日々の流れに任せて漂いゆくような居城に仕立て上げられ、運命がそういう屋敷に大喜びで投げ込みたがるような苦難にも乱されないというのだ。

「私は意志の強い男だ」最後に男は言った。「私が人生を歩き始めたとき、貧しくて、友達もいなかった。そのときに、いま言ったような屋敷や土地の持ち主になってみせると決心した。それを維持するために必要な大金も手に入れるとな。私は今、最大の望みを叶えられるほどの成功を収めた。で、私がこんど処分すると決めたのはその土地なんだ」

「条件は？」情報係は、訪問者が話した詳細を書き留めてから尋ねた。

「簡単、きわめて簡単！」成功した男はにっこりしながら答えたが、まるで内面の苦痛を抑えようというかのように、気むずかしくて恐ろしいほどの皺が額に刻まれていた。「私は様々な事業に関わってきた——酒造業、アフリカとの貿易、東インド交易、株の投機、さらにこうした事業をやっているうちに、ある曰く付きの物件を契約した。この土地の購入者に求められるのは、この曰く因縁を我が身に引き受けることだけだ」

「分かります」情報係はペンを耳の後ろにはさみながら言う。「いまのような条件で商談を進めるのは無理でしょう。まず間違いなく、次の持ち主もその土地を同じ負担条件で入手することになるわけですが、新しい持ち主が自ら契約を結ぶのであって、少なくともあなたの心の重荷を軽くしてくれることはないでしょう」

「じゃあ私は住み続けなければならないのか」訪問者は声を張り上げた。「あの呪われた地所、私の魂を押しつぶすあの地獄のような花崗岩の屋敷に？　もし、あの屋敷を貧窮院か病院に模様替えしたらどうだろうか、あるいは屋敷を壊して教会を建てたらどうだろうか？」

「少なくともやってみることはできます」情報係は言った。「ただし何もかもあなたお一人でやってのけなくちゃいけませんよ」

哀れな成功者は引き下がって馬車に乗り、木造の舗道を軽やかにガタガタと走っていった。とはいえ、広大な土地の重み、堂々たる屋敷、途方もない黄金の山を背負い、すべてが良心の痛みに凝縮されていた。

さて今度は仕事を求める人々が大勢現れた。中でも一番目だったのは、すっかり燻製のように干上がった小柄な男で、ファウスト博士の実験室に仕えていた悪霊のひとりだと分かった。彼はもっともらしく人物証明書を差し出した。彼の申し立てによれば、かの有名なる魔術師から下し置かれたものであり、彼が次々に仕えた何人かの大物の連署があるということだった。

「申し上げにくいんだが」と情報係が言い出した。「就職のチャンスはないに等しいと思うんですよ。最近では、みんながそれぞれ自分や、隣人に対し悪霊役を演じますからね、しかもあなたのお仲間の九十九パーセントよりもっと効果的に役をこなしますから」

しかし、気の毒な悪魔が煙のような薄い気体へと姿を変え、悲しい落胆と屈辱のうちに床をすり抜けて姿を消そうとしたそのとき、政治新聞の編集長が党派的短評を書く三文文士を求めてたまたま入ってきた。ファウスト博士の元召使いは、有能な毒舌家かどうかにはいささかの疑問はあったものの、この分野で腕試しをすることを許された。次に現れた人も職を探していたのだが、ナポレオンが皇帝の座に上り詰めるのを助けた、謎の〈赤い服の男〉だった。彼は野心まんまんの政治家による資格審査を受けたが、結局、最近の狡猾な駆け引きに精通していないという理由で雇ってもらえなかった。

せかせかと次から次に人がやってくる。まるで都会のうるさい喧騒を避けて脇道に入るためのようにやってきて、足りないものとか、有り余っているもの、欲しいものをこの役所で書き留めていく。売却の相談をしたいため、商品や財宝を携えた人もいる。中国貿易の商人は、体力を消耗するああいう環境に長いこと身を置いたせいで健康を損ね、病気と財産を追い払ってくれる医者なら、誰だろうとこれらを二つながら進呈すると太っ腹な申し出をした。ある軍人は、戦場で片脚を失って授かった名誉の花冠と引き換えに、失ったのと同じぐらい丈夫な足を求めていた。貧しさに疲れ果てた哀れなある男は、自分の命を確実に奪ってくれる方法だけを求めていた。不幸な出来事と金銭上のトラブルのために生きる力がすっかり抑えこまれたため、いまさら幸せになる可能性を思いえがくことはおろか、幸せを求めてみようとする気持ちさえもう持てなくなってしまったというのだ。ところが、情報局で、ある方法を使って思惑買いをするとたちまちのうちにお金が貯まるという他人の話を偶然耳にすると、この金儲けの試みをもう一度やってみてまで生きてみる気になった。多くの人が、若気の過ちを、年をとった今の自分の落ち着きにもっと相応しい別の過ちと交換したがる。言うのも嬉しいことながら、少数とはいえ、一筋縄ではいかない取引にもかかわらず、過ちと善行を取り換えようと一所懸命に努力してうまく成功した人もいる。しかし驚くことに、どれほど有利な条件でも譲り渡したくないものと言えば、習慣、変わった癖、その人らしい特質、可笑しなちょっとした道楽ばかり、それに道楽と言っても悪いこと愚かな行いの中間に位置するようなもので、何がそんなに夢中させるのか本人以外は誰にも分らぬ類のもの。

巨大な二つ折り本——これは情報係が、無精者の心が生み出す酔狂な気まぐれ、深遠な心の抱く大望、さらに、惨めな心の抱く一か八かの憧れ、歪んだ心の唱える邪悪な祈りを詳細に記録したもので、出版を目的に入手できたなら、興味深い読み物になるだろう。それぞれの個性の進歩は、つまり人類一般の人間性というものは、それぞれの願望を研究すると一番よく分かるのではないだろうか。そしてこの本は、そうした願望をすべて記録してある。流儀や状況には無数の相違がある、しかし実際の根本原理においてはそのすべてがよく似ているので、ノアの大洪水の前に書かれたものであっても、過ぎ去ったばかりの昨日書かれたものであろうと、すぐ間近に迫った明日に、いや今から千年後に書かれるものであろうと、この本のどの一頁をとっても、全体の見本として役に立つであろう。だからと言って、たった一人にしか思いつかないたぐいの恐ろしくむちゃな酔狂が全くないというのではない。その人が、理性的であるかどうかには関係がない。一番奇妙な願いは——奇妙とは言っても、科学的な研究に没頭し、最高ではないまでもかなりな知的レベルに達した者にはつきもの同然の願いなのだが——〈自然の女神〉と闘って、彼女が人間に持たせないのが正しいと考えている秘密の一部あるいは力を彼女から奪い取ることだった。彼女は野心に燃える学究の徒を惑わし、手を伸ばせば、もうほんの少しで届きそうに見える謎でもってからかうのが好きだ。今まで存在しなかった鉱物をこしらえるとか、新種の植物を生み出すとか、昆虫を——それ以上の生物は無理としても——創り出すことが、科学者の胸をしきりに騒がせている願いの一種なのだ。地球という低級な場所ではなく、はるかに高く遠く離れた宇宙空間に生きる天文学者は、月の裏側を見たいという願望を書き記している。天の体系が逆にならない限り、地球に向けることはできないにもかかわらず。この本の同じ頁には、星を手に入れておもちゃにしたいという子供の願いも書かれている

うんざりするほど繰り返し書かれている最もありふれた望みは、当然のことながら、金、金、金である。額は、数シリングから天井知らずの高額まで。しかし実を言えば、繰り返し記されるこの言葉には、その言葉の数と同じだけの異なる欲望が含まれている。富は、物質世界にあっては最も重要な精髄である。それは魂の領域を超えた処に存在するほぼすべての物を具体化する。従って、生のただ中に位置するわれわれが、生を享受するために必要な金を求めるというのは、生への当然の願望を短く縮めたものだからなのだ。この本は、金集め自体が願いという歪みきった心の持主どもの存在をあちこちで実証しているのも確かだ。多くの者が権力を願う。実に不可解な願望だ、なぜなら、権力者とは、奴隷の別称にすぎないのだから。老いた人々は青春の歓びを得たいと願う。洒落者は流行の洋服を求める。暇な読者は新刊の小説を、へぼ詩人は扱いにくい言葉に踏ます韻を、画家は色遣いに対するティツィアーノの奥儀を、皇族は小さな田舎家を、共和論者は王国と宮殿を、放蕩者は隣人の女房を、食通はグリンピースを、貧しい人は一切れのパンを求める。他では上手に隠している公職にある人々の大いなる野望も、利己心のない博愛主義者が人々の福祉を願う気持ちと並んで、この本の中では大胆かつ明瞭に表現されている。博愛主義者の願いは、自己と世界を天秤にかけるような利己主義とは対照的に、とても美しく心暖まる。『願望の書』に書きこまれているもっと寒々とした秘密については踏みこまないことに

しよう。

　人間を研究する学徒にとって、この本を熟読玩味し、願いを記載した当人の振舞や日常生活に表われる現実像と本の願いを比べることは、両者がいかに隔たっているかを確認するうえで、有益な作業となるだろう。間違いなく、九分九厘、遠く隔たっていることが分かるだろう。お香のように、穢れのない心から天に向かって立ちのぼる清らかで高潔な願いは、吹き抜ける邪悪な時代の嵐に甘美な匂いを吹き飛ばされてしまう。腐りきった心から発散される汚らわしく、利己的で、酷薄な願いは、この世で行為として結実することなく、気高い大気の中に消えていくことが多い。しかし、人間の心の象徴として考えた場合、この本は我々の周りで展開されている実際のドラマより、真実に近いのではないだろうか。この本にはもっと多くの善と悪がある。悪人には救済すべき点がもっとあり、善人が過ちを犯す場合ももっと多い。魂はより高く舞い上がり、より深く堕落する。端的に言えば、我々が物質世界で目にするより、善と悪がもっと複雑怪奇にまじりあっている。上品さとか、外に現れる良心は、内面の汚点によって与えられるものより、遥かに美しい外見を生み出すことが多い。その一方で、人は一番の親友にも、楽しい時か何かに本性の深みから湧きあがる純粋無垢の願望について口外することはまれだし、実際に行動に移すことはなおさらないが、そのような願望がこの本の中に書き記してある。他方で、頁をめくるごとに、善人が自分自身の荒々しくて怠惰な願いゆえに身震いすることになるものもたっぷりある——ちょうど邪悪な欲望をその全人生に具体化した罪人を見て身震いするのと同じように。

　しかし再び扉が開いた。外の世界のどよめきが耳に入ってくる——腹の底に響く恐ろしい音だ、情報係の目に置いてある記録簿に書かれているようなことの一部が、別な形で表現されているわけだ。お爺さん然とした人が、よろよろした足取りで慌てて事務所に入ってきた。覚束ないながらもせかせか急ごうとする熱意のために、受付の机に駆けつけたときには、白髪が後ろになびいているほどだった。目的にこめた熱情のせいで、彼のかすんだ目が一瞬煌めいた。

この老人は、自分は〈明日〉を探しているのだと、はっきり言った。

「儂はこれを求めて一生を過ごしてきた」分別ありげな老紳士はつけ加えた。「〈明日〉は儂のために何かしら莫大な利益をもたらすと確信しておるからじゃ。しかし最近少々年を取ってきたものだから、急がねばいかん。〈明日〉を早く捕まえん限り、あいつは結局儂の物にならんのではないかと心配になってくるからな」

「ご老体、この逃げ足の速い〈明日〉というやつはですな」と情報係が言った。「〈時〉の手元から迷い出た子供でして、父親の元から永遠の世界に向かって飛び続けているのです。ずっと追いかけなさるがいい、さすれば必ず追いつきます。しかし、あなたが期待しておられる地上の宝物についちゃあ、〈昨日〉の大群衆にすっかりばらまいてしまいましたわい」

この謎めいた答えで満足せざるをえなかった老人は、せわしなく杖の音を床に響かせながら、大慌てで飛び出した。老人が姿を消すと同時に、都会の空疎な陽光に道を間違えた蝶を追って、小さな男の子が扉から走りこんできた。老紳士がもっと目端の利く人だったら、華麗な昆虫の姿を借りた〈明日〉を見つけ出しただろうに。黄金色の蝶は、薄暗い部屋の中できらきらと輝き、『願望の書』を羽根で刷くと、諦めずに追いかけてくる子供を引きつれて再びはたはたと出て行った。

今度は、手入れの行きとどかない洋服を着た男が入ってきた。容貌は頭を使う人らしいが、体つきは、学者にしては少々荒削りで頑丈だ。顔つきは覇気に満ちているが、その下に細やかで鋭いところを隠している。もともとは険しかったのに、強力な知性を繰り返し暖めるだけの力を持った熱くておおらかな心のぬくもりで和らげられていた。彼は情報係に近づくと、秘密を見逃すことのなさそうな誠意のこもった厳しい目でじっと見つめた。

「私は〈真実〉を探している」と彼は言った。

「そいつはまさに、わたしの知る限り一番珍しい捜し物ですな」彼はそう応えながら、改めて帳簿に書き加えた。「多くの人は、真実の代わりに狡猾な欺瞞を自らに押しつけようとする。しかし、あなたの探しものに手をお貸しすることはわたしにはできません。ご自分の力で奇跡を勝ち取らなければいけません。幸運に恵まれたふとした瞬間、ご自分のすぐそばに〈真実〉を発見なさるかもしれない――あるいは、遙かな前方にぼんやりと見えるかもしれない――あるいは、たぶんあなたの後ろに」

「後ろではない」と探し手は言った。「なぜなら私は自分が歩んできた道にある全てのものをしらみつぶしに調べたからだ。彼女は前方を飛んでいる、かと思えば全くの孤独の中を通り抜けていく、あるいは評判の高い集会に集まった人々の中に混じっているか、フランスの哲学者のペンで書き物をしているか、あるいは、カトリックの坊さんに身をやつして、古い大聖堂の祭壇に立ち、荘厳ミサを執り行っていることもある。ああ、もどかしき探求かな！　だが、たじろいではいけない、〈真実〉を心の底から求める私の探索が無駄に終わることは絶対にあるまい」

彼は言葉を切ると、情報係に目を据えた。彼の深い探究心は、この人物の内面と交流をしているのであって、外側の変化にはまったく無関心だ、というように見えた。

「で、あんたは何者かね?」と彼は言った。「情報局というこの面白い芝居とか、こんな形ばかりの商売があんたの正体だと言われても満足できないね。その仮面の下にあるものは何だね、人生における本当の役割は何だね、人間という存在にどんな力を振るっているんだね?」

「あなたの役割は知性ですね」と情報係は答えた。「その前に立てば、大衆の目から内面の思考を隠している外形や突拍子もない外見はたちまち消え失せ、その下にあるむき出しの現実が残るでしょう。それでは謎解きをしましょう。世間的なわたしの活動は、つまり人事の圧力、混乱、成長にわたしが関わっていることは、単なる幻影に過ぎない。わたしがするように見えることは、人の心が望んで、自らすることなのです。わたしが行動を司るなんてとんでもない、わたしは記録天使なのです」

さらにどんな秘密が語られたかは謎のままだ。街中の騒音、人々の言動の喧噪、押し合いへし合いする群衆の叫び、騒がしくも短い人間の人生の慌ただしさと混乱が大きくなり、この二人の会話をかき消してしまった。二人が立ち話をしているのが、月面か、虚栄の市か、あるいはこの現実世界の町中なのかは、私には到底言えない。

地球全燔祭

昔々——と言いだしたものの、それが過去であっても未来であっても、じつに些細な、あるいはまったく取るに足りないことだ——この広大な地球が、陳腐ながらくたの山を背負い込みすぎてしまい、住人たちは、それを大きなたき火で燃やして一掃しようと決めた。保険会社の代表たちによって場所が決められた。そこはまさしくこの地上のまん真ん中であり、西部最大の草原の一つだから、人家が火事の危険にさらされることはないだろうし、集まってくるおびただしい見物人もゆったりとこの催しを観賞できるだろう。私は、このような見物《みもの》に興味を持っているばかりでなく、赤々と燃え上がるたき火が、これまで霞や闇に隠されていた深遠な道徳的真実をある程度明るみに出してくれるかもしれないと思い、都合をつけて彼の地に足を運んだ次第。私が到着したとき、焼却を宣告されたがらくたの山はまだそれほど大きくはなかったが、すでに火はつけられていた。遙か彼方の天空にあってただひとつ瞬く星のように、果てしのない夕闇の大草原の真ん中にただひとつ見える頼りなげなたき火から、これほど激しい炎が吹き上げることになろうとは、誰も予想できなかったのではないだろうか。しかしながら刻々と、徒歩でやってくる者、エプロンを広げた女性軍、馬に乗った男たち、燃やす以外に使い道がないと判定された品物を満載した手押し車、不格好な荷物運搬車、その他大小様々な車が、至る所からやってきた。

「火をつけるには、何を使ったのでしょう?」と私は見物人の一人に尋ねた。この催しの全ての成り行きを始めから最後まで知りたいという願望に私は燃えていたからだ。

私が言葉をかけたのは、五十歳前後の落ちついた男性で、見物にここまでやってきたのは明らかだった。彼が人生の実体とか真の価値を自分自身で決めている、従って、世間がその価値にどのような判断を下すかについては個人的な興味をほとんど持っていないことを、私は直ちに見て取った。私の質問に答える前に、たき火の明かりで私をまじまじと見つめた。

「ああそれなら、火をつけるという目的にうってつけの、乾ききった燃えやすいものでしたよ――要するに昨日の新聞とか、先月の雑誌とか、去年の枯れ葉の類です。さあ今度は、時代遅れのがらくたの到着です、一掴みの鉋屑のようにぱっと燃え上がりますよ」と答えた。

彼が話していると、何人かの強面の男たちがたき火に近づき、紋章院のがらくたと思われるものを全部投げ込んだ。きらびやかな紋章、華麗なる名家の兜飾りや凝った紋章、光線のように遙か暗黒時代の霞にまで遡る家系図、さらに星形勲章、ガーター勲章、刺繍を施した首飾り章も一緒だ。どれもこれも、無知な人の目にはおもちゃ同様のがらくたに映りそうであるが、かつてはとてつもなく大切なものであり、絢爛たる過去を崇拝する人々によって、今でも実際に最も高価な精神的、物質的偉業に数えられている。こうした雑多な物と混じって、一時に大量に火中に投じられたものは、騎士の身分を示す無数のしるしだった。あらゆるヨーロッパの君主のしるし、ナポレオンの制定したレジョンドヌール勲章、その綬章はいにしえの聖ルイ武勲章の綬章と絡まっている。我が国のシンシナチ協会の勲章もある。歴史の語るところに寄れば、この勲章のお蔭で、独立戦争の時に王権を倒した人々の中から世襲の騎士集団が生まれそうになった。おまけに、ドイツの伯爵や子爵、スペインの大公爵、イギリス貴族の勅許状、ウィリアム征服王の署名のある虫に食われた文書に始まりヴィクトリア女王の美しい手から爵位を授けられた新米の領主の真新しい羊皮紙に至るまで。

地上における膨大な栄誉のしるしの山から吹き出し渦巻く色鮮やかな炎に混じって、もくもくあがる大量の濃い煙を見て、大勢の庶民からなる見物人は、喜びの叫びを上げ、空に木魂させるために激しい拍手を送った。それは長い長い歳月を我慢した後、〈天〉のもっと立派な作品にのみふさわしい特権を、図々しく我が物にした同じ土塊から生まれ、同じ心に欠点を持っている連中に束の間の勝利を収めた瞬間だった。だがその時、高く立ち上る強烈な炎に向かって白髪の人物が駆けよった。態度は堂々としており、胸のところから何かの星形勲章か、あるいは階級を示す他の記章をぶら下げる高位の人物のまとう上着を着込んでいるが、勲章類は力尽くでもぎ取られた様子だった。彼の顔から知力らしきものはうかがえなかったが、生得のというか、生まれつきに近い威厳という物があった。自分にふさわしい階級的優越感の典型に生まれついており、今の今までそのことに疑問を持ったことのない人のそれだった。

「諸君」彼の目に最高の価値を持つと映っていた物の残骸をにらみ据えながら叫んだ。目には深い悲しみと驚きが浮かんでいたが、それでもある程度の風格は残っている――「諸君、なんということをしたのだ！　この火は、諸君の未開状態からの進歩を刻印してきたあらゆる物を焼きつくしているんだ。

いや、未開状態への退化を防ぐことができたかもしれないあらゆる物を焼き尽くしているんだ。われわれ特権階級は、代々、騎士道精神を守り育ててきた人間なのだ。それだけではなく、優しくて思いやりのある考え、一段と高尚で、より清らか、さらに洗練され優美な暮らしを守り育ててきた！　高貴な人々と共に、諸君は、詩人、画家、彫刻家を見捨てた――あらゆる美しい芸術を――なぜなら、我々が彼らのパトロンであり、彼らが活躍する状況を生み出したからだ。明瞭な階級差を破壊することによって、この社会はその優雅さを失うだけでなく、不変性も――」

その紳士は間違いなくもっと話しただろう、しかしここで、激しい抗議が起こった、ふざけて、軽蔑に満ち、憤慨したものだったので、落剥した貴族の訴えはすっかりかき消されてしまった。そのため半ば焼けてしまった家系図に絶望の一瞥を投げかけると、小さくなって群衆の中に消え、新たに見つけた卑賤な者どもの影に喜々として隠れた。

「我々が星形勲章と同じ火の中にやつを投げこまなかったのは勲章のお蔭だと感謝するがいい！」不作法な男が、足で残り火を蹴飛ばしながら喚いた。「これからは、何人《なんびと》であろうと、みんなに対して領主風を吹かせる根拠として、カビの生えた羊皮紙を見せるような真似はさせるな！　腕力の持ち主なら、仕方がない。卓越した力の一種だから。才覚、知恵、勇気、強い性格の持ち主なら、どんな才能だろうと発揮させてやるがいい。しかし今日から先は、誰一人として、カビの生えた先祖の骨を数え上げて、地位や尊敬を求めるのはダメだ！　こういうインチキはもうおしまいだ」

「折りは良しですな」隣にいる落ちついた見物人が、低い声ではあったがつぶやいた。「代わりに、これ以上ひどいインチキがやってこなかったらの話ですが。いずれにしてもこの手のインチキは十分に天寿を全うしたわけですよ」

この由緒あるがらくたの残り火に思いをはせたり、教訓を引き出したりする暇は殆んどなかった。半分も燃えないうちに、海の向こうから同じような大量のがらくたが運ばれてきたからだ。王族のはおる紫のローブ、王冠、黄金の宝珠、皇帝や王が手にする笏である。これらの物は全て役に立たない子供だましとして焼却の刑を宣告された。せいぜい世界の幼少期だけにふさわしいおもちゃ、ないしは、少年期の世界を管理し折檻する鞭にすぎない。しかし世界全体が大人になり、成長しきるともはやそんな物で侮辱されることに我慢できなくなる。こうした王のしるしが今や蔑まれ、そのためドルーリー・レーン劇場から持ってきた、王様役者の金メッキした王冠や安ぴかのローブが十把一絡げに投げこまれたが、世界の大舞台で演じている似たような君主を嘲けるために違いない。たき火の中央で、イギリス国王の王冠につけられた宝石が光を放って燃えさかっているのを見る、これは異様な光景である。宝石の中にはサクソン王家の時代から伝わる物もある。他の物は莫大な歳費で購入されたり、ことによると、インドに土着している王族を殺しその額から強奪したのかもしれない。全ての物が今、まるで星がこの場所に落ち粉々に壊れでもしたように、眩しい輝きを放って燃えさかっている。崩壊した君主国の眩い輝きを映し出すのは、計り知れない価値を有する宝石のみ。しかしこの問題はもう沢山だ！　オーストリア皇帝のマントが火口《ほくち》に変わり、さらにフランス王の玉座の支柱類が炭の山となって、他の木造の家具と見分けられないことを述べ立てるのはうんざりだ。しかしながら、亡命してきたポーランド人のひとりが、ロシア皇帝の笏でしばしたき火をかき立てた後、笏を燃えさかる火の中に投げ入れたのに気づいたことはつけ加えさせてほしい。

「この場所で嗅ぐ焼け焦げた衣類の臭いときたら実に耐え難い」風が王家の衣装の燃える煙でわたしたちを包みこむと、できたての知人が口にした。「風上に回って、たき火の反対側でみんなが何をしてるか見てみましょうよ」

そういう次第で、わたしたちはぐるりと回ったが、ちょうど、膨大な数のワシントニアンが——今日では熱烈な禁酒主義者がそう自称している——列をなして到着するところを見ることができた。禁酒運動を最初に広めたマシュー神父を先頭に、何千というアイルランド人の信奉者が一緒だった。彼らが持ってきた物はたき火に大いに貢献した。まさに大小を問わぬ世界中の酒樽という酒樽だった。彼らはそれを前に前にと転がして大草原を越えてきたのだ。

「さて、わが子たちよ」たき火のところに着くとマシュー神父は大きな声で言った——「もう一押しするんじゃ、これで仕事は終わった！　さあ後ろに下がって、サタンが自分の酒をどうするか見てやりましょうぞ！」

そんな次第で、木の酒樽を炎の届くところに置くと彼らは安全なところまで後退した。程なく酒樽が炎を吹きあげ雲に届き、大空自体を燃え上がらせるぞと脅すのを目撃することになった。大空が燃え上がってもおかしくはない。何しろここには、世界中に存在する酒という酒が集められ、今までのようにそれぞれの大酒飲みの目に狂気の光をともすのではなく、全人類をびっくり仰天させる煌めきと共に天に向かって舞い上がっていったのだから。これはそのように激しい炎の集まったものであり、天に昇らなければ何百万という人の心を焦がしたかもしれない。一方では高価なワインの瓶が数限りなく炎の中に投げこまれた。炎はワインを愛しているかのようにゴクゴクと呑みこみ、飲みほしたワインのせいで他の飲んべえと同じようにどんどん陽気になり、どんどん荒っぽくなった。火の悪魔の飽くことのない喉の渇きがこれほど満たされることは二度とないであろう！　有名な食通たちの宝物も届いていた――大洋にもまれ、太陽のもとで熟成し、大地の奥まったところに長く貯蔵されていた酒――繊細この上もないあらゆるブドウ園で生まれた淡い色、黄金色、赤みがかった色のワイン――トカイ産高級ワインのすべて――こうした高価なワインがありふれた居酒屋の安酒と混じり合って一つの流れになり、同じ炎を激化するのに貢献している。それが巨大な火柱となって立ち上がり、アーチ型の蒼穹に向かって揺れ動き、星明かりと一体化するように見えると、大観衆が歓声を上げげた、まるで、広大な地球が長い間の呪いから解放されて驚喜しているかのようだった。

しかしみんながみんな喜んでいるわけではなかった。この短い輝きが鎮まれば、人の人生は今まで以上に陰気になるのではないかと思っている人も多かった。改革者たちが仕事をしている間、痛風用の靴を履き、鼻を赤くした数人の立派な紳士が忠告の言葉を呟やくのを耳にした。それからボロ服を着込み、火の燃え尽きた炉のように見える顔つきのお偉方が、もっと大胆不敵に不満を吐き出した。

「この先もう陽気になれなくなってしまったからには」と〈最後の飲んだくれ〉が言った。「この世は何の役に立つんだ？　悲しみと戸惑いのただ中にいる貧乏人を何が慰めてくれるんだ？――この侘びしい地上に吹く冷たい風に負けず、貧乏人の心を温めておくにはどうすればいいんだ？――お前らが奪い去った慰めの代わりに、何をくれると言うんだ？　憂さを晴らしてくれるグラスもないのに、どうやって昔なじみの仲間が炉辺に集まればいいんだ？　お前たちの改革に災いあれ！　熱い友情が永遠になくなった今、この世は悲しみに沈み、酷薄で、自分勝手、その上低俗ときているとなれば、正直な人間の住むに値しないところだ！」

この不満たらたらの熱弁は、見物人たちを煽って大いに楽しませた。しかし、たしかに無分別な考え方ではあるが、〈最後の飲んだくれ〉の哀れな境遇に同情せずにはいられなかった。愉快な飲み仲間は彼のそばから次第に減っていき、残された哀れな男には、自分の酒を飲むのを大目に見てくれる人もいなければ、飲む酒すら一滴もなかったからだ。と言っても、これが正真正銘の真実というわけでもない。そのわけは、彼がたき火の脇に落ちてきた強度二十五のブランディの瓶を最後の最後で一本盗み、ポケットに隠すのを目撃したからだ。

このようにして、蒸留酒、醸造酒の処分が終わると、次に改革者たちの熱意が向かったのは、世界中のありとあらゆる紅茶の箱や、コーヒーの袋を火にくべ足すことだった。さらに今度はヴァージニアの農園主が、収穫した煙草を運んできた。これらの物は、役立たずの山の上に放り投げられると、全体が山ほどの大きさになり、強烈な香りをあたりに放ったので、二度と清らかな空気を吸い込むことはないのではと思ったほどだ。いま眼前にしている生け贄の光景は、煙草好きにとって、これまで見てきたどんな物にもまして驚きであった。

「やれやれ、あいつらは私のパイプの火を消してしまった」そう言ってひとりの老紳士がむくれてパイプを火の中に投げこんだ。「これからこの世はどうなるんだ？　華やかで芳しい物はことごとく――人生の薬味といった物は全て――何の役にも立たないと非難される。愚かな改革者どもがたき火に火をつけてしまったのだから、連中が火中に身を投じれば、万事めでたしというものだ！」

「我慢なさることです」腹の据わった保守主義者が応じた。「結局はそうなりますよ。連中はまず最初に我々を、そして最後には自分たち自身を放り込むでしょう」

次にわたしは、系統的にして包括的な改革手法から、この忘れがたいたき火に対する個人的貢献の有り様へと考えの矛先を変えた。大抵の場合、非常に愉快な見ものだった。貧しい男のひとりは、空の財布を投げこみ、別な人は偽札か換金不能の銀行券の束を投げこんだ。社交界のご婦人たちは、終わった社交シーズンにかぶったボンネットを、山のようなリボンや黄色いレース、遙かに多い使い古しの服飾品と一緒に、投げ入れた。どれもこれも流行したのは短かったが、火の中ではもっと儚いことが分かった。男女を問わず数多くの恋人たち——捨てられた女性や男性、あるいはお互いに飽きのきたカップル——が、香水を振りかけた手紙やかつては心を奪われた詩を束にして放りこんだ。職を失って食を奪われた三流の政治屋は、歯を投げ入れたが、たまたま入れ歯だった。唯一の目的を果たすために大西洋を渡ってきたシドニー・スミス師〔英国の聖職者。アメリカの文化的貧しさを非難〕が、苦々しい笑いを浮かべながらたき火に近づき、君主国の国璽で保証しておいて支払いを拒否した公債類を投げつけた。ませた五歳の少年は、当世風の大人になりきって、おもちゃを投げこんだ。大学の卒業生は卒業証書を、ごく少量の薬品を使う同毒療法が広まって破産した薬屋は医薬品の在庫のすべてを、医者は蔵書を、牧師は昔のお説教を、昔風の立派な紳士は次の世代のためにかつて書き下ろした行儀作法の本を投げこんだ。再婚を決意した未亡人は、亡くなった先夫の細密肖像画をこっそり投げ入れた。恋人に振られた青年は、絶望した心臓を火の中に投げ入れたいと思ったようだが、自分の胸から心臓を捻りとる方法が見つからなかった。作品が大衆に受け入れられなかったあるアメリカの作家は、ペンと原稿用紙をたき火の中に投げ捨て、気落ちすることの少ない仕事に転じることにした。立派な外見のご婦人たちが大勢で、ガウンやペティコートを火中に投じ、男性と同じ義務、仕事、責任を引き受け、男性と同じように振る舞い、服装も男性と同じにしましょうよと言っているのを漏れ聞いたときにはいささか驚いた。

このもくろみにどの程度の賛意が寄せられたのか、わたしには分からない。突然わたしの注意は、男に欺され半狂乱になった哀れな娘に引きつけられたからだ。彼女は、あの世にもこの世にもわたしほど無価値な人間はいないと叫びながら、火中に――元の形をなしていない世界中から集めたがらくたの真っ只中に――身を投じようとした。しかし親切な男性が、彼女を助けようと駆けよった。

「自棄になってはいけません、お嬢さん」その男性は、放すものかと抱きしめる死の天使から彼女を引き戻しながら言った。「我慢して、神の御心に従うのです。生きた魂を持っている限り、全てが汚れを知らぬ元の状態に戻れると思いますよ。ここにあるような物や、人間の空想の産物は、一度幸せな日を過ごした後は燃やす以外に使い道はありません。しかしあなたの毎日は〈永遠〉なのです！」

「ええ」うち拉がれた娘は答えたが、先ほどの激情も今は鎮まって深い落胆の淵に沈んだようだった。「ええそうでしょうとも、そしてわたしの毎日からは、日の光が隠されるのです！」

それから武器や軍需品はことごとくたき火の中に放りこまれるという噂が、見物人の間に広まった。ただし世界中が貯蔵していた火薬は、最も安全な処分法として海に沈めてしまったので、それは除外される。この情報は多種多様な意見をかき立てたらしい。楽観的な博愛主義者は、これを至福千年が既に到来した証拠と見なした。性格を異にする人々は、人間をブルドッグの血統と見なし、人間族の持っていた、昔ながらの頑健さ、熱っぽさ、高貴さ、寛大さ、大きな度量という物はことごとく消え失せるだろうと予言した。彼らの主張に寄れば、こうした特質は栄養源として血を求めるのだそうだ。しかしながら、提案されている戦争放棄など、たとえ短期間であっても実行不可能と信じて、彼らは自らを慰めた。

それはそれとして、その轟きが戦闘を告げる声の役割を長く果たしてきた無数の大砲――スペイン無敵艦隊の大砲、清教徒革命時にマールバラ包囲戦で使われた攻城砲列、ナポレオンとウェリントン将軍によるワーテルローの戦いで交戦した大砲が火の真ん中に運びこまれた。次々に乾式可燃物が追加されるので、火勢がどんどん強まり、青銅も鉄も持ちこたえられなかった。この恐ろしい人殺しの道具が蝋でできたおもちゃのように溶けていくのを見るのは素晴らしかった。続いて陸軍の兵士たちが、凱旋行進曲を奏でながらが巨大な溶鉱炉と化した焚き火の周りを行軍し、マスケット銃や剣を投げ入れた。同じように旗手たちは、勝利を収めた戦場名を記した弾痕だらけのボロボロの軍旗を一度見上げ、これを最後とそよ風に翻らせてから炎の中に降ろした。炎は雲に向かう勢いに任せて軍旗をさっと上方に巻き上げた。この儀式が終わると、世界には武器が一つも存在しない状態になった。例外はおそらく、昔の国王のわずかな武具や錆びた剣、それに我が国の兵器庫に眠っている独立戦争の戦利品ではないだろうか。そして今、全人類の恒久平和を宣言する序曲として、もはや勝利は血によって得られはしないという声明の序曲として、軍鼓がとどろき、トランペットが一斉に鳴り響いた。そうだ、これから後、双方の限りない善という結果をもたらすのは、人類の論戦ということになるだろう。地上で書き継がれる未来の年代記では、善行が勇気ある行為として賞賛されることを求めるだろう。従って喜ばしい知らせが伝えられると、戦争の惨たらしさと不条理を前に、恐怖のあまり立ち尽くしていた人々に限りない喜びを与えた。

しかしわたしは、傷跡の残る堂々たる老指揮官の顔に、ぞっとするような笑いが浮かぶのを見た。戦いに疲れた容姿、豪華な軍服からすると、ナポレオン麾下の有名な将軍のひとりかもしれない。その人物は、他の兵士たちと一緒に半世紀にわたって右手になじんでいた剣を投げ捨てたばかりだった。

「なんとあきれ果てたことだ！」と老将軍はぶつぶつと言った。「奴らには好きなことを喋らせておけばいい。しかしとどのつまり、この愚かな行為は武器職人や大砲の鋳造業者にこれまでより多くの仕事を与えたに過ぎんことが分かるだろう」

「閣下、何ですって」わたしは驚いて声を大きくした。「人類は、新たに剣を鍛え、大砲を鋳造するような、過去の狂気の道まで逆戻りすると信じていらっしゃるのですか？」

「そんな必要はないだろう」思いやりもなければ、思いやりの功徳すら信じていないひとりの男が、嘲笑を浮かべて言った。「カインが弟のアベルを殺したいと思ったとき、武器にはまったく困らなかったんだから」

「今に分かるさ」歴戦の指揮官は答えた。「儂が間違っておれば、大いに結構。しかし、儂の考えを言えば――この件について偉そうなご託を並べるふりなどせずに言えば――戦争の必然性は、ここにいる紳士諸公の想像を遥かに超えたところにある。そうなんだ！　どうでもいい個人的な喧嘩をする場所があるように、国同士のもめ事をおさめる大法廷もないだろうか？　係る訴訟を審議できる法廷は戦場だけだ！」

「将軍、お忘れのようですね」とわたしは応じた。「文明がここまで進歩したお蔭で、〈理性〉と〈人類愛〉が一緒になって、そういう場合に必要とされる裁決機関が設立されるであろうということを」

「いやはや、忘れておったわい！」古強者はそう言って、よろよろと立ち去った。

ついで、既に焼き尽くされるのを目撃した軍需品より、社会の安寧にとってずっと大切だと思われていたものが火の中にくべられた。改革者の一団は、さまざまな国家が長年死刑を執行してきた装置を求めて世界中を旅してきたのだ。このぞっとする死の象徴が目の前に引き出されたとき、群衆に戦慄が走った。激しく燃え上がる炎の中で、それぞれの装置の持つ姿と趣向を見せびらかされると、炎でさえ最初はしり込みをするように見えた。その装置の存在自体が、長期にわたって人類の法律が耐えがたい過ちであったことを人々に納得させるのに十分だった。これらの古い残酷な道具――これらの恐るべき機械仕掛けの怪物ども――人間の自然な心が考えだせる以上の邪悪なものを要求するかに見えるこうした発明品と、古代の牢獄の薄暗い隅に隠れている物ども、震えあがるほど怖い伝説のテーマがいま、眼前に引き出されたのだ。貴族や王族の血で錆びついた首切り役人の斧と、身分の低い犠牲者の息の根を止めた数えきれない絞首索が一緒に投げ込まれた。ギロチン台が、パリの血ぬられた街角から街角に運ばれたのと同じ馬車に乗って到着して前に押し出されると、歓声が上がった。しかし耳を聾する一番の大歓声があがり、地球が救われた勝利の雄たけびを遠くの空に伝えたのは、絞首台が姿を見せた時である。ところが、醜悪な男がひとり走り出ると、改革者たちの通り道に身を置き、ぎゃあぎゃあ喚きながら、行進をやめさせようと猛烈に反抗した。

死刑執行人が自分の糧を稼ぎ、高位の人々が死を賜った装置を擁護し守るために、こうやって最善を尽くすのはさほど驚くべきことでないかもしれない。しかし全く違う世界に住む人々――世の中の人はその人たちの庇護のもとで、自らの善なることを信じる傾向にあるような聖職者の人々でさえ、絞首台に関しては死刑執行人と同じ考えを持っているのを知るのは特筆に値する。

「みなさん、おやめなさい！」聖職者のひとりが大きな声で言った。「みなさんは、偽りの博愛主義に騙されておられるんだ！――自分が何をしているのか分かっていないのだ。絞首台は神様を敬う道具なのだ！　敬意をこめて戻しなさい、そして元の場所に建てるんだ。さもないと、世界はあっという間に堕落して廃墟と化しますぞ！」

「前進、前進！」改革のリーダーは声を張り上げた。「人類の残酷な知恵が考え出した呪われた道具とともに炎の中に押しこめ！　人間の法律が、その最たる象徴として絞首台を打ち立てておきながら、慈悲と愛の心を教え込めるものだろうか？　さあ皆さんもう一押し。これで世界は最大の誤りから救われるのです！」

それまでは触ることを嫌悪していた無数の人の手が、今度は手を貸し、不吉な重い道具を猛り立つ溶鉱炉の中心の近くへ近くへと押しやった。命を奪う嫌悪すべき姿かたちが最初は黒く、それから赤い炭となり、最後に灰になっていくのが見えた。

「よくやった」と、私は声を高めた。

「そう、よくやった」という応えがあった。ところが期待していたほどの熱意がこもっていない。まだ私のそばにいる思慮深い見物人の応えだった。「よくやった、ただし世の中がこうした手段にふさわしいくらい善良ならの話だがね。しかし、死という観念はそう簡単に追い払われるものではない。原初の無垢の時代から、ぐるりと行程を一巡したあげくに手に入れる運命にあるもう一つ別の純粋に至るまでの、いかなる状況においてもね。だがとにもかくにも、こういう実験が今試みられるというのはいいことだ」

「そりゃ冷たすぎる、冷淡すぎる！」この計画に勝利をおさめた若くて熱烈なリーダーはいら立って叫び声をあげた。「知性の声だけでなく、ここで心情の声も聞こうじゃないか。成熟に関しては、そして進歩に関しては、人類が認識するに至ったもっとも高貴でもっとも思いやりのある、そしてもっとも気高いことを、いつの時代にあっても人類に常にさせようじゃありませんか。そうすれば、それはきっと間違いのないことであり、時宜を得たものであるはずだ！」

人々の反応が、その場の昂奮のせいだったのかどうか、ますます啓発されていったのかどうかはわたしには分からない。しかし、仲間入りの覚悟がつきかねるほど、みんなはどんどんこの処置を進めていった。たとえば、火の中に結婚証明書を投げ入れ、開闢以来、夫婦の絆という形のもとで存続してきたより、もっと高尚で、もっと清純で、その上もっとおおらかな結びつきに自分はふさわしいと名乗り出る人たちもいた。この運命的な機会にあっては、早い者順に開かれている銀行の金庫室や、金持ちの金蔵に急ぎ、炎の勢いを増すために紙幣の入った梱をみんな、また激しい炎に溶かすために何トンもの硬貨を持ってくる人たちもいた。みんなの言うことには、これからはあまねく行き渡る仁愛が、世界中に通用する尽きることのない本物の金貨となるそうだ。これを聞かされて銀行家や株の投資家は顔色を失った。掏摸は、群衆の中から豊かな収穫を刈り取ってきたが、卒倒して気を失い今にも死にそうだった。少数ながら商売人の中には取引日記帳や勘定の元帳、債権者の通告書や債務証書、そのほか自分に支払われるはずの借金の証拠全てを燃やす人もいた。もう少し多いと思われる人は、自分自身の負債にまつわる不愉快な記憶をすべて生け贄として差し出して改革への熱い思いを満足させた。そのとき叫び声があがった、不動産の権利書が炎にくべられ、不当に盗まれ、一部の人々にこの上なく不公平に分配された全ての大地が一般民衆に返されるときが来たという叫びだった。別の集団は、あらゆる成文憲法、政治体制、法案、法令集、そのほか人間の知恵が恣意的な法律を押しつけようとしたあらゆる事柄が直ちに破棄され、あるべき姿に完成したこの世界を最初に作られた人のように拘束のないものにしようと、要求した。

こうした提案について決定的な行動が取られたかどうかはわたしの与り知らぬところだ。と言うのは、ちょうどそのとき、わたしの共感をもっと強くかき立てる事柄が進行中だったからだ。

「見ろよ、見ろよ！　本と冊子のあのようなものすごい山を！」文学好きとは思えない男が叫んだ。「さあ、すばらしい炎が上がるぞ！」

「いいことだ」と現代の哲学者が言った。「さあこれで、いままで現在の知恵を重苦しく押さえつけ、自己努力を効果的に発揮させないようにしてきた死人の思考の重圧を取り除けるんだ。若い衆、よくやった！　火の中に放りこめ！　今こそ君らは世界に光をもたらしているんだ、まったく！」

「でも、〈商売〉はどうなるんです？」激高した本屋が叫んだ。

「おやおや、ぜひとも、あんたたちの商品に仲間入りさせるんですな」ひとりの作家が冷ややかに口をはさんだ。「みんな火葬用の結構な薪になりますよ！」

実は、いまや人類の進歩は昔の優れた賢者や諧謔に富んだ人が夢にも思わなかった段階に達している。だから、文学の貧弱な成果でこれ以上地球を煩わせるのを許すのは明らかに馬鹿げているのではないだろうか。そういうわけで、本屋の店舗、新聞雑誌の売店、公の図書館や個人の書庫、田舎家の炉辺に置かれた小さな本棚にまで、徹底的な捜索の手が伸び、製本されたもの、されてないものを含め世界中の印刷物が根こそぎ大量に運ばれ、もう既に山のように盛り上がっている華々しい焚き火をいっそう膨れあがらせた。辞書編集者、注釈者、百科辞典編集者の労作を含む、分厚くて重たい二つ折り判は放りこまれ、重々しいドサンという音と共に残り火の中に落ちると、腐った木のようにブスブス煙って灰になった。ボルテールの数多い著作を含む、華やかに金箔をおいた前時代の小型のフランス本は、小さな炎を勢いよく上げ、きらきらした火花を散らしながら消えていった。同じフランスの現代文学は、赤と青の炎を上げ、見物人たちの顔に地獄の火を投げつけ、見物人はみんな顔がまだら色の悪魔に変わった。ドイツの物語を積み上げた山は、硫黄の臭いを放った。イギリスの一流作家たちは、総じて堅牢な樫の木の特性を発揮する、上等な燃料となった。とりわけミルトンの著作は、力強い炎を吹き上げ、次第に赤くなって石炭に変わった。これは、山のように積まれた他の作品の大部分より長続きすることを約束するものだ。シェイクスピアからは、驚くほどの輝きが迸り、そのため人々は、正午の太陽が発する眩い光を避けるときのように、目を覆った。シェイクスピアは、自分の作品を解明する人の著作がその上に投げつけられたときでさえ、大きくて重い本の山の下から眩い光を発するのをやめなかった。彼は今でもその時と同じように熱く燃えていると、わたしは信じる。

「あの栄光に満ちた炎でランプの火をつけられたなら」とわたしは言葉を挟んだ。「詩人は夜遅くまでランプの明かりで勉強し、何かよい成果を上げられるかもしれません」

「それこそ、現代の詩人たちががむしゃらにやっていたこと、少なくともやろうとしていたことですよ」と批評家が答えた。「過去の文学のこのような炎上から期待できる最大の恩恵は、物書きたちが今後ランプの明かりを太陽か星で点火しなければならなくなるだろうということです」

「そんなに高いところまで手が届けば、ですね」とわたし。「しかしその仕事には、掴んだ火を劣っている人間たちに配ってくれるような、大きな巨人が必要ですよ。プロメチュースのように、天から火を盗むなど誰にでもできることではありません。しかし一度盗んでくれたとき、無数の炉がその火で燃え上がりました」

どのような作家にしても、産みだした作品数の膨大さと、いかに長々と輝かしく燃えるかということには、きわめて曖昧な関係しかないのを目の当たりにして、わたしは非常に驚いた。たとえば、燃焼時間と輝きにおいて、前世紀の四折り判で――いや実を言えば、現代のものでも――〈マザーグースの歌〉を含む金箔を貼った子供向けの小さな本に競い合えるものはなかった。〈親指トム一代記〉の方がマールボロー公爵の伝記より長持ちした。ある叙事詩――実は十数編もの叙事詩は、古いバラッドを印刷した一枚の紙が半分も燃え尽きないうちに白い灰に変わった。さらに、褒めそやされた詩集が息の詰まりそうな煙を上げるだけの能力しかないことが分かり、無名詩人の誰にも相手にされなかった短い詩が――おそらく新聞の片隅に掲載されたものだろう――空高く舞い上がって星の仲間入りをし、星と同じくらい明るい炎を上げる例も幾つかあった。炎の特徴に触れるとすれば、シェリーの詩は、同時代詩人が産みだした大部分の作品より清らかな輝きを発したと思う。バイロン卿の作品から渦を巻きながら激しく噴き出る真っ黒い蒸気や、気まぐれに見せる毒々しい輝きと見事な対照をなしていた。トマス・ムーアに関して言えば、その叙情詩の中には芳香剤を燃やすような匂いをまき散らすものもあった。

わたしは、アメリカ作家たちが燃え上がる様子を観察するのに、ことのほか興味を覚えた。印刷のお粗末な本の大部分が、どれが誰のか分からぬ灰に変わるまでの正確な時間を腕時計で計って丹念に書き留めた。しかしながら、これらの恐ろしい秘密を暴露すれば、殺されることはないにしても恨みは買うだろうから、もっとも見事に燃え上がってみせるのは、必ずしも人口に膾炙している作家ではないということを述べて、満足することにしよう。とても見事な燃え上がり方が、エラリー・チャニングの薄っぺらな詩集に見られたことを、わたしは何よりもよく覚えている。だが正直に言えば、シューシューペッペという音を不様に発する箇所もあった。外国作家、自国作家を問わず、数人について、奇妙な現象が起きた。彼らの本は、たいそう見事な外観を呈しているにも拘わらず、炎を上げて燃えないで、いやくすぶって煙になって消えるのでもなく、正体が氷であるのを証明するみたいに突然溶けてしまったのだ。

わたし自身の作品のことを申しても不躾にならないとすれば、今ここで告白しなければならない。つまり、父親としての関心から、探してみたが見つからなかった。熱の影響を受けたとたんに蒸気に変わったのは先ず間違いなかろう。せめて、わたしの作品らしく密やかに、光眩いその夜に、一つか二つの煌めく火花を捧げたと願うのがせいぜいだ。

「ああ、なんと悲しいことだ！」緑の眼鏡をかけた憂い顔の紳士がそう嘆いた。「世の中はめちゃくちゃになり、もはや生き甲斐は何もない！　生涯をかけたわたしの仕事が奪われた。愛情があってもお金を出しても一冊の本も手に入らない！」

「この人は」わたしの傍らで見物していた物静かな男性が話す。「本の虫なんですよ――時代遅れの思想をしゃぶるように生まれついている連中の仲間です。おわかりでしょう、彼の洋服は集めた蔵書の埃にまみれています。思考の湧いてくる源泉を内面に持っていないし、古い蓄えがなくなった今、実のところわたしには、この哀れな男がどうなるのか分かりません。彼を慰める言葉をお持ちじゃないですか?」

「あのう」わたしは捨て鉢になっている本の虫に声をかけた。「〈自然〉の方が本よりよくはありませんか? 人間の心の方が、どんな哲学大系より深みがあるのではありませんか? 我々の人生は、世の中を見つめて意見を吐く昔の人が、格言にしてもおかしくないと思ったことより、もっと多くの教訓に満ちているのではありませんか? 元気をお出しなさい! 〈時〉という偉大な本は、まだ我々の前に大きく開かれています。正しく読めば、それは永遠の〈真実〉という本になってくれるでしょう」

「ああ、わたしの本が、わたしの本が、わたしの大切な活字の本が!」哀れな本の虫は繰り返した。「わたしにとって、唯一実在していると言えるのは製本された本だった。なのに今では実在の疑わしいパンフレットさえ残してはくれないだろう!」

実際、全ての時代の文学で最後に残ったもの、つまり新世界で印刷された雲霞のごとき大量のパンフレットが炎の山の上にちょうど降ろされていた。これらも同様に瞬く間に燃え尽きた。これで地球は、アルファベットを伝えたカドマスの時代以来、初めて文字の洪水から自由になり、次世代の作家たちに、羨しい美田を残した!

「さてさてさて! 他にするべきことが何か残っていますかね?」少々心細くなったわたしは尋ねた。「地球そのものに火をつけてから、勇を鼓して無限の宇宙に飛びださない限り、これ以上改革を進められるかどうか分からない」

「いいですか、あなたはとんでもない考え違いをなさっている」例の見物人が言った。「今まで喜んで手を貸してきた大勢の人を驚かせるような燃料を加えない限り、この火は鎮まることを許されていないのですよ、本当です」

それでも、ほんのしばらくだが、きつい仕事に息抜きの時が訪れたように思われた。その間に、この運動のリーダーたちは次に何をなすべきか考えていたらしい。その間隙を利用して、ひとりの哲学者が自分の理論を火の中に投げこんだ。その理論の価値を知っている人々は、今までに捧げられた犠牲の中でもっとも輝かしい犠牲だとお墨付きを与えた。しかしながら、燃え上がり方は決して輝かしいものではなかった。一瞬の休みも潔としない疲れ知らずの中には、こんどは森に横たわっている大枝や枯れ葉集めに精を出し、それを投げ入れて今まで以上に焚き火を高く燃え上がらせる人たちもいた。しかしこれは単なる脇狂言に過ぎなかった。

「わたしの話した新しい燃料の到来です」連れの紳士が言った。

驚いたことに、燃え上がる炎の周りにできた無人の空間に、いま歩を進める人々はサープリスを始めとする僧服、司教冠、司教杖だけでなく、カトリックやプロテスタントの象徴をごちゃ混ぜにして運んできた。これによってこの偉大な〈堅忍不抜の信念の行為〉を完成させようというのが彼らの目的であるらしい。様々な古い大聖堂の尖塔から奪ってきた十字架も炎の山に少しの後悔もなく投げこまれた。まるで、牧師たちは何世紀にもわたって、そびえ立つ塔の下を長い列を作って通り過ぎながら、十字架をもっとも聖なる象徴として仰ぎ見てこなかったかのようだった。赤ん坊が神に捧げられる洗礼盤も、〈敬神〉が聖別されたぶどう酒を飲むための聖餐式の聖なる器も、同じように破滅の道をたどった。恐らく一番わたしの心を打ったと思われるのは、これらの神に捧げられた遺物の中に、ニューイングランドの礼拝堂から引きはがされたと思う粗末な聖餐台や、なんの飾りもない説教壇の欠片を見たときではないだろうか。あの素朴な建物は、それを建てたピューリタンたちが授けてくれた聖なる付属物を維持するのを許されてもいいのではないだろうか。たとえ、大建造物たる聖ペテロ大聖堂が、この恐ろしい犠牲の火に貴重な収集品を送りこんだとしても。しかしわたしは、これらの物は宗教の表層面に過ぎず、その深い意味を十分に知っている敬虔な人たちによって放棄されたのなら心配することなど全くないと感じた。

「万事、言うことなし」と、わたしは上機嫌で言った。「森の小道がわたしたちの聖堂の側廊になるわけですし、大空そのものが聖堂の天井になるのですね。神と、神の信奉者の間に地上の天井など必要でしょうか？　わたしたちの信仰は、神に身を捧げた最高の人たちさえその周りに投げかけた襞飾りをすべて失っても、大丈夫であり、素朴さの中にこそ優れた崇高さというものが存在するのです」

「その通り」連れの紳士は言った。「しかしあの連中はここで止めるだろうか？」

彼の問いかけに含まれている疑念には十分な根拠があった。既に述べたように書籍は全て燃やされてしまったが、聖なる書、つまり、人類の文学書目録から超然と孤立し、そのくせある意味その最高位にある聖なる書は破滅を免れていたからだ。革新を名乗るタイタンは――天使にしろ悪魔にしろ、その両方の性格を持ち、両方にふさわしい行為をなしうる――初めのうちは古くて朽ちた物だけに目をつけていたが、今度は、見たところ道徳性と精神性からなる建物全体を支えている大黒柱に恐ろしい手をかけるようだ。地球上の住民たちは、利口になりすぎ、信仰心を言葉という形で明らかにすることがなくなり、物質的存在からの類推によって、精神性に制限を加えることをしなくなった。〈天〉が震えおののく真理は、今やこの世の子供たちのお伽噺にすぎない。従って、人間の犯した過ちの最後の生け贄として、あの恐ろしい燃えさしの山の上に投げ捨てるべき物は、聖書以外に残っているだろうか？　聖書は、過去の時代にとって天啓であったが、現代の人類に関しては、天より劣る星からの声に過ぎないのだ。やってしまった！　陳腐な偽りの真実が――地球が必要としたことのなかったもの、もはや不必要になったもの、まるで子供みたいに飽きてしまったものがどっさり赤々と燃え上がっている上に、長いこと説教壇のクッションに鎮座していた古い巨大な書物、すなわち重苦しい教会の聖書が落下した。その説教壇からは、数限りない安息日に牧師の厳かな声が聖なる言葉を発したのだった。同様に遠い昔に埋葬された家長が、裕福なときにも、悲しみの時にも、冬は炉辺で夏は木陰で、子供たちに読み聞かせた家庭用の聖書も火の上に落ちていった。代々の遺産として後世に伝えられた聖書だった。いつも懐に入れておく小型の聖書も落ちていった。それは、厳しい試練にさらされた〈塵に帰る人の子〉が、そこから勇気を引き出す心の友であり、〈永遠の命〉を強く確信して、試練の果てが生であれ死であれ、その両方に不抜の精神で立ち向かっていったのだ。

こうした聖書がことごとく荒れ狂う激しい輝きの中に投げ入れられた。続いて強風が平原をごうごうと吹き抜けていった。まるで〈大地〉が、〈天上〉の太陽を失ったことに怒りに満ちた哀歌を唄うがごとき絶望の咆哮を伴っていた。そして強風は、ピラミッド状の巨大な炎を揺さぶり、半焼けの憎むべき燃えがらを見物人の周囲にばらまいた。

「これは酷い！」自分の頬が青ざめるのを感じ、周りの人の顔にも同じ変化を見て、わたしは言った。

「まだがっかりしてはいけません」わたしと何度も言葉を交わした紳士が応じた。彼は、まるで傍観者としての関わりしかないかのように、奇妙なくらい冷静にこの焚き火ショーをじっと見続けていた。「がっかりしてもいけないし、まだ大喜びしてもいけません、この焚き火には善悪両方の結果が含まれていますが、それは世界の人が信じたいと願っているものに比べれば遙かに劣っているのですから」

「どうしてなのですか？」わたしは歯がゆくなって叫んでしまった。「焚き火はあらゆるものを焼き尽くしていないのですか？ わたしたち人間の現状に対し、人間がつけ加えたり、神がつけ加えたりしたものをすべて平らげ尽くし、あるいは崩壊させたのではないのですか？ それらは火の影響を受けるほどの実体を持っていたのではないのですか？ 燃えさしと灰の山よりも、よいか悪いかは分かりませんが、明日の朝なにか残っているものはあるのでしょうか？」

「ちゃんとありますよ」落ちついた友人は言った。「明日の朝、いや、この山のような燃料のうち燃えるものがみんな燃え尽きたときにここにいらっしゃい。そうすれば、灰の中から、炎に投げ入れられるのをあなたが見た本当に価値あるものがみんな見つかるでしょう。信用して下さい、今日の世界に投げ捨てられた黄金やダイアモンドで、明日の世界は再び自らを飾り立てられるでしょう。真実はひとつとして破壊されていませんし、灰の奥深くに埋められても結局は掘り出されるのですよ」

これは奇妙な保証だった。でも信じたい気持ちに傾いた。うねるように広がる炎の中に、聖書のページが黒ずんで燃えやすい火口にならず、いっそう眩い白さを獲得しただけであり、人間の不完全さを表す指跡がきれいに清められるのを眺めているうちに、ますます強く信じる気になった。確かに、欄外に記したメモや注釈は激烈な試練の炎に負けてしまったけれど、霊感を受けたペン先からほとばしり出たごく単純素朴な片言隻語には傷ひとつついていなかった。

「その通り、あなたの仰ることには根拠がある」わたしは例の傍観者に向かって答えた。「邪悪なものだけが火の攻勢を受けるというなら、この炎上は計り知れないほど役に立っているのは確かです。けれどもわたしの理解が間違ってなければ、あなたは、この炎上から恩恵を受けるという世間の期待が実現するかどうか、このことに疑念をほのめかしていらっしゃる」

「あそこにいるお偉方の話をお聞きなさい」彼は燃え上がる炎の山の前にいる一団を指さしながら、そう言った。「恐らくあの連中はその気はなくても、有益なことをあなたに教えてくれますよ」

彼が指さした人々は、あの残忍でもっとも俗っぽい男――絞首台を擁護して激しく詰め寄った男、要するに絞首刑執行人や、〈最後の泥棒〉に〈最後の人殺し〉の集まりだった。三人とも〈最後の大酒飲み〉の周りに群がっていた。大酒飲みは、全滅の運命にあった醸造酒や蒸留酒の中から救い出したブランディのボトルを気前よく回し飲みしていた。このささやかな宴会は、失意の底で行われているように思われた。清められた世界は、これまで彼らが慣れ親しんできた領域とは似ても似つかぬものであるはずだろうから、それを考えれば、彼らのような気質の人間には馴染みのない陰気な土地に違いないからだ。

「我々にとって最善の策は」と絞首刑執行人が言い出した。「最後の一滴を飲みほしたらすぐ、お前ら三人の友に手を貸して、手近な木で心安らかな最期を遂げさせ、次に俺が同じ枝で首を吊るということだ。この世界は、もう俺たちの世界ではない」

「馬鹿なことを言っちゃあいかんよ、諸君！」仲間入りしたばかりの恐ろしいほどどすぐろい顔色の男が言った。その男の目は、焚き火より、もっと赤い輝きを放っていた。「そんなに力を落としちゃいかんよ、諸君。これからいい時代を見られるに決まっているんだから。あの利口ぶってる連中が火の中に放りこむのを忘れたものがひとつだけある。それを燃やさない限り、こんなに燃やしたところで全くの無駄——そう、たとえ地球自体を燃えがらにしてしまったにしてもね」

「で、それはいったい何なんだい？」〈最後の人殺し〉が熱を込めて尋ねた。

「何って、人間の心自体に決まっている！」大げさににやりと笑いながら、正体不明の浅黒い男が言った。「それに、連中があの不潔な洞窟を浄化する方法を見つけぬ限り、灰になるまで焼き尽くすのにあんなに厄介至極な苦労をしたありとあらゆる悪や悲嘆がふたたび——昔と同じものか、いやもっとあくどくなっているかもしれん——あふれ出てくるのさ。俺は一晩中傍観していたが、最初から終いまで腹の中で笑っていた。いいかな、俺の言うことを信じるんだ、ここはまた元の変わりばえしない世界になるんだ！」

この短い会話が、長く考えこむテーマを与えてくれた。なんと悲しいのだろうか——本当だとしての話だが——完全を目指して〈人類〉が長年にわたって積み重ねてきた努力が、この件の根本のところで過ちを犯すという致命的な事情によって、〈邪悪な真理〉の真似事をするためだけだったなんて！〈心〉だ——〈心〉だ——小さいが果てしのない心という領域があった、その中には根源的な悪が存在し、外部の世界に現れる罪や悲嘆はその象徴に過ぎない。この内なる領域を浄化せよ、そうすれば、外部につきまとう様々な姿形をした邪悪——それこそが我々にとっての唯一と言っていい現実にいま見えている——が、影のような幻となり、自ら消えて行くであろう。しかし、我々が〈知性〉を越えた深みに降りていかなければ、そしてその弱々しい手立てだけを使って過ちを見抜き、改める努力をしなければ、我々が成し遂げてきたものは悉く夢と化すだろう。そしてその夢には実体が全くないために、わたしが忠実に書き記してきた焚き火が、現実の出来事だと我々が呼ぶものかどうか、しょっちゅう指を焦がした炎なのかどうか——あるいは燐光に過ぎないのか、わたしの頭が作り出したたとえ話なのかどうかは、問題にならないだろう。

美の芸術家

年配の男が、自分の美しい娘に腕を貸して通りを歩いていました。空は曇りあたりは夕べの薄闇に包まれています。彼の姿がその薄闇から出て小さな店の窓から歩道に落ちている明かりの中に浮かびでました。それは張り出し窓で、内側には沢山の時計がぶら下がっていました。合金製に、銀時計、中にはひとつふたつ金時計も混じっています。どれもこれも通りに背中を見せており、文字盤が見えないようにかかっていて、まるで時計がつむじを曲げて、道ゆく人に時刻を教えたくないといった様子です。店を覗くと、窓に向かって斜めに座を占めた青年が、笠付きランプの明かりを集中させた小さな機械の上に熱っぽくじっと青白い顔を寄せているのが見えます。

「いったいオーエン・ウォーランドは何をしておるのだろう?」と老ピーター・ホーヴェンデンが呟やきました。彼は、引退した時計職人で、いったいいま何をしているのかと訝しんでいる当の青年のかつての親方だった人物です。「いったい、あいつは何をしておるのだろう? ここ六か月というもの、儂がこの店の前を通りかかるといつも、あいつは今と同じように一心不乱に仕事をしておった。もしも永久運動を見つけ出そうとしているんだとすれば、いつもの愚考に輪をかけたとんでもない考えってことになるな。しかし、まだまだ昔の仕事を覚えておる儂の目から見るに、やつがいま取っ組んでおるのは、時計の部品が相手ではないぞ、これは間違いなしだ」

「父さん、オーエンはたぶん」と、父親の疑問にはあまり関心を示さずアニーは言いました。「時間を計る新しい装置を作っている最中なのよ。あの人にはその才能が絶対にあるわ」

「おいおい馬鹿を言うな！　やつの発明の才なんてものは、せいぜいがオランダの玩具を生み出すくらいのものさ」かつてオーエン・ウォーランドの特異な才能によって多大の迷惑を蒙ったことのある父親は応えました。「あんな才能なんて糞食らえだ！　儂の知る限りじゃ、あいつの才能なんてものは、店で一番上等の時計の精度を狂わすのが関の山だった。さっき言ったように、やつの才能が子供の玩具よりましなものを考え出せるなら、やつのことだ、きっとお日様を軌道から追い出して時の流れの大道を乱してしまうことだろうて！」

「父さん、やめてよ！　あの人に聞こえるわ！」とアニーが老人の腕をぎゅっと力をこめて握りながら声をひそめて申しました。「あの人の耳は、あの人の感情と同じでとても敏感よ、それに父さんだって知ってるじゃないの、あの人の気持ちはすぐに乱れるってことを。さあさあ行きましょ」

そんなわけで、ピーター・ホーヴェンデンと娘のアニーはそれ以上は口をきかずゆっくりゆっくりと進んでゆきました。気がつくと、ちょうど横丁の鍛冶屋の店先でした。入口のドアは開け放しになっています。中を覗くと炉が見え、鞴が息を吐き出したり、巨大な革製の肺の中にもう一度息を吸い込んだりするのに合わせ、炎を燃え上がらせて黒ずんだ高い天井まで明るく照らしだすかと思うと、今度は石炭の散らばった床の狭い一部だけに明かりを投げかけています。炎が明々と燃え上がっているあいだは、店の奥に置いてある品物や、壁に掛かっている蹄鉄もなんなく見分けられますが、暗くなった瞬間には、炉の火は果てしのない茫漠たる空間の只中で微かに光っているように見えます。こんなふうに眩しいくらい明るくなったり暗くなったりする室内を動き回っている人物、それが鍛冶屋でした。その姿は光と闇が描き出す、絵のような光景の中で眺めるだけの値打ちが十分にあります。その光景の中で、眩しい炎と漆黒の夜は、まるで鍛冶屋のうっとりするような力を相手から奪い取りたがっているかのようにお互いに争っているのです。やがて鍛冶屋は石炭の中から白熱した鉄の棒を取り出すと金床の上に置き、力強い腕を振り上げましたが、たちまちのうちに、ハンマーが打ち下ろされる度にあたりの闇に向かって飛び散る無数の火花に包まれてしまいました。

「おや、こいつは実に気持ちのいい眺めだ」と老時計職人は申しました。「金を相手の仕事の良さは承知だが、なんといっても結局は鉄を相手にする方がましじゃよ。あの男は現実のものに力をぶつけているのだ。アニー、お前は儂の考えを、どう思うかい?」

「父さん、お願いだからそんなに大声を出さないでよ」とアニーが小声で申しました。「ロバート・ダンフォースに聞こえるでしょ」

「聞こえたらどうだって言うんだ?」とピーター・ホーヴェンデンが申しました。「もういっぺん言うが、強烈な力と現実のものを頼りにするっていうのはいいことだし健全なことだ、それに剥き出しにした鍛冶屋の逞しい腕で己のパン代を稼ぐということもな。時計屋っていうのは、複雑な機械で頭をおかしくしちまうか、体を壊しちまうもんさ、あるいは儂のように、目をやられっちまうのがおちだ、あげく、中年か、いやもうちょっと年を取ってから気がつくのさ、時計屋の仕事はもう続けられん、かといって他の仕事をするのも無理だってことにな。おまけに、のんびり暮らす蓄えもないときている。だからもういっぺん言おう、儂の考えじゃ、強烈な力を使って稼ぐ方がましだとな。それに、力仕事をしておれば人間が鍛えられておかしなことをせんようになる！　あっちのオーエン・ウォーランドみたいに愚かな鍛冶屋のことを、お前、聞いたことがあるかい？」

「その通りですよ、ホーヴェンデン小父さん！」ロバート・ダンフォースが、炉のところから叫びました、天井からこだまが返ってくるほどの楽しげで朗々たる太い声です。「ところで、ミス・アニーは、小父さんの考えをどう思ってるのかな？　たぶん、蹄鉄を鍛えたり焼き網をこしらえるより、女性用の時計を修繕する方が品のいい仕事だと思ってるんじゃないかな」

アニーは、答える暇を与えず、父親を引っ張って先へ進みました。

しかし私たちはオーエン・ウォーランドの店に戻ってもっと時間をかけて彼の履歴と性格のことを考えなければなりません。ピーター・ホーヴェンデンも、恐らくアニーも、そしてオーエンの古い学校友達のロバート・ダンフォースにしても、そんな些細なことにそれほどの時間をかける必要はないと思うかもしれませんが。オーエン・ウォーランドは、小さな指がペンナイフを握れるようになったときから、細やかなものを生み出す人並みはずれた才能を持っていました。可愛い木彫——たいていは花とか小鳥でした——を拵える時もあれば、隠れた機械作用の秘密の発見を目指しているように見える時もありました。ですが、彼の才能が目指していたのはいつだって優雅な美しさであり、実用めいたものとは何の関係もありません。小学校に通う男の子たちの多くは、小さな職人よろしく、納屋の角のところに小さな風車を作ったり、近くを流れる小川に水車をかけたりするものですが、オーエンは違っていました。この男の子の持つ尋常ならざる特異性に気づき、これほどの特異性を持つこの子はじっくり観察するだけの価値があると思う人々は、この子は小鳥の飛翔とか、小さな動物の動きの中に具現化されているような「自然」の美しい動きを真似ようとしているのだと想像してもおかしくないような折を何度か経験したのです。実際それは美を愛する意識を一歩進めたものに思われたのです。彼を詩人とか画家とか、彫刻家にしたかもしれないような意識でした。それは実用的なものの持つ粗野さが完璧にそぎ落とされており、どのような芸術の分野においてもこれ以上洗練されることはありえないほどでした。彼は、ごく普通の機械が示す円滑味を欠いた、一定不変の動きに対し異常な嫌悪感を見せました。一度、彼には機械の原理を直感的に理解する力があるので、きっと喜ぶだろうと思った人々が、蒸気機関を見に連れていったことがあるのですが、彼は異様な化け物でも見せられたように、真っ青になり気分まで悪くしたのです。そんなに恐ろしがった原因には、この鉄の働き手の大きさと凄じいエネルギーも入っておりました。オーエンの心には顕微鏡のようなところがあり、小柄な身体、驚くほどに小さな指とその弱々しい力に比例して、おのずと微小な対象に向かうからでした。ですがこれは、そのために彼の美意識が矮小化され、小奇麗なものを愛する気持ちに堕したということではありません。美的観念というものは大きさには関係がなく、虹の弧によって測るほどの広大な広がりの中においてと同じように、顕微鏡でしか探究できないような微小な範囲においても十分に進化発展できるものではないでしょうか。しかし、いずれにしましても、彼の扱う対象と作り出したものが、今申しましたようにごく微小であるという特徴を持っているため、世間の人は彼の才能をなおのこと理解しずらかったのです。尤も、対象が大きく、作り出されたものも大きかったにしても、世間の理解は十分ではなかったでしょうが。少年の親戚は、彼を時計職人のもとに見習い奉公に出す以外によい手立てを見つけられませんでした。実際、他によい手立てなどなかったと思います。親戚の人は、そうすることによって彼の常軌を逸した才能が正しい道に連れ戻され、実用的な目標に向けられることを期待したのです。

弟子に関するピーター・ホーヴェンデンの見解は、既に表明済みです。彼には若者が全く理解できなかったのです。職業上のこつを会得するオーエンの早さといったら、それはもう信じられないくらいでした。しかしながら、時計職人の商売上の大目的を、彼は全く忘れてしまったのです、あるいは、軽蔑していたと言った方がいいかもしれません、まるで時間が永遠の中に溶けてしまいでもしたかのように、時間の計測に関心を示さなかったのです。とはいえ、オーエンにはかたくなところがなかったので、老いた親方に面倒をみて貰っている間は、厳しい命令と油断のない監視によって、彼の異常な創造力は制限内に留めおかれたのです。しかし年季を勤めあげ、小さな店を手に入れたときになって——ピーター・ホーヴェンデンは、視力が衰えたためやむなく、店を手放したのです——町の人々は、盲目の「時の翁」に毎日の道のりを歩かせる人間としてオーエン・ウォーランドがいかに相応しくないかを知ったのです。彼の立てた一番まっとうな計画のひとつは、店の時計の機械装置と音楽の働きを結びつけることでした。そうやって人生のあらゆる不協和音に美しい音色を与え、過ぎ去りゆく一瞬一瞬が調和の取れた黄金の滴となって〈過去〉という深淵に落ちてゆくようにしようというのです。家庭用の時計——何世代にもわたって、人生を測ってきたために人間と同類になってしまった、背の高い古びた時計のひとつ——の修理が任されると、彼は大胆にも神々しい顔とも言うべき文字盤の上に人形たちの葬列やダンスを踊る人形を配したものです。そうやって悲しい十二時間や楽しい十二時間を表そうというのです。この手の気まぐれが数回続くと、時間というものは、この世における出世や繁栄の手段だと考えようと、来世への準備の手段だと考えようと構いはしないが、いいかげんに扱うことだけはするべきでないと考える、堅実で実際的な階級に属する人々の信用をすっかり失ってしまったのです。お得意は急速に減っていきました――しかしオーエン・ウォーランドは、これを災難には違いないのですが、むしろ有難い災難の中に入れていたのではないでしょうか、何しろ彼は自分の持つあらゆる科学的知識と手の器用さを必要とするばかりか、極めて特異な働きをする彼の才能を十分に使わなくてはならない密やかな仕事にますますのめり込んでいたからです。この仕事のために既に多くの月日が費やされていたのです。

通りの薄暗がりから老時計職人とその可愛い娘がオーエン・ウォーランドをじっと見つめて立ち去ったあと、オーエンの神経は動揺して手がひどく震え、そのときしていた微妙な仕事を続けられなくなりました。

「あれはアニー本人だった！」と彼は呟きました。「心臓がこんなに動悸を打っているのだから、親爺さんの声を聞く前にアニーだと分かるべきだったのだ。ああ、心臓がこんなにどきどきしている！　今夜はもうこの精妙な機械と取り組むことは無理のようだ。アニー！　いとしいアニー！　君はぼくの心臓と手をしっかりさせてくれなければいけないんだ、こんなふうに震えさせるのではなくて。だってぼくが美の精髄に形と動きを与えようと必死になっているとすれば、それは君だけのためなのだから。ああ、動悸を打つ心臓よ、静まってくれ！　こんなふうに仕事に邪魔が入ったら、得体の知れない満たされない夢を見て、明日はずっと腑抜みたいになってしまう」

もう一度仕事に戻ろうと懸命になっていると、店のドアが開いて誰あろう鍛冶屋の店の光と闇の中で見たあの頑丈な体の持ち主が入ってきました。そうです、ピーター・ホーヴェンデンが足を止めて褒めそやしたあの男です。ロバート・ダンフォースは、少し前若い芸術家に頼まれた、特別製の小さな金床を作って持ってきたのです。オーエン・ウォーランドは製品を調べ希望通りの出来ばえだと申しました。

「そりゃそうだよ」とロバート・ダンフォースが応じたのですが、まるでコントラバスのように力強い声が店を満たしました。「俺の商売にかけちゃ、どんな注文にも応じられると思ってるんだ。こんな拳じゃ、お前の商売をしたのではへぼ職人にちがいないがね」と、オーエンの華奢な手の横に、大きな手を並べて笑いながらつけ加えました。「だけどだからどうだと言うのだ？　俺は、お前が徒弟だった頃から今までに費やした力の総計よりもっと強い力を大槌の一振りに込めておるんだ。これは間違っているかい？」

「きっとその通りだろうな」とオーエンの低くてかぼそい声が答えました。「力というのはこの世の怪物だ。そんな力があるなどとぼくは言わない。ぼくの力、どれほどの力であろうと、それは徹底して精神的なものなんだ」

「そうだね、ところで、いま何をやってるんだい？」相変わらず音量豊かな声で昔の学校友達が尋ねました。そのため芸術家は身の竦む思いをしたのですが、質問が、いま夢中になっているおのが想像力の夢と同じくらい神聖な問題に関連すると、ことさらその思いは強くなりました。「みんなはお前が永久運動を見つけようとしていると言ってるぜ」

「永久運動だって？　馬鹿ばかしい！」オーエン・ウォーランドはそう答えて、いかにも不愉快だという仕草をしました。彼は少々癇癪持ちだったからです。「そんなもの、見つかるわけがない。そんなのは実体のない夢だよ、頭が物欲に惑わされている人なら騙せるかもしれんが、ぼくは無理さ。それに、そんな発見が可能だとしても、ぼくが努力するだけの価値はないよ、結果が、いま蒸気や水の力が果たしているような目的にその真理を適用するだけというのではね。ぼくには、新種の綿繰り機の発明の父という名誉を得たいという野心などないんだ」

「そうなったらお笑い種だよ！」鍛冶屋は叫ぶように言って、いきなりどっとばかり大声で笑いだしたものですから、オーエン・ウォーランド自身も仕事台の上に載っていた釣り鐘状ガラス容器も一緒になって震えたほどです。「いやいや、オーエン！　お前の子供に鉄の関節や腱がついてるってことはないよ。じゃ、これ以上はお前の邪魔はせんとしよう。お休みオーエン、成功を祈ってるぜ。そうそう、助けが必要になれば俺が引き受けるよ、槌を金床にまっすぐ打ち下ろせば済むことならの話だが」

そしてもう一度笑ってから全力の男は店を立ち去りました。

「実に不思議だ」オーエン・ウォーランドは片手に額を埋めながら小さく独り言を呟やきました。「ぼくの熟考、ぼくの決意、美を求めるぼくの情熱、美を生み出す力が自分にあるという自覚――美を作り出す力は、あの世俗的な巨人の理解を越えた、もっと繊細でもっと霊妙な力だ――全てが、あらゆるものが、ロバート・ダンフォースがぼくの進路を横切るたびにいつも無益で無駄なものに見えてしまうなんて！　あいつとのべつ会うことになったら、ぼくは気が狂ってしまうだろう。あいつの逞しくて野蛮な力はぼくの内部にある精神的な要素を台なしにして混乱させる。しかし、ぼくもぼくなりに強くなって見せる。あいつになど負けるものか」

彼はガラス容器の下から小さな機械を取り出すと、ランプの光が一番明るいところに置き、拡大鏡越しに熱心に見つめながら華奢な鋼鉄の道具で作業を始めました。しかし、すぐに椅子の背にぐっと身体を預けると、両手の指を組み合わせました。顔には恐怖の表情が浮かんでいます、そのため小さな目鼻立ちなのに巨人のそれに負けないくらい強い印象を与えました。

「しまった！　何てことをしてしまったんだろう？」と彼は叫びました。「毒ガスだ！——あの獣のような力のせいだ——すっかり動揺して感覚が鈍ってしまった。初めから恐れていたあの一撃を——致命的な一撃を加えてしまった。全ては終わった——何か月もかけた苦労が、ぼくの人生の目的が終わった！　ぼくはもう駄目だ！」

そして彼は名状しがたい絶望感に包まれ、その場に坐り続けました。やがてランプがゆっくりと消えてゆき、〈美の芸術家〉は闇の中に残されました。

このようにして、想像力の中で成長し、想像力にとっては美しさの頂点であり、俗に言う価値あるものとは比較にならぬほど価値があると思える観念は、〈実際的なもの〉と接触することによってうち砕かれ圧殺される運命にあるのです。理想的な芸術家には、繊細さとはとうてい両立しがたいと思われる性格の強さがなくてはなりません。疑い深い世間が不審の念を顕わにして攻撃してきても、自分を信じる気持をなくしてはいけません。そして自分の才能とその才能を向ける目的に関する限り、人類を相手に敢然と立ち向かい、自らが己の唯ひとりの信奉者になるべきです。

しばらくオーエン・ウォーランドは、この熾烈な、そして避けがたい試練にうちのめされていました。彼は数週間のあいだ、いつも両手で頭を抱えこんだままだらだらと過ごしたので、町の人々には彼の顔を見る機会が殆んどなかったのです。とうとうもう一度、昼の光に顔を上げるときがやってきました。その顔から、冷ややかで、鈍く、名状しがたい変化が感じ取れます。しかしながらピーター・ホーヴェンデンの意見や、人生も時計と同じく鉛の重りによって制御されるべきだと考えるような世故に長けた理解力の持ち主によれば、これは全面的に良い方向への変化だったのです。確かにその頃のオーエンは、倦まず撓まずこつこつと仕事に精を出していました。古くて大きな銀時計の歯車を調べるときに見せる鈍重なまでの真剣さを目にするのは、実に素晴らしいことでした。持ち主はその真剣さを大いに喜びました。持ち主は、その時計を自分の命の一部と見なすほど時計隠しの中で使いこんだものですから、その扱いには細心の注意を払っていたのです。こんな風によい評判を得た結果、教会のお歴々から尖塔につけた大時計を調整して欲しいという依頼を受けました。公共の利益に関わるこの仕事で大成功をおさめたため、商品取引所に集まった実業家たちは彼の功績をガラガラ声で認めました。病人の部屋で薬を与えるとき、看護婦たちは彼のことを小声で褒めそやしました。恋人たちはデートの時になると彼を祝福しました。そして町の人々みんなは、食事時間の遅れがなくなったことで彼に感謝しました。ひとことで言えば、彼の精神にかかる重圧があらゆる物を整然とさせたのです。彼自身の肉体における諸々のことばかりでなく、教会の時計が告げる鉄の言葉の聞こえる範囲内にある全てのことをです。銀のスプーンに名前や頭文字を彫ってくれと頼まれたとき、できるだけ簡素な書体で頼まれた文字を記しました。今までは、華やかで奇抜な装飾文字を刻印するのが売り物でしたが、そういう文字を使わないというのが現在の状況を示す、ささやかながら特徴的な出来事でした。

この幸せな変化が続いている最中のある日、ピーター・ホーヴェンデン老人が、かつての弟子を訪ねてきました。

「やあ、オーエン」と彼は言いました。「あっちこっちからお前のあっぱれな評判を聞いて嬉しいよ。中でも向こうに見える教会の時計は、朝から晩まで一時間ごとにお前を褒めそやしている。〈美〉についてのお前のくだらない馬鹿げた考えをすっぱり捨てさえすれば——あんなもの、儂にしろ他の誰にしろ、いやお前だって、分かるわけがない——その考えを振り捨てさえすれば、人生での成功は太陽が昇るのと同じくらい確実だ。そうだ、もしお前がこのままの道を進むようなら、儂の大事な大事なこの古い懐中時計を修理させてやってもいいかもしれん。娘のアニーを別にすれば、これと比べ物になるようなものは他にはないんだが」

「親方、それをいじることなどとうていい出来そうにありません」沈んだ声でオーエンは答えました。昔の親方を目の前にしてすっかり元気がなくなったのです。

「そのうちに」と親方は言いました。「そのうちに、出来るようになるさ」

老いた時計職人は、いかにもかつての上司にありがちな馴れ馴れしさで、オーエンがその時していた仕事や、途中になっている他の仕事を検分しました。芸術家はしばらく頭を上げることもままなりません。冷ややかで想像力に欠ける親方の知恵ほど、芸術家の本性と相反するものはありません、その知恵に触れると、物質界で最も密度の高い物を除いて、全てが実体のない夢に変えられてしまうのです。オーエンは心の中で呻きを洩らし、親方から救い出したまえと熱心に祈りました。

「ところでこれは何だ?」ピーター・ホーヴェンデンが、埃にまみれた釣鐘状のガラスの被せをつまみ上げながら出し抜けに大きな声を上げました。その下から、蝶の組織のように微妙で微小な機械仕掛けが現れました。「これはとんでもない物だ、オーエン、オーエン！　この小さな鎖、歯車、パドルの類には魔力が宿っている！　見ろ！　儂が指で一ひねりして、将来に待っている一切の危機からお前を救い出してやろう」

「後生です」オーエン・ウォーランドは悲鳴を上げながら、猛烈な勢いで飛び上がりました。「ぼくを気違いにしたくなかったら――それに触らないで下さい！　親方の指がほんの少しでも力を加えたら、ぼくは永久に破滅です」

「分かったよ若造、そういうことかい？」老いた時計職人は言いました。オーエンの魂を覗き込み、俗悪な鋭い批判の矛先で苦しめたのです。「よしよし、好きにするがいい。だが前もって言っておくぞ、この小さな機械の中にはお前の悪霊が棲んでいるんだ。儂が追い払ってやろうか？」

「あなたがぼくの〈悪霊〉だ」オーエンはひどく興奮して答えました――「あなたと、無情で低俗な世の中が悪霊なんだ！　あなたがたは、ぼくが滅入ってしまうような考えをぶつけてきたり、失望落胆するような言葉を投げつけるが、それでぼくは身動きが出来なくなるのです。さもなければ、とっくの昔に僕がそのために生まれてきた仕事を完成させていますよ」

ピーター・ホーヴェンデンは首を振り、軽蔑と怒りの籠もった感情を顕わにしました。人類一般は、人生の大道を行きながら見つかる埃まみれの戦利品を狙わず、それとは違う物を探し求める馬鹿者どもに対して軽蔑と怒りを抱いて当然と思うものですが、ピーター・ホーヴェンデンもその一人でした。指を一本立て、顔に冷笑を浮かべて立ち去りましたが、その姿はそれから何日もの間芸術家の夢から離れませんでした。昔の親方が訪ねてきた頃、断念していた仕事をいよいよ再開しようとしていたのではないでしょうか。それなのに、この不吉な出会いのせいで、ゆっくりと浮かびあがりつつあった彼は、また元の状態に逆戻りしてゆきました。

しかし生まれついての魂の行きつくところ、上辺を怠惰に見せておきながら、新たな活力を貯めこんでいたのです。夏が深まってゆくにつれて、彼は殆んど仕事を辞めてしまいました。〈時の翁〉が、自ら管理する柱時計や懐中時計によって表現される老紳士である限り、人間生活の中を自由気ままに歩き回り、右往左往する時間の進行に未曾有の大混乱を巻き起こしてもオーエンはかまいつけません。噂話によれば、森や野原をぬけ、川岸をあちこち彷徨ったりして、太陽の光を無駄にしているということでした。そういう場所でオーエンは、子どものように蝶を追いかけたり水棲の昆虫を観察することに楽しみを見だしていたのです。彼が風に乗ってはね回る生きた遊び相手をじっくりと観察したり、囚えた壮麗な昆虫の構造を調べるときの真剣さには、確かに謎めいたところがありました。蝶を追いかけることは、これまで数多くの貴重な時間を費やしてきた理想の追求に相応しい象徴的行為でした。しかし〈美の観念〉は、それを象徴している蝶のように彼の手にもたらされることがあるのでしょうか？　こうした日々は楽しく、芸術家の魂にとって心地よかったのです。そして輝かしい観念に満たされ、芸術家の知的領域に輝きを放ち、それは蝶が外の大気に向かって輝くのと同じでした。美の観念は、その瞬間の彼には現実そのものであり、それを肉眼で見えるようにしようと骨を折ることもなく、従って困惑することも幻滅を重ねることもありません。悲しいかな芸術家は、詩の中であれ他の芸術分野であれ、〈美〉を心の中で楽しむだけで満足できないらしく、世俗を離れた我が領域から飛び離れてゆく神秘を追い求め、世俗の手でその脆い存在を握り潰してしまわずにはいられないのです！　オーエン・ウォーランドは自分の観念に外なる形を与えたいという衝動に駆られました。その衝動は、心の中に想い描いた豊穣な美をそのまま写せず、オリジナルに比べれば薄汚れ色褪せた美で世界を飾り立てたどんな詩人や画家にも負けないほどやむにやまれぬものでした。

いまでは夜は、ただ一つの〈観念〉をゆったりと再創造するのに費やす時となり、彼の知的活動は全てこの観念に集中していました。いつも夕闇が迫ると町に忍び出て店に閉じこもり、長時間にわたって微妙な手作業を辛抱強く続けました。時たま、世間がみんな眠っているはずの時間に、オーエン・ウォーランドの鎧戸の隙間からランプの明かりが漏れているのに気づいた夜警にドアを叩かれびっくりすることがあります。昼の明かりは、異常に敏感な感受性にとって、彼の研究を邪魔する浸透力を持っているように思われました。ですから雲が多くて荒れ模様の日には、頭を両手に埋めるというか、両手で頭を抱えこんで坐っています。感じやすい脳が漠とした物思いの靄に包まれていると言えばいいでしょうか。夜仕事をしている時、想念を形作るにはこの上ない明確さが不可欠です、ですから、そのような明確さから逃れられるのは息抜きなのです。

ある日、アニー・ホーヴェンデンが入ってきてそういう冬眠状態から起こされました。彼女はお客のように遠慮なく入ってきました、それに幼なじみの馴れ馴れしさのようなものも漂わせています。使い古した銀の指貫に穴をあけてしまい、オーエンに直してもらいたいというのです。

「でもこんな仕事、あなたほどの人がやってくれるかどうか分からないけど」彼女は笑いながら言いました。「機械に魂を吹き込むという考えに夢中なんですもの」

「どこからそんなことを思いついたんだい?」びっくりして飛び上がりオーエンが言いました。

「あら、自分の頭よ」彼女は答えました。「それに、ずっと昔、あなたが子どもで私もうんと小さかった頃、あなたからなんだかそんなふうなこと聞いていたし。でも、ねえ、この安物の指貫直してくれるの、くれないの?」

「アニー、君のためだったら何だって」オーエン・ウォーランドは言いました――「何でもだ。ロバート・ダンフォースの鍛冶場で働くことだって」

「それはなかなかの見物でしょうね!」アニーは芸術家の小柄で細っそりした体に、誰も気がつかないほど軽んじるような視線をやりながら応じました。「それじゃあ、これが指貫よ」

「しかし君も妙なことを考えたものだね」とオーエンは言いました。「物質の精神化のことだよ」

その次に、この若い女性は世界中の誰よりも彼のことを理解する天与の才能に恵まれているという考えが、彼の心に忍び込んできました。自分が愛している唯ひとりの人の共感を得られるなら、孤独な作業をしている時の彼に、どれほどの助けと、どれほどの力を与えてくれるでしょうか! 自分の目指すものが世間一般の仕事から孤立している人間のもとを――人類に先んじていようと、人類から離れていようと――しばしば心の寒気と言ったものが訪れるのです。だから魂は、まるで凍てついた荒漠たる極地の近くに到達したみたいに、震えるのです。予言者、詩人、改革者、犯罪者、そのほか人間らしい憧れを持っているのに、不思議な運命によって一般の人々から切り離された人々が感じる気持を哀れなオーエン・ウォーランドは感じたのです。

「アニー」彼女は誰よりも自分のことを理解してくれると考えたオーエンは、死人のように蒼白になりながら声を高くしました。「是非とも君にぼくの研究の秘密を話したい！　きっと君なら、きちんと評価してくれると思うんだ。君ならきっと、無情な俗世間に期待してはいけない敬意を持って聞いてくれると思う」

「その通り、まちがいなしよ！」アニー・ホーヴェンデンは軽く笑いながら答えました。「さあ、早くこの小さな回転おもちゃがどういう物なのか説明して。とっても精巧に出来ているから、小さな妖精《クイーン・マブ》のおもちゃかもしれないわね。ほら、あたし、動かしてみるわ」

「やめろ」オーエンが叫びました。「やめてくれ！」

アニーが、これまで再三話題にしてきたあの複雑な機械装置の小さな部品に針の先でごくごく軽く触れたとたん、芸術家は彼女が悲鳴を上げるほどの力を籠めて手首を掴みました。アニーは、彼の顔が狂ったような激しい怒りと苦痛に歪むのを見て怯えてしまいました。次の瞬間、彼はがっくりと頭を両手に落としました。

「アニー、帰ってくれ」彼は小さな声で言いました。「ぼくは誤解していた、だから苦しまなければならない。ぼくは共感を求めていた――そして考えた――想像した――夢見た――君なら共感してくれるかもしれないって。だがアニー、君にはぼくの秘密に入りこむ護符がない。君が触ったお蔭で、生涯をかけたぼくの思索、何か月もかけたぼくの苦労が水の泡になってしまった。アニー、君が悪いんじゃない――悪いんじゃないが、君はぼくを破滅させたんだ！」

可哀想なオーエン・ウォーランド！　確かに彼は間違いを犯した、でもそれは許されていいことです。彼の目から見て神聖この上ない制作過程を十分に尊敬してくれる人間の心というものがありうるとすれば、それは女性の心に違いないからです。愛という深い叡智によって蒙が啓かれていたなら、おそらくアニー・ホーヴェンデンでさえ、彼を落胆させなかったのではないでしょうか。

それに続く冬のあいだ芸術家は、これまで彼について楽観的な意見を持っていた人たちですら、あいつは実際に世間からすれば全くの役立たずで、自身にとっても禍々しい凶運に定められてしまっているんだと諦めさせるような暮らし方をしました。親類の人が亡くなり、遺産が少し手に入りました。ですから孜々として働く必要がなくなり、そのうえ偉大な目的——少なくとも彼にとっては偉大な——目的の放つ確固とした影響力を失ってしまったので、肉体が虚弱であるという理由だけで陥らずにすんでいたと思われるような悪癖に溺れたのです。天才の天上的部分が曇らされると、天才にあっては神慮が見事に調整し、もっと粗雑な頭の持ち主にあっては別の方法で調整される性格のバランスというものがいまや崩壊してしまったため、地上的部分がますます制御のできない影響力を獲得するのです。オーエン・ウォーランドは放蕩三昧から得られそうなありとあらゆる見せかけの無上の幸せを試してみました。彼は黄金色の葡萄酒を仲立ちにして世間を眺め、グラスの縁に泡のように楽しげに立ち上ってきて、あたりの大気いっぱいに狂喜乱舞を繰り返す様々な幻影をじっと見つめましたが、その幻はあっという間に薄れ侘びしげになってゆきました。このように避けがたい陰気な変化が起こっても若者は、魔法の液体をそのまま呷り続けたかもしれません、蒸発するアルコール分は人生を憂鬱で包みこみ、その憂鬱の中には自分を嘲る亡霊どもがいっぱい詰めこまれているというのにです。ある種の精神的疲労感というものがありました。それは実在するものですし、芸術家はそれの深刻な力を既に感じとっていました、ですからその精神的疲労感は、葡萄酒の飲み過ぎが呼び出す実体のない惨めさや怖れに比べれば、もっともっと耐え難かったのです。飲み過ぎの場合なら、苦しみのさなかにあっても全ては幻覚に過ぎないということを思い出せますが、精神的な疲労感の場合、のし掛かってくる苦悩は彼にとっての現実生活だったからです。

この危機的な状況から彼を救い出したのは、多くの人が目撃したある偶然の出来事でしたが、一番頭の冴えている人でもオーエン・ウォーランドの心にどのように働いたのか、説明はおろか推測さえ出来なかったのです。実に単純なことでした。ある暖かな春の日の午後、芸術家はワイングラスを前に騒々しい飲み仲間と席に着いていていました。すると開いていた窓から華やかな蝶が一匹舞いこんできて、彼の頭の周りを飛んだのです。

「ああ!」がぶがぶと酒を飲んでいたオーエンは大きな声を出しました。「お前は太陽の子、夏の涼風の遊び友だちだ、お前、鬱陶しい冬眠から目覚めたのか! それじゃぼくも仕事をしなければ!」

そして中身の入っているグラスを残して立ちさりましたが、それ以後彼が酒を一滴でも飲んだということは知られていません。

そしてまた森や野原をさまよい歩き始めました。オーエンが騒々しい酔っぱらいたちと一緒だったとき、窓からまるで妖精のように入ってきたあの光り輝く蝶は、世俗と無縁の純粋な暮らし――だからオーエンは同胞たちの中にいながら天上の世界に住んでいたのです――を思い出させる使命を帯びた本物の妖精だったと思われる方もいらっしゃるでしょう。この妖精を探すために、妖精の行きそうな日当たりのいい場所に出かけているとも思えます。と申しますのは、去年の夏と同じように、蝶がとまっているところならどこにでもこっそりと忍び寄り、夢中になって観察している姿が見られるからです。蝶が飛び立つと彼の目は羽根のある儚い影を追いかけます、空に描かれる飛翔の跡が天への道を教えてくれると言わんばかりに。しかし夜警が、オーエン・ウォーランドの鎧戸の隙間から漏れるランプの明かりで気づいたのですが、彼は再び人が寝ている時間に仕事を始めました。この目的は何だったのでしょうか？ 町の人々は、こうしたオーエンの奇妙な行動をひとまとめにして一語で説明しました。オーエン・ウォーランドは気が狂った！ ごく普通の世間的な常識を超えたところにある事柄に対するこの安易な説明方法は、どのようなものにも大変に効果的です！――神経に傷がついて度量がないうえに鈍感な人々にとって、これは大変満足の行く心慰む説明なのです。聖パウロの時代から、この話の哀れなしがない〈美の芸術家〉に至るまで、賢明すぎることを言ったり立派すぎる行いをした人々の、理解を超える言葉や行動を明らかにするためにまったく同じ護符が貼りつけられてきました。オーエン・ウォーランドの場合、町の人々の判断は正しかったかもしれません。おそらく彼は気が狂ったのでしょう。心が通い合わないこと――彼と隣人たちとの間にあるあまりにも相いれない違いゆえに、他人の例に倣っておのれを制することがなくなってしまいました――それだけで彼を狂気に追いやるには十分でした。そうではなく、もしかしたら彼は天上の光を大量に浴び、それが普通の日の光と混じり合い、地上的な意味で彼の目を眩ませたのかもしれません。

ある夜、芸術家がいつもの散策から帰り、制作中の微細な機械にランプの光をあてたとき、老ピーター・ホーヴェンデンが入ってきて驚きました。その機械の製作には何度も邪魔が入りましたが、自分の運命がその中に具体化されているとでも言わんばかりに再開していたのです。この男に会うとオーエンの心はいつも震えあがりました。ピーターは世の中の誰よりも恐ろしい存在でした。彼は鋭い眼力の持ち主であり、それに見える物は実に明確に理解し、見えない物は情け容赦なく偽りだと拒否しました。この夜の元時計職人は、ただ優しい言葉を一言二言かけにきたのです。

「オーエン、あのな」と彼は言いました。「明日の晩、是非家に来て貰いたいんだ」

芸術家は何かの口実を呟き始めました。

「困ったな、でも来て貰わなくちゃいかん」とピーター・ホーヴェンデンは言いました。「お前は昔、家族の一員だったのだからな。おいおい、娘のアニーがロバート・ダンフォースと婚約したのを知らないのか？　ささやかにお祝いの宴を持とうというのだ」

「えっ！」オーエンは言いました。

彼の口から出たのはこの短い言葉だけでした。その口調は、ピーター・ホーヴェンデンのような人の耳には冷淡で無関心に聞こえました。それでもその短い言葉の中には、哀れな芸術家の心の押し殺した叫びが籠められていました。彼は悪霊を押さえつけている人のように、その叫びを自分の中に押さえこんだのです。しかしながら、元時計職人に気づかれないほど微かな激情の爆発を一度だけ自らに許したのです。道具を手にまさに製作を開始しようとしていたのですが、思索と作業に新たな月日を重ねてきた小さな機械仕掛けの上に、その道具を落としたのです。その一撃で機械は粉々になりました。

〈美〉の創造を邪魔だてするあらゆる力のうち、もし愛がしゃしゃり出てオーエンから腕の冴えを奪い取らなかったなら、オーエン・ウォーランドの物語は、〈美〉を創り出そうとする人々の悩み多き人生を描いた悪くない作品とはならなかったでしょう。外から見える限りなら彼は、熱心な恋人でも積極的な恋人でもありませんでした。これまでの愛情は、激しくなっても、強くなっても、あるいは弱くなっても、すべてが芸術家の想像力の中にそっくり封じこめられていましたので、アニー自身も女性としての本能でその愛情を感じとるのが関の山でした。しかしオーエンの見方によれば、愛は彼の生活全体を覆い尽くしていたのです。彼女自らが、彼の愛情に心から応えられないのを露呈した時のことを忘れ、芸術家として成功するという夢の全てをアニーの姿に結びつけるのをやめなかったのです。彼女は、彼が崇める超越的な力が彼の目にはっきりと見える形を取った人であり、彼はその祭壇にそれ相応のお供物を捧げたいと願っていました。もちろん彼の思い違いです。彼が、アニー・ホーヴェンデンに備わっていると想像したような資質は、彼女にはありません。謎に包まれた機械装置が完成することがあれば、それは彼が創りだしたものと言えるでしょうが、それと同じように、彼女の姿は、彼の内なる眼に映じる限り、彼の創りだしたものなのです。恋の勝利者になることによって自分の間違いをはっきり知ることになったら、つまり、彼が勝者となって彼女を胸に抱きしめ、その胸で彼女が天使から平凡な女に色褪せてゆくのを見ることになったとしたら、失望感が彼を駆り立て、ただ一つ残った目的に向かって全力で戻らせたかもしれません。反対に、アニーが自分の想像通りの人だと分かったら、彼の運命は美に溢れたものとなったでしょう。そのお零れだけで、これまで営々と努力してきたものよりもっと価値のある作品を〈美〉から数多く創り出すことが出来たかもしれません。しかし彼を訪れた悲しみの外見、言い換えれば、彼の命である天使が奪い取られ、彼女の助けを必要ともしなければ有難いと思うことも出来ない土と鉄の固まりである粗暴な男に与えられたという気持、これはまさに運命の捻くれた行為であり、お蔭で人間という存在は不条理で矛盾に満ちて見えるようにされてしまい、今ひとつの希望、今ひとつの恐怖すら持ち得ぬものとなるのです。オーエン・ウォーランドにとって、打ちのめされた男のように坐りこむ以外になすべきことは何も残っていません。

彼はしばらく病気に襲われました。回復したあと、彼の小柄でほっそりとした体に、以前に比べ丸みを帯びた肉の飾りがつきました。痩せこけていた頬がふっくらとし、妖精向きの仕事をするように神秘の力が働いた繊細で小さな手は、まるまると太った赤ん坊の手よりももっとぽっちゃりとしてきました。顔つきが子どもっぽいので、知らない人は彼の頭を撫でてやりたい気持に誘われかねないくらいでした。ところが撫でようとした手を途中でとめて、一体この子はどんな子どもなのかと訝しがります。まるで魂が彼の中から抜けて行き、肉体は軟弱な植物的暮らしの中でぐんぐん太るに任せるといった感じでした。だからといってオーエン・ウォーランドが白痴になったわけではありません。彼は言葉を話しますし、道理に合わぬことを言うわけでもありません。少し口数が多すぎる、実際人々は彼のことをそう考え始めました。いまでは全くの作り話と考えるようになった、書物で読んだ不思議な機械類について うんざりするくらい長々と蘊蓄を傾けるからです。彼が数えたてたものには、アルベルトゥス・マグナスの拵えた〈真鍮人間〉、修道僧ベーコンの〈予言する真鍮の頭〉、時代が下って、フランス皇太子のために制作されたと称する自動装置で動く小さな馬にひかれた馬車。さらには生きている蝿のように耳の周りをぶんぶん音を立てて飛ぶけれども、小さな鋼鉄のゼンマイ仕掛けに過ぎない昆虫。よちよち歩き、ガーガーと啼き、餌も食べるが、正直者が正餐用に買ったとすれば、単なる機械仕掛けのアヒルの幻に騙されたと知るのがオチ、という話もありました。

「でもいまではこういう話はみんな」とオーエン・ウォーランドは言いました。「インチキに過ぎないと確信してるんだ」

それから彼は、違った風に考えていた時期もあると謎めいた告白をしたものです。夢のようなことばかり考えてぐうたら暮らしていた頃、ひょっとしたら機械に魂を入れ、そうやって創り出された新種の生命と動きに、あらゆる創造物の中で〈自然の女神〉が自ら思い立ちながら実現する努力を惜しんだ理想に匹敵するような美を結びつけることも可能ではないかと考えました。ところが彼は、この目的を達成するための手順も計画自体も、何一つとしてはっきりと意識には留めていないようでした。

「ぼくはそういうこと一切をもう投げ捨ててしまった」と彼はよく言いました。「あれは夢だった、若者たちが自分で自分を欺く類のものだった。今じゃ少しばかり常識がついたので、思い出すと笑ってしまう」

哀れにも墜ちてしまったオーエン・ウォーランド！　それは彼が、我々の周りに存在する目に見えないより良き領域の住人であることをやめた徴なのです。彼は目に見えないものを信じる気持を失ってしまい、今ではそういう不幸な人々のご多分に漏れず、自分の目に見えるものさえ殆んど拒否し、自分の手に触ることの出来るもの以外絶対に信頼しないという智恵を自慢するようになったのです。これは精神的部分が死に絶え、粗野な理解力が残った人の悲劇なのです。そうした理解力は、自分が認識しうるものだけにご主人を同化させるのです。しかしオーエン・ウォーランドの場合、精神は死んだわけでもなく無くなってしまったわけでもなく、ただ眠っていたのです。

目覚めのきっかけが何だったか、その記録はありません。おそらく無気力な冬眠状態が突然襲った激痛によって破られたのではないでしょうか。おそらく以前と同じように、あの蝶がやってきて頭の周りをひらひらと舞って離れず、もう一度彼にかつての人生の目的を吹き込んだのでしょう、そうなんです、この太陽の子はいつだってこの芸術家に謎めいた使命をもたらしたのですから、もう一度吹き込んだのでしょう。彼の血管を通り抜けていったものが痛みであろうと悦びであろうと、思わず初めにしたのは、遙か昔にやめてしまっていた思索の人、想像力の人、鋭い感受性の人としての自分に再び戻して下さったのを神に感謝することでした。

「さあ、ぼくの仕事だ」と彼は言いました。「いまほどこの仕事に懸ける力を感じたことはない」

しかし自分でも力強さを感じとっていたけれど、仕事の途中で突然、死に襲われるのを懼れ、もっともっと勤勉に働かなくてはという気持になりました。こうした懼れは、おそらく、自分の目から見て高尚と思えるものを目指している全ての人に共通するのではないでしょうか、なにしろそういう人にとって命は、目的を達成する前提条件としてのみ重要となるのですから。人は命を命自体のために愛する限り、それを失うのを恐れることは滅多にありません。ある目的を達成するために命が欲しいと願う時、命を織りなす生地の脆さを知るのです。しかしこうした危うさの感覚と共に、神慮によって我々がなすに相応しいと定められたと思われ、そしてそれを未完のままにするなら世界の人々を嘆き悲しませることになると思われる仕事に従事している限り、死の矢が飛んできても自分は不死身だと信じる旺盛な力もまたあるのです。霊感によって人類を向上させるはずの思想をたっぷり注ぎこまれた哲学者が、光の言葉を話そうと胸いっぱいに息を吸いこんでいる瞬間に、自分はこの人の世からあの世へと招き寄せられる運命にあるなどと信じられるでしょうか？　万一彼がそんな風に死んでしまったら、彼の口から発せられたかもしれない真理を別の賢者が現れて明らかにする準備が整うまでに、疲れはてた長い長い時代がのろのろと過ぎてゆくのではないでしょうか、世界の寿命を刻む全ての砂がおそらく一粒一粒落ちてゆくのではないでしょうか。しかし歴史には、ある特定の時代に人間の姿を取って顕れたかけがえのない精神が――神ならぬ身の判断しうる限りにおいてですが――この地上での役割を果たし終える時間を与えられないまま、早々とこの世から旅立ってしまうような例が沢山あります。予言者は倒れ、鈍感な心と愚鈍な頭の持ち主は生きながらえるものです。詩人は自作の詩を半分しか謡わないか、人の耳には届かない天上の聖歌隊に混じって謡い終わるのです。画家は、オールストンのように、画布の上には構想の半分までしか描かずに未完の美で私たちを悲しませ、こう言っても罰当たりでなければ、〈天上〉の色彩で全体を描き上げるのです。しかし正確に言えば、そうしたこの世における未完の構想は、どこに行こうと完成されることはないのではないでしょうか。人間にとって貴重この上ない構想がこうしてたびたび中断されるのは、地上での業績は、敬虔な心と稀有な頭脳によってどれほど天上のものに近づこうと、魂の軌跡と魂の顕現としての価値しか持ちえない証拠として受けとるべきなのです。〈天上〉にあっては、どれほど平凡な思念もミルトンの唄より高尚であり心地よく響きます。とすれば、ミルトンは自分が地上に未完のまま残した詩にさらなる詩句を付け加えるでしょうか?

しかしオーエン・ウォーランドの話に戻りましょう。人生の目的を成就するのは、幸運か凶運かは分かりませんが、彼にとって運命でした。長期に渡る彼の真剣な思索、熱い努力、細かな作業、心身をすり減らす不安、それに続く孤独な勝利の一瞬のことは省略しましょう。そういうことはみんな想像するだけにとどめましょう。そしてある冬の夕べ、ロバート・ダンフォース家の団欒に仲間入りを乞うている芸術家に目を向けましょう。中に入ってみると〈鉄の男〉がいましたが、その巨大な肉体は家庭の持つ力によって元気溌剌とし、同時に宥められてもいたのです。そしてアニーもいました、今では夫の単純素朴で逞しい性格のためにすっかり変わって奥さん然としていましたが、オーエン・ウォーランドのまだ信じているところによれば、〈力〉と〈美〉の橋渡しになれそうな典雅さにも一層磨きがかかっていました。さらにその夜は、たまたま老ピーター・ホーヴェンデンも娘の家庭に招かれていました。そして芸術家が最初に目にしたのは、忘れもしない鋭くて冷やかな非難がましい表情でした。

「幼なじみのオーエンじゃないか！」ロバート・ダンフォースは飛び上がって、鉄の棒を握り慣れた手で芸術家の骨細の手をぎゅっと握りしめながら叫ぶように言いました。「やっと来てくれたんだね！それでこそ優しい隣人というわけだ。〈永久運動〉に心を奪われて昔のことを忘れてしまったのじゃないかと心配してたんだ」

「よく来てくれたわね！」アニーはそう言って、主婦らしい頬を染めました。「友だちでしょ、もっと早く来てくれたってよかったのに」

「ところでオーエン」元時計職人は、挨拶代わりに尋ねました。「〈美〉の進み具合はどうだい？　とうとう創りだしたのか？」

芸術家は、絨毯の上で転げ回っている逞しい幼子が突然目に入って動転してしまい、すぐには答えられませんでした。小さな人物は魔法のように無限の中から姿を見せたのですが、性格にはどこか屈強なところと現実味があり、地上が供給しうる一番高密度の物質から鍛り出されたように見えました。この前途有望な赤ん坊は新顔の方に這い寄って来ると背を伸ばして座り――ロバート・ダンフォースはその姿をそんな風に説明しました――オーエンを注意深い利発そうな目つきで見つめたので、我慢出来なくなった母親は得意そうに夫と目と目を交わしました。しかしその子に見つめられた芸術家の方は動揺してしまいました、その子の目つきはピーター・ホーヴェンデンが普段浮かべている表情にそっくりだと想像《おも》ったからです。芸術家は、元時計職人が圧縮されてこの赤ん坊の体型になり、赤ん坊の目の中から見つめながら、――いま彼がやっているように――意地悪な質問を繰り返していると想像しそうになりました。

「〈美〉だよ、オーエン！　〈美〉の進み具合はどうだい？　〈美〉を創り出すのに成功したのか？」

「成功しました」一瞬勝利の光を目に浮かべ、日の光のように派手やかな笑みを見せて芸術家は答えました。ところがその笑みは、深い深い思索の中に浸けられて悲しみ色に染まっていたかもしれません。「ええ友だちの皆さん、本当です。成功したのです！」

「確かなのね！」アニーが叫び声を上げました。再び若い娘のような陽気な表情がその顔から覗いています。「それじゃ、謎がどんな物なのか、いま聞いても許してもらえるわよね？」

「勿論さ、謎を解くためなんだからね、ぼくがここへ来たのは」オーエン・ウォーランドは答えました。「君に教えてあげよう、見せてあげよう、触らせてあげよう、この謎を、――これは君の物だ！だってアニー――子どもの頃からの友人にいまでもこの名で呼びかけていいのなら――アニー、ぼくがこの精神化された機械装置、この調和のとれた運動、この〈美の神秘〉を創りだしたのは君の結婚祝いにするためだったんだから！　それにしても遅すぎた。でも〈美〉を愛する心が一番必要になるのは、ぼくたちがだんだん歳を取り、事物が瑞々しい色彩を失いはじめ、我々の魂が繊細な知覚力を失い始める時なんだ。もしも――アニー、こんなことを言ってご免――もしも君がこの贈り物の価値を測る方法を知っているなら、遅すぎるということはない！」

彼は喋りながら宝石箱のような物を取り出しました。それは自ら黒檀を彫って豪華にしあげてあります。空想の赴くまま真珠を縦横に象眼し、蝶を追っている少年を表しています、その蝶はどこか別の世界で羽根の生えた魂になり、天を目指して飛んでいます。少年というか青年というか、その人物は自分の強烈な望みを達成する激しい力を感じとり、地上から雲へ、雲から聖なる領域へと〈美〉を捕らえようと昇ってゆきます。この黒檀の箱を芸術家は開けると、アニーに箱の縁に指を置くように言いつけました。彼女は言われたとおりにしましたが、もう少しで悲鳴を上げそうになりました。一匹の蝶がひらひらと姿を見せ、彼女の指先にとまり、まるで飛び立つ前触れのように、紫と金色の斑紋の散らばる豪華絢爛たる羽根を閉じたり開いたりしたからです。和らいだ形でこの美しい完全無欠なものの中に入っている荘厳さとか、壮麗さとか、そして繊細にして華麗という概念を言葉で表現することは不可能です。理想的な〈自然〉の蝶が、ここに何一つ欠けることなく完璧に現実化されています。地上の花々の間を飛び回るような色褪せた昆虫ではなく、幼い天使や天に召された赤ん坊たちの霊の遊び相手をするために、〈楽園〉の牧場をひらりひらりと飛ぶ昆虫に似せて創られていました。羽根には目に見えるほどびっしりとにこ毛が生え、目の輝きには霊の力が溢れているようです。炉辺の火がこの奇跡の周りをちらちらと照らし、蝋燭の明かりが奇跡そのものを煌めかせました――でも明らかにその奇跡は自分自身の輝きで光っていましたし、とまっている伸ばした指先や手まで宝石のような白い輝きで照らしだしていました。その完璧な美に心を奪われ、大きさのことは念頭からすっかり消えていました。羽根が天空にアーチを懸けるほど大きかったとしても、これほど心を満たし満足させることは出来なかったでしょう。

「美しいわ！　とっても美しいわ！」アニーが感嘆の声を上げました。「生きているの？　生きているの？」

「生きてるかって？　そうに決まってるさ」夫が答えました。「蝶を作りだす技術のある人間がいるとでも、いや、夏の午後になればどんな子どもにだって何十匹も掴まえられる蝶を作るのに精を出す人間がいるとでも思っているのかい？　生きてるかって？　決まってるじゃないか！　でもこの綺麗な箱は、友人のオーエンが造ったものに間違いない。これはオーエンの名誉だ」

この瞬間、蝶は再び羽根を動かしたのですが、あまりにも生きた蝶にそっくりでしたのでアニーは吃驚してしまいました、いや、まさに畏敬の念に打たれたのです。と申しますのも、夫は生きていると言ったものの彼女の方は、本当に生きているのか、それとも驚くべき機械なのか決めかねたからです。

「生きているの？」前よりも一層熱っぽく彼女は繰り返しました。

「自分で判断したら」瞬きもせず正面から彼女を見すえながらオーエン・ウォーランドは言いました。

そのとき蝶はさっと空中に飛び立ち、アニーの頭の周りをひらひらと飛び、客間のずっと遠くまで舞い上がりました。しかし羽根の動きが星のような輝きで蝶を包んでいるので、まだ見えています。床の赤ん坊は利発そうな小さな目で蝶の跡を追っていました。蝶は、部屋の中をぐるりとんだあと螺旋を描きながら戻ってきて、アニーの指に再び落ち着きました。

「でも生きているの？」彼女はもう一度興奮した声を上げました。この豪華絢爛たる神秘がとまっている指が小やみなく震えたので、蝶はやむなく羽根でバランスを取りました。「言って頂戴、生きているのかどうか、それともあなたが作りだしたのかどうか？」

「それはとっても美しい、それでいいじゃないか、どうして誰が創ったかなんて聞くの？」オーエン・ウォーランドが応えました。「生きてるかって？　勿論だよ、アニー。ぼく自身の本質をその中に吸収しているのだから、命を持っていると言ってもいいかもしれないね。その蝶の秘密の中に、そして美しさの中に——美しさは単なる外面だけでなく、蝶全体と同じくらい深いんだが——、〈美の芸術家〉の知性、想像力、感受性、魂が表現されているんだ！　そうだ、ぼくが創った。でも」——ここで彼の顔色が少し変わりました。「いまのこの蝶はぼくにとって、ぼくが若い頃の白昼夢の中で遙かに眺めやった時の蝶とは違う」

「なんであろうと、立派な玩具だよ」子供みたいに大喜びをした鍛冶屋はにやりとしながら言いました。「俺のみたいな不細工で大きな指にとまってくれるだろうか？　アニー、こっちへ持ってきてくれ」

芸術家に言われるままアニーは、指先を夫の指先に触れさせました。一瞬の躊躇があって、蝶は指から指へひらひらと移りました。今度も飛び立つ準備運動を始めましたが、最初に試みたときの羽根の動きに比べると、同じように見えながら正確には違っていました。それから鍛冶屋のがっしりした指から上に向かい、だんだん大きくなる曲線を描きながら天井に達し、大きく部屋の中を旋回してから飛び立ったところにゆらゆら揺れながら戻ってきました。

「なるほど、これじゃ自然も裸足で逃げ出す！」ロバート・ダンフォースは知る限りの最大級の誉め言葉を心から叫びました。そして確かに、そこでやめていれば、言葉の点でも感性の点でも彼より優れている人さえ、それ以上の言い方をするのは容易ではなかったでしょう。「白状するよ、俺には考えもつかん！　しかし、だったらどうだって言うんだ？　友人のオーエンがこの蝶のためにたっぷり費やしたまるまる五年の労力より、俺が振り下ろす大槌の一撃の方が本当の役に立つ！」

このとき幼児が両手を叩き、訳の分からない言葉を喋り散らしましたが、どうやら蝶を玩具に欲しいと要求しているようでした。

一方オーエン・ウォーランドは、〈美〉と〈実用〉を比べて優劣を決めた夫の判断に賛成しているかどうかを探り出そうとして、アニーを横目で眺めました。彼女は彼に対して大変親切ですし、彼の技術が作りだした信じがたい作品であり、観念の結晶でもある蝶を、心からの驚きと感嘆の気持を籠めて見つめてくれましたが、密かな嘲りも混じっていたのです。おそらく、密やかすぎて彼女自身の意識にものぼらず、気づくのはこの芸術家が持っているような直感的洞察力だけです。しかしオーエンは、研究も後半の段階になると、そのようなことが分かって苦しむような境地を脱しておりました。世間は、そしてその代表であるアニーは、どんなに誉め讃えてくれても、高潔な徳を徳なき物質で表象し――地上的な物を精神的な黄金に変えて――自らの作品に〈美〉を獲得した芸術家にとって最高の報いとなるのに相応しい言葉を口に出すことは出来ず、相応しい情感を抱くことも出来ない、ということを彼は知っていました。あらゆる最高の業績に対する報いというものは求めても無駄であるとか、あるいはそれ自体の中に求めるべきであることなど、彼にはもうわかっていたのです。しかしながら、この問題をこんな風に見ることも出来ます――これならアニーも夫も、ピーター・ホーヴェンデンでさえ十分に理解出来たかもしれませんし、長い年月の苦労がこの場合は決して無駄ではなかったということを彼らに納得させられたかもしれません。つまりオーエン・ウォーランドは、この蝶、この玩具、この貧しい時計職人から鍛冶屋の妻への結婚祝いは、実は、王様が名誉と多額のお金とをひき換えに購い、王国の全ての宝石の中で一番類がなく一番素晴らしい宝石として宝庫に納めるような珠玉の芸術なのだ！と彼らに話してもよかったのです。しかし芸術家はにっこり微笑んでその秘密を胸にしまっておきました。

「父さん」元時計職人から誉めてもらえれば、かつての弟子は喜ぶだろうと思ったアニーが言いました。「こっちに来てこの綺麗な蝶を誉めてあげたら」

「どれどれ」ピーター・ホーヴェンデンという存在は、彼自身がそうするように、世間の人にも物質以外の万物を疑わせるのですが、その顔に嘲笑を浮かべ椅子から立ち上がりながら彼は言いました。「そらこれがお前がとまる指だぞ。こいつに触ったら、もっとよく理解できるに違いない」

しかしアニーの驚きはまだまだ大きくなります、父の指がまだ蝶の休んでいる夫の指に押しつけられた瞬間、昆虫は羽根をだらりと垂れ、いまにも床に落下しそうに見えたのです。羽根や胴についているキラキラ輝く金色の斑紋さえ——彼女の目の錯覚でなければ——霞んでゆき、燃えるような紫もくすんだ色に変わり、手のあたりをうっすらと明るくしていた星のような光も微かになり消えてゆきました。

「死にかけているわ！　死にかけているのよ！」狼狽したアニーは叫びました。

「作りが非常に精巧なんだ」芸術家は静かに言いました。「君に言ったように、蝶は魂の精髄——磁力とでも何とでも呼んでくれ——を吸いこんでいる。疑いと嘲りに包まれれば、その細やかな感受性は苦痛を蒙る、自分の命を蝶の中に注ぎこんだ人間の魂も同じように苦痛を蒙る。蝶はもう美しさを無くしてしまった、じきに機械部分が修復不可能なまでに傷めつけられてしまうだろう」

「父さん、手をどけて！」蒼白になりながらアニーが頼みました。「この子がいるわ。この子の邪気のない手に蝶を休ませてちょうだい。ほらほら、たぶん生き返るわ、色の輝きだっていままでより増すはずよ」

父親は苦々しい笑いを浮かべて指を引っ込めました。そして蝶はひとりでに動き出す力を回復したように見えました、色合いも元の艶やかさを殆んど取り戻し、この蝶の最も天上的な特質である星明かりのような淡い輝きが再び自分の周りに光輪を作りました。ロバート・ダンフォースの手から幼児の小さな指に移されてすぐ、この輝きは非常に強くなり、小さな子供の影を後ろの壁にくっきりと浮かびあがらせたほどです。幼児の方は、父や母がするのを見ていた通り、まるまるとした手を伸ばし、子供らしく大喜びで昆虫が羽根を動かす様子を見つめました。とは申せ、その表情には奇妙な利発さが浮かんでいて、オーエン・ウォーランドは、僅かだけ、ほんの僅かだけ持ち前の厳しい猜疑心から救われ子供らしい信頼感を取り戻した老ピーター・ホーヴェンデンがいるように感じました。

「このいたずら小僧、ひどく利口そうに見える」ロバート・ダンフォースが妻に囁きました。

「こんな子供があんな顔をするなんて見たことないわ」アニーは、芸術的な蝶よりももっともっと自分の幼児に感心しながら答えましたが、それも無理からぬことでした。「可愛い子ちゃんの方が、あたしたちよりこの不思議な蝶のことをよく知ってるのよ」

まるで蝶は、芸術家と同じように、幼児の性格の中に快適とは言い難い物があるのに気づいたかのように、ぱっと明るくなったり暗くなったりを繰り返しました。とうとう軽やかに羽根を動かして赤ん坊の小さな手から飛び立ち、なんの苦もなく上昇してゆくように見えました。まるで、作者の魂が与えておいた天上に属する本能が、この美しい幻を無意識のうちにより高い領域へと昇らせたようでした。邪魔をするものがなければ空高く舞い上がり不死になったかもしれません。しかし輝く蝶は天井で光っていました。きめ細かく精巧な羽根が地上と天上を分かつ物を擦ると、星屑のように光るものが一つ、二つふわふわと下に落ち、絨毯の上でかすかに光っていました。それから蝶はぱたぱたと下りてきましたが、赤ん坊の所には戻らず、どうやら芸術家の手の方に惹かれているようです。

「そうじゃない、そうじゃないだろ！」オーエン・ウォーランドは、まるで作品が自分の言うことを理解出来るかのように呟きました。「お前はご主人の心から出ていってしまった。お前はもう戻れない！」

躊躇うように羽根を動かし震えるような輝きを発しながら蝶は、赤ん坊に向かって言ってみればもがくように進み、その指にいまにも止まりそうになりました。しかしまだ空中にとどまっている時に、小さな〈力の子〉は、祖父譲りの俊敏で小賢しい表情を浮かべ、この驚くべき昆虫をぱっと掴み、その手にぎゅっと力を入れました。アニーは悲鳴を上げました！　老ピーター・ホーヴェンデンはどっと笑い出しましたが冷ややかな嘲りが籠もっていました。鍛冶屋は力任せに赤ん坊の手を開かせましたが、手のひらの上に見たのはキラキラ煌めく破片の小さな山でした、そこから〈美の神秘〉は永遠に逃げ去っていました。そしてオーエン・ウォーランドはと言えば、生涯をかけた労作の残骸に見えるものを落着いて眺めていましたが、それはただの残骸ではありませんでした。彼はもうこれとは全く違う蝶を捕えていたからです。彼が〈美〉を獲得する高みに昇った時、その〈美〉を人の目に見える形にしたものは彼の目には価値がなくなったのです、一方彼の魂は自らを持し、〈現実〉を楽しんでいたのです。

ドラウンの木像

古きよき時代のボストン。ある晴れた日の朝、ドラウンという名前でよく知られている若い木彫家が、大きな樫の丸太を眺めながら立っていた。彼はその木を船首像にするつもりだった。この素晴らしい樫の木を使うのにふさわしい船首像の姿、形はどのようなものかと心の内で思案していると、ドラウンの仕事場に〈サイノシュア〉号という立派なブリッグ船の持ち主兼指揮官であるハナウエル船長なる人物が入ってきた。船はファイアル島までの処女航海から戻ったばかりだった。

「ああすごい！　これがいい、ドラウン、これがいい！」上機嫌の船長は、籐細工の杖で丸太を叩きながら言った。「儂は、〈サイノシュア〉号の船首像用に、この樫の木を注文するぞ。あいつは海に浮かんだ船のうち最も優れていることを自ら証明して見せた、だから儂は、人間の技量が材木から彫りだせる中で一番美しい像で、船首を飾るつもりなのだ。そしてドラウン、君こそがそれをやってのけるにふさわしい男だ」

「買いかぶりすぎですよ、ハナウエル船長」彫刻家は控え目に言ったが、自分の腕前は意識していた。「しかし立派なブリッグ船のために、最善を尽くす覚悟はできています。このデザインのうちどれがお好みですか？　これは」白い鬘をかぶり深紅の上着を着こんだけばけばしい半身像を指さし――「これは、我が恵み深い国王陛下に生き写しの優れた見本です。こちらは勇猛果敢なバーノン提督です。女性の像がお好みなら、三叉の矛を持ったブリタニア像はいかがです？」

「どれもこれも結構だ、ドラウン。どれもこれもだ」船乗りは答えた。「しかし、いままで大洋を航海した船の中であのブリッグほどのものはないのだから、老ポセイドンが生きてるうちに見たこともないような船首像を〈サイノシュア〉に付けようと決めているのだ。おまけにこの件には人に知られたくない秘密があるので、そのことを明かさないという誓いを、君にしてもらわなくちゃいかん」

「もちろん誓います」ドラウンはそう言ったものの、船首像のように、必ず世間から鵜の目鷹の目で見られる事柄にどんな謎があるのだろうと訝しく思った。「船長、問題の性質が許す限り、ぼくの口が堅いことを信じて下さい」

するとハナウエル船長はドラウンを引き止め、非常に低い声で自分の希望を伝えたので、はっきりと彫刻家の耳にだけ聞かすつもりの話を読者に伝えたりすれば、それは礼儀に反するだろう。だから我々はドラウン本人について読者がお知りになりたいと思っていらっしゃる情報を少しばかりこの機会に提供しようと思う。

既に名声を得た人、あるいは上り坂の人の名前を数多くあげられる芸術において、彼は成功しようと努力した最初のアメリカ人だった――確かにごく細々とではあったが。物心がついて以来、彼は見事な業を見せた――見事な業と言ったのは、天才の業と言うにはおこがましすぎるというわけで、種類を問わず、一番手に入りやすい素材で人間に似せた像を作る見事な業を見せた。ニューイングランドの冬に降る雪は、少なくともパロス島産やカララ産に負けず輝くように白い大理石の一種をしょっちゅう与えてくれた。長持ちの度合いは劣るにしても、少年の作った雪像は長く存在し続ける価値を持っているという主張に見合うだけ十分に長持ちした。それでも学校友達より分別のある目利きによって彼の雪像は賞賛を勝ち得た。実際に雪像は見事なまでに独創的だった、とはいえ、彼の手元から雪を溶かせたかもしれない生まれついての暖かみには欠けていたが。年齢を重ねるにつれて、自分の技量を発揮するにふさわしい素材として松と樫を選び、お蔭で今では、かつて儚く溶ける雪の作品にふさわしい報酬だった言葉だけの賞賛に負けず、純銀という利潤をもたらしはじめた。彫刻を施したポンプの頭部飾りや、門柱に載せる木製の壺飾り、マントルピースに施した奇抜と言うより奇怪な装飾で彼は有名になった。ギリシアの医学者ガレノスやヒポクラテスの頭部でなくとも、熟練したドラウンの腕による金ぴかの乳鉢を掲げることなしに、顧客を獲得できると思う薬剤師は誰もいなかっただろう。しかし彼の腕を十分に発揮する仕事の場は、船首像の制作にあった。君主その人であろうと、有名なイギリスの提督や将軍であろうと、植民地の総督であろうと、もしかしたら船主のお気に入りの娘であろうと、その像は舳先の上に立ち、豪華な色彩に飾られたり華やかな金色に塗られ、生まれつきおのが姿の優越を意識しているからなのか、世界中の人をにらみつけて当惑させた。これらアメリカ生まれの彫刻の代表は世界中の海を渡り、テームズ川の混み合った船に混じっても面目を失うことなく注目されたし、テームズ以外でも、ニューイングランドの逞しい船乗りたちが自分たちの冒険を推し進めたところでは注目を集めた。この技量が産みだした見事な作品には肉親を思わせる似かよりが見られたことは言っておかなければいけない。さらに国王陛下の慈愛に満ちた容貌が、何人かの臣下の顔に似ているとか、商人の娘であるべギー・ホバートはブリタニア像、勝利の女神ニケその他、寓話に登場する姉妹に驚くほど似ていた。その上、船首像はみんなある意味、木彫の特徴を備え、それが彫刻家の仕事場に置かれているまだ彫りだしていない角材との親密な関係を示していたことも言っておかなくてはいけない。しかし少なくとも技術の冴えがないわけではなかったし、船首像を芸術作品にするための才能に欠けているところも全くなかった。ただし、命なき物に命を与え、冷たき物に暖かみを与える、心情的、あるいは知性的なあの深い資質は別だ。それさえあれば、ドラウンの木像を生命力に溢れた物にしたであろうが。

〈サイノシュア〉号の船長は指示を与え終わった。

「ところでドラウン」船長は厳しい口調で言った。「他の仕事は全部辞めて、すぐにこの仕事に掛かってもらわなけりゃいかん。それから値段のことだが、一流の仕事をしてくれさえすれば、君の言い値で構わん」

「承知しました、船長」と彫刻家は答えた。ちょっと困ったような厳しい表情を見せたが、微笑みのようなものも浮かべていた。「大丈夫です、船長さんに満足を頂くため最善を尽くします」

ドラウンの仕事場を頻繁に訪ねて芸術への愛情を見せびらかし、木像を賞賛するのを常としていたロング埠頭や、タウン波止場界隈の風流人たちは、その日の朝以降、彫刻家の振る舞いに隠されている謎に気づき始めた。昼間、彫刻家はしょっちゅう仕事場を留守にした。仕事場の窓から漏れる明かりで分かるのだが、時どき彼は夜遅くまで働いていた。そういう時は、ノックしても声をかけても、訪ねた人は入れてもらえないし、返事の言葉も一切引き出せなかった。ところが、扉が開け放たれているときに、何か驚くような物が仕事場で見つかることはなかった。そうは言うものの、大立て者の作品のためにドラウンが取りのけておいたのをみんなが知っている見事な材木が、次第に形をなし始めたのは分かった。その木が最後にどのような形を取る運命なのかは、友人たちにとって疑問だったし、彫刻家が厳しく沈黙を守っている点でもあった。ドラウンが制作中のところを見られることは滅多になかったが、それでも日、一日とその荒削りな形は整ってゆき、見物人の誰にも女性像が命ある者のごとくなってゆくのが明らかになった。新たに訪問する度に、削りカスの山がだんだん大きくなってゆき、何か美しい者にどんどん近づいていくのが分かった。まるで樫の木の精が散文的な世界から逃れ、母なる木の中心に身を隠していたかのようだった。そしてあと必要なのは彼女を覆っている奇妙で無様な殻を脱ぎ捨て、木の精の優雅さと美しさを明るみに出すことだけに思われた。像全体の意匠、姿勢、衣装、特に顔の部分は、まだ未完成のままだったが、ドラウンがこれまでに作り上げた木像の見事さから目をそらし、この新しい制作計画が持っている心をわくわくさせる謎に人々の目を釘付けにする力を既に持っていた。

当時はまだ若くボストンに住んでいた有名な画家コプリーが、ある日ドラウンを訪ねてきた。プロの芸術家と交友がない彫刻家に、自分と友人になることを勧めたくなるほどの穏当な才能が十分にあるのを認めていたからだ。仕事場に入ると、芸術家は周りに立っている国王、司令官、貴婦人、寓意物語に登場する人物たちの柔らかみのない像を眺めた。その中の最高傑作にはいかがわしい賞賛なら与えていいかもしれない、まるで生きている人間がこの仕事場で木に変えられたみたいだとか、肉体だけでなく、知的な部分とか心情的な部分も変貌を遂げて感動をなくしたみたいだという賞賛だ。しかし樹木が、人間性という霊妙な真髄を吸収しているかに思われる例はひとつもなかった。ここにどれほど大きな違いがあることか、人間性をごくわずかに持つ像が、感動のない最高の作品よりどれほど値打ちがあることか！

「ドラウン君」そう言って、内心微笑みながら、彼の木像をいつもはっきりと目立たせる機械的な手仕事の才能に触れた。「君は実に非凡な人物だ！　君の専門分野で、これほどの仕事をやってのける人に会ったことはないに等しい。たとえばこのウルフ将軍の像だが、もう一鑿《ひとのみ》加えれば、呼吸ができ、知性も備えた人間になるかもしれないのだから」

「そんなことを仰れば、ぼくのことを褒めそやしてくれていると思ってしまいますよ、コプリーさん」ドラウンはそう答えて、さも不愉快そうにウルフの木像に背中を向けた。「でも一筋の光が心の中に差してきました。あなたが欠けていると仰る最後の一鑿は、本当の価値を持つ唯一のものであり、それがなければ、ここにあるぼくの作品は価値のない失敗作も同然だということは、あなただけでなくぼくにも分かっています。案内標識の下手な絵とあなたの最高傑作の間にあるのと同じような違いが、ぼくの作品と、霊感を受けた芸術家の作品の間にあります」

「こいつは不思議だ！」コプリーは、ドラウンの顔を正面から見据えて大きな声を出した。画家がそう思ったのももっともで、今のドラウンの顔には、不思議なほど知性の深みがあった。ただし今までは、ドラウンの知性が、彼の木彫作品たちよりさほど優れているとは言えなかったのだが。「君に何が起きたのかね？　今、口にしたような考えを持っていながら、こんな作品ばかりを生み出すなんてどうしてなのかね？」

彫刻家は微笑んだが、何も答えなかった。コプリーはもう一度木像群に目を戻し、ドラウンが今、口にしたばかりの最後の一鑿が欠けているという感覚は、そして単に手を動かして彫る人物にはごくまれにしかないその感覚は、天才であることをはっきり示しているはずで、その証拠は今まで見過ごされてきたにすぎない、と思った。しかしない、証拠の欠片もない。立ち去ろうとしたとき、画家の目がたまたま、樫の木の散らかった削りカスに囲まれて仕事場の隅に横たわっている半分ほど完成した彫像に向けられた。たちまちその作品に引きつけられた。

「これは何だ？　誰が作った？」画家は、驚きのあまり一瞬言葉をなくしその像をじっくり見つめてから、突然叫んだ。「これには命を与える神聖な鑿使いがある！　霊感を受けたいかなる手が、この木像に立ち上がって命を宿せと差し招いているのか？　これは誰の作品なのだ？」

「誰の作品でもありません」とドラウンは答えた。「像はあの樫の角材の中に埋もれています、それを見つけ出すのがぼくの仕事です」

「ドラウン」本物の芸術家は彫刻家の手を熱く握りしめながら言った。「君は天才だ！」

立ち去るとき、敷居のところで偶然振り返ると、ドラウンが半分できあがった像の上に身をかがめ、抱きしめて胸に引き寄せるつもりなのか、両腕を伸ばすのが目に入った。その間、彼の顔は、そんな奇跡が可能だとしての話だが、命の通わぬ樫の木に暖かみと感受性を伝えるに十分な情熱を浮かべていた。

「不思議千万だ！」芸術家は呟いた。「ヤンキーの職人に、現代のピグマリオンを見いだそうとは！」

彫像の姿は、外に現れている限りではまだはっきりしていなかった。そのため見物人は、西に傾く太陽の周りに浮かぶ形の定かでない雲と同じで、それの意図するものを実際に眺めるというより、それを感じるとか、あるいは想像するように仕向けられた。しかしながら一日一日と、彫像はしだいに明確さを獲得し、いびつでぼやけた輪郭が次第にはっきりとした優雅さと美しさを見せるようになった。やっと全体像が一般人の目にも明らかになった。異国の洋服らしいものに包まれた女性像だった。ガウンの胸の部分全体がレースで飾られ、スカートと言うかペチコートと言うか、そういうものが見えるように前面は開いていて、襞と凹凸は樫の木肌で見事に表現されていた。彼女は、花飾りがいっぱいついた素晴らしく優雅な帽子をかぶっている。その花は、ニューイングランドの未開の土地には決して生えない種類のものであり、現実味に欠ける華やかさを帯びているにもかかわらず、もっとも想像力に恵まれた者にしたところで本物の花を手本に写さない限り無理と思われるごく自然な真実味を帯びていた。このドレスには付随的な小物が幾つかついており、たとえば、扇子、イヤリング、首には首飾り、胸には時計、指には指輪といった具合だが、どれもこれも、気高い彫像にはそぐわないと思われるかもしれないようなものだった。しかしながら、美女が自分の衣装で表現できるような趣味の良さを存分に発揮して、そういう小物を身につけていたので、芸術の規範に毒された意見の持ち主を別にすれば、ショックを与えることはあり得なかったと思う。

顔はまだ未完成だった。それでも徐々に魔法の手によって、堅い樫の木の内部から発する効果的な明かりを全て吸収し、知性と感受性が顔立ち全体に輝くようになっていった。顔は命あるものとなった。必ずしも端正というのではないが、美しい。やや傲慢な表情を浮かべているが、それは目や口元に浮かぶある種の小粋さのせいで、これこそあらゆる表情の中で、木像の顔に与えるのがもっとも不可能と思われそうな表情だった。そしてとうとうこの素晴らしい作品は、鑿を振るうことに関しては完成した。

「ドラウン」ほぼ毎日のように彫刻家の仕事場に通い続けたコプリーは言った。「もしこの作品が大理石なら、たちまち君を有名にするだろう。いや、断言してもいいだろうが、芸術における一時代を画すことになるだろう。これは古代の彫像のように理想の極致でありながら、ふつうに炉辺や、通りで出会う美しい女性に負けぬ現実味を持っている。まさか君、あそこにいるけばけばしい王様や提督たちのように、この絶妙な創造物に色を塗ったりして神聖さを汚すつもりではないだろうね?」

「彼女に色を塗らないだと?」居合わせていたハナウエル船長が抗議の声を上げた。「〈サイノシュア〉の船首像に色を塗らないだと! 色も塗ってないこんな樫のでくの坊を舳先につけて外国の港に入ったりしたら、儂の面子はいったいどうなるのだ? 彼女は、帽子のてっぺんの花から、上靴のスパンコールに至るまで、本物そっくりに塗らねばならん、絶対に塗らねばならんのだ」

「コプリーさん」ドラウンは静かに言った。「ぼくは、大理石の彫像のことなど何も知りませんし、彫刻家の守るべき芸術上の決まりのことも知りません。でもこの木像――ぼくの手が産みだしたこの作品――ぼくの心が作り出したもの――」ここで奇妙な具合に口ごもり、言葉に詰まった――「これについては――彼女については――いささか知っていると言えると思います。全身の力、魂、信念を込めて、この樫に向かっていったとき、内なる英知の源がぼくの中で噴出したのです! 他の人が大理石で作りたいと言うならそうさせればいいし、彼らの選んだ決まりを受け入れさせるがいい。木像に彩色することでぼくの願っている効果が出せるなら、芸術上の決まりなどぼくには用などないし、それを無視する権利がぼくにはあります」

「これこそまさに天才の心意気だ!」コプリーはそっと呟いた。「そうでなければ、この彫刻家があらゆる決まりを凌駕する権利が自分にあるなどと思うものか、そしてそんな決まりのことを持ち出したことを恥ずかしいとわたしに思わせるものか」

彼はドラウンを熱っぽい眼差しで見つめ、精神的な意味において――コプリーはそう考えざるを得なかった――人間としての愛の感情こそ、この角材に命が吹き込まれた秘密だということを再び見て取った。

彫刻家は、謎めいたこの木彫を作り上げる過程を始めから終いまで特徴づけていたあの秘密めいた様子のままで、衣服はそれぞれにふさわしい色彩で、顔はありのままの赤と白で塗り進めていった。全てが終わると仕事場のドアをさっと開き、町の人々に自分の作り上げた作品を眺めてもらった。多くの人々は中に入ったとたんに、帽子を脱ぎ、豪華な衣服をまとった若い美女にふさわしい敬意を払わなければならないと感じた。女性は、部屋の隅に立っているらしく、足下には樫の木切れや削りカスがちらかっている。続いて恐怖感が訪れた。本物の人間ではないまでも、まるで人間そっくりなのだから、この世の者のはずがない、という恐怖だ。実際、以下の疑問を引き出すのが当然な漠然とした雰囲気と表情を帯びていた――この樫の娘は何者で、どこの国の住人かという疑問だ。頭には華やかなエデンの園の不思議な花。ニューイングランドの美女たちよりももっと深みのある煌めくような肌の色。見たところ異国風で風変わりな衣装、それでいて町中で着ても上品さを失うほど風変わりではない。念入りな刺繡を施したスカート。太い金の首飾り。奇抜な指輪。精巧なすかし細工で彫りだした扇子、真珠と黒檀そっくりに彩色を施してある。――まじめな人生を歩んできたドラウンは、比類のない技術で再現したこの理想的な女性をどこで見たのだろうか！　それから容貌だ！　黒い瞳の中や、また官能的な口元で、優越感、媚態、陽気な輝きからなる表情が戯れていた。コプリーは、自分も含めた見物人たちの困惑した賛嘆の念をこの像が密かに楽しんでいるという考えに打たれた。

「それから君は」と彼は彫刻家に向かっていった。「この最高傑作を船首像にするのを許すつもりかね？　堅気の船長さんにはあそこにあるブリタニア像を渡しなさい——彼の目的にはそっちのほうがふさわしい——そしてこの妖精の女王は英国に送り給え、そうすればおそらく一千ポンドのお金をもたらしてくれるよ」

「ぼくはこの作品をお金のために作ったのではありません」とドラウンは言った。

「こいつは何という男だろう！」コプリーは考えた。「ヤンキーなのに、ひと財産作る機会を放り出すなんて！　すっかり頭が狂い、それがもとでこの煌めく天才となったのだ」

ドラウンが狂ったという証拠はまだまだある。もしも、樫の女性の足下にひざまずいている姿が見られたとか、自分の両手が造りだした顔を、恋人の情熱に燃える目で見つめているのが見られたという噂を信用できるとしての話だが。当時の宗教的に頑迷な人々は悪霊がこの美しい像の中に入ることを許され、彫刻家を破滅に誘いこんだとしても、驚くには及ばないと仄めかしたものだ。

この像の評判ははるか遠くまで広まった。町の住民たちはこぞってこの像を訪れたので、公開されて数日たつと、老人にせよ子供にせよ、この木像に精通していない人は殆んどいなくなった。ドラウンの木像の話がここで終ったとしても、その名声は、子供時代にその像を眺め、それ以後これほど美しい物を他に見たことのない人々の記憶によって、後々まで続いたことだろう。しかし町の人々は、ある出来事によって今度は肝を潰すことになった。その話は今でもニューイングランドの大都会の古い炉辺で出会うことのある不思議千万の伝説のひとつに自ずとなっていったもので、そういう炉辺では老爺や老婆が坐りこんで過去のことを夢でも見るように思い出し、現在や未来の夢想家たちに頭を振って見せるのだ。

ある朝、〈サイノシュア〉号が、ファイアル島に二度目の航海に出航する直前、きらびやかなこの船の指揮官はハノーヴァー通りの自宅から出てくるのを見られた。青いブロード地の上着を粋に着こなし、縫い目とボタン穴には金色のレースをつけ、刺繍を施した真っ赤なベスト、金色をした幅広の縁りを巻きつけた三角帽、腰には柄が銀細工の短剣というでたちだった。しかし立派な船長は王子のローブで盛装していようと乞食のボロ着をまとっていようと同じだっただろう。つまりどちらの場合も、今彼の腕に寄りかかっているような美女を連れていれば影が薄くなり、世間の注目を引くことはないだろうから。街の人々は肝を潰し、自分の目を擦り、二人の行く手から脇に飛び退くか、驚きのあまり、木か大理石に釘付けになったように立ち尽くした。

「あれ、見える?――あれが見える?」体が震えるほど意気込んでひとりが大きな声を出した。「そっくりじゃないか!」

「そっくりだって?」前夜に町に着いたばかりの別の男が応じた。「どういう意味です? わたしの目には、陸上用の衣服を身につけた船長と、帽子にきれいな花をいっぱいつけ、異国風の衣装を身にまとった若いご婦人だけですよ。誓ってもいいが、久しく見たことがないほどに美しく華やかなお嬢さんだ!」

「そう、そっくりだ! そっくりそのままだ!」はじめの男が繰り返した。「ドラウンの木像に命がかよった！」

まさに奇跡が生じた！　そうしている間も、太陽の光にくっきり照らし出されたり、反対に家々の影で薄れたりしながら、衣服を朝のそよ風にそっとはためかせて、その像は通りを歩いて行った。その姿、衣服、容貌は、町の人々が最近大挙して押しかけて眺めては賞賛の声を上げげたものと寸分違わなかった。頭に差した花ひとつとっても、木の葉ひとつとっても、ドラウンの木彫家としての腕が造りだしたものに原型を持っていたが、いま目の前を行くもろくて優雅な花は柔軟さを帯び、女性が足を運ぶ度に揺れてはいた。太い金の首飾りは像に彫りつけられたものと瓜二つだったし、それは自分が飾り立てている胸の上下動によって与えられる動きに合わせて光り輝いた。指には本物のダイヤモンドが煌めいていた。右手には真珠と黒檀の扇子を持っていた。うっとりするほど華やかななまめかしさを見せて扇子を煽ぎ、その媚態は彼女の動き自体にも現れていた。それは、彼女の美しい容姿にも、容姿に似合いの衣服にも表現されていた。深みのあるあでやかな肌を持つ顔は、木像の顔に固定されていたのと同じように、陽気ではあるがいたずら好きな小粋さもあった。ただし今は様々に変化し、絶えず変わるとはいえ、ゴボゴボと湧いてくる泉に太陽が煌めくのに似て、根本ではいつもまったく同じだった。全体として見れば、その女性にはあまりにも非現実的なところとあまりにも現実的なところがあり、さらにドラウンの木像をあまりにも完璧に映し出しているので、人々には、魔法の木が霊と化して妖精となったと思うべきか、あるいはぬくもりと柔らかみを帯びて本物の女性になったと思うべきか分からなかった。

「ひとつだけ確かなことがある」旧弊なピューリタンが呟いた。「ドラウンは悪魔に身を売り、あの陽気なハナウエル船長も間違いなくこの取引の仲間だ」

「それにぼくも」男の声を耳にした青年が言った。「あの美しい唇に挨拶のキスを送る自由のためなら、第三の餌食になってもいいくらいだ」

「それにわたしもだ」画家のコプリーも言った。「彼女の絵を描く恩恵にあずかれるなら」

木像は、いや幻影は――どちらでもいいのだが――今も大胆な船長にエスコートされて、ハノーヴァー通りから、町のこの界隈を迷路のようにしている入り組んだ細道を通り抜け、アン通りに出て、そこからドック広場へ、さらに道を下り、波打ち際に建っているドラウンの仕事場に進んだ。大勢の人がまだ付いてきていて、進むにつれてその数は増えていった。このような真昼に、このように多くの証人のいるところで、現代の奇跡が起こった例はない。軽やかな木像は、自分が背後に広まっている騒ぎや噂の的になっていることに気づいたのか、少しいらだち取り乱したように見えたが、木像の顔に描かれた明るい快活さと冗談好きの茶目っ気にふさわしい態度は崩れなかった。見ていると彼女は、盛んに扇子を動かしていたが、あまりにも猛烈な早さで動かしたために、職人の腕が入念に造りだした繊細さが負けてしまい、彼女の手には壊れた残骸が残った。

ドラウンの仕事場に着くと、船長はドアをさっと開け、不思議な幻影は、一瞬敷居のところで立ち止まった。彼女は木像そっくりの態度を取り、樫から彫りだされた女性の顔に浮かんでいたのを誰もが覚えている快活で艶っぽい眼差しを集まった人々に投げかけた。それから彼女とエスコート役の男は仕事場の中に消えた。

「ああ！」群衆は呟き深い溜め息をついた、まるで大きな二つの肺から出たような溜め息だった。

「彼女が姿を消してしまったので、世界中が暗さを増したみたいだ」そんな風に言う若者たちもいた。しかし、記憶をたどれば魔女の時代にまでさかのぼる老人たちは、首を振って、ご先祖様たちなら、あの樫の娘を火で燃やすのを敬虔な行いだと思われたことだろうといったようなことを仄めかした。

「彼女が泡でできていないなら」コプリーは叫ぶように言った。「もう一度彼女の顔を見なければならん！」

そこで彼は、仕事場に入っていった。仕事場の隅のいつもの場所に木像は立っており、陽気で茶目っ気たっぷりの表情を浮かべて彼を見つめた、と言うか見つめたように見えた。それは幻影がほんの一瞬前に群衆を振り返ったときに見せた別れの顔とそっくりそのままだった。彫刻家は自作の傍らに立ち、何か事故でもあって手の中で壊れた美しい扇子を直していた。しかし、もはや生きているような木像に動きはまったくなく、仕事場に現実の女性の姿も一切なく、魔法の作り出す陽気な影さえない。その影なら、通りを軽快に進んだとき、人間の目を欺くことができたかもしれない。ハナウエル船長の姿も消えていた。しかしながら、彼の嗄れた海風のような声は、海に面しているドアの向こう側から聞こえていた。

「お嬢さん、艇尾座にお坐り」船長はかいがいしく言った。「さあ、手を貸せ、でくの坊ども、一分時計の砂が落ちきらぬうちに儂らを乗船させるんだ」

するとオールを漕ぐ音が聞こえた。

「ドラウン君」したり顔に笑いを浮かべてコプリーが言った。「君って男は実に幸運だ。どんな画家が、どんな彫刻家があれほどの題材に恵まれただろうか！　これは不思議でも何でもない、彼女は君に非凡な才能を吹きこみ、あとから彼女の像を創りだす天才芸術家を先ず創造したのだから」

ドラウンは涙の跡の残っている顔を彼に向けたが、つい最近までその顔を明るく照らしていた想像力と感受性の光はなくなっていた。彼は再び、今まで通りの職人的な彫刻家に戻った。

「コプリーさん、仰っていることがぼくにはよく分かりません」額に手を当てたまま彼は言った。「この木像！　これがぼくの作品だったなんてありえるだろうか？　そうですね――ぼくはこれを夢見心地で創りましたが、はっきり目覚めた今は、あそこにあるバーノン提督像の仕上げにかからなければいけません」

そしてすぐに彼は、木像作品の一つの生気に乏しい顔に懸命に取り組み、独特の職人スタイルでそれを完成させたが、以後、そのスタイルから外れたということは知られていない。長いこと自分の仕事を熱心にこなし、相当の資産を蓄え、後半生になると、教会の高い地位に昇り、記録や言い伝えによれば、彫刻家のドラウン執事として記憶された。作品の一つは全身を金色に塗ったインディアンの酋長像で、半世紀以上にわたって総督官邸の頂塔の上に立ち、上を見上げる人々の目をくらませ、まるで太陽の天使のようだった。立派な執事の産みだした別の作品は、望遠鏡付きの四分儀を手にした友人ハナウエル船長の縮尺像だが、船具品を造っている店の看板として役立っている。今日でも、ブロード通りとステイト通りの交わる角に行けば見えるかもしれない。誰の心にも想像力、感受性、創造力、天賦の才というものがあり、それは状況次第で、生きている間に磨かれることもあれば、来世に行くまで愚鈍という仮面の下に隠されることもあるという仮説に立たない限り、記録に残っている〈樫の貴婦人像〉のすばらしさに比べ、この古風な縮尺像がどうしてこうもお粗末なのか説明することはできない。我が友ドラウンには、短いながら愛が火をつけた興奮状態の訪れがあった。あの一回だけの機会に、それが彼を天才にしたのだが、興奮が失意のうちに冷めると、ふたたび、自分の腕が造りだした作品の良さを認める力さえない、職人的な木像彫刻家にしてしまった。人間の心がもっとも高尚な野心に燃えて到達しうる最高の状態は、もっとも真正でもっとも自然な状態であり、またドラウンは、おのが子孫たる愚かな作品全体をひねり出すときより、あの見事な謎の貴婦人像を制作するときの方が、もっと自分らしかったということも、疑いえないのではないだろうか？

この時期のことに関し、位の高いポルトガルの若い貴婦人が、政治的混乱か、家庭内の不和に見舞われた折り、ファイアル島の屋敷から逃げ出し、ハナウエル船長の船に乗りこんでその庇護下に身を置き、事態が好転するまで船長の自宅に匿われていたという噂が、ボストンで流れた。正体不明のこの美女こそ、〈ドラウンの木像〉のモデルであったに違いない。

選りすぐりの人々

　ある〈空想の人〉が、自分の空中楼閣の一つで宴会を催したが、出席の栄を賜りたいと集まったのは選りすぐりの限られた著名人だけでした。その館は同じ区域を占めている多くのものに比べ、華麗さの点で見劣りがするとはいえ、地上の建造物にしか馴染みのない人々にとっては、滅多にお目にかかることのない豪華さは持っていました。館の丈夫な土台とがっしりした壁は重くてくすんだ色合いの雲の塊から切り出したものです。秋の一日、朝から晩まで地上に重く垂れ込めていたその雲は、地上の花崗岩と同じように、密度が高くどっしりとしていました。建物全体の与える印象が重苦しく、従ってこの空中楼閣は、自分が目指している歓楽と安らぎの館と言うより、封建時代の要塞か、中世の修道院、あるいは現代の州刑務所に見えることに気づくと、持主は金に糸目をつけず、外部を上から下まで金色に塗り立てることにしたのです。幸運なことにちょうどその時、空中には夕日の光が溢れていました。この光の洪水が集って屋根と外壁に惜しげもなく注がれ、屋根も外壁も一種、荘厳な快活さに染まりました。一方頂塔や小尖塔は、純金の色に輝き、何百という窓が悉く喜びの光に輝き、まるで建物自体が内心で喜んでいるようです。このとき、地上のくだらない厄介ごとに巻き込まれている下界の人々が偶然空を見上げれば、恐らく空中楼閣を夕映えの雲の塊と誤解し、光と影の魔法が奔放な意匠を駆使して建造された大邸宅の外観をその雲に与えたと思ったことでしょう。空を見上げてそう考える人にとって、空想力が信じられないために、空中楼閣など現実には存在しないのです。その人たちが表玄関に入るにふさわしかったら、真実に気づいたでしょうに。つまり、非現実の中から精神が独力で奪い取った領地は、彼らがその上を闊歩し、「これは堅牢で実体がある！——確かな事実と言ってよかろう！」と言う地上よりもっともっと現実味のあるものになる、という真実にです。

約束の時間、主人役は招待客を出迎えるため大広間に立っていました。その部屋は広くて壮麗でした。アーチ型の天井は、二列に並んだ巨大な柱に支えられ、その柱はと言えば、どれもこれも色とりどりの雲の塊から切り出されたものでした。ぴかぴかに磨き上げられ、彫刻家が腕を振るって念入りに作りあげたものなので、エメラルド、斑岩、オパール、貴橄欖石の見事な見本にそっくりでした。その繊細で華麗な効果は、柱の巨大さのお蔭で、壮麗さと調和を欠くこともありませんでした。どの柱にも、流星がひとつ掛かっていました。天上の燭台とも言うべきこれら無数の流星は、絶えず大空をさまよい燃え尽きて役立たずになるのですが、しかし屋内用に転用するコツを心得た人には、例外なく、役に立つ光を与えてくれます。大広間に取り付けられてみると、通常のランプより遙かに経済的でもあります。しかしながら流星の輝きは非常に強烈なので、夕霧の火屋《ほや》で流星をひとつずつ覆うと便利なことが分かりました。そうやって強烈すぎる輝きをやわらげ静めて、穏やかで心地よい光にするというわけです。これは強力だが抑制された想像力の輝きに似ています。つまり、注目する価値のない物はみんな隠すが、美しくて高貴な属性は悉く引き立てるように思われる光なのです。そんなわけで客たちは、大広間の中央に進むにつれて、これまでにないほど見栄えがよくなったように思われました。

昔ながらに時間を厳守して最初に入ってきた人物は、昔風の衣服に身を包んだ立派な人物で、真っ白い髪を肩の上に垂らし、聖職者風の顎髭が胸まで届いていました。彼は杖にすがっていましたが、注意深く床に突き立てると杖は震え、一足ごとにその音が大広間に反響しました。とてつもない労力を費やしてやっと探し出したこの著名人にすぐ気づくと、主人役は柱列の間を通り、四分の三近くの距離を進み、出迎えました。

「ご老体」〈空想の人〉は深々とお辞儀をして言いました。「私の生きている期間が、有難くもご老体と同じくらい長くなるとしましても、ご来駕の光栄は決して忘却つかまつりません」

老紳士は、この敬意溢れる挨拶を気さくに愛想よく受けました。その次に眼鏡を額に押し上げると、あら探しをするような目で大広間を見ようとしているようでした。

「まったく記憶がないですな」と彼は言った。「これより広くて高尚な広間に入ったことは。ところで、堅牢な素材で作られていますかな、館は永久に保ちますかな?」

「ああ、ご心配なく、ご老体」と主人役は答えました。「確かにあなた様のようにご長寿な方に比べれば、私の城は束の間の建造物と呼ばれるかもしれません。しかしこの城は、建てられたあらゆる目的に応えるだけの間は保つはずです」

しかし、読者がこの招待客についてまだ知らないことを失念しておりました。誰からも信頼されており、酷寒と酷暑の季節には必ず言及される人物その人である――彼は暑い日曜日と寒い金曜日を覚えている人、過ぎ去った過去の証人であり、その苦言混じりの回想はあらゆる新聞に掲載されるに及んだのですが、彼の古風で薄暗い住まいは積み重なった歳月に幾重にものしかかられ、前方からは現代的な建物群によって押しやられ、〈空想の人〉以外の誰も見つけられなかったのではないでしょうか。端的に言えば、それは〈時の翁〉の双子の兄弟であり、人類の曾祖父であり、忘れられた人や物みんなと仲良しだった人、そう〈最古の住人〉なのでした！　主人役は、客を会話に引き入れたかったのですが、今日のこの夏の夕べのうっとうしい空気について、客が八十年前くらい前に経験した夏と比べ、二言三言言葉を聞き出せたに過ぎませんでした。実を言えば、老紳士は、雲を通り抜ける旅で酷く疲れていました。その旅は、若い精神より、下界に長く留まり地上的なものに厚く覆われた肉体の方にもっと激しい疲労をもたらすのは致し方がなかったのです。そのため彼は、ふわふわした蒸気を詰めて十分にクッションの効いた安楽椅子へと案内され、少し休みを取ることになりました。

〈空想の人〉は、次に別の客人を見つけました。その人は柱の影にあまりにもそっと佇んでいたので、簡単に見過ごされる可能性がありました。

「これはこれは」主人役はその人の手を暖かく握りながら大きな声で言いました。「あなたを今宵の主賓としてお迎え申し上げたい。どうかこれを無意味なお世辞と取らないで頂きたい。この城に他の客人がひとりもいらっしゃらなくても、あなたのいらっしゃる喜びが城の隅々にまで行きわたるでしょうから！」

「有難うございます」控え目な新しい客は答えました。「しかし、あなたはたまたま見逃されたようですが、私は到着したばかりではありません。ずっと前にやってきておりました。それで、お許しを頂ければ、ご出席の方々が皆さんご退出なさるまでここに留まっていたいのですが」

ところで読者の皆さんは、この控え目なお客がどなたとお思いになりますか？　不可能だと認められていることをやってのける有名人なのです。つまり人間を越えた才能と美徳の持主で、彼の敵どもを信用しなければならないとすれば、客人は同様に驚くほどの弱点と欠点の持主ということです。度量の大きさの点で、彼こそ我々のお手本であり、それをもって我々はただただ彼の気高いほうの資質を眺めておきましょう。そうなると、彼こそ自分よりも他人の利益を優先する人であり、高い地位よりささやかな地位を選ぶ人なのです。流行とか、習慣、人々の意見、影響力のある新聞雑誌などは意に介せず、公明正大な理想的価値観に自分の生活を合わせ、かくて自由な我が国で独立独歩の人生を歩む唯一の市民であることを自ら証明しています。能力の点では、多くの人が、彼こそ円と等しい面積の正方形を求めることのできるただひとりの数学者であると明言しています。あるいは永久運動の原理に精通しているただひとりの機械工であり、水を山の上まで逆流させることのできる唯一の科学哲学者であり、叙事詩を生み出すことのできる天才に恵まれた当代で唯一の作家であり、そして――彼の業績はあまりにも多方面にわたるので――最後にもう一つだけあげれば、自分自身の議論に食ってかかることに成功した唯一の体育教師なのです。しかし、これだけの才能を持ちながら、彼は立派な社会の一員とはまったく考えられていないので、上流階級のどのような集まりであろうと、この驚嘆すべき人物が同席していると言うことは、その集まりに対するもっとも厳しい非難なのです。講演者、演説者、説教者、役者などは、特に彼とのつきあいを避けるのです。特別な理由があって、彼の名前を明らかにすることはできませんが、あとひとつだけ特徴を申し上げましょう――自然科学の分野でもっとも奇妙な現象です――彼が偶然鏡を見ると、そこには〈誰も〉映っていないのです！

今しがた他の客も何人か姿を見せました。その中に、立て板に水のごとく猛烈にお喋りな、きびきびした小柄な紳士がいました。限られた人々の間ではみんなの人気者で、ムッシュー・オーンディという噂好きの人《うわさずきのひと》肩書きで、新聞雑誌上でも知られてないわけではありません。名前からするとフランス人だろうと思われますが、母国がどこであれ、現在用いられているあらゆる言語に通暁していて、他の言語と同じように英語でも自分の考えをきちんと表現できます。挨拶の儀式が終わるやいなや、このお喋りな小男は主人役の耳元に口を寄せ、国家の機密を三つばかり、商売上の重大な情報を一つ、社交界のスキャンダルに関する貴重なニュースを一つ囁きました。それから下界の人々にこの見事な空中楼閣について、また自分がご招待の栄に浴したこの祝宴について微に入り細にわたって必ず吹聴すると約束しました。そう言いながらムッシュー・オーンディはお辞儀をすると、急いで次々と出席者に近づきました。全員と知り合いらしく、またそれぞれの人向けに興味深い話題や楽しい話題を持っているように見えました。最後に、安楽椅子で気持ちよさそうに居眠りしている〈最古の住人〉のところに行き、その尊い耳元に口を持っていきました。

「何を言われたかな?」うたた寝からはっと目覚め、手のひらをラッパ状に丸めて耳に当てながら〈最古の住人〉は大きな声で訊ねました。

ムッシュー・オーンディは、もう一度前屈みになり、先ほどの言葉を繰り返しました。

「一度もない、儂の記憶では」と〈最古の住人〉は驚きのあまり両手を差し上げながら叫ぶように申しました。「そんな驚くような出来事のことは聞いたことがない!」

今度は〈気象予報官〉が入ってきました。主人役は、彼の話がみんなの楽しみには殆んど役に立たないだろうということをよく承知していましたが、職務上の地位に敬意を払って招待しておいたのです。案の定彼は、古くからの知り合いである〈最古の住人〉と一緒に部屋の隅に退き、過去一世紀の間に生じた大嵐や、強風、そのほかの大気現象について話し始めました。〈空想の人〉は、尊敬措くあたわざる立派な客人が、これほど気心のあった朋友に出会ったことを大いに喜びました。どうか十分にお寛ぎ下さいと二人に声をかけておいてから、〈彷徨えるユダヤ人〉の出迎えに向かいました。しかしこの人物は最近、あらゆる社交の場に姿を見せることによってすっかり知れ渡り、どんな接待役にでも招かれれば姿を見せるので、厳選された会にふさわしい客と見なされるのははなはだ困難でした。おまけに、世界中の幹線道路を放浪し続けて埃まみれなので、実のところ礼装着用のパーティには不向きと思われました。ですから落ちつきのない問題の人物が少しいただけでオレゴン州への漫遊の旅に出発すると、主人役は気詰まりから解放されて安らぎを覚えたのです。

今表玄関は、〈空想の人〉が、空想にふけっていた青年時代に知り合った実在しない多くの人々でごった返していました。主人役が彼らをここに招待したのは、勝ち負けは別にして、彼らが、自分が大人になって出会った実在の人々とどんな風に競い合うか見守るためでした。彼らは若い男性の前をすーっと通り過ぎるような、幼稚な想像力の産物で、地上に実在している住民のふりをするのでした。これからお付き合いしていきたいと思った知恵と機知に富んだ人。互いに献身をもって報い合おうとした寛大で勇敢な友人たち。そして人間としての苦労や悲しみを助けてくれる友となり同時に幸福の源であり、幸福を分かち合おうと考えた夢のような美女。悲しいことに、こうした昔の知り合いをあまりにも綿密に眺めることはすっかり成熟した大人にとってはよいことではありません、むしろ遠くから、彼我の間にほの暗く凝集した歳月という媒体を通して敬意を払うのがいいのです。彼らのもったいぶった足取りや大げさな感情の吐露にはばかばかしいくらいの不実がありました。彼らは人間ではないし、人間らしいところもあまりなく、奇想天外な仮面劇の役者であり、自分には勇気も人間性もあるというまったく馬鹿馬鹿しい見せかけによって、勇気も人間性も共に滑稽なものにしています。それから比類のない夢の女性についてですが、ご覧下さい！　彼女は、関節人形のようにぎくしゃくと、なんだか蝋人形の天使のように、大広間を進んできます――月光のように冷たい女性です――美しい言葉を喋る知性と、心に似ているだけの心情を持った、ペティコートを履いた機械仕掛け――しかし、こうした特質を持っていても、この人は世の青年の想像力が創りだす、愛する女性の真の典型なのです。細やかな心遣いを示す主人役といえども、この実在しない女性に敬意を表し、〈夢の人〉が昔の愛に満ちたやりとりを思い出させようとして送ってきた感傷的な眼差しに出会ったとき微笑みを抑えることは無理でした。

「いやいやお嬢さん」溜め息混じりの笑みを浮かべながら彼は呟きました。「私の好みは変わってしまった！　私自身が創りだした女性を装った人よりも〈自然〉が創り賜いし女性を愛するようになったのです」

「ああ、裏切り者！」夢の女性は気を失うふりをしながら悲鳴を上げ、霧となって消えてゆきましたが、その霧の中から嘆きの呟きが聞こえてきました――「あなたの移り気が私を消し去ったのです！」

「仕方がないとはいえ」残酷な〈空想の人〉は呟きました――「いい厄介払いにもなった！」

こうした実在しない人々ばかりでなく、同じような領域から招待されていない幻影が大勢やってきました。こういう人たちは時を選ばず病的なほど鬱状態に陥っている〈空想の人〉を苦しめました、というか、熱に浮かされて意識が混濁している〈空想の人〉につきまといました。空中楼閣の城壁はそういう連中を追い払えるほどの厚みを持っていませんでした。それに地上最強の建物といえど彼らを排除する役にはけっして立ちません。曖昧な恐怖の形を取った幻影たちもいました。人生が始まるとすぐ彼に取りつき、彼の希望に戦いを挑みました。夜中、子供に取りつくような大昔の不思議な化け物もいました。特に生家の屋根裏に潜んでいると思い込んでいた、醜い黒人の老婆の幻には恐怖を覚えました。その幻は、彼が子供の頃、猩紅熱にかかって危篤状態の時、いちどベッド脇にやってきてにやりと笑いかけたことがありました。その同じ黒い幻が、恐ろしさにかけては引けを取らない他の連中と一緒に、壮麗な大広間の柱を縫って滑るように近づき、見つけたとばかりに笑ったので、彼は忘れていた子供の頃の恐怖を再び思い出し身震いしたのです。しかし、そういう幻につきもののお茶目な気まぐれにかられて黒人の老婆が、〈最古の住民〉の坐っている椅子に忍び寄り、まどろんでいるその心中をのぞき込んだのを見ると面白くなりました。

「こんな顔を見たことは」この神さびた人物は驚いてもぐもぐと喋りました。「儂の記憶には全くない！」

今述べた非現実的な連中にすぐ続いて、多くの客人が到着しました、疑い深い読者諸賢は、空想の人物たちと同等のランクに位置づけるでしょうね。もっとも注目に値するのは、清廉潔白な〈愛国主義者〉、物知りぶらない〈学者〉、世間並みの野望と無縁の〈牧師〉さん、自尊心と媚態を持ち合わせていない〈美女〉、感情の行き違いで心を乱したことのない〈ご夫妻〉、理論には束縛されない〈改革者〉、他の詩人に何のジェラシーも抱かない〈詩人〉。しかし実のところを言えば、主人役は、こうした非の打ち所の全くない人並み外れた人々の鑑に大いに希少価値があると思うような皮肉家ではありません。滅多に会うことのかなわない人という世間の評価にささやかな敬意を表して、かかる人々を選りすぐりのパーティに招いたというのが主たる理由です。

「儂の若い頃には」〈最古の住人〉は言いました。「ああいう手合いはどの街でも見かけたものさ」

いずれにしても、こうした完璧を絵に描いたような人々は、欠点を普通に割り当てられている人々に比べれば、半分も面白みのないメンバーであることが分かりました。

しかしそこへ見知らぬ人がやってきました。主人役はその人に気づくやいなや、熱烈な敬意を表すために、他の人には見せたことのないほどの丁重さをふんだんに発揮して、大広間の端から端まで飛ぶように横切ったのです。その人はみすぼらしい服装をした若い男性で、万人の認める高い地位や身分をしめすしるしはなく、大勢の人から抜きんでているのは、秀でた白い額、その下で暖かい光を放っている深くくぼんだ目だけでした。その光は、偉大な知性に恵まれた胸の中で雅量のある心が燃えているのでなければ、地上を照らすことのない光でした。ところでその人は何者？　誰あろう、〈天才作家〉です。我が国は、言ってみれば、我々の知性という石切場に埋もれている手つかずの花崗岩から文学を刻み出し、アメリカ文学創出という偉大な役割を果たすべく運命づけられた作家として、その人を茫漠たる時間の中、熱心に探しつづけているのです。叙事詩の形を取ろうと、その人の心の意のままにまったく新しい形式を取ろうと、私たちはその人から最初の偉大な独創的な文学作品を受け取ることになっているのです。そしてその作品によって、諸国の中で我々が栄光を獲得する条件が揃うのです。〈空想の人〉が、どうやってこの強烈な運命の子を見つけ出したかは、取りたてて言うほどの価値はありません。こう言えば十分でしょう——彼はまだ誰からも尊敬されることなく暮らし、赤ん坊の時から知っている人からも理解されず、周囲に発散されている後光によって見分けられるべき気高い顔立ちは、ほんの些細なことにあくせく気をもんでいる大勢の人に囲まれて毎日を送り、不滅の業績を上げる人に誰も敬意を払わないのです。また同じ時代を生きる一世代や二世代の人々が彼を無視する愚を犯したにしても、悠久の時を越える勝利を得る彼にしてみれば、そんなことは大して重要ではないでしょう。

この頃になると、ムッシュー・オーンディが、この見知らぬ人の名前と運命を知るようになり、ほかの客たちにせっせと情報を囁き続けました。

「ふん！〈アメリカの天才〉のはずがない」と一人が申しました。

「へん！ もう既に我が国は世界中の誰にも負けない立派な詩人を持っている。私としては、これ以上の詩人は見たくない」と、もうひとりの客が応じました。

そして〈最古の住人〉は〈天才作家〉に紹介しましょうと言われたとき、ドワイト、フレノー、ジョエル・バーローの知遇を得る光栄に浴した人物なら、少しくらい厳しい目を持っていても許されるだろうと述べて、ごめん被ることにしたのです。

非常に有名な方々が到着したので、客間はどんどん満員になってゆきました。その中で傑出した海事専門家の〈海の悪魔《デイヴィ・ジョーンズ》〉や、〈悪魔《ハリー爺さん》〉と言う渾名で通っている場違いな洋服を無造作に着込んだ、老いたる粗忽者が人目を引きました。しかしながら後者は、衣装部屋に案内されて再び出てきたときには、白髪をきちんと梳かしつけ、洋服にはブラシをかけ、首には清潔なカラーをつけ、外見は、一段と敬意を込めた呼び名である〈ヘンリー翁〉に相応しい大変身を遂げていました。ジョン・ドウとリチャード・ロウ〔両者とも氏名不詳の男性に使われる法律用語〕は腕を組み、〈わら人形《マン・オブ・ストロー》〉や架空の保証人、そして大接戦の選挙の投票人として以外存在しない人々数人に伴われて入ってきました。時を同じくして入ってきた高名なシーツフィールドは、最初同じ仲間だと思われていましたが、ドイツに地上の屋敷を持つ血も肉も備えた実在の人物であることを自ら明らかにしました。当然予測されたことですが、最後に到着した人々の中にいたのは遙かな未来からの客人でした。

「あの方をご存じかな?――あの方をご存じかな?」誰とも知り合いと思われるムッシュー・オーンディが囁きました。「あの人は〈後生人《こうせいびと》〉の代表者です――未来の世代の住人です!」

「それにしてもどうやってここに来たのですかな?」明らかに雑誌に載っている最新流行のファッションを身にまとった典型的な人物で、現代の虚栄を代表していると思われてしかるべき人が訊ねました。「あの人は、自分が生まれる前の時代にやってきて、我々の権利を侵害しておる」

「しかし、我々がどこにいるかをお忘れのようですね」とその言葉をつい耳にした〈空想の人〉が、答えました。「確かに、下界では、今からずっと後の時代まで地上に姿を現すのは禁じられるでしょう。でも空中楼閣は、〈後生人〉も同等の資格で我々とつきあえる一種の中間地帯です」

その男の正体が知られるやいなや、大勢の客が〈後生人〉の周りに集まり、誰も彼も彼が幸せかどうかについて心優しい関心を口にし、後世の人のために自分たちがいかなる犠牲を払ったか、いやこれからも喜んでそうするつもりであると豪語しました。中にはできる限りこっそりと、ある詩集や、大部の散文作品について〈後生人〉の判断を仰ぐ人もいました。その〈後生人〉が、自分たちの名前や評判を知っているのは当然と思いこみ、旧友のようになれなれしく近づく人たちもいました。自分がこんな風に取り囲まれて責め立てられているのに気づいた〈後生人〉は、とうとう我慢できなくなりました。

「よろしいですか皆さん」彼の上着のボタンを必死で掴もうとしている、霧に包まれた詩人から逃れて大きな声を出しました。「私のことには構わず、私を好きにさせて下さい！　自分の人生行路から取り除くのが困難と思うような、ある種の国家の負債や、不動産の負債、肉体的、精神的障害を別にすれば、私は皆さん方に何の借りもないと思います。皆さんの詩については、どうか、同じ世代の方々に読んで差し上げて下さい。皆さんのお名前はお顔と同じく私には分かりません。たとえそうでない場合でも――こっそり言わせて下さい――ある世代が、別の世代に持ちうる冷酷で冷たい記憶は、命と引き替えに得るに値しない粗末な報いに過ぎません。しかし、私に知られるかどうかに関心がおありなら、確実この上ない唯一の方法は、正直に賢く今の時代のために生きることです。そうすることによって、あなた方に生得の力があるなら、後生のために生きることもできるのです！」

「くだらん」過去の人間として、みんなの注目が自分から消え失せ、未来の人間に降り注がれることに嫉妬した〈最古の住人〉が呟きました。「将来のことばかりにこれほど頭を無駄に使うなんてまったくくだらん！」

この些細な出来事にまごついたお客の心を他に向けようと、〈空想の人〉は城内の幾つかの部屋を案内したところ、それぞれの部屋の趣やそこに飾られた壮麗な品々に客から賞賛の声が寄せられました。部屋の一つは月光に満たされていましたが、それは窓から射しこんだのではなく、夏の夜、地表にまき散らされるのにその美しさを楽しむ目が閉じられたままの月光を全部集めたものでした。軽やかな妖精たちが、月の光が広大な湖面で煌めいていたり、曲がりくねった川の流れを銀色に染めたり、風に揺れる森の木の枝の間できらきらしているのを見つけたら拾い集めて、それをこの広々とした広間の一つに蓄えていたのです。ほどよい月光に照らされた壁に沿って、完璧な彫像がたくさん立っていました。これは彫刻家たちが、大理石を用いて不完全な形で表現した古代や現代の偉大な作品を、当初の構想通りに完成させたものです。不朽の名作に込められた純粋な着想などどこかに消えてしまうなどと考えるべきではないのです。そういう作品を所有するのに必要なのは、どこに保存してあるかを知るということだけなのです。もう一つの広大な部屋にしつらえた幾つかのアルコーブには、豪華な書籍が並べられていました。途方もないほど高価です、なぜならこれらは実際に書き上げられたものではなく、完成させる幸せなチャンスに恵まれず、作家が構想しただけの作品だからです。よく分かる例を挙げれば、ここには、チョーサーの『カンタベリー物語』に登場する巡礼たちの語られなかった物語、スペンサーの『神仙女王』の書かれなかった詩篇、コールリッジ作『クリスタベル』の結び、ドライデンが計画したアーサー王を主題にした叙事詩全編などがあります。書棚にはこうした作品がぎっしり詰めこまれています。なぜなら、どの作家も、自分のペンが実際に紡ぎ出したものより遙かに優れた作品を頭の中で想像し、頭の中で作り上げたことがあると断言しても過言ではないでしょうから。さらに、実現しないままに終わった若い詩人たちの着想もここに収められています。彼らは、霊感に溢れた囁きを世間に一言でも聞いてもらう前に、自分の天分の激しさ故に亡くなったのです。書庫と彫像展示室の特異性を説明されると、〈最古の住人〉はすっかり混乱したようでした。いつもより一段と力強い大きな声で、儂の覚えている限り、こんなことは聞いたことがない、さらに、そんなことがどうしてありえるのかさっぱり分からんと叫ぶようにも申しました。

「だが、思うに儂の脳みそは」善良な老紳士は言いました、「昔ほどの冴えがなくなってきておる。お若い方々には、この奇妙な事柄に対処していくことがおできになるように思いますわい。が、儂は諦める」

「儂もだ」と悪魔のハリー爺さんも呟きました。「こいつならきっと、むにゃむにゃむにゃも〔"devil"と言いかけて、自分のことと気づいてやめた〕——えへん——頭を悩ますぞ！」

二人の差し出口にできるだけ答えないようにしながら、〈空想の人〉は客の一団を別の気品のある広間に先導してゆきました。そこの柱は夜が明けて一時間のうちに空から取り上げた金無垢の太陽光線でできていました。こんな風に、柱が鮮やかな光沢を手放さないので、部屋は想像できる限りの陽気な輝きに満ち、それでいてあまりにも眩しすぎることはなく、心地よさと喜びが運びこまれるのです。窓はカーテンで美しく飾られ、そのカーテンは昇る朝日に照らされた多彩な雲でできていて、汚れを知らない光の色に染まり、あでやかな花綵《はなづな》となって天上から床まで垂れていました。そればかりではありません、虹の細かな断片が部屋中にまき散らされ、ですから、客たちはお互いに驚き、七色の原色で艶やかに飾られたお互いの髪を眺めやりました。もし望みさえすれば、——誰が望まないでしょう——空中の虹をつかみ取り、衣装にしたり、飾りにしたりできるでしょう。しかし朝の光と粉々になった虹は、その部屋が持っている素晴らしい不思議の典型というか象徴に過ぎないのです。マジックによく似ていますがそれでいて自然な力そのものによって、下界においては無視されているあらゆる喜びの手段や機会が念入りに集められ、朝日の射しこむ客間に配置されていたのです。ですからおそらく想像がつくと思いますが、この広々とした部屋に入りきれる以上の人々にとって、楽しい一夕ばかりか、幸せな一生を満たすに十分な材料もそろっていました。お客たちは若さを取り戻す様子です。一方、天真爛漫の典型であり誰もが知っている見本は、〈やがて生まれる子供〉ですが、その子が客たちの間をはしゃぎながら行ったり来たりを繰り返し、その浮かれ騒ぎを見る好機に恵まれたすべての人々に、老いとは無縁の自分特有の陽気さを伝えていきました。

「皆さまがた」客たちがしばらく楽しんだ頃合いを見計らって、〈空想の人〉が申しました。「それでは宴会の間の方にお越し下さるようお願いいたします、ささやかなお食事が皆様をお待ち申しております」

「ああ、待ってました!」痩せこけた人物が突然叫びました。この客はお昼をしょっちゅう抜きにしているという理由だけで招待されていたのです。「空中楼閣に調理場がしつらえられているか疑いだしたところでした」

あれほどあからさまな熱意を見せて興じていた高度に精神的な楽しみから、飲み物ばかりでなくもっと噛み応えのあるごちそうが待っていると言われたとたんに、客たちが方向を変えたのを見ると不思議な気持ちに襲われました。客たちは主人役の後ろにどっと集まり、主人役は今度は広々として雅趣に富んだ広間に案内しました。端から端まで届く食卓が一つ並べられ、その食卓では、無数の金のお皿や飲み物グラスがきらきら輝きを放っています。これらの贅沢なお皿がこの宴会のために、融解した太陽の光線から造られたのか、海底に長い年月眠っていた難破したスペインの大型帆船から回収復元したものなのか、定かではありません。食卓の上座は天蓋によって影が生まれ、その下には堂々たる凝った椅子が置かれ、主人役はその椅子に坐るのを辞退し、一座の中で一番立派な人にその座席をあてがってもらいたいと客たちに頼みました。数え切れない高齢ぶりと卓越した名声に相応しい敬意が向けられて、最初は〈最古の住人〉に、主人役の名誉が与えられました。しかしながら〈最古の住人〉はその名誉を遠慮し、うたた寝をして英気を養えるサイドテーブルでオートミール粥を食べたいと頼みました。次の候補については、いささかの躊躇があり、やっと〈後生人〉が我が国の〈天才作家〉の手を取り、豪勢な天蓋の下にしつらえられた主人役の席に導きました。いったん相応しい場所に彼がおさまったのを見た客たちは、雷鳴のように長く続く拍手喝采を送ってこの正しい選択を認めました。

それからご馳走が供されました。この季節の珍味の全てではないものの、〈どことも知れぬ場所〉の、食肉、魚、野菜市場で、目の肥えた調達人が出会うような珍しい食材が取り合わされています。献立表は運悪く無くなっていますが、これだけは申せます、自分自身の炎で焼かれた〈不死鳥〉、瓶詰めにされた冷たい〈天国〉の鳥たち、銀河《ミルキー・ウェイ》から調達したアイスクリーム、〈愚者の楽園〉からのクリームを泡立てたシラバブやフラメリー、そしてこの手のデザートには、大いなる食欲が発揮されました。飲み物に関しては、禁酒主義の方々はいつものように水で満足しておられましたが、これは〈若さの泉〉の水でした。ご婦人方は、憂さを忘れさせてくれるというネペンテスをすすりました。失恋した人、悩み疲れた人、悲しみにうち拉がれた人は、なみなみとゴブレットに注がれた〈忘却の川〉の水を供されました。黄金の壺から一緒に飲むように誘われたのは有名な人だけで、その壺には古典神話の時代からずっと熟成されてきた神々の飲むネクタルが入っていると鋭く推察されました。食事が片付けられると、客たちは例によって酔った勢いで雄弁になっていき、次から次へと素晴らしい話をご披露に及びました。それを報告する仕事は、もっと優れた能力の持主である〈弁護士ギル〉〔当時有名だった法廷記者のニックネーム〕にお任せしたい。〈空想の人〉は、彼の不可欠な協力を間違いのないものにするために前もって準備しておいたのです。

この宴会の浮かれ騒ぎがもっとも霊妙至極な状況に達したとき、〈気象予報官〉が、食卓からそっと席を離れ、ある窓にかかった紫と金色のカーテンの間に顔を押し入れる姿が見られました。「客人の皆さん」夜空の様子を念入りに観察した後、大きな声で申しました。「遠くに住んでいらっしゃる方々に、できるだけ早くお帰りになることをお奨めします。雷雨が間近に迫っているのは間違いありませんから」

「たいへんだわ!」と〈魔女のケアリー〉が言いました。飼っている鶏たちを置き去りにして、軽くて薄い衣装をまとい、ピンクの絹靴下をはいてここにやってきていたのです。「どうやって家に帰ればいいのでしょう?」

このときは誰もが混乱状態で、余計な挨拶など殆んどなしで、急いで帰って行きました。しかし、〈最古の住人〉は、礼儀を学んだ遠い遠い昔の決まりを忠実に守り、流星に照らし出された客間の敷居に立ち止まり、この宴会に大いに満足した旨を言葉に出しました

「記憶にある限りでは」礼儀正しい老紳士は申しました、「これ以上に愉快な夕べを過ごし、これ以上選りすぐりの集まりに参加する幸運はなかったですわい」

このとき風のせいで息ができなくなり、三角帽が無限の宇宙に回転しながら吹き飛ばされてゆき、口にするつもりだったもっと多くの褒め言葉がかき消されてしまいました。客の多くは〈鬼火〉に家まで

送り届けてくれるように頼んでありました。親切心の行き渡った主人は、自分のために何もできないような孤独な独身女性たちの案内役になるように、〈月の人〉に巨大な角ランタンを持たせて予約を取りつけてありました。しかし勢いを増す嵐は一瞬のうちに明かりを全部吹き消してしまいました。その後に続く闇の中で、客たちはどうやって地上にうまく帰り着いたのでしょうか、あるいは大部分のお客は帰るだけは帰れたのでしょうか、それとも未だに雲や、靄、嵐のような強風の中で迷っているのでしょうか、そして倒壊した空中楼閣の梁や垂木に打ち据えられ、ありとあらゆる非現実な現象にたぶらかされているのでしょうか、それは作家や大衆よりも遙かに多く、彼ら自分自身の問題なのでした。〈どこでもない場所〉の領域で開かれる快楽のパーティーに自信を持って出かける前に、皆さんはこれらの事柄をお考えになるべきです。

自筆書簡集

我々の目の前に、自筆書簡集がある。主として独立戦争時に兵士や政治家たちが、自らもこの大義のために武器を取った善良にして勇敢なパーマー将軍に宛てたものである。静かな午後、現実との過密な関係を逃れた心持ちになっている折りなど、この書簡集を読むのは有益である。結果として、我々は四分の三世紀を滑るように遡り、書き手たちに渋面を向ける不穏の極みにあった世情を親しく知ることができるわけである。手紙類に最大限の効果を発揮させるには、泥水にまみれ疲労困憊した騎馬による郵便配達人によって、あるいは、至急便を配るため猛スピードで駆けてきた（おそらくは）伝令役の竜騎兵によって、たったいま町に届いたと想像しなければならない。この手紙類に相応しい態度で読むならば、これは魔力を秘めた書簡である。太鼓のとどろきやトランペットのファンファーレが潜んでいるものもあれば、フィラデルフィアで開かれている大陸会議の古い議場に響いている大演説の木霊が隠れているものもある。当時の有名人たちの一人が、親しい仲間内で顔と顔をつきあわせて話すように、言葉が生き生きと聞こえる場合もある。紙とインクが合わさるだけで、これほど強力になるとは、なんと不思議ではないか。同じ考えでも、印刷された本の場合は冷え冷えとして効果的でないと思われそうだ。

人間の本性は、ある程度物質を尊重しそれを求め、手で触れられるものの方が、たまたまそれに含まれる精神的なものより重要であるかのように、しつこくしがみつく。実のところは、元の原稿の方が、印刷に供すれば必ず失うものを常に保持しているのだ。消し跡、偶然の筆跡の乱れ、あるいは汚れさえ、いやそういった無意識のうちに犯した些末な欠陥というものが我々を書き手に近づけ、言葉には表せない微妙な仄めかしをある程度伝えてくれるかもしれない。

ジョン・アダムズからの手紙が数通ある。急いでしたためた上品というにはほど遠い小さな字体だが、真剣味に溢れ不必要な美辞麗句はない。最初の手紙は第一回目の大陸会議が開かれてから二十日間くらいたった、一七七四年九月二十六日の日付がついている。半分の大きさのフールスキャップ判に走り書きされたこの古く黄味がかった書類を見て、そこに書かれた言葉が答えることもない数多くの質問をしてみる。大陸会議以降鋼鉄製の像や大理石像となり、お蔭で後世の人々にもよく知られた神さびた立派なかたがた全員が初めてお互いに顔を合わせたとき、お互いにどんな印象を持ったかということをぜひとも知りたい！　一つの精神が、南部と北部における政治姿勢の相違にも拘わらず、この書き手たちを融和させたのだろうか、つまりこの時初めて南部、北部の政治的関係を結ぶのだが。十七世紀の清教徒革命で、王党派の流れをくむヴァージニア人と、議会派の清教主義を奉じているニューイングランド人――貴族主義的な南部の大農園主とマサチューセッツやコネチカットの自分の腕一本で成り上がった人々――は、すぐに自分たちは同国人であり、同胞であると感じたのであろうか？　ジョン・アダムズはジェファソンのことをどう思っただろうか？　サムエル・アダムズは、パトリック・ヘンリーのことを？　北部と南部は思慮深いフランクリンに――イギリス本国において長年植民地を擁護し、科学者としての令名はすでに世界中に広まっていた――敬意を払って団結しなかったのだろうか？　代表団に混じって坐り、殆んど口を開かない堂々たる一人の紳士を待ち受けているかもしれぬ運命について、代表団の間で、もう何か予言めいたこととか曖昧な推測が囁かれ、出回ったのだろうか？　その人物は世界史上どのような位置を占めることになるのか？　彼の姿、顔立ちをまねていくつかの像が作られるのか？　そのうちどれほどが、不滅の名声を持つ彼の足下で次々に崩壊していくのか、といったことについて。

目の前の手紙は、そうした疑問には答えてくれない。手紙の重要な特徴は昔の大陸会議議員の堅い心にさえしみ通っている不安や恐怖を強烈に絞り出し、その一方で来たるべき戦いを予想するものである――

「当地では」と手紙には書かれている。「戦闘の開始が異常なほど恐れられています。軍に対する攻撃は、たとえ成功した場合でも、大陸全体を戦闘状態に巻き込むと考えられています。内閣は、ボストンで争いが起これば大喜びするだろう、なぜなら、母国の人々への言い訳になるし」――「この母国という言葉の使用は、ジョン・アダムズがイギリスのことを好意的に語った最後だと思う」――「母国の人々の意見を我々への攻撃を進めることに集約させるだろうからと広く考えられております」

次の手紙の上書きは――「ワシントン将軍に託して」となっている。日付けは一七七五年六月二十日で、バンカーヒルの戦いから三日後であり、この知らせはまだフィラデルフィアには届いていない。しかしあれほど恐れていた戦争は、コンコード川の静かな土手で始まっていたのだ。二万人の軍が、ボストンを包囲しており、ワシントンは指揮を執るため北に向かっていた。ワシントンが友人間の手紙を運ぶというちょっとした親切を尽くしたこと、このような使者に託された当の文書を我々が手中にしていることを知ると、この英雄に対する我々の親近感が増すように思われる。ジョン・アダムズは簡単に――「貴君を安堵させるために、ワシントン、リー両将軍を派遣します」と書いている――しかし総司令官の人柄については何もつけ加えていない。この手紙は書き手の激しい気性を十分に表している。つまり、もし彼が大陸会議場以外の場所にいるとすれば、それはボストンを目の前にした塹壕の中だろう。

彼は書いている。「冬期を迎える前に、ゲイジ、ホールディマン、バーゴイン、クリントン、ハウを打ち負かしてほしいものです。卑劣なハウめ、彼の一族を記念してマサチューセッツ植民地がウェストミンスター寺院内に彫像を建ててやったのに、そのマサチューセッツの人々の首をかき切るためにやって来るとは我慢ならない。今後現れる同じような卑劣で冷酷な人物全体に対する警告として、幸運な弾丸か銃剣が彼を重要な見せしめにすることを真摯に、冷静に、そして熱烈に祈る！」

彼は、やや貴族的な趣のある書きぶりを続ける――「我が軍営は、武勇を育てる輝かしい訓練場となり、それゆえ他の植民地出身の紳士諸公が頼りにし大挙して頻繁に訪れるようになるだろう」紳士諸公という言葉が、独立戦争以後この意味で使われることは滅多にない。別の手紙によって我々は、その紳士諸公の内の二人を知ることになる、「メリーランドに最初に移民した一族で、楽に暮らせるだけの資産を持つ」として名前を挙げられている志願兵のアキラ・ホール氏とジョサイアス・カーヴィル氏である。

イギリス軍がボストンから追い払われると、アダムズは大声を上げた――「守備を固めろ、守備を固めて二度と奴らを入らせないようにしようじゃないか！」ジョン・アダムズや北部から選出された他の代表たちがニューイングランドを、なかんずくピューリタンたちの古き良き首都を眺める子としての愛情を知るのは実に心地よいものがある。国家を愛する彼らの気持ちは、十三の植民地全体に拡大されるほどまだ希釈されてはいなかった。十三の植民地は一つの国家を構成するというより、むしろ同盟国と見なされた。実際に、合衆国市民の愛国心は、独特の本性を持った特有の感情であり、心の他の部分に混じって適合させるには一生涯あるいは少なくとも長年の慣習を必要とする。

書簡集は、「ケンブリッジにて、一七七五年八月二十六日」と日付けのあるワシントン自身の手紙によって貴重さを増す。彼はその手紙を――彼の名声ゆえに、いまでは貴重この上なくなっている――あの家で書いた。いまではある詩人の机に彼の胸像が置かれているまさにその部屋で書いた。この一枚の紙は、指揮杖を握る手の下を通り抜けたのだ！　この手紙の見た目全体と内容物ほど、他にワシントンの残したあらゆるしるしと一致しているものはありえない。手稿は明晰である。ピリオドやコンマまで正確だ。冷静な正確さが行き渡っており、間違えることが不可能なたぐいの知性の生みだしたものに見える。また、そう言ってよければ、わずかなりとも人間的間違いを犯しうると思えたなら、もっと人間的な暖かみを与えてくれそうに思われる。筆跡には、平明で伸びやかな気品が見てとれ、署名にはやや凝ったところが見られ、保守的な紳士階級の人となりの典型になっている。しかし、署名以外の文面を特徴づけている誠実さと明晰さに傷をつけるものではない。縦横の文字の並びは定規を当てたようにまっすぐで等間隔である。始めから終いまで病的なところはない——あるはずがあろうか——つまり、気分が変化したり、激情に駆られたり、普通の人ならば心から指先に伝わってしまう感情の波など欠片もない。便箋自体は（重厚で真剣な思索という重荷に耐える材質の紙に書かれている独立戦争中の手紙の大部分と同じである）頑丈で、質は高く、大英帝国とグレートブリテン島を擬人化した、王冠を戴くブリタニア像の透かしが入っている。

手紙の主題はボストン港の入り口を支配できる位置にあるアルダートン岬を攻め落とさない理由の開陳にある。既に確保した戦線を十分に防御するための兵力と武器、弾薬の不足に起因するアルダートン岬占拠の困難さを説明したあとで、ワシントンはこのように続ける——

「独立戦争という大義の支持者であり、大義の遂行のもたらす効果について論じることのおできになる閣下に対しては、腹蔵のないところを申し述べて構わないと存じます、なぜなら、胸の内を明かしても私たちの戦況が不用意に漏れることはないでしょうから。しかし、私の作戦行動を決定する真意の全てに対し、日常的にあれこれ口出しするあれこれの人に語ることによって、（もっとも敵は、流布しているあらゆることをかなり熟知しているに違いないと思っていますが）敵に私の弱点を明らかにすることはできません。語らないことによってどういう結果を招くか存じておりますが、つまり職務怠慢のそしりを免れないと承知いたしておりますが、さらに職務を遂行する気迫に欠けているというそしりも免れないかも知れませんが、語らないのです。しかしそしられようと、私の行動に影響はありません。私は着々と（私の判断力が助けてくれる限り）大義のためになると思料するような手段を講じて参ります、そして力の限り自分の義務を遂行したことを意識して、投げかけられるはずの悪評の下で満足して憩うことにします」

前記の文面は、彼の手紙から引用しうる他の文章全部と同じように、いかにもワシントン的であり、魂の静かな高揚ぶりと完全に一致している。とはいえ、この文章や彼の手紙のどれを利用しても、我々が得る彼の感触はどれほど不完全であることか！　私たちは、彼がためらいのない筆跡で、心静かに書いていると想像する。一時的に感情が激して、あるいは思考に乱れが生じて、彼の堂々とした顔が暗くなったり輝いたりすることはないと想像する。その結果、彼の目的を過不足なくすらすら表現していると思ってしまう。ここまでは我々も考えられるかも知れない。しかしそれでも、彼の全体像を捉えきっていないし、内面の有り様を垣間見てもいないし、人間性を見抜いてもいない。同じことが、彼の日常生活のあらゆる特徴を記録したものにも当てはまる。様々な観察者によって記録された特徴は十分すぎるほど沢山あり、矛盾しあっているところは全くないと思われる。それでも、我々をこの英雄と親しい関係に誘いこんでくれたり、心の温かさや人間らしい心臓の鼓動を感じさせてはくれない。いったいそのわけは何だろうか？　それは、彼の偉大な人間性が、人と人とが結ばれるように、母国と関係を結ぶようになっていて、同胞として特定の個人に対しては、一個人として接することができなかったということだろうか？

フランクリンからの手紙が二通収められている。日付が古いほうは「一七六七年八月八日」付けで「フィラデルフィアのフランクリン夫人」に宛られたものである。彼は当時、植民地代表としてグランヴィル内閣の過酷な政策に抵抗するためイギリスに滞在していた。しかし手紙は、政治的な問題などには触れていない。十二、三行しか含まず、こんな風に始まる――「愛するお嬢ちゃんへ」――そして、長くて神聖な結婚生活に対する感慨を伝えている。恋愛感情はすっかり失われているが、親密で穏やかな優しさは失われてはいない。彼は、健康のために短期間田舎に出かけるようにしていることを語り、別便で送ったもっと長文の手紙にも触れている。「ミセス・スティーヴンソン」、「サリー」、「愛しのポリー」のことも何気ない優しさをこめてそれとなく仄めかし、「私のことを尋ねてくれる全ての人に」よろしくと加え、署名している――「いつまでも愛する夫より」まさしく短くて重要ではないこの夫としての手紙には、過去を呼び出す様々な要素、我々がこの紳士の人物像、人間関係、置かれた状況を新たに生み出す要素が含まれている。我々はロンドンの滞在先で――鬘を脱ぎ捨て、代わりにビロードのキャップをかぶり――この手紙を書いている賢者の様子を思い浮かべることができる。それから大西洋を渡って、年老いてはいるがまだまだ魅力的なフランクリン夫人が手紙を受け取ると、忘れずに先ず眼鏡をかけ、封を切り、読み始めるところを思い描くことができる。ところで封印に使った紋章は仰々しいものであり、ニューイングランドの慎ましい印刷屋を出自とする者より、アメリカの郵政長官であり、植民地の代理人である人物の権威を象徴するものであった。手紙は、文字を書くのに習熟した人の伸びやかですらすらとした筆致で書かれ、読み手にとってはことのほか心を慰めてくれる。

同じ有名人の手になる別の手紙はパーマー将軍に宛てたもので、日付は「パシーにて、一七七九年十月二十七日」となっている。封筒の裏書きによれば、ラファイエットの仲介で合衆国に送られたと思われる。当時のフランクリンは駐仏アメリカ大使であり、ヴェルサイユ宮殿において、名声をほしいままにし、フランスの貴婦人たちにちやほやされ、それればかりか、はいている青い毛糸のストッキングにまで崇高で哲学的なものを見る上流階級や知識階級にも敬慕された。それでも彼は以前と変わらず、飾り気のない誠実な文字を書き、そのため古びて黄色くなった紙面から書き手の容貌が窺える。というのも、手紙の言葉は長い間消えていた彼の声と同じように耳に反響するからだ。とはいえ、この短い書簡は前の手紙と同じように具体的な事柄が殆んど書かれていないので、書き写すことには気が引ける。

次にサムエル・アダムズの手紙の断章に移ろう。この書簡は、他のどの手紙に比べても、大げさなところも飾り立てたところも全くない。優雅さ、美しさ、あるいは凝った書き方に敬意を表して、一カ所でも細い線を用いたりしていれば、特徴を無くしていたかもしれない。なぜなら、熱い心を持ったこの人物は生まれた国の過去の要素から生み出された本物のピューリタンであり、先祖の宗教を奉じ、さらに先祖たちの政治信条に、革命時代の政治的様相を加えたものを奉じていた。サムエル・アダムズは、心中にあっては合衆国の市民と言うより、むしろニューイングランド人であり、昔のマサチューセッツ湾植民地の息子であった。次の文面は、彼の全体像を表している。

「首都から野蛮人を追い払ったことにより、私たちの事態に重要な変化が突然生じましたことを心よりお喜び申し上げます」イギリス軍がボストンを退去したあと、彼はフィラデルフィアから書き送っている。「聖書にしばしば『万軍の主』と言われている神に大いなる感謝を述べなければなりません。私たちはまだ、敵軍がどの方面に向かっているのか確かな情報は受けていません。私は将来の攻撃に備えるのがよろしいと思うのですが。港の防衛を強化することで、今後軍船の入港を防ぐようにしなくて良いのでしょうか？」

ハンコックから受け取るのは「議会、ないしニューハンプシャー安全保障会議御中」に宛てた「公共事業」に関する文書の封筒だけである。それには「独立宣言」において非常に目立っている署名が書き添えてある。独立宣言の版画に見られるように、その署名は、堂々とした商人の肉筆に期待する通りのもの、望むとおりのものと思われる。見事なペン使いは、コプリーの素晴らしい肖像画の中で手にしているところを描かれた帳簿をつけることで鍛えられたものであるが、生まれついての才能、彼の国の状況と習慣が彼に統治者の一人という地位を与えた。しかし目の前にある粗末なくすんだ紙の上に書かれると、効果はまったく発揮されず、署名以外の宛名はすべて走り書きで、大きくて重々しいが迫力はない。署名自体、独立宣言のペンの運びとほぼ同じであるものの、微妙に違っていてもっと雑な印象を与える。おそらく全くもって正しく、真実をよく表しているのだろう。言い伝えが信じられるとしたら、そして未刊行の手紙類と刊行されている書籍に登場する少数の証人が信じられるとすれば、手紙の署名と版画の署名の場合と同じように、実際の人物と歴史上の人物像とはかなり異なっていた。政治人生においても永遠の著名人である点においても彼のお仲間の一人は、彼のことを「理性も情愛もない男」として描いたと言われている。後の世代の我々には、どのような証拠に基づくにせよ、神聖と言ってもいいくらいの高みに達したそびえ立つような地位にある人に対し、その名前よりさらに神聖な出来事の記憶に結びついており、その周りに群がっている昔からの敬意によって、我が同胞にとっては価値ある実在となっている人に対し、いたずらに無礼を働く権利は与えられていないと言うべきである。しかしながら、ハンコックを実像として見なさず、それなりに有用で必要な偉大な虚像であり、本質的な力とか美徳よりも表面に現れるきらびやかさによって遙かに大きな効果を生み出していると見なすことは不敬ではないかもしれない。もしこのような人々を歴史の頁から追放すれば、登場する人物は半減するだろう。

ウォーレン将軍からの手紙は、一七七五年一月十四日付である。バンカーヒルの戦いにおいて、自らの血で、自らの愛国心に嘘偽りのないことを証明する数か月前である。彼の筆跡には品のない飾り書きが多い。小文字のdは、すべて上に向かって放物線を描いて跳ねあがり、かなりな間隔を置いて降りている。彼のペンは細い字しか書けないらしく、どの字も非常に読みやすいけれど、細くて見苦しくゆがんでいるように見える。手紙の趣旨は、個人的関心に訴えて工兵であるグリッドリー大佐の植民地軍参加を確実なものにする段取りである。親友であるパーマー将軍宛ての手紙なのに、ウォーレンはきわめて儀式張り、「恐惶謹言」にあたる「忠実なるしもべ」で締めくくっている。実を言えば、手紙を締めくくる際の、このように大仰な儀式張った決まり文句は、どのように親しい間柄であっても、省かれることは殆んどなかったようである。夫婦は時おり、少なくとも書面の上ではお互いの「忠実なしもべ」であった。育ちの良い人々の間では、家庭生活の奥の奥でさえ、それに相当する儀式張った会釈や挨拶が交わされていた。人々の心を満たしていた現実にも拘わらず、そして手紙の多くにそれが刻印されているにも拘わらず、その時代は、現代より遙かに格式張っていた。

ウォーレンは、独立革命が実際に勃発する以前にすでに知的側面において非常に傑出していた人の中で、唯一実際に戦闘のために手を挙げた人物である。彼は戦争が勃発する前に、戦うことに賛成の手を挙げたのだ。立法府の愛国者たちと、戦場の愛国者はまったく違った階級に属し、ガウンを脱いで武器を取ることはなかった。イギリスにおける清教徒革命とはまったく違っていた。清教徒革命では、時代をリードする人々は、議論が結論に達したときや、議論が放り出されたとき、鋼鉄製の胸当てを着け、戦場に指導者として姿を見せた。教育を受けた青年男子、古い植民地家系のメンバー、ジョン・アダムズの言葉によれば、紳士諸公は、期待されたほどには革命軍にその職を求めなかった。将校たちは一般的に言って尊敬でき、時にはその実力が大いに誘発されることがあったが、全体としてみた場合、我が国の知性と教養を担うものは、彼らのうちにはあまりいなかったのだ。

さらに頁をめくると、大陸会議議長のヘンリー・ローレンスの無料送達便の手紙に行き当たる。往事の多くの貴族たちと同じようにロンドン塔の反逆者の門をくぐり、彼の勇敢な息子は、アメリカの若者なら誰もが夢見ることのできる輝かしい未来を、曖昧な小競り合いで犠牲にする、というのが彼の運命であった。ジェファソンが自ら、ルロイ並びにベイヤードに宛てて書いた手紙の上書きがある。あまりにもお粗末な素材なので、書き手を目の前に呼び出す護符としては役に立たない。ジェファソンの異名である〈モンテセロの賢人〉が、遠くの街角を曲がって退却する姿をちらりと見るような印象を受け、まったくもって満足がいかない。財務官を務めたロバート・モリスの手紙の切れ端。ジェイ判事からの手紙も一、二通。リンカーン将軍の手紙が一通。大急ぎで書いたらしいが、暇な人がどんなにして書いても誘発することができない、急いで書いたときに特有の火花はまったく含まれていない。リンカーンはニューイングランド軍人の典型であった。かなりな能力の持主だが、特に戦闘好みに生まれついているわけでなく、騎士道精神の鑑というわけでもない、しかし忠実の上に大胆なところがあり、一種の礼儀と抑制を保って、激しく無慈悲な戦闘に加わった。

善良なる老シュトイベン男爵からは、戦闘隊形づくりに関する手書きのエッセイではなく、活字のように読みやすい小さくてきちんとした文字で書かれた商業手形である。気品のある文字だが、署名の下に記された非常に複雑な飾り文様を除いて、飾り文字はない。概して言えば、この筆跡は、プロイセン国王フリードリッヒ大王付き武官、宮廷人、世辞に通じた人の持つ優美さばかりでなく、男爵の武人らしいうえにドイツ人らしい質朴さという特徴を遺憾なく備えている。我が独立革命軍の陣立てに、ヨーロッパ大陸からはせ参じた爵位のある人々――プロイセンのシュトイベン将軍、ドイツ生まれのフランスの将軍ディカルブ男爵、ポーランドの貴族プラスキー、フランスのラファイエット侯爵！――さらに彼らから離れない封建的集団が混じっていることによって、なんという不思議なそして見事な効果が生み出されていることか。三十年にわたって一つの有名な戦場の砲煙から別の砲煙へと乗馬を走らせたドイツの古強者シュトイベン。まだ将来における自分の高い役割に気づいていないが、故国の旧弊で無価値な諸制度を炎上させる松明に火をつけるために、アメリカにやってきた若いフランス貴族のラファイエット！　自筆書簡集の中に、ラファイエットからのものが一通ある。独立戦争が終了して長らく経ってから、母国の革命が燃えさかっている時期にも拘わらず、書かれたものである。短い手紙は次のようなものに過ぎない――

「閣下、同封したものは、本日の出席券二枚です。議論の一部は、パリの神殿に埋葬される名誉に関するもので、憲法制定会議によって決定されたところと合致しております」

この手紙に示されているような典型的な愚行を、我らが独立革命の父祖たちの責任とすることが我々にはないのは、考えるだに面白くて心地よい。自分たちの行動と、それを覆い隠す双方において、彼らは厳格で控え目な自己に忠実であり、結果としてうるさ方に嘲られるようなものなど背後に何も残さなかった。しかしながら、我々の革命はフランスのそれと違って、国民の良識をかき乱すほど深くはないということは考慮されるべきである。

スカイラー将軍は一七八〇年二月二十二日付けで手紙を書いている。彼は同国人の悪感情のせいで軍事から切り離されたも同然だが、手紙はそのことではなく、オノンダガ塩水湖のことだ。表現はきわめて直截的で、字体は実業家のそれで、伸びやかなうえによどみがない。当時は遠く離れた広大な原野の木陰に漂う薄暗い日の光の中にほとばしり出ていたオノダガ塩水湖群についての、頼りなくて、ぼんやりした伝聞証拠だが、今ではナイル川の源泉を満たす水の特性に関して引用されてもおかしくないようなものである。次の文面は、インディアンの女性とその息子の単純な塩作りを教えてくれる。風がまき散らした木の枝の火で作っているのだが、その炎が森の半円形の空間を通して薄暗く輝いている。――「様々な情報から、一人の息子を助手にしてインディアン女性が十ガロン入る鍋を使い一日で作りうる最小の量は半ブッシェルと思われます。同じ鍋でできる最大量は二ブッシェルでしょう」ごく未発達とはいえ、赤色人種の変わることのない生活術を知るのは、どんなことでも非常に面白い。物作りとか、農業、家内労働など。この手の知識不足が、我々のインディアン種族に対する理解を影のようで非現実的なものにする原因のひとつである。こうした知識を獲得できれば、文明人の側の同情の土台を築くことになるだろう。

イギリス軍に内通した裏切り者アーノルド将軍以上に、今話したばかりの廉直で私心のない愛国者と際だった対照をなす人物を選び出すことは無理である。彼の指揮下にある将校に宛ててクラウンポイントで書いた「一七七五年一月十九日」付けの短い手紙がある。三行からなるこの手紙さえ、綴りの間違い、文法の間違い、句読点の打ち方が見当はずれて過剰であることを証明している。しかし、この間違いの多い悪文にも拘わらず、悪党将軍は、正しい作文をする規則をこれ以上ないほど念入りに尊重したかのごとく、自分の意図を端的に、かつ明白に表現し得ている。我が国の歴史上悪名高い名前によって忘れられないこの直筆書簡には、悪魔を信奉する悪漢が、署名して自己の魂の救済を譲り渡した書類に伴うなにがしかの興味がある。しかしいかなる類のものにせよ、この男には、彼個人に対し過剰な感情を抱くのを正当化するに十分な中身というものがない——ブルドッグと狐を親とする雑種に過ぎない輩だ。この男にささやかな関心でも抱くことは殆んどない。むしろ悪行を崇高なるものにしかねない彼の行動状況には遙かに大きな関心がある、と言ってもケチな卑近な出来事の中で行われていたなら、単に下品な行動だったのだろうが。

もう一枚めくると、ハミルトンの覚え書きに出会う。ケンタッキーのミスター・デイヴィーズのため、ジョン・ジェイ知事に宛てた普通の紹介状なのだが、育ちが良くて礼儀正しいという印象を与える。一人の紳士を別の紳士にその場で直接紹介している時の、書き手の物腰を目の前にしたり、洗練された言葉が聞こえてくるといった感じを受けるのは間違いないように思われる。そのうえ文面には、珍しいくらいの勢いと豊かな意味が含まれており、それは生まれつき強い思考力を持つ人のみが、紹介状といったありきたりの書状にも注ぎ込むことができる体《てい》のものである。この書簡は上品であり、署名にはのびのびとして美しい飾り書きが施され、見事に執りおこなわれた社交上の儀式の終わりに当たり、慇懃にお辞儀をするのと同じだった。ハミルトンは、連邦党員のリーダーであり、アイドルと言ってもおかしくないだろう。なぜなら彼は、連邦党の大物たちを特徴づけるあらゆる高尚な素質に抜きんでていたからであり、そのことが民主主義者にさえ、我が国が非常に高貴な古めかしい貴族の一団を生み出したことを誇りに思わせたようだからでもある。彼は、それらの貴族と国民に対する不信感を共有してもいた。その結果、彼らは当然のごとく、そして正当に破滅に追い込まれたのだ。彼の書簡は、彼の終生の友だったもう一人の連邦党員の書簡を連想させる。スケールの大きさでは遙かにハミルトンに劣っていたが、生まれつき活力に恵まれていて、そのため多くの熱烈な同志たちは彼の支持を求めて力を尽くした。公正な上に不撓不屈の士であり、現代の頑強な共和主義者に相応しいと言ってもよい単純な態度をとった。子供の頃、痩せこけた厳めしい老人をよく見かけたものだ。老いさらばえているが、打ち負かされそうな様子はなく、衰えたりとはいえ元気いっぱいの足取りで歩き、「ティム・ピカリング翁」で通っていた。

ハミルトンの書簡を、彼の血を流した男の手になる書簡と並べることもしてみたい。これは一八二三年にアーロン・バーの書いた数行である。かつてはどれほど野心的であったにせよ、その企てがことごとく疾うの昔に粉砕されてしまったので、断片さえ粉々になり、彼に残されたのはこれから触れる一例のようなつまらない訴訟事件に衰えたエネルギーをつぎ込むことであった。筆跡は寄る年波のせいで少し震えていても、戦争や政治の公文書作成ばかりでなく、いつも香水を振りかけた便せんに恋文を綴っていた男がなりがちな、小さくて入念な洗練された文字であった。これは我々にとってきわめて興味深い書簡である。アーロン・バーの個人的影響力、人をその気にさせる手管、相手を服従させる力、冷たい心根のくせに女性の愛を勝ち得る魅力などについてどんなことが言われてきたかを思い浮かべながら、彼の性格に秘められた謎の正体を求めて、我々は計り知れない彼の目をのぞき込むように、彼のペンが生み出したこの書簡を見つめる。この男のような、欠点だらけで、堕落し、その上呪われている性格が、強い興味を引き起こすのはいかにも奇妙である。彼の性格に元々備わっている要素の許す限りにおいて、この世で最高の完璧さに上り詰めていた場合以上に強い興味なのだ！　想像力に影響を与えるというのは、彼の性格の悪魔的な部分である。彼がもっと善良な人であったなら、結局のところ、現代の我々は、彼が次第にほこりをかぶり、もっと立派で平凡な同時代人の中に姿を消すがままにしていただろう。しかし彼は、特異な二人のキリスト教徒、すなわちプリンストン大学学長アーロン・バー・シニアとジョナサン・エドワーズを共通の先祖とする一族から生まれた異端児であることは確かである。

多くを割愛し、我々は歴史上の人物たちが残した最後と言えそうな形見にいよいよ近づく。我々は独立戦争の優れた戦士の書簡をもう一通眺めている。ヘンリー・ノックスのものだが、書かれたのは軍事長官だった一七九一年である。見た目には、軍人の手紙にきわめて相応しい。筆跡は大きくて太く、誠に読みやすい。行間は離れていてきちんと等間隔を保っている。全体が行軍用軍装に身を固めた正規軍に似ていなくもない。署名は活字のようにがっちりしていて飾り気がない。これらの自筆書簡が明らかにしているように、南部紳士の方が北部紳士より、華やかなペンさばきによる署名に凝っているという観察結果は、どの程度の蓋然性を持つか分からないながら、興味深い。

さていよいよ、活動時期が現在にまで重なっているようなもっと新しい時代の人々に触れることになる。彼らが重要人物であることは確かだが、人柄に関しては、時間とか状況の経過によって、収集家以外の人々にその書簡に値打ちがあると思わせるほどの興味を抱かせるには至っていない。いままで紹介してきたのは、英雄に相応しい時代の人々であった。彼らは去ってしまった、完全に過去の人になった、彼らのことをかつて親しく知っていたと言える、存命中の人々を通して過ぎゆく世代の人々に触れることすらなくなるにつれて。それゆえ彼らの手紙は、我々にとっては長い歴史と伝統をもつ巨大な影法師、そして千年も前の賢人や軍人に匹敵する人々から手渡された中身の濃い資料のような存在となる。ことわざとは違い、人間が「シーザーのように完全に死んでいる」と見なされるには一日はおろか、数年でも無理なのだ。高齢の紳士、大使、知事、上院議員、大臣はもちろん大統領であろうと、賞賛に値する尊敬すべき生涯を送り、髪粉を振りかけた鬘に半ズボン姿を客間から消したばかりの人のペンから生まれた駄文にはいささかの興味もない。時間の経過ではなく、現在行われている政争やはやし立てる新聞のせいで、その評価がほこりにまみれた人の駄文にはさらに低い評価しか与えない。しかしながら、本当に偉大な人物は想像力を刺激する点では、過去の立派な人々の仲間であるように思われる。たとえ彼らは、我々がこれを書いている秋の日を照らしている陽光の中を歩んでいるとしても、である。ヘンリ・クレイの小さくて飾り気のない文字に対する我々の好奇心は、ゼロというわけではない。彼は自分でも女性の願いにはいつも従っていると言っているように、この手紙もある若いご婦人の、印章を押して下さいという要望に応えている。我々はもっと長くカルフーン氏が急いで書き上げたメモの末尾を眺める。猛烈な勢いで書かれた言葉は不思議なことに文字の体をなしていないし、もう少し著名度に欠けていたら、自ら書いたにもかかわらず、名前が読み取れなかったかもしれない。しかしとりわけ今でもペンを握ることのできる手の中で、軍人とか政治家のうち、以下の手紙を書いた人の手より興味を引くことのできるものをしらない――

「拝復
今月六日付のおぼえ書き落手しました。ニューオーリンズの戦闘において、小生の指揮下に『J・T・スミスという名の大佐』はいなかったことを、取り急ぎお知らせいたします。敬具
アンドリュー・ジャクソン
一八三三年十月十九日

老将軍は、自筆書簡収集家の罪のないちょっとした策略に欺されたのではないかと思われる。ニューオーリンズの戦いは、存在怪しいこのJ・T・スミス大佐よりも優れた加勢がなかったら勝利しなかったかもしれないだろうから。

歴史的な価値のあるこれらの書簡に混じって、あるいは付随して、文学的な書簡も少しはある。ティモシー・ドワイト――「老ティモテオス」であるドワイトは、英軍によるカナダ征服においてもっと有名な主題を選ばずに〈カナーン征服〉を詠ったが、時代的には一番古い。ジョン・トランブル大佐――

彼の手は、生涯のさまざまな時期に、武器、ペン、鉛筆に親しんだ。彼は二通の手紙を提供しているが、芸術家の自筆書簡を際立たせる生き生きとした手跡の美に欠けている。トランブルの絵画の値打ちは、銀板写真の価値と同種のものであり、空想ではなく現実に頼っている。ワシントン・アーヴィングの端麗な署名は、一八一四年付けの手形の裏書きとして残されている。もしこの文書を本物と見なせば、この年、彼は兄の『P・E・アーヴィング会社』の社員となっていたようだ。この書簡は、銀行員が書いたもの同様に読みやすいけれども、これほど商人らしくないものもない。明らかに芸術的な美を目的にしていないが、『スケッチブック』そのものが含まれている。ピアポントの署名と印章もある。印章には彼に生き写しと言ってもいい顔が刻印されている。自分自身の顔というのは印章にするには実に楽しい仕掛けだ。かくてこの印章を気の向くままに増産し、友人たちにその手紙を送るのだろう。つまり、〈頭〉は外に、〈心〉は中に！というわけだ。九歳の生徒だったマーガレット・デヴィッドソンの書いた数行の手紙もある。丁重に書かれた味わい深いワシントン・オールストンの手紙の断片に、詩集を貸してくれた相手に対するささやかな感謝の念が読み取れる。ノア・ウェブスターについては、一通の手紙以外ほかにはもう残っていない。若い頃の彼の努力は綴り字教本となって明らかにされた。後年の努力は重厚な辞書となって報われた。一八四三年二月十日付けで、辞書編集者に打ってつけの力強くて無骨な筆跡で、老人の回想文を書いている。その中から、愛国者ワシントンをお祭り気分で描き出した、次のようなエピソードを抜粋する。

「一七八五年に、私が南部に向け旅行中マウント・バーノンにワシントン将軍を訪ねた。正餐の時、食事の最後に新しいタイプのパンケーキが供された。客人全員に配られたが、それぞれが自分の好みに合わせて味をつける砂糖と糖蜜の入ったボール二つもついてきた。パンケーキが私のところに配られたとき、自分の故郷で飽きていたので、出席の紳士ががたを見つめながら糖蜜のボールを押しやった。将軍には極めて稀なことだが、急に大声で笑い出した。『おやおや、ニューイングランドでは糖蜜を食べるというあの話は嘘なのだね』と彼は言った。食卓にはメリーランド出身の紳士がいた。将軍はすぐに話し始めた、独立戦争の時、馬車が転覆しウエストチェスターで糖蜜の大樽に穴が開いたが、近くにいたメリーランド部隊の兵士たちが大急ぎで駆けつけ、帽子のたぐいで糖蜜をいっぱい掬ってできるだけ多くの糖蜜を救おうとしたという主旨だった」

同情心に恵まれた気性というものがあると言われている。極めて精妙な気性なので、自筆の書簡を扱うだけで、書き手の性格を正確無比に探り当て、もっと才能に恵まれない眼力の持ち主が印刷された書類を読んだ場合と同じくらい簡単に書き手の心の奥を読み取ることができる。こうした力に対する信頼度は、それが精神的なものであれ、単に身体的な資質が洗練された結果であれ、証拠があるにしても、限られたものである。神は人間の魂に、秘密を護る驚くほどの力を与え賜うた。神はご自分がお読みになるためだけに、少なくとも心の奥深くの記録は所持しておられる。しかし、私たちが言及したような同情心というものがあるなら、ここで閉じようとしているような自筆書簡集によって、〈歴史〉はどれほど多くの例において赤面させられることだろう!

ラパチーニの娘

オーベピーヌの作品より

私には、オーベピーヌ氏の作品のうち、翻訳されたものを読んだという記憶がない。そのことは、外国文学研究者はもとより、同国人の多くにもその名前が知られていないのだから、あまり驚くには当たらない。作家として彼は、〈超絶主義者たち〉（彼らはいろいろな名前で呼ばれているが、現代における世界のあらゆる文学にそれなりの関与をしている）と、大衆の知性と共感に語りかける大部分の文筆家に挟まれて不幸な地位を占めているようである。たとえ洗練の度が過ぎていないにしても、なによりもプロットの展開において、後者に属する人々の趣味に合うには現実味がなく、影のようで中身が薄過ぎる、それでいて、前者の精神的あるいは形而上的な要求を満足させるには大衆向けすぎるというわけで、自分には共鳴者がいないことを思い知らされるに違いない。ただ、そこここに共鳴してくれる個人や少数者からなるグループは別だが。正当に彼の作品を評価すれば、想像力と独創性に全く欠けているわけではなく、作品のプロットと登場人物に、雲の中の人物や光景といった様相をつねに与え、彼の構想から人間的な暖かみをそっと抜き出してしまう、根っからのアレゴリー好きがなかったなら、もっと高い名声を勝ち得たことだろう。彼の創作は過去を扱ったものもあれば、現在を舞台にしたものもあり、目につく限りでは時と場所にほとんど、いや全く言及のない場合もある。いずれにせよ、通常彼は、外的な生活様式には、ごくささやかな装飾を施すことで満足し――つまり現実生活の色合いをできるだけ薄め――ぼんやりして明瞭でない主題の持つ特異性によって興味をかき立てようと努めている。たまに、自然の息吹、雨粒のような哀愁と思いやり、あるいはかすかなユーモアが、風変わりな意匠の真ん中に顔を出すことがあるようだ。そのため、所詮我々はまるで、自分が生まれた地球の外には出ていないかのように感じさせられる。この極めておおざっぱな紹介に次のことだけを付け加えることにしよう。つまり、オーベピーヌの創作は、きちんと的を射た視点から読むようなことがあれば、優秀な作家の作品と同じように、読者の余暇を楽しいものにしてくれるだろう、そうでない場合は全くの戯言にきっと見えてしまうだろう、ということだ。

　我が作家の作品は多い。あっぱれにも疲れを見せず営々と書き続け、発表し続けている。まるで、ウジェーヌ・シューの作品群が、当然至極に与えられている輝かしい成功が、自分の努力にも与えられているかのような案配だ。彼が初めて世に出たのは、長いシリーズものの短編集によってである。書名は『二度語りの物語《コント・ドゥ・フォア・ラコンテ》』で、もっと最近に出た作品集は、（記憶によれば）次のようである――『天　国　鉄　道《ル・ヴォヤージュ・セレスト・ア・シュメーン・ドゥ・フェール》』全三巻、一八三八年。『新しいアダムとイヴ《ル・ヌーヴォ・ペール・アダーム・エ・ラ・ヌーヴェル・メール・イヴ》』上下、一八三九年。『ロデリック、もしくは胸中の蛇《ロデリック・ウ・ル・セルパン・ア・レストーマ》』上下、一八四〇年。『火を崇める《ラ・キュルト・デュ・フー》』、古いペルシャのゾロアスター教徒たちの宗教と儀式を考察した重々しい二折版で、出版は一八四一年。『スペインの城での一夜《ラ・ソワレ・デュ・シャトー・アン・エスパーニュ》』八折版一巻、一八四二年。『美の芸術家、もしくは機械仕掛けの蝶《ラルティスト・デュ・ボー、ウ・ル・パピヨーン・メカニーク》』四折版五巻、一八四三年。この驚くべき著書目録を少々退屈しながら読み終えると、あとにはオーベピーヌ氏に対するある種の個人的な愛情と共鳴（もっとも賛嘆の念といったものとは全く違う）が残る。そこで、アメリカの大衆に彼の作品が好意を持って迎えられるよう微力を尽くしたいと思う。次の作品は、最近『反貴族主義レヴュー《ラ・レヴュー・アンティアリストクラティーク》』誌に掲載された『ベアトリーチェ、もしくは毒の女《ベアトリス・ウ・ラ・ベル・アーンポワソヌーズ》』の英訳である。この雑誌は、ベアラバン伯爵が何年も前から編集していて、賞賛に値する力と誠実さを持って、大衆の権利や自由主義擁護の先頭に立っている。

非常に遠い昔、ジョヴァンニ・ギャスコンティという名前の青年が、パドヴァ大学で学問を修めるために、イタリアの遙か南部地方からやってきた。わずかの金貨しか懐になかったので、ジョヴァンニは古い大きな建物の天井の高い陰気な部屋に間借りをした。パドゥアの貴族のお屋敷に相応しくなくもない。実際、遙か昔に滅んだある一族の紋章が正面玄関の上に掲げられていた。若者はここに来たのは初めてだが、自分の国の偉大な詩を知らないわけではなかったので、この一族の先祖の一人、おそらくはこの大邸宅の住人その人のことをダンテが〈地獄編〉の中で永遠の苦しみを受けていると描いていたことを思い出した。そういうことを色々思い出したり想像をたくましくしていると、初めて生まれ故郷を離れた若者にありがちなことだが心が張り裂けそうになり、家具の少ない寒々とした部屋を眺めやると、それらが相まって、深いため息を漏らしてしまった。

「おや、まあシニョール」若者の美しい容貌に心を奪われたリザベッタ婆さんは、部屋が住むのに適した雰囲気を持つようにあれこれ心をくだいた。「若い殿方から出てくるにしては何というため息でしょうね！　この古い屋敷は気が滅入るとお思いですの？　それならどうか、窓から顔をのぞかせて下さい、そうすれば、あなたがナポリに残してきたのと同じ明るい日の光がご覧になれましてよ」

ギャスコンティはとっさに、老婆に言われたとおりにしてみた。しかしパドヴァの陽光は南部イタリアのものと同じように心を弾ませるという彼女の言い分にはあまり同意できなかった。しかしながら、そんな日の光でも窓から見える庭に降り注ぎ、並々ならぬ注意を払って栽培されているらしい様々な植物に恵みを施していた。

「あの庭はこの屋敷のものですか？」とジョヴァンニは尋ねた。

「滅相もない、シニョール！——今あそこに生えているものよりもっとましな野菜が採れるのなら別ですがね」とリザベッタ婆さんは答えた。「違いますよ、あの庭は有名なお医者様で、ナポリまでお名前が知られているっていつもお話申し上げてるジアコモ・ラパチーニ先生ご自身が育てていらっしゃるのです。噂では、あそこの植物を蒸留して魔法と同じくらいよく効く薬を作っているそうです。先生様が働いていらっしゃるのをしょっちゅうご覧になれますよ、それだけでなくたぶんお嬢様があの庭に咲いている不思議な花を摘んでいらっしゃるところも」

老婆は部屋の見栄えをよくするためにできるだけのことをし終わると、ご機嫌よろしゅうと言って立ち去った。

ジョヴァンニは、いまのところ窓から下の庭を見下ろす以外にはするべきことが見つからなかった。その外観からジョヴァンニは、イタリアのどこよりも、いや世界のどこよりも古い起源を持つパドヴァの植物園の一つだと結論づけた。あるいはことによると、かつては裕福な一家の別邸だったかもしれない。そう思ったのは、中央のところに名人芸の彫刻を施した壊れた大理石の噴水があるからだ。しかし残念ながら無造作に散らばっている残骸から、元の姿を突き止めるのは不可能だった。とは言っても、水は昔と変わらず陽気に噴き上げ続け、陽光を浴びて煌めいていた。ゴボゴボという小さな水音が部屋の窓まで上ってきたので、噴水はまるで不死の魂であり、周辺の移り変わりに注意を向けたりせずに止むことなく自らの歌を唄い続けているように思われた。その一方で、百年の歳月が噴水を大理石で表し、さらなる百年がもろい装飾を地面にまき散らしたように思われた。噴水の水がしみこんでできた水たまりの周辺には、様々な植物が生い茂り、巨大な葉を育てるには、あるいはときとして豪華絢爛たる花を咲かせるには、大量の水分を必要にしていると思われた。水たまりの中央に置かれた大理石の鉢に植えられている灌木は特別だった。それはおびただしい紫の花をつけていて、ひとつひとつが宝石に負けない華やかな輝きを持っていた。灌木全体がまばゆい外観を呈しているので、太陽の光がなくても、庭全体を浮かび上がらせられるように思われた。庭の隅々まで草木や薬草に覆われ、美しさは劣るにしても手厚く世話されている様子が見て取れ、どの植物もそれぞれに価値を持っていることが、育てている科学的頭脳には分かっているようだった。旧式な彫刻をふんだんに施した壺に植えられたものもあれば、普通の植木鉢に植えられているものもある。中には蛇のように地面を這ったり、上る手段が与えられればそれを用いて高くまで上るものもある。一本の木が四季と庭園の神であるウェルトゥムヌスの彫像にまとわりついてすっかり顔を覆い尽くし、体は垂れ下がる葉叢にゆったりと隠され、それがまた見事な衣装になっているので、彫刻家の習作に相応しいほどだった。

窓際に立っているとき、ジョヴァンニの耳に木の葉が作る目隠しの向こうから衣擦れの音が聞こえ、誰かが庭で仕事をしていることに気づいた。程なくその姿が視界に入ってきた。庭仕事をする卑しい庭師ではなく黒い学者の衣服をまとい、長身で痩せこけ、血色が悪く病人のような男性であることが分かった。中年を過ぎていて、髪には白髪が交じり、薄い半白の口ひげをたくわえ、顔には知性と教養が際立っていた。しかしもっと若いときでも、その顔に心の温かさが十分に現れていたことはなかったのではなかろうか。

通り道に生えている灌木を一つひとつ調べていく学者然とした園芸家の熱心さを凌駕するものは何もあり得ない。うちに隠れている本質を覗きこみ、造化の妙を観察し、この葉はこんな形になり、あの葉は別の形になるわけを発見し、それゆえ同じ種類なのに、これこれの花はそれぞれ違った色や匂いを持つに至ったかを見つけているようだった。それにもかかわらず、つまり彼の側はこれほど植物を深く知っているにもかかわらず、両者の間に親密な関係を思わせるものはなかったのである。それどころか彼は、ジョヴァンニが心底不快に思うほどの用心深さを見せて、実際に植物に触ったり、直接匂いを吸いこんだりするのを避けていた。ジョヴァンニが不快に思ったのは、男性の態度が猛獣、毒蛇、あるいは悪霊といった危険な存在、一瞬でも行動の自由を与えたら、致命傷を負わされるような存在のただ中を歩いている人のそれであったからだ。庭造りに勤しんでいる人がこんな風に危機意識を抱いているのを目にすると、若者の想像力は奇妙なほどの恐怖感に襲われた。庭造りは、一番単純にして純粋な人間の営みであり、堕落する以前の人類の両親が喜んで打ちこんだ労働と同じものだった。だとすれば、この庭は現代のエデンなのか？――そして自分の手で育てたものの中にこれほどの危害を恐れているこの男が、アダムなのか？

用心深い庭師は、道々枯れた葉を摘み取り、茂りすぎた灌木の枝を刈りこんでいたが、厚手の手袋で両手を護っていた。手袋だけが身を護る鎧ではなかった。彼は庭を歩いているうちに大理石の噴水の脇に紫の珠玉の花を垂らしている豪華絢爛たる木のところにやってくると、鼻と口を覆うマスクのような物をかけ、まるでこの花の美しさそのものがほかの花よりもっと危険な敵意を隠しているに違いないと言わんばかりだった。しかし自分の作業がそれでもまだ危険すぎると思って、その花から離れると、マスクを外し、大きな声で叫んだ。しかし、内なる病いに冒されている人のように声には力がなかった。

「ベアトリーチェ！　ベアトリーチェ！」

「はーい、お父様！　何でしょうか？」正面に見える屋敷の窓から艶のある若々しい声が応えた。熱帯の夕日に負けない華やかな声で、なぜだか分からないがジョヴァンニは、濃厚な紫色とか深紅の色合いと、心地よい濃厚な香りを連想した。――「お庭ですの？」

「そうだよ、ベアトリーチェ」庭師は答えた。「お前の助けが必要だ」

すぐに彫刻を施した玄関から若い女性が姿を現した。壮麗この上ない花に負けず、贅をこらした衣装をまとっていて、日の光のように美しく、健康そのものの赤みを帯びた鮮やかな頬は、少しでも濃くなれば行き過ぎになっただろう。彼女は命と健康と活力に溢れかえり、それら全てがいわば、処女帯によってきつく締めつけられているのだが、豊満さは損なわれていなかった。しかしジョヴァンニの想像力は、庭を見下ろしている間に病的になっていたに違いない、それというのも、初めて目にする美しい女性はまるで花がもう一輪増えたような印象を与え、植物の花にとって、自分と同じ美しさを誇る人間の姉妹に見えたからだ。――しかしもっとも臈長けた花よりも美しいのに、手袋をしないでは触れられず、マスクなしには近づけないという印象を受けた。ベアトリーチェが庭の小径をやってくると、父親が最大の注意を払って避けた植物の幾つかに手で触り匂いを吸いこむところを見ることができた。

「ここだよ、ベアトリーチェ」と父親が言った――「儂らにとって一番の宝物に、どれほど多くの世話が必要か分かるだろ？　だがわしはすっかり体を壊してしまったので、いま必要とされるほど近くに寄ったりすれば命をなくすかもしれん。これからこの木の面倒は、お前一人に任さなければならんと思う」

「それなら喜んでお引き受けしますわ」あの若い女性の艶やかな声が再び響いた。彼女は壮麗な木の方に身をかがめ、まるで抱きしめようとするかのように両手を広げた。「そうだよ、お前は私の妹、私の光、お前の世話をし、お前に仕えるのは、ベアトリーチェの役目にしよう。だからお前はご褒美としてベアトリーチェにキスと薫り高い息吹をくれなければ。お前の息吹こそ命の素みたいなものなのだから！」

それから、あれほど言葉ではっきり述べた通り、この上ない優しさを態度にこめて、その木が求めているはずの世話にかかり切りになった。高い窓辺にいたジョヴァンニは目をこすった。若い女性が大好きな花の手入れをしているのか、姉が妹に当然の愛情を注いでいるのか疑う一歩手前まで来ていたからだ。その光景はすぐに終わった。ラパチーニ博士の庭仕事が終わったのか、あるいは用心深いその目が知らない男の顔に気づいたのか分からないが、そのとき博士は娘の腕をとって立ち去ったからだ。夜のとばりがもう下り始めていた。重苦しい蒸気が植物から発散されるのか、立ちのぼってきて開いた窓からそっと入ってきたように思われた。ジョヴァンニは格子窓を閉じると寝床に入り、華やかな花と美しい娘の夢を見た。花と乙女は違うが、それでいて同じなのだ、どちらにも不可解な危険が充満している。

しかし朝の光には、空想の生み出す過ちをことごとく正すような力が存在している。あるいは太陽が沈んでいくとき、夜の闇に包まれているとき、病的な月光の輝きに照らされているとき、そんなときに招きがちな判断の誤りさえ正す力だ。はっと目覚めてジョヴァンニが最初にしたのは、窓を開け、夢の中で謎だらけにしてしまったあの庭を見下ろすことだった。葉や花に置いた露を煌めかせ、珍しい花にいっそうの輝きを与えながらも、あらゆる物を日常経験の範囲内に持ちこむ最初の陽光を浴びて、庭が夢とは違って普通のものだと分かると、ジョヴァンニは驚きもし少し恥ずかしくもなった。青年は、自然の少ない都会の真ん中に住んでいながら、美しくて華やかな草木の園を見下ろす特権のあることに大いなる喜びを感じた。この特権は〈自然〉との交流を続けるうえで、象徴的言語として役に立つだろうと、胸の内で呟いた。いまは思索に疲れた病身のジアコモ・ラパチーニ博士も、輝かしい彼の娘の姿も見えないので、二人が共に持っていると考えた異様な特性のうち、彼ら自身の本性に基づくものはどれくらいか、さらにどれくらいが自分の途方もない空想力のせいか、決めかねた。しかし彼は、あらゆる現象にもっとも合理的な判断を下したいと思った。

その日のうちにジョヴァンニは、紹介状をもらってきていたパドヴァ大学医学部教授で、評判の高い内科医であるシニョール・ピエトロ・バッリオーニを訪問した。教授はかなり年輩で、見た目には親切そうだった。性格は陽気と言ってもいいくらいで、青年を午餐の時まで引きとめた。特にトスカナ産のワインを一壜か二壜空けて体が温まるときわめて愛想がよくなり、快活なくつろいだお喋りでもてなしてくれた。同じ都市《まち》に住む科学者同士だから、お互いに親しい間柄に違いないと思ったジョヴァンニは、折を見てラパチーニ博士の名前を口に出してみた。ところが教授の答えは、ジョヴァンニが期待していたほどの暖かみに欠けていた。

「医術という聖なる学問の師には相応しくないだろうね」ジョヴァンニの質問に答えてピエトロ・バッリオーニ教授は言った。「私がラパチーニほど卓越した技倆の医者に当然与えられるべき高い評価を差し控えたりすれば話だが。しかしその一方で、ジョヴァンニ君、旧友の忘れ形見である君みたいに立派な青年が、この先、もしかして君の生死をその手に握るかもしれない男について、誤った情報を受けとるのを許したりすれば、私の良心にやましいところがないとはまず言えんだろうね。本当のところはこういうことだ、我らが敬愛すべきラパチーニ博士は、パドヴァはおろかイタリア全土の医学者の中で——おそらくただ一人の例外を除けば——もっとも学識豊かな人物だ。しかし、医者としての人格には、重大な異論がいくつかある」

「どんな異論でしょう?」青年は尋ねた。

「医者のことをそんなに聞きたがるとは、ジョヴァンニ君、君は体か心に病でも持っているのかな?」微笑を浮かべながら教授は言った。「それは措くとしてラパチーニについて、こういう噂がある——彼のことをよく知っている私はそれが間違っていないと保証できる——彼は人間よりもはるかに科学を愛しているというのだがね。彼の患者は、新しい実験の材料としてのみ、彼の興味を引く。積み上げてきた知識の巨大な山に、カラシの種ひと粒ほどの知識を加えるためとあれば、彼自身の命も含め人間の命、いやそれだけでなく最愛のものだって犠牲にするのではないかな」

「恐ろしい人のようですね、まったく」ギャスコンティは答えたが、内心では、冷たくて知性の権化のようなラパチーニの顔を思い浮かべていた。「それでも先生、それって気高い精神ではないでしょうか？　そんなにも心から科学を愛せる人が大勢いるでしょうか？」

「神様がお許しになるはずがない」少し憤慨した口調で教授は答えた——「少なくとも医療に関し、ラパチーニよりもっと健全な見解を持ってない限りはね。あらゆる薬効は、我々の専門用語で言う植物毒なる物質に含まれているというのが彼の学説なんだ。彼はそういう物質を栽培しているわけだが、様々な新しい毒物を創り出しているとも言われている。それは、〈自然〉がこの学識豊かな男の助けを受けることなく今まで世界を苦しめてきた毒物より、もっと恐ろしい毒性を持っているのだ。博士がそういう危険な物質で、こちらが思っているほどの危害を与えていないことは否定できないがね。時どき彼が、驚くほどの医学的成果を上げたことは——上げたらしく見えたことは——認めなければならない。しかし、私の内心を吐露すれば、ジョヴァンニ君、彼の成功例に対する賞賛はもっと控えめであるべきなのだ——おそらく偶然の産物だろうから——それに反して失敗例に対しては、厳しく責任を課されるべきなのだ、まさしく彼のやったことと考えられるから」

青年は、もしバッリオーニとラパチーニ博士の間に長い間専門上の論争が続いていること、そしてもっぱら後者の方が優位に立っていると考えられていることを知っていたなら、教授の意見を大いに割り引いて受け取ったことだろう。ご自身で判断なさりたいという読者がいらっしゃるなら、パドヴァ大学医学部に保管されている、ゴシック体で記された両者の論文をいくつか参照していただきたい。

「ぼくには分かりません、先生」ラパチーニだけが抱いている科学への熱情について聞いたことをじっくり考えてから、ジョヴァンニは答えた――「その医者がどれほど深く自分の学問を愛しているか、ぼくには分かりません。ですが、彼にはもっと愛しいものがひとつあるはずです。彼には娘さんがいます」

「なるほど、そういうことか！」教授は笑いながら大きな声を出した。「これでやっと、我が友ジョヴァンニ君の秘密が分かったよ。君はパドヴァの青年みんなが――と言ってもその顔を拝む幸運に浴した者は六人にも満たない――夢中になっているあの娘のことを聞いたのだね。私がシニョーラ・ベアトリーチェについて知っているのはほんの少しでね、ラパチーニは彼女に自分の学識を十二分に教えこみ、噂によれば若くて美しいくせに教授の椅子を占めるに相応しい資格をすでに持っているそうだ。おそらく父親は、私の後釜に据える気だ！　他にも、話す価値もなければ、聞く値打ちもない馬鹿げた噂がある。というわけで、それじゃあジョヴァンニ君、そのラクリマを飲んでしまいなさい」

ギャスコンティは自分の下宿に戻ってきたが、ワインを飲んで少し興奮状態なので、頭の中は、ラパチーニ博士と美しいベアトリーチェにまつわる様々な幻影でいっぱいだった。帰り道たまたま花屋の前を通りかかったのでみずみずしい花束を買った。

部屋に上ってゆくと、窓の近くに腰を下ろしたが、厚い壁の作り出す影に包まれていた。だから見つかる危険を冒すことなく庭を見下ろせるというわけだった。眼の下に広がっているのは人気のない光景だった。名前の分からない奇怪な植物が太陽の光を浴び、お互いに共感し、血縁であることを認めているかのようにそっと頷きあっている。壊れた噴水に近い中央には、一面に紫色の宝石のような花をつけた大きな灌木が生えている。花は空中で煌めき、水たまりの底からもう一度煌めいてみせる。だから水たまりは、その懐深く差し込んだ花の映像から射す色鮮やかな光に満ちあふれているように思われた。先ほど言ったように、はじめ庭には人気がなかった。しかしほどなく――ジョヴァンニが半ば願い、半ば恐れていたように――女性の影が彫刻を施した古い玄関に現われ、立ち並ぶ植物を縫ってこちらにやってきた。まるで太古の神話に出てくる、甘美な香りを食べて生きる妖精のように、木々の様々な香りを吸いこみながら。ベアトリーチェの姿を再び眼にした青年は、記憶の中の彼女より遙かに美人であることを知ってますます驚いた。その美しさは極度に輝かしく極度に瑞々しいので、彼女は太陽の光の中にあっても光り輝き――ジョヴァンニがそっと呟いたように――庭の小径の暗いところに鮮やかな明かりを投げかけていた。こんどは前のときより彼女の顔がよく見えたので、その表情がたたえる純粋さと優しさに強く打たれた。彼女にそういうところがあるなどと思ってみたこともなかったので、改めていったいどういう女性なのだろうと疑問が湧いた。今度もやはり、この美女と、噴水に覆いかぶさるように宝石の花を咲かせている豪華な灌木がよく似ていると思った、少なくとも似ているような気がした。ベアトリーチェが存分に風変わりな空想力を発揮して、ドレスを決め、色を選んだので、ますます似るようになったと思われた。

その木に近づくと、両手をさっと広げていくつもの枝をぐいと引き寄せてかき抱いた。激しい情熱が籠もっているようだった。引き寄せすぎて、彼女の顔が葉叢に隠れ、艶やかな巻き毛がすっかり花と混じってしまった。

「お前は私の妹、お前の息をおくれ」ベアトリーチェが大きな声を出す。「だって私は、普通の空気を吸うと気が遠くなるんだもの！　お前のこの花も欲しいな。私の指でそっとそっと茎から離し、心臓のそばに挿すわ」

そう言いながら、ラパチーニの美しい娘は一番華やかな花を摘み取り、自分の胸に飾ろうとした。しかしそのとき、不思議なことが出来《しゅったい》した。ジョヴァンニの感覚が酒で麻痺していたのなら、不思議でも何でもないのだが。オレンジ色をした一匹の小さな爬虫類がたまたま——おそらくトカゲかカメレオンの仲間だろうが——小径を這ってきて、ちょうどベアトリーチェの足許にさしかかった。ジョヴァンニには——しかしそんな細かな出来事が、ジョヴァンニの眺めている距離から見えたはずはまずない——だがジョヴァンニには、手折った花の茎から雫が一滴か二滴、トカゲの頭に落ちたように思われた。一瞬トカゲは激しく悶え、次にはもう身じろぎひとつせず日溜まりの中に横たわっていた。ベアトリーチェは、この驚くべき出来事を目にして悲しげに十字を切ったが、慌てた様子はない。そのうえ、そんなことがあったからといって、死をもたらす花を胸に飾るのをためらう様子も見せない。花は胸で燃え立ち、貴重な宝石に負けない眩しいほどの輝きをまき散らすかに見え、彼女のドレスと容貌に相応しい魅力をつけ加えた。それは他の何ものも与えられないような、ひとつしかない魅力だった。しかしジョヴァンニは窓の影から姿を見せ、身を乗り出すようにしたが、また後込みした。そして震えながら小声で呟やいた。

「目は覚めているのだろうか？　ぼくの頭は大丈夫なのだろうか？」と独り言。「あいつは何者だ？——美しい、と言うべきなのだろうか？——それとも言うに言えぬほど恐ろしいと？」

そのときベアトリーチェは、庭をあちらこちらのんびりと歩きながら、ジョヴァンニの窓の下に近づいてきた。彼女がかき立てた疼くような激しい好奇心を満足させるために、彼は隠していた顔をつきだし、余す所なく曝さなければならなくなった。その瞬間、庭を囲む塀を越えて一匹の美しい昆虫がやってきた。おそらく、古くから人間の住んでいる街なかに花も草も見つけることができず、この都市をふわふわと彷徨っているうちに、ラパチーニ博士の木々が放つ強烈な香りに遠くから誘われてきたのだろう。この羽根のある煌めく虫はベアトリーチェに惹きつけられたのか、咲き誇る花に降りようとせず、空中にとどまって彼女の頭の周りを翻っていた。今度こそジョヴァンニ・ギャスコンティの目の錯覚に違いない。錯覚かどうかはともかくとして、ジョヴァンニはこう想像《おも》った——ベアトリーチェが子供のように大喜びして、その虫を見つめているうちに、虫は生気を失って彼女の足許に落ちた。煌めく羽根が震える。そして息絶えた——彼には原因の見当がつかない、彼女が吐き出した息以外には。ベアトリーチェは死んだ昆虫の上にかがみ込みながら、再び十字を切ると深い溜息を洩らした。

衝動に駆られたジョヴァンニの動きが、彼女の目を窓に引き寄せた。そこから若い男性の美しい顔が——イタリア人というよりギリシア人のような、麗しい端正な目鼻立ちときらきら輝く金髪、そして巻き毛を持った顔が、空中を漂っている人のように上から見つめている。思わず知らずジョヴァンニは、それまで手にしていた花束を下に投げた。

「お嬢さん」と彼。「清々しい元気な花です。ジョヴァンニ・ギャスコンティのためを思って身につけて下さい！」

「有難うございます」ベアトリーチェは激しい調子の音楽のように溢れ出てくる豊かな声で応える。彼女の陽気な表情には子供っぽさと成熟した女性のそれが半ばしていた。「贈り物、頂戴します。お返しにこの大切な紫の花を差し上げたいのですが、投げても届かないと思います。ですからギャスコンティさん、お礼の言葉だけでどうか満足して下さい」
彼女は花束を地面から拾い上げると、乙女の慎みを踏み外し見知らぬ男性の挨拶に応えたことを内心恥じているかのように、庭から屋敷の方にそそくさと立ち去った。しかし美しい花束は、彼女が彫刻を施した玄関に姿を消そうとした瞬間にはもう彼女の手の中で萎れはじめているように彼の目には映った。時間にすれば瞬きするほどしか経っていないというのに、である。埒もないことを考えるものだ——これほどの距離から萎れた花と瑞々しい花を見分けることなどできるはずがない。

そんなことがあってからしばらく、青年はラパチーニ博士の庭が見える窓を避けていた。うっかり目を向けようものなら、醜悪で怪物めいたものに視力が奪われると思っているような感じだ。ベアトリーチェと言葉を交わすようになったのはいいが、そのため自分の方から理解しがたい力の支配圏にある程度まで入りこんでしまったのだという意識が彼にはある。もし彼の生命が本当になにかの危険に晒されているのなら、直ちに寄宿先を引き払いパドヴァ自体からも立ち去るのが一番賢明な道であろう。次善の道は、うち解けた日光のように明るいベアトリーチェにできる限り慣れ親しみ、そうやって、常識が通用する範囲内に彼女をきちんとそしてしっかりと連れこむことであろう。この尋常ではない存在のすぐ傍にいれば、交際らしきものの可能性があるというだけで、彼の想像力が四六時中狂ったように生み出し続けている奔放で奇怪な夢物語にある種の実体と現実味を与えるのだから、彼女を見ないようにしている間くらい、ジョヴァンニは彼女の近くにいるべきではなかったのだ。ギャスコンティは深い洞察力の持ち主というわけではない——いずれにしても、このとき深さを測ったわけではない——しかし彼には当意即妙の空想力があり、南イタリア人特有の情熱があり、これが刻一刻と興奮の度を増していった。ベアトリーチェが、死を招く息、あるいは死をもたらすあの美しい花々との共通点――このことはジョヴァンニが目撃したことから推測できる――といった恐ろしい属性の持ち主であるかどうかは分からないが、少なくとも、強力でありながら微妙な毒を彼の体内に注ぎこんでいた。確かに彼女の華麗な美しさは彼を夢中にさせたが、それは愛とは違う。たとえ彼が、彼女の肉体に行き渡っているかに見えるあの死を招く属性と同じものが彼女の精神にも染みこんでいると想像《おも》っていても、それは恐怖とは違う。それは愛と恐怖から生まれた凶暴な子供だ。一身のうちに父と母をともに宿し、愛の如く燃え、恐怖の如く震えるのだ。ジョヴァンニは何を恐れるべきか分からなかった。何を望むべきかはさらに分からなかった。しかし希望と恐怖は戦い続け、交互に相手をうち倒してはまたも立ち上がって戦いを始めるのだ。明であれ暗であれ、すべての単一な心の動きは幸いである！　地獄を照らす炎を生み出すのは、ふたつの感情がおどろおどろしく混じり合うからなのだ。

時おり彼は、心の高ぶりを静めようとパドヴァの通りを足早に歩き回ったが、城門の外にまで足をのばすこともあった。足の運びが脳の鼓動と一致するので、足取りはどんどん加速され競争になることが多かった。ある日、誰かに引き止められた。恰幅のよい人物に腕を掴まれたのだ。かの人物は青年に気づいて引き返し、息せき切って追いついたというわけである。

「ジョヴァンニ君！――若い友人のジョヴァンニ君、待ちたまえ！」彼は大きな声で呼びかけた。「私を忘れたのかね？　そういうこともあり得るかもしれんな、ただし私が君みたいにひどく面変わりしていたらの話だが」

それはバッリオーニだった。ジョヴァンニは、頭の回転の早い教授に自分の秘密をすっかり見抜かれるのではないかと懼れ、最初に訪問してからずっと会うのを避けていた。体勢を立て直そうとして彼は、狂ったような視線を内なる世界から外なる世界に向けかえ、夢を見ている人のように語り始めた。

「その通り、ぼくはジョヴァンニ・ギャスコンティです。あなたはピエトロ・バッリオーニ教授でいらっしゃる。それじゃあご免被ります！」

「駄目だよ――まだ駄目だよ、ジョヴァンニ・ギャスコンティ君」と教授。にこにこしているが、同時に熱のこもった視線を走らせて若者の様子を伺っている。「どうしたんだね？　私と君の父上は竹馬の友じゃないのかね、その息子たる君は、古いパドヴァの街中で出会っても、赤の他人のように私をやり過ごそうというのかね？　じっとしていたまえ、ジョヴァンニ君。別れる前に、ちょっと話しあっておく必要がある」

「それじゃ急いでお願いします、先生、お早く！」ジョヴァンニは、熱に浮かされたようにいらいらと応えた。「先生には、ぼくが急いでいるのがお分かりにならないのですか？」

彼が応えているちょうどそのとき、黒ずくめの紳士が通りがかった。背を丸めおぼつかない足取りで道をゆく様子は、体の具合でも悪そうだ。顔全体に病的な土気色が広がっているが、洞察力に富む活発な知力が表情に溢れているので、見る側からすれば、単なる肉体の兆候は簡単に見逃して、いま言ったすばらしい活力だけが目に入ってしまうのではないだろうか。追い越しざまこの男は、バッリオーニと冷ややかなよそよそしい挨拶を交わしたが、目はジョヴァンニに据えたままだった。その熱心な目つきからすると、ジョヴァンニの内部にあって注目に値する物ならことごとく明るみに出しそうと思われた。そうはいっても、目の表情には独特の落ち着きがあり、青年に人間的な興味というより学問的な興味だけを抱いている風だった。

「ラパチーニ博士だ！」ジョヴァンニの知らない男が通り過ぎると教授は小声で呟やいた。——「彼は以前に君を見かけているかい？」

「ぼくの知る限りでは、ありません」聞かされた名前にショックを受けジョヴァンニは答えた。

「あの男は君を見たことがある！——絶対そうに違いない！」バッリオーニは慌てふためいて言った。「目的が何かは分からんが、科学に淫するあの男は君を研究しているんだ。やつのあの表情には見覚えがある！　何かの実験中に花の香りで殺した小鳥やネズミ、蝶などにかがみ込むとき、奴の顔に冷たく浮かぶのと同じだ。——〈自然〉と同じ洞察力を持ちながら〈自然〉に備わる愛の暖かみのない表情だ。ジョヴァンニ君、私の命を賭けてもいいが、君はラパチーニの実験材料になってるんだ！」

「ぼくを馬鹿にするおつもりですか？」ジョヴァンニは激怒して怒鳴った。「先生の仰しゃることの方が、失敬千万な実験というものです」

「まあまあ、そう怒りなさんな！」教授は少しも動ぜずに応えた。——「いいかねジョヴァンニ君、君には気の毒だが、ラパチーニは君に科学的な興味というやつを持っている。君は身の毛のよだつような男の手の中に落ちてしまったんだ！　ところでベアトリーチェさんだが、彼女はどんな役を、この謎めいたお芝居で演じているのだろう？」

しかしバッリオーニの執拗さに我慢できなくなったジョヴァンニは、むりやり腕を振りほどき、もう一度掴まれる前に立ち去った。教授は熱っぽい目で青年の後ろ姿を見つめながら、頭を振った。

「こんなことはあってはならん」バッリオーニは呟やいた。「あの青年は俺の旧友の息子だ、医学の奥義が守ってやれる災いなら、どんなものでも降りかからせてなるものか。それに、ラパチーニがこういう風に出しゃばるのは我慢がならん、言ってみれば、やつは俺の手の中からあの若者をかっさらい、極悪非道なおのれの実験に供しようというのだから。それに奴のあの娘、絶対に目を離さんぞ！　大学者のラパチーニにもの申す、おそらく俺は、貴様が夢にも思わん折りに、貴様の足を掬うかもしれんぞ！」

ジョヴァンニの方はと言えば、遠回りをしたあげく、やっと寄宿先の玄関にたどり着いた。一歩入ったところで、えへらえへらと作り笑顔のリザベッタに出会ったが、どうやら彼の注意を引きたい様子だ。でもうまくいかない。感情の爆発はすぐに鎮まり、冷たくて無感覚な放心状態に落ちこんでいたからだ。彼は、額に皺を寄せてにっこり笑う萎びた顔に正面から目を向けたが、見つめているのではなさそうだった。そこで老婦人は彼のマントを掴む。

「学生さん！――学生さん！」彼女は笑顔を満面に浮かべたまま囁いた。だからその顔は、数百年の歳月を経て黒ずんだグロテスクな木彫りに似てなくはなかった――「耳を貸して下さいな、学生さん！あの庭にこっそり入れるところがあるんですよ！」

「何ですって？」ジョヴァンニは素早く振り返った。まるで、命のなかった物に、突然熱烈な生が通い始めたみたいだ。――「ラパチーニ博士の庭にこっそり入れるところですって！」

「しっ、静かに！――そんな大きな声は駄目ですよ！」自分の掌で彼の口許を覆いながらリザベッタは囁く。「そうです、偉い博士さんのお庭に入れるところです。中に入れれば、見事な木々をひとつ残らず見ることができますよ。あの花々の中に入らせてもらえるとなれば、パドヴァの青年は大勢、金貨を下さるでしょうね」

ジョヴァンニは金貨を一枚彼女の手に滑りこませた。

「案内して下さい」と彼は言った。

おそらくバッリオーニと交わした話が刺激になったのだろうが、リザベッタ婆さんがこんな風に割りこんでくるのは、例の策略と関係があるのではないかという推測がジョヴァンニの脳裏をよぎった。どんな類の策略かははっきりしないが、教授はラパチーニ博士がジョヴァンニをそれに巻きこもうとしていると睨んでいるようだった。しかしそういう疑惑はジョヴァンニの心を不安にさせるが、思いとどまらせるほどではなかった。ベアトリーチェに近づける可能性があると知ったとたんに、近づくことが彼の存在の絶対的必然に思われた。彼女が天使か悪魔かということは重要ではない。彼女の勢力圏に入り込んだ彼はもう引き返せないのだ。どんどん小さくなる円を描きながら、彼を結末に向かって猛烈な早さで前進させる掟に従わなければならない。彼はそれとなく結末を予想しようともしない。それでも不思議なことに、突然、自分が抱いている激しい関心は偽りのものではないのかという疑いが生じた――予測のつかない立場に自分を追い込んだことを正当化するほど、この関心は深淵で積極的な力を本当に持っているのかどうか――これは若い男の脳細胞が作り出した単なる幻想であって、彼の心とはほんの僅かしか、いや全くと言っていいほど関係がないのかもしれないのかどうか！

彼は立ちどまり――躊躇い――躰を半回転させ――だが再び進んでいった。萎びた案内人は人目に付かない小径をいくつか辿り、やっとひとつのドアを開けた。ドアが開くとそこから風に揺れる葉の姿や音が飛びこんできた。木漏れ日が木の葉と木の葉の間から輝いている。ジョヴァンニは中に入っていった。秘密の入り口に巻きひげを絡ませている灌木の繁みを押し分けて通り、ラパチーニ博士の庭の開けた場所に出ると、自分の窓の下に立った。

起こるはずのないことが起こり、謎めいた夢の中身が凝縮して実体のある現実になったとき、つまり、予想では喜びの極致、苦しみの極致にあるような情況になったとき、自分が冷静で、意外なほど落ち着いているのに気づくことはよくある。〈運命〉というものはこんな風に私たちの裏をかいて喜ぶ。〈激情〉はと言えば、自分勝手なときに現場に駆けつける、そのくせちょうどうまくお膳立てが整ったようなときには後ろの方でぐずぐず躊躇うのだ。今のジョヴァンニの場合がそれだった。ベアトリーチェと出会い、いまいるこの庭に向かいあって立ち、東洋の太陽さながらに美しい彼女の陽光を浴び、彼女の目をしっかり見つめ、そこから自己の存在にかかわる大問題と思いなしている謎を掴み取ろうという、とうてい叶うはずのないことを考えて、来る日も来る日も、熱に浮かされた血が彼の血管をドクドクと流れていた。ところがそのとき彼の胸の裡にあったのは、時ならぬ異様なほどの平静さだった。彼は、ベアトリーチェかその父親の姿がないかとぐるりと庭を見回したが、自分だけだと気づくと、植物たちに詮索の目を向けた。

植物の外観はどれもこれも気に入らなかった。その豪華さには敵意が溢れ官能的で不自然な感さえあった。道に迷い一人きりで森の中を彷徨う人間が出会って、仰天しないような木は一本もないと言ってよかった。どれもこれも、まるでこの世の物とは思えぬ不気味な顔が茂みの奥からこちらを睨みつけているような奔放な枝振りだ。中には生まれつき神経の繊細な人に衝撃を与えるような作り物めいた外観を呈している木もある。それらは、多くの種類の木が混じり合い、言わば種を異にする様々な植物の間で姦通が行われ、その結果産み出されたものはもはや神の造り賜うたものではなく、堕落した人間の空想力が産み出した鬼子であり、美に輝いていると言ってもそれは邪悪な偽の美に過ぎない、ということを示していた。おそらく実験の産物なのだろうが、一、二の例では、ひとつひとつは奇麗な木を交配して、この庭に生えている物すべてを特徴づけているあのいかがわしく不吉な要素を持つ合成物にうまく仕立てあげていた。結局ここに集められた木のうちジョヴァンニに見覚えがあったのは二、三しかなかったが、それらが有毒なのはよく承知していた。そんな風にあれこれ眺めあれこれ考えているうちに、絹のドレスのたてる衣擦れが耳に入り、振り返ってみると、ベアトリーチェが彫刻のある玄関から姿を見せるところだった。

ジョヴァンニはどのような態度を取ったらよいかあまり考えてなかった。庭に入りこんだことを謝るべきか、それともラパチーニ博士、あるいはその娘に頼まれたわけでないまでも、少なくともどちらかが承知の上で、ここにいると思いこんでいることにすべきだろうか。しかしベアトリーチェの様子を見て気持ちが楽になった。と言っても、どのような力が働いて、庭に入れてもらえたのかはまだ釈然としていなかったのだが。彼女は軽やかな足取りで小径をやってくると、壊れた噴水の近くで彼に出会った。彼女の顔には驚きが浮かんだが、喜びの色に輝いた。素朴な優しい喜びだ。

「お花の鑑定家でいらっしゃるのですね、シニョール」彼女はにっこり微笑みながら、彼が窓から投げた花束にそれとなく触れた。「でしたら、父の珍しい収集品をご覧になってもっと近くで眺めたいという気持ちに誘われても不思議はありません。父がここにいれば、この木たちの性質や習性について不思議な面白いお話をたんとできるのですが。父はそうした研究に生涯をかけてきたのですし、この庭は父の世界なのですから」

「そしてお嬢さんあなたご自身」――ジョヴァンニは語る――「評判通りだとすれば――あなたも、同じように、華麗なあの花々や強い香りの示す効力に精通しておられる。もしもぼくの先生になって下さるなら、ラパチーニ先生ご自身に教わるよりもっと有能な学生になって見せます」

「そんな埒もない噂がございますの？」音楽のように心地よい笑い声をたてながら尋ねた。「みなさん、わたしが父の植物学に通じていると仰しゃっているのですか？　ひどい冗談ですわ！　とんでもないことです。わたしはこれらの花に囲まれて大きくなりましたが、色とか香りのことしか存じません。そういうささやかな知識さえ、喜んで忘れたいと思うことも時にはあります。お庭には、なかなか美しいのに、目に触れるとわたしを不愉快にさせたり怒らせたりする花も沢山あります。ですが、お願いです、シニョール、わたしの学問についての噂話はお信じにならないで下さい。わたしのことは、あなたご自身の目でご覧になるものだけをお信じ下さい」

「それって、ぼく自身の目で見たことはみんな信じなければいけないということですか？」ジョヴァンニは、萎縮するほど恐ろしかった先日の光景を思い出し当てつけるように尋ねた。「駄目ですよ、お嬢さん、それじゃ遠慮が過ぎます。あなたご自身の口から出ること以外、何も信じるなと命じて下さい」

ベアトリーチェには彼の言わんとすることが分かったのかもしれない。彼女の頬に血が上って真っ赤になった。しかし正面からジョヴァンニの目を覗きこみ、女王のように傲然と彼のあやふやな疑惑の視線に応えた。

「そう命じましてよ、シニョール！」と彼女。「わたしのことであなたが色々想像なさったようなことは忘れてください。五感にとっては真実であっても、本質においては偽りということもやはりありますもの。ですが、ベアトリーチェ・ラパチーニの口から出る言葉は、心の底から外に向かって湧きあがる真実です。わたしの言葉だけは信じて構わないのです！」

ひたむきさが彼女の顔全体に燃えひろがり、真理の光そのもののようにジョヴァンニの意識に射してきた。しかし彼女が話しているうちに、彼女を取り巻く大気に幽かながら心地よい芳醇な香りが漂いだしたが、青年はなぜか躊躇いを覚え、胸の中に吸いこむ気になれなかった。花の香りだったのかもしれない。だって、彼女の言葉をまるで彼女の心に浸したように、怪しい芳香で満たしたのがベアトリーチェの吐く息などということがありえるだろうか？　幽かな眩暈が、ジョヴァンニの上を影のように通り過ぎてさっと消えた。彼は美しい乙女の目を通して彼女の透き通った魂を覗きこんでいる様子で、もう疑いも怖れも感じていなかった。

ベアトリーチェの物腰を彩っていた燃えるようなひたむきさは消えて陽気になり、青年との交流から純粋な喜びを得ているようだった。侘びしい島に住む乙女が都会からやってきた旅人と言葉を交わしたときに感じる気持ちに似てなくはない。明らかに彼女はこの庭の外で暮らしたことがないらしい。太陽の光とか夏の雲のように単純素朴なことを話すかと思うと、パドヴァの街のこと、ジョヴァンニの遠い故郷や友人、それに母親とか姉妹のことを尋ねるのだった。その質問から、彼女が世間と全く没交渉であること、社会生活の慣習や慣行を全く知らないことが分かるので、ジョヴァンニは小さな子供を相手にしているよう答えた。彼女の精神は生まれたての小川のように彼の前に溢れ出た。それは太陽の光を初めて捉え、胸底に飛びこんできた天と地の影に驚いている小川だ。泉の泡と一緒にダイアモンドやルビーの煌めきが水面に向かってのぼってくるように、様々な想念や宝石のように輝く空想も深い源泉から湧きあがって煌めいた。時おり青年の心を、自分の想像力にあれほどの刺激を与えた人、これ以上はない恐怖で染めあげつつ理想化した人、あれほど恐ろしい属性の持主であることをはっきりと目撃した人と並んで歩いていることを不思議に思う気持ち——そのベアトリーチェと兄のように言葉を交わし、彼女が人間的で乙女らしいと思っていることを不思議に思う気持ち——がちらりと過ぎった。しかしそんな思いもすぐに消え失せた——彼女の人柄から滲みでる力は強烈そのものなので、たちまちその人柄に親しみを覚えずにはいられなかった。

こんな風に自由な会話を楽しみながら庭をぶらぶら歩き回り、小径をなんども行ったり来たりしたあと、ちょうど壊れた噴水のところにやってきた。その傍らには輝く花を一杯つけたあの大きな灌木がある。その木は香りをまき散らしている。ジョヴァンニはそれが、いままでベアトリーチェの息の匂いと思っていたものと同じであり、しかし遙かに強烈であることを知った。目がその木にいったとき、とつぜん心臓が強い鼓動を打ち始めて痛むかのように、彼女が胸に手を押しあてるのをジョヴァンニは見てとった。

「生まれて初めて」彼女はその灌木に囁やきかけた。「お前のことを忘れていた！」

「ぼくは忘れていませんよ、お嬢さん」とジョヴァンニ。「ぼくが運よく大胆不敵になって、あなたの足許に投げた花束のお返しに、生きた宝石のひとつを呉れると約束して下さったことがあるのを。今日お会いできたことの記念に、いまつみ取らせて下さい」

彼は手を伸ばして一歩木に近づいた。しかしベアトリーチェが、彼の心臓を短剣のように刺し貫く悲鳴を上げながら、飛び出した。彼女は彼の手を掴み、か細い躰の出しうる精一杯の力で引き戻した。ジョヴァンニは、彼女にさわられた感触が全身をぞくぞくっと走るのを感じた。

「さわっちゃ駄目！」と叫ぶ彼女の声には苦渋が満ちていた。「駄目よ、命にかかわるわ！　さわれば死ぬの！」

そう言うと、顔を隠し、彼のもとから走りさって彫刻を施した玄関に姿を消した。ジョヴァンニが目で彼女の後を追いかけると、ラパチーニ博士のやせ衰えた躰と知性に溢れる青ざめた顔が見えた。どれくらい前からか分からないが、彼は、入り口の影に立っていまの光景を見つめていたのだ。

ギャスコンティは自分の部屋に戻ると、たちまちのうちにまたもベアトリーチェのことを熱い思いを籠めて考え始めた。彼女の姿は、最初に見かけたときからずっとまとわりついていたあの魔力にすっかり包み込まれているが、いまではそれだけでなく優しくて暖かい無邪気な女性らしさにも染め上げられていた。彼女は人間だ。彼女の本性には、穏やかな女性らしさが何もかも揃っている。彼女は崇拝されるにもっとも相応しい。彼女は間違いなく、愛を極め愛のためなら何物をも懼れぬ勇気を持ちうる人だ。これまで彼女が肉体と精神に恐るべき特性を持っている証拠と考えていた様々なしるしもいまでは忘れ去られた。忘れ去られないまでも、情熱の操る巧妙な詭弁で、魅惑的な黄金の冠に変えられ、ベアトリーチェがユニークであればあるほどますます魅力的にするのだった。醜悪に見えていたものがことごとく美しいものとなった。そのように変化を遂げられない場合は、こっそり立ち去って曖昧模糊として想念とも呼びえない想念の中に姿を隠す。そういうものは、我々の明瞭な意識という太陽の光が及ばない暗い領域に群がっている。そのようにして夜を過ごし、夜明けがラパチーニ博士の庭で眠っている花々を起こし始めるまで眠りに落ちることはなかったが、その庭へジョヴァンニの夢は彼を誘っていったはずだ。時が来て太陽が昇り、青年の瞼に光の矢を放った。目覚めると痛みを感じた。すっかり目が覚めると、手に――右手に――彼が宝石のような花を摘み取ろうとした瞬間にベアトリーチェが掴んだ手に熱えるようなひりひりする痛みを覚えた。その手の甲には、いまでは小さな四本の指に似た紫色の痣ができ、細い親指に似た痕が手首にできていた。

ああ愛というものは――想像力の中ではあでやかに花開くが、心に深く根を張ることのない、本物そっくりにうまく似せたまやかしの愛さえ――薄い霞となって消え失せる運命の刻が来るまで、強情に己を信じ続けるものだ！　ジョヴァンニは手にハンカチを巻きどんな害虫に刺されたのだろうと訝ったが、ベアトリーチェのことをあれこれ夢中で考えているうちに痛みのことは忘れた。

最初の出会いのあと、再び出会うのは避けがたい運命の成り行きである。三度目。四度目。そして庭でベアトリーチェに会うことは、もはやジョヴァンニの毎日の生活の中で起きるひとつの出来事ではなく、生きていると言いうる全領域となった。あのうっとりとする逢瀬への期待とそれを思い出すことが、残りの時間を作り上げているのだから。ラパチーニの娘の場合も同じだった。彼女は青年が姿を見せるのを待ちかまえ、まるで幼い頃からの遊び仲間のように――いまでも遊び仲間であるかのように――すっかり信じ切り何の遠慮も見せずに駆け寄った。滅多にないことだが、彼が約束の時間に遅れたりすれば、窓の下に立ち、朗々とした甘い声を送りつけるのだった。その声は部屋にいる彼の周りを漂い、繰り返し彼の心の隅々にまで反響した――「ジョヴァンニ！　ジョヴァンニ！　どうしてぐずぐずしているの？　降りていらっしゃい！」――そして彼は毒の花の咲くあのエデンの園に急ぐのだ。

しかしこんな風にうち解けて親しくしていても、ベアトリーチェの態度には相変わらず控えめなところがあった。いついかなる時でもそうだったので、その殻を破ってみようという考えは彼の頭に先ず浮かばなかった。すぐにそれと分かる様子で二人は愛し合った。一人の魂の奥底からもう一人の魂の奥底へ聖なる秘密を伝える目によって、二人は愛し合った。その秘密は、途中で言葉にして囁やくには神聖すぎると言わんばかりに目と目で愛し合った。二人は言葉による恋もした。長い間隠されていた炎の舌のように、二人の心がはっきりとした言葉になって飛び出したときには、情熱がほとばしるに任せた。それでも愛が求め愛が神聖化する口づけをすることも手と手を握りあうことも、軽く抱きしめあうこともなかった。彼は彼女の艶やかな巻き毛に触れたことは一度もなかった。彼女の洋服が——二人の肉体を隔てる障壁が厳然と存在したので——そよ風に揺れて彼の躰に触れることはなかった。滅多にないことだが、ジョヴァンニがその埒を越えたいという誘惑に駆られたように見えるときには、ベアトリーチェの顔はひどく悲しげで険しくなり、その上自分でも震え上がるほど侘びしげな別れの表情を帯びるので、言葉で彼を拒絶する必要はまったくなかった。そのようなとき彼は、恐ろしい疑惑が自分の心の洞窟から怪物のように立ち現れて真正面から睨みすえるような思いにとらわれぎくりとなった。すると彼の愛は朝靄のように薄くかすんでゆき、疑惑だけが実体を持った。しかしベアトリーチェの顔が一瞬翳ったあと明るくなると、彼女はたちまち彼があれほどの畏怖と懼れをもって眺めていた謎めいた怪しげな存在から、美しくてうぶな娘へと変身した。彼の知っていることの中で、そんな彼女こそ彼の心が一番はっきりと知っていると感じられた。

ジョヴァンニがバッリオーニと最後に会ってからかなりな時が経過した。ところがある朝、何週間ものあいだ殆んど頭の片隅にも思い浮かばず、この先もっと長く忘れていたいと思う教授の訪問を受けて驚くと同時に不愉快になった。体中に興奮が満ちあふれ、その興奮にながいこと浸りきっていたものだから、いまの自分の気持ちに完璧な共感を持ってくれる人でない限り、一緒にいることはできない。そんな共感をバッリオーニ教授に期待しても無理だ。

訪問客は、しばらくのあいだ、街や大学の噂話を暢気に喋っていたが、やがて別の話題を持ち出した。

「最近、昔の古典作家を読んでいるんだがね」と彼は言った。「妙に気にかかる作品に行きあたったんだ。ひょっとしたら君も知っているかもしれん。アレキサンダー大王に美女を贈ったインドの王様の話なんだ。彼女は朝日の如く美しく夕日の如くあでやかだ。しかし何よりも目立つのは、彼女の吐息が持つ濃厚な香り――ペルシャの薔薇園よりも芳醇な香りだった。血気盛んな征服者には当然だが、アレキサンダーはこの得体の知れない見事な女性に一目惚れしてしまった。しかし、たまたま侍っていた賢明な医者が、彼女にまつわる恐ろしい秘密を見つけだした」

「で、秘密って何だったのです?」教授の視線を避けて下を見ながらジョヴァンニは尋ねた。

「その美女は」バッリオーニはことさらに声を強めて続けた。「生まれてからこのかた毒で育てられ、とうとう全身に毒が回り、彼女という存在がこの世で一番恐ろしい猛毒になってしまった。毒が彼女の命の素になった。先ほど言った吐く息の濃厚な香りで、彼女は大気そのものを汚してしまった。彼女の愛は毒の働きをしたことだろう!――彼女の抱擁は死! 驚くじゃないか、すばらしい話だろ?」

「子供じみた作り話ですよ」いらだって椅子からぱっと立ち上がるとジョヴァンニは答えた。「深遠な研究の合間に、先生がそんな馬鹿馬鹿しい話を読む暇をお見つけになったことの方が驚きですよ」

「ところで」教授はそわそわと辺りを見回しながら言った。「君の部屋のこの奇妙な匂いは何だね？君の手袋の匂いかい？　幽かだが、いい匂いだ。いい匂いだが、やっぱり、心地よいというわけにはいかん。長いこと吸っていたら、気持ちが悪くなりそうな気がする。花の香りのようだが——この部屋には見あたらんな」

「全くありません」ジョヴァンニは答えたが、教授が喋っているうちに顔色が真っ青になっていた。「花だけでなく香りもないと思います、あるのは先生の想像力の中だけじゃないでしょうか。匂いは、五感と精神が結びついて作られるようですから、こんな風にぼくたちを欺きがちです。記憶にある匂いが——その匂いのことを思っただけで——いま現在の現実に間違えられることはよくあるのではないでしょうか」

「その通り。だが私の想像力は冷静だからそんな悪戯をやることなど滅多にない」とバッリオーニは言った。「私が何かの臭いを想像するとしたら、私の指にたっぷりとしみこんでいる可能性のある卑しい薬品の臭いだろうね。尊敬すべき我が友ラパチーニは、聞くところによると、自分の薬にアラビアの薬より強烈な匂いをつけるとか。美しいうえに学識豊かなシニョーラ・ベアトリーチェも、同じように、自分の患者に乙女の息のように香しい薬を与えるのは間違いなし。しかし、それを飲む者には災いあれだ！」

ジョヴァンニの顔には、相争う様々な感情が浮かんでいた。教授が美しくて汚れを知らないラパチーニの娘のことに触れる言葉は、彼の魂にとっては拷問に等しかった。それでも教授が仄めかす彼女の正体は、自分自身の思いとは全く違うとはいえ、数しれぬ曖昧模糊とした疑惑にたちまち明瞭な輪郭を与え、それがいま数しれぬ悪鬼のように彼めがけて歯をむき出しにした。しかし彼は必死になって悪鬼どもを退散させ、本物の恋人らしく彼女を信じきって、バッリオーニに応対しようとした。

「先生」彼は言った、「あなたはぼくの父の友人でいらした――おそらく、息子に対しても友人として振る舞うおつもりだと思います。ぼくは先生に、心からの尊敬と敬意を覚えるだけで、含むところは全くありません。しかし先生、お願いですから分かってください、口にしてはならない話題がひとつあるということを。先生はシニョーラ・ベアトリーチェをご存じない。ですから軽率な言葉、もっと正確に言えば無礼な言葉でもって彼女に加えられている不正――いや冒瀆と言ってもいいくらいですが――を、不正だと判断することは先生にはおできにならない」

「ジョヴァンニ！――君は実に気の毒だ！」哀れみの表情を穏やかに浮かべて教授は言った。「この哀れな娘のことは君より遙かによく知っている。毒をもって人殺しを企むラパチーニと、毒を持つその娘にまつわる本当のことを教えてあげよう。そうなんだ、彼女は美しいだけでなく毒を持っているのだ。聞きたまえ。まんがいち、君がこの白髪頭に暴力を加えようとも、私を黙らせることはできないんだから。先ほど話したインド女性の古い物語は、ラパチーニの死を招く深い科学によって真実となった、しかも美しいベアトリーチェという形をとって！」

ジョヴァンニは呻きを洩らして顔を隠した。

「彼女の父親は」とバッリオーニは続けた。「父親としての自然な情に棹さして、こんな恐ろしいやり方で、自分の娘を科学に対する狂った熱情への生贄に捧げるのを思いとどまらなかった。なぜなら――

彼を公平に評価しよう――彼こそ、自分の心臓をランビキにかけて蒸留したどんな科学者にも負けない真の科学者であるからだ。だとすれば、君の運命はいかなるものだろうか？　疑いもなく君は、新しい何かの実験のために材料として選ばれたのだ。おそらく結果は死だろう――ひょっとしたらもっと恐ろしい運命かもしれん！　ラパチーニときたら、科学のためになると思うものを目の前にすれば、それが何であろうといっさい躊躇しない」

「妄想だ！」ジョヴァンニは自分に向かって呟やいた。「妄想に決まっている！」

「しかし、ジョヴァンニ君」と教授が続けた。「我が友の息子よ、元気を出したまえ！　手遅れだ、もう助からんというわけじゃない。うまくいけば、この哀れな娘を日常性の範囲の中に連れ戻すことだってできるかもしれない。狂った父親が娘を引き離してしまった日常性の中に。この小さな銀の壺を見たまえ！　これはかの有名なベンヴェヌート・チェリーニの作品だ。相手がイタリア一の美女でも、愛の贈り物として相応しい。中身の方にも計り知れない価値がある。この解毒剤を僅かでもすすれば、ボルジア家の一番強い毒薬でも無害になったはずだ。信じたまえ、これはラパチーニの猛毒にだって同じ効き目がある。君のベアトリーチェにこの壺と貴重な中身をあげなさい。そして希望をもって結果を待つことだ」

バッリオーニは精巧な作りの銀の小さな薬壺をテーブルに置くと、自分の言ったことが青年の心に波紋を広げるのをそのままにして、帰っていった。

「いまにラパチーニの裏をかいてやるぞ！」そう思って彼は、階段を下りながらクスクスと笑った。「だが本当のことを言うと、やつは素晴らしい男だ！――まことに素晴らしい男だ！　しかし医者としては、実験頼みの下らんヤブだ。だから、古き良き医道を尊しとする者には我慢ならんことになる！」

ベアトリーチェと知り合って以来ジョヴァンニは、これまで述べたように、彼女のことを考えるとき、しばしば暗い想像に取り憑かれることがあった。ところが、彼女は単純素朴で、自然で、非常に優しく誠実な人間だと本人から徹底的に思いこまされていたので、バッリオーニ教授によっていま示されたベアトリーチェ像は、自分が元々感じ取っていたものと一致せず、奇妙で信じがたいもののようにジョヴァンニには思われた。確かに、はじめて美しい女性を見かけた折りの不愉快な記憶がある。彼女の手の中で萎れた花束のことや、彼女の息の香り以外に思い当たる原因はないのに降り注ぐ陽光の中で息絶えた虫のことをすっかり忘れることはできない。それなのに、こうした出来事は、彼女という存在が放つ澄んだ光の中に消え失せ、すでに事実としての力を失い、五感に基づけば実際のことに見えようとも、いまでは根も葉もない妄想だったと決めつけられた。我々が目で見、指で触れるものより、もっと真実でもっと確かなものは存在する。ジョヴァンニはベアトリーチェを信じる根拠をこうしたもっと信頼できる証拠においていた。とはいえ、彼の方が真摯で鷹揚な信念をもっていたからというより、ベアトリーチェの高貴な人柄が、そうせざるを得なくしたのだったが。ところが、出会った当初は激しい情熱によって高みに舞い上がってしまった彼の精神も、いまでは、その高度を維持できず、落下して這い蹲り、俗っぽい疑惑にまみれ、そしてベアトリーチェの純粋で純白のイメージを汚す。だが彼女との仲を断つというのではなく、不信の念を覚えたにすぎない。肉体の恐ろしい特性が、魂の悪魔性と何らかの関連を持たずに存在するとは考えられない。そこで彼は、もろもろの恐ろしい特性が彼女の肉体に存在するかどうか、納得のゆく決定的なテストを一度だけやってみようと決心した。遙か遠くを見下ろしていた彼の目が、トカゲのこと、蝶のこと、そして花束のことで彼を欺いたことはあり得る。しかし僅かな距離から、瑞々しい生き生きとした花がベアトリーチェの手の中で枯れるのを目撃できたなら、これ以上疑問の余地はないことになろう。そう思って花屋に急ぎ、朝露をまだ光らせている花束を買った。

丁度毎日ベアトリーチェと会ういつもの時間になった。庭に降りてゆく前に、ジョヴァンニは自分の姿を鏡に映してゆくのを忘れない。若くてハンサムな青年につきものの虚栄心だとはいえ、こんな心乱れて慌ただしいときにそれを顕わにするとは、少々、感情の浅薄さと性格の不誠実さの現われであろう。ところがじっと見つめるところ呟やいた――これほど上品な顔になったことはないし、これほど生き生きとした目も初めて、おまけに頬の色まで、これまでにないほど生気に溢れて健康そうだ。

「少なくとも」と彼は思う、「彼女の毒は、まだぼくの躰には入りこんでいないな。ぼくは彼女の手の中で萎れてしまう花とは違う！」

そう思いながら、一度も手から離さなかった花束に目を向けた。露に濡れた花がもうすでに頭を垂れ始めているのに気づき、名状しがたい恐怖の戦慄が身内を走った。花は、瑞々しくて美しかったのは昨日のことだった、という様子を呈していた。ジョヴァンニは大理石のように蒼白になり、鏡の前に身じろぎもせず立ちつくした。恐ろしい怪物の肖像でも見つめるように、鏡に映る自分自身の姿に見入っている。バッリオーニが言った、部屋に充満している匂いのことを思い出した。彼の息に含まれている毒の匂いだったに違いない！ そして彼はぞっとした――自分自身にぞっとした！ 茫然自失の状態から我に返ると、せっせと働いている蜘蛛にじっと好奇の目を向けた。蜘蛛は、糸を寄り合わせて作った芸術品の上を行ったり来たりして部屋の古い軒蛇腹に巣を掛けようとしている。古い天井からぶら下がった蜘蛛の中で、一番元気がよく活動的な奴だ。ジョヴァンニは蜘蛛の方に身を屈めると、深く長く息を吐きかけた。蜘蛛は突然動きを止め、巣は小さな職人の体から発する振動によって震えた。ジョヴァンニはもう一度、先ほどより深く長く、心の毒ある感情に染まった息を送り出した。自分は悪人なのか、それとも自棄になっているだけなのか分からなかった。蜘蛛は脚を痙攣させ離すまいとしたが、息絶えて窓を滑ってだらりとぶら下がった。

「呪われている！　呪われているぞ！」ジョヴァンニは自分にむかって呟いた。「お前は、この恐ろしい虫を息で殺すほど、毒に染まってしまったのか？」

そう呟いた瞬間、豊かな優しい声が庭からゆっくりと聞こえてきた——

「ジョヴァンニ！　ジョヴァンニ！　遅刻よ！　どうしてぐずぐずしてるの！　降りていらっしゃい！」

「そうだ」ジョヴァンニはさらに呟やく。「彼女は、ぼくの息が殺さない唯一の存在かもしれん！　殺せるといいのだが！」

彼は駆け下りる。あっと言う間に、ベアトリーチェの愛に満ちたきらきら光る目の前に立つ。一瞬前には、彼の怒りと絶望には極めて強いものがあり、ひと睨みで彼女を震えあがらせることほど彼の望むことはなかったほどだ。しかし、実際に彼女を目の前にすると、すぐに振り払えないほど強烈な存在感を持つ力が現れた。彼をしばしば宗教的な静寂さで包みこんでくれた、彼女の女らしさに潜む優美で優しい力にまつわる思い出。澄みきった泉の水が、奥底解きはなたれて透明の故に彼の心の目に見えるようになったときに、何度も何度も彼女の心が神聖でありながら情熱的に迸りでた思い出。ジョヴァンニが正しい評価の仕方を知っていたなら、この不愉快な謎はどれもこれもこの地上における幻想に過ぎず、いくら邪悪の霞が彼女をすっぽりと覆っているように見えようとも、本当のベアトリーチェは天上の天使なのだということを納得させてくれるような思い出。こうした思い出の持つ力なのだ。そこまで深い信頼感は持てなかったけれど、それでも彼女の存在はその魔力を完全に失っていたわけではない。ジョヴァンニの顔から怒りは鎮められ、重苦しくて冷たい様相を帯びた。ベアトリーチェの鋭い心の感受性は、自分もジョヴァンニもわたることの出来ない暗黒の淵が二人の間に横たわっていることを素早く感じとった。二人は並んで、黙ったまま悲しげに歩いた。そうやって大理石の噴水の所までやってきた。そして地面にできた水たまりに来合わせた。その中央には宝石のような花をつけた灌木が生えている。ジョヴァンニは、自分がその花の香りを心浮き立つ思いで夢中になって――まるでもりもり食べるように――吸いこんでいるのに気づいて震えあがった。

「ベアトリーチェ」彼は出し抜けに尋ねた。「この木は何処からもってきたの？」

「父が創り出したの」彼女は無邪気に答えた。

「創り出した！　創り出した！」ジョヴァンニは繰り返した。「ベアトリーチェ、どういう意味だ？」

「父は恐ろしいくらい自然の隠している秘密に詳しいの」とベアトリーチェが答える。「そして、私がこの世の空気を初めて吸ったとき、この植物も大地から芽を出した。私はこの世に生まれ落ちた子供に過ぎないけれど、この木は父の科学の、父の知力の産みだした成果よ。そばに寄ったら駄目！」ジョヴァンニがその木に近づいてゆくのを見ると、彼女は恐怖に駆られて続けた。「その木には、あなたが夢にも思わないような性質があるの。でも私は――ジョヴァンニ――私はこの木と一緒に大きくなり大人になった――この木の吐く息が私の栄養だった。この木は私の妹、私は人間としての愛情でもってこの木を愛しているわ。ああ！　疑ってみたことなかった？　恐ろしい運命にみまわれたの」

そのときジョヴァンニが、顔をしかめひどく暗い表情を向けたので、ベアトリーチェは言葉を切って身を震わせた。けれども彼の優しさを信じて元気を取り戻し、一瞬にせよ彼を疑ったことを恥じて顔を赤らめた。

「恐ろしい運命にみまわれたの」彼女は続ける――「死を招くほどの、科学に対する父の愛――そのお蔭で、私は人間の仲間からすっかり疎外されてしまった。ジョヴァンニ、天があなたをお遣わし下さるまで。ああ！　哀れなベアトリーチェは全くの独りぼっちだった！」

「それが過酷な運命だったと言うのか？」彼女を見据えてジョヴァンニが尋ねる。

「ごく最近よ、どんなに過酷だったか知ったのは」彼女の答えは弱々しい。「ええ、過酷だった。でも私の心は鈍感だったから、思い悩むことはなかった」

陰気にふさぎ込んでいたジョヴァンニが怒りを爆発させた。まるで稲妻が黒雲から閃くような感じだった。

「貴様は呪われたやつだ！」そう叫んだ彼の声には、毒に満ちた嘲りと怒りが籠もっていた。「自分の孤独に嫌気がさして、お前は自分と同じように、俺を暖かな人の世からそっくり切り離し、言葉で言い表せぬほど恐ろしいお前の領域に誘い込んだというわけだな！」

「ジョヴァンニ！」きらきら輝く大きな目を彼の顔に向けながらベアトリーチェは叫んだ。彼の言葉には彼女の心に届くほどの力はなく、彼女はただ肝が潰れるほど驚いたに過ぎない。

「そうだ、毒を持ったやつめ！」ジョヴァンニは激しい怒りに我を忘れ繰り返した。「お前のせいだぞ！　お前が俺を破滅させたんだ！　お前が俺の血管を毒で満たしたのだ！　お前が俺を、お前と同じように、憎むべき、醜悪で、厭わしい、死に神の使いにしたのだ――世界の不思議、忌まわしい怪物にしたのだ！　さあ、――我々の吐く息が、有難いことに、他の人たちと同じように我々にとっても命取りなら――これ以上はない憎しみを籠めて一度だけ唇を合わせ、死んでしまおうじゃないか！」

「私の身に降りかかったこの災厄は何なの？」ベアトリーチェは、心の底から低い呻きを洩らしながら呟やいた。「マリア様、私に、深く傷ついた私に哀れみをおかけ下さい！」

「お前が！　お前が祈るのか？」依然として悪魔のような嘲りを籠めて、ジョヴァンニは叫ぶ。「お前の祈りそのものが、お前の唇から出てくるはしから、この大気を死の色に染める。そう、そうだ。二人で祈ろう！　教会に行って、玄関に置いた聖水に指を浸そうじゃないか！　我々のあとから来る人は、疫病にかかったように死んでしまうだろう。空中にむかって十字を切ろうじゃないか！　そうすれば、聖なる象徴を真似て、呪いを広くばら撒くことになるんじゃないか！」

「ジョヴァンニ」ベアトリーチェは静かに言った、彼女の深い悲しみは怒りを通り越していたからだ。「どうしてあなたはそんな恐ろしいことを仰しゃって、ご自分を私に結びつけるのです？　確かに私は、仰しゃる通り恐ろしい生き物です。でもあなたは！――あなたのなさるべきことは、私の忌まわしい惨めな姿にいま一度身震いなさってから、この庭を立ち去りお仲間の輪に加わり、哀れなベアトリーチェのような怪物がこの地上を這いずっていたことを忘れておしまいになることではありませんか？」

「何も知らない振りをするのか？」彼女を睨みすえてジョヴァンニは迫る。「見てみろ！　この力を、俺はラパチーニの汚れを知らぬ娘から貰ったのだ！」

死を招く庭に咲く花々の香りが約束してくれる餌を求めて、夏虫の群が空中をひらひらと飛んでいた。虫たちがジョヴァンニの頭の周りをぐるぐると飛びかう。しばらく前に、虫たちを数本の灌木が生えているあたりに引き寄せたのと同じ力によって、彼の方に惹きつけられたのは明らかだった。彼は虫の群にむかって息を吐きかけ、そして少なくとも二十匹の虫が地上に落ちて息絶えると、ベアトリーチェに苦い笑顔を見せた。

「分った！　分ったわ！」ベアトリーチェが悲鳴のような声を上げた。「死を招く父の科学のせいだわ！　違うわ、違うのよジョヴァンニ、私じゃない！　絶対に、絶対にそうじゃない！　私はあなたを愛し、しばらく一緒にいて、それからあなたには私の心に面影だけを残して去っていただこう、それだけを夢見ていたのです。そのわけは、ジョヴァンニ――信じて下さい――私の肉体は毒に養われていても、私の精神は神の造り賜うたもの、毎日の糧として愛を乞い求めているのです。ところが父は！――恐ろしいことに、私たちの心と心がこんなふうに呼び合うようにしたのだわ。いいわ、私を足蹴にして下さい！――踏みつけて下さい！――殺して下さい！　ああ、あなたのあんな言葉を聞かされたあとでは、死ぬなんて何でもないわ！　でも私じゃない！　どれほど幸せをくれると言われても、私はそんなことはしない！」

ジョヴァンニの激しい怒りは、言葉になって爆発すると源泉が枯れてしまった。こんどは、自分とベアトリーチェは、他の人とは違う濃密な関係で結ばれているという思いが心を過ぎった。それは悲しいものだが、優しさと無縁でもない。二人は、言ってみれば、どれほど多くの人が群れ集まろうと決して癒されることのない絶対的な孤独の中に立っていたのだ。だとすれば、二人を取り巻く群衆の砂漠こそ、すべての人から孤立したこのカップルをいっそう近づけるべきではないのだろうか？　お互いが相手にひどく当たるなら、いったい誰が二人に優しくしてくれるというのだ？　それに、とジョヴァンニは思う――ベアトリーチェ――救われたベアトリーチェ――の手を取って、日常的配慮が支配する範囲内に共に戻る希望はまだあるのではないだろうかと。ベアトリーチェの愛はジョヴァンニの破壊的な言葉によって踏みにじられたが、ベアトリーチェの抱くような深い愛が完膚無きまでに踏みにじられたあとになっても、地上で結ばれ、地上で幸せを得られると夢想することがまだできるとすれば、ああ、それは女々しく、利己的な、卑しい心ではないだろうか！　駄目だ、駄目だ――そんな希望はあり得ない。彼女は失意の痛手を背負い、重い足取りで「時」の境界を越えてゆかねばならない――「楽園」の泉で傷口を洗い、不滅の光にひたって悲しみを忘れなければならない――そしてそこでこそ健やかにならなければならないのだ！

しかしジョヴァンニはそんなことは知らない。

「ベアトリーチェ」彼はベアトリーチェに近寄りながら語りかける。彼に近づかれてベアトリーチェはいつものように後じさりしたが、このときは違う衝動に突き動かされてのことだった。――「ベアトリーチェ、ぼくたちの運命はまだそう絶望的じゃない。見てご覧！　薬だ、立派なお医者さんが請け合ってくれたのだが、よく効く、完璧と言っていいほどよく効くそうだ。この薬は、君の怕しいお父さんが君とぼくにもたらした災いの成分とは正反対のものでできている。神聖な薬草を蒸留して作られている。これを一緒に飲んで、邪悪を清めないかい？」

「私に下さい！」ベアトリーチェは、ジョヴァンニが懐中から取り出した小さな銀製の薬壺を受け取ろうと手を伸ばしながら言った。おかしなくらい強い調子で、「私は飲みます——でもあなたはその結果を待って下さい」と付けたした。

彼女はバッリオーニの解毒剤を口許に当てた。時を同じくしてラパチーニの姿が玄関から現われ、ゆっくりと大理石の噴水に向かった。近づくにつれ、青白い科学者は、勝ち誇った表情を浮かべて美しい青年と乙女を眺めている様子が見て取れた。絵とか彫刻を完成させようと一生を懸け、ようやく成功して満足した芸術家なら同じことをするだろう。科学者は立ちどまり——曲がった背筋が己の力を意識して伸び、子供たちに祝福を願う父親のように、二人の頭上に両手を広げた。しかしその手は、二人の命の川に毒を注ぎこんだのと同じものだ！　ジョヴァンニは震えあがった。ベアトリーチェは神経質に身を震わせ、心臓に手を押し当てた。

「ベアトリーチェ」とラパチーニは言った。「お前はもう独りぼっちじゃない！　木の妹から大切な宝石を採って、胸に飾れと婿殿に言いなさい。彼にはもう無害だ！　儂の科学と、お前たち二人の響き合う心が、彼の体内で効果的に働き、彼もいまでは普通の男とはかけ離れてしまった。儂の誇りであり勝利である娘のお前が、並の女とかけ離れているように、な。それじゃ、世の中を渡ってゆけ、お互いにとっては一番愛おしい存在として、他人にとっては一番恐ろしい存在として！」

「お父さま」ベアトリーチェは弱々しく言った——話している間も、相変わらず心臓に手を押し当てたままだった——「お父さまは何のために、この惨めな運命をご自分の子供に負わせたのですか？」

「惨めだと！」ラパチーニは大声を出した。「どういう意味だ、お馬鹿さん？　素晴らしい能力を与えられることが惨めだと思うのかね？　どんな権力も武力もこの能力に対しては敵対しえないんだ。惨めなのかね、どんなに強力なものでも吐く息ひとつで鎮めることができるのが？　惨めなのかね、美しいうえに恐ろしいことが？　それじゃ何か、お前はあらゆる悪に苛まれるだけで何もできない弱い女でいる方がよかったというのか？」

「私は愛されたかったの、恐れられるより」ベアトリーチェは地面に崩れ落ちながら呟くように言った――「でも、もうそんなことはどうでもいいの。私参ります、お父さま、お父さまが力を尽くして私の命に溶けこませた悪が、夢のように、ここに咲いている毒の花の香りのように消えてゆくところへ。エデンの花々に囲まれれば、毒の花の香りも私の息を汚すことはもうないでしょう。さようなら、ジョヴァンニ！　憎しみに満ちたあなたの言葉は、私の心の中に鉛となって沈んでいます――でもその言葉も私が天に昇ってゆくにつれて消えてゆくことでしょう。ああ初めからあなたには、人間として、私よりも多くの毒があったのではないでしょうか？」

ベアトリーチェにとって――彼女の地上的な部分は、ラパチーニの技術によって根本から創り変えられていたので――毒が命であったように、強力な解毒剤が死だったのだ。そんなふうにして、人間の発明の才とひねくれた本性、そして誤った英知が重ねる努力に付随する宿命、その哀れな犠牲者は父親とジョヴァンニの足許で息を引き取った。その瞬間、ピエトロ・バッリオーニ教授が窓から覗き、雷に打たれたようになっている科学者に向かって勝利と恐怖の入り交じった声で怒鳴った。

「ラパチーニ！　ラパチーニ！　それで、これが君の実験の結末かね？」

P——氏の便り

私の不運な友人P——君は、人生の生き方を見失っている。長い間いささか精神の病気を患っているせいもあるだろう。彼の頭の中では過去と現在が混在しており、しばしば奇妙なものを生み出す結果を招くようである。このことは私が説明する最善の言葉より、以下の手紙を一読していただく方がずっとよく理解していただけると思う。気の毒な友は、手紙の第一段落で言及している白く塗られた鉄格子のある小さな部屋から一歩も外に出たことが全くないにも拘わらず、偉大な旅行家であり、彼自身以外の目には映らなくなって久しい多くの人々に出会うのだ。私見によれば、これらは全て妄想などではなく、わざと想像力をたくましくしたか、無意識のうちに想像力が勝手に生みだしたものであり、病が持つ病的なまでのエネルギーが加わって、彼は非現実的な状況や人物たちを舞台に登場させるお芝居同様にはっきりと、というかもう少し幻想にあふれた確信を持って眺めているのだ。彼の手紙の大部分は私が持っているが、どれもこれもこれからお読みいただくのと同じような奇妙な考えに基づいているか、ばかばかしさの点では決して劣ることのない憶測に基づいている。これらは全体として一連の対話となっていて、万一運命が、我が友にとって月光の世界である場所から早々と彼を連れ去るようなことがあれば、私が手紙の全てを編集してつぎつぎに世間の皆様に供することを誓いたいと思う。P――君はかねがね文名を揚げることを切望しており、失敗に終わったとは言え一度ならず努力を試みている。もし理性を頼りに目的を探し求めているうちにそれを逃したあとで、正気の限界を超えた朦朧たる大旅行でそれに出会うことになったとしたら、誠に奇妙なことと言えるだろう。

一八四五年二月二十九日　ロンドンにて

拝啓

昔のことどもが驚くほど執拗に我が心をとらえて放さない。日常の習慣が我々の周りを石塀のようにぐるりと取り囲み、どんどん強化されて人間の造ったもっとも頑丈な建造物に負けない存在となる。観念は本当に手で触ったり目に見えるものでないのかどうか、さらに物質が持つ他の特質も与えられていないのかどうかが、僕にとって時おり深刻な問題となる。僕は今、ヴィクトリア女王の複製画が掛かった借り間の暖炉の傍に坐り、世界の中心都市のかすかなざわめきを聞きながらこの手紙を書いている。そして僅か五歩離れたところにある窓越しに、いつでも現実のロンドンを見つめることができる。僕の現況についてこれだけはっきりしている場合、今現在僕の頭を悩ませているのはどんなことだと、君は思うかね？　君、信じられるかい？――僕が今でもずっとあの陰気な小部屋に住み続けていることを――あの水漆喰を塗った小さな部屋に住み続けていることを――趣味のせいか便宜上なのか理由は分からないながら、大家が一つしかない窓に鉄格子をとりつけたあの小さな部屋に住み続けていることを――要するに、君が親切心から何度も訪ねてきてくれた例の小さな部屋に住み続けていることを！　いかに時が経過し、自由に場所を移動できるとしても、あの不愉快な部屋から僕を解放してくれないものだろうか？　僕は進むが、しかしそれは蝸牛のようなもので、頭に住む家を乗せながらだ。まあ仕方がない！　僕は今、現在の情景や出来事が、昔の情景や出来事に比べ鮮明さに欠けるという人生のあの時期にさしかかっているのではないかと思う。だとすれば、〈記憶〉の囚われ人であることにますます甘んじなければならない、なにしろ〈記憶〉は僕の脚に鎖をつけほんの僅かしか進むのを許さないのだから。

僕の紹介状は大いに役に立ち、アン女王時代の才人とか「人魚亭」に集ったベン・ジョンソンの飲み仲間たちのように、これまでは僕の個人的交友範囲から、遠く離れた存在に見えていた傑出した人々と知り合いにしてくれた。まず最初に利用した紹介状はバイロン卿に宛てたものである。閣下は僕の予想より遙かに年をとった容姿をしておられた。とは言え、波瀾万丈だったこれまでの人生や、様々な病気のことを考えれば、六十歳に手の届きそうな人の一般的な外観より老けているというのではない。僕は想像力の中で、彼の地上における風貌に詩人としての精神的な不滅性がそれまであると考えていた。彼のかぶった茶色の鬘は、豊かな巻き毛に包まれ、額に垂れている。目の表情はめがねによって隠されている。バイロン卿は若い頃から太り加減の傾向があったが、いまでは桁外れの太りようだ。肉体という荷物を積み込みすぎている人という印象を与えかねないほど太っていた。巨大な肉体としての実体の中にその身体的生命力を行きわたらせるだけの気力が十分でなく、肉体が彼を無残にも押しつぶしているというわけだ。死すべき人間のこの巨大な塊を見つめ、バイロンらしき者を視野いっぱいに収めたら、この胸の内で呟やくのだ――「一体全体、彼はどこにいるのだ？」　僕が辛辣に生まれついていれば、この地上に生息する巨大な肉の塊を人間の本性から精神性を奪う悪癖や肉欲の物質的象徴としてとらえ、彼をもっとよき人生に導く道をふさいでいるととらえたかもしれない。しかしこれは辛辣すぎるかもしれない。肉体的人間はいま述べたように途方もなく巨大化しているにしても、バイロン卿の品行は改善されつつある。彼がもっと痩せていてくれたらどんなに素晴らしいだろう。と言うのも、彼は忝なくも僕に握手の手をさしのべてくれたが、その手は異質な物体で膨れ上がっていて、『チャイルド・ハロルド』を書いた手に触った気分にはまったくなれなかったのだから。

僕が入ってゆくと、閣下は立ち上がって迎えられない非礼をきちんと詫びた。数年前から痛風が右足に居ついてしまい、お蔭でフランネルを幾重にも巻きつけてクッションの上に載せる羽目になったという弁解だった。もう一方の足は椅子に掛けた優美な織物に隠れていた。バイロンの右足だったか左足が不自由だったことを君は覚えているかね？

知ってのとおり、高貴な詩人と奥方との和解はここ十年続いていていて、仲たがいとか綻びの兆候はないとのことだ。二人は幸福とは言えないまでも、満足している、あるいはとにかく穏やかなご夫婦で、程よく支えあいながら人生の下り坂を歩んでおり、労せずして安らかに麓に達するだろうと言われている。特にこの方面で、詩人が若いころの過ちを完全に償ったと考えるのは愉快である。令夫人の影響力が宗教面で、バイロン卿に豊穣な実りという幸福な結果をもたらしたことを付け加えるのは心楽しい。卿は今ではもっとも厳格なメソジスト教義と、英国国教会に高教会の教義を取り入れようとするピュージー主義の超教義を結びつけようとしておられる。前者については高貴な令夫人によって卿の心に働きかけられた説得のお蔭であり、後者については、想像力に富んだ卿の本性が強く求めた絵のように美しいきらびやかな飾りつけというものだ。ますます倹約を続ける習慣のお蔭で、支出の大部分は罪の償いや礼拝の場所を美しく飾ることに費やされた。そしてこの高貴な人物は悪魔の同義語と考えられていたが、今ではロンドンその他至る所の多くの説教壇で聖者も同然である。政界においてもバイロン卿は、徹底した保守主義者であり、貴族院であろうがもっと私的な集まりであろうが、機会を逃がすことなく、若い頃の悪意に満ちた無政府主義的な考えを否定し糾弾した。ほかの人物が隠している似たような罪に対しても常に多少切れ味の鈍ったペンで、与えうる最大の復讐を遂げた。桂冠詩人のロバート・サウジーとは一番親しい仲間だった。アイルランドの詩人トマス・ムーアの死の直前、バイロンはかの輝かしい、しかし不埒な男を家から追い出したことを知っているかね？　ムーアはこの侮辱を深刻に受け止め、彼を墓場に送った発作の最大の原因だと言われている。ほかの人たちは深く考えずに、この抒情詩人は心穏やかに死出の旅につき、自作の聖歌の一つを口ずさみながら、楽園の門の中でも聞かれるであろうと信じ、すぐさま名誉ある迎えを受けられることを信じていた、という。僕はそうであってくれることを願う。

お察しの通り、バイロン卿と話をしているとき僕は必ず、これまで楽しんできた音楽の大部分を占める『チャイルド・ハロルド』、『マンフレッド』、『ドン・ジュアン』の一節に触れて詩の巨匠に相応しい当然の敬意を表した。僕の話した言葉が適切かどうかは別にして、少なくとも永遠の詩を語るに足る一人の人間としての情熱によって暖められていた。しかしながら僕の言葉が正鵠を得ていなかったのは明らかだ。何か間違いのようなものがあったのは僕にも分かる、少なからず自分自身に腹を立てている、そして世界中に反響してきたあの詩人の一節一節をこだまにして、僕自身の心から天賦の才に恵まれた詩人の耳に投げ返そうとして失敗したことを恥ずかしく思う。しかし少しずつ秘密がそっと顔をのぞかせ始めた。バイロンは——詩人から直接聞いた情報なので、君は遠慮なく文学サークルで広めてくれたまえ——好みとか道徳、政治や宗教について現在抱いている信念に基づいて入念に訂正し、削除し、書き改め、まったく新しい全集を準備しているのだ。全くの偶然なのだが、さきほど僕が口にした、最高の霊感から生まれでたあの一節一節は、彼が非難し拒否したがらくたで、忘却の深淵に投げ込むつもりの詩文だった。こっそり本音を言えば、彼の情熱は燃え尽き、盛んに荒れ狂った炎は消え失せ、バイロン卿から啓蒙の明かりを奪った。その明かりで彼は詩を書くばかりでなく、自分の書いた作品を心で理解できたのだ。はっきり言って、彼はもう自分の書いた詩を理解できないのだ。

道徳的にした『ドン・ジュアン』の中から適当な詩文を読んでくれたおかげで、このことはとてもはっきりした。放埒な部分——信仰の聖なる謎を尊重しない部分——病的な憂鬱だったり気むずかしい狂騒に溢れる部分——確立した国体や社会組織を攻撃する部分——異教徒、共和主義者、非国教徒以外のあらゆる人間の感受性を傷つけうるような部分——は容赦なく削除され、バイロン卿の後期スタイルで書かれた非難の余地のない詩作品によって取って代わられた。これまで出版された詩がどれくらい残っているか、考えてみてくれ。その結果は望ましいものではない。分かりやすく言えば、まさに断腸の思いだ。なぜなら地獄トフェトで灯された松明が消えてしまったのに、陰気な悪臭は残り、聖なる炎が後に続くこともない。それでも、バイロン卿としては、若い頃の過ちを償うこうした企てのおかげで、ようやくウェストミンスター寺院の主任司祭や教会関係者たちが壮麗な古い大僧院のしかるべき壁龕にトーバルセンの造った詩人の彫像を納めるのを許すだろうという望みはたもたれている。君も知っての通り、彼の遺体がギリシアから運ばれてきたとき、旋律性豊かな詩人仲間に囲まれてそこに埋葬することは拒否された。

　これは何という筆の過ちであろうか！　巨大な肉の塊に包まれて生きているバイロン卿をたった今この目にしていながら、遺骨の埋葬について話すなんて僕は何という愚か者だろう！　しかし正直に言えば、小山のように太った人間は僕にはいつもお化けという印象しか与えない。彼の途方もない人体組織の中に、僕は実体のない幽霊に似たものを感じる。さらに、いったいどうしてバイロンは二十年以上も前にミソロンギで熱病に冒されて死んだというのか、あの馬鹿馬鹿しい昔話が僕の胸に飛びこんでくる。僕たちは影の世界に住んでいるのだということがますます実感されてくる。僕の場合、心の中の影と心の外の影を区別しようと一生懸命になるなんて、無駄だと思う。もし何らかの違いがあるとすれば。前者の方が実体を持っているだろう。

　僕の幸運をまあ考えてみてくれ！　高齢のロバート・バーンズが――僕の思い違いでなければ、現在八十七歳――まるで僕と握手をする機会をわざわざ作るためであるかのようにふらりとロンドンを訪ねてきた。彼は二十年以上もの間、エアシャーの静かな家を一夜だって離れなかったのではないだろうか。今度このロンドンに引っ張り出された唯一の原因は、イギリスに住む著名人の有無を言わせぬ説得のせいなのだ。彼らは詩壇の長老の誕生日をお祭り騒ぎで祝いたいのだ。これは文学史上最大の偉業として記録に残るだろう。老詩人の胸にささやかに灯っている命の明かりがこの祝いの席で燃える炎の中に消え去ることのありませんように！　僕はすでに大英博物館で紹介の栄に浴していた。詩人は博物館で詩歌を点在させた彼の未刊行の手紙集を眺めていたが、彼の伝記作家たちはそろいも揃ってその手紙集を見逃してきた。

まったく馬鹿馬鹿しい！　僕は何を考えているのだ！　まだ元気な老人のうちに、伝記の中で不朽の詩人だったと称えられることがあるわけないではないか！

詩人の背丈は高く、きわめて神々しかった。寄る年波のせいで腰がひどく曲がっているが、その神々しさは変わらない。白い髪の毛が、吹き寄せられた雪のように顔の周りを漂っている。顔には知性と情熱が刻んだ皺が見てとれる。まるで飛沫を上げながら流れ落ちて消えてゆく水脈のようだ。年齢を考えれば、老紳士はきわめて健康体である。彼はコオロギ顔負けの陽気さの持ち主だ――理由があろうとなかろうと、鳴き声をたてるコオロギのユーモアのことだ――これは非常に高齢な人物が身にまというる誰にも好かれる心情ではないだろうか。プライドが邪魔をして自分はその心情を持ちたくないが、他人がもっている場合には恵まれた性格と思ってしまう。それをバーンズの中に見つけて僕は驚いた。まるで、彼の燃え上がる心と輝く想像力が燃え尽きて最後の残り火になり、片隅でかすかにちかちかと燃えている炎だけを残し、それが勝手に踊り上がったり、笑い転げ続けているようだ。彼にはもはやペーソスを詩にする力はない。アラン・カニンガムに所望され、天上の聖母に捧げた自作の詩を朗唱しようとした。しかし真実そのものであり、素直に表現されているその詩作の感情は、現在彼が置かれている感受性の遠く及ばないところにあることは、明らかだった。それでもかすかな詩の情感が僅かだけ彼を目覚めさせると、たちまち涙が両の目に溢れ、いきなり震える嗄れ声に変わった。それでも自分がなぜ泣いているのかほとんど分からなかった。ああ悲しいかな！　天上の聖母のことは二度と考えてはならない、時間という鈍重な障害物を吹き払い、天上の聖母に会うために昇ってゆくまでは。

次にバーンズは『タモシャンター』を朗唱し始めたが、その詩にはウィットとユーモアがあったため大いにくすぐったい思いをし――と言っても僕には、彼が口承的な感覚のウィットとユーモアしか持っていなかったと踏んでいるのだが――やがてチュッチュッと大声で笑い始め、その後に咳が続き、あまり楽しくない騒ぎも終りになった。全体として言えば、見なければよかったと思う。しかしながら、農夫詩人の後半をなす四十年間は、そこそこの収入もあり、すっかり落ち着いたものだったというのは満足のいく考えだ。過去の長い年月、吟遊詩人としてのその日暮らしが直ってみると、慎重なスコットランド人の性質に違わず、好機を逃さぬようになった。お蔭で今彼は、財政状況に関しては、十分に裕福であると考えられている。これこそ長命のお蔭だと僕は思う。

僕は折を見て、バーンズの同郷人たちに、ウォルター・スコット卿はお元気ですかと尋ねた。お気の毒なことに、ここ十年病状に変わりはないとのことだった。麻痺状態で回復の見込みはなく、肉体と言うより、彼のずっと気高い特性――肉体はその特性を内包している器官に過ぎない――の方が強い麻痺を起こしていた。そんなわけで、彼は来る日も来る日も、来る年も来る年も、みごとな幻想であるアボッツフォードの屋敷で無気力な暮らしを送っている。その家こそ、彼の頭脳が生みだしたものであり、偉大なロマンス作家の好み、情感、勉強、偏見、考え方の象徴となったものである。韻文詩にしろ、散文にしろ、建築にしろ、どれもバラエティに富んでいるとはいえ、彼には一つのことしか成し遂げられなかった。書斎の長椅子に横になり、日がな一日筆記者に物語を口述する。架空の筆記者に向かってだが。なぜなら、かつては溢れるばかりだった空想力から流れ出るものを書き取る努力をする価値はもうないと思われるからだ。流れ出るどのイメージもかつては黄金の値打ちを持っており、金に換えることができた。それでも最近彼に会ったカニンガムは、時おり天分の才がささやかに閃くことがあると教えてくれる。生きている人の中で誰もまねの出来ないような、小さな出来事のみごとな結びつきやいきいきとした性格描写だ。彼の破滅した頭脳から輝き出るほのかな光、それはまるで古さびた大広間の薄闇に置かれた錆びかけた冑に突然日の光が差したみたいだった。しかしこれらのロマンスの筋書きはひどく混乱していて、登場人物はお互いに溶け合い、物語は泥道や湿地を流れる水脈のように姿を消してしまう。

僕としては、作品が人気を失う前に、ウォルター・スコット卿が、外部のものを意識しなくなったのはむしろよかったと思う。名声が先に彼のことを忘れてしまうより、彼の方が自分の名声を忘れる方が良い。彼が依然として作家で、昔と変わらぬ才気煥発な作家であったとしても、文学の世界で同じような地位をもう維持できなかったであろう。今日の世界は、より真面目な目的や、より道徳的であるものや、より身近で素朴な真実を求めている。彼にはそれを提供する能力が欠けているのだ。しかしスコットが過去の世代に対して占めていた立場さえ、現代世代の人々に対し誰が占められようか？　僕はディケンズという青年に大いに期待していた。雑誌に少しばかりの文書を書いて出版しているが、実にユーモアに富み、本物のペーソスに欠けているわけではない。『ピックウィック・ペーパーズ』というタイトルと思うけど、そんな感じで滑稽な作品集を書き始めた矢先に、気の毒にも亡くなってしまった。このミスター・ディケンズの夭折によって、ひょっとしたら世界は思いもよらない人物を失ったのかもしれない。

先日ペルメル街で誰に出会ったと思う？　十中八九は当たらないだろう。なんとナポレオン・ボナパルトその人だった！――あるいは彼の抜け殻と言うべきか――つまり、皮膚、骨、肉体、小さな三角帽、緑色の外套、白い半ズボン、短剣が、彼の畏敬すべき名を帯びて歩いているのだ。護衛は警官ふたりだけ、彼らは、老いた元皇帝の幻影の後ろを静かに歩いていた。元皇帝にはなんの義務も負っておらず、手癖の悪い男が誰ひとりとしてレジョン・ドヌール勲章の星章を手に入れないように見張っているだけだ。僕以外の誰ひとりとして彼をふり返ってみようともしなかった。それに、悲しいかな僕ですら、今では老いさらばえた姿だが、かつてはその中に顕在していた好戦的な精神が我々の世界に働きかけた事々に対して、最低限の興味を奮い立たせることもできなかったと白状する。偉大な著名人の魔法の影響力を打ち破るには、その所有者が弱体化し、打倒され、権力の座からすっかり追い落とされていることを見せつけること以上に確かな方法はない――そうやって彼の死体の下にその力を埋め――もっとも平凡な人間でも世間の目から見てちゃんと振る舞うようにさせる良識にも欠けていることを見せつけることだ。熱帯性気候に長い間さらされたうえに寄る年波――もう七十歳を超えている――も加勢して病状が悪化し、ボナパルトは落ちぶれてしまった。イギリス政府は彼をセント・ヘレナ島からイギリスへの再移送を抜け目なく実行した。イギリスは今度は彼をパリに復帰させ、残っている彼の軍隊をもう一度パリで立てなおさせようというのだ。目はかすみ涙っぽい。下唇は顎まで垂れている。僕が彼を見つめていると、たまたま通りで小競り合いが勃発した。シーザーやハンニバルに匹敵する名指揮官たる彼が――世界中を戦火の煙で覆いつくし、血まみれの足跡を世界に残した――神経が高ぶってぶるぶる震え、掠れた悲鳴を上げてふたりの警官に庇護を求めた。警官は互いに目配せをして、忍び笑いを漏らし、ナポレオンの背中を軽く叩きながら、それぞれ彼の片腕をつかんで連れ去った。

こん畜生、死んでしまえ！　ああ、悪党め、どうしてお前は此所に来たのか？　失せろ！――さもなければお前の頭にインク壺を投げつけるぞ。ちぇっ、ちぇっ、何もかも大間違いだ。お願いだ、君、このささやかな怒りの爆発を許してくれたまえ。本当は、例のふたりの警官に言及したり、彼らがボナパルトを拘留したことは、あの唾棄すべき人でなしのことを彷彿とさせるのだ――君はヤツのことをよく覚えているだろ――僕がニューイングランドを去る前に、僕に対し不遜な態度をとり余計な世話を焼くのを喜んでいた男だ。するとたちどころに、あれとまったく同じ水漆喰を塗った鉄格子の入った窓のある小さな部屋が、僕の心の目の前に立ち上がってくる――鉄格子がはめられているのは不思議千万――あの部屋では僕の親戚筋のばかばかしい頼みに唯々諾々と従って、我が人生最良の数年間を無為に過ごした。確かに僕には、自分がまだその部屋に坐り、あの管理人が扉から覗きこんでいるように思われる――あの男は僕の管理人などではなかったし、従者になりすませた出しゃばりなやつに過ぎなかった。ろくでなしめ！　僕はあいつに昔から恨みを持っている、そのうち折を見て、きっと仇を討ってやるぞ！　ちぇっ、ちぇっ！　あいつのことを考えるだけで、僕の心はやけに乱れてしまう。今でさえ、あの憎むべき部屋の鉄格子の入った窓は、汚れたガラス越しに入ってくる清らかな日の光に呪いをかけ、僕の心の毒薬にしてしまう――あの部屋はロンドンの中心に位置する心地よいこの部屋よりも、僕の目にはハッキリと見える。現実は――僕がそうだと思いこんでいるものは――耐え難いほど鮮明な幻想の上に、粉々になった景色の残滓のようにぶら下がっている。あの部屋のことはもう考えまい。

さぞかし君は、シェリーのことを聞きたいと思っているだろうね。この有名な詩人が、何年も前に英国国教会と和解したといった、世間の誰もが知っているようなことを僕が言う必要はない。もっと新しい作品の中で彼は、その出来事に特に注目しながら、キリスト教信仰の擁護のために霊妙な力を注ぎこんだ。最近は——君は聞いていないかもしれないが——彼は聖職に就き、ささやかな田舎暮らしを送るようになったのは、大法官のお蔭である。現在は、僕にとっては幸運なことに、彼が講演集の出版を仕切るために大都市にやってきていた。講演集は、英国国教会の教義に関わる三十九箇条に基づき、キリスト教を詩的哲学の立場から立証しようとするものだ。初めて出会ったとき、『マブ女王』や『イスラムの反乱』、『プロメーテウスの解縛』などの作者に対し言うべき事柄に、キリスト教の牧師にして、国教会の擁護者たる人に受けのよい賛嘆の念を結びつけたが内心忸怩たるものがかなりあった。しかしシェリーは程なく僕の気持ちを楽にしてくれた。現在の立場を堅持し、より高い観点から次々に発表した作品に批評を加えながら彼は、そこには調和があり、秩序があり、整然とした進歩のあることを僕に確信させてくれた。この三つの要素があるために、彼はもっと昔の詩のどれを指しても「これこそ私の作品だ！」となんら良心に恥じることなく言うことができるわけだ。だからこそ彼は同じように良心に恥じることなく上述した講演集を出版しようとしているのだ。それぞれの作品は一続きの階段をなしており、一番上の最後の階段が天に入る敷居の基礎をなしているのと同じく、混沌の深みにある一番下の階段も全体を支えるために必要不可欠なのである。天上の輝きに届く高い階段を築く代わりに、もっと下の階段で息絶えることになれば、あなたの運命はどうなっていたのでしょうかと僕は、もう少しで訊ねそうになった。

シェリーは地獄の階段から天国に登りつめたように思われるのだが、実際に登りつめているとしても、それがどういうことなのか、僕には理解できる振りもできないし大いに興味をそそられることもないだろう。その宗教的価値に触れなくとも、円熟した美点の生みだした作品を若い頃のそれに優る詩だと考える。円熟したものは若い頃のものより人間的な愛に暖かく包まれ、それが彼の心と大衆の間の通訳として役に立っている。詩人は、ペン先を自分の心の中に前より頻繁に浸すようになり、そうやってもっぱら過剰な空想力と知性の発揮が詩人を裏切りがちになるという過ちを避けるようになっていた。以前は、彼の詩集の頁には、整然と具象化された結晶か、輝きに負けない冷たさを持つ氷柱以上のものはほとんどなかった。今では君がその詩を心臓に持っていけば、君自身の心に共鳴する彼の心の暖かさが感じとれる。シェリーの人柄について言えば、地中海で溺死したあの悲惨な夜まで、友人たちが常に言い続けていた優しく親切で愛情深い人以上には先ずなれなかったであろう。またまた戯言だ！——全くの戯言だ！　僕は何をぺらぺら喋っているのだろう？　スペツィア湾で消息を絶ち、ビアレッジョに近い浜で洗われ、ワイン、香辛料、それに乳香と一緒に火葬されて骨になったというあの古い作り話を僕は思い出していたのだ。一方バイロンは浜辺に立ち、亡き詩人の心臓から天に立ち上る驚くほど美しい炎を眺めていた。そして火によって浄化された彼の屍はようやく息子の墓に近いローマの土に埋められた。この一部始終が二十三年前に起きたのだとしたら、このロンドンで昨日、水死し火葬にされた人物に出会うなんてことがどうしてできようか？

この話を終わりにする前に、賛美歌作者として有名なレジナルド・ヒーバーに触れたい。彼はこれまでカルカッタ司教だったが、最近ロンドン司教区に転任となり、シェリーを表敬訪問したが、僕はその場に居合わせた。ふたりは心底からの友人らしく思われ、協力して詩を書くのを計画していると言われている。人の世は、なんと不条理な夢の如きものか！

コールリッジがとうとう『クリスタベル』を書き上げた。今年の出版シーズンのうちに、ジョン・マレー老によって全巻が活字になるだろう。聞くところによると、言葉が不自由になる厄介な病気に見舞われ、これまでの一生涯、彼の口からあふれ出ていた言葉が止まってしまった、あるいは殆んど止まってしまったということだ。積もりに積もった彼の思索が別なはけ口から排出されない限り、彼の命は一か月と持たないだろう。ワーズワースは、ほんの一、二週間前に亡くなった。神が彼の魂を憩わせ、『逍遙』を未完のままにすることをお許しになられますように！　僕は「ラオダメイア」を除き、彼の書いた作品はみんなうんざりな気がする。かつて崇拝していた詩人たちに対しこういう心変わりをすることは実に悲しい。サウジーは相変わらず壮健で、いつものようにたゆまず書いている。ギフォード翁は大変な高齢にも拘わらずまだ生きてはいるが、悪魔が与えた切れ味の悪いささやかな知性を衰えさせたのは実に気の毒でならない。人というものは、そういう人物が長寿に恵まれながら老衰してゆくのを嫌う。生きているとそういう詩人を蹴飛ばすという頭の中だけで許される特権が奪われてしまうのだ。

キーツかい？　駄目なんだ、会ったことがない。混雑をきわめている通りを隔ててならあるが、四輪馬車、荷馬車、馬にまたがっている人、辻馬車、乗合馬車、歩行者、そしてその他諸々の知覚の邪魔になるものが、詩人の小柄でほっそりした姿と、熱心に見つめる僕の間に割りこんでくる。僕は喜んで会っただろうな——海辺とか——森の木々が作る自然のアーチ門をくぐるときとか——古い大聖堂のゴシック式アーチ門——あるいはギリシアの廃墟——まさに暮れようとしているときにかすかに光っている炉辺——明け方の洞窟の入り口でなら。彼は洞窟の幻想的な奥に向かって僕の手を取って導いてくれるだろう。要するにテンプル門以外なら何処でもいいのだ——あそこだと、彼の姿があの野卑なイギリス人どものビール太りの図体に隠されてしまう。僕は立ち止まり、彼が舗道を遠ざかってどんどん霞んでゆくのを見つめる――本物の人間なのか、それとも僕の頭から滑り出て、人間の肉体と洋服をまとい、ただ僕を欺そうとしている思いつきなのかどうか殆んど分からなくなった。彼はさっとハンカチを口に持っていきすぐポケットに戻したことがあったが、血痕がついていたのは間違いないと思う。彼はどか弱いものを誰も見たことがないのではないか。実を言えば、キーツは肺からの恐ろしい喀血に生涯悩まされ続けていた。喀血の原因は、『クォータリー・レヴュー』に載った『エンディミオン』に関する批評記事にあり、それが彼を死の淵のごく近くまで連れて行ったのだ。それ以来、彼はこの世を幽霊のように音もなく歩き、あちらこちらで友人の耳に悲しげなため息の音を届けはするが、大衆に応じる声を送り出すことは決してなかった。僕には彼を偉大な詩人と思うことはどうもできない。並外れた天才の重荷が、これ程か弱くもろい肩と、今にも砕けそうな繊細な精神に負わされたことはなかったのではないだろうか。偉大なる詩人たる者、鉄のごとき肉体の持ち主でなければならない。

しかしキーツは非常に長いこと世間に何も発表していないが、叙事詩の創作に全力を注いでいることは分かっていた。彼を尊敬している取り巻き連中に知らされている部分もあり、彼らはミルトンの時代以来この世で詠われた最高の詩だと感動していた。その詩の写しが僕の手に入ることがあれば、それをジェームス・ラッセル・ローエルにプレゼントしてもらいたい、彼はキーツのもっとも熱烈でもっとも賞賛に値する崇拝者の一人と思われるから。この情報に僕はびっくりした。キーツの詩的な香煙はことごとく人間の言葉で表現されることなく、ゆらゆらと天国に上ってゆき、不死の聖歌隊員たちの歌と交わり、隊員たちは自分たちの歌う詩の中に見知らぬ声が混じっていることに気づいて、心地よい調べがいっそう優しくなったと考えるだろうと思っていたからだ。しかしそうではない。キーツは『復楽園』を主題にした詩を積極的に書いていたのだ。とは言え、ミルトンの心に訴えかけた感覚とは違っていたけれど。こう考えられるのじゃないだろうか。あらゆる叙事詩が書かれる可能性は、過ぎ去った世界の歴史の中には存在したが、今では使い果たされてしまったと嘯く人々の独善的主張に従って、キーツは無限の彼方に広がる未来に自分の詩を投げ入れたのだと。彼は長期にわたる〈善〉と〈悪〉の戦いの最終局面における人間を描き出している。我が人類はこの戦いにおいて最後の勝利を得る直前にいる。〈男〉は完璧な人間になるのに後一歩のところにおり、〈女〉は我らの〈巫女〉があれほど力を込めあれほど悲しみを込めて異議を申し立てた奴隷状態から解放され、対等の立場で男の横に立ち、つまり自分の力で天使たちと親しく交わっている。〈大地〉は、自分の子供たちがいっそう幸福になったことに同調して、我らの最初の両親が露に濡れたエデンの園に上ってくる日の出を見て以来、誰も眺めたことのないほどの豪華で慈愛に満ちた美をまとっていた。いや、それ以上の美しさだ。なぜなら、エデンの時代にはまだ黄金の約束にすぎなかったことが、ここでは実現しているからだ。描き出されたものは陰影を伴っている。人類にはもうひとつ危険が残っている。〈悪魔の原則〉との最後の戦いだ。もしこの戦いに敗れるようなことがあれば、我々はへどろと悲惨の時代へと再び沈んでいく。だがもし勝利したら！　詩人の目はこのような究極の勝利の輝きを静かに眺めなければならず、輝きに圧倒されてはならないのだ。

この偉大な作品をキーツは、深くて穏やかな人間味溢れる心を込めて書いてきたようだ。だからこの詩が高尚なテーマにふさわしい壮大さに劣らず、村の言い伝えの持つ優しくて暖かい興味に欠けるところもない。こういうのが、少なくとも詩人の友人たちの好意的な意見ではないだろうか。なぜなら僕は、問題の名作の一行たりとも読んだことも聞いたこともないからだ。聞くところによれば、キーツは、自分の作品が受けるに値する十分な洞察をこの時代の精神界は持っていないと考えて、出版を見合わせているということだった。僕はこういう怪しげな推測を好まない。詩人を疑惑の目で見てしまうからだ。宇宙全体が、時代の寵児であり、不滅の天才が表現できる最高の言葉に応じようと待ち構えている。もし宇宙全体が耳を傾けるのを拒否するとすれば、詩人が小さな声でつぶやくか、つっかえるからであり、さもなければ、時宜を得ぬ時に的外れなことを語るからだ。

僕は先日キャニングの演説を聴くために貴族院を訪ねた。知っていると思うが、彼は今や貴族様だ、どういう爵位かは忘れたがね。彼には失望した。時間の経過は刃先も切れ味も鈍らせ、彼のような知性的な人物に大いなる危害を与える。その後僕は下院に足を踏み入れた。コベットの演説を少し聴いたが、彼は本物の百姓に負けないほど泥臭く見えた、いやむしろ泥をかぶって十年以上も寝ていたように思われた。近頃出会う男たちから同じような印象を受けることが多い。おそらく僕の精神状態があまりよろしくないためだろう。だから墓のことをしょっちゅう考えるんだ、長い雑草がその上に生え銘文も風雨にさらされ、若かった頃には大騒ぎをしていた連中の乾いた骨も、いまでは墓堀人夫たちの踏鋤にかき回されたときにカタ、カタ、カタと音を立てるのみという墓だ。誰が生きていて、誰が死んでいるのか分かりさえすれば、僕の心は果てしなく平和なことだろう。現存者のリストからそっと消し去り、その姿や声に二度と悩まされることはないと信じ切っていた人物が、毎日のように僕をまじまじと眺めにやってくる。たとえば、数晩ぶりにドゥルリーレーン劇場に行ったとしよう、すると亡くなった、あるいはアルコールを飲み過ぎての発作か何かでとっくの昔に亡くなったに違いなく、おかげでその名声も今ではほとんど言い伝えられることもなくなったエドモンド・キーンその人がハムレットの死んだ父親の幽霊役として僕の前に現れるのだ。力はすっかりなくなり、デンマーク王の幽霊というより、彼自身の幽霊だった。

劇場のボックス席には老いさらばえた高齢者の皆さんが何人かいらした。その中に、きわめて大柄な女性の、堂々たる廃墟と言うべき人の横顔があった——僕は正面から彼女を見ていなかった——その廃墟のような女性は印章が熱い蝋に刻印するように、僕の脳裏にその姿を深く刻みつけた。芝居がかった仕草で、嗅ぎタバコを一服するのを見て、悲劇役者のサラ・シッドンズであることを確信した。弟のジョン・ケンブルは後ろに坐っていた、老いぼれているとはいえ、いまでも王のような威厳をあたりに放っていた。昔の素晴らしい演技表現のすべての代わりに、歳月が、一番脂ののった時期の彼よりも今の彼をリヤ王の役にずっとずっと相応しく見せている。チャールズ・マシューズもその席にいた。しかし、麻痺の病に冒され、かつてあれほど豊かな表情をしていたのに、見るに堪えないほど一方向に歪んでいた。巨大な地球の表面を再構築するのが無理なように、その容貌を力づくでねじ曲げきちんとした様相にするのは無理だった。これは冗談なのだが、まるでこの哀れな男は自分の容貌を歪め、考えつく限りもっとも滑稽でもっとも恐ろしい表情を同時に造ろうとしたみたいなのだ。まさにその瞬間、これほど醜悪に造りなしたことへの裁きとして、復讐の〈神〉が彼を石に変えるのを当然と見なしたかのようだ。しかし、これは彼自身の力に余ることだから、表情を変えるのに僕は喜んで手を貸すつもりだ。そのわけは、彼の醜い顔が真昼も夜中もつきまとって離れないからだ。他にも前の世代の役者たちも来場していたが、僕の興味をおおいにそそるような人は一人もいなかった。他のどんな有名人よりも、その場からさっさと姿を消すのが役者に相応しいというものだ。せいぜい壁の上でゆらゆらとうごめく化粧した影に過ぎず、他人の考えたことを繰り返す空虚な声に過ぎないのだから、化粧がはがれかけ、年配者特有のがらがら声になりかけるのは、悲しい幻滅を誘う。

君のいる海の彼方では、文学の方面で何か新しいニュースはあるかい？　一年前にチャニング博士が出版した詩集以外に僕がじっくりと読んだ文学作品はゼロだよ。詩集を手に取るまで、この著名な物書きが詩人だとは知らなかった。それにこの詩集は、散文作品にあらわれた作者の頭の中にある独自の考えを、表現するとは一言も言っていない。尤も、詩の中には単に表面上の豊かさばかりでなく、深く誠実に読み込めば読み込むほど輝きを一段と増すものもある。しかしながらそれは念入りに作られたものではない、たとえば、粗野で泥臭い職人が、アフリカの砂金から見つかる正真正銘の純金で作った指輪や装身具と同じだ。アメリカ社会がそういうものを受け入れるかどうか僕には疑わしい。アメリカの大衆は金の純度を計ると言うより、丁寧で巧みな製品に目を向けがちだ。アメリカ文学の成熟はなんと遅いのだろう！　有望なアメリカ作家の大部分は早世してしまう。あの奔放なジョン・ニール――子供の頃、彼のロマンスで僕の頭はおかしくなるところだった――彼はきっとずいぶん前に死んだのではないだろうか、さもなければ、彼がこんなに温和しくしていられるはずがない。ブライアントも最後の息を引き取った、そのとき『死観』は彼の上に輝きを放ち、彫刻を施した墓が月光に照らされるようだった。いつも奇妙な詩を新聞に書き、『ファニー』という『ドン・ファン』風の詩を出版したハレクは、詩人としては死んでいる。ただし、実業家としては輪廻転生の実例になっていることは間違いないということだ。もう少し後進に情熱的なクエーカー青年ホイッティアがいる。詩の女神は皮肉にも彼に戦闘ラッパを与えた。彼は十年前、サウス・カロライナでリンチに遭遇した。僕は、ロングフェローという名の大学を出たばかりで繊細な詩を風にばらまき、ドイツに赴き、ゲッティンゲン大学でおそらく学問に熱中しすぎて亡くなったと思う若者のことも覚えている。僕の記憶が正しければ、一八三三年ヨーロッパに向かって航海中に失われたウィリス——残念無念！——彼は世界の明るい側面を描いてみせるためにヨーロッパに向かっていた。この人たちが健在だったら、一人くらい、いや全員が有名になっていたことだろう。

でも分からないぞ、みんな死んでしまった方がいいのかもしれない。僕も将来を嘱望された青年だった。ああ、ぐしゃぐしゃになった脳みそ！——ああ、砕け散った精神——あの約束された将来はどこに行ってしまったのか？　これが悲しい真実だ——運命が世間を軽く失望させたくなれば、一番有望な人間たちを若死にさせる——世間の期待をあざ笑ってやりたいとなれば、彼らを長生きさせるのだ。この警句通りに僕を死なせてほしい、だって僕以上にあてはまる者はいないだろうから！

人間の脳はなんと不思議な物体だろう？　というか——一般化する必要はないから——僕の脳はなんと奇妙なんだろう？　君、信じられるかい？　昼も夜も僕の知性の耳には詩の断片が低く響いているのだ——小鳥のさえずりのように生き生きとしているものもあるし、室内楽のように巧妙なものもある。中には少しだがオルガンの音のように少し肩肘張ったものもあり——冷酷無情な運命がインク壺の傍らから奪い去らなければ、そうやって亡くなった詩人たちが書いたと思われる詩に聞こえる。彼らは、死後に書いた作品を僕が書き写し、あまりにも早死にすることによって奪われた不朽の名声を確かなものにすることを願い、霊となって僕を訪れる。だが僕にはしなければならない仕事がある。その上僕のささやかな病に興味を抱いた医学の徒から、むやみにペンとインクを使わないようにという忠告も受けている。そういう仕事を喜んでやる失業中の筆耕生は沢山いる。

さらばだ！　君は生きているのかい、それとも死んだのかい？　今、何をやっているのだい？　相変わらず『デモクラティック』のためにせっせと書き散らしているのかい？　それからあの植字工や校正者どもは、不運な君の作品に相変わらず言語同断な誤植という大罪を犯しているのかい？　実にけしからん。僕が言っているように、万人に自分の愚かさを作品化させればいいのだ！　僕はもうすぐ帰国するよ——君だけの胸にしまっておいてほしいのだが——そしてワイオミングを訪れ、自分がそこに植えた月桂冠の木陰を楽しもうとしている詩人のキャンベルに同行するつもりだ。キャンベルはもう老人だ。自分では元気だ、一生のうちで最高に元気だと言っているが、奇妙なくらい顔色が悪く、影同然なので、一番濃いところでも指を突き通せそうだ。冗談で、あなたは〈希望〉と同じくらい実体を失っているが、〈記憶〉と同じくらい見捨てられ朦朧としていると言ってやっているんだ。

不一　P——

追伸。我々にとって尊敬措く能わざる友人ブロックデン・ブラウン氏にくれぐれもよろしく伝えてくれ。彼の全集が、二段組みの八折り版で、近々フィラデルフィアの出版社から刊行されると知って、大変うれしい。海のこちら側のイギリスで、彼ほど優れた評判をとっているアメリカ作家はいないと伝えてほしい。ジョエル・バーロウ翁はまだ存命かな？　恥知らずな爺さんだ！　だってそうじゃないか、百年近く生きてきたに違いない！　それなのにメキシコ対テキサスの戦争を素材にした叙事詩を構想中なんだって？　そこには我々の時代が誇りうる天上の力に最も近い力として、蒸気機関の原則に従って考案された機械が登場するんだって？　もう墓穴に沈みこみだしているとき、そのような重苦しい主題の詩という重荷を自ら背負い込もうと躍起になっているとすれば、どうして再び浮きあがれると思うのだろうか？

大通り

正装した男がお辞儀をして聴衆に語りかける。私は自分が生まれたこの町を貫く大通りを日々歩きながら、よくこんな想像をしておりました――この通りが赤児だった頃から始めて、その成長の様子を描き出すことはできまいか。誕生から二世紀以上、その間に現れては消えていった特徴豊かな通りの情景を、次々とパノラマにして眼前に提示できたとしたら、それは時の進行を図解する極めて効果的なやり方ではなかろうか。この思いつきに沿って、ひとつの展示会を考案してみました。それは一種の人形劇にも似たものです。様々な形と色の〈過去〉を呼びだしては舞台に立たせる。つまり、歴史上の事件を、クランクを回すだけの手間で次から次へと推移させながら、お客様方のご先祖の亡霊を見せて差し上げるという趣向であります。寛大なる皆様、どうぞ会場にお入りになり、奥の謎めいた幕の前にお座りください。展覧装置の小さな歯車やバネにはふんだんに油を差し、沢山の人形に、ピューリタンの外套から最新のオーク・ホールの袖無し胴衣までそれぞれに相応しい洋服を着せました。ランプの芯も切り揃え、真昼の陽光、月夜の翳り、十一月の曇天のこんもりとした光具合も場面の要請に応じて自在に変わる。そうです、ショーは今すぐにも始まります。何か背景画の順番に間違いがあって、ある出来事が別の世紀のセットの前で演じられたり、針金が切れて、時の流れが急に停止してしまうなどという不都合が起こらぬ限り――これだけ複雑な装置には、そういうこともつきものでありましょうが――紳士淑女の皆様、このショーはきっと皆様方の寛大なる褒め言葉をいただけると自負するものであります。

カーンカカーンと鐘は鳴り、幕が上がりました。眼前に広がるのは――しかし大通りの風景ではありません――木の葉が散り敷かれた森の中の一本の踏み分け道、これが土埃をかぶった舗装道路になっていくのはまだまだ先の話であります。

一見してお解りでしょう、ここは太古の原始林――永遠の若さと畏怖すべき古さを併せ持つ――緑の新芽が萌える一方で、交差する枝々は幾々年の白雪を支えてきた白髭の老人の相貌も持つ。それらの樹木のうち一本も、肌の白い人間の振り下ろす斧を受けたものはなく、かの洪水以来、秋になれば土に落ちる枯葉のうち、一枚として白い人間の足に踏まれたものはありません。しかし、ご覧あれ！　大枝の突き出る眺望の中に、すでにそこを通り抜ける一本のかすかな小径が、ほぼ東西に生じているではありませんか――あたかも未来の街路が、この威厳ある古き森に侵入するとの予言あるいは予感をたたえて。この、かろうじてそれと解る獣道は前方へ続いていきます。天然の大地の膨らみを昇って緩やかに降りてまいりますと、その窪地には蛇のような細い小川が陽を受けて一瞬ギラリとする、と思えば、近くの穴に入りこもうと、たちまち下生えのなかへ身を隠す。流れはそこで森の巨体の朽ちゆく屍に阻まれます。森は計り知れぬほどの寿命を生き、ただ老齢によって崩落し、朽ちる中から生まれ出る新しい植生に埋もれて横たわる。このほとんど見分けられぬ小径を踏みしめる足跡があるとすれば、それは一体？　耳を欹《そばだ》てて！　落ち葉の上を柔らかく踏むカサコソとした物音が聞こえませんか？　見えてまいりました、一人のインディアン女性であります。堂々とした女王の風格――それがあってこそ、この仄かなイメージにも彼女らしさが窺える――偉大なるスクォー・サッチェムの登場であります。息子らと共に、ミスティックからアガワムに広がる領土を治めました。堂々とした足取りで隣りを歩く酋長は二番目の夫ワッパコウェット。彼は司祭であり魔術師であり、その呪文によってたち現れる恐ろしい幽霊どもは、真夜中の森の中を踊り叫んで、白人たちの度肝を抜くことになります。しかしながら、もし、彼の立つ静かな水辺に、この後白人たちが白日の下で打ち立てる驚異の世界が映し出されたとしたら、このワッパコウェットこそ、より大きな恐怖に身を竦ませるのではありますまいか。もし、石造りの壮麗な建造物が夢のお告げように立ち現れ、彼の立つその場所に影を落とすならば。もし、その未来の建物の中に堂々たる博物館があってその中に収まる陸から海からの無数の収集物の中に、インディアンの鏃《やじり》が、滅び去った人種を偲ぶ品として珍重されると知ったならば。

絡まり合った蔭の下を歩くスクォー・サッチェムとワッパコウェットは、その種の不吉な予感に苛まれているとは見えません。二人の話題は政治や祭祀など高尚な話題に終始しております。きっと自分たちの制度がいつまでも続くと想像しておるのでしょう。他方、彼らを囲む風景には、何と色とりどりの生命が溢れていることでしょう！　灰色の栗鼠が樹木を駆け上がり、高い枝で葉を揺らしている。あちらで今跳ねたのは鹿ではありませんか？　山鶉《ヤマウズラ》も鳴いておりますぞ！　おっと、あれは狼ですかな？――向こうの低い濃密な繁みに身を隠す前に、残酷で狡猾な眼が一瞬見えたような。そんな大枝のささめきの中を、インディアンの女王と司祭が進みゆき、広大な野性の森がその暗がりで彼らを包んで、その謎めいた陰鬱さが彼らに何やら超自然的な性質を分与します。時たまか細く震えながら日光が差し込んで、二人の黒髪に差した羽根をチラチラと照らすことはあっても、それは長い翳りのなかの一瞬の出来事。群衆に満ちあふれた都会の通りが、この薄明の静寂に入り——朽ちゆく倒木が重なり合う柔らかな小山を越え——緑の水苔を浮かべる沼地を抜け——竜巻に根こそぎやられた巨木が如何ともしがたく絡まり合う中を貫いていくことがありえますでしょうか。天地開闢の昔よりここは荒野でありました。永遠の荒野であってはならなかったのでしょうか？

青い眼鏡を掛けた——そのつるはベルリン鋼製——辛辣そうな紳士が最前列の端に坐っていてその男、早くもこの時点でけちを付け始めた。

「どれもこれも、見かけ倒しの安物ですな」と会場に聞こえる声で、「原生林といったって、庭の雑草程度に木が生えているだけじゃないか。スクォー・サッチェムとワッパコウェットも、ボール紙の関節では膝も満足に曲がらない。栗鼠やら鹿やら狼やらが棒の上を上がり下りする動きは、木でできた子供向けの猿と変わらぬぎこちなさですぞ」

「率直なご意見をありがとうございます」と興行師は一礼して返答する、「ご指摘は当たっておりましょう。人間の技には限界がありますゆえ、ところどころはお客様方の想像力の手助けが必要になろうかと」

「そう期待されても困るんだがな」辛辣な客は言葉を返す、「吾輩は物事をありのままに見る性質《たち》だから。だが先をやってくれたまえ。ステージが待っておる」

興行師は先を続けます。

舞台に目を向けていただくと、この静寂の地によそ者が入り込んだことが見て取れます。森の中は、一ヶ所ならず、振り上げられた斧が日光を受けて輝いている。ノームキーグの最初の植民者ロジャー・コナントが森の小径の入口にみずからの住居を建ててから数ヶ月。その彼がやってまいりました。肩に鉄砲を担ぎ、木々の間を東へ、仕留めた鹿の好みの部分を家に持ち帰るところでしょう。屈強な体軀を、革製の袖無し胴衣《ジャーキン》と半ズボン《ブリーチ》で包んだ揚々たる足取り、身体にみなぎる力とエネルギー。木々も脇にのいて、彼を通さざるを得ないのではないかと思えるほどです。いや実に、その通りになりました。というのもこの男ロジャー・コナント、歴史に名を知らしめてはおりませんが、それでも人間社会の営みに行き場を見出すというだけではなく、自らの生きる場を築き上げた人物であった。思慮深く力強い彼は、ここに都市の種を植えつけました。彼の住み処がこれであります。粗野な造りですが、インディアンのウィグワムと、丸木小屋と、自らが郷士《ヨーマン》として生まれ育ったイギリスの藁葺きのコテッジの性質を併せ持っています。住まいの周囲の森は数エーカーの広さにわたって伐採され、切り株の間には堅粒トウモロコシが生い茂り、畑を縁取る暗い森が静かに、厳めしく見つめている。この白い男は何故周囲にかくも陽の当たる場を広げるのだろうと訝しがっているかのようです。暗い蔭に半ば身を隠したインディアンも一人、不思議そうに見つめております。

　小屋の戸口の内側に、細君の姿がご覧いただけますか。イギリス人らしい赤い頬をして、家事に勤しみながら、きっと讃美歌のメロディを口ずさんでいるでしょう。さもなくば、メランコリックな大洋の彼方にある生まれ故郷の、軽やかなゴシップ、楽しかった社交生活を想い出して溜息をついているのか。だが次の瞬間、彼女は笑い出しました。一団の子供たちがはしゃぎ回るのを楽しんでいる笑い声であります。やがて彼女は、荒削りの材でできた敷居に近づく夫の足音を聞き、いかにも家庭的な表情を浮かべて振り返ります。心の中にエデンの園を抱えるコナント夫妻たちにとって、それを現実に投射できる新世界を見出したことは何と素敵なことでしょう。今までの暮らしの場は、常に古い人間関係に付きまとわれ、あまりにも多くの家族の火が灯っては消え、幸せの輝き自体のうちに何やら侘びしいものが混ざり込んでいたのですから。しかし野性のエデンに暮らすのはこの夫婦だけではありません。ほら、近所の家から現れたのは、マッシーの奥さん。ジェフリー・マッシーが娶った女性が、胸に赤ん坊を抱きかかえて出てまいりました。コナント夫人にも、もう一人、同年齢の赤ん坊がおります。どちらがこの町で最初に生まれた赤ん坊か、それは後世の歴史の争点の一つになることでありましょう。

しかしご覧あれ！　ロジャー・コナントの家から見える範囲にも、隣人たちが暮らしております。ピーター・ポールフリーも自分の家を建てました。バルチも、ノーマンも、ウッドベリーも。彼らの住まいは実に——そこがこの展覧装置の巧妙に工夫されたところなのでありますが——視界のそちこちに、見ている傍から湧いて出たかのように見えます。森の小径も、頑強で重量感ある英国男児の靴鋲つきの重いブーツで踏みしめられて、くっきりとした形を取ってまいりました。この百倍の数のインディアンが、モカシン靴で軽く踏みしめていったとしても、これだけの跡はつきますまい。程なくここに通りができているでしょう！　ほら出来てまいりました。森のひとつの伐採地から別の伐採地まですでに道が続いております。こちらで蔭多き森の一部へと入りこみ、向こうで陽光の差す広がりへ出るその道は、途切れることなく一本の線として繋がっております。この線に沿って、人間社会の活動が形をなしてまいりました。向こうの沼地では、切り倒された二本の木を一緒に並べて湿地に渡し、渡り道が作られました。別の場所では、ハリケーンにやられて互いの上に倒れ込んだ幹と大枝の複雑な絡みが斧によって除去され、今ではちょこちょこ駆け出す年齢の子供らも、道を外れ、木の下で草の実を摘もうとなどしなければ、小走りに駆けてもさほど簡単には転びません。大人の足と、子どもの足、それ以外にも、先が二つに割れた蹄がここを通っていきます。牛の小さな群れがここの草から命の糧を得、その足で未来の大通りを深く踏み固めていく。山羊たちも一緒に草を食み、道にはみ出た小枝を噛んでおります。森の奥まった暗がり、黒い翳《かげ》が人跡を覆い隠すところでは、痩せこけた狼がうろつきながら、仔山羊や仔牛に狙いをつけているということも珍しくありません。さもなくばその空腹の視線を、草の実を摘んでいる子供たちから離さず、襲いかかる機会を眈々と窺っているのかもしれません。遠くのテント小屋《ウィグワム》から白人の集落《セツルメント》を見にやってきたインディアンらは、自分たちの細道がかくも深い道筋になったのを見て驚いております。このようにずっしりとした通り道が全土に広がり、今はまだ手つかずの森も、野性の狼や、野性のインディアンもろとも、その下に押しつぶされてしまうのではないか、一瞬そんな予感を覚え、心を痛めたかもしれません。しかしそれは避け得ぬこと。舗装されたメイン・ストリートが、赤き人種の墓の上をも覆っていくのは宿命でありました。

ご覧ください！　次なる光景には、威勢のいいトランペットの伴奏が相応しい——ノームキーグの地にその揚々とした音楽が響いたことはないとしても。そして大砲を打ち上げて、森の間に轟かせるのもよろしいでしょう。パレードの行進であります。そう呼んで構わないでしょう。この通りの歴史に新たな時代を画す、威厳のある出来事なのですから。一本の細道に沿ってパレードが進んでいく。英国より、住民の暮らしの利便とインディアンとの交易に資するための品々を積んで、アビゲイル号が到着したのであります。乗客も運んでまいりました。なかんずく重要であるのは、新植民地の総督をお連れしたこと。ロジャー・コナントもピーター・ポールフリーも、仲間と一緒に、歓迎のため海岸に出てまいりました。粗野な暮らしにあって可能な限りの誉れと輝かしさをもって、海焼けの赤ら顔をした航海者を集落へとお連れする。エンディコット総督が登場する場面では、総督の頭上高く二本の立派な樹木が枝を交わらせ、生ける緑の凱旋アーチをなしております。その下で彼は立ち止り、腕にもたれ掛かる妻と共に、新たに見出された故郷の最初の印象を胸に刻んだことでしょう。古めかしい森と、伐採地の荒削りな様相を見つめる総督の視線も熱いですが、ここに在住の植民者が新総督に向ける眼差しも同様に熱いものがあります。つばの広く先の尖ったピューリタン帽の蔭の、ひげ面を彼らは気に入りました。それは肝の据わった、真剣で思慮深い、けれども強い性格を持つ者が自分の仕事に喜びをもって精進するのを可能にする、陽気な精神の輝きを秘めた顔であります。沈んだ色の布地の上着《ダブレット》と細ズボンに包んだその体つきがまた、ご覧の通り、雄々しく、苦役と困難に立ち向かい、革のベルトから下がる重々しい刀剣をふるうのに適しております。統治者として適格であることは、それを証する羊皮紙の――在ロンドンの評議会の大きな印章で権威づけられている――書類以上に、彼の容貌そのものが雄弁に語っているでしょう。ピーター・ポールフリーがロジャー・コナントの顔を見て肯きました。「誉れ高き顧問会が賢明な判断をしてくれたね」二人が言葉を交します。「我々の総督として千に二人といない人物を選んでくれたじゃないか」二人は帽子を放り上げます。仲間の無骨者も、みな一斉に。たいていの者は獣皮を纏っています。永年に亘って着古したカージーやリンジーの粗いウール地の服がすっかり擦り切れてしまったからでありますが、その恰好で、新総督に、新指導者に、心からの歓迎の英語を大声でぶつけ祝福します。私たちの耳にも聞こえてくるようです。その日の出来事が完璧に活写された、まさに魔法の絵画と呼んでよろしいでしょう。

しかし皆さま、エンディコットの腕に寄り添う貴婦人をご覧になりましたでしょうか？　イングランドの園からやってきた美しい薔薇の花が今、より新鮮な大地に移植されようとしている。この一輪の白い花が朽ちた後も長年——実に幾世紀にも亘って——同じ品種の花々が同じ土地に咲きほころび、継承される美をもって他の世代をも喜ばせる。そんな思いに駆られてこないでしょうか？〈自然〉は、地上の死すべき姿として現れた理想美を、たった一代で消してしまうのは無念なことと考え、未だその鋳型を保っているのでは？　この麗しき女性の目鼻立ちは、私たちに親しみのあるものではないでしょうか？　かつての森の中の一本道は往来の忙しい現代の通りとなりましたが、そこで見かける、うきうきするような美形の顔の特徴の雛形が、ここにあるとは申せませんでしょうか？

「馬鹿らしいにも程がある——もはや忍耐の限界だ！」と先ほどの辛辣な批評家が声を発する。「ボール紙の人形だぞ。子どもがたいして切れない鋏で切り抜くやっと変わりない。そんなものに、伝承される美の原型を見て取れと言われてもな！」

「お客様、どうもご覧になる角度がよろしくないようで」興行師が述べる。「そんなに近くに座ってらしては、私の絵巻の効果も半減してしまいます。どうぞそちらのベンチに移動してみてください。そうすれば光と影の塩梅もよろしくなって、ご覧になる世界がまったく別物に変わるでしょう」

「フム！」と男は頑固に、「光も闇も、余計な者は要らんわ。さっき申し上げた通り、物事をありのままに見るのがわしの流儀でな」

「巧妙なトリックショーの作者に申し上げますが」先程来、多大な関心を示していた紳士風の男が意見を述べる――「アンナ・ガウワー、初代総督の最初の妻で、イングランドから彼に付き添ってやって来た女性ですが、彼女には子がなかったのですよ。であるからして、かの貴婦人に今日我々の周囲に見られる女性の美しさの原型を求めるのは、いかんせん無理というものでは」

この系譜学的な反論に抗するすべを知らない興行師は、ふたたび舞台を指さします。

お気づきでしょうか、短い中段の間に、目の前の光景は、今日言うところの「アングロサクソンのエネルギー」によって変化しております。沢山の煙突から煙が出ている。これはすでに村の通りの景観です。もちろん人の手はまだ僅かしか入っておらず、何もかもが最初の一歩というべきか、荒野の自然がひとたび寝返りを打てばすべては原初に逆戻りという印象です。とはいえ、背景画の中央に建っている一つの建物にご注目ください。この大胆な事業に、永続性を約束する建造物。これは礼拝堂であります。小さいですね。屋根も低く、尖塔もなく、切り倒されて間もないために樹液を含み、ところどころ樹皮も残っている、そんなゴツゴツの材木で建てられております。神に祈りを捧げる場として、これほど見すぼらしいものも二つとないでしょう。むしろ、畏怖すべき天空の下に跪けばいいのにと思われます。こんな鬱屈した部屋の隅に入りこんで、そこに神がおわすと考えるとは奇妙なことです。少なくとも当初の森の植民者はそう感じたのではないでしょうか。壮大なカテドラルの昏きアーチの下に立ち、古い蔦に覆われたイングランドの田舎の教会で代々変わらぬ祈りを捧げていた人たちです。故郷の教会の周囲には何代にも亘る先祖のお骨が横たわっておりました。そんな彼らが、木彫りの祭壇すらないところで凌いでいた――日常の光がそこを通れば聖人の威光に染まるステンドグラスの窓もなく――幾世紀もの祈りが天に向けて昇っていった、高く伸びる天井もなく――側廊を流れて教会全体に響き渡り、耳で聞く宗教の洪水となって魂を洗い流す荘厳たるオルガンの音もなしに、です。彼らはこれらを何一つ必要としなかった。彼らの教会は、彼らの儀式と同様、あらわで、単純で、簡素なものでありましたが、復活した信仰の熱情が、心の中の灯火として燃え、彼らの周囲のすべてに豊かな光の放射をもたらしていたのです。彼らは新たな壁と狭い室内の中にあって、その空間自体を大聖堂となし、霊的な秘儀と体験そのものになりきろうとした。聖なる建造物も、絵画の描かれた窓も、荘厳なオルガンの音も、実の霊的体験を遠くから、不完全に象徴しているに過ぎません。心のランプに今日も新鮮な、天上的な炎が灯っている限り、何の不足もなかったのです。けれど年月と共に——自分ら自身の時代だったか、子供達の世代になってからか——心の灯火は明るさを減じ、輝きが本物らしさを失って、そうなりますと、彼らの制度がいかにも堅く冷たく窮屈なものに見えてくる。彼らが自由《リバティ》と呼ぶものも、まるで鉄牢のように思えてくるのでありました。

弁舌が過ぎましたか。再び目前の図解をご覧ください。先ほど触れたアングロサクソンのエネルギーとやらが、今や通りを闊歩し、その頑強なステップで土埃を揚々と巻き上げております。大工らがそこに新しく家を建てました。この木造の家の柱は英国にて、英国の樫の木を伐採し製材し、船でこちらへ運んだものであります。こちらでは鍛冶屋が耳を聾する音で金床を叩き、用具や武器を作っている。あちらにいるのは車輪工ですね。自分はロンドンの職人で、正式の技術を仕込まれていることを誇りとして、馬車の車輪を造っております。もうじきこの車輪が轍を道に刻むことでありましょう。森の自然は後退を強いられます。道は松の木の芳香と、下生えの羊歯の甘い香りを失った。優しい地味な野性の花、常なる翳りの下で蒼白く育つ、荒ぶる自然の優しい子らは、夜明けの光の広がりと共に星々が消えるがごとくに音もなく消えていった。柵で囲われた庭にカボチャやキャベツや豆が植わっているのが見えます。そして、総督も牧師もこれを見咎めるのではありますが、タバコの大きな葉も植わっています。誰かが秘かに嗜んでいるのでしょうか、そんなことはないのでしょうか。狼の吠える声はこの一年誰も聞いておりませんし、住居の周りをうろつく姿を見た者もない。人々の目にする唯一の狼は、その頭を礼拝堂の扉に打ちつけられ、恐ろしい形相をして下に血だまりをつくっている一頭のみとなりました。人通りの多い道をヤマウズラが走って横切る姿ももはや見えず、かつてここに集まった野性の住人のうち植民の地に今も顔を見せるのはインディアンだけとなりました。ビーバーとカワウソと、熊と鹿の皮を携えてやってきて、それをエンディコットに売り、代わりにイングランドの物品を持っていきます。ほら、そこにジョン・マッシーがいますよ。ジェフリー・マッシーの息子、ノームキーグの地で生まれた最初の子が父の建てた家の敷居近くで遊んでいます。すでに六つか七つになりました。この子をこの町と比べて、どうでしょう、どちらがすくすく育っていますか？

赤き人種の者たちも解っております。この道はもはや勝手には歩けない。植民者から、黙認であれ、認可を取り付けなくてはならない。彼らにイングランド人のパワーを見せつけるため、しばしば町の男たちに招集がかかり軍事訓練が行われます。鎧を着た一軍による堂々たる行進が繰り広げられる。ほら、今見えてまいりました。通りをこちらへやってきます。五十人はいるでしょうか。それ以上でしょうか。鉄の胸当ても鋼の兜もきれいに磨かれ、日光を受けて雄壮な輝きを発しております。重いマスケット銃を肩に担ぎ、弾薬帯を腰に巻き、手には火の付いたマッチを持っている。陽気な鼓笛隊が前を歩いていきます。ご覧ください。すでに軍人の足取りではありませんか。この機動性は、襲撃された戦場での兵士と変わりません。それも当然で、この一団は国王軍を打ち負かすべくクロムウェルが鍛えた者たちとまったく同じ資質を持っているのです。彼が指揮した「アイアンサイズの連隊」も、正にかような者たちから選ばれたのでしょう。この時代、万事においてニューイングランドは、母国において花開こうとしていた最高の精髄、最良の華から成っていたのです。大胆で賢明な多くの人間が、英国の歴史において与えられたであろう名声を捨てて、私たちの祖先と共に大西洋の海を渡った。マーストン・ムーアやネイズビーの戦いで、隊を率いて華々しい活躍をしたであろう雄壮な男たちが、戦闘における情熱を、丸木造りの要塞を守ることに注いだのであります。あそこの、ゆるい坂を上がっていった先の、道の右側に見える要塞でも――そよ風に旗が揺れているあそこです――カルベリン砲やセイカー砲が塁壁の向こうから、その威嚇的な銃身を覗かせているのです。

ニューイングランドに多くの人々が群れをなしてやって来る、その理由は、一つには昔ながらの国家と宗教の枠組が崩壊し、彼らの頭上を直撃するのを逃れるためでありますが、一方で、崩壊しつつある国に厭気が差してやってきた人たちもいる。ノームキーグに渡ってきた中にも、歴史や伝説に名を残した人物がおります。何処の道を歩もうとも、そこにひときわ明るい道筋をつけたであろう傑物でありましす。彼らにそっくりの人形が――霊と呼びたければご自由に――この大通りを歩いてきて、知り合いと出会い、親しげにうなずき、立ち止まって話し、祈りを捧げ、武器を持ち、仕事に打ち込み、その手を休める。ご覧いただきましょう。やってまいりましたのはヒュー・ピーターズ。真面目一本やりの忙しい男で、歩くのも速く、まるで自然界の火の活気に突き動かされているかのようです。これがために後に彼は何とも危険な職責を担うことになる。クロムウェルの牧師兼参事となって、流血の最期を迎えることになるのであります。その彼が集会所のところで立ち止まり、ロジャー・ウィリアムズと会釈を交わしております。こちらの男の表情は、ピーターズに比べてより穏やかで、優しく開放的ではあっても、そこに神の意志、ないし人の幸いを見ればその実現に精進する点では劣りません。そして、ご覧ください！　エンデコットの偉大な招待客が、森の中からやってまいりました。森を抜け、ボストンから旅をしてきたのです。彼の衣服は、森の枝々に捕まり、靴は沼地や小川にはまって濡れておりますが、壮年期にあっても、その存在には穏やかさと尊さが感じられる。そうです、ウィンスロップ総督であります。身に備わった品位と落ち着きは、服の乱れを補って余りあるでしょう。逆に植民地の議会の場ではこのような召し物を着ているのだろうと想像させるような、派手やかで高価な服装にも見えます。この性質は、ここに描き出した霊的な雰囲気の中にも、見事に表現されてはいないでしょうか。しかし総督を迎えるべく対面方向からやって来た、威厳に満ちたこの方はどなたでしょう？　堂々たる体軀を黒いビロードのマントに包み、白い顎髭を蓄え、胸に金の鎖を垂らし、世界一の都市の最高位の行政職を占めるに相応しい権威をたたえておられる。まさか、この場所で、大ロンドンの市長殿にお目に掛かるとは。かつてその職にあったリチャード・ソールトンストール卿が、植民地の西の端、森に接する荒野まで、再度やってこられたのであります。

通りの先には、エマニュエル・ダウニングの姿が見えます。ここに住む枢要な市民の一人。息子のジョージも一緒ですね。この若者の前には立派な人生が開けております。如才ない活発な能力と、その柔軟な良心は、彼を出世させましょうし、陥落を食いとめるでありましょう。ここにもう一人、その特徴的な顔つきと動作をいかに正しく表現するかに、我がパペット・ショーの評価の掛かる人物がおります。すでにお分かりかと存じますが、茶目っ気を秘めた古風な顔立ち、エクセントリックな立ち居振る舞い――一種の筆舌に尽くしがたい気まぐれさを持っている――ひと言で言えば、原初の人間の刻印がすべて明確に押されている。ただし、聖職者のたしなみによってそれは奥に追いやられている。こちら、イプスウィッチのナサニエル・ウォード牧師であります。むしろアガワムの素朴な靴職人として知られておりますね。心を込めて靴底を打ち、靴革を巧妙に縫い付けた彼の履き物はほとんど擦り切れることを知らない。二世紀ものあいだ放っておかれてもしかと形を保っております。これら清教徒と円頂党員《ラウンドヘッド》に混じって、次に見えますのは、ずばり王党派《キャヴァリア》の姿絵であります。カールした垂れ髪、美しく刈り込まれた髭、見事な刺繍、装飾を施した刀剣《レイピア》、金泊を被せた短剣《ダガー》。国王チャールズが王位を追われるという一大事に、真っ先に馳せ参じた伊達男の、噂にたがわぬ、派手な装束であります。そしてこちら、メリーマウントのモートンは、エンディコットと協議をしにやって来たのですが、まもなく彼に捕らえられることになりましょう。向こうに蒼白く見える、衰微した白衣の婦人が、通りに沿ってしずしずと滑るように動いております。処女地の土に骨を埋めようとやってきたレディ・アラベラであります。もう一人のご婦人は、非常に熱心に拝聴している集団の真ん中にあって、語っている――というよりほとんど説教か論説をしているかのようでありますが――こちらがアン・ハッチンソン。そして、来ました、ヴェインであります。

「しかし、あなた」と口を挟んだのは、先ほどこの興行師の述べ立てた系譜に疑義を呈した、かの紳士。「言わせていただきますがね、これらの人々が大通りで一堂に会するなどということはありえませんでしょう。みな、一度はこの町を訪れたかもしれませんが、同時にというのは無理だ。あなたが陥ったアナクロニズムのひどさには、ゾッとさせられますよ」

「こいつはな」マナーの心得もないらしい例の男が尻馬に乗って、「歴史上の人物の名を端から順に並べて、パペット絵巻とか、勝手に称するものに放りこんだ。まるでめちゃくちゃにだ。時代を揃える気づかいすらせず、十把一絡げにしてな。こんな厚かましいことをやらかした男がいましたかね！　調子のいい話をするもんで、まるで、この惨めったらしい色つきボール紙の、人の形にすらなっていないものに、ミケランジェロの絵画が描いたみたいな性格や表情がこもっているかのように聞こえる。もういいから、勝手に先を続けてくれ！」

「どうかお静かに、場面の幻影が壊れてしまいますので」興行師がそっとたしなめる。

「幻影だと！　いかなる幻影だ？」批判者はしずまらない。フン！と軽蔑の鼻息を吐いて、「紳士の言葉として言うが、背景画と称して汚く塗りたくったカンバス布にも、その前でヒクヒク動くボール紙の切り端にも、幻影のごときは一切見えんがね。言わせてもらえば、唯一の幻影は、興行師の舌にあるのではないですかな——それも、ずいぶんとしみったれた幻影だ！」

「人前に立つ者として」興行師が応じる、「私どもは時に、率直とは言えない辛辣な批判に接するものです。しかし、ひとえにお客様の満足のためにお勧めするのですが、別な角度からご覧になってはいかがでしょう。もっと後ろの席にお座りください。そこの若いご婦人の隣りはいかがでしょう。そのお顔に、変わりゆくあらゆる場面が映し出されるのを私は見ていました。どうぞ席替えをお願いしたい。私はウソを申しません。ボール紙の切り端に、きっと魂がこもって見えるようになります。ただの塗りたくったキャンバスにも生気が踊って、意図されたままを表現することでありましょう」

「わしは解っておるのだ」相手は椅子にすわり直して言い返し、不機嫌な自分に浸ったままその場を動こうとしない。「わしの愉しみは、ここに居てこそ、一番よく吟味できるのでな」

興行師が頭を下げ、手を振ると、それを合図に、見せかけの通りが再び活き活きと動きを取り戻します。あたかも時と世の変遷が、先に進む許可を待っていたかのように。

幾年もが過ぎ去り、森の小径は土埃の舞う目抜通りに一変しました。横道が次々と交叉するここは、もはやメイン・ストリートと呼んで遜色はございますまい。最初の植民者が身を寄せた丸木小屋の立った場所に、今や古風な様式の家々がそびえる。これら後世の建物は、ご覧の通り、全体的に統一されたスタイルで作られるのでありますが、部分部分はきわめて多様であって、見る者の好奇心をかき立てます。所有者の性格がそれぞれ異なるように、それぞれの建物に独自の印象を与えます。ほとんどの家は中央に大きな煙突を持ち、その排煙管は極太で、魔女がそこから飛び出るのに苦労は要らない――森の中の〈悪魔《ブラック・マン》〉を訪ねるとき、彼女らはきっとそこを通っていくのでありましょう。木造の家全体が、この大きな煙突を中心にして寄り集まった構成をしております。それぞれが別の頂点を作る切妻の寄り合い所帯になっていて、格子窓のある二階が、一階の上に突き出ています。ドアはしばしばアーチ状で、表には鉄の打ち子が付いている。訪問客の手がこれを握ってダンダンと音を轟かせるのでありましょう。家の外柱をなす角材はゴツゴツで、今日建つ家と比べると、まるで昔の巨人族の骸骨が昨今の華奢な伊達男の隣りに立っているかのようであります。その多くは力強く逞しい樫材で出来ていて、煉瓦や石造りの家であっても耐えるのが辛そうな時間を耐えてまいりました。おかげで今日まで、大通りで進行してきた老朽化と忙しい建て替えの進行にもかかわらず、これら旧き時代の大屋敷が、元々の慣れ親しんだ場所に建っているのを私たちは眺めることができるのです。例えば、その緑の路地——後にノース・ストリートと呼ばれますが——それを上った角に建ったばかりの家がカーウェンの家でありまして、今まだ大工が屋根に上がって最後の屋根板を打ちつけております。こちらの角には別の家が建っていますが——時の流れのある時点で、ここは失敗続きの錬金術師の住まいとなります——これもまた、今日その姿を留め、おそらくは先の世代まであり続けるのでしょう。これら「長老」ともいうべき建物のおかげで私たちは、このメイン・ストリートと一種の親族として、継承者としての知遇を得ておるのであります。

短い歳月の中でこれだけの変化がなし遂げられたのでありますが、ピューリタンの植民地の一日一日は変化に乏しいものでした。今、皆様の前に、ごく短かな時間に縮めてご覧に入れております。早朝の灰色の光がゆっくりと広がっていく。通りの角に立って時を告げるのを仕事とするベルマンが、振り下ろした鐘の最後の余韻とともに、疲れた足取りで、梟や蝙蝠や、他の夜の生き物と共に家路につきます。蝶番で留められた格子の戸が力強く開きます。まるで町そのものが、夜の帳をあけて夏の朝を迎えるかのようであります。牛飼いが角笛を口に当て、ボーッと一声、唸るような音を鳴らすと、まだ眠たげな雌牛らがよろよろとこちらへ歩いて来ます。その角笛の音をここで再現するわけにはまいりませんが、植民地のすべての牛たちの欹《そばだ》てた耳には届いて、露に濡れた牧草を食べる時間が来たことを告げます。一件また一件、住人の起き出した家々の煙突からくるくると煙が立ち昇る様子は、さながら凍えた鼻から息が吐き出されるかのよう。その白い煙輪は、地上的な混ざり物を含みながら、天に昇る。それと同様に、各々の住居から、朝の祈りの声が——その霊的な真髄が人間の不完全さを携えながら——天にまします父のもとへ向からのです。

　朝食は終わりました。いつもなら農場や作業場に出る時間なのですが、人々は家の中に留まるか、または外を歩くにしても厳かで固い表情。それでいて一歩引いて安堵している様子がみられるところは、聖日《ホリデー》や安息日とは違っております。実際今日はそのどちらでもなく、さりとて普通の平日でもない――それらの性質をみな兼ね合わせてはおるのですが。何の日かと申せば、説話の木曜日なのであります。この制度はだいぶ昔にニューイングランドから消え、ほとんど忘れ去られておりますが、いかがでしょう、霊的な生活にも日常の生活にも同時に関与し、両方をつなぎ合わせるものとして今日も残しておいた方がよくはなかったか。しかしながら、いま眼前に、慣例通りに繰り広げられるのは、快き光景とは言いがたい。ある意味で、本日は公的な恥辱の日、ピューリタンの法を守らなかった軽微な違反者が、不名誉な報いを受ける日なのであります。今も法の番人によって、怠け者の男が鞭打ちの柱に縛りつけられ、九尾の猫鞭を浴びております。夜明けから、礼拝堂の入り口前の踏み段のところで、首を端綱につながれた姿で立っているのはダニエル・フェアフィールド。この端綱を彼は一生の間、人目に触れるよう身につけていなくてはなりません。牢獄通り《プリズン・レーン》の角の柱につながれ、その中年婦人らしい顔に太陽の熱を浴びているドロシー・タルビーが犯した罪はと言えば、ただ夫に手を上げただけのことでした。場面中央の大きな木製の牢獄の中にいるのは、人間でしょうか、野獣でしょうか、それとも人と獣とが一体化した生き物でしょうか。見世物にされたことに対して咆吼し、歯を軋らせ、強靭な樫材の縦棒を揺すっております。檻を破って飛び出して、自分のことを覗いていた子供たちを引き裂いてやるぞと言わんばかりですが、これらこそ、説話の日の朝、善良な人々が時間を過ごすための有益な光景なのでありました。頃合もよく一人の旅人が——今朝到来した旅人第一号ですが——屈強な馬にまたがって、通りをゆっくりと進んでまいります。牧師様でありましょうか、近づくにつれて姿が見えてきました、ここで説教が予定されているリン師であります。雪で白くなった荒野を旅しながら説話の言葉を磨いてきました。ご覧ください。町中の人たちが礼拝堂に集まっていきます。たいていは暗い表情をして、日の光を受けてもほとんど輝くことはありません。そこに行くのが「十三人の男たち」、厳めしいコミュニティの厳めしい指導者たちであります！　この地で生まれた最初の子、今や二十歳の若者になったジョン・マッシーもいます。好奇に満ちた彼の視線は、一緒にステップを上がっていく魅力的な女性に注がれている。よろけた足取りで歩くのはグディ・フォスターですね、この老女のむっつりと不機嫌な表情からは、とてもお祈りにきたとは思えない。むしろ呪いを捧げるために来たかのようで、実際隣人の多くは、この老婆を、ときどき箒に跨がって空を飛ぶのではと疑っておるのです。それから、恥に染まった顔でうつむき加減に入っていく男は、たった今鞭打ちの柱のところで見たばかりの、哀れな碌でなしの役立たずであります。しんがりは治安官《タイズマン》で、神の祝福を受けた陽光の下、裏道で遊んでいた小さな子供を二人引きずっております。ノームキーグに育ち、三十年以上も前の記憶がある者ならみな、幼時に見た、邪鬼の姿を思い出して今も震えるに相違ありません。実在しないことはずっと前に知ったにせよ、子供に返れば、恐ろしい想念の中に、乳母の脅しの中に、「タイディマン」として、その姿は今も生きているのに違いありません！

説教が終わるまで砂時計《アワーグラス》が二回、三回と回るでしょう。そんなに待つのも無駄ですので、光も闇も自在に操る私の力を発揮して、この通りに夕闇と、星のない夜を覆い被せてみせましょう。再び夜回り《ベルマン》の登場であります。足下の周りをランタンの淡い光で染めて、通りの角から角へ、疲れた足を進め、眠たげに時を告げて回る声を、眠たげな耳、眠ってしまった耳に届かせます。この時代に住んでいない私たちは、それだけで恵まれていると言わざるを得ません。実を申せば、植民当初の目新しさと精神の高揚が退き、森と海とに挟まれた開拓地が本当に町らしくなってからというもの、日々の生活は、それ以上多様化と活性化を経ることなく、退屈に進んでいたに相違ありませんから。しかも一方で、厳格な型にはめられた暮らしは心の歪みも生まずにはいない。これは知性にとっても感性にとってもおぞましい環境でありましょう。殊に一つの世代が次の世代に、宗教の暗さ、重々しさ、宗教的熱情の真似事というものを遺した場合、これらの特質は避けがたく欺瞞と誇張に走るのが世の常であります。他の人間たちが示した手本と教義に依るばかりで、自らに発する霊的な源泉は欠いている。息子や孫の世代の魂は、最初の植民者たちと比べ、そもそも高潔さと寛大さにおいて劣っておりました。頑固で厳格、不寛容でありました。しかし彼らは迷信に惑わされたのではありません。信仰に燃えすぎたというのも違うでしょう。年齢相応に、遠くを見通す目を持ち、世知には長けていたのであります。しかし、自らの陰鬱な性格のエネルギーによって作られた規律の下に生きる後続世代は、どうあっても天国的な自由の下で成長するというわけにはまいりません。今日を生きる私たちもまた、ピューリタンの先祖らの遺した影響を――数多くの誇らしいものの中には好ましからざるものもございます――すべてかなぐり捨てたわけでもないでしょう。高潔で熱情的な先祖様を与え給うた神に感謝しようではありませんか。そしてまた後続の世代も、時の進行によりこのような始祖たちから一歩一歩あゆみ出ていけることに対し、同じく熱い感謝の念を抱くべきです。

「なんだいこれは、説教か」と批判者が叫ぶ。「説教をしてくれるとは、宣伝文句にもなかったな」

「確かに」興行師が答える、「これは出過ぎた真似をいたしました」

通りを見てください。奇妙な一団が入ってまいりました。衣服は乱れ、かぎ裂きだらけで、やつれた顔をし、身体は痩せこけている。と申しますのも、道なき荒野の道程を、空腹と苦難に耐えながら、木の空洞、野獣の寝床、インディアンのウィグワム以外に身を寄せる場所もないまま、この者たちは渡ってきたのであります。しかし、それら吹きさらしの危険な宿も、この大通りで待ち構える脅威に比べれば色褪せる。暖かな心をもつキリスト教徒の頑強な家が右に左に並び建ち、その向こう、情景の中心に礼拝堂も控えているこの公道の方が、彼らにとって倍の危険に満ちているのであります。放浪する彼らは天賦才能を与えられた人々です。どんな時代でも、道徳的な苦難と迫害、嘲笑、敵意、そして死をも含むペナルティを免れることのない才能であります。それを有するものにとってかくも惨く、それ以外のすべての人間から強い敵意を買ってしまう。何となれば、その才能を前にすると、それぞれの時代の人々が苦役をもって築き上げたすべてが覆される恐れを感じるからです――すなわち、彼らは新しい観念を授かった。そのことは、皆様の目にも明らかではないですか。彼らの頬から――地上の土埃にまみれてはいても、彼らの人間全体から――天与の才の光が抑えがたくこぼれてくる。町の人たちもそれを知って震撼します。ここにいるのは自分たちと同じ思考をする兄弟でも隣人でもない。直ちに、あたかも轟音とともに地震が町を通り抜けたかのような衝撃が走ります。その振動は家々の炉石も揺るがしますが、それ以上に、とりわけ集会所の屋根に立つ尖塔が強く揺れました。そう、クェーカー教徒が来たのです！　何という脅威でしょう！　見てください！　我らが良識の堅固な砦が、いま踏みにじられようとしている。法治の象徴である行政官エンディコット総督が――いまや老人となって、永年の権力の地位にある人間特有の威風をもって――通っていきますのに、不見識な放浪者らは一人として帽子を取ろうともしない。お気づきになりましたでしょうか。白髭の清教徒の総督が、ぐるりと回した顔を顰め、不吉な怒りを露わにしました。老齢のよすがとなった杖も、半ば宙に振りかざした模様でありす。我らが尊き聖職者、ノリス師もやってまいりましたが、どうでしょう、彼らは帽子を取るでしょうか？　いいえ、被ったままですね。その不作法な頭からまるで帽子が生えているかのようです。そして何と――この不敬さは、神を知らぬインディアンをも上回る――聖職にある牧師様に対して異様な軽蔑と不信の目を向けております。牧師様の口から発せられる神聖な主張を、信じないというだけでなく、真っ向から否定する。否定されていることは直ちに牧師の胸にこたえます。今まで一度も、夢にすら思ったことがないゆえにその苦々しさはまたひとしおでしょう。

あれを見てください。ご自分の目が信じられますでしょうか？　服の代わりに麻袋をまとい頭に灰を被ったクェーカーの女が、礼拝堂のステップの上段に上がって、人々に、荒々しく甲高い声で――その身なりに似つかわしい荒々しさ、甲高さで――投げかける、その言葉に人々は震え出し、顔は青ざめ、空いた口はふさがらない。それでも、人だかりは増えていきます。出来合いの権威に対する彼女の言葉は大胆そのもの、牧師に対しても礼拝堂に対しても非難の言葉を吐き続けます。聴衆の多くは度肝を抜かれ、泣いている者もいれば、あたかも生まれて初めて、慣習の殻を破って生きた真実が心に届き、生に目覚めたかのごとく夢中で聴いている者もある。これは放っておけません。これを見逃すなら、信仰をもって海を渡った意味がなくなってしまう。このような冒瀆の言葉が吐かれる場所となるのであれば、見た目に立派な大通りなど出来ない方がましではありませんか。ここに昔のままの森が聳え、縺れた大枝が波打ち、その荒涼とした奥地から空に向かって森がざわめていた方がましだったではないですか。

と、年老いた清教徒らは考えた。彼らはどんな姿勢でこれに対処したか、その一部は、ただ今皆様の眼の前に広がる光景が明らかにしております。ジョシュア・バッファムが晒し台に首と手首を挟まれておりますね。カッサンドラ・サウスウィックは牢獄に連れていかれました。そちらの女性――アン・コールマンでありますが――腰から上は裸のまま、荷車の後尾に繋がれ、速歩のスピードで公道を引きずり回されている。後から警官が、瘤を結んだ縄で彼女を鞭打っております。これがまた腕っ節の強い警官で、空中で縄を振り回す度、彼のしかめ面に皺と捩れが生じ、唇には同時に笑みが生じる。おのれの職責を何と忠実に愛する官憲であることか。一打ち一打ち、魂が込もっています。ホーソーン少佐の命令書に書かれた懲らしめの項目を、その精神にも字句にも忠実に実践する熱意に溢れています。今の一打ちで、血が流れ出しました。これをセイラムで十発浴びねばなりません。ボストンでも十発、デダムでも十発。三十発の鞭を与えられた彼女は森へと追放される。大通りに血の跡が右に左に揺れながら記されていく。しかし、永年の雨の涙が繰り返しその上に落ちすべてを洗い流したように、迫害者の人生の記録からも、その残念な血の跡は流れ落ちたのかもしれません。天の寛大な慈悲の露をもって洗われたかもしれません。

過ぎ行けよ、官憲の霊よ、そして自らが苦しみを受ける所へ去りたまえ。この間に、楽屋裏の装置が音もなく作動して、大通りにかなりの時が流れたかに見えます。古い住居は雨風に打たれて荒びました。少なくとも四十年の間、東の海から嵐が襲って、塗装のない屋根板や下見板に染み込んだ水が作用したのでありましょう。少なくとも四十年と判断しますのは、この町で初めて誕生したジョン・マッシーの相貌からであります。隣人から「グッドマン・マーシー」と呼ばれる彼の姿が、向こうに見えます。厳かな表情の、ほとんど初老と言ってもいい男。まわりに子供たちもいますね。植民の父の世代には、この大通りも、きのう出来たばかりのように思えるのでしょう。雪の上に掘った通り道とは違ってもはや消えてしまうことはないにしても、古びたという感覚はありますまい。しかしここに子供のときにやってきた中高年の世代にとって、この大通りは、ずっしりと動じない重みを持つはず。なにしろ彼らの人生の活力と熱気の発散の場であったわけです。さらに若い層、この通りに生まれ、最初の記憶が父の家の敷居から這い出て道の端に生える草の上を転げたことであるという者は、この通りを、はかなき世にあって数少ない頑強な存在と見做すことでしょう——緑野の丘や、港から見える岬ほども古くからあるかのように。ここはつい最近まで森だったのだよ、縺れる陰の中を寂しい一本道が通るだけの所だったのだと、父や祖父が言い聞かせても無駄であります。そんな話は、真実味も現実味もない伝説にしか聞こえません。彼らにとってこの大通りは、海の向こうの都に群れなす壮麗なアヴェニューにも引けを取らないものなのです。年老いた清教徒らは語り出します。チープサイドやフリート・ストリート、ザ・ストランドなどロンドンの繁華街を急ぐ群衆について、ダブリンのテンプル・バーに群れる雑踏について語ります。ロンドン橋の話しもします。橋自体が一本の通りであって両側に家屋が並んでいるんだよと説明し、壮大な建造物であるロンドン塔のことも、厳めしいウェストミンスター寺院の偉容についても語ります。子供たちは耳を傾けますが、それでも、それらロンドンの通りは、お父さんの家の戸の前の大通りより長くて広いのとか、その古い寺院は、この町の礼拝堂より多くの人が集まるのとか、そんなことを訊ねる。自分らが経験した以外のことで感嘆するというのは、どうやら無理のようであります。

この地にかつて狼が徘徊していたことなども、子供たちにはお伽話に思えるでしょう。スクォー・サッチェムと息子のサガモアが、この領地を治めていて、一国の君主として、今日では強大になったものの当時は数も少なく風雨に苛まれていた英国人植民者に対したという話も、同様に作り話に聞こえるのでしょう。そちらに学童が数人見えますでしょうか。酔っぱらったインディアンが一人、その子らに囲まれていますが、これがスクォー・サッチェムの血統にある王子なのです。彼はビーバーの皮を持ってきて商売をし、その上がりのほとんどを危険な火酒に替え、ぐいぐいと飲み干してしまいました。この図には一抹のペーソスがありますね？　一つの民族が成長し繁栄し、一方でそれを運命づけられたもう一つの民族が衰亡していくという壮大な物語が、ほとんど始まりそうです――偉大なるスクォー・サッチェムの孫が、異民族の子供たちにからかわれている図であります。

しかしインディアンの全体が、かの野性のプリンセスとその子孫とともに滅んでしまったわけではありません。ただ今通りに展開しております兵士の行進は、フィリップ王戦争の勃発を告げるものです。ご覧の若者たちは、エセックスの華、コネティカットの村々を守るべく今まさに出兵するところでありますが、ブラッディ・ブルックで彼らは悲惨な襲撃に遭い、勇敢な隊員らのほぼ全員が討ち死にという憂き目に遭う。そして、ご覧ください、あの立派な屋敷、前面にとんがり屋根が三つ、ドアの両側に小さな塔が二つ立つ。中から出てきたのは、刺繍入りのもみ皮コートを着込み、羽根飾りのついた帽子を頭に被ったガードナー指揮官であります。鉄の鞘に収められた彼の忠実なる刀剣が、入口のステップをチャリンと打つ。みんな家々の戸口や窓辺に出てきて、騎乗の武士が過ぎ去るのを眺めています。まだらの馬の手綱を引く姿は雄壮そのもの、まさに戦場での成果の象徴、その魂といった趣ですが——彼もまた、ナランガンセットの砦で待ち受ける敵の必死の攻撃に遭い、戦士の運命をまっとうせねばなりません。

「まだらの馬というよりは豚だな、それは」例の客が野次を飛ばす、「ガードナー指揮官からして、悪魔のようではないか。まあこんなに華奢でおとなしそうな悪魔もいそうもないがね」

「そこの方！」なじられた興行師が叫びます。今度は怒りの箍が外れたか、と申しますのも、ガードナー指揮官と馬の出来映えに関して、彼は何より誇りに思っていたからです。——「この上はもう、お楽しみいただけようはずもない。どうぞお代を取って立ち去ってくだされ」

「それは断る」話の通じぬ客が応える。「ちょうどこの問題に興味が湧いてきたところでな。さあ、クランクを回して、この馬鹿げたショーの先をもう少し見せてくれんか！」

興行師は、衝動的に額を拭い、赤い小さな差し棒を振り動かすのですが、公衆へのサービスを仕事とする身であれば、要求に屈する他はありません。姿勢を直し、続けます。

進めよ、進め、時よ！　ここに新たな家々を建て、錆と苔に覆われた汝の過去の産物を潰したまえ！若き娘らの住み処に牧師を招き入れ、悦びに満ちた花婿と結ばれるよう計らいたまえ！　若き父母が初子を礼拝堂に抱いていき洗礼の儀式をするように計らいたまえ！　とある家のドアを叩き、そこから黒い葬列が出てくるように計らいたまえ！　父の世代同様に、後に続く世代を生み出し、彼らをして商い、語り、争い、あるいは親密な会話を楽しみながら通りを歩かせたまえ！　汝の日々の手慣れた仕事のすべてを成したまえ、父なる時よ、この大通りにて！　汝の歩む足跡が、永の年月のうちに土埃を積み上げたこの大通りにて！　だがここで汝が率いた行進は、ひとたび目にしたらそれが最後、二度と見えることはない。それは汝の極めて不快な夢として、年老いた汝の脳の狂乱としてのみ思い出されるしかないのだ。

「つべこべ言っとらんで、クランクを回せ」例の客が容赦ない大声を挙げる。「回し続けろ、何であろうと、余計な前振りはせずにな！」

これには従うのが利口であるようです。

武装した守衛兵の先頭を馬に乗って進むのは、誉れ高きエセックスの保安官カーウェン分署長であります。ギャローズ・ヒルの処刑地まで、刑を言い渡された囚人を連れていく。魔女であります！　見間違えることはありません！　魔法を使う一団！　刑務所の通りから、今この大通りへの角を曲がりました。その顔を、群衆の間に割って入って、しかと観察いたしましょう。群衆はひしめきあって覗き込むものの、恐怖に身を震わせて後ずさりし、道の左右に密集する人々の中央に広々とした通り道ができております。

そこを通るのは老ジョージ・ジェイコブズではありませんか。過去六十年、人生のすべてにおいて正直で、もの静かで、非の打ち所なく、厄災に遭った妻と死別するまで良き夫として過ごし、残された子供たちへのよき父親であったと、皆がそう思っていた。ああ！　妻が天国に召されてからというもの、ジョージ・ジェイコブズの心は空白となり、家庭は寂寞とし、彼の生活は切断され、子供たちは結婚してそれぞれの住居へ移っていきました。今日も明日もまるで変わらずくたびれた日々を生きる寂しげな老人のその姿が、餌食を狙って歩き回るサタンの目に留まった。サタンは彼に誘惑の罠を仕掛けます。かくして邪悪な力を得た哀れな罪人は、宙に舞い、雲の間を疾走しました。リューマチの身体を屈めながら自宅の玄関から入っていくところを隣人が目撃したその同じ日に、遠くファルマスで行われた魔女の集会にいたことが確認されているのであります。こちらにジョン・ウィラードもおりますね。正直な男だと思っていました。商売上手で活動的で、実践的で、英国からの品物をインディアンのトウモロコシをはじめとする農産物と交換する仕事に日々精進していました！　そんな男がどうして、自らの天職を放棄して魔法の道にさまよい込んだのか。そんな時間を彼はどうやって見出したのか？　邪悪な思いを何者が彼の心に吹き込んだのか？「黒悪魔《ブラック・マン》」が金貨を高く積み上げて誘惑したというのでないなら、謎であります。あの老夫婦をごらんください――実に哀しい光景だ――ジョン・プロクターと妻のエリザベスです。エセックス郡全体の中に、真にキリスト者として暮らし、残り少ない地上の小径を希望を抱いて歩んでいる、そんな二人がいるとすれば、それはこの夫婦でありますまいか。それなのに、誉れ高きスーアル裁判長も納得し、法廷と陪審員とが全員一致で承認した証言があるのです。プロクターと妻とは、夜中に罪なき子供らの寝台の脇に立ち、その皺だらけの顔を見せて子らを嘲り、雑言を吐き、恐怖させた。そして被害者の子らの身体に夫妻は――あるいは彼らの姿をした化け物は――針を差し、指先のひと触れかほんの一瞥によって子らを気絶させ死に至らしめたのであります。老夫は妻に聖書を読み聞かせ、妻の方は暖炉の脇で編み物をしていた、そうとばかり思っていたのに、白髪の悪党どもはするりと煙突を抜け、一本の箒に二人で跨がり、黒い森と冷気の奥深く、魔女の集会に出かけていったのです。何と愚かしい！　リューマチの痛みを恐れてのことでしょうか、それならば家にいた方がよかったでしょうに。しかし彼らは出かけていった。彼らの腐った甲高い笑い声を、真夜中の空に渡らせながら。今、陽光の差す真昼時、絞首台に向かう二人を今度は悪魔が笑っております。

互いの身を支え合い、慰め合い、勇気づけているかに見える老夫婦――魔法の妖術を使う男女に対して憐れみを催すのが罪でなければ実に哀れな姿でありますが――二人の後からダークで誇り高い顔をした女がやってまいります。ひと頃は美しかったのでしょう、今もその容貌には威厳があります。この女をご存じでしょうか？　マーサ・キャリア。つましい家に暮らしていた彼女を悪魔が見つけ、その満たされぬ心を覗き込み、そこに強い自尊心を見てとって、地獄の女王にしてやろうと約束した。いま彼女は尊大な足取りでみずからの属する王国への道を歩んでいるところであります。彼女の癒しがたき自尊心は、恥辱に付きまとわれたこの歩みを、勝利の行進であるかに見せております。このまま彼女の地獄の宮殿の門へ、燃えさかる玉座へと、我が身を運ぼうというのでしょう。あと一時間もすれば、彼女はその王族的な威厳を纏うのでありましょう。

この惨めな列のしんがりを務める黒衣の男は、身の丈は小さめで肌は浅黒く、首まわりに聖職者の帯を巻いております。過去にこの顔が東礼拝堂の説教壇から天を仰いだ回数は数知れません。その時バロウズ師は実に神を仰いでいるかのようでした。何と！――本当に、彼が？　聖職者にして！――学識者にして！――賢人ではありませんか！　そのバロウズ師を、いかにして悪魔は誘惑しえたのでしょう？この列にいるのは、たいていが頭の鈍い、教養のない輩でしょうに。生まれつきの愚鈍者もいれば、年と共に知力の大いに衰えた者もいる。そういう輩がたやすく悪魔の餌食になるのは解ります。しかしこのジョージ・バロウズは違うでしょう。そのダークな顔を通して、内なる知性の火照りが感じられ、長期の収監によって土に汚れ身なりも乱れているにも拘わらず、その姿に威光を与えてさえいるといいたくなる。脇につきそう死神が、重々しい陰を投げかけている今も、そう見えるのです。この男が誘惑に屈するとは、どれほど高価な賄賂をサタンは贈ったのでしょうか。ああ！　彼の高尚なる探究の知性の強さの中にこそ、悪魔は、自身を裏切る弱みを見出したのかもしれません。この男は知を切望した。神秘の世界へ探究の手を伸ばしていった。証言者が誓って述べたところによりますと、当初彼は二人の亡き妻の霊を呼び起こし、墓の向こうの世界の話をしたそうです。だがその返答は自分の魂の強烈で罪深い渇望を満たすものではなかった。そこで彼は悪魔に伺いを立て、それが聞き入れられたのだそうです。しかし――彼の姿をご覧ください――証拠があることを知らぬ者が彼を見て、これだけの罪を犯したと信じられるでしょうか？　共に恐ろしい裁きを受ける弱き、年老いた仲間を、彼は慰めているではありませんか。その姿からも、彼の言葉からも――彼の心の深みから祈りの言葉がおのずと浮上して強く口を衝き、天に飛翔していくかに見えます――顔の造作を明るく染める、彼方の世界（すぐそこまで迫っております）から来るような輝きからも、誰もが思わずにはいられますまい。この大通りの土埃の上を、キリスト教の聖人が、いま殉教の死へ向かって歩いているのではないかと。大悪魔が法廷より陪審員より狡猾で、彼らを欺きつつ、神の祭壇に捧げるべき生贄として聖別された者の血を注ぐ、そんな大それた過ちが犯されようとしているのでないことを祈るしかありません。ああ！　それは違うのです。賢明なるコットン・マザーの言葉をお聞きなさい。馬に跨がり、当惑した群衆をなだめるように、すべては信仰と正義に忠実になされたことだと、サタンの力は今日この日にニューイングランドで決定的な打撃を被るであろうと、言っております。

神よ、そうであって欲しい！——偉大な学者の言うことであります。間違いはないのでしょう。これら哀しきやつらは死のもとへ連れて行けばよい！　あの子供たちと、成長しかけた少女らの一団をご覧になったでしょうか。その中に老婆のようなインディアンの女がおります。名前はティテュバ。みな魔術に苛まされた者たちです。ご覧ください、いま私たちの目の前を、サタンの力と邪悪な意図の証拠が歩いていくのです！　牧師の娘マーシー・パリスは、マーサ・キャリアの睨みの一撃を浴びて倒れ込み、口から泡を吐きながらひどい痙攣を生じて路上をのたうち回りました。まるで聖書に語られる、憑かれた者のようだったと言います。呪われた魔法を使う者どもは、さらなる悪事を働く前に、即刻処刑台に連れて行くがよいでしょう！——その萎びた腕を振りかざし、群衆に向かって幾つかみもの厄災を投げつける前に！——この世へのお別れの贈り物として、この大地を実りも生まず草も生えず、彼らの忌むべき屍が並ぶ墓場となる以外にないほどの枯渇の地に変える呪いをかける前にです！　彼らの歩みは続く。老弱のジョージ・ジェイコブズは躓いて転びましたが、プロクターとその妻は互いに寄り添い支え合いながら、この年にしては大層に着実な足取りで進んでいきます。バロウズ師がマーサ・キャリアに何やら言葉をかけたのでしょう、彼女の表情と物腰は、先程よりも柔らかく慎ましやかになったかに見えます。一方、群衆の間に恐怖と戦慄と不信が沸き起こりました。友が友に、夫が妻に、妻が夫に怪しげな視線を向ける。小さな我が子を、よりによって母親が、いぶかしげに見ております。神の被造物すべてに魔性がこもる疑いを秘めてしまったのでしょうか。もはや誰もが告発者になりかねないというのでしょうか。もう金輪際、こんな騒ぎは御免こうむります。いかなる形でもお断り、もう二度とこの大通りが、万人の狂気で乱されることのなきよう祈るばかりであります。

寛大なる観客の皆様、皆様の目の中に、ご親切にも口にされずにいてくださる批判の言葉が読み取れます。これらのシーンは陰惨にすぎるとお考えでしょう。その通りでございます。ではありますが、陰惨の誹りは、我らが祖先の魂のありように向けられねばなりません。生の織物を織るに当たって、薔薇色の糸も金糸も一切交ぜなかった古人にです。私はと申せば、南国の陽光を愛する者、一面の輝きを手にすることができるならそれで世界中を覆ってしまいたくなるほどです。責は私にはございません。それを信じていただけるよう、次にこんなシーンをご覧に入れましょう。私の調査の及んだ限り、我らのご先祖が、その強靭なハートを葡萄酒やら火酒やらに浸し、不気味なる大騒ぎに身を任せた唯一の機会がこれであります。

出てまいりました、勇壮なるガードナー指揮官が戦場に出発したのと同じ家から、何と！　棺桶ですか。男たちの肩に担がれております。付添人は六人の長老たち。その後ろを嘆き悲しむ沢山の人が列をなして付いてきます。みな黒い手袋をはめ、帽子を黒いリボンで囲み、それぞれの手に涙を拭う白いハンカチを持っている他はすべて黒一色であります。いや、親愛なるお客様は、きっとお怒りでしょうね。婚礼の舞踏に案内されたと思ったら、なんだ、葬列かと。しかしながら、ニューイングランドの成立から一世紀に亘っての社会慣習をすべてお調べになって、その性格の特徴を読み取っていただければ、お解りになります。歓楽の営みが常に是認されていた場といえば、葬式の宴だけなのであって、もしそれ以外に一つでも見つけることができた方がいらっしゃれば、私は黙ってこの人形芝居に火を点けてご覧に入れましょう。いま執り行われているのはブラッドストリート元総督の葬儀であります。

ニューイングランドの長老、最初の植民者の生き残りとして、夫に先立たれたガードナー指揮官の妻と族内婚をした元総督が、永年の労苦を解かれて今、九十四歳の大往生を果たしました。彼の魂をこの世で飾っていた白髭の遺体が、向こうの棺の蓋の下に横たわっています。多数のエールとリンゴ酒の樽が用意され、香料入りのワインや蒸留酒がふんだんに飲まれました。そうでなければ、棺を運ぶ男たちの足下がどうして千鳥のようにふらついているのでしょう?——棺の傍を厳粛に歩く高齢の付添人らも同様です——弔問の群衆もよろけてお互いの足を踏みつけ合っているのはなぜなのですか?——そして、憚りながら申し上げれば、ノイエス牧師の鼻はなぜ、火の付いた石炭のようにかくも赤々としているのでしょう、たった今葬式の辞がその鼻を通って発せられたばかりというのに? さあさあ、友よ! 通り過ぎたまえ、死すべき命を全うした重荷を運び、喜びの心をもって墓に埋めたまえ。さまざまな人間たちが、それぞれのやり方で、楽しみの機会を得るのも良いではありませんか。人間、趣味はそれぞれです。しかし、娯楽を求める人間にとって、お楽しみのお相手が唯一、死神の旦那であるというこのニューイングランドという地は、確かに陰鬱すぎますでしょうね。

場面を覆う霧に隠れて、何年かの時が、私たちの目に留まることなく過ぎ去りました。辺りが澄んでまいりますと、一人の老人がよぼよぼの足を引きずって歩いているのが見えます。どなたか、お分かりになりますでしょうか? 皆様はこの方を最初、マッシーの奥さんの腕に抱かれた赤児として見ております。原生林の木々の蔭が、ロジャー・コナントの小屋の上に覆い被さっていた頃のことです。以後のシーンのすべてを通して私たちは彼が、少年として若者として成人として、つましい役柄をこなすのを見てまいりました。町と一緒に誕生した彼は、町の年齢を示す生きた指標であります。その彼が、いま老父マッシーとなって、最後の町歩きをされている。しばしば立ち停まっては杖に寄り掛かり——おや、ここの場所には誰の家が建っていただろう、と思い出そうとする。宅地となったここには誰の野が、誰の庭が広がっていただろう、と。この大通りが、ある場所で曲がったり逸れたりしている理由を彼はいちいち挙げることができます。まだ柔らかく十分に踏み固められてもいなかった幼い頃、植民者の家々を全部訪ねていけるよう、道はまっすぐな線を逸れて曲がっていたのでした。大通りは今なお若いのに、同い年の彼の方は、最晩年に達しています。八十歳の長老、町で最初に生まれた子として、我らが郷土の幼年期を体現してまいりました。その彼ももうじき召されるでしょう。

ご覧ください、魔法の物語の出来事のようです。場面を見つめる皆様が、一瞬まばたかれた間に、これだけの変化が生じました。大通りは消え去り、その代わりに、一面の荒涼たる雪に覆われた景色です。太陽がかすかに顔をのぞかせ、冷たく明るい光で、白一色の世界を仄かな、今にも消え去りそうなバラ色に染めております。これは一七一七年の豪雪、山から吹き下ろす雪が国全体を埋めてしまった有名な雪害であります。その成長の様を――当初のインディアンの野道が、歩行用の舗道を両側に備え堂々としたストリートになるまで――つぶさに観察を続けてまいりました私たちのストリートも一瞬にして消失し、森に覆われていたときよりも更に寂しい、渡るよすがもない光景に転じてしまいました。雪原の巨大な膨らみとうねりとが、所有地の境界を消し去り、人間の画した目に見える区切りの一切を取っ払ってしまったかのようであります。今や、過去の時代の痕跡も、ここまでなし遂げられた行いも一切が崩れ去り、人間たちは新たな道を進んでいく自由を得た——これまでとは別の法によって自らを導いていくことも可能になった——もし、実際に人類が滅んでしまったのではなく、いま目の前に荒涼として冷たく広がるこの雪原に人間の営みの進行を想い描いてもよろしいのであれば、そんな風に思えます。しかし、事態は思うほど深刻でないのかも知れません。あの巨大な氷柱は、日射しを受けて冷徹な輝きを発しておりますが、あれは凍り付いた霙の付着した教会の尖塔ではありますまいか。雪の吹きだまりと誤認しそうな大きな盛り上がりも、庇まで雪に埋もれ、尖った屋根の上にも雪が丸く積み上がった家々の姿であるようです。ほら、あそこから、煙が立ちのぼっております。あれはシップ・タヴァンの煙突に違いありません――あそこにも――あそこからも――あそこにも――別の集落の煙突からも。凍てついた殻に覆われたその下に、暖炉の慰安、家庭の平和があるようです。子供たちがはしゃぎ、年寄りも心安らかにいることでしょう。

しかしもう次の場面に移りましょう。現実のニューイングランドの冬ならばともかく、この意味のない単調さで皆様に我慢を強いてはなりません。この地の冬は、あまりに短い人生の中に、あまりに大きな空白を――あまりに憂鬱な死のスポットを――作っている。一年全部が夏であってほしいくらいです。いや、少なくともここでは私が季節を支配できる。クランクを一回し、すると大通りの雪は溶け去り、木々には緑の葉がいっぱいに生い茂り、薔薇の繁みは花をつけ、舗道脇は緑の草で縁取られますよ。ほうら！　おや、何と！　場面が変わりませんか。ワイアが切れましたか。大通りは雪に埋もれたまま。あたり一面、ヘルクラネウムとポンペイの運命にも比肩する大災害に襲われてしまいました。

ああ、寛大なるお客様方、皆様はご自分の不運にお気づきになっていない。これからご覧に入れるはずだった場面は、既に過ぎ去った場面よりも、圧倒的に優れていたのです。大通り自体、陳列に相応しい立派なものになっておりました。人々の行いも同様であります。太古の冷たい暗がりに始まり、長く退屈な語りを経て、私たちの記憶に残る時代へと到着した後は、陽光降り注ぐ現在へとお連れしたかった。今まさに進行中の暮らしの有り様を映し出し——町のご婦人方の美しさを舞台から当人に照り返すことができたとしたら——皆様の関心もどれ程に深まったことでありましょう！　通りを行く殿方も、ご自分の容姿容貌、歩取り、独特な腕の振り、昨日着込んだ上衣を、ご自分の目で見る機会を逃してしまわれました。無念極まることに、テイラー将軍の勝利の行進の模様を、バッファムのコーナーからこちらまで、大通りの全体に亘って再現すべく、まばゆいばかりの照明を用意していたのであります。最後にはまた、もう一度クランクを回して未来をお見せするつもりでありました。明日の大通りをどなたが闊歩し、憚りながらどなたの葬列が通りすぎていくのか、ご覧いただけないのが残念であります！

人間の目算というものが概してそうでありますように、私の目算も、実現を見ずに終わりました。もはや言い残したことはこのひと言だけでございます——今宵のお楽しみにご満足いただけなかったご婦人、殿方、どなたであれ、お代は出口にてお返しいたしましょう。

「ならば返してもらおうか」例の悪態つきが、手のひらを伸ばして叫ぶ。「あんたの展示はペテンだと言ったが、終わってみれば実にその通りだ。わしの二十五セント、さあ返して頂こう」

イーサン・ブランド

完成に至らざる伝奇物語からの一章

石灰作りのバートラム——煤で薄汚れ、不作法な上に生気のない男が、日暮れどきに自分の石灰窯を見張りながら坐りこんでいた。幼い息子は散らばっている大理石の欠片で色々な家を作って遊んでいた。そのとき、二人がいる丘の下の方から大きな笑い声が聞こえてきた——陽気な笑いではなく、森の木々が風に揺れるときのように、ゆっくりと重々しいものだった

「父さん、あれはなんなの?」遊びをやめ、父親の両膝の間に体を押しこみながら幼い息子が訊ねた。

「どこかの酔っ払いだよ、たぶん」石灰焼きが答えた——「村の酒場からやってきた陽気な野郎だ、酒場の中では屋根を吹っ飛ばすと困るから、腹の底から大笑いするのを遠慮して、ここに来て、つまりグレイロック山の麓に来て、腹をよじって笑っているのさ」

「でも、父さん」鈍感で田舎者の中年男に比べれば繊細な息子は言った。「あれは浮かれている人の笑いとは違うよ。だから、ボク、怖いんだ」

「馬鹿なことを言うもんじゃない!」父親はどら声で怒鳴った。「お前、絶対に一人前の男にはなれん

ぞ。母親の血を受け継ぎすぎている。お前ときたら、木の葉がそよいでもびくつくんだからな。よく聞け！　陽気な男のご到来だ。ヤッコサンに悪意のないことはすぐ分かるさ」

バートラムと幼い息子は、そんなことを話しながら石灰焼きの窯を見つめながら坐りこんでいた。それはイーサン・ブランドが、〈許されざる罪〉を探し始める前に、一人っきりで物思いにふけって過ごしていたあの窯だった。知っての通り、例の〈観念〉が初めて芽生えたあの禍々しい夜から多くの歳月がすでに流れた。だが、彼が激しく燃える炉の中に陰鬱な諸々の思索を投げこんで溶かし、言ってみれば、彼の一生を絡め捕るただ一つの観念に造り上げて以来、山腹にある石灰焼きの窯は全く損なわれず、何一つ変わったものはなかった。窯は粗造りの円塔といった形をしており、高さはおよそ二十フィート、ごつごつした石を積み上げて重々しく、外回りの大部分は土を盛った塚に囲まれていた。だから大理石の塊や破片は荷車で運んできて頂上から投げこむことができる。円塔の下の方には天火の口に似た穴があり、屈んだ姿勢なら人ひとり通れるほど大きく、どっしりとした鉄の扉がついていた。この扉の割れ目や隙間から煙や奔流のような炎が吹きだし、その扉から山腹の中に入りこめそうに思われ、『天路歴程』の中で〈喜びの山並〉の羊飼いたちが巡礼にいつも見せていた地獄に入る秘密の入り口にそっくりだった。

この丘陵地帯の大部分を作り上げている白い大理石を燃やす目的で、あたりには同じような石灰焼き窯が数多くあった。中には何年も前に作られて長いこと放置されたものもあって、天に向かって口を開けている内部の丸い空間に雑草が生え、草や野花が石と石の隙間に根を張っているため、それだけでもう古代の廃墟のように見え、遠い将来には地衣類で覆われるかもしれなかった。今でも石灰焼きが昼も夜も火を絶やさない他の窯は、この丘陵地方を旅する人々の興味を引き、彼らは丸太や大理石の欠片に自分も腰を下ろし、孤独な石灰焼きと言葉を交わした。この仕事は孤独であり、思索にふける癖のある人にとっては、思索に思索を重ねるのにうってつけの仕事かもしれない。イーサン・ブランドの場合が証明しているように、ずっと昔、まさにこの石灰窯で火を燃やしながら、彼は思索を重ねて、あのように奇妙な結果となったのだから。

いま火の番をしている男は、そういうたちではなく、仕事が必要とするほんの僅かなこと以外に頭を悩ませたりはしない。ほとんど間隔をあけず、重たい鉄の扉を勢いよく引きあけ、耐え難いほど激しい炎から顔を背けながら、大きな樫の丸太を投げこんだり、長い火かき棒で大量の燃え木をかき回した。窯の中を覗くと、炎が渦を巻いて暴れ回り、燃える大理石は激しい熱ですっかり溶けているといった様子だ。外部に目を向けると、周りを黒々と取り囲む鬱蒼とした樹林に炎が反射して打ち震え、その手前には、粗末な小屋、戸口に近い泉、頑丈な煤に汚れた石灰焼きの姿と、父の影に隠れて護ってもらおうと体を縮めている半ば怯えた息子が、ギラギラ輝く赤い絵の具で描いた小さな絵のように見える。そして再び鉄の扉が閉まると、半月の淡い光が再び現れ、近隣の山並みのおぼろな輪郭をなぞろうとするが失敗に終わる。高い空には、バラ色の夕日にまだかすかに染められた雲の一団が飛ぶように流れていく。そうは言ってもこれほど谷底に近いと陽光はずっとずっと前に消えてしまっていたのだが。

山腹を登ってくる足音が聞こえ、木々の根元近くに繁っている藪をかき分けて人影が現れると、幼い息子はもっと父親にすり寄った。

「おーい、誰だい？」石灰焼きは、臆病な息子に苛立ちながら叫んだが、多少は自分も息子の怯えに染まっていた。「こっちに来て、男らしく姿を見せろ、さもないとお前の頭にこの大理石の塊を投げつけるぞ！」

「こいつは乱暴な歓迎だな」正体不明の男は近寄りながら、陰気な声で話した。「とは言え、たとえ自分の家であっても、もっと歓待してもらおうと思いはしないし、望みもせんが」

もっとハッキリその姿を見ようと、バートラムは鉄でできた窯の扉をさっとばかりに大きく開いた。たちまち迸るような激しい光が飛び出し、まともに怪しい男の顔と姿に打ちかかった。チラリと眺めただけなら、その男の様子に格別驚くようなところは見えない。粗末な田舎仕立ての茶色い洋服を着込み、痩せぎすで背が高く、歩いて旅をする人らしく杖を持ち、頑丈な靴を履いている。近寄ってくると、きらきら輝く目で明るく燃え立つ竈《かまど》を熱心に見つめた——まるでその中に注目に値する物を見たか、あるいは見たいと願っているかのように。

「今晩は、旅の人」石灰焼きが声をかけた。「何処から来なすった、こんなに遅く？」

「探求の旅からさ」旅人は答えた。「とうとう終わったのでな」

「酔っ払いか、気違いだ！」バートラムは小声で呟いた。「こんなやつを相手にするときっと悶着が起きる。追っ払うのが早ければ早いほど、これ幸いというものさ」

男の子は、ブルブル全身を震わせながら父親に小さな声で、明るすぎるから窯の扉を閉めてくれと頼んだ。だって、あの人の顔には見るのが怖いけれど、見ないわけにはいかない物があるから。それに、まさしく鈍感そのものの石灰焼きの心も、痩せて厳《いか》つく、もの思いに沈んだ顔にみられる言葉で言い表せない何かに突き動かされ始めた。白髪交じりのざんばら髪が顔にかかり、落ちくぼんだ目は謎の洞窟の中で燃えている炎のようにギラギラしていた。しかし扉が閉まると、旅人は石灰焼きの方を向き、親しみを込めた静かな声で話しかけたので、バートラムには、結局のところこの男もまっとうな心根の持ち主のように感じられた。

「どうやら仕事も終わりに近づいたようだな」と旅人はいった。「中の大理石はもう三日も燃えている。あと二、三時間で、大理石は石灰に変わるだろうさ」

「おい、あんたは何者だ？」石灰焼きはうわずった声で叫んだ。「儂の仕事のことを、儂と同じくらい知ってるようだな」

「当然のことだ」旅人は言った。「ずいぶん昔同じ仕事をしていたんだから。しかもここで、この場所でだ。とはいえお前さんは、このあたりじゃ新参者だな。イーサン・ブランドのことを聞いたことがないのかい？」

「〈許されざる罪〉を探しに出かけた男のことかい？」笑い声を上げてバートラムが訊いた。

「その通り」旅人は答えた。「その男は探していた物を見つけた、だからまた戻ってきたわけさ」

「何だって！　じゃああんたがイーサン・ブランド本人かい？」びっくりして石灰焼きは大声を出した。「あんたの言うとおり、儂はここに来て日が浅い。グレイロック山の麓をあんたが出発してから十八年たつという噂だ。だが、確かに向こうの村の立派な人たちはまだイーサン・ブランドのことを話題にしてるよ。彼を石灰窯から立ち去らせた奇妙な用向きのこともな。いやあ、そうすると、〈許されざる罪〉を見つけたのかね？」

「その通りだ！」旅人は落ち着いた声で答えた。

「こんなことを訊いても良ければだが」とバートラムは言葉を続けた。「そいつは何処にあるんだろうか?」

イーサン・ブランドは自分の胸に指を当てた。「ここだ!」彼はそう答えた。

その後で、陽気な表情は一切浮かべなかったが、まるで自分にとってもっとも身近な物を求めて世界中を探し歩き、自分の胸以外には隠されていない物を求めて、自分の心以外のあらゆる人の心をのぞき込んできた途方もない愚かさにふと気づいて心が動かされたかのように、どっとばかり嘲りの笑いを爆発させた。徒歩の旅人が近づいてくる先触れとなった、石灰焼きの心胆を寒からしめた笑いと同じように、低くて重い笑いだった。

人里離れた山腹は、その笑い声で陰気になった。笑いというものは、場違いの上に、常識外れの時間とか、あるいは神経の乱れた状態から飛び出してきた場合、人間の声の抑揚の中で一番恐ろしいものになり得るのだ。たとえ幼い子供であろうと、眠っているときの笑い、狂人の笑い、生まれつき白痴の人の荒々しい悲鳴に似た笑いといった音は、それを聞く人の心を震え上がらせ、すぐにも忘れたいと願うものだ。詩人の想像力だって、悪魔やお化けの発する声として、笑い声に匹敵するほど心の凍るものを作りだしたことはない。そしてこの旅人が自分自身の胸の内を覗きこみ、急に笑い声を上げ、それが夜の中に轟きわたり、たちまち山並みに反響したとき、鈍感な石灰焼きの神経さえも打ち震えた。

「ジョー」彼は幼い息子に言った。「村の酒場に走っていって、そこで陽気に騒いでいる連中に言うんだ、イーサン・ブランドが〈許されざる罪〉を見つけて帰ってきたぞ!とな」

息子は言いつかった用事を果たすために駆けさった、イーサン・ブランドは反対しなかったし、それどころか気づいた様子もないくらいだった。彼は丸太に腰を下ろし、窯に取り付けられた鉄の扉を一心に見つめていた。子供の姿が見えなくなり、はじめは落ち葉の上、それから石ころだらけの山道を軽やかに猛スピードで走る足音も聞こえなくなると、石灰焼きは息子を使いに出したことを後悔し始めた。幼い息子の存在が、客人と自分との間に築かれた障壁だった。そして息子のいない今は、神様が憐れみをかけたまうことのできない唯一の罪を犯したとみずから告白する男と、本心を隠すことなく話しあわなければならないことを思い知った。曖昧な闇に包まれたその罪は、彼の上に黒い影を投げかけるように思われる。石灰焼き自身の犯した罪が、胸の内でわき上がり、その記憶が、どのようなものか分からぬながら、堕落した人間の本性が生み出し育て上げる範囲内で〈最大の大罪〉との類似性を主張する数多くの悪行と騒ぎを起こした。それらはまったく同じ一族であり、彼の胸とイーサン・ブランドの心の間を往復し、お互いに暗黒の挨拶を交わしあった。

やがてバートラムは、この怪しい男にまつわる今では伝説になってしまったいくつかの話を思い出した。夜の闇のように近づいてきて、自分の昔の居場所に腰を落ち着けているこの男は、あまりにも長く留守にしていたのだから、死んだ人も、いや死んで長くたつ人でさえ、その男よりは昔なじみの場所で寛ぐ権利を持っているわけだ。イーサン・ブランドは、この石灰窯の毒々しい炎に包まれて、魔王自身と語り合ったという噂がある。これまで彼にまつわる言い伝えは笑い話になっていたのだが、たったいま、身の毛のよだつものに変わった気がした。この話によれば、イーサン・ブランドは探求の旅に出発する前に、来る夜も来る夜も、〈許されざる罪〉について話し合うため、灼熱の石灰窯から悪魔を呼びだしていたという。〈人〉と〈悪魔〉は、贖われることもなければ許されることもあり得ない罪のありようを具体化しようと、互いに知恵を絞った。そして、曙光が山頂に差すとすぐ、悪魔は鉄の扉から中に入りこみ、人の犯しうる罪を押し広げて考え、ついにはそのこと以外では無限であるはずの神の憐れみをも踏み越えるという恐ろしい作業を一緒に行うため、再び呼び出されるまで、最も強烈な火に身をゆだねるのだ。

石灰焼きが、そのような考えが与える恐怖と戦っていると、イーサン・ブランドが丸太から立ち上がり、窯の扉を勢いよく開け放った。その行動は、バートラムが心の内で考えていたことと符合していたので、猛り立つ窯の中から真っ赤に焼けた〈悪魔〉が飛び出してくると思いそうになった。

「やめろ、やめてくれ！」彼は体が震えるほどの恐怖を感じながら、それでも必死に笑おうとしながら声を上げた。というのは、恐怖に圧倒されていたが、そのことを恥じてもいたからだ。「頼む、今は悪魔を連れ出さないでくれ！」

「なんだと！」イーサン・ブランドは険しい声で答えた。「どうして俺に悪魔が必要なのだ？　あいつは旅の途中で置き去りにしてやった。やつがせっせとちょっかいをだすのは、あんたのような中途半端な罪人さ。俺が扉を開けたって怖がることはない。以前の習慣で開けただけ、昔取った杵柄で火の具合をよくしてやろうというわけさ」

彼は大きな燃えさしの山をかき回し、さらに薪をいくつも押しこみ、顔を真っ赤にする激しい炎をものともせず、身を乗り出して炎が作る中空の牢獄を覗きこんだ。石灰焼きは坐ったまま彼をじっと眺め、半信半疑ながら、このおかしな客には目的があるのではないかと思った――悪魔を呼び出すのではないとしても、少なくとも自ら炎の中に身を投じ、人間の目から姿を消すといった目的だ。しかしイーサン・ブランドは静かに体を戻し、窯の扉を閉めた。

「俺は覗きこんだ」と彼は言った。「火で熱せられて熱くなったこの窯より、罪深い情念のために七倍も熱くなっている人間の心の中を、な。だが、俺の探しているものはそこにはなかった。そうだ、〈許されざる罪〉はなかった！」

「〈許されざる罪〉ってどんなものです？」石灰焼きはそう尋ねたものの、答えが返ってくることを恐れて身を震わせ、旅人からいっそう身を引いた。

「俺自身の胸に生まれた罪のことだ」この手の狂信者に特有の傲慢さを見せてすっくと立ち、イーサン・ブランドは答えた。「他の場所では生まれない罪だ！　人間同士の仲間意識や、神を敬う心を打ち砕き、その苛烈な要求に応えるためすべてを犠牲にする知性の罪だ！　未来永劫にわたって苦しむという報いに相応しいただ一つの罪だ！　もう一度人生をやり直せても、俺は誰はばかることなく同じ罪を犯してやる。怯むことなく、その罰を受けてやる！」

「こいつは頭がおかしいんだ」石灰焼きは独り言を言った。「彼は我々と同じ罪人かもしれん、せいぜいその程度のものだが、狂っているのも確かだ」

そうは思っても、荒涼とした山腹でイーサン・ブランドとふたりっきりという立場は気詰まりだった。だからうるさいしゃべり声や、石につまづいたり藪をかき分けながら近づいてくるかなり大勢の足音が聞こえるとすっかり嬉しくなった。ほどなく村の居酒屋にいつもたむろしているものぐさ連中がそろって姿を現した。その中にイーサン・ブランドが旅に出て以来、冬の間は酒場の火のそばでフリップを傾け、夏の間は玄関のポーチでパイプを吹かしていた三、四人も入っていた。うるさい笑い声を上げ、みんなの声が混じり合った無遠慮なお喋りを交わしながら、やっと一行が石灰窯の前に広がる空き地を照らす月光と細い火明かりの中になだれこんできた。みんなの目にイーサン・ブランドの姿がよく見えるように、また彼にもみんなの姿が見えるように、バートラムはもう一度扉を少し開け、空き地に明かりを溢れさせた。

集まってきた古なじみの中には、今は姿を消したが、昔なら何処にでも、つまり国中の栄えている村という村のホテルにいて、必ず出会う男もいた。そう、駅馬車の斡旋人である。目の前にいる手合いは、萎れて燻製のようになり、皺だらけのうえに、真っ赤な鼻をしている。茶色の上着は裾を短くしたしゃれた作りで、ボタンは真鍮製、遠い昔からバーの一角に机を構え、二十年前に火をつけたのと同じに見える葉巻を未だにくゆらせていた。辛口の冗談を飛ばすというので高い評判を得ていたが、そのわけはおそらく、ユーモア自体というより、肉体ばかりか頭の中身や顔つきにまでしみこんだブランデー・トデイとタバコの臭いのせいではないだろうか。他に見知った顔といえば、奇妙なくらい変わってしまったが、村人たちは儀礼上ジャイルズ弁護士と呼んでいる男がいた。ワイシャツの袖は汚れ、粗麻布のズボンをはいた薄汚い老人だ。哀れなこの男は、自ら我が世の春と言っている時代には、有能な弁護士で、訴訟の当事者たちの評判は高かったが、朝、昼、晩、のべつ幕なしにフリップ、スリング、トデイ、カクテルなどの酒を飲んだ結果、知的職業から成り下がって、ありとあらゆる肉体労働をこなす輩となり、彼の言葉を借りれば、とうとう石鹸桶の中に滑り落ちた。言い換えれば、今のジャイルズはささやかな石鹸作りだ。片足の一部は斧で切り落とされ、片手は蒸気機関にがっちり捕まれてそっくりちぎり取られ、とても五体満足とは言えない半端人間になりはてていた。しかし肉体上の手はなくなっても、頭に記憶された手は残っていた。と言うのは、彼は手のない残りの腕を差しだしながら、本物の五本の指が切り落とされる前と同じように、目に見えない親指や他の指の存在をしっかり感じ取れると断言しつづけたからだ。体が不自由なうえに貧乏でろくでなしだったが、今も昔も様々な不運に見舞われたときに、彼を踏みつけにしたり、嘲ったりする権利は世間にはなかった、なぜなら、今でも勇気と男らしさを失うことなく、施しは一切求めなかったし、片手で——それも左手で——貧困や逆境と激しく戦っていたからだ。

大勢の中にはもうひとり、ジャイルズ弁護士にある程度似ている点を持ちながら、違いの方が大きい人物もいた。村の医者で、年の頃は五十歳くらい。イーサン・ブランドが狂気にとりつかれたと思われていた頃、ずっと若かった彼が医者として往診に行ったことを、あらかじめ伝えておくべきだったかも知れない。今では赭ら顔になり、下品で乱暴者ながら、紳士の面影もどこかに残っている。言葉遣いや態度物腰の隅々に、零落して荒っぽく捨て鉢なところがある。ブランデーが悪霊となってこの男に取り憑き、野獣のように荒々しく獰猛な人間にし、地獄に堕ちた魂のように惨めな境遇に追いこんでいるが、それでも彼は、いかなる医学にも癒しえない病気を治す力を生まれつき持っている、つまりそれほどの素晴らしい医術を持っていると思われ、だから世間の人は彼を手放さず、手の届かぬところに沈んでゆくのを許そうとしないのだ。そういう次第で、馬の上でぐらぐら揺れ、病床の脇でだみ声でぶつくさ言いながら、山に囲まれた町々の病人という病人の部屋を遠い道のりをものともせず訪れていた。奇跡としか言いようのない力で瀕死の病人を生き返らせることもあれば、同じぐらいの数の患者を、明らかに掘られるのが早すぎた墓に送りこむこともあった。医者は片時もパイプを口から離さず、しょっちゅう罵ってばかりの彼の口癖に文句をつける人に倣えば、パイプはいつも地獄の火で燃えていたのだ。

このお歴々三人は前に進みでると、三者三様のやりかたでイーサン・ブランドに挨拶しては、なにやら黒い瓶に入ったものを飲むように執拗に勧めた。さらに、その中に〈許されざる罪〉よりも遙かに探しがいのあるものが見つかると言いつのった。ただ一人で激しい瞑想にふけり、自ずと忘我の熱の頂点に上りつめた心にとって、今イーサン・ブランドが直面させられている低俗で野卑な考え方や感情はとうてい耐えられるものではない。彼に疑いの念が生じた——しかもおかしなことに苦痛に満ちた疑念だ——自分は本当に〈許されざる罪〉を、それも自分自身の内部に見つけたのだろうかという疑いだった。己の生涯を、いや生涯以上のものを使い尽くした命題すべてが妄想だったように思われた。

「俺に構うんじゃない」吐き捨てるように答えた。「燃えるような酒で己が魂を自ら破滅させてしまったこの獣どもめ！　お前たちには用はない。ずっと昔、お前たちの魂を探ってみたが、俺の目的に叶うものは何ひとつ見つからなかった。さっさと失せろ！」

「なんだと、この礼儀知らずの悪党め」かっとしやすい医者が怒鳴り返した。「親友たちの情けに対する返事がこれか？　それじゃ本当のことを言ってやろう。貴様はあそこのジョー坊やと同じで、〈許されざる罪〉なんか見つけちゃいない。お前は儂が二十年前に言った通りただ狂っているだけだ——狂人以上でもなければ以下でもなく、このハンフリー爺さんにうってつけの相棒だ！」

医者は、粗末な洋服に身を包み、白髪は伸び放題、やせこけた顔に目をおどおどさせている老人を指さした。かなり年配のこの老人は何年も前から、山がちのこのあたりをうろつくようになり、会う人ごとに自分の娘を知らないかと尋ねた。どうやら娘は、サーカスの連中についていったらしい。時おり消息が知らされ、きらきら光る衣装をまとって馬に乗り、リングを駆けめぐっているとか、見事な綱渡りを披露しているといった類いの華やかな噂も語られていた。

そして今、白髪の父親はイーサン・ブランドに近づき、その顔を頼りなげに見やった。

「噂じゃあんたさんは、世界中をくまなく回られたそうだから」老人は一心に両手をもみしだきながら語りかけた。「わしの娘に会われたに違いない。何しろ娘はすごく有名人だし、誰も彼もが娘を見に行くそうだから。あの娘は老いた父親《てておや》になにか言付けを頼まなかったかな、いつ帰るか言わなかったかな？」

イーサン・ブランドは、老人の視線を浴びて目が泳いだ。老人が心から伝言を聞きたがっているその娘こそ、ぼくたちの物語のエスターなのだ。あれほど冷酷無比な目的のために、イーサン・ブランドが心理的実験の被験者に仕立て、その過程で魂を消耗させ、吸い尽くし、おそらくは破滅させてしまった当の娘なのだ。

「そうだ」白髪の流浪の老人から目を背けながら、イーサン・ブランドは呟いた。「妄想なんかじゃない。〈許されざる罪〉は実在するんだ！」

こうしたやりとりが続いているというのに、泉の湧き出る傍らに立つ小屋の戸口には威勢のよい明かりが届き、その中で愉快な光景が繰り広げられていた。大勢の村の若い男女が、子供の頃から耳にたこができるほど聞かされていた数々の伝説の男イーサン・ブランドを一目見たいという好奇心に駆られて、大急ぎで山腹を登ってきていた。しかしながら、外見に抜きんでたところは見あたらない。着ているものはお粗末だし、靴だって埃まみれ、日焼けしたただの放浪者に過ぎない。彼は石灰窯を覗きこみ、燃えさしに囲まれて何か絵でも見えると思っている様子だ。それで若者たちはあっという間にイーサン・ブランド見物に飽きてしまった。偶然にも、手近なところに別の余興が現れた。村人たちが山道をそれたとき、背中にジオラマを背負った旅回りの年老いたドイツ系ユダヤ人が、村に向かって降りてきた。日銭稼ぎをしようと芸人は石灰窯まで村人についていった。

「なあドイツの爺さん」ひとりの若い男が大きな声で言った。「一見の価値があると誓うなら、ジオラマを見てやろうじゃないか」

「へいへい、大将、合点承知の助」礼儀が正しいのか、商売上の損得なのか知らないが、この爺さんは誰にでも大将の肩書きを進呈した。「いやはや正真正銘の名作をお見せします!」

うってつけの場所に見世物箱を据え付けると、若い男女に機械にくっついているガラスの覗き窓から中を見るように促した。そして美術のお手本と呼ぶには無礼千万な駄作、凡作を次々に見せていった。取り囲んだ見物衆に旅回りの芸人たちが押しつける中でも最低に属するものだった。そればかりか、作品は手擦れで掠れ、ぼろぼろで、一面皺だらけ、タバコの煙ですすけ、そうでない場合も哀れすぎる状態だった。中にはヨーロッパの都会や、広大な公共建築、荒れ果てた古城を描いているらしいもの。他にナポレオンの戦争画やネルソンの海戦、そして中央には必ず日焼けして茶色に染まった毛むくじゃらの巨大な手が現われ――〈運命の手〉と誤解されるかもしれないが、種明かしをすれば芸人の手にほかならない――様々な戦闘場面を人差し指で示しながら、指の持ち主が歴史的な解説を喋るという寸法。長所などなにひとつない呆れかえるような見世物が笑いの渦を巻き起こして終わると、そのドイツ人はジョー坊やに、頭を見世物箱の中に差しこめと命じた。拡大鏡を通して眺めると、バラ色をした少年の丸顔は、想像を遙かに超えて巨大化した。巨人族の子供の顔で、にこりと笑うその口は膨張し、この冗談に目も耳も鼻も笑いに溢れかえった。ところが突然その笑い顔は蒼白になり、恐怖の表情に取って代わられた。神経が繊細で何事にも感じやすいこの子は、イーサン・ブランドの目が覗き眼鏡から自分を凝視していることに気づいてしまったのだ。

「大将、あんたがこの坊ちゃんを怖がらせるんだ」ドイツ系のユダヤ人はしゃがんだまま、日焼けした厳つい顔を上に向けて言った。「ですが、もう一度覗いてご覧なさい、うまくいったらすごーく貴重なものを見せて差し上げますよ、間違いなく！」

イーサン・ブランドはチラッと箱を覗きこむと、さっと後ずさりしてドイツ人を睨みつけた。イーサンは何を見たのだろう？　いや、おそらく何も見なかったはずだ。と言うのは、好奇心に駆られた青年がほぼ同時に覗きこんだが、見えるのは何も描かれていない画布だけだったのだから。

「お前の正体がやっと分かったぞ」イーサン・ブランドは見世物師に呟いた。

「ああ大将」ニュールンベルグのユダヤ人は、陰気な笑いを浮かべながら囁いた。「あれを――〈許されざる罪〉を見世物箱に入れておくには荷が勝ちすぎる！　大将、大げさじゃなく、これほど日がな一日長々と山道を運べば両肩は凝りに凝っておる」

「騒ぐんじゃない！」イーサン・ブランドは厳めしい声を出した。「いやなら、そこの石灰窯に身を投げろ！」

ユダヤ人の見世物が終わるやいなや、集まっている人が誰も飼い主だと名乗らず、一匹狼の野良犬らしい大きな老犬が姿を見せ、みんなの注目を集めるに相応しいと思った。今まで、ひどく温和しくしつけの行き届いた犬らしく、次々にみんなの周りを歩き回って、挨拶代わりにごわごわした頭を差し出し、厄介がらない客人たちに撫でてもらっていた。ところが突然、この落ち着いて貫禄のある動物は、誰に煽られたわけでも全くないのに、ただの気まぐれから、自分の尻尾をくるくる追いかけ始めた。この振る舞いの滑稽さを際立たせるかのように、尻尾もあるべき長さよりずっと短かった。とうてい捉えられないものをがむしゃらに追いかけるその熱意たるや前代未聞だった。唸り声をあげ、歯を剥きだし、咆哮、噛みつきそうな仕草など耳に入ったためしがない——この滑稽な動物の一端は、もう一端と許しがたい不倶戴天の敵意によって結ばれているかのようだ。野犬が円を描くスピードが早くなればなるほど、追いつくのが不可能な短い尾はますます素早く逃げるようになる。怒りと敵意の発する甲高い吠え声はますます大きくなっていく。とうとう目的に一歩も近づかないまま疲労困憊し、愚かな老犬は始めたときと同じようにいきなり、追跡をやめた。とたんに野犬は、最初強引に友だちになろうとしたときのように、穏やかで温和しく、道理をわきまえた上品な犬に戻った。

当然ながらこの余興は全員に大爆笑で歓迎され、拍手喝采を浴び、アンコールの叫びが起きた。犬の芸人は求めに応じ、ありったけの短い尻尾を振り回したが、あれほど見物衆を喜ばせた芸当は二度と繰り返しそうになかった。

イーサン・ブランドの方は元の丸太に席を占めていたが、自分の場合と、自分の尻尾を追いかけた犬の間にはごくごくかすかな類似を見てとって心を動かされたのか、出し抜けにすさまじい笑いを放った。そのことは他の何物よりも、イーサンの内面の状況をはっきりと表していた。その瞬間から集まった人々のお祭り騒ぎは終わった。みんなは、その不吉な笑いが地平線にあたって反響し、山々は轟音を伝え合い、その笑いのもたらす恐怖は自分たちの耳にいつまでも残るのではないかと恐れて肝をつぶし、その場に立ち尽くした。それからお互いに、もう夜も更けた――月はほとんど沈み――八月の夜は寒さを増した――と囁き合い、招かざる客人の面倒は石灰焼きとジョー坊やに好きにやらせることにして家路を急いだ。この三人を除けば、森の広大な闇の中にできた山腹の空間には誰ひとりいない。黒々とした闇の境界の向こうでは、若い樫や楓、ポプラなどのやや淡い新緑が混じり合い、堂々たる松の幹や、黒に近い松の葉振りともども石灰窯の火にぼんやり照らされている。反対に、枯れ葉の散り敷かれた大地ではあちらこちらに朽ちた巨木が死の床に横たわっている。臆病で繊細なジョー坊やには、沈黙の森が何か恐ろしいことの起きるのを息をのんで待っていると思われた。

イーサン・ブランドはさらに薪を火の中に押しこみ、石灰窯の扉を閉めた。それから肩越しに石灰焼きとその息子を振り返り、勧めると言うより命令口調で、小屋に入って寝たらどうかと言った。

「俺は寝れんのでね」と彼は言った。「俺自身のことでじっくり考えなくちゃならんことがあるんだ。昔取った杵柄で、火の番は俺がしてやる」

「で、窯から悪魔を呼び出して話し相手にするってわけだな」バートラムは、先ほど述べた黒い酒瓶と懇ろな友だちになりながら呟いた。「だが、よかったら見張りを頼むよ、好きなだけ悪魔を呼び出しても結構！　あっしの方は、寝られりゃそれだけ有り難いってものだ。おいで、ジョー！」

少年は父親の後から小屋に入っていきながら、旅人の方を振り返ったとき、涙が溢れてきた。優しい心根の少年は、この男をすっぽり包んでいる寒々とした恐るべき孤独を本能的に感じ取ったのだ。

二人の姿が消えると、イーサン・ブランドは燃える薪の爆ぜる音に耳を傾けながら、扉の隙間からちろちろと吹き出す炎を見つめていた。しかしながら、昔慣れ親しんでいたこのような些末事は、彼の注意をいささかも引かなかった。だが心の奥深くでは、彼が全霊を捧げた探求がもたらしたゆっくりとではあるが凄まじい変化を噛みしめていた。彼は思い出していた――過ぎ去った過去にも炎を見つめ、炎が燃えている間に絶えず思索を重ねた素朴な、人を愛する人間であった自分に、夜露が落ちてきたこと――黒々とした森が囁いたこと――無数の星の光が降り注いだことを。後に彼の人生を左右することになる様々な想念を思い描き始めた最初の頃を思い出した。あの頃は、この上もなく優しい思いやり、人類全体に対する愛と共感、人の犯す罪と苦悩への同情を持っていた。その頃、どれほどの敬意をこめて、他人の心の中を覗きこんだことか――心とは元々聖なる神殿であり、どれほど汚されようと同胞たちによって冒さざるべきものと見なしていたからだ。さらにどれほど恐れ畏みながら己が探求の成就が成りませんように、〈許されざる罪〉が啓示されませんように、と祈ったことか。そのあと知性が際限なく成長し、次第に理性と心情の釣り合いがとれなくなった。彼という命に取り憑いた〈観念〉は、彼を成長させる手段として力をふるった。彼の能力を目覚めさせどんどん成長させ、感じ取れる限りの頂点に至らしめた。〈観念〉は彼を無知な労働者の段階から上昇させ、星の輝く天空にまで引き上げた。どれほど高等教育を身につけた地上の学者といえ、その高みにまで彼を追うことは無理な相談だった。知性のことはもういいだろう！　だが、心情の方はどうなったのか？　心情は、まさしく、無に帰した――萎んでしまった――強ばった――消滅したのだ！　世間の人々と一緒に鼓動することを止めてしまった。人間性という互いに惹かれあう鎖を手放してしまったのだ。彼はもはや、我々に共通する人間性が住まう部屋のドアを、あるいは人間故に犯す罪深い牢獄の扉を聖なる共感という鍵で開く人間同胞ではなくなった。その鍵は、あらゆる人間の秘密を共有するために彼に与えられた権利なのだが。今の彼は冷酷な観察者であり、人間を実験材料としか見なさない。そしてとうとう、男も女も自分の操り人形に変え、糸を操って、研究に必要な様々な罪を犯させるにいたった。

こうしてイーサン・ブランドは悪魔になった。彼の道徳心が知性の進歩についてゆくのを止めた瞬間からそうなり始めたのだ。そしていま、最大の努力とその結果として否応なく得られる最高の成果として——生涯をかけた彼の努力が生み出した輝かしく豪華な花、香り高い甘美な果実として——彼は〈許されざる罪〉を生み出したのだ！

「俺はこれ以上、何を求めるべきか？　これ以上、何をなすべきか？」イーサン・ブランドは独りごちた。「俺の仕事は終わった、しかも大成功だ！」

丸太から立ち上がるときびきびした足取りで、石造りの石灰窯を隙間なく囲むように盛り重ねた土の小塚を登り、一番上に達した。直径十フィートほどの空間になっていて、窯の中に放り込まれたおびただしい大理石の塊の上部が見えた。これら大量の大理石の塊や破片は真っ赤に熱せられて、激しく燃えさかり、巨大な青い炎を吹き上げていた。上昇すると魔法の円陣にでも囲まれたか揺れ動いて踊り狂う、そして弱まってはまた勢いを盛り返し、休むことなく数限りないパフォーマンスを続けるのだった。独りぼっちの男は、恐るべき炎の中心に身を乗り出したので、熱気が一吹きあたれば、ひとたまりもなく打ち倒され、一瞬のうちに焦げてチリチリになると思われた。

イーサン・ブランドは、すっくと立ち、両腕を高く上げた。青い炎は顔の上で踊り、彼の表情にそぐうのはこれしかないという荒々しくてぞっとする色彩を与えた。それは、もっとも激しい苦しみの深淵に今まさに飛びこもうとする悪魔の顔色だった。

「ああ、〈母なる大地よ〉」彼は声を張り上げた。「そなたはもはや予の〈母〉にあらず、予の肉体が溶けて汝の胸に流れこむこともあらじ！　ああ人間たちよ、予はそなたたちとの同胞愛を捨て去り、その偉大な心を踏みつけにした！　ああ、かつては予を前進させ上昇させるように照らしてくれるかのようだった天空の星々よ！——すべてのものよさらば、永遠にさらば！　さあ来い、死を招く本質たる〈火〉よ、これからは汝が我が親友だ！　互いに抱き合おうではないか！」

その夜、石灰焼きとその幼い息子の微睡みの中を恐ろしい哄笑が、雷のごとくとどろき渡り、恐怖と苦悩の作り出す漠たる影が二人の夢につきまとった。朝日を浴びて目を覚ましたときにも、まだその粗末な小屋にその影が存在しているように思えた。

「起きろ、ジョー、起きろ！」石灰焼きは辺りを睨みつけながら叫んだ。「ありがたや、やっと夜が明けた。こんな夜をもう一晩過ごすくらいなら、一年間、一睡もせず石灰窯を見張る方がましだ。あのイーサン・ブランドの奴め、〈許されざる罪〉だなんて大嘘をついたあげく、俺に代わって何かをしてくれたわけでもない！」

彼は小屋から出た。そのあとから幼いジョーが父親の手をしっかり握ってついてきた。曙光がもうすでに山々の頂を金色に染めていた。谷間はまだ影になっているが、晴れた一日が大急ぎでやってくる兆しを見て、二人は嬉しそうにほほえんだ。村は、なだらかな起伏を描きながらそびえる山々にきっちり取り囲まれ、まるで〈神慮〉の偉大な手の窪みで安らかに憩っているかのようだった。どの家の輪郭もくっきり見え、二つある教会の小さな尖塔はそれぞれ天空を指し、日の光に輝く空から差してくるはずの輝かしい太陽の先駆けをきらめく風見鶏に受けとめている。旅籠兼居酒屋はもう起き出し、渋紙色に日焼けした駅馬車周旋人が、葉巻を咥え、階段のついたポーチに姿を見せている。あのグレイロック山は、めでたいことに黄金色の雲の王冠を頂いている。同じように、周りを囲む山々の中腹の所々にも、おもしろい形をした白い靄が層をなしてかかり、あるものは遙か下の谷間にくだり、あるものは山頂近くまでのぼり、さらに霞や雲の同類が黄金色に輝く上空の大気の中にたゆたっていた。山々に憩っている雲を次々に渡り、そこからもっと上空を流れる雲に登れば、まるで人間でも天の領域に登ることができるように思われた。白昼夢を見ていると思われるほど、大地と空はひとつに溶けあっていた。

〈自然〉がこのような光景にいつも持たせる、聞き慣れ見慣れたものの持つあの魅力を与えようとするのか、駅馬車が山道をガタゴト下ってきて、馭者が角笛を吹き鳴らした。すると谺がその音を捉え、様々な変化を加え、手の込んだ見事なハーモニーを創り出した、ただし元々の演奏者にそれを我が物という権利はいささかもないのだが。偉大な山々が自ら演奏会を開き、それぞれが軽やかで甘美な調べを奏でたのだ。

ジョー坊やの顔はたちまち明るくなった。

「父さん」坊やは陽気にスキップしながら叫んだ。「あの気味の悪い小父さんは行ってしまった、空も山もみんなして喜んでいるみたいだよ！」

「その通りさ」石灰焼きは凄まじい呪いの言葉を続けた。「だが、あいつのお蔭で火は消えてしまった、たとえ五百ブッシェルの石灰がだめになってなくとも、あいつのお手柄なんてとんでもない。この辺りでまた見かけたら、窯の中にたたき込んでやりたい気分だ！」

彼は、長い棒を手にして石灰窯の一番上に登っていった。一瞬の沈黙があって、息子に声をかけた。

「ジョー、ここに登ってこい！」と彼は言った。

そう言われて幼いジョーは土の山を駆け上り、父親の横に立った。大理石は燃え尽き、雪のように真っ白い見事な石灰になっていた。しかしその一番上に、それも丸い円の真ん中に――これもまた雪のように真っ白で、申し分のない石灰になっていた――長い苦労の末に、永遠の眠りについた人のような格好をした人間の骸骨が横たわっていた。不思議な話だが、人間の心臓にそっくりの石灰が肋骨に囲まれていた。

「あの男の心臓は大理石でできておったのかな?」この奇妙な事態に多少戸惑いを感じながら、バートラムは声を張り上げた。「とにもかくにも、こいつは焼け尽きて最高の石灰になったらしい。おまけにあいつのお蔭で、全部の骨を合わせりゃ、半ブッシェル分得をしたわい」

そう言いながら、情け知らずの石灰焼きは棒を振り上げ、骸骨の上に落とした――イーサン・ブランドの遺骨は粉々になった。

人面の大岩

ある日、太陽が沈み始めていた夕暮れ時、母親と幼い息子が小さな田舎家の玄関口に腰を下ろし、〈人面の大岩〉のことを話し合っていました。二人が目を上げさえすれば、何マイルも離れていても、〈人面の大岩〉は、陽光が目鼻立ちを明るく輝かせ、ハッキリと見えます。

ところで〈人面の大岩〉とは何でしょう?

高い山々に囲まれて、数千人の人が住めるほど広大な盆地がありました。この地に住む善良な人々の中には、周りを黒々とした森に囲まれ、険しくて登りづらい山腹に建つ丸太小屋で暮らす人たちがいました。他の人たちは快適な屋敷に居を構え、この盆地のよく肥えた、低い斜面や平らな土地を耕していました。さらにその他の人たちは、人口の多い村々に集まっていました。そこを流れる高い山々に源流を発する荒々しい高地の川も、人間の巧みな知恵に捉えられ飼い慣らされ、綿花工場の機械を回す仕事を強いられていました。つまりこの盆地に住む人々は、非常に数が多く、様々な生計の立て方をしていたということです。しかし大人も子供も含め全ての人が、〈人面の大岩〉に一種の親近感を抱いていたとは言え、この偉大な自然現象の特異さを感じ取る能力が、近隣の多くの人より抜きんでている人々もいたことはいたのです。

さらに言えば、〈人面の大岩〉は、〈大自然〉が威厳溢れる戯れ心を発揮して、幾つかの巨岩を適当な距離から眺めると人間の顔そっくりに見える位置に一挙に投げつけ、垂直な山腹に造りだした作品です。まるでとてつもない大男か、巨人族の一人が、自分そっくりの顔を絶壁に彫りこんだように見えます。百フィートもあるアーチ型に湾曲した巨大な額、長く伸びた鼻梁、この上もなく大きな唇は、もし喋れるなら盆地の端から端まで届く雷鳴のような音を轟かせたでしょう。確かに近づきすぎたなら、巨大な顔はその輪郭を失い、巨大きわまりない幾つもの岩が、乱雑に積み重なったただの残骸にしか見えないでしょう。しかし後ろに下がったならば、途方もない目鼻立ちが再び見えてくるでしょうし、もっと下がれば下がるほど、ますます人間の顔に似てくるでしょうし、最初に見えたとおりの神性を失うことは毫もないでしょう。さらに下がれば、遠く霞んできますが、雲や栄光に染まる山の大気に包まれれば、〈人面の大岩〉は必ず生きているように見えるのです。

男女を問わず、子供たちにとって〈人面の大岩〉を眺めながら成人するというのは幸せなことです。なぜなら目鼻立ち全体が気品高く、表情は威厳がありながら優しく、まるで大きくて温かな心は燃えており、人類全てをその愛情溢れる懐に入れても、なお余りあるほど大きな心のようなのです。〈人面の大岩〉を眺めるだけで勉強になるのでした。多くの人が信じていることに従えば、盆地が肥沃なのは、絶えず盆地に微笑みかけ、雲に光明を投じ、陽光に優しさを注ぎこむこの情け深い顔立ちが大いに恩恵を施してくれたからなのです。

この物語の最初で触れたように、母親と幼い息子が田舎家の戸口に坐り、〈人面の大岩〉を見つめながら、それについて語り合っていました。息子の名前はアーネストといいます。

「母さん」とアーネスト。巨大な人面は彼に微笑みかけています。「あの顔が喋ってくれたらなあ、だってとっても優しそうに見えるから、声だってきっと気持ちいいに決まっているからさ。もしああいう顔の人に出会うことがあったら、きっと大好きになっちゃうな」

「もし昔の予言が当たるとすれば」母親が応えました。「いずれあれとそっくりの顔をした人に出会うんだって」

「予言て何のことなの、母さん？」アーネストは意気込んで尋ねました。「みんな教えてよ」

そこで母親は、幼いアーネストよりもっと幼かった頃に自分の母から聞いた話を息子に語りました。話は過去の事ではなく、未来のことでした。とは言え、話は非常に古いものでしたので、以前この盆地に住んでいたインディアンたちでさえ、先祖から聞いたのであり、それは山を流れる川が囁いたものであり、木の梢を吹き抜ける風が呟いたものであったと彼らは主張してやまなかったのです。つまるところ、未来のある日、その時代を代表する気高くて偉大な人物になる運命を持つ一人の子供がこの近くで生まれ、大人になると〈人面の大岩〉に生き写しの容貌を帯びるだろうというものでした。少なからぬ古風な人々や、同様の若者たちも、自分の期待に夢中になって、今でもこの古い予言を変わらずに大切にしていました。しかし他の人たちは——世間のことをよく知り、待ちくたびれて苛立つほど目をこらしていましたが、そういう容貌の男を見ることはなく、近所の人たちより偉大で気高いことが証明されるような人に会うこともありませんでしたので——愚にもつかない作り話に過ぎぬと結論づけていました。とにかく予言の偉大な人物は未だに姿を見せていませんでした。

「ああ母さん、母さん」アーネストは頭の上で両手を叩きながら叫び声を上げました。「その人に会うまで、ボク、長生きできるといいんだけど！」

母親は、優しくて思いやりのある女性だったので、息子の大きな夢に水を差すのは最善の策ではないと思いました。そこで――「たぶん、できるとも！」とだけ言いました。

そしてアーネストは、母が語ってくれた話を決して忘れませんでした。〈人面の大岩〉を見るたびに、いつもその話が心にわだかまっていました。丸太小屋に生まれた彼は、幼年時代をそこで過ごし、母の言いつけをよく守り、手伝いの労をいとわず、小さな手で母をよく助けただけでなく、愛情深い心でもっともっと母を助けました。こんな風にして、幸せとは言え物思いに浸りがちな幼年期から、温和しく物静かで控えめな少年に成長していったのです。畑仕事で日焼けしていましたが、有名な学校で教育を受けた多くの少年たちに見られるより、もっと知性に輝く顔立ちをしていました。しかし、アーネストは先生についたことはありませんでした。例外は〈人面の大岩〉が先生になってくれる時だけでした。一日のつらい労働が終わると、〈人面の大岩〉を何時間も眺め続け、おしまいには自分自身の崇拝の念に応えて、その巨大な顔面が彼をアーネストと認め、親切心と勇気を与えてくれる微笑みを送ってくれていると想像し始めるのでした。我々はこれを錯覚だと認めてはいけません、たとえ巨岩がアーネスト以外の全ての人に同じ優しい視線を投げかけているとしてもです。そうではなく、少年の繊細で人を信じやすい誠実さが、他の人の目には見えない事柄を見抜いたというのが、この謎の正体なのです。こうして本来は全ての人に向けられた〈大岩〉の慈愛が、彼のみに分け与えられることになったのでした。

ちょうどその頃、大昔から予言されていた〈人面の大岩〉によく似た偉大な人物がついに現れたという噂が、盆地中に流れました。こういうことのようでした――遙か以前にひとりの青年が盆地から出て行き、遠い港町に腰を落ち着け、小金を貯め込んで店を開きました。彼の名前は――と言ってもそれが本名かどうか、あるいは性癖や、人生における成功から生まれた仇名かは私には分かりませんでしたが――ギャザーゴールド《強突張り》と言いました。目端が利く上に積極的で、世間が幸運と呼ぶ物に出会うと大きくなってゆくあの不可解な能力を神から与えられていたので、莫大な富を持つ商人に成り上がり、商品を大量に詰める商船を一船団丸ごと傘下に収めていました。世界中のあらゆる国々が、山のように積み上げたこの男の財産をひたすらさらに積み増すよう協力しているように思われました。北極圏の陰鬱な闇に包まれていると言えそうな北方の酷寒の地は、毛皮の形で貢ぎ物を送って寄こしました。酷暑のアフリカは彼のために川の砂金をふるいにかけ、森の巨象の象牙を集めました。東洋は、豪華なショール、香辛料、紅茶、きらきらと輝くダイアモンド、汚れのない光沢を放つ大粒の真珠をもたらすようになりました。大洋も陸地に負けず、巨大な鯨を引き渡し、ミスター・ギャザーゴールドはその油を売って利益を上げることができるのでした。元々の品物が何であるにせよ、彼の手に収まれば黄金になるのでした。神話に出てくるミダス王のように、彼が指で触れば、あらゆる物が光り輝いて黄金色になり、あっという間に貴金属に変わるか、彼にはもっと好都合なことに、硬貨の山に変わると言っていいかもしれません。そしてミスター・ギャザーゴールドが自分の財産を数えるだけで百年はかかりそうなほどの大金持ちになったとき、故郷の盆地のことを思い出し、生まれ故郷に戻って生家を終の棲家にしたいと考えました。その目的を念頭に置き、彼ほどの莫大な資産家が住むに相応しい大豪邸を建てさせるために腕の良い建築家を派遣しました。

すでに述べたように、ミスター・ギャザーゴールドが長い間探しても見つからなかった予言の人物であることがはっきりし、顔立ちも〈人面の大岩〉と寸分違わないほど生き写しであるという噂が以前から盆地中に噂として流れていました。父親の古びて朽ち果てた農家のあった敷地に、まるで魔法をかけたみたいに、壮麗きわまりない大邸宅が眼前に姿を見せたとき、みんなはますますこれが夢物語のはずなどないと思ったのです。外壁は大理石で造られ、眩しいほど白く輝いたものですから、まるで建物全体が太陽に照らされて溶けてしまうように見えました、ちょうど、ミスター・ギャザーゴールドが遊び盛りの頃、つまり彼の指が、触れれば全ての物を黄金に変化させる能力に恵まれていなかった頃、せっせと雪で作る癖のあったささやかな家屋敷のように。豪華な装飾を施したポルチコは円柱に支えられ、その下の見上げるような扉には銀の鋲が打ち付けられ、海の向こうから運ばれてきた斑入りの種類の木材で作られていました。荘重な部屋の窓は床から天井まで届き、一枚一枚が巨大な一枚ガラスでできており、曇り一つなく透き通っていたので、空っぽの大気よりももっと透明度が高いと言われていました。誰一人としてこの大豪邸の中を見ることは許されていないも同然でしたが、いかにも尤もらしく、外観よりも内部はもっと遙かに豪華で、そのため、他のお屋敷では鉄や真鍮で作られているものが、ことごとくこの大邸宅では銀か金で作られているという噂が流れていました。特にミスター・ギャザーゴールドの寝室は、豪勢に煌めいていたので、普通の人はその部屋で目をつむることはできないような装いでした。しかしその一方で、ミスター・ギャザーゴールドは財産に慣れてしまった今となっては、財宝の光が彼の瞼の下に入り込んでこない限り、目をつぶることができないのではないだろうか、云々。

間もなく大邸宅は竣工しました。次いで、豪華な家具類とともに絨毯のたぐいも到着しました。それから、ミスター・ギャザーゴールド御大自身が、夕刻に到着するはずという先触れよろしく、黒人、白人の全ての召使いがやってきました。一方で我が友アーネストは、偉大なる人、気高い人、〈予言の人〉がこれほど長い間遅れたあげく生まれ故郷の盆地にとうとう姿を現すのだと思うと、深い感動を覚えました。彼は少年であったけれど、ミスター・ギャザーゴールドは莫大な富を用い、数限りない方法で自らを慈善の天使に変え、〈人面の大岩〉の微笑みに負けないほど広大で恵み深く、人間界の諸々をコントロールすることを承知していました。信頼と希望に満ちて、アーネストは人々の言っていることに嘘はないと信じ切り、山腹に彫られた驚くほど素晴らしい表情の生き写しの人物にまさに会おうとしていることを疑っていませんでした。少年がなおも渓谷を見上げていると、いつもそうなのですが、〈人面の大岩〉が彼の視線を見返し、優しく眺めてくれると思ってしまいます。そのとき、曲がりくねった道を猛烈な早さで近づいてくる車輪の轟きが聞こえてきました。

「さあ来たぞ！」到着を見ようと集まっていた一団の人々が叫びました――「偉大なミスター・ギャザーゴールドの御到来だ！」

四頭立ての馬車が猛然と角を曲がってきました。馬車の窓からは少し体を乗り出した小柄な老人の顔立ちが見えました。ミダス王に例えられるその手が力を振るったのか、老人の肌は黄色みを帯びています。狭い額、小さくて鋭い目、無数の皺がより、非常に薄い唇、その唇は力をこめて一文字にしているためさらに薄くなっています。

「〈人面の大岩〉に生き写しだ！」集まっていた人々は叫びました。「まさしく古い予言は本当だった、とうとうあの偉大な御仁がここに現れたのだ！」

　そしてアーネストを一番当惑させたのは、噂通りに生き写しの男がここに現れたということを、みんなが本当に信じているらしいということでした。偶然道ばたに乞食の老婆と二人の小さな子供の乞食が姿を見せていました。ずっと遠くの土地から迷いこんだ浮浪者で、馬車が轟音を立ててやってくると、三人とも両手を突きだし、悲しげな声を張り上げ、どうかお恵みを、と哀れっぽく叫びました。黄色いかぎ爪が——莫大な富をかき集めたのと同じ爪が、馬車の窓から突き出され、銅貨を数枚道ばたに投げ落としました。そのため、偉大な人の名前は黄金を集めるミスター・ギャザーゴールドが相応しいと思われてきたかもしれませんが、銅貨をまき散らす人を意味するスキャターコッパーという綽名の方がぴったりではないでしょうか！　それでもしかし、人々は熱烈な歓声を上げ、以前と少しも変わらぬ誠意を込めて大声で呼びかけました——

「あの人こそ〈人面の大岩〉に生き写しだ！」

　しかしアーネストは皺だらけで抜け目のないその浅ましい〈人面の大岩〉に悲しげに背を向け、盆地の山を見上げ、今にも沈みそうな夕日を浴びて黄金色に染まった霧がおし寄せてくる中央に、心の中に刻まれたあの荘厳な顔を依然として見て取ることができました。その顔を見ると元気が湧いてきました。あの慈悲深い唇は何を語ったように見えたのでしょうか？

「彼はやってくるよ！　心配することはない、アーネスト——彼はやってくるよ！」

　歳月が流れ、アーネストは少年期を卒業しました。もう一人前の青年になりました。彼は、盆地に住む他の人々の注目を引くことは殆んどありませんでした。その訳は、彼の毎日の生活に驚くに値することを人々は見いださなかったからです、例外は、一日の仕事が終わっても、みんなから離れ、〈人面の大岩〉を見つめ瞑想にふけるのが好きだということでした。この件に関する人々の考え方によれば、確かにばかげた習慣には違いないが、勤勉で親切、近所付き合いも良く、それに熱を入れすぎて義務を怠ることのない以上、許せることでした。彼らは、〈人面の大岩〉が彼の先生になり、その顔に表れている感情は青年の心をどんどん膨らませ、他の人々の心よりもっと広い、もっと深い同情心でいっぱいにしていたことを知りませんでした。その〈大岩〉から、書物で学ぶことのできるよりもっと優れた知恵が生まれてくることをみんなは気づきませんでした。アーネスト自身も、自分が畑や家の炉端にいるとき、さらには人生を築けることも知りませんでした。他人の醜い人生を手本にするより、もっと立派な瞑想にふけっているあらゆる場所で、自然に湧いてくる考えや愛の方が、他の人みんなが彼と共有している考えや愛よりも薫り高いものであることを知りませんでした。彼は、母から古い予言を初めて教わったときと同じ素朴な気持ちで、盆地を晴れやかに見下ろしているすばらしさの極致と言える顔を見つめ、同じ顔立ちの人間が現れるのがこれほど遅いのはどうしてかと相変わらず訝しんでいました。

この頃にはミスター・ギャザーゴールドは亡くなり墓の下でした。全く腑に落ちないことに、彼という存在を支えていた肉体と精神ともいうべき富が、亡くなるずっと前に消え失せ、後に残ったのは皺だらけで黄色くなった肌に覆われた生きた屍だけでした。彼の財産が溶けて流れ去ると、しょせん破産した商売人の卑しい顔には山腹の巨大な顔に似ているところなどまるでないことを誰もがやっと認めるようになりました。そんなわけで、人々は彼が生きているうちから尊敬するのをやめ、亡くなったあとは、何事もなかったかのように忘却の淵に沈めてしまいました。たまには、彼が建てた巨大な豪邸との関係で、本人のことも思い出されるのは確かです。その豪邸は自然が作り出した名高い奇観である〈人面の大岩〉見物に夏が来ると大挙して押し寄せるよそ者たちを泊めるため、ずいぶん前にホテルに改装されていました。こうしてミスター・ギャザーゴールドは面目をなくし、忘れ去られ、〈予言の人〉の出現は先のことになりました。

ずいぶん昔のことですが、この盆地に生まれ育った青年がたまたま徴兵され、数多くの激戦をくぐり抜け、いまでは傑出した司令官になっていました。歴史の上でどう呼ばれていようと、駐屯地や戦場では〈血に飢えた荒武者〉という綽名で知られていたのです。戦いに疲れた古強者は寄る年波と傷の後遺症で今ではすっかり生気をなくし、軍人暮らしの苦労に嫌気がさし、長きにわたって彼の耳で鳴り響いていたドラムの轟きやラッパの騒音にも飽きて、記憶の中で故郷に残してきたと思う安らぎを見つけようと願い、生まれ故郷の盆地に戻るという気持ちを口にしました。盆地の住人たち、つまり古くから知っている近所の人や、成長したその子供たちは、この高名な軍人を祝砲と公式の晩餐会で歓迎することにしました。それだけにとどまらず、とうとう〈人面の大岩〉に生き写しの人が本当に姿を現したと言って有頂天になったのです。この盆地を通った〈血に飢えた荒武者〉の副官は、よく似ているので驚いたという噂も流れました。おまけに、将軍の学校友達や若い頃を知っている人たちが、覚えている限り、当の将軍は子供の時でさえ、威厳のあるあの顔に非常に似ていたと、神掛けて証言する意思を持っていました。最もその頃はそのような思いは浮かばなかったのですが。ですから盆地中の興奮は最高潮に達しました。これまで何年にもわたって〈人面の大岩〉をじっくり眺めようと思ったことのまったくない多くの人々も、いまでは〈血に飢えた荒武者〉がどれほど似ているかはっきりさせようと、大岩凝視に時間を費やすようになりました。

大祝典の当日、アーネストは盆地に住む人々と同じように、仕事を止め、晩餐会が準備されている森へ出かけました。会場に近づくと、牧師のバトルブラスト《戦闘の雄叫び》博士の大きな声が聞こえてきました――みながその栄誉を称えるために集まった類い希な〈平和の友〉と、目の前に並べられたすばらしい食べ物に神の祝福が与えられることを祈る声でした。食卓は森を切り開いた場所に並べられ、空き地を囲い込むようにぎっしりと樹木が茂っていますが、東の方だけは見通しがきき、遙か彼方に〈人面の大岩〉を望むことができました。ワシントンの屋敷から持ってきた思い出深い将軍の椅子には、幾本もの緑の枝に月桂樹をふんだんに差し込んだアーチが架けられ、一番上には国旗が翻っていました。その旗の下で将軍は幾多の勝利をおさめたのです。高名な主賓を一目見たいと思った我が友アーネストはつま先立ちで背伸びしました。しかし、乾杯の発声やスピーチを聞きたいと思ったり、それに応えて将軍から漏れる言葉を一言でも耳にしたいと思っている大勢の人々が食卓の周りを取り囲んでいました。おまけに護衛の役を果たす有志の一団がいて、押し寄せた人々の中で特におとなしい人を目がけ情け容赦なく銃剣を突きだしていました。そのため控えめなアーネストは、かなり後方に押し出され、〈血に飢えた荒武者〉の顔を見ることはかないませんでした。未だに戦場で彼の顔が輝いていたとして、それを見ることがかなわないのと同じでした。自らを慰めるように、彼は〈人面の大岩〉の方に体を向けました。それは誠実な昔なじみの友のように、森から見通せる彼方から彼を見返し微笑みかけてくれました。しかしそうしている間にも、英雄の顔立ちと遠くに見える山腹の顔を比べている多くの人々の意見が耳に入ってきました。

「寸分違わずそっくりだ!」一人の男が嬉しさに跳ね回りながら叫びました。
「驚くほど似ている、間違いなしだ!」もう一人が応じた。
「似ているって!――いやいや、あれは巨大な鏡に映った〈血に飢えた荒武者〉ご自身だよ!」三人目が叫びました。「だって当然だろ? 間違いなくあの方こそは、いつの時代であっても一番偉大な人物だ、間違いなし」

それから三人がそろって大きな歓声を上げると、電気のように全員に伝わり、数え切れない人々の声が一つの雄叫びを生み出し、それが山々の間を何マイルも何マイルも響き渡り、ついには〈人面の大岩〉が雷鳴のような呼気をその叫びに吹きこんだかと思われるようになりました。こうした言葉や途方もない熱狂ぶりはますます我が友の興味をかき立て、彼は、とうとう山の顔が、人間の相棒を見つけたということを疑おうとしなくなりました。確かにアーネストは、長い間待ち望まれている人物は、〈平和の人〉として姿を現わし、知恵ある言葉を語り、善行をなし、人々を幸せにしてくれるだろうと想像していました。しかしいつも通り狭い考えにとらわれず、素朴さを全面に出して、神慮は人類を祝福するのに独自の方法をお選びになるとしっかり言い聞かせ、もしも測り知れない〈神の叡智〉が、かくあるべしと思われたのなら、人類を祝福するという偉大な目的が軍人と血まみれの刀によっても果たされうると思うことさえできたのです。

「将軍だ! 将軍だ!」という叫びがそのとき上がりました。「黙るんだ! 静かにしろ! 〈血に飢えた荒武者〉翁の話が始まるぞ」

その通りです、食卓の上が片付けられ、将軍の健康を祝して拍手喝采の中で杯が干されると、今度は将軍が立ち上がって集まっている人々に謝意を表しようとしたからです。アーネストは将軍を見ました！　確かに将軍はいました、群衆から頭ひとつ抜けだし、二つの輝く正肩章と刺繍を施した襟から上の部分です。そこは月桂樹の混じった緑の枝で作られたアーチの下で、国旗が垂れ下がってその顔を隠そうとしているみたいです！　更にそこには、見通しのきく森の空間の向こうの〈人面の大岩〉もまた同時に姿を見せていたのです！　そして人々が証言するほどの類似は本当にあったのでしょうか？　残念ながらアーネストには類似を認められませんでした。彼が見たのは、生気に溢れ、鉄の意思の持ち主であることをはっきり示す、戦いに疲れ風雨に曝された顔でしたが、〈血に飢えた荒武者〉翁の顔には、洗練された叡智、深くて広く、その上優しい同情といった物は全く欠けていました。例え厳しい指揮官の表情を帯びた場合でも、〈人面の大岩〉はそれを上回る優しさで和らげてくれるのではないでしょうか？

「将軍は〈予言の人〉ではない」人混みから離れながらアーネストは胸の裡で嘆きました。「ぼくたちはまだこの先を待たなきゃいけないのだろうか？」

霧が遠くの山腹に集まり、その霧の中から畏怖の念を起こさせるが慈悲深い〈人面の大岩〉の巨大で威厳に満ちた顔立ちが見えます、まるで巨大な天使が、金色と紫の雲でできたローブをまとって山々に囲まれて腰を下ろしているようでした。アーネストは眺めているうちに、唇は全く動かないのに、〈人面の大岩〉の顔全体に微笑みがひとつ浮かび、なおも明るく輝いているとしか信じられませんでした。おそらく彼と彼が眺めている対象の間を流れてゆく薄く広がる蒸気に西日が溶けこんだせいではないでしょうか。それでも——いつものことですが——驚くべき友人の表情はアーネストに、まるで一度も期待を裏切られたことがないかのように希望を抱かせてくれました。

「恐れることはない、アーネスト」胸の裡で言いました、まるで〈人面の大岩〉が囁いているかのようです。「恐れることはない、アーネスト、その人はきっと来る」

さらに歳月が駆け足で静かに流れてゆきました。アーネストは依然として生まれ故郷の盆地に住み、今では壮年になりました。ほんの少しずつですが、人々の間で名前を知られるようになりました。そうなっても今まで通り額に汗してパン代を稼ぎ、そしていつもと同じように素朴な心根の持ち主でした。しかし彼は考えに考え、深く深く感じ取っていました――人生の時間の大部分を人々のために何かすばらしい善行をなそうという浮き世離れした希望に費やしてきました。ですからまるで、天使たちと話し合っているみたいで、知らず知らずのうちに天使たちの叡智に染まっていくようでした。そのことは穏やかで思慮に溢れた日々の善行の中に見て取れ、その静かな日々の流れは行くところすべてに広大な緑の沃野を拡げてゆきました。慎ましい男とはいえ、彼が生きているだけでこの世が善くならない日は一日としてありません。彼は自分の進む道を一歩も踏みはずすことはありませんが、それでも隣人にはいつも祝福が届いていたのです。自分ではほとんど気づかぬうちに、説教師にもなっていました。純粋で単純素朴な彼の考えは、その手から静かにこぼれる善なる行為という形をとるばかりでなく、言葉となっても流れ出たのです。彼の語る真実は、それを聞く人々の生き方に影響を与え、その生活を作り上げてゆきました。おそらく彼の言葉を聞く人々は、隣人であり親しい友人であるアーネストが人並外れた人物だと思ったりはしなかったのではないでしょうか。ましてアーネスト自身は思っていませんでした。しかし当然のことながら、他の人が語ったことのないような思想が小川の囁きのように彼の口から出てきたのです。

人々は、しばらくして心の落ち着きを取り戻すと、〈血に飢えた荒武者〉将軍の獰猛な人相と山腹の優しい顔立ちが似ていると想像したのは間違いだと進んで認めました。ところが今度もまた、〈人面の大岩〉にそっくりの顔がさる傑出した政治家の広い肩の上に現われたと主張する噂が流れ、新聞にも盛んに取り上げられました。彼も、ミスター・ギャザーゴールドや〈血に飢えた荒武者〉翁と同じく、この盆地の出身ですが、若い頃にここを出て法律や政治に携わりました。大金持ちの財産や軍人の剣の代わりに、彼には弁舌の才だけしかありませんが、それは両者を合わせたより強力でした。驚くほど雄弁でしたので、どんな話題を選ぼうと、聴衆はひたすら彼を信じるだけでした。悪が善に、善が悪に見えるのです。なぜなら、その気になれば、単なる自分の息で一種の輝く霧を作り出し、自然の日光を曇らせることもできるからです。まことに彼の舌は不思議な楽器です。時には雷鳴のように轟き、時には限りなく心地よい音楽のように震えるのです。戦いのラッパであり――平和の歌でもあります。言葉に情け深い心など籠もっていなくても、籠もっているように思えました。確かに彼は驚くべき人間です。舌先ひとつで、考え得る限りの成功を収めると――その声が大議事堂や王侯貴顕の集まる宮廷で聞かれるようになると――国の内外に轟く叫びのように、弁舌のお蔭で世界中に名前が知られるようになると――ついには自分を大統領候補に選ぶよう同郷人を説き伏せるまでになりました。そうなる前に、つまり彼が有名になり始めてすぐ、彼の崇拝者たちは彼と〈人面の大岩〉の類似に気づきました。その類似に驚いたあまり、この高名な紳士は〈岩の顔を持つ翁〉という名前で盆地中に知れ渡りました。この綽名は、彼の政治的な将来にきわめて有益な影響を与えると考えられました。法王の位と同じように、本名以外の名前を持つことなく大統領になる人はまったくいないからです。

友人たちは彼を大統領にするべく全力を尽くし、一方〈岩の顔を持つ翁〉という綽名を持つ彼の方は生まれ故郷に向かう旅に出発しました。もちろん彼の目的は同郷の人々と握手を交わすことだけで、自分が故郷を廻ることが選挙にどのような影響を与えるかなど考えてもいなかったし気にもしていませんでした。この有名な政治家を歓迎する準備は大がかりなものでした。彼を州境で出迎えるために騎馬行列が出発しました。あらゆる人々が仕事を放り出し、彼がお通りになるのを見ようと道路沿いに集まりました。その中にはアーネストもいました。これまで私達が見てきたように、彼は一度ならず失望を味わっていましたが、とても信じやすく最後まで希望を捨てない性格でしたので、美しくて善に見える物ならなんでも信じようという気持ちをいつも持っていました。心の門を常に開けておくようにしているので、天上から祝福が降ってくれば、必ず受け取れる自信がありました。というわけで今度もまた、これまで以上に浮き浮きしながら〈人面の大岩〉と瓜二つの人物を見るために出かけたのです。

騎馬行列が高らかな蹄の音をたて、埃を猛烈に巻き上げながら踊るように進んできました。あまりにも大量の埃を空高く巻き上げたものですから、山腹の顔はアーネストの視界から完全に遮られてしまいました。近所に住む偉い人たちは全員馬に乗っています。軍服を着た民兵隊の将校たち、国会の議員たち、郡の保安官、新聞の論説委員たち。多くの農夫たちも一張羅を着込んで畑仕事を黙々とこなす馬に跨がっています。まさに輝くばかりの壮観です、ことに数知れぬ幟が騎馬行列の頭上に翻るときは文字通りの壮観です。何本かの幟には、著名な政治家と〈人面の大岩〉が、兄弟のように親しげに微笑み合っている肖像画が煌びやかに描かれていました。その肖像画が信じるに足りるなら、二人は驚くほど瓜二つであると言わざるをえません。音楽隊がいたことにも触れなければなりません、楽隊の音は山々に谺して、勝利の旋律を高らかに響かせました。そのため軽やかで魂を揺さぶる調べがあらゆる低い山々や窪地から湧き起こり、まるでこの有名な客を歓迎するために、生まれ故郷の盆地の隅々まで声を上げたみたいでした。しかし最も効果的だったのは、遙か遠くの山の絶壁がその音楽を投げ返してきたときです、なぜならそのとき、〈人面の大岩〉自身が、ついに〈予言の人物〉が現れたことを認め、大声で凱歌を上げているように思えたからです。

この間ずっと、人々は帽子を投げ上げ、大声を張り上げていました、興奮はすぐに伝染するものですから、アーネストの心も燃え上がりました。同じように帽子を投げ上げ、一番大きな声で叫びました

――「獅子王万歳！〈岩の顔を持つ翁〉万歳！」しかしまだその人物を見てはいなかったのです。

「さあやってきたぞ！」アーネストの近くにいた人々が叫びました。「ほら、ほら、あそこだ！〈岩の顔を持つ翁〉を見てから山の翁を見てみろ、双子のように似ていないかどうか確かめろ！」

煌びやかな騎馬の列の真ったただ中に、四頭の白馬に曳かれて進む幌を外した四輪馬車が見えてきました。その馬車の中には、帽子を脱いだ大きな顔の持ち主、すなわち有名な政治家〈岩の顔を持つ翁〉その人が坐っていました。

「認めろよ」と隣人の一人がアーネストに申しました。「とうとう〈人面の大岩〉も自分そっくりの片割れを見つけたってことを！」

ここで打ち明けておくべきなのですが、馬車から会釈をしながらにこやかに微笑みかけている顔を最初にちらりと見たとき、アーネストはそれと見慣れた山腹の顔には類似点があると想ったのです。聡明

さと高潔さに溢れる堂々たる額をはじめ、目鼻立ちその他も、間違いなくみんな、英雄像を写したと言うより、典型的な巨人族そっくりに大胆で力強く刻み出されていました。しかしながら、山腹の顔に光彩を添え、巨大な花崗岩の塊を霊妙な精神そのものに変えている崇高さ、厳めしさ、つまり神の慈愛の広大無辺さを示す表情は探しても見つかりそうもありません。何かが生まれつき欠けていたか、無くなってしまったのです。ですから驚くほど才能に恵まれたその政治家の瞳の奥には、いらだつ闇がいつも潜んでいるのです、おもちゃでは満足できなくなった子供のように、あるいは、ずば抜けた才能に恵まれながら高い志を持てない人のように。その人は、高い目標がもたらす現実味が欠けているため、立派な業績を上げても、その生涯は漠然としていて空疎なのです。

それでもアーネストの隣人は脇腹を肘でつつきながら、彼の答えを求めるのです――

「認めろよ！　認めろよ！　あの人は、あんたの好きな〈山の翁〉に生き写しじゃないかい？」

「いやです！」アーネストは素っ気なく言いました。「似ているところなんて少しも、いや全く見当りません」

「それじゃ、〈人面の大岩〉は気の毒千番ってことじゃないか！」隣人はそう応えて、〈岩の顔を持つ翁〉に向かって再び歓声を上げました。

しかしアーネストは、憂鬱そうに、そしていかにも落胆した様子で背中を向けました。予言を叶えられるかもしれない人物に、その気がないのを見ることほど彼を失望のどん底に落とすことはないからです。そうこうするうちに、騎馬行列、幟、楽隊、何台かの四輪馬車が彼を置き去りにして進んでゆきました。その後からわめき立てる群衆が続き、舞い上がった埃もおさまり、遠いとおい昔から、威風あたりを払っている〈人面の大岩〉が再び姿を現しました。

「おいおいアーネスト、わたしはここにいるよ！」恵み深い唇が語りかけているように思われました。「わたしはお前より長く待っているが、まだ待ちくたびれてはいないぞ。心配するな、その人物はきっとやってくる」

歳月は次々に年の後を追いかけ、慌ただしく過ぎてゆきました。とうとう歳月の流れは白髪を運んできて、アーネストの頭にまき散らし始めました。歳月は、彼の額に年齢相応の横皺を、頬に縦皺を刻みつけました。彼は年をとりました。しかし無駄に年をとったのではありません。頭に生えた白髪よりもっと沢山の思慮深い思想が彼の頭に宿りました。彼の皺は〈時の翁〉が刻んだ碑文です、それには歩んできた歳月の吟味した叡智の物語が書かれていました。そしてアーネストは無名の人ではなくなりました。求めたわけでも望んだわけでもないのに、多くの人がほしがる名声がもたらされ、これまで静かに暮らしてきた盆地の境を超えて世間に広く知られるようになりました。大学の教授や、都会で活躍している人々までがアーネストと話すためにはるばるやってきました。この素朴な一介の農夫が他の人とは違う考えを持っていて、それは書物から得たよりもっと格調が高く、いつも普通の友達のように天使と語り合っているような静謐で親しみやすい威厳があるという噂が広まっていたからです。訪問者が賢人であろうと、政治家であろうと、博愛主義者であろうと、彼は子供の頃からの特徴である優しい誠実さで迎え入れ、真っ先に思いついた話題や、自分の心、客人の心の奥深くにわだかまっている事柄――どんなことであれ自由に語り合いました。語り合っていると、彼の顔は知らず知らず輝き始め、穏やかな夕日のように客人たちを照らすのです。このようにたっぷりと語り合い、考え深くなった客人は、暇乞いをして帰宅の途につきます。盆地を越えるとき、彼らは立ち止まって〈人面の大岩〉を眺め、そっくりな顔をした人を見たことがあると想うのですが、何処でだったかは思い出せません。

アーネストは成長し、年をとっていきます、その一方で恵み深い神慮は新しい詩人をひとりこの世に与え賜いました。詩人もまたこの盆地の生まれですが、人生の大部分をこの不思議に満ちた地域から遠く離れた場所で過ごし、都会のかしましいざわめきのただ中に自分の香り高い詩《うた》を送り出しました。しかしながら、幼い頃慣れ親しんだ山々の雪をいただく峰は、その詩が持つ清澄な大気の中にそそり立つのです。〈人面の大岩〉も忘れてはいません、詩人はある頌歌の中で褒め称えています。それは〈人面の大岩〉の巨大な口から出たと言ってもいいほど壮大な作品でした。この天才詩人は、驚くほどの才能を持って天から降りてきたと言ってもよいのではないでしょうか。彼がある山のことを詠《うた》ったなら、あらゆる人の目は、実際の山ではこれまで見たことのないもっと力強い雄大さが、詩に詠われた山の懐に憩い、あるいはその頂まで天翔るのを見るのです。美しい湖が主題なら、たちまち天上の微笑みが湖上に投げかけられ、微笑みは湖面で永遠に輝き続けるのです。太古から続く広大な大洋が主題なら、詩《うた》の情感に突き動かされたのか、無限の深さを持つ畏れ多い大海の胸さえが、上に上にと膨らむようです。このようにして世界は、詩人が鮮やかな目で言祝《ことほ》いだ瞬間から、今までとは違うもっと優れた様相を呈するのです。造物主《かみ》は、ご自分が作り賜うた作品に最後で最高の仕上げを施すために、この詩人を与え賜うたのです。神の造り賜うた物はすべて、この詩人が詩に変えて仕上げるまでは未完成なのです。

詩の主題が同胞たる人間の場合も、人の心に与える効果はまったく同じで、高尚で美しいものでした。詩人の毎日の生活の中ですれ違う人の世の埃にまみれた不潔な男だろうと女だろうと、詩人が普段通る小道で遊ぶ幼い子供たちであろうと、詩情に溢れているときの彼の視野に入ると、栄光に満ちた存在に変わるのでした。彼は、普通の人間と天使一族を結び合わせる大きな鎖でできた黄金の環《わ》を描いて見せました。普通の人間の特性――天上の生まれであり、天使たちの一族に相応しいと思わせる特性――を隠された場所から明るみに出すのです。とはいえ、自然界のあらゆる美と尊厳など詩人の空想力の中にしか存在しないと主張して、自分たちの分別が健全であることを示そうとする人たちもいました。でもそういう輩《やから》には勝手に言わせておくことにしましょう、十中八九、彼らは〈自然〉が軽蔑と敵意をこめて生みだしたに違いありませんし、豚をすっかり作り終えた後、残り屑をこねくり回して作り上げたのでしょうから。他のあらゆる事柄に関して申せば、詩人が理想とするのは正真正銘の真実でした。

この詩人の詩《うた》はアーネストの元にも届きました。彼はいつもの仕事を終えてから、粗末な家の戸口に置いた長椅子に坐ってその詩を読みました。ここはずいぶん前から、〈人面の大岩〉を眺めながら物思いにふけって寛《くつろ》ぐ場所でした。そしてこのとき、読み進んでゆくと内なる魂が感動に震え、この上もない優しさをこめて微笑みかける巨大な顔を彼は見上げました。

「ああ、大いなる友よ」と、〈人面の大岩〉に向かって小声で話しかけました。「この詩人には貴方に似る価値があるのではないでしょうか？」

〈人面の大岩〉は微笑んだように見えたが、言葉は一言も発しませんでした。

さて、詩人は遙か遠くに住んでいたのですが、たまたまアーネストの噂を聞いただけでなく、どういう人柄なんだろうとじっくり考えこみ、その挙げ句、学ばずして身につけた叡智が質素で清廉な暮らしと手に手を取って歩んでいるこの人物に会うことこそ、願わしいことはないと思うに至りました。そんなわけで、夏のある朝列車に乗りこみ、太陽が傾き始めた頃アーネストの住まいからほど近い駅で下車しました。昔はミスター・ギャザーゴールドの豪邸だった高級ホテルがすぐ近くにありますが、詩人は旅行鞄を腕に抱えたまま、直ちにアーネストの住まいは何処かと尋ね、客として泊めてもらおうと心に決めました。

　戸口に近づくと、アーネストが本を手に持ち、それを読んでは次に指で頁を押さえ、愛おしそうに〈人面の大岩〉を眺めているのが目に入りました。

「今晩は」詩人は申しました。「一夜の宿をお願いできないでしょうか？」

「どうぞどうぞ」と、アーネストは答えました。それからにっこりしながら、「〈人面の大岩〉が旅の方にこれほど温かい眼差しを向けるのを見たのは初めてと思います」と言い添えました。

　詩人は長椅子に並んで坐ると、アーネストと話しこみました。詩人は溢れるほど機知に富んだ人やこの上なく賢い人たちと語り合ったことが何度もありましたが、アーネストのような人は初めてです。思想や感情がごく自然に溢れ出て、偉大な真理も彼の素朴な口で語られると身近なものになるのです。しばしば噂されていたように、天使たちが彼と一緒に畑仕事に精を出し、炉端に並んで坐っていたかのようでした。友達同士のように天使たちと暮らしているので、天使たちの崇高な思想を受け入れ、それを優しくて分かりやすい魅力的な言葉で染めあげているようです。詩人はそう思いました。一方アーネストの方は、詩人が心の底から迸《ほとばし》らせる生き生きとしたイメージに感動し突き動かされました。そして戸口の周りの大気は、もの悲しさと晴れやかさを同時に含む様々な美のイメージで一杯になりました。

二人の共感は、それぞれが別々に得るよりもっと深遠な感情を教えてくれました。二人の心は合わさって一つになり、喜びに溢れる音楽が生まれました。どちらもこれはみんな自分の物だと主張することはできないし、どれだけが自分の物なのかもはっきりさせられませんでした。言ってみれば、お互いがお互いを二人の思想という高い塔に導き入れたのです、あまりにも遠く離れ、霞みすぎてこれまでは一度も入ったことがなかったのですが、それでいていつまでも中にいたいと願うほど美しい塔でした。

アーネストは詩人の言葉に耳を傾けながら、〈人面の大岩〉も身を乗り出して聞き入っているように思いました。彼は熱っぽい目で、詩人の燃え立つ瞳を覗きこみました。

「驚くほどの才能に恵まれた客人は、どなたなのですか?」と申しました。

詩人はアーネストが先ほど読んでいた本に指を置きました。

「貴方はこの詩をお読みになったのですから、わたしをご存じなわけです――それを書いたのはわたしですから!」

今まで以上に熱っぽくもう一度アーネストは詩人の顔立ちを細かく調べました。それから〈人面の大岩〉に目を転じました。それからもう一度、心許なげな表情を浮かべて客人に目を戻しました。しかしがっくりと頭を垂れ、頭を横に振りながらため息を漏らしました。

「何がそんなに悲しいのです?」詩人が尋ねました。

「それはですね」アーネストは答えました。「生まれてこの方わたしはある予言が成就されるのを待ち続けてきました。この詩を読んだとき、貴方によって成就されるのではないかと期待したからです」

「貴方はわたしに〈人面の大岩〉との類似が見つかると期待なさっていた!」とかすかに微笑みなが

ら詩人は答えました。「そして、今までの、ミスター・ギャザーゴールド、〈血に飢えた荒武者〉、〈岩の顔を持つ翁〉と同じように、わたしにも失望したのですね！　そうなんです、これがわたしの定めなのです。貴方はあの三人の著名人の名前にわたしの名前を付け加え、またも望みが裏切られたことを記さなければなりません。そのわけは——アーネスト、こんなことを自分で言うのは悔しいし悲しいのですが——わたしにはあの遠くに見える慈愛に満ちた威厳のある姿に似る値打ちはないのです！」

「それじゃあどうしてなのです？」アーネストは詩集を指さしながら尋ねました。「ここに書かれている言葉は、神様のお考えと違うのですか？」

「神様の作られた調べです」詩人は答えました。「この調べの中に天上の歌の遙かな谺が聞こえるでしょう。しかしアーネストさん、わたしの暮らしはわたしの頭に浮かんでくることと釣り合わないのです。わたしには数々の崇高な夢がありました、ところがそれはただの夢に過ぎなかったのです、そのわけは、わたしは心卑しい貧相な現実の中で暮らしてきました——しかもそれだって自分から選んだのです。時にはこのわたしさえ——思い切って言ってしまいましょうか？——威厳とか、美とか、善というものが信じられなくなるのです、それらは、わたしの詩によって自然や人間生活の中で実際以上にはっきり表現されていると言われているものです。ですから、純粋な〈善と真理の探究者〉である貴方は、あの聖なるお姿の中にわたしを見るという希望を持ってはいけないのです！」

詩人は悲しげに語り、両の目は涙で曇っていました。アーネストの目も同じでした。

日が暮れると、長い間の習慣通り、アーネストは集まってきた近所の人々に向かって戸外で話をすることになっていました。彼と詩人は腕を組んで、その場所に向かって歩きながら語り合いました。そこは丘に囲まれた、人目につかない小さなところでした。背後には灰色の絶壁がそそり立っていますが、険しい表面は沢山の蔓草が心地よい緑の群葉で和らげています。剥きだしの岩のごつごつしたすべての角から花綱を垂らしぴったり似合うつづれ織りになっていました。少し小高くなったところには、緑の木々で額縁のように囲まれた人ひとりが入れるほどの広さを持った窪みがあり、考えが熱を帯びたり心からの感動に突き動かされたとき、自然に生まれてくる自由な身振り手振りができるようでした。アーネストは自然が作り出したこの説教檀に上り、いつもの親切心に溢れた目で聴衆を見回しました。草地の上に立っている人、坐っている人、寝ている人、それぞれ自分の楽な姿勢を取っているようです。沈み行く夕日の光が彼らに斜めから落ちかかり、抑えた陽気さを太古の森の荘厳さに混ぜ合わせていきます。その大きな枝の下になったり囲まれたりして、黄金の光線は通り抜けるのに苦労をしています。別の方向には〈人面の大岩〉が見えていました、恵み深い顔立ちには日の光と同じ陽気さと同じ荘厳さが結びあわされていました。

アーネストは語りはじめ、聴衆に自分の心や頭の中にあるものを教えました。彼の言葉は彼の思想と一致しているので力を持っていました。彼の思想はアーネストがずっと続けた生き方と調和しているので現実味と深みを持っていました。この説教者の語るのはただの言葉ではありません、生命の言葉なのです、善行を積み重ねる生き方と神聖な愛情がその言葉には溶けこんでいたからです。この貴重な言葉の中には、清らかで貴重な真珠が溶けこんでいました。詩人は聞いているうちに、アーネストの人となりと存在は、自分がこれまでに書いてきた詩より高貴な調べを持っていると感じました。彼の両目は涙に光り、畏敬の念をこめて神々しい人物を見つめ、心の中で呟きました――あの穏やかで優しく思慮深い、頭には光輪のように白髪が広がっているあの顔ほど、予言者や聖人に相応しいものは絶対にない。遠く離れているが、黄金に輝く夕日の光に照らされ〈人面の大岩〉が空高くはっきり姿を現しました。アーネストの額にかかる白髪のように、白い霧に取り巻かれています。堂々たる慈愛に満ちたその表情は、世界を抱きかかえるかに思われました。

そのときです、話そうとした思想に共鳴して、アーネストの顔が慈愛に溢れる荘厳な面持ちに変わったので、詩人は自分の衝動を抑えきれなくなって両手を高く突き上げ、叫びました――

「見るんだ！　見るんだ！　アーネストこそが〈人面の大岩〉に生き写しだ！」

すると会衆全員が眺め、眼力のある詩人の言ったことは本当だと分かりました。予言は成就しました。しかしアーネストは、言うべきことを言い終えたので、詩人の腕を取って、ゆっくりと家路を辿りました。〈人面の大岩〉によく似た、自分より賢くて善良な人が近い将来現れることを願いながら。

雪人形

子供の奇跡

寒い冬の日の午後、長い吹雪きがやみ、冷え冷えとした日光が降り注いでいました。二人の子供が外に出て新しく積もった雪の中で遊んでいいかと母親に尋ねました。年上の女の子も幼かったのですが、性格は控えめで優しく、大変きれいだと思われていたので、両親はじめ彼女をよく知っている人は「スミレちゃん」と呼んでいました。弟の方は「ボタンちゃん」で通っていました。あごの張った丸い小さな顔が真っ赤だったため、誰もが太陽や大きな深紅の花を連想したからです。二人の父親はリンジーという名の金物屋で——これは是非言っておかなければなりません——優秀だけど、極めつきの現実家で、考える対象の如何に関わらずいわゆる常識的な見解からはみ出すことは全くありませんでした。心根は人並みに優しいと言えるかもしれませんが、頭の方は硬くて頑固、だから、おそらく、商売物の鉄瓶と同じく中身は空っぽなのではないでしょうか。一方、母親の性格には詩情というか、浮世離れした美しさがあって、そう、言ってみれば、嫋やかで露を帯びた花がありました。それは夢多き青春時代を生き抜き、妻として、母として、埃多き現実のただ中にあってなお生き続ける花なのでした。

そういうわけで、僕が最初に話したように、「スミレちゃん」と「ボタンちゃん」は、外に出て新しい雪の中で遊ばせてほしいと母親に頼みました。なぜなら雪は、灰色の空から地上に降りそそいでいた頃には侘びしく陰気に見えましたけれども、陽光が照り映えると心の躍るような喜びをもたらす眺めになったからです。子供たちは都会に住んでいて、家の前にある小さな庭より広い遊び場がありませんでした。そこは白いフェンスで通りと隔てられ、一本の梨の木と二、三本の西洋スモモの木が影を落とし、客間に面した窓のすぐ前にバラの茂みがあります。しかし、木々も茂みも今ではすっかり葉を落とし、小枝は軽く雪で覆われ、そのため冬に芽生える群葉のようになり、あちらこちらに果実の代わりに氷柱がぶら下がっていました。

「はいはい、スミレちゃんにボタンちゃん」優しい母親は言いました。「お外に行って、新しく積もった雪の中で遊んでもいいわよ」

そういうわけで、心の温かい母親は、可愛い子供たちをウールのジャケットと綿入れのコートにくるみ、長い毛糸のマフラーを首に巻き、小さな足には縞模様のスパッツを履かせ、手にはウーステッドの手袋をはめてやると、〈霜の親爺〉を寄せつけない呪いとしてそれぞれにキスをしました。二人の子供たちは踊るような足取りで外に打って出ました。たちまち二人は大きな雪の吹きだまりの中心部に着き、スミレちゃんはユキホオジロのように雪の山から姿を見せ、一方弟のボタンちゃんの方は丸い顔を真っ赤にしてもがきながら出てきました。その後二人は楽しくてたまらない時を過ごしました！　冬の庭でふざけ回る二人を見たら、誰だって、陰気で情け容赦のない吹雪は、スミレちゃんとボタンちゃんのために新しい遊び道具を与えるためだけに遣わされたと思うでしょう。そしてまた子供たちは、ユキホオジロのように嵐や、嵐が地上に広げた白いマントを最高に楽しむために造られたと思うでしょう。

雪を投げつけあってとうとう二人とも全身が真っ白になると、弟のボタンちゃんの格好をお腹の底から笑った後、スミレちゃんは新しい遊びを思いつきました。

「ボタンちゃん、お前は雪だるまにそっくりね」と彼女は言いました。「ほっぺがそんなに赤くなかったらだけど。それで、思いついたことがあるの！　雪でお人形を造ろうよ――小さな女の子のお人形を――そしてその子をあたしたちの妹にして、冬の間中一緒に走り回って遊ぼうよ。すごいでしょ？」

「うん、それがいい！」ボタンちゃんはとっても幼い子供だったので、できるだけ明瞭に言いました。「それはすごいよ！　ママにも見せてあげよう！」

「ええ」スミレちゃんは答えました。「ママに新しい妹を見せてあげなきゃ。でもママはその子を暖かい客間に入れちゃいけないの。だって、お前にも分かっているでしょ、雪の妹は暖かいのが苦手だもの」

子供たちはすぐに、走り回れる雪人形造りという大仕事を始めました。母親はといえば、窓のところに坐っていたのですが、子供たちの話を何気なく聞き、その仕事に取りかかった大まじめぶりに微笑を漏らさずにはいられませんでした。二人は雪から生きた幼い子供を作り出すことに何の面倒もないと本気で思っているようでした。それに本当のところを言えば、もしも奇跡が起きることがあるとすれば、自分たちのやろうとしていることが奇跡なのだということも知らないで、スミレちゃんとボタンちゃんがまさに今しようとしているように、単純で疑うことを知らない心根で事に当たることによって起きるのでしょう。母親はそう考えました。さらに、あまり冷たくさえなければ、天から降ったばかりの新雪は新しい人間を造る最高の材料だろうとも考えました。彼女はもうしばらく子供たちを見つめていました。二人の小さな姿を観察するのは楽しかったのです。娘の方は、年齢の割に背が高く、動きは敏捷なのにしとやか、肌の色は驚くほど優美だったので、肉体を持った現実というより溌剌とした美の観念に思われました。ボタンちゃんの方は、縦よりも横に発達し、象のように中身が詰まってがっしりした短い足で、転がるように進みました。もちろん象ほど大きくはない足ですけれど。その後母親はそれまでの仕事に戻りました。どんな仕事だったか僕は忘れましたが、スミレちゃんの絹のボンネットの縁取りをしていたか、弟のボタンちゃんの短い両足にはく長靴下の繕いをしていたかです。とは言え、何度も何度も繰り返し、子供たちが雪人形相手にどんな風に奮闘しているか知りたくて、窓の方に顔を向けないわけにはいきませんでした。

晴れやかな子供たちの奮闘ぶりは、まさに至福の眺めでした！　そのうえ、万事心得た風に雪人形をこしらえていく手際の良さは、誠に感嘆すべき眺めでした。スミレちゃんが指導権を握り、ボタンちゃんにああしろこうしろと言いながら、自分は繊細な指を使って、手際を要する部分を残らず仕上げていきました。実際、雪人形は子供たちが作っていったと言うより、雪人形を相手に遊んだり、雪人形のことをおしゃべりの種にしているうちに、子供たちの世話を受けて育っていったように見えました。それを見て母親はひどく驚きました。見つめれば見つめるほど、その驚きは増していきました。

「なんて素敵な子供たちなんでしょう！」母としての誇りがこみ上げ、笑みをこぼしながら思いました。子供たちをこんなに誇らしく思うなんてと、自分でも微笑んでしまいました。「他の子供たちには、初めての試みで雪から小さな女の子を造るなんて真似ができるでしょうか？　そうだわ、ボタンちゃんの新しいフロックをさっさと仕上げなきゃ、お爺さまが明日お見えになるのですもの。あの子がりりしく見えるようにしてやりたいもの」

そういうわけで彼女はフロックを取り上げ、すぐに元通り雪人形を造る二人の子供に負けないほど、せっせと針を動かし始めました。それでもやはり、針をあちらこちらに動かして洋服を縫っていきながら、スミレちゃんとボタンちゃんの陽気な声を耳にすると心からの幸せに浮き浮きして、骨の折れる仕事も軽やかに楽しく進んでいきました。二人は休みなくお喋りを続け、舌の動きは手足の動きに決して負けませんでした。話の中身がハッキリ聞き取れるのは時々しかなく、分かるのは二人が非常に幸せな気分であり、最高に楽しんでおり、雪人形造りの仕事は順調に進んでいるらしいということだけでした。しかし時おりスミレちゃんとボタンちゃんが声を大きくすると、母親が坐っているこの客間で喋っているかのように聞き取れました。その言葉は母親の心の中で、どれほど心楽しくこだましたことでしょう。結局のところ、それほど賢いことや素晴らしいことを話しているわけではなかったのですが。しかしながら、母親は耳以上に心で聞くものです、ですから他の人には聞き取れない鳥のさえずりのような天上の言葉に心躍らされることも多いのは分かっていただきたいと思います。

「ボタンちゃん、ボタンちゃん！」スミレちゃんは、庭の別のところに行っていた弟に大きな声で呼びかけました。「まだあたしたちが踏み荒らしてない一番隅っこにあるそのきれいな雪を、ボタンちゃん、持ってきてちょうだい。その雪で雪人形の妹の胸を作ってあげたいの。おまえにも分かるでしょ、胸は天から降ってきたときと同じように汚れ一つあってはいけないってことが！」

「さあ、雪だよ、スミレちゃん！」威張ってはいるけれど優しさもこもった声でボタンちゃんは、踏みしだいた跡の残る雪山をおぼつかない足取りでやってきながら姉に応えました。「妹のかわいい胸を作る雪だよ。うわースミレちゃん、すごくきーれーいーに見え始めたね！」

「その通りよ」スミレちゃんは思いやりをこめて静かに言いました。「あたしたちの雪の妹はとってもかわいく見えるわ。あたし、こんなに愛らしい女の子を作れるなんて、あんまり考えてなかった」

二人の話を聞きながら母親は、もしも妖精が、いやもっとすばらしことに子どもの天使たちが〈楽園〉からやってきて、姿は見せないままに自分の愛し子とともに遊び、二人が雪人形を作るのを手伝って、天上の幼子の面立ちを与えるようにしたとすれば、これほどぴったりくる喜ばしい出来事があるだろうか！と思いました。スミレちゃんもボタンちゃんも自分たちの遊び相手が不死の天使であることに気づかないだろうし、分かるのは、仕事に励んでいるうちに雪人形がどんどんきれいになってゆくということのみで、それは自分たちだけの手柄だと思うことでしょう。

「私の幼子たちには天使のお友達を持つ値打ちがあるわ！　人間の子供にそんな値打ちがあればだけど」母親は胸の内でつぶやき、母としてのプライドにもう一度微笑みを浮かべました。

とはいえその考えは、彼女の想像力をしっかりとらえました。時おり窓の外をちらりと見やっては、自分の子供である金髪のスミレちゃんと真っ赤な頬をしたボタンちゃんが、〈楽園〉からやってきた金髪の子供たちと遊んでいる様を見ているような夢見心地になるのでした。

さて、しばらくの間、お互いに快く了解したうえで、スミレちゃんとボタンちゃんは協力し合って働き、よく聞き取れない声で熱をこめて忙しく言葉を交わしていました。相変わらずスミレちゃんが指導役を務め、ボタンちゃんの方はどちらかと言えば作業員役で遠くから、近くから雪を運んできていました。それでもなおこの小さないたずら小僧も、ことの重大さをちゃんと理解しているのははっきりしていました！

「ボタンちゃん、ボタンちゃん！」スミレちゃんは、弟がまた庭の反対方向にいるのを知って大きな声を出しました。「梨の木の下の方に生えている枝にふんわりと積もっている雪の冠を持ってきて。雪の吹きだまりに上れば、ボタンちゃん、簡単に届くでしょ。その雪で、妹の頭に巻き毛を作ってあげないといけないから！」

「ほーら、スミレちゃん！」幼い弟が姉に応えました。「壊さないように気をつけてね。うまい！　うまい！　すごーくかわいい！」

「この子はとってもチャーミングに見えないこと？」満足しきった声でスミレちゃんは言いました。「これから、彼女の目をきらきらさせるためにぴかぴかしている小さな氷が必要ね。彼女はまだ完成してないわ。ママはこの子がどんなに美しいか分かってくれるでしょうけど、パパは言うでしょうね、『ちぇっ！――下らん！――外は寒いから中に入っておいで！』って」

「ママに声をかけて外を見てもらおうよ」とボタンちゃん。彼は元気よく叫びました。「ママ！　ママ!!　ママ!!!　外を覗いてどんなにすてきな女の子をボクたちが作っているか見てよ！」

母は一瞬針仕事を下に置いて、窓から外を眺めました。しかしたまたま一年で一番昼の短い時期だったので、太陽は地球の一番端のあたりに沈み、残照は彼女の目に斜めに刺しこんできました。ですから目がくらんで、お分かりでしょうが、庭に何があるのかはっきりとは見えなかったのです。それでもまだ、太陽と新雪の目映くきらめく明るい光を通して、はっとするほど生きた人間そっくりに見える、小さな白い物影をとらえました。それからスミレちゃんとボタンちゃんを見ました――そうなのです、その物影より子供たちをじっくり眺めたのです――二人の子供たちが相変わらず働いている姿を見つめたのです。ボタンちゃんは新雪を運んできて、スミレちゃんは彫刻家が原型に巧みに粘土を塗り重ねていくように、その物影に新雪をつけ加えています。母親は、ぼんやりと雪人形の姿を見分けたとき、これほど巧みに作られ雪人形は今までになかった、こんなにも愛しくて小さな男の子と女の子が作った例《ためし》はない、と思ってしまいました。

「あの子たちは、何だってほかの子供より上手にできる」母親は本心から自慢げに言いました。「だから他の子より上手な雪人形を作れても何の不思議もないわ！」

母親は再び腰を下ろして元の仕事に戻りました。できるだけ早く針を動かしました。なぜなら黄昏時が近づいているのに、まだボタンちゃんのフロックはできあがっていないし、お祖父さんは明日の朝早く汽車でやって来ることとなっていたからです。ですから飛ぶように早く手を動かして、どんどん速度を上げていきました。子供たちも同じようにせっせと庭で仕事をしています。それでも母親は子供たちの声が聞こえるたびに耳を澄ませました。子供らしい想像力が実際の雪人形作りと混じり合い、実際の人形作りに夢中になっているのを見てすっかり楽しくなりました。――二人は雪の子供が自分たちと一緒に走り回ったり遊んでくれたりすることを確信している様子です。

「冬の間中、この子はあたしたちのとってもすてきな遊び友達になってくれるわ！」とスミレちゃん。「この子があたしたちに風邪をひかすと、パパが心配しないといいんだけどな！　ボタンちゃん、おまえはこの子が大好きじゃないの？」

「大好きに決まってる！」ボタンちゃんは大きな声で言いました。「ボクは彼女を抱きしめ、ボクの横に座らせて、温かいミルクを分けてやるんだ！」

「だめ、だめ、ボタンちゃん！」とっておきの分別を見せてスミレちゃんが応えました。「絶対にだめよ。温かいミルクは雪の妹の体にはよくないの。この子のように小さな雪の子は、氷柱以外は何も食べないの。だめだめ、ボタンちゃん――温かい飲み物は何もあげちゃいけないのよ！」

ほんの少し静寂がありました。ボタンちゃんの短い足は疲れというものを知りません、ですからまた庭の反対側の方に立ち去っていたのです。出し抜けに、スミレちゃんが、喜びいっぱいの大声を張り上げました。――

「ご覧なさいなボタンちゃん！　早く来てごらん！　バラ色の雲から射すお日様の光が、この子の頬をきらきら輝かせているわ！――頬の色は薄くならないわ！　とってもきれいじゃないこと？」

「うん、きーれーいーだ」言葉を四つに分けてわざと正確に発音しました。「ああスミレちゃん、まあ彼女の髪の毛を見てごらんよ！　まるで純金みたいだよ！」

「いかにもその通りね」まるで当たり前のことのように落ち着きはらってスミレちゃんは応えました。「あの色はあたしたちが見上げている空の、あの黄金色の雲からやってくるのよ。もう完成したも同然ね。でも唇はうんと赤くしなくちゃ――ほっぺたよりも赤く。ボタンちゃん、もしかして、あたしたちふたりがこの子の口にキスをしたら赤くなるかもしれなくってよ！」

そんなわけで、母親は、まるで二人の子供が雪人形の凍り付いた口にキスをしているような小さくて小粋な音を聞きました。しかしそれだけでは十分に唇を赤くできなかったように思われ、スミレちゃんは次に雪人形がボタンちゃんの真っ赤な頬にキスをするように仕向けたらどうかと言い出しました。

「雪人形ちゃん、さあボクにキスして！」とボタンちゃんは大きな声で言いました。

「ほーら、彼女はおまえにキスしたわ」スミレちゃんも言いました。「これで彼女の唇は十分に赤くなったわ。おまけに彼女、ちょっぴり顔を赤くしてる！」

「うわー、なんて冷たいキスなんだ！」とボタンちゃん。

丁度そのとき、清らかな西風がおこり庭を吹き抜け、客間の窓をガタガタと鳴らしました。その音は冬将軍の到来に聞こえたので、母親は指貫をはめた指で窓ガラスを叩いて二人の子供たちを家の中に呼び入れようとしました。ところが二人の方は声をそろえて母親に向かって叫びました。二人とも非常に興奮しているのは明らかなのに、驚愕している声音ではありません。むしろ、たった今生じた出来事に大喜びしているような調子です。しかもそれを二人は求めていたのであり、そうなることにはじめから自信を持っていた風でした。

「ママ！　ママ！　雪の妹が完成したの、今一緒に庭を走り回っているところ！」

「なんて想像力が強いんでしょう、うちの子供たちは！」ボタンちゃんのフロックに仕上げの数針を走らせながら、母親は考えました。「おまけに、私のことを自分たちに負けないくらい子供にしてしまうのですものホントに可笑しいわ！　こうなったら、雪人形に本物の血が通ったと信じないわけにはいかないみたい！」

「ねえお母様」スミレちゃんは大きな声で申しました。「お願い外を見て、あたしたちの遊び友達がどんなに可愛いかご覧になって！」

そんな風に頼まれると、母親は窓から外を眺めるのをこれ以上遅らせるわけにはいきません。太陽はもう空から姿を消していましたが、冬の日没を豪奢に彩る紫や黄金色の雲に輝きの遺産をたっぷりと残して行ってくれました。しかし、窓にも雪の上にも目映い輝きは少しもありません。ですから善良なご夫人は庭を見回し、そこに存在している人も物も見て取ることが出ました。いったい彼女は何を見たとお考えですか？　スミレちゃんとボタンちゃんという愛しい二人の子供たちは言うまでもありません。ですがそれ以外に誰を、何を見たのでしょうか？　なんと、皆様が僕のことを信じてくださるなら、小さな女の子がいたのです。全身白ずくめのドレス、バラ色の頬、金髪の巻き毛の女の子が二人の子供と庭中を遊び回っていたのです。どこの誰か分かりませんが、スミレちゃんとボタンちゃんとは親しい間柄に見え、生まれてからまだ短い一生の間、ずっと遊び友達であったみたいに三人は一緒でした。母親は密かに考えました。あの子はご近所の方のお嬢さんで庭にスミレちゃんとボタンちゃんを見つけて通りを横切って走ってきて一緒に遊んでいるのだと。そこでこの親切な夫人は、小さな逃亡者に客間に入ってくつろぎなさいと言うつもりで玄関に向かいました。というのも、陽光はどこにもなくなり、外の状況はもうひどく寒くなっていたからです。

しかし入り口のドアを開けたものの、母親は敷居のところで一瞬立ち尽くしました、その女の子にお入りなさいと言うべきかどうか、それどころか声をかけていいものかどうかさえ迷ったからです。そもそも本当に人間の子供かどうか、むしろ小さな新雪の吹きだまりで、凍えそうに寒い西風に吹かれ、庭をあっちこっち転がっているのではないかとさえ本気で思い始めていたのです。確かにそのお客の様子にはおかしなところがありました。近所の子供たちの顔を全部思い浮かべても、その子のように真っ白い肌、ほのかなバラ色の頬、額や頬に揺れている金色の巻き毛の持ち主は思い出せません。風にはためいている白ずくめと言ってよい洋服にしても、分別のある女性なら冬のさなかに小さな子供を外遊びに出すとき着せないようなものです。優しくて用心深いスミレちゃんたちの母親は、その子の小さな足を見やっただけで震え上がりました、なにしろ非常に軽い上靴以外何も履いていないのですから。ところが軽装にもかかわらず、その子は寒さに不便を感じている様子は全くありません。雪の上で軽やかにダンスを踊って表面に足跡一つ残さないのです。スミレちゃんは辛うじてその子のペースについていけますが、ボタンちゃんの短い足は後れを取らざるをえません。

遊んでいる最中に一度だけその不思議な女の子がスミレちゃんとボタンちゃんの間に入ったことがありました。スミレちゃんたちはお互いに手を握り、その子に合わせ楽しそうにスキップしながら進んでゆきました。ところがたちまちのうちにボタンちゃんは、小さな拳を引き抜くと寒さでかじかんだみたいに擦りだしたのです。スミレちゃんも、ボタンちゃんほどあっという間ではなかったのですが手を離し、手はつながない方がいいとまじめな声で言いました。白い洋服の少女は何も言わず、それまでと変わることなく楽しげに踊っています。スミレちゃんとボタンちゃんがその子と遊ぶことを選ばなくても、彼女は強くて冷たい西風と同じように友達になれたでしょう。昔からの友達同士に見えるほど、いとも馴れ馴れしく庭中のあちらこちらに彼女を吹き飛ばす西風と、です。その間ずっと母親は敷居のところから動かず、どうして小さな女の子が宙を飛ぶ雪の塊のように見えるのだろうか、いや雪の塊がどうして小さな女の子に見えるのだろうかと訝っていたのです。

彼女はスミレちゃんを呼び寄せ耳元でこっそり尋ねました。

「ねえスミレちゃん、あの子の名前は何というの？　ご近所に住んでいるの？」

「なあんだ、お母さま」とスミレちゃん。母親がこんなに簡単なことを分かっていないのかと思って笑いながら応えました。「この子は、あたしたちが作り終わったばかりの雪の妹ですよ！」

「そうだよ、ママ」ボタンちゃんは母親の元に駆け寄ると無邪気にその顔を見上げました。「この子はぼくたちの雪人形さ！　可愛い子でしょ？」

丁度そのとき、一群のユキホオジロが軽やかに空を切って飛んできました。ごく当たり前のことながら、鳥たちはスミレちゃんやボタンちゃんを避けました。でも彼らは――これは不思議な眺めと言ってよいかもしれません――一斉に白い洋服の子供めがけて飛んでゆき、頭の周りをしきりに飛び回り、古くからの知り合いだと言わんばかりにその肩に止まりました。少女の方でも、老いたる冬将軍の孫である小鳥たちを見て、彼らが自分を見たときと同じように心から喜び、両手を拡げて歓迎しました。たちまち、小鳥たちは皆が皆、彼女の両方の手のひらや十本の指に止まろうとしました。互いに押し合いへし合いをしては、小さな翼を忙しくはばたかせています。一羽の可愛い鳥が彼女の胸にそっと寄り添いました。もう一羽は彼女の唇にくちばしを寄せました。その間ずっと変わらずに楽しそうで、吹雪と戯れているときに見かけるように、大いに本領を発揮していました。

スミレちゃんとボタンちゃんはじっと立ったまま、このほほえましい光景を見て笑っています。なぜなら、自分たちが仲間に加わった場合に負けないほど、新しい遊び友達がこの翼を持った小さな客たちと楽しんでいるのが嬉しくてたまらなかったからです。

「スミレちゃん」母親はすっかり混乱して言いました。「冗談は抜きにして本当のことを教えて。あの子は誰なの？」

「お母さま」スミレちゃんは母の顔を真剣にのぞき込み、これ以上の説明がほんのわずかでも必要なのに驚いた様子で答えました。「あたし、彼女が誰か正直に言いましたよ。ボタンちゃんと一緒に作ってきた小さな雪人形です。ボタンちゃんもあたしと同じことを言うと思うわ」

「本当だよ、ママ！」ボタンちゃんは、小さな顔を真っ赤にして大まじめに言いつのりました。「あの子は小さな雪の子供だよ。すてきな子じゃない？　でもね、ママ、彼女のおててはホント、すごーく冷たいんだから！」

母親がどう考えればいいのか、どうしたらいいのかまだ決めかねているうちに表門が乱暴に開いて、スミレちゃんとボタンちゃんの父親が姿を現しました。厚手の外套に身をすっぽり包み、毛皮の帽子を耳が隠れるほど引き下げ、両手には頑丈な手袋をはめています。ミスター・リンジーは中年の男性で、疲れを見せ、寒風に顔が赤らんで、ちぢこまってはいましたが、それでも幸福そうな表情です。一日中仕事に追いまくられていたが、静かな自宅に戻れて喜んでいると言わんばかりです。彼の目は、妻と子供たちを見ると明るくなりましたが、こんなに厳しい寒さなのに、しかも日が暮れてから家族全員が外に出ているのを知って驚きの声を一言、二言漏らさずにはいられませんでした。やがてどこの誰とも分からない白ずくめの小さな子供が、踊り狂う雪の輪のように、庭中を走り回っているのに気づきました。しかも頭の周りにはユキホオジロの一群が飛びかかっているではありませんか。

「おいおい、あの子はいったい何者なんだい？」きわめて良識的なこの紳士は尋ねました。「きっとあの子の母親は狂っているに違いない、今日みたいに猛烈な寒さの日に、白くて薄い洋服と、あんな軽い上靴だけで外に出すなんて！」

「あら、あなた」妻は言いました。「あなた以上のことは私もまったく存じませんの。たぶんご近所のお子さんだと思うのですが。うちのスミレちゃんとボタンちゃんときたら」と続けましたが、ひどくバカバカしい話を繰り返している自分に気づいて笑ってしまいました。「お昼からほとんど休みなしで、庭で懸命に作り上げたただの雪人形だって言い張りますの」

そう言いながら母親は、子供たちが雪人形を作った場所の方に目を向けました。そこには、あれほど全力を振り絞って励んだ作業の痕跡が何もないのです！　それに気づいて、母親はひどく驚きました――人形さえないのです！――積み上げた雪の山もありません！――何もない空間の周りについた小さな足跡を除けば何一つとして痕跡がないのです。

「こんなことって不思議千万だわ！」彼女は言いました。

「お母さま、何が不思議なの？」とスミレちゃん。「お父さま、お分かりになりません？　この子はあたしたちの、ボタンちゃんとあたしの作った雪人形なの。だって、もう一人遊び友達がほしかったんだもの。そうよね、ボタンちゃん？」

「そうなんだ、パパ」真っ赤な顔のボタンちゃんが言いました。「この子は、雪で作った妹なんだよ。きーれーいーでしょ？　なのに、この子はボクにすごーく冷たいキスをしたんだ！」

「コラコラおまえたち、馬鹿を言ってはいけないよ！」先ほどちょっと申しておきましたように、善良で正直者の父親は、物事の見方がきわめて実際的です。「雪で生きた人形を作っただなんて、パパには言わんでくれ！　ねえ、君、この見知らぬ子をこれ以上一瞬だって長く寒空に立たせておいちゃあだめだよ。客間に入れてやろうじゃないか、君はパンとミルクの暖かな夕ごはんを食べさせて、できるだけ寛がせてあげなさい。儂の方はご近所の人に尋ねてみるよ。もし必要とあれば、町内の触れ役に迷子の知らせを触れて回ってもらうことにする」

そう言いながら、この正直で心の温かな人物は嘘偽りのない真心から、真っ白な少女に近づいてゆきました。ところがスミレちゃんとボタンちゃんはそれぞれが父親の片手を握りしめ、彼女を家の中に入れないでくれと熱心に頼みました。

「お父さま」父親の前に立ちふさがりながら大きな声で申しました。「あたしの話したことは本当なの！　この子はあたしたちの作った小さな雪ん子です。冷たい西風を吸っている間しか生きられません。あったかい部屋に入れないでください！」

「そうなんだよ、パパ！」熱心さのあまり力一杯小さな足でどすんどすんと足踏みしながら叫びました。――「彼女は、ボクたちの作ったただの小さな雪ん子だよ！　熱い火が大嫌いなんだ！」

「ばかばかしい、おまえたちどうかしてるぞ、くだらん、ばかげている！」父親は子供たちがバカバカしいほど意固地になっていることに半分いらだち、半分笑ってもいました。「家の中に駆け戻れ、今すぐにだ！　もう、これ以上遊ぶには遅すぎる。すぐにもこのお嬢ちゃんの手当をしてやらなくてはいかん、さもないと風邪を引いて死んでしまうぞ！」

「ねえ、あなた！　ねえあなた！」妻は小さな声で言いました。と言うのは、彼女は雪ん子をつぶさに見つめていたのですが、ますます頭が混乱してきたからです。――「今度の騒ぎには何か非常に奇妙なところがあります。私のことを馬鹿だと思われるでしょうね――でも――でも――目に見えぬ天使が、うちの子供たちがこの仕事を始めた時の素直さと正直さに心を惹かれたということはないでしょうか？　そしてその不滅の生命のひとときを私達の愛しい子供たちと遊んで過ごされたというのはありえませんか？――ですからその結果がいわゆる奇跡なのですわ。お願い、やめてください！　私を笑ったりなさらないで。どれほど馬鹿げているか自分でも分かっているのですから！」

「奥さん、君という人は」腹の底から笑いながら夫は応じました。「スミレちゃんやボタンちゃんに負けないくらい子供っぽいんだね」

確かにある意味で、彼女はその通りです。その心は生まれて以来、子供同然の無邪気さと澄み切った誠実さに溢れていました。そしてどんな事柄もこの素直な心を通して眺めるため、時おり深淵きわまりない真実を見抜くのですが、ほかの人々はその真実をバカバカしい戯言として笑い飛ばしました。

しかし、この時すでに親切なミスター・リンジーは子供たちの腕を振り払い庭に出ていました。まだスミレちゃんたちは悲鳴のような声で、雪ん子を冷たい西風にさらして楽しませてやってくれるように頼みこんでいたのですが。彼が近づくとユキホオジロは飛び立ちました。小さな白ずくめの少女も、「どうか、あたしに触らないで！」――と言うかのように首を左右に振りながら、反対方向に逃げました。そしていたずらっぽく（と思われる）雪が一番深く積もっているところに誘いこみました。一度など、この善人はよろめいて顔が埋まってもだえました。ですから目の粗い紺色の分厚い外套に雪をくっつけたまま元の体勢に戻ると、白くて冷たい大型の雪人形に見えました。その一方、窓から彼を見ていた何人かの隣人は怪しみました――庭を走り回って西風があっちやこっちに吹き転がす雪の塊を追いかけるなんて、ミスター・リンジーはいったいどうしたのだろう！　彼は、さんざん苦労したあげく、とうとう逃げることのできない場所に見知らぬ少女を追いつめました。妻はじっと見続けていました、そしてもう夕暮れ時なのに、雪ん子はきらきらと光り、自分の周り全体に輝きを放ち、おいつめられた時にははっきりと星のように煌めいたのを見て驚異の念に打たれました。その煌めきは、氷のような輝きでもあり、月光に光る氷柱のそれに似ていました。妻は、善人であるミスター・リンジーが、雪ん子の容姿の中に驚くべきものを何も見ていないのは不思議だと思いました。

「さーて、変わったお嬢ちゃん！」彼女の手をつかんで正直者は声を荒げました。「とうとう捉まえたぞ、いやでも寛いだ気分にさせてやるからな。きみの凍えた足に暖かいウーステッドの靴下を履かせてあげよう。それから厚手の立派なショールで体をくるまなきゃいかん。気の毒に、きみの白い鼻は本物のしもやけにかかっているんじゃないかな。だがちゃんと治してあげるよ。さあお入り！」

そんないきさつがあって、寒さで紫色になっていたけれど、その明敏な顔に情け深さの極致と言うべき笑顔を浮かべ、この善意そのものの紳士は雪ん子の手を取って家の方に連れてゆきました。彼女はうなだれしぶしぶついてゆきました。と言うのも、彼女の姿形からあらゆる輝きと煌めきが消え失せていたからです。一瞬前までは、冷たい地平線に真っ赤な輝きを放つ、明るく、そして冷たく、宝石をちりばめたような夕空に似ていたのに、今の彼女は雪解けのように生気を失い鈍感に見えました。親切なミスター・リンジーが彼女を連れて玄関口の階段を上ってくると、スミレちゃんとボタンちゃんが父の顔をのぞき込みました――二人の目は、頰を流れ落ちる前に凍ってしまった涙でいっぱいでした――そしてもう一度、お願いだから二人で作った雪人形を家の中に入れないようにと頼みました。

「この子を中に入れるなだって！」心の優しい父親は叫ぶように言いました。「おまえは狂ってるのかね、スミレ！――すっかり狂ってるんだね、ボタン坊や！　彼女は凍えて指の先まで冷え切り、厚い手袋をしているパパの手まで凍えそうだ。彼女を凍え死にさせたいのかね？」

彼の妻は、夫が階段を上ってくるときさらにもう一度、畏敬に近い思いをこめて正体不明の幼い子供をじーっと見つめました。彼女にはこれが夢か幻か判然としませんでしたが、その子の首筋にスミレちゃんのかすかな指の跡が見えると想像《おも》わずにいられませんでした。まるでスミレちゃんが、手で優しくぽんぽんと叩きながらその人形の姿を整えたのに、その痕跡を滑らかにし忘れたみたいでした。

「あなた、やっぱり」と母親は、天使たちも自分と同じようにスミレちゃんやボタンちゃんと遊びたがっているのだという考えを思い出して言いました。「やっぱりこの子は、不思議なことですが、雪人形に見えますわ！　わたし、この子が雪でできていることを信じます！」

一陣の西風が雪ん子に吹きつけました、するとその子は再び星のように煌めきました。

「雪でできている、だと！」気の進まない客の手を引いて、暖かな自宅の敷居をまたがせながら、ミスター・リンジーは妻の言葉を繰り返しました。「雪でできているように見えても不思議はないさ。可哀想にこの子は半分凍えているんだからな！　しかし十分に暖めれば、すべてめでたし、めでたしとなるよ」

それ以上は喋らず、いつも通り善かれという気持ちからこのとっても慈悲深く常識的な実際家は、凍てつく外気から心地よい客間へと――ますます深く頭を垂れていく――幼く真っ白な少女を案内しました。激しく燃える無煙炭のぎっしり詰まったハイデンバーグ・ストーブが、鉄の扉に取り付けた雲母の薄片を通して明るい光を送り出し、水の入ったストーブの上の壺は興奮して蒸気を吹きあげ沸騰しています。焼けつくような暑苦しさが部屋中に満ちています。ストーブから一番遠い、壁に掛かった温度計が二十七度を指しています。客間には赤いカーテンが掛かり、赤い絨毯が敷かれ、暖かさはまさに温度計の示す通りと思われました。室内の空気と、寒くて凍りそうな戸外の夕闇との違いは、ロシアにあるノバゼンブラ諸島から一気にインドの一番暑い地域に飛びこんだか、北極からオーブンの中に飛びこんだようなものです。ああ、ここは正体不明の真っ白で小さな子供にとっては悲しい極楽です！

常識的な実際家は、雪ん子を炉端の敷物の上にシュウシュウと湯気を上げているストーブのすぐ前に立たせました。

「これで寛いだ気持ちになれるだろう！」ミスター・リンジーは両手を擦り合わせ、見たこともないような上機嫌の笑みを浮かべて辺りを見回しました。「お嬢ちゃん、楽にしなさい！」

ストーブの熱風が疫病のように彼女の体の中に入りこんできたのか、炉端の敷物に立っているうちに真っ白な少女はどんどん悲しげに、頭を垂れていくように見えました。彼女は一度だけ、切なげに窓の方を見やりました。赤いカーテン越しに雪をかぶった屋根がちらりと見え、星々が凍えそうに瞬いています、そして寒い夜の微妙な厳しさがすっかり目に入りました。身を刺すような風が、窓ガラスを叩きます、まるで外に出ておいでと彼女に合図を送っているようです。けれども雪ん子は、頭を垂れ、熱したストーブの前に立ち尽くしていました！

しかし、常識的な実際家は不都合など何一つ気づきません。

「ねえ君」妻に向かって言いました。「この子に厚手の靴下を履かせ、ウールのショールか毛布を直にかけてあげなさい。ミルクが沸き次第、暖かい夕食をこの子に食べさせるようドーラに言いつけなさい。スミレちゃんとボタンちゃん、君たちは小さなお友達を慰めてあげなさい。知らない家にいることを知って、分かるね、彼女は元気をなくしているんだ。パパはご近所を廻って、どこのお子さんか見つけてくるよ」

その間に母親の方は、ショールと靴下を探しに行っていました。彼女の目から見れば、事態は非常に緻密で微妙なのに、いつものように夫の頑固な実利主義に譲歩していたからです。二人の子供たちは相変わらず小さな雪の妹は暖かいのが嫌いなんだと文句を言い続けていましたが、その抗議に耳を貸さず、善良なミスター・リンジーは客間のドアを念入りに閉め、出かけてゆきました。外套の襟を耳が被さるように立て、家から出て通りの門のところに着くか着かぬうちに、スミレちゃんとボタンちゃんの悲鳴と客間の窓を叩く指貫をはめた指の音に呼び戻されました。

「あなた！　あなた！」恐怖に打たれた顔を窓ガラス越しに見せながら、妻は叫んでいます。「あの子のご両親を探しに行く必要はありません！」

「あたしたち、そう言ったでしょ、お父さん！」父親が再び客間に入ってくるとスミレちゃんとボタンちゃんは金切り声を立てました。「パパはどうしても彼女を家の中に入れようとした。おかげで今、可哀想で――可愛くて――きーれーいーな雪の妹は溶けてしまった！」

そして彼らの優しくて幼い顔はすでに涙でくしゃくしゃです。そのため、この日常的な世界でどれほど不思議なことが時たま起きるかを知った父親は、自分の子供たちも溶けてしまうのではないか！と大いに心配したのです。困惑の頂点に達した父親は、妻に説明を求めました。彼女の答えられるのはこれだけです――スミレちゃんとボタンちゃんの叫びで客間に呼び戻されていってみると、白い少女は跡形もなくなり、ただ雪の塊だけがみるみるうちに暖炉の敷物の上ですっかり溶け去ってしまいました。「あなた、見えるでしょ、残っているのはあれが全部よ！」ストーブの前の水たまりを指さしながら彼女は付け加えました。

「そうです、お父さま」涙の間から責めるように父を見つめながらスミレちゃんは言いました。「可愛い雪の妹の残したものはこれが全部よ！」

「いけないパパだ！」足踏みしながらボタンちゃんは叫びました——こんなことを言うのはぞっとするのですが——常識的な実際家に向かって小さな拳を振るわせながら叫んだのです。「ボクたちはどうなるか言ったじゃないか！　どうしてあの子を家の中に入れたりしたの？」

そしてハイデンバーグ・ストーブは赤い目の悪魔さながら扉の雲母越しに、自分のしてのけた悪戯を誇りながら、善良なミスター・リンジーを睨めつけているように見えました。

お分かりのように、これは常識が自らの過ちを認めるような数少ない例の一つでした。これからも時たまこういうことは起こるでしょう。しかしこの驚くべき雪人形の話は、善良なミスター・リンジーが属している聡明な階層の人々にとっては、ほんの子供じみた事柄に過ぎないと思われるかもしれませんが、それでも、彼らの後学のためになる様々な形での教訓を引き出せるかもしれません。たとえば教訓の一つはこうかもしれません——男性諸氏、とりわけ慈善家の諸氏はこれからしようとしていることを十分に検討するのがふさわしい、そして博愛を目的にした行動を起こす前に、始めようとしている事業の本質とあらゆる利害関係に確信を抱くことがふさわしいということです。甲の人間ににとって善意の神髄だと思われていることも、乙の人間にとっては絶対的な悪ということもありえます。血と肉を持ったスミレちゃんやボタンちゃんと同じ人間の子供には客間の暖かさは間違っていませんが——とは言え、彼らにとっても大いに健康的とは言い切れませんが——不幸な雪人形にとっては死以外の何物ももたらさないのです。

しかし結局のところ、善良なミスター・リンジー型の賢明な人々には何も教えて差し上げるものはないのです。彼らは何でも知っています——間違いありません！——過去にあったすべて、現在に存在するすべて、可能性としてあらゆる未来に起こるかもしれないすべてを知っているのです。そのくせ〈自然〉の、あるいは〈神慮〉のある現象が、彼らの宇宙を超越することがあったとしても、それが鼻の先を通り過ぎても彼らはそのことに気がつかないでしょう。

「君」腹立ち紛れの沈黙のあと、ミスター・リンジーは妻に申しつけました。「子供たちは足に雪をつけてどっさり持ち込んだ！　ストーブの前にかなりな水たまりができている。ドーラに、タオルで吸い取るように言いなさい！」

フェザートップ

教訓化された伝説

「ディコン」とマザー・リグビーが叫んだ。「あたしのパイプに炭を！」

老婦人がこの言葉を発したとき、パイプは彼女の口にくわえられていた。まず煙草の葉を詰めて、口に突っ込みはしたものの、屈み込んで暖炉で火を点けはしなかった。実際、その朝暖炉で火が焚かれた形跡はなかった。ところが、命令が発せられたとたん、たちまちパイプの火皿から真っ赤な輝きが燃え立ち、マザー・リグビーの唇からひと筋の煙が上がったのである。炭がどこから来たのか、見えない手によってどのようにそこに届けられたのか、私はいまもって解明できずにいる。

「よし！」とマザーは首肯《うなず》きながら言った。「ありがとうよ、ディコン！　さあ、この案山子《かかし》を作ろう。呼んだら聞こえるところにいるんだよディコン、また用があるかもしれないからね」

善き婦人がかように早起きしたのは（何しろまだ陽もろくに上がっていないのだ）、トウモロコシ畑の真ん中に据える案山子を作るためであった。いまは五月の下旬、カラスとムクドリモドキが、土から顔を出したばかりのトウモロコシの緑の小さな丸まった葉に早くも目をつけている。そこで、頭のてっぺんから爪先までとびきり真に迫った案山子を早急に作り上げ、さっそくその朝から歩哨に立たせようという魂胆である。さて、マザー・リグビーといえば、（誰もが聞いた覚えがあろうが）ニューイングランドの魔女のなかでもとりわけ切れ者にして腕利きであり、牧師その人すら震え上がらせるほど醜い案山子を作ることだって朝飯前である。けれども今朝は、いつになく上機嫌に目が覚め、しかもパイプ煙草で気分もいっそう和やかになっていたので、おぞましい、恐ろしい案山子ではなく、立派な、美しい、見事なのを作ろうと決めたのである。

「自分の家の、玄関からすぐのトウモロコシ畑にお化けなんか置きたかないよ」とマザー・リグビーは独りごち、ひと筋の煙を吐き出した。「その気になりゃいくらでもできるけど、怪異を起こすのにももう飽きたから、まあたまには、現実の枠の中でやってみよう。いくら魔女だからって、近所の小さい子供を怖がらせても仕方ないしね」

というわけでこの案山子、材料の許す限り、当代の立派な紳士に似せることにした。それを作るにあたって用いられた、主たる素材を列挙しておくのも無駄ではあるまい。

何より大事な材料はおそらく、ごく目立たないけれども、一本の箒であろう。マザー・リグビーはこれまで、この箒に乗って真夜中何度も空を疾駆《しっく》してきたが、それがいまは、案山子の脊椎骨《せきついこつ》、無学な者の言い方では背骨、となっている。腕の一方は使われなくなった殻竿《からざお》であり、これはかつて夫グッドマン・リグビーが用いていたが、その夫も配偶者にさんざん苦しめられてすでにこの辛い世を去った。もう一方の腕は、私の勘違いでなければ、麺棒と椅子の折れた桟一本とを肱のところで緩く縛ったものであった。脚はといえば、右は鍬《くわ》の柄《え》、左は薪《たきぎ》の山から持ってきたパッとしない雑多な棒切れ。肺、腹等々のたぐいは藁《わら》を詰めた碾割粉《ひきわりこ》袋で済ませていた。これで案山子の骨組と胴体はひととおり述べたことになり、あとは頭が残るのみだが、こちらはマザー・リグビーが巧妙に、いささか萎びてしぼんだカボチャに目の穴を二つ開け、口の切れ目を入れ、真ん中には青っぽい木の節を据えて鼻としたのだった。どうしてどうして、実にまっとうな顔であった。

「とにかくもっとひどい顔だって、人間の肩の上にいくらでも見てきたしね」とマザー・リグビーは言った。「それに、カボチャ頭の立派な紳士だっていくらでもいるさ、あたしの案山子だけじゃないよ！」

だが今回、一人前の男になる決め手は衣服である。そこで善き老いたる女性は、年代物のプラム色の上着を掛け釘から下ろしてきた。ロンドン仕立てで、その縫い目、袖口、ポケットの垂れ蓋、ボタン穴には刺繡の名残りが見られるが、いまや嘆かわしいほど草臥《くたび》れて色褪せ、両肱にはつぎが当てられ、裾はずたずた、どこもかしこも擦れて糸が露出している。左胸には丸い穴があって、高貴な身分を表わす星がここから剝ぎ取られたか、あるいは、かつてこれを着た者の熱い心によってぽっかり焼かれたかのいずれかと見える。近所の住民が言うには、この豪華なる服は悪魔の持ち衣裳で、知事の食卓に堂々臨席しようという折にすぐ着られるようマザー・リグビーの田舎家に置いているという話であった。上着に合わせて、実にたっぷりした大きさのビロードのチョッキがあって、これにはかつて、十月のカエデの葉のごとく明るい黄金色の木の葉の刺繡が施されていたが、いまはそれもビロード地からすっかり抜け出てしまっていた。次は、ルイスバーグのフランス人知事がかつて着用した緋色の膝丈ズボンで、その膝の部分は太陽王ルイ十四世の玉座の下の踏み段に触れたこともある。フランス人知事はこの衣服をインディアンの呪《まじな》い医師に与え、インディアンはそれを、森で舞踏会が開かれた際、この老いた魔女を相手に、蒸留酒一ジル〔一〇〇cc強〕と交換したのだった。マザー・リグビーはさらに絹の長靴下を出してきて、案山子の脚に穿かせたが、それは夢のごとく実体なきものに見え、そのいくつかの穴を通して、二本の棒切れの生々しさが何ともみじめに際立っていた。そしておしまいは、カボチャのむき出しの頭皮に亡き夫の鬘《かつら》を載せ、仕上げに色褪せた、雄鶏の尾の一番長い羽根を一本刺した三角帽子をかぶせたのである。

　老婦人は田舎家の隅に案山子を立たせ、その黄色い、節くれ立った小さな鼻を宙に突き出した、人の顔に似せた黄色い代物を見てくっくっと笑った。妙に自己満足めいた面持ちが案山子にはあり、「見てくれ、私を！」と言っているように思えた。

「実際あんた、見る価値あるよ――そうだとも！」とマザー・リグビーは己の手仕事をほれぼれと眺めながら言った。「何せこっちは魔女だからね、人形はたくさん作ってきたけど、こいつが最高の出来だと思うね。案山子にしとくのが惜しいくらいだよ。さてさて、パイプにまた葉を詰めて、こいつをトウモロコシ畑へ連れていくとしよう」

　パイプに煙草の葉を詰めながらも、老婆はずっと、ほとんど母の愛のごとき思いとともに隅の人形を見つめていた。実を言うなら、偶然なのか腕前なのか、はたまた紛れもない魔術なのか、この襤褸で飾り立てた馬鹿げた人形には、どこかしら不思議に人間らしい佇まいがあったのである。表情にしても、その黄色い表面がしぼみかけ、いかつい笑い顔となりつつあるように見えた。何とも奇妙な、軽蔑と愉快の中間の、自分が人類に向けられた冗談であることを理解しているような表情である。見れば見るほど、マザー・リグビーはますます御満悦の体《てい》であった。

「ディコン」と彼女は鋭い声で叫んだ。「あたしのパイプに炭の補充を！」

そう言い終わるか終わらぬかのうちに、さっきと同じく、煙草の上には赤く輝く炭が載っていた。彼女はそれを長々と吸い込み、またふたたび、田舎家の窓の、一枚きりの埃っぽいガラス越しに辛うじて入ってきた朝日の筋に向けて吐き出した。マザー・リグビーはつねに、この特定の炉端から持ってきた炭火でパイプに火を点けることを好み、いまもその炉から炭は届けられたのだった。が、その炉端がどこにあるのか、誰がそこから炭を持ってきたのか、その見えない使者がディコンという呼び名に応えるらしいということ以外、私にはとんとわからぬのである。

「そうだよ、この人形」とマザー・リグビーは、依然として案山子に目を据えたまま考えた。「ひと夏ずっとトウモロコシ畑に立って、カラスやムクドリモドキを追っ払うには勿体ない出来だよ。もっと立派なことができるはずさ。森の魔女集会で相方が足りないときなんか、もっとひどいのと踊ったものさ！　おんなじように藁で出来た空っぽの連中が、世の中いくらでも闊歩してる。ひとつこいつも、世に出してみようか？」

老いた魔女はさらに三、四回パイプを吹かし、にっこり笑った。

「そこらじゅうの街角で、いくらでもお仲間に会うはずさ！」と彼女はさらに続けた。「今日の魔法はパイプに火を点けるだけにしとこうと思ったけど、とにかくこっちは魔女なんだし、これからも魔女だろうから、逃げたってはじまらないやね。ここはひとつ、ただの冗談でも、あたしの案山子を一人前にしてやろうじゃないか！」

こう呟きながら、マザー・リグビーはパイプを自分の口から離し、案山子のカボチャ顔の、同じく口を表わす裂け目につっ込んだ。

「吹かしな、坊や、吹かしな！」と彼女は言った。「プカプカ吹かすんだ、さあ！　お前の命がかかってるんだよ！」

相手は我々も知るとおりただの棒、藁、古着であり、頭といっても萎びたカボチャでしかないのであるから、命が云々というのはどう考えても妙な励ましである。にもかかわらず、マザー・リグビーが並外れた力と才を持つ魔女であることを私たちはゆめゆめ忘れてはならない。この事実をしかるべく心に留めておくなら、この物語の、驚きを誘うさまざまな出来事も、信じうる範囲を超えているということにはならぬであろう。実際もし、老婦人に吹かせと命じられたとたん案山子の口からひと筋の煙が出てきたと私たちが信じられるなら、大きな困難が一気に取り除かれたことになろう。まあたしかに、ひどく弱々しい煙ではあった。だが次の、またその次の煙があとに続き、どんどん強くなっていったのである。

「吹かしな、坊主！　吹かすんだよ！」とマザー・リグビーは、彼女にしては最高に感じのよい笑みを浮かべながら何度もくり返した。「それがあんたの命の息なんだよ――これは本当さ！」

疑いの余地なく、パイプには魔法がかかっていた。煙草の葉にか、それとも葉の上でかくも神秘的に燃えてあかあかと光る灰にか、あるいは火の点いた葉から立ちのぼるピリッとかぐわしい煙に魔力が込められているのか。何度かの覚束ぬ試みを経て、案山子はプカプカ次々と煙を吹き出すに至り、それが薄暗い片隅から陽の筋にまで広がっていった。そこからは埃の粒が舞う中で渦を巻き、溶けていった。

まだ安定にまでは到っていないようで、次の二、三の煙は勢いも弱かったが、とはいえ炭はまだあかあかと光って案山子の顔を照らしている。老いた魔女は痩せこけた手をぱんと叩き、励ましの笑顔を己の手仕事に向けた。魔法が上手く効いていることを彼女は見てとった。これまで全然顔などではなかった萎びた黄色い顔にはすでに、うっすらと、いわば人間らしさの幻のごとき靄がかかっていて、それが顔の前あたりをふらふら漂っている。時にすっかり消えたかと思えるが、またパイプを吹かすと、これまで以上にはっきり見えてくる。同様に、その姿全体が、私たちが輪郭も曖昧な雲を見て勝手な想像で自分をなかばだますときのごとく、命ある様相を見せてきた。

この件をじっくり詮索するなら、案山子のむさくるしい、擦り切れた、何の値打ちもない、作りもぞんざいな実体に結局のところ本物の変化があったのか、それも怪しく思えてくるかもしれない。実は空虚な幻にすぎず、光と影を巧みに細工して、大半の人間の目を惑わすよう色づけと工夫がなされただけではないのか。魔女の術のもたらす奇跡とは、一見巧妙に見えても、実はつねにごく底の浅いものであったように思われる。少なくとも、こうした説明が真実を衝いていないとしても、私としてはこれ以上の代案を持たない。

「よく吹かした、可愛い坊や!」と、相変わらず老マザー・リグビーは叫んでいる。「さあ、もういっぺん、たっぷり吹かしてごらん、力一杯! 死物狂いで吹かすんだ! 心の底から吹かすんだよ、あんたに心があって心に底があればだけどね! そうそう、今回も上手だよ! 目一杯喫《す》ってたねえ、いかにも美味そうに」

それから魔女は、ふたたび案山子に手招きしたが、そのしぐさに磁気のごとき力をたっぷり込めたものだから、天然磁石が鉄を呼び寄せる神秘の力と同じく、案山子としても従わぬわけには行くまいと思えた。

「何だって隅に隠れてるんだ、怠け者よ？」と彼女は言った。「出てこい！　お前の前には世界が開けておるのだぞ！」

まったくの話、この伝説を私が祖母の膝の上で聞くこともなく、信じうるものの群れの中に――わが子供じみた判断力がその信憑性を検討する間もなく――この話が居ついていなかったら、いまこれを語る度胸が出るかどうか！

マザー・リグビーの命に応えて、案山子は彼女が差し出した手に触れようとするかのように片腕を突き出し、一歩踏み出して――まあ一歩といっても、がくん、びくんとぎくしゃくしたものだが――それからぐらっとよろめき、危うく均衡を失いそうになった。仕方あるまい。しょせんは二本の棒に刺した案山子。だが意固地な老婆は怖い顔になり、手招きし、己の意志の力をありったけ、この腐った木と黴臭い藁と襤褸着のお粗末な組合せにぶつけたので、これはもう案山子としても、現実などはうっちゃって、人間のふりをしてみせるしかない。かくして案山子は陽の筋の中に入ってきた。そこに立つ――まったく何と、情けない代物か！　人間にごく薄っぺらに似せたうわべの向こうに、こわばった、がたがたの、辻褄の合わぬ、色褪せた、ずたずたの、益体《やくたい》もないつぎはぎがまざまざと見え、直立する資格のなさを自覚しているがごとくに今にもどさっと床に倒れ込みそうである。白状しようか？　生命を与えられんとしている今、この案山子は、空想物語作家たち（むろんそこには私も混じっている）が虚構世界にさんざん住まわせてきたたぐいの、何百回と使い古された、そもそもはじめから使うに値しない雑多な素材から成る、いい加減かつ出来損ないの登場人物たちを私に思い起こさせるのである。

だが猛々しい老魔女は怒り出し、せっかく作ってやった者のこうした臆病なふるまいに、その悪魔的な本性を（シューシューという音とともに彼女の胸から顔を覗かせる蛇のごとくに）ちらつかせはじめた。

「吹かすんだよ、このろくでなし！」と彼女は怒りを込めて叫んだ。「吹かせ、吹かせ、藁と空《から》のお前！——襤褸切れ一枚二枚のお前！——碾割粉袋のお前！——カボチャ頭のお前！——まるっきり無のお前！——いったいお前を呼ぶに相応しい、下司な名前をどこで見つけようかね！　さあ吹かせ、煙と一緒に幻の命を吸い込むんだ、さもないとその口からパイプを取り上げて、体丸ごと、その赤い炭の出どころに投げ込んでやるからね！」

こう脅《おど》かされては、気の毒に、案山子としても必死に吹かすしかない。ゆえに、やむをえずパイプに精魂を注ぎ、煙草の煙をたっぷり、立てつづけに吐き出したものだから、田舎家の小さな台所全体が紫煙に包まれた。ひと筋のみの陽光はその場をどうにか薄ぼんやり貫き、ひび割れた埃っぽい窓ガラスの像を反対側の壁におぼろに映し出すので精一杯であった。一方マザー・リグビーは、褐色の片腕の肱を横に突き出し手を腰に当て、もう一方の腕を案山子の方にぴんと伸ばした格好で、立ちこめる煙の只中に厳めしく立ちはだかり、その姿勢といい表情といい、餌食に選んだ者たちに重苦しい悪夢を浴びせその枕元に立って彼らの苦悩を愉しむときのそれであった。哀れな案山子は怯え震えつつプカプカ吹かした。そしてその企ての目的は、見事に達せられたと言わねばならない。というのも、続けて吹かすたびに、案山子はそのふらついて謎めいた希薄さをどんどん失っていき、より密なる実体を帯びていくように見えたのである。おまけに、その衣服までもが魔法の変化を被り、目新しさの艶を帯びて輝き、とっくの昔に破れてなくなったはずの、達者に刺繍された金糸のきらめきを放ちはじめた。それから、煙ごしに垣間見える黄色い顔が、その光沢なき目をマザー・リグビーに向けた。

しばらくして、老いた魔女は拳を握りしめ、案山子に向けて振った。本気で怒っているというのではない。いわば信条に基づいて怒ってみせたにすぎない。すなわち、その本性薄弱にして不活発なる者は、善き霊感を自ら進んで得る力もないのだから、恐怖心に訴えて奮い立たせてやるしかないという信条。これは真理ではないかもしれず、少なくとも唯一の真理ではないことは間違いないが、マザー・リグビーとしてはこれが達しうる精一杯なのである。だがここは、実のところ重大な分かれ目。望みどおりの結果が出なかったら、このぶざまなまがいものを、元の姿に戻してしまおうというのが彼女の無慈悲な腹づもりである。

「あんたは人間の格好して」と彼女は厳しい声で言った。「声だっていちおうそれなりに持ってる！　喋ってごらん！」

案山子はギョッとして、しばしの悪あがきの末にかすかな呟きを発したが、何しろそれが煙っぽい息にすっかり溶けてしまっているせいで、本当に声なのか、それともひと筋の煙草の煙にすぎぬのか、どうにも判断がつきかねた。この伝説の語り手の中には、マザー・リグビーの魔法と、彼女の烈しい意志の力が、死者の霊魂を案山子の中に押し込んだのであって、その声も霊魂の声だったのだと説く者もいる。

「母上《マザー》」と哀れな、抑えられた声が言う。「どうかそんなに厳しく仰有《おっしゃ》らないで下さい！　僕だって喋れるものなら喋りたいのです、でも知恵などない身、何と言えばいいのです？」

「お前、喋れるじゃないか！」とマザー・リグビーは叫び、厳めしい表情がほころんだ。「で、何を言えばいいかだって？　やれやれ、まったく！　お前ときたら頭空っぽ党の仲間かい、何を言えばいいか教えろってのかい！　そんなことじゃあ、千の事柄を千回ずつ言ったって、まだ何も言ったことにならないだろうよ！　いいから、怖がるんじゃない！　お前が世の中に出ていったら（あたしは今すぐお前を世に送り出すつもりだよ）、喋るタネには事欠かないさ！　喋るんだ！　その気になりゃお前は、水車小屋の小川みたいにぺちゃくちゃ喋りまくれるのさ。お前にはそれだけの脳味噌があるんだよ、ほんとだよ！」

「何でも仰せつけ下さい、母上」と案山子は応じた。

「よく言った、可愛い坊や！」とマザー・リグビーは答えた。「今のはお前らしい、何の意味もない言葉だよ。お前はそういう出来合いの言い回しを百持っていて、あともう五百そういうのがある。それでね、お前を作るのにずいぶん手間暇かけたし、お前はほんとに立派になったから、誓って言う、あたしはこの世のどんな魔女の人形よりお前を愛しているよ。今までにあらゆる素材で人形を作ってきたこのあたしだ――粘土、蠟、藁、棒切れ、夜霧、朝靄《あさもや》、海の泡、煙突の煙！　だけどお前が一番だよ。だからあたしの言うこと、よぉくお聞き！」

「はい、優しい母上」と案山子は言った。「心を込めて聞きます！」

「心を込めて！」と老いた魔女は叫び、両手を脇に当ててゲラゲラ笑い出した。「えらく洒落た言い方するねえ！　心を込めて！　しかも手をチョッキの左側に当てまでして――ほんとに心があるみたいに！」

　というわけで、己《おの》が幻想の作物《さくぶつ》にマザー・リグビーもすっかり満足し、案山子に向かって、広い世間に出て立派に自分の務めを果たすんだよ、お前以上にほんとに中身のある人間なんて百人に一人もいないんだからね、と言い聞かせた。そうして、世の上に立つ人たちの前に出ても恥ずかしくないよう、測れえぬ量の富を彼に与えた。黄金郷《エルドラド》の金鉱、弾けた泡《バブル》の株一万株、北極の葡萄園五十万エイカー、空中楼閣とスペインの城〔「空中楼閣」と同義〕に加えてそれらから生じる地代や収益等々。加えて、カディスの塩を積んだ船の荷も魔女は案山子に譲渡した。これは十年前、自ら妖術を用いて大洋の深き底に沈没させた船であり、もし塩がまだ溶けておらず、市場まで運べるものなら、漁師相手にかなりの値で売れるはずである。当座の現金にも困らぬよう、手持ちの硬貨はそれしかないのでバーミンガム鋳造の小銅貨を一枚与え、さらには相当量の真鍮を案山子の額に貼りつけ、おかげで額はますます黄色くなった。

「その真鍮だけでも」とマザー・リグビーは言う。「世界じゅう回る足代に十分さ。キスしておくれ、可愛い坊や！　あたしゃできるだけのことはしてやったよ」

　さらに、冒険に送り出すにあたって、できるだけのあと押しをしてやろうと、この天晴《あっぱ》れな老婦人は、ひとつの合い言葉を案山子に与えた。これがあれば、近隣の都において社会の頂点に立つ治安判事、市議会議員、商人、教会長老（この四つの肩書でやっと一人の人間が出来上がっている）への紹介状代わりになるのだ。この合い言葉、たった一語から成っており、それをマザー・リグビーが案山子に囁き、案山子はそれを商人に囁くよう入れ知恵されたのである。

「通風持ちの爺さんだけどね、この言葉さえ耳打ちすれば、使い走りでも何でもやってくれるよ」と老いた魔女は言った。「マザー・リグビーは徳高きグーキン判事と知り合い、徳高き判事はマザー・リグビーと知り合いなのさ！」

こう言って魔女はその皺くちゃの顔を案山子の顔に近づけ、抑えようもなくくっくっと笑い、体じゅうそわそわ動かして、今から伝えんとする思いにさも悦に入っている様子であった。

「徳高き名士《マスター》グーキンにはね」と彼女は囁いた。「見目麗しい乙女が一人、娘にいるのさ！　よくお聞き、坊や！　お前は見栄えも悪くないし、自前の知恵もちゃんとある。そう、ちゃんとあるとも！　ほかの連中の知恵を見たら、自分も満更《まんざら》じゃないと思うだろうよ。でだ、それだけの見かけと中身があれば、お前こそ若い娘の心を勝ちとるにうってつけさ。本当だとも！　このあたしが言うんだから間違いないよ。とにかく自信たっぷりの顔して、ため息ついて、にっこり笑って、帽子をさっと振って、片脚をダンスの先生みたいに突き出して、右手をチョッキの左側に当てるんだ——そうすりゃ可愛いポリー・グーキンはお前のものさ！」

この間ずっと、生まれ立ての者は、パイプの煙の香りを吸い込んでは吐き出している。これを行なうのは、その快さのためのみならず、それと同程度に、これこそ彼が存在するための基本的条件でもあるからと思われた。彼のふるまいの人間らしさたるや、誠に目を見張るものがあった。案山子の目は（一対の目もちゃんとあるように見えた）じっとマザー・リグビーに注がれ、切れ目切れ目で首を縦に横に振ったりもした。また、しかるべき間合いにはさむべき言葉も欠きはしなかった——「本当ですか！　そうなんですか！　まさか！　そりゃすごい！　参ったなあ！　いやそんな！　おお！　ああ！　ふむ！」等々、聞き手の関心、問いかけ、黙諾、不同意を表わす重々しい言葉を発したのである。もし読者諸兄がそばに居合わせ、案山子が作られる過程を目にしておられたとしても、老いた魔女がその偽の耳に注ぎ込むもろもろの巧妙な助言を彼が完璧に理解しているとの確信に抗うのは難しかったであろう。案山子がパイプに精を出せば出すほど、人間らしさもその外面《そとづら》にいっそうはっきり刻まれ、表情もますます賢明そうになり、しぐさや動きもより真に迫ってきて、声もいよいよ明快さを獲得していった。その衣服すら偽りの壮麗さを帯び、さっきまでに較べてずっとまぶしく輝いた。こうした奇観すての源たる魔力が燃えるパイプそのものまで、煙に黒ずんだ陶製の筒でしかなかったはずが、今や海泡石《メアシャム》パイプとなって、火皿には絵が描かれ、吸い口は琥珀色であった。

けれども、これまでの話から察せられようが、この見せかけの命はどうやらパイプの煙と同一であるからして、煙草の葉が灰と化すと同時に命も終わると考えられる。だが老婆はこの問題も見越していた。

「パイプをくわえてるんだよ、お前」と彼女は言った。「葉っぱを補充してやるから」

マザー・リグビーがパイプから灰を振り落とし、煙草箱から葉を足しにかかるなか、立派な紳士が見るみる案山子に戻っていくのは何とも物悲しい眺めであった。

「ディコン」と彼女は甲高い、鋭い声で叫んだ。「このパイプに炭を！」

そう言うが早いか、あかあかと燃える火の点が火皿の中で光を放ちはじめ、案山子は魔女に命じられるまでもなく管を唇に当て、何度かせかせかと吸い込んで、じきにその喫い方も整然と落着いていった。

「さあ、あたしの大事な子や」とマザー・リグビーは言う。「お前の身に何が起ころうと、パイプだけは放しちゃいけないよ。お前の命がそこに入ってるんだ。ほかには何も知らなくとも、お前もそのことだけはよく知ってるだろ。パイプを放すんじゃないよ！　喫うんだ、吹かすんだ、雲を吹くんだ。もし人から何か訊かれたら、健康のためなんです、医者に命じられてるんですって答えるんだよ。そうしてね、煙草が少なくなってきたら、どっかの隅に失敬して、(まずは体に煙をためてから) 鋭い声で『ディコン、新しい葉を！』『ディコン、パイプに炭を！』と叫んで、大急ぎでパイプをその可愛い口に入れるんだ。さもないと、金モールのついた上着を着た颯爽《さっそう》たる紳士が、ただの棒切れ、襤褸服、藁の袋、萎びたカボチャだの寄せ集めになっちまうからね！　さあ行きなあたしの宝物、しっかりやるんだよ！」

「ご心配なく、母上！」と案山子は雄々しい声で言い、勇ましく煙を吹き出した。「立派にやり遂げますとも、まっとうな紳士の道に則って！」

「ああ、お前にはほんとに参らされるよ！」と老いた魔女は、笑いに体を痙攣させながら叫んだ。「よく言った！　まっとうな紳士の道に則って！　お前、自分の役柄を完璧に演じてるよ。さあもうお行き、賢い人間って顔を忘れるんじゃないよ。実質あり中身ある人間、脳味噌があって世に言う心があってそのほか人が持つべきすべてを持ってる人間として、どんな二本足が相手だってあたしゃお前の首の方に賭けるよ。お前のおかげで、あたしも自分が昨日よりいい魔女になったと思えるよ。お前はこのあたしが作ったんだからね！　ニューイングランド中の魔女に挑むよ、同じものを作れるなら作ってみるがいい！　さあ、あたしの杖を持っていきな」

するとし、何の変哲もない樫の杖が、たちまち金色の握りのついた杖の姿に変貌した。

「その金の握り《ヘッド》には、お前の頭《ヘッド》と同じくらい知恵が詰まってる」とマザー・リグビーが言った。「徳高き名士グーキンのお屋敷までまっすぐ連れてってくれるはずさ。さあお行き、可愛い坊や、あたしの大事な子、あたしの宝物。誰かに名前を訊かれたら、フェザートップですって言うんだよ。お前の帽子には羽根《フェザー》が一枚刺さってるし、お前のがらんどうの頭の中には羽根を一握り詰め込んだし、お前の鬘《かつら》もフェザートップっていう名の型だ——だからお前の名前もフェザートップなんだよ！」

こうして田舎家から歩み出たフェザートップは、勇ましい足どりで町へ向かっていった。マザー・リグビーは敷居に立って陽の光が案山子に降りそそぐさまを、あたかも彼の壮麗さがすべて本物であるかのように満足気に眺め、彼が熱心かつ愛おしげにパイプを吹かし、脚どりは若干こわばっているものの堂々と歩くその姿に見惚れていた。見えなくなるまで目を離さず、道路が曲がって視界から彼が消えると、可愛い子に向けて魔女の祝福を送った。

朝も早く、近隣の町の目抜き通りが一番賑やかで活気に満ちるころ、たいそう立派な身なりの見知らぬ人物が歩道に現われた。その身のこなしも、また衣服も、これは高貴なお方にちがいないと思わせるものであった。豪華な刺繍を施したプラム色の上着、チョッキは高価なビロードで金色の葉模様に飾られ、膝丈ズボンは見事な深紅の色、白い絹の長靴下は質も光沢も最上級。頭を覆う鬘はこの上なく優雅に髪粉がまぶされ、ぴったり頭に合わせてあるので、これを帽子で乱すのはほとんど冒瀆であろうと思われた。ゆえに紳士は帽子を（それは金のレースを飾った、雪のような一本の羽根で際立たせた帽子であった）腋の下に抱えていた。上着の胸には星がひとつきらめいていた。金の握りのついた杖を軽やかに、当代の上品な紳士特有の優美さでもってこの人物は操った。そして、こうした出で立ちの極めつけとして、両の手首にレースのひだ飾りがあって、それがまたえも言われぬ典雅さで、中になかば隠れた両手が何もせぬ貴族の手にちがいないことを保証していた。

この華麗なるお方の装身具でひときわ目立っているのは、左手に持った、幻かと見紛うパイプであった。火皿には精妙に絵が描かれ、吸い口は琥珀色。紳士はこれを、五、六歩歩くたびに唇へ持っていき、深く煙を吸い込む。煙はしばし肺にとどめられたのち、口と鼻孔から優雅に渦を巻いて立ちのぼるのである。

容易に想像がつくであろうが、町じゅうがこの見知らぬ人物の名を探り出そうと躍起になっていた。

「どこかの偉い貴族だ、間違いない」と住民の一人が言った。「胸の星が見えるか？」

「いいや、まぶしすぎて見えない」ともう一人が言った。「そうとも、君の言うとおり貴族にちがいない。だがあの方、いったいどんな乗り物でここまでおいでになったのかな？　この一か月、旧世界からは一隻の船も着いていない。南から陸路で来られたんだったら、お付きの者や馬車はどこかね？」

「馬車なんかなくても位の高さはわかるさ」と三人目が言った。「襤褸に包まれて来たって、肱の破け穴から高貴さの光が溢れ出るだろうよ。あんなに品格ある姿は見たことがない。きっといにしえのノルマン人の血が流れているんだよ！」

「あれはむしろオランダ人か、高地ドイツ人じゃないかな」とさらに別の住民が言った。「あのへんの国の人たちはいつもパイプをくわえてるからね」

「それならトルコ人だって同じだよ」と相手が答えた。「僕の見たところ、この人はフランスの宮廷の育ちで、そこで礼儀作法と優雅な物腰を身につけたのさ、フランス人の貴族ほどそういうことを弁《わきま》えてる連中はいないからね。ほら、あの歩き方！　卑しい人間が見たら、こわばってるとか、ぎくしゃくしてるとか言うかもしれんが、僕の目にはあれは、言葉にしようもないほどの威厳が備わっている。きっと大王《グラン・モナルク》〔ルイ十四世のこと〕のふるまいを日々観察して身につけたにちがいないよ。人格も、地位も、一目見ればわかる。あれはきっとフランスの大使だよ。僕らの支配者たちとカナダ割譲問題を話しあいに来たんだ」

「それよりスペイン人という確率の方が」と別の者が言った。「だから顔色が黄色いのさ。でなけりゃ、うん、これが一番ありうるな、ハバナかどこかカリブの港から、我々の総督が黙認しているって噂の海賊を調査しに来たんだ。ペルーやメキシコへの入植者たちは、鉱山から掘り出す金と同じくらい黄色い肌をしてるんだよ」

「黄色だろうとなかろうと」とある女性が言った。「ほんとに素敵な方だわ！――あんなに背が高くて――あんなにほっそりして――優美で高貴なお顔で、鼻の形も最高だし、口許の表情も繊細そのもの！それにまあ、何て明るい星かしら！　まさしく火を噴いているわ！」

「あなたの瞳もですよ！」と、当の見知らぬ人物がお辞儀をしパイプをさっそうと動かしながら言った。ちょうどたまたま、その場を通りかかったのである。「いやまったく、目がくらんでしまいましたよ！」

「こんなに独創的で、雅《みやび》やかな褒め言葉ってあったかしら?」と女性は有頂天になって呟いた。

見知らぬ人物の登場に誰もが賛嘆の声を上げるなか、異を唱える声が二つだけあった。ひとつは礼儀知らずの野良犬のそれであり、輝かしい姿の足下の匂いをくんくん嗅ぐと、すっかり怯えて、聞くに堪え立ぬ吠え声を発しながら主人の家の裏庭にこそこそ逃げていった。もう一人の反対者は幼い子供で、肺が破裂するかというくらい大きな悲鳴を上げ、カボチャがどうたらと訳のわからないたわごとをわめき立てたのだった。

一方フェザートップは、悠然と通りを進んでいく。さっきのご婦人にお愛想を述べたのと、路傍に立つ人々の心からの崇拝の言葉に応えて時おり首を軽く傾けるのを別とすれば、気持ちはひたすらパイプに集中している様子だった。その落着き払ったふるまいを見れば、その地位、その勢力の証しは不要であり、彼の周りで住民たちの好奇心と賛嘆の呟きは膨れ上がる一方、今やほとんど喧噪の域に達していた。背後にくっついた人波がますます大きくなっていくなか、彼はようやく徳高きグーキン判事の邸宅にたどり着き、門から中に入り、玄関前の階段をのぼってノックした。反応を待つしばしの時間、この見知らぬ人物がパイプから灰を払い落とすのを人々は目にした。

「いまあの鋭い声で、何て言ったんだ？」と見物人の一人が問うた。

「さあなあ」とその友人が言った。「だけど何だか妙な具合に太陽に目がくらむ！　あのお方が急に、ひどくぼんやり、おぼろに見えてきたぞ！　こりゃ参った、俺はいったいどうなってるんだ！」

「不思議なこともあるもんだ」と相手が言った。「あのパイプ、ほんの一瞬前は消えてたのに、また点いていて、しかもあんなに赤い炭、見たことないぞ！　どうもあの見知らぬお方、謎めいたところがある。いまの煙、すごかったなあ！　ぼんやり、おぼろだって？　見ろよこっちを向いたぞ、胸の星が燃え上がらんばかりじゃないか」

「まったくそのとおりだ」と相棒が言った。「可愛いポリー・グーキンが見たらきっと目がくらんじまうぞ、ほら、寝室の部屋の窓から覗いてる」

今や玄関のドアが開けられ、フェザートップは群衆の方を向いて、下々の者たちの崇敬に応える偉人よろしく堂々と体を折り曲げ、家の中に消えていった。その顔には、邪気を含んだ笑い、さらには歪みとまでは言わぬまでも、何とも不思議なたぐいの引きつりが見えていた。が、それを目にした大勢の人々の中で誰ひとり、この見知らぬ人物の本性の幻たることを見抜いた者はいなかったようである――一人の幼い子供と、一匹の野良犬を別とすれば。

私たちの伝説はここでいくぶん先に飛び、フェザートップと商人との挨拶めいたやりとりは省いて、可愛いポリー・グーキンを探しに向かう。このぽっちゃり丸い体付きの乙女は、明るい色の髪に目は青、色白でほんのり赤らんだ顔は、ひどく狡猾そうにもひどく単純そうにも見えなかった。光輝く見知らぬ人物が玄関前に立っているのを目にとめたポリーは、いそいそとレースの帽子をかぶり、ビーズのネックレス、一番上等のスカーフ、一番硬いダマスク織りのペチコートを身につけて、彼と引き合わされる瞬間に備えた。寝室から客間に飛んでいって以来、ずっと大きな鏡で自分の姿に見入り、可愛いしぐさの練習に励んでいる――笑顔、儀式ばった威厳ある顔つき、もっと柔らかな笑顔。さらには自分の手に接吻し、頭をつんと上げ、扇を操る。鏡の中では、実体なき小さな乙女がそうしたしぐさすべてを反復し、彼女が為すあらゆる愚かな行ないを為したが、それで当の本人が恥じ入るということにはならなかった。要するに、可愛いポリーが名士フェザートップと同じ完全な作りものになれなかったのは、あくまで彼女の能力の問題であって、意志の問題ではなかったのである。が、こうして己の素朴さに手を加えてしまうとあっては、魔女の遣わしたこの幻に屈する見込みも大と見るべきであろう。

父親の痛風らしい足どりが、フェザートップの踵《かかと》の高い靴のこわばった響きに伴われて客間のドアに近付いてくるのを聞いたとたん、ポリーはぴんと背をのばして椅子に座り、無邪気に歌をさえずりはじめた。

「ポリー！　娘や！」と老いた商人は叫んだ。「こっちへおいで！」

ドアを開けた名士グーキンの顔には、疑念と不安が浮かんでいた。

「この方は」と彼はさらに、見知らぬ人物を紹介して言った。「勲爵士《シュヴァリエ》フェザートップ！――いや失礼、閣下《マイ・ロード》フェザートップ！――であらせられる。私の昔の友人からの言伝てを届けに来て下さったのだ。失礼のないよう、丁重におもてなしするのだぞ」

この短い紹介を終えると、徳高き判事はそそくさと部屋を出ていった。が、ほんの一瞬だったとはいえ、もし可愛いポリーが華麗なる客にすっかり目を奪われず、父親の方を少しでも見ていたなら、何やらよからぬ事態が迫っているとの警告をそこに見てとったであろう。老いた男はそわそわと落着かず、ひどく青ざめていた。礼儀正しい笑顔を企てたものの、まるで電気でも通されたような歪んだ笑いもどきにしかならず、フェザートップが背を向けるとそれすら険悪なしかめ面に変わった。同時に拳骨をふり上げ、痛風の足を踏みならし、その無作法の仕返しにたっぷり痛みを喰らうことになった。どうやらマザー・リグビーの紹介の一言とは、何という言葉であれ、富裕な商人の親切心よりもはるかに、恐怖心に作用したようだった。しかもこの商人、観察力はきわめて鋭い人物であったから、フェザートップのパイプの火皿に描かれた姿たちが動いていることを目にとめていた。そしてもっとよく見てみて、それらの姿が小さな悪魔の一団であり、おのおのしかるべく角も尻尾もついていて、それらが手に手をとって踊り、悪魔的なる歓楽のおぞましいしぐさとともに、パイプの火皿の縁をぐるぐる回っていることを確信した。名士グーキンの疑念を裏付けるかのように、己の部屋から客間へと氏が客人を案内して薄暗い廊下を進んでいくなか、フェザートップの胸の星が本物の炎を発し、壁、天井、床にちらつく光を投げたのである。

かくも禍々《まがまが》しい前兆がいたるところに見られたとあっては、己の娘を実にいかがわしい人物に委ねつつあると商人が感じたとしても驚くにはあたるまい。フェザートップの物腰の、巧みに相手に取り入る優雅さを彼が心中ひそかに呪うなか、この輝かしき人物はお辞儀し、にっこり微笑み、片手を胸に当て、パイプの煙を長々吸い込み、芳《かぐわ》しい、目に見える吐息の煙霧であたりの空気を彩った。哀れ名士グーキン、できることならこの危険な客を表に叩き出したかったことであろう。だが彼の中には抑制と怖れがあった。どうやらこの堅気の老紳士、人生のずっと前の段階で、悪の原理に対して何らかの誓約をしたらしく、おそらくは今それを果たすべく、娘を犠牲に差し出す破目になったと思われた。

客間のドアは一部ガラスになっていて、絹のカーテンで覆ってあったが、その襞《ひだ》が少し歪んで垂れていた。可憐なポリーと雄々しいフェザートップのあいだに何が生じるか、見届けたい気持ちはあまりに強く、部屋を去ったあと商人は、カーテンのすきまから中を覗かずにおれなかった。

けれども、何ら奇跡のようなものは見えなかった。これまで目にとまったような些細な点を別とすれば、自然の力を超えた危険が迫っていて可愛いポリーを包囲しているのでは、との懸念を裏付けるものは何も見えなかった。たしかにこの見知らぬ人物、どこまでも垢抜けた、世慣れた人間であって、整然として沈着、ゆえに親としてはしかるべく見張りも付けずに素朴な若い娘を委ねるべきではない人物である。あらゆる等級、あらゆる質の人類に通暁《つうぎょう》している徳高き判事は、威風堂々たるフェザートップの動作やしぐさ一つひとつが正しく、しかるべく為されていることを認めざるをえなかった。粗雑なところ、野蛮なままのところはひとつもない。しっくり身につけたしきたりが体全体にとことん行きわたって、彼を一個の芸術作品に変えていた。こういう特徴があったせいか、彼の姿には一種ぞっとさせられる、恐怖の念を喚起する雰囲気が漂っていた。一般に、人間の形をしているのに、完全に、掛け値なしに人工的なところがあると、その人物は現実でないような印象を我々に与え、床に影を投げるほどの実質もないのではと思わせる。フェザートップについても、こうしたことすべてが、狂おしい、怪奇にして幻のごとき印象を生み出し、まるでその生、その存在が、パイプからくねくねのぼる煙と同質なのではと思えた。

けれど可愛いポリー・グーキンは、そんなふうには感じなかった。二人はいまや部屋の中をそぞろ歩いている。フェザートップが気品ある足どりを示し、同じく気品ある引きつりを顔に浮かべている一方、娘は素朴な乙女の優美さを示し、相手の完璧な人工性が伝染したのか、身ぶりにはわずかな気どりが混じっているが、それに染まりきってはいない。二人で長く過ごせば過ごすほど、可愛いポリーはますます魅了されていくように見え、最初の十五分が過ぎた時点で（老判事は懐中時計でこれを見てとった）、彼女は明らかに恋に落ちていた。それにまた、かくもあっという間に彼女を征服してしまったのは、かならずしも魔法の業であったとは言いきれない。まだ幼い娘の心はこの上なく熱く燃えていたから、心自らの熱でもって、恋人のうつろな見せかけにそれが反射されたかのごとくに、娘を溶かしてしまったのかもしれない。フェザートップが何を言っても、その言葉は彼女の耳の中で深みと反響を見出した。彼が何をしようと、その行動は彼女の目に英雄的と映った。そしてこのころにはもう、ポリーの頬は赤く染まり、口には優しい笑みが浮かび、まなざしには澄んだ柔らかさが漂っていた。その間、フェザートップの胸では星が輝きつづけ、小さな悪魔たちはいっそう物狂おしく愉快げにパイプの火皿の縁をぐるぐる回っていた。ああ、可愛いポリー・グーキンよ、なぜこれらの小鬼たちは、愚かな乙女の心が今にも影の犠牲に供されんとしていることをかくも狂おしく歓喜するのか！　これはそこまで珍しい不幸だろうか？　そこまで稀な勝利だろうか？

やがてフェザートップは立ちどまり、この姿をとくと見よ、これ以上抗えるものなら抗ってみよ、と可愛い娘に挑むかのように物々しいポーズをとってみせた。その星、刺繡、飾りの留め金がその瞬間、口にしようのないほど輝かしい光を放った。あでやかに色とりどりの衣裳がいっそう深みある色を帯びた。その存在全体にきらめきが、光沢があって、洗練された物腰を魔法が完璧に作り上げたことを物語っていた。乙女は目を上げ、はにかんだ賛嘆のまなざしをしばし相手に向けていた。やがて、かくも大きな輝かしさと並んだ自分の素朴な可憐さはどれだけ値打ちがあるのか知ろうとしたか、たまたま二人の前に置かれていた全身鏡の方にポリーはチラッと目を向けた。それは真実を忠実に映し出すことにかけては世界でも有数の鏡であり、見る者におもねるところがいっさいなかった。そこに映った像が目に飛び込んでくるやいなや、ポリーは悲鳴を上げ、見知らぬ人物のかたわらから退き、ひどく狼狽してしばし彼に見入り、気を失って床にくずおれた。同様にフェザートップも、鏡の方を向いて、そこに、外に見えているきらびやかなまやかしではなく、いっさいの魔法を剝ぎとられた、己の真のありようたる、情けないつぎはぎの像を認めたのだった。

みじめな偽物よ！　私たちはほとんど彼を哀れに思う。彼は両腕を投げ上げ、絶望の表情を浮かべた。それがこれまでのどの姿にも増して、人間と見られたいという欲求をあらわにしていた。人間たちの営む、しばしばかくも空虚で偽りに満ちたこの生が始まって以来、もしかすると初めて、幻が幻自身を見て、己の姿を十全に認めたのである。

この波瀾の一日の黄昏どき、台所の炉辺に座って新しいパイプから灰を振って落としたマザー・リグビーは、急いで道をやって来る足音を耳にした。といってもそれは、人間の足音というより、棒切れのカタカタ鳴る音、乾いた骨のガラガラという響きに聞こえた。

「ハ！」老いた魔女は思った。「ありゃ何の足音だ？　いったい誰の骸骨が墓から出てきたのかね？」ひとつの姿が田舎家の扉から中に飛び込んできた。フェザートップだ！　パイプはいまだ火が点いているし、星もまだ胸で燃えているし、刺繡も服の上でなお輝きを発し、体全体、彼を我ら死すべき人間の輪に仲間入りさせた様相を、判断しうる限りいかなる度合い、いかなる面でも失っていなかった。ところが、何かしら曰く言いがたいことに（これまで私たちをだましてきたものがひとたびその虚偽を暴かれたときの常として）、その狡猾な見せかけの下にある貧しい現実が感じられてしまうのだった。

「何があったんだい？」魔女は問いつめた。「あのメソメソ泣き虫のインチキ野郎、あたしの可愛い子を玄関から追い出したのかい？　人でなしが！　悪鬼を二十人送り込んで、ひざまずいて自分の娘をお前に差し出すまでとっちめてやる！」

「違うんです、母上」とフェザートップはしょげ返って言った。「そうじゃないんです！」

「じゃああの娘が、あたしの大事な坊やをはねつけたのかい？」とマザー・リグビーは訊き、猛々しい両目を焦熱地獄の二つの炭みたいにギラギラ光らせた。「あの顔をニキビで覆ってやる！　鼻をお前のパイプの炭みたいに赤くしてやる！　前歯も抜け落ちて、一週間もしたら、お前がわざわざモノにする値打ちもなくなってるだろうよ！」

「彼女に手出ししないで下さい、母上！」とフェザートップが答えた。「あの娘はもう少しで陥落するところだったんです。あれでもし、あの素敵な唇からキスを受けていたなら、僕も完全な人間になったかもしれません！　ところが」と彼は、しばし間《ま》を置いたのちに、己を蔑む声を上げ、「僕は自分を見てしまったんです、母上！——自分の浅ましい、襤褸に包まれた、空っぽの姿を見てしまったんです！もはや僕は存在できません！」と絶叫した。

口からパイプをひっ摑むと、彼はそれを力一杯煙突に叩きつけ、と同時に床にくずおれた——藁と襤褸服が入り混じった山から棒が何本か突き出し、その真ん中に萎《しぼ》みきったカボチャが一個載っていた。目の穴は今や光沢を失っていた。けれども、粗雑に彫った、つい今しがたまで口であった裂け目は、いまだ絶望の苦い笑いにねじれているように見え、そこだけは人間のようであった。

「可哀想に！」とマザー・リグビーは、悲運に終わった己の作りものの残骸を侘しげに一瞥しながら言った。「可哀想な、愛しい、可愛いフェザートップ！　世間にはお前とまったく同じに、使い古されて忘れられた役立たずのガラクタを寄せ集めて作った洒落者やペテン師が何千何万といる！　なのに奴らは世間からもてはやされて、絶対に自分の本当の姿を見やしない！　よりによって何であたしの可哀想な人形だけが、己を知ってしまって、滅びないといけないんだ？」

こう呟きながら、魔女は煙草の葉をパイプに補充し、その軸を指ではさんで、自分の口に入れるかフェザートップの口に入れるか決めかねている様子だった。

「可哀想なフェザートップ！」彼女はなおも言った。「もう一度この子にチャンスをやるのは簡単だ。明日また世に送り出すことだってできる。でも、やめとこう！　この子は繊細すぎる。敏感すぎる。こんな空っぽで無情な世の中で、自分に得なように立ち回るには、どうやら心がありすぎるみたいだ。やれやれ！　やっぱりこの子は、案山子にするとしよう。罪のない、役に立つ仕事だもの、あたしの可愛い子にはぴったりだよ。この子の仲間の人間一人ひとりが、みんなそうやってぴったりの仕事に就けたら、世の中ずっとよくなるだろうに。それにこのパイプ、あたしの方がこの子より必要だからね！」

そう言ってマザー・リグビーは、吸い口を自分の唇にはさんだ。「ディコン！」と彼女は甲高い、鋭い口調で叫んだ。「あたしのパイプに炭を！」

人と生涯（三）

高尾　直知

「暗鬱の城」

大学卒業後、ホーソーンはセーレムに戻り、ハーバート通りにあった母の実家マニング家に住む。ホーソーン二十一歳、一八二五年秋のことだ。すでに作家として身を立てることを考えていたようで、定職に就くことをせず、小説執筆にあけくれる。マニング家ではおじロバートが、ニューイングランドをまたにかけた駅馬車事業を営んで繁盛しており、ホーソーンも家業を手伝うことが当然と思われていたが（そもそも大学の学資はマニング家が出していたのだ）、その話は結局あやふやになってしまう。また翌年には母方の祖母ミリアム・マニングの死にともなって、ホーソーンもその遺産を受けとった。このお金で、処女長編となる『ファンショー』を自費出版したらしい。

この母の実家で、ホーソーンは短編小説の大半（本短編全集に収録された八十六編のうち五十一編、ほぼ六割）を書きあげる。その多くは、ピューリタン時代のできごとに想を得たものだった。つまり経済的には母方のマニング家に頼りながら、執筆にいそしむにあたり、その題材は父方のホーソーン家にまつわる歴史に取材したのだ。もちろん、ピューリタンにはじまるホーソーン家系のほうが、アメリカ的な小説の題材を探るのに豊かな鉱床だったということはあるだろう。しかし、小説家として筆名をあげることに懸命な当時のホーソーンを、過去へ過去へと追いたてたものは、歴史への純粋な興味だけではなかったのかもしれない。そこには、母方マニング家への経済的な負い目の意識から、逃避したいという思いもあったのだ。

のちに代表作『緋文字』の序文「税関」のなかで、作家の道を選んだホーソーンに対し、祖先のピューリタンたちが囁きあう声が聞こえる。「絵空事のもの書きじゃと？　そりゃ生きていく上でなんたる仕事か――神の御栄光を表し、同時代同世代の人民に仕える手段としていかがなものか。まったく、このろくでなしはヴァイオリン弾きでもやってたほうがましじゃろう」。このような声は、父方のピューリタン父祖の声であるとともに、母方マニング家で呟かれた（とホーソーンが想像した）おじたちの声だったのかもしれない。

ハーバート通り十二番地の三階にあった書斎について、のちにホーソーンは「陰鬱の城」と呼び、また「この陰鬱で薄汚れた部屋で、わたしは名誉を勝ちとった」と記している（じっさいには途中数年、別の家に住んだのだが）。同級生の詩人ヘンリー・ワズワース・ロングフェローに宛てた有名な手紙では、この時期の人生について「ぼくはみずからの虜となって、地下牢に投げ込まれたも同然だった。そのうえ牢の鍵を見つけることができず出ることもままならなかったのだ。仮にドアが開いていても、怖くて出られないといった始末だった」と自嘲的に語って、おのれの無沙汰を詫びている。こういったホーソーンの自己韜晦的な発言から、この時期のホーソーンの人生が、小説修行にまつわる抑圧と鬱屈に満ちた悶々たるものであるかのように考えがちだが、ホーソーンのことばはあるていど割りびいて読むべきかもしれない。事実、この間になんどかニューイングランド各地を旅行して回ったり（これはおじの商売の手伝いという側面もあった）、雑誌編集に携わったり、すこしあとのことになるが色恋沙汰の果てに決闘騒ぎまで起こす。それなりの波乱はあったのだ。

では、かれの「陰鬱」の正体とはなんなのか。これもまた、さきほどの経済的な負い目に原因を見るのが良さそうだ。もちろん、作家として身を立てようと奮闘する青年は万国共通の苦悩を抱えるもので、ホーソーンも例外ではないと考えることもできる。ただ、このように十年以上にわたって（その間多少仕事に携わるとはいえ）小説修行に打ちこむことができたのも、マニング家の後ろ盾があればこそ。その意味では、ホーソーンは当時の多くのアメリカ人作家よりも恵まれていた。そして、そういう経済的支援があったがゆえに、修行はより辛いものとなるということもあっただろう。そのことが、さらにホーソーンをピューリタン時代への没入――現実から過去への遡及――へと駆りたてていたと考えられる。

このころホーソーンは名前を昔風の綴りに変え――Hawthorne と w を入れた――ピューリタン祖先とのつながりを、すくなくとも名前のうえで確かめる。同時に先ほど述べた『ファンショー』出版や、自作を集めた『我が故郷の七つの物語』、『植民地物語』といった短編集の企画を練る。『ファンショー』については、すでに「人と生涯（二）」（本短編全集第二巻末）にも触れられている。そこにもあるとおり、ホーソーンの学生時代に取材した長編小説だ。主人公ファンショーが、ヒロインの誘拐を阻止し悪漢を退けるが、結局ヒロインと結ばれず身をひき、ヒロインは別の男と結婚するという話。自費出版され、好意的な書評もでたが、売り上げは伸びなかった。ホーソーンはのちにこの作品を自作リストから除こうとする。また短編集企画のほうも、売りこみはするものの編集出版者の同意をえることができず、宙に浮いたまま日の目を見ることはなかった。しかし、かれの短編作品（スケッチを含む）は一八三〇年ごろから、クリスマス用のギフトブック『トークン』や地元新聞などに掲載されるようになる。途中売れないことにいらだって、せっかく執筆した原稿を焼いたり（「原稿に潜む悪魔」は実体験に基づいている）、ポツポツ作品が世に出るようになってからも、筆名をあげることができず、編集者の横暴に愚痴をいうこともたびたびだった。それでも、曲がりなりにもアメリカ的題材を扱う作家として歩み出したのである。

この『トークン』編集者グッドリッチとの出会いが、ホーソーンを世に送り出す大きなきっかけとなる。ただ、グッドリッチはホーソーンの文才を利用しながら、支払いには渋かったようで、妹に宛てた手紙でもホーソーンは「やつとは絶交する」と宣言している（一八三六年）。のちには「グッドリッチについては、ぼくはあたたかい気持ちでいる。やつもそんなに意地悪な男ではない。確かに自分より優れた人物にたかって自分を肥え太らせようとするきらいはあるものの。……ぼくは、やつに食べつくされる前に、こちらのほうから距離を取った。それでやつは腹を立てているんだ。……でもそれはやつの生まれついた性格で、ウジ虫が風味のあるチーズにたかるのと同じだ」と辛辣な評を記している。ホーソーンはこののちも、ジョン・L・オサリヴァン（『デモクラティック・レビュー』編集者）や、ジェームズ・T・フィールズ（出版者、『アトランティック・マンスリー』編集者）といった著名な編集者の知己を得るのだが、そこには級友らの尽力があった。ホーソーンの作家としての成功には、陰で彼を支える多くの友人らの支援があったことは紛れもない事実である。だからといって、作品の価値がいささかも減じることはないのだが。

本短編全集第一巻冒頭に収められた「三つの丘に囲まれて」、「或る老婆の話」、そして「尖塔からの眺め」などは、こうした最初期の作品である。のちにホーソーンの作品を高く評価していた書評家エドワード・ウィップルは、その文体が初期から完成したものであったと指摘しているが、確かにこれら最初期の文章文体は、後期のものと比べても、その明晰さと古雅な響きにおいてなんら遜色はない。最初期の「ぼくの親戚モーリノー少佐」（本全集第一巻）と、短編としては後期の作品「イーサン・ブランド」（同第三巻［本巻］）から、國重訳で引用してみよう。

［老人］の笑いは、墓石に刻んだ滑稽な碑銘のように、老いた厳しい顔にくっきりと現れていました。続いて床屋たち、旅籠の客たち、そしてその夜彼を笑い者にしたあらゆる人の声が聞こえてくるような気がしました。笑いの伝染病が群衆の間に広がってゆき、たちまちロビンを捉え、彼は大きな笑い声をあげ、それが通りに谺しました。誰もが腹をかかえ誰もが腹の底から笑いましたが、その場で一番大きかったのはロビンの笑いです。（「モーリノー少佐」第一巻八四―八五頁）

人里離れた山腹は、［ブランド］の笑い声で陰気になった。〔中略〕たとえ幼い子供であろうと、眠っているときの笑い、狂人の笑い、生まれつき白痴の人の荒々しい悲鳴に似た笑いといった音は、それを聞く人の心を震え上がらせ、すぐにも忘れたいと願うものだ。詩人の想像力だって、悪魔やお化けの発する声として、笑い声に匹敵するほど心の凍るものを作りだしたことはない。そしてこの旅人が自分自身の胸の内を覗きこみ、急に笑い声を上げ、それが夜の中に轟きわたり、たちまち山並みに反響したとき、鈍感な石灰焼きの神経さえも打ち震えた。（「イーサン・ブランド」第三巻四七一頁）

夜のしじま。大きな笑い声。谺するその狂おしい響き。次々とカタログのように羅列される人びと。陰気さと陽気さの交錯するこの奇妙な感覚は、ホーソーンの短編小説の醍醐味といっていいだろう。ホーソーンは、一八二五年ころから一八五〇年ころにかけてほぼすべての短編を執筆し、それ以降は長編や随筆へと向かう。その二五年ほどの間——そして、そののちも——ホーソーンの筆は定まっていたのである。「陰鬱の城」における修行の賜物というべきだろうか。

ソファイア・ピーボディとの出会い

一八三七年、ホーソーンは初の短編集『トワイス・トールド・テールズ《二度語りの物語》』を上梓する。このときも、友人ホレーショ・ブリッジが密かに出版社に対し損失保証をしてくれて、はじめて出版が可能になったという。タイトルはシェイクスピアの史劇『ジョン王』の一節「人生は二度語りの物語のように退屈だ」から。すでに雑誌やギフトブックなどに初出の作品を集めたものだったことによるのだが、ここにもホーソーンの自己韜晦が感じられる。しかし収録作のリストを眺めてみると、初期の重要作品で、さきほど引用した「モーリノー少佐」や「ロジャー・マルヴィンの埋葬」、「若いグッドマン・ブラウン」などが収録されておらず、ぎゃくに「アニーちゃんのお散歩」や「町のお喋りポンプ」などのスケッチに近い作品が採られている。女性中心の当時の小説読者層を十分に意識した布陣といえる。ホーソーンの商売っ気をかいま見ることができるだろう。

『トワイス・トールド・テールズ』は、しかし、出版された時期が悪かった。一八三七年といえば、有名な〈一八三七年の大恐慌〉の年。ジャクソン大統領の金融政策失敗と英国の不景気に始まったこの大恐慌のおかげで、書籍の売り上げは夏以降パタリと止んで、短編集を出版した出版社もあえなく倒産。多くの書評で好意的に迎えられながら、経済的成功をもたらすことはなかった。

しかし、この短編集は作家の人生の大きな転機となる。すでに『トークン』などに掲載されたホーソーンの短編に心酔していたエリザベス・ピーボディとの関係をつなぐ、重要な鍵となったのだ。エリザベス・ピーボディは、ラルフ・ウォルドー・エマソンやマーガレット・フラーらトランセンデンタリストと親交を持ち、生涯にわたってさまざまの社会改良運動にかかわる女性。そのかのじょが、「優しき少年」や「アニーちゃんのお散歩」といった作品の著者は、じつは近所に住む幼なじみであったことを知り、さっそくハーバート通りのホーソーンを訪ねにいったらしい。たまたまホーソーンは留守だったのだが、返礼に出版されたばかりの『トワイス・トールド・テールズ』を贈られる。これに意を強くしたエリザベス・ピーボディは、ついにはホーソーンを「陰鬱の城」から引っぱりだして、自宅に招くことに成功するのである。一八三七年十一月のことであった。

このあたり、ピーボディ姉妹とホーソーンの出会いの機微については、メーガン・マーシャルによる『ピーボディ姉妹』第二十七章に詳しいので、ぜひそちらをご一読いただきたい（邦訳も出ている）。ホーソーンはピーボディ家を訪問するようになってまず、その三姉妹のうち上のふたり、エリザベスとメアリーと親交を深める。だが、翌年春それまで病気がちで部屋を出ることがなかった三女ソファイアがたまたま（意図的に？）階下に降りてきて、訪問中だったホーソーンの前に姿を現した。ホーソーンの目はかのじょに釘付けになる。十九世アメリカ文学史でもっとも有名な恋愛のはじまりである。

ソファイア・ピーボディは、幼いときから偏頭痛に悩まされながら、絵画の道に精進し、当時珍しい女性画家としてセーレムでも次第に名前が知られるようになってきていた。そんなソファイアのほうも、ハンサムで有名だったホーソーンに惹かれたようだ。かのじょはさっそく『トワイス・トールド・テールズ』の「優しき少年」の挿絵を描いてホーソーンに見せた。そしてこのことをきっかけに話がとんとん拍子でまとまり、ナサニエル・ホーソーン著、ソファイア・ピーボディ挿画による『優しき少年』特別版が、一八三九年に出版されることになった。この作品は、ホーソーン作品のなかでもとりわけ女性読者に好評で、この出版を助成してくれた人物も女性資産家である。そして、この本の出版がふたりを強く結びつけるできごとであったのはまちがいない。この本が出版されたときには、ふたりはすでにひそかに婚約していたのである。ナサニエル・ホーソーン三十四歳、ソファイア・ピーボディ二十九歳。当時としては多少遅咲きの恋だった。

ふたりはこののち三年の交際を経て、一八四二年七月に結婚する。この四年たらずのあいだ、ホーソーンは経済的自立のためにいろいろと画策奔走するが、そのことについては後述する。ともかくそういった事情ゆえに、ホーソーンは恋人のそばにいつもいられるわけではなく、ふたりはしばしば離ればなれのまま書簡に愛を綴ることになった。まずはこのあいだふたりが交わした書簡のなかで、もっとも有名なものからその一節を引用することにしよう。すこし長くなるが、おつきあいいただきたい。


ぼくの愛するひとよ、いま話題にしたころ［ふたりが出会う前の時期］には、どんな情熱や感情、精神心情のいかなる状態であっても、ぼくは想像できると思っていた。でも別の存在と交流することがどういうことか、じつはちっともわかっていなかったんだ！　きみだけが、ぼくに心があることを教えてくれた。きみだけが、魂の深みにも高みにも、光を届けて、ぼく自身がどういう人間か、あきらかにしてくれたんだ。きみの助けがなければ、どんなにがんばってもぼくは自身の影しか知りえなかっただろう。壁にちらちらと映る影を見て、その幻想がぼくのほんとうの行動だと勘違いしていただろう。ほんとうのことをいえば、ぼくたちは単なる影なんだ。ほんとうのいのちを知らず、まわりのものは、どんなにほんとうのものに見えても、じつは夢の薄っぺらな材料でできあがったものにすぎない――そう、心が触れあうまではね。その触れあいによってぼくたちは創造されるんだ。そのときはじめてぼくたちは存在するようになって、実在のひととなり、永遠を受けつぐものとなる。愛するきみ、きみがぼくにどんなことをしてくれたかわかってるかい？　なにか運命のボタンのかけ違いで、ぼくたちが出会わなかったらと考えると、ぞっとしないかい？　そうなったら、ぼくは遅かれ早かれあの孤独の場所に戻っていって……創造されることもなかったんだから。でもこれは無意味な想像だね。たとえ全世界がぼくたちの邪魔をしても、ぼくたちは出会っていた。もし生まれる時代が違っていても、ぼくたちをひき裂くことはできないんだ。（一八四〇年十月四日付）

一読歯の浮くようなラブレターと、呆れられるかもしれない。訳していても、高校生時代に戻ったような思いにとらわれるのだから。これを三十代半ばのオジさんが書いていると思うと、ホーソーン作品への愛情も冷めようかと思うほどだが、しかしこの文章のなかに、ホーソーンの根本的な価値観を探ることができる。アメリカの近代小説が成立するそのとき、〈近代的な自我〉とでもいうべきものが、社会からの疎外を経験することで生まれようとしているその時代。ことにアメリカのように個人の自由を称揚する社会において、そのような疎外感はいっそう冷たい牙をむいて、個人を襲っただろう。そのような近代社会の軋轢から小説が生まれようとするその瞬間にあって、ホーソーンは、人間の存在が個としてではなく、関係において生まれるという真実をいいあてているのだ。「その触れあいによってぼくたちは創造されるんだ」とは、多少甘っちょろい感傷を含んでいるとはいえ、その根幹において、ひとは関係の網の目のなかで生まれるという、ある意味構造主義的、しかしそれ以上に倫理的な理解を示しているのである。

ボストン税関とブルック・ファーム

ソファイアとの出会いを反映した短編作品が、「総督官邸に伝わる物語」の二、「エドワード・ランドルフの肖像画」である。ここに登場するアリス・ヴェーンは、國重氏も第二巻「訳者解説」で触れているとおり、ソファイアをモデルとしている。ソファイア自身の証言によれば、キューバにおけるかのじょの動静をつづった『キューバ日記』をホーソーンは読んでいる。その最後に、ソファイアがムリリョの絵を洗浄して、ほこりに覆われていた絵をあらわにしたという逸話が描かれていて、そこから、アリス・ヴェーンによるランドルフの肖像画修復の物語を思いついたということなのだ。とすると、執筆年代順に並べられている本短編全集にしたがえば、二巻の最後、「総督官邸に伝わる物語」のあたりが、ソファイアとの出会いのころ。あとにつづく、「行く年来る年」「リリーの探求」「ジョン・イングルフィールドの探求」「骨董通の蒐集品」までが、ソファイアと出会ってから結婚するまでの作品となる（本第三巻は、一八四二年七月に結婚して以降の作品を集めている）。ソファイアと知りあってひそかに婚約してから結婚までのほぼ四年間の作品が、片手で数えられるほどしかない。ホーソーンの短編執筆は、一八三八年途中から急ブレーキが掛かったように停滞していることがわかる。

その理由は簡単で、その間ホーソーンは、先ほど述べたように経済的に自立して、なんとか家庭を持つことができるだけの仕事を手に入れようとしていたのである。一八三八年以降一八四二年までの作品が少ないといったが、じつは一八四一年には、こども向けの歴史物語『おじいさんの椅子』シリーズ三作を、エリザベス・ピーボディの書店から、そして『伝記物語』をニューヨークの出版者から出版していた。これらも、こども向けの本が少なく、出せば売れるとエリザベス・ピーボディに勧められて書いたものだった。ピーボディ姉妹と出会うすこし前には、ボードン大学の級友フランクリン・ピアスやホレーショ・ブリッジの勧めで、当時国会が承認したばかりの南洋探検団に記録係として参加することを真剣に考えていた。結局、友人の多いエリザベス・ピーボディが、マサチューセッツ民主党領袖であった歴史家ジョージ・バンクロフトに働きかけ、ボストン税関計量官の職をホーソーンのために用意してくれる。多少のためらいはあったものの、一八三九年一月にはこの職に就くため、ホーソーンはボストンに移り住んだ。セーレムに住むソファイアとは、中距離恋愛ぐらいの感じだろう。税関職員として、ホーソーンは船で運ばれてきた石炭を、スコップで計量するという労働に従事した。といっても大した仕事ではなく、それで年一五〇〇ドル（それに計量手数料）をもらえたのである（現在の金額でいうのは難しいが、おおざっぱにいって十～三十倍ていどになるのではないかといわれているので、あいだを取って見積もるとおよそ三万ドル。手数料も同額ていどあったようなので合計六万ドルとすると、七百万円を超える年収ということになる）。ホーソーンとしてははじめて実業に就いたわけで、働きぶりはバンクロフトにも称賛され、エリザベス・ピーボディに「ロバートおじさんに聞かせたい」とまでいわしめた。やはり、マニング家の無言の圧力といったものがあったということか。しかし、大統領選にともなう政権交代に応じて、この職からは一八四一年一月に退くことになる。

ホーソーンの自立への画策はさらにつづく。こんどは、エマソンらのトランセンデンタリスト・クラブの一員だったジョージ・リプリー主催による〈ブルック・ファーム〉に参加するのだ。当時、雨後の筍のようにさまざまの実験的共同体が設立されて、新しい社会関係が模索されていたのだが、ブルック・ファームはそのなかでもっとも有名かつ有望な試みだった。正式名称は〈ブルック・ファーム農業教育機構〉。ボストンの郊外ウェスト・ロクスベリーにリプリーが所有する農場に設けられた。発想としては、知識人が農業に従事しつつこどもたちを教えるというもので、自給自足型共同体を目指すものだ。そうすることで、階級差を撤廃し、かつ参加者の教育レベルも向上させ、当時急速に発展しつつあった北部的な産業資本主義や劣悪な工場労働に対するアンチテーゼとなろうとしたのである。さらに数年後には、当時の社会改良運動を席巻しつつあった〈フーリエ主義〉に本格的に転換して、共産的共同体を設立することになる。その名の由来シャルル・フーリエは、マルクスが「空想的社会主義者」と呼んで批判した思想家だ。一八四一年、ホーソーンはそのようなユートピア共同体運動に参加し、経済的な自立と自給自足を達成することで、ソファイアと新しい家庭を築こうとしたのだった。

晴耕雨読。晴れれば牛の世話、降れば執筆。宮沢賢治ばりの農民芸術を目指したホーソーンだったが、ボストン税関時代と同じく、実業と執筆（虚業？）とは両立しなかった。結局その年の十一月には、ホーソーンは共同体的理想主義者たちとたもとを分かち、セーレムに戻ってくる。ちなみにこの年、『トワイス・トールド・テールズ』第二版が新作を新たに含めて二巻もので出版されている（さきほどの「リリーの探求」や「行く年来る年」も含まれる）。これも売り上げを期待してのことだったが、結局鳴かず飛ばずで終わった。

結婚、マーガレット・フラー、『古い牧師館の苔』、セーレム税関

出会ってから四年ちかく、ふたりだけで交わした婚約を公にせぬまま三年以上。ソファイア・ピーボディはすでに三十路を過ぎて、そろそろ我慢の限界だった。ホーソーンに対して、家族に婚約の事実をうち明けるように迫り、ふたりの関係を次の段階に進めようとする。ホーソーンとしては、曲がりなりにも短編を発表しつづけた十年以上の独身時代と、ソファイアと出会って自立のために奔走した四年間の作品数とを比べてみれば、結婚へのふんぎりがつかなかったというのもしかたがないことかもしれない。「「家族にソファイアの話をすること」がどんなにぼくにとって困難な作業か、きみはわかってないんだろう」と文句をいいながらも、それでもついに一大決心をおこなう。一八四二年七月ピーボディ家の居間において、友人のジェームズ・フリーマン・クラークの司式のもと、ふたりは結婚した。ナサニエル三十八歳、ソファイア三十二歳の夏だった。

ふたりの新居は、ボストン郊外コンコードの町に立つ古い牧師館《オールド・マンス》。〈コンコードの賢人〉と呼ばれるラルフ・ウォルドー・エマソンの義理の祖父、故エズラ・リプリー牧師の家である。エマソンの物故した弟チャールズの婚約者だったエリザベス・ホアを通じて、ソファイアがこの貸家のことを知り、エマソンやフラーとすでに親交を持っていたかのじょの意向で、この場所を選んだようだ。そしてこのころから、「偉大な独創的〈思想家〉」とホーソーンが呼んだエマソンをはじめとするトランセンデンタリストたちとの関係が、本格的にはじまったと考えていいだろう。エマソンとホーソーンは、その年の秋には、ふたりで徒歩旅行をするまでになる。またフラーやヘンリー・デーヴィッド・ソローも新居を訪れた。ただし、「ラパチーニの娘」（一八四四年）で語り手が作家オーベピーヌ《セイヨウサンザシ》（ホーソーンをフランス語化した名前）について、「〈超絶主義者たち〉……と、大衆の知性と共感に語りかける大部分の文筆家に挟まれて不幸な地位を占めている」と語るように、ホーソーン自身は超絶主義の思想に必ずしも賛同していたわけではない。

ソファイアは自分たちのことを「アダムとイヴ」と呼んだ。果樹園を擁する牧師館という環境は、まさにそんなふたりにうってつけの環境だった。マーガレット・フラーによれば、このころホーソーンも「ふた月前とちがって、いまなら死んでもまったく構わないと思うべきなんだろうな。人生の大切なものを手に入れたからさ。とはいっても、地上を去るつもりはさらさらないのだけど」と語っていたという。ソファイアとナサニエルの新婚生活は、すくなくとも冬が来る前までは、幸福感に満ちたものだったのである。

ここですこし、マーガレット・フラーについて述べておこう。ホーソーンとフラーの交友は、短いながら興味深いものがあり、ホーソーンの作品に少なからぬ影響を与えたと思われるからだ。ホーソーンがフラーと出会ったのは一八三九年にさかのぼる。エリザベス・ピーボディがボストンで開業した書店の居間で、フラーが有名な〈対話〉を開催していたときらしい（ホーソーンは当時、ボストン税関に勤務していた）。フラーはその〈対話〉において、「女性の教育について」といったようなテーマをかかげて、女性参加者を相手に討議をおこない、女性のありかたに関する意識変革を導こうとしていた。このようなフラーの活動に心酔したソファイアに対し、ホーソーンは「おしゃべり好きのバベル」と評して距離を置くよう忠告したりしている。

しかし、家庭人となったホーソーンは、ぎゃくにフラーと自由につきあうことができるようになった。フラーのほうも、結婚直前のソファイアに対して、「もし女性の心を理解するに足る繊細な優しさと、女性を満足させるに十分な深さと男らしさを兼ねそなえた男性がいるとすれば、それはホーソーン氏です」と書きおくって、二人の結婚が「賢く純粋で宗教的」だと認めた。フラーにとって「宗教的」とは、最高最善の男女関係をあらわすことばで、この結婚を理想化していたことがうかがえる。フラーはちょうどそのころ、エマソンとの友好関係に幻滅を感じていたところだったので、ホーソーンの細やかな感性に新たな男女関係の可能性を見ていたのだろう。先の日記の引用でも、フラーは牧師館を訪ねた帰途をホーソーンに家まで送らせて、途中立ち止まって月を眺めながら、その心根を引きだしたものらしい。「いつものように、かれは多くの鋭敏な感性を示してくれた。どんなに軽い思いつきでも、彼がいうことなら聞いてみたいと思う」とフラーは記している。そんなフラーに対して、ホーソーンも心を開き、ふたりで話しこんだようだ。この次の日、ホーソーンはコンコードのスリーピー・ホロー墓地の芝生に横たわるフラーに（偶然か故意にか）出くわし、長く話しこんだことをノートに記している。ただ、そこにエマソンが「牧師だったのだから日曜日は聖潔に過ごすべきなのに」ふらりと現れて、ふたりの対話を邪魔しフラーを連れかえってしまう（フラーはエマソン宅に長期滞在していた。この日のできごとについては、「なんて、幸せ、幸せな日。すべてが明るい光。それについては書くことができない」と記している）。この「聖潔《コンセクレーション》」ということばは、あとで述べる『緋文字』の決定的な場面に使われる。そこでは牧師と信徒の不倫の愛をあらわしていることを考えると、なかなか興味深い発言といえる。

さらに『緋文字』との関連を追いかけるなら、フラーのファーストネーム〈マーガレット〉が、もともとギリシア語で「真珠」をあらわすことばからきたものだというのも、なんとも意味深長ではないか。『緋文字』に登場する不倫の子パールは、ホーソーンの長女ユーナをモデルとしているが、フラーの日記によると、ユーナとフラーは「大いに純粋なる関係」を結んでいるとされている。それほど強い繋がりを、フラーは赤児のユーナに感じていたらしい。『緋文字』のパールが、人間社会の法すら軽んじる存在の象徴であることを考えると、そのネーミングに、フラーに対するホーソーンの思いが反映しているとも考えられる。このほか、ヘスターはもとより、『ブライズデール・ロマンス』のゼノビア、そして『大理石の牧神』のミリアムといった、反社会的女性の系譜は、ホーソーン作品においてこれまで見られなかったものだということを考慮に入れれば、フラーの影響力はホーソーンの心の奥底にまで届いているといえるだろう。もちろん初期スケッチ「ハッチンソン夫人」や「優しき少年」に登場するイルブラヒームの母キャサリンなどには、そういった反社会的女性像の片鱗がうかがえるのだが。

フラーについてはこれくらいにして、先にもすこし触れたが、本第三巻に収録されたホーソーン短編作品のほとんどは、この牧師館時代の三年間に執筆されたものである。正確にいえば、一八四三年の「りんご売りの老人」から一八四五年に発表された「P――氏の便り」までの二十一編がそれにあたる。『百周年記念全集』編者によれば、それらで得られた原稿料はせいぜい七五〇ドル（さきほどの計算でいけば、いまのお金で一万五千ドル、およそ百七十万円）、しかもその多くは未払いだったというから、家庭を支えるにはとうてい足りない。しかも一八四四年には、長女ユーナも誕生している。牧師館時代後半になると、ホーソーンは友人たちから借金をし、ブルック・ファーム出資金返還を求めて裁判を起こし、さらには、海軍士官としてアフリカ湾岸における奴隷貿易抑止活動に従事していた友人ブリッジの手記をまとめて、『アフリカ航海者の日誌』として出版して、編集者として収入を得ようとする。困窮の極みだったのだ。ちなみにブリッジが乗っていたのは、マシュー・C・ペリー提督指揮下のサラトガ号。〈黒船〉のうちの一隻だ。ブリッジの手記編集の手腕を買ってか、のちにペリーは日本開国の顛末を編集してくれる人物がいないか、ホーソーンに直接面会して尋ねている（一八五四年）。

もしこの仕事をホーソーンが引きうけていれば、と日本人愛読者としては興奮を禁じえないが、残念ながらそのときホーソーンはリヴァプール領事として左うちわだったため、そういうことにはならなかった。

話を一八四五年に戻そう。編集者の勧めで、短編集『古い牧師館の苔』も企画するが、これが出るのは、一八四六年になってから。結局ホーソーンは家賃を払えないまま、一八四五年十月に牧師館退去を余儀なくされた。セーレムのハーバート通り、あのマニング家に、こんどは家族とともに戻ることになってしまう。そんなホーソーンの窮地を救ったのは、やはり友人らによる猟官活動、なかでもジョン・オサリヴァンによる運動だった。一八四四年の大統領選で勝った民主党ジェームズ・ポークを動かし、一八四六年二月、こんどはセーレム税関検査官の職をホーソーンにもたらすことに成功した。年俸千二百ドルと手数料収入。ボストン時代よりも下がったが、仕事はずっと楽だ。ホーソーン四十一歳。そのときソファイアは、第二子長男ジュリアンを妊娠していた。

失職、母の死、『緋文字』

このころホーソーン一家は、いったんソファイアのすぐ上の姉メアリーの結婚相手ホラス・マンの留守宅（ボストン）に仮寓していたが、ジュリアンの誕生（一八四六年六月）とともに新しい家に引っ越す。

ホーソーンは短編を執筆することについて、限界を感じるようになっていたようで、編集者のダイキンクに「作家の人生によくあることだが、作品を次々生みだすことができなくなるときが来たようだ」といい、さらに「（いま構想中のものをのぞいて）これ以上話を書くつもりはまったくない」と宣言する。「構想中」とされるのは、恐らく「古い牧師館」（『苔』の序文にあたるスケッチ）のことなので、本短編全集には収録されていない。

このあとセーレム税関時代のホーソーンは、「大通り」をエリザベス・ピーボディの『エスセティック・ペーパーズ』（一八四九年、ソローの「市民的抵抗」が掲載されたことで有名）に寄稿、さらに知人の雑誌創刊のために「イーサン・ブランド」を寄稿する。あとのほうは、結局雑誌創刊が断念され、ホーソーンの許可なく別の雑誌に掲載されてしまったようだ。さらに「人面の大岩」と「雪人形」は、セーレム税関を馘になる前後からそれ以降に書かれたものと思われるので、やはりここでも、実業についているあいだの執筆が、極端に滞っていることがうかがえる。そして、ホーソーンのことば通り、このあとは『緋文字』執筆後に「フェザートップ」を書くのが最後で、それ以降短編を執筆することがない。

だから、本短編全集にかかわるホーソーンの生涯はさしあたりここまでということになるが、いましばらくおつきあいいただいて、駆け足でこれ以降のホーソーンの生涯を素描しておこう。なんといっても、作家ホーソーンの名声を確立したのは、このあと数年間の執筆活動なのだから。

一八四八年という年は、歴史的にも激動の年だった。ヨーロッパ各地で革命や暴動が相次ぎ、フランス二月革命の結果、のちのナポレオン三世、ルイ・ナポレオンがフランス大統領となり、革命運動はオーストリア、ドイツ、イタリアに飛び火した。またマルクス・エンゲルスの『共産党宣言』が発表された年でもある。アジアでは、一八四二年アヘン戦争終結にみちびかれるように、英仏米蘭による日本開国の圧力が強まっていった。アメリカでは米墨戦争が終結、その結果合衆国が手に入れたカリフォルニアで謀ったように金が発見されて、翌年ゴールドラッシュがはじまる。合衆国が得た土地は、奴隷制問題をめぐる南部北部の対立をさらに熾烈なものにしていく。そのような政治対立のなか、十一月におこなわれた大統領選では、民主党と自由土地党との奴隷制をめぐる確執から、ホイッグ党のザカリー・テイラーが漁夫の利を得るように大統領選を制した。その結果、従来からホイッグ党が優勢だったセーレムでも、民主党政権下の猟官により職を得たホーソーン追いおとしの動きが強まり、一八四九年六月、ついに解雇通知が届く。ホーソーンはこれに対して新聞投稿をおこなうなど抵抗。ホーソーンを支持する論陣も張られて、一時は復職もかなうかに見えたが、結局およばず失職する。(この顛末については、あとで『緋文字』序文の「税関」のなかでおもしろおかしく描いて、ホイッグ党の親玉チャールズ・アッパムはじめその郎党に一矢報いている。）

不運はつづいた。七月には母親がなくなる。その死に際しては、「ぼくが生きてきた人生でもっとも暗いときだ」と涙に震えた。

最愛の肉親を失い、またもや経済的に明日をも知れぬ身となって、ホーソーンは再び筆を執る。できあがった作品が、代表作『緋文字』となるのは、皮肉な巡りあわせだろう。有名な話だが、その最終章を書き終わり、ソファイアに読みきかせると、かのじょは「悲嘆に暮れて、ひどい頭痛でベッドに伏せってしまった」。ホーソーン自身はそれを見て「これは大成功だと」思う。さらに、ソファイアや出版者フィールズの反応から「ボウリングでいうストライクを放ったかのようだ」と友人ブリッジへの手紙に記している。手応えを感じていたのだろう。

それにしても、ピューリタン時代を舞台とする牧師と信徒の不倫（の後日譚）とは、想定外の題材ではないか。もちろん、「エンディコットと赤い十字架」に登場する「人並み以上に美しい若い女性」が、ヘスターのモデルであることはまちがいない。この女は「ドレスの胸にAという文字をつけ」、「捨て鉢に」なってその「恥の印」に「金糸の刺繡を施して」いたといわれている。しかし、その不倫の相手がピューリタン牧師であり、妊娠出産によってその不法な関係が明らかになった（そしてその処罰の瞬間を、長く留守にしていた夫が目撃した）というような生々しい物語は、これまでのホーソーンでは考えられない。

ただ、ホーソーン短編のテーマの変遷をよく見ると、そのような題材選択の理由が見えてくるように思える。ホーソーンの短編執筆が、大きく分けて「陰鬱の城」時代（一八二五〜一八三八年）と、牧師館時代（一八四二年〜一八四六年）の二期に別れることは、すでにのべた。しかし、牧師館時代以降は、ピューリタンを題材とした小説は書いておらず、「陰鬱の城」時代終わりの「総督官邸に伝わる物語」がその最後だった。ピューリタンものは、「陰鬱の城」時代にのみ書かれていて、牧師館時代には皆無なのである。ピューリタンを舞台とした物語にホーソーンが回帰したのは、コンコードの牧師館から退去を余儀なくされ、再びセーレムの「陰鬱の城」に戻ってきたこと、そしてセーレム税関失職と母の死というできごとによって、さらにそのような敗残の思いを強くし、ことに自分の生い立ちや祖先の行跡を知るセーレムという故郷にあることで、再び現実から過去への遡及という、「陰鬱の城」時代の精神的姿勢を取らざるをえなくなったためと考えることができるだろう。

『緋文字』の序文となる「税関」において、ホーソーンは故郷セーレムについて次のように語っている。「ここを離れたときのほうが、ずっと幸せなのに」それでも、「その通りをしばらく歩いていると、この町の少なからぬ部分がわたしの体にしっくりときて、自分と同類であることに気づかざるをえない。それぐらい、わたしの祖先がこの場所で生き、死んでいって、その地上的肉体をこの土地に混ぜこんでいるのだ」。セーレムという土地は、みずからを生みだした場所であるとともに、父を亡くした子として親戚にやっかいになりながら暮らした場所、さらには物書きという金にならない職業を選ぶことで、そのような親戚たちに抵抗しつつ、余計に敗北感を募らせざるをえないように自分を追いこんでいった、そういう場所なのだ。このような思いが、実業（セーレム税関の職）を失って、再び経済的見返りの少ない執筆へと向かうホーソーンのやるせなさを刺激し、さらには結婚とこどもの誕生という経験、フラーという強烈な精神を持つ女性との邂逅（フラーは『緋文字』の出版に前後して同年七月ヨーロッパからの帰国の途上遭難し死亡した）、母を失うことで孤児となったという思いなどが積み重なり、交じりあって、『緋文字』という作品を生みだす契機となったのだろう。（ただし、『緋文字』の舞台はセーレムではなく、ボストンである。これもホーソーン一流の眩惑なのだろう。）

あくまで、ここでは『緋文字』という作品をホーソーンの「人と生涯」という文脈に置いたときの意味ということで、お茶を濁すだけにして、より詳細な作品の意味についてはほかにゆずりたい。ともかく、『緋文字』は一八五〇年三月出版され、好評を博す。第一刷二千五百部はまたたく間に売り切れ、二週間で二千部が増刷、この増刷分（第二版）には短い序文が足された。そのなかでホーソーンは「税関」がセーレム税関職員をこき下ろしたことについて、「そこに描かれている人物については、作者の印象は、ほぼそのまま正確に書きしるされている」としてなにも撤回せず、「税関」がセーレム政局に巻きおこした論争に対してどこ吹く風といったていを装う。ホーソーンにとっては、小説に名を借りたセーレムへの離縁状だったわけだ。

事実このあとホーソーン一家はセーレムを離れ、マサチューセッツ州西部の町レノックスに家を借りて移り住む。そののちも一家がセーレムに居を構えることは二度となかった。

メルヴィル、『七破風の家』、『ブライズデール・ロマンス』

ホーソーンが出版したこども向け神話物語集『ワンダー・ブック』の語り手ユースタス・ブライトは、レノックスについて、ロングフェロー、キャサリン・M・セジウィック、ハーマン・メルヴィル、オリヴァー・W・ホームズといった当代の有名作家・詩人の名前をあげて、いかに文芸の趣に満ちた地であるかを喧伝している。このことをもっとも具体的に例証するのが、一八五〇年八月ホーソーンが参加した文壇ピクニックだろう。弁護士デーヴィッド・ダドリー・フィールドによって企画され、ジェームズ・T・フィールズ（『緋文字』の出版者）、ホーソーン、メルヴィル、ホームズ、エヴァート・A・ダイキンク（編集者）、コーネリアス・マシューズ（弁護士、小説家）、ジョエル・タイラー・ヘッドリー（歴史家、牧師）といったメンバーが参加したこのピクニックは、モニュメント・マウンテンに登り、アイス・グレン渓谷に向かった。このピクニックで、ホーソーンとメルヴィルという十九世紀アメリカの二大小説家が出会ったのである。

メルヴィルのホーソーンに対する崇敬にも似た愛情は、ホーソーン研究者にとっては頭をひねらせる謎であり、メルヴィル研究者にとっては無視したい奇矯といったところだろうか。いったいメルヴィルはホーソーンになにを見たのか、興味は尽きない。ともかくこのピクニックに前後して、メルヴィルはダイキンクから送られていた『苔』について書評（「ホーソーンとその苔」［一八五〇年］）を著し、ホーソーンをシェイクスピアやダンテにも比肩しうるアメリカ人作家であると称賛している。ソファイアはこの書評について「このヴァージニア人［メルヴィルの匿名］は、出版界のなかでホーソーンを理解してくれた最初のひと」だと絶賛し、ホーソーン自身も「だれであれひとを騙すなり誑《たぶら》かすなりして、真価以上に自分を褒めてくれるようにしむけることができたというのは嬉しいことだ」と満足げに感想を述べている。ふたりとも、この書評をメルヴィルが書いたと知らずにいたのだが、ホーソーンは同じ手紙の中で、メルヴィルの作品に触れて、「とてもいい作品だ。それだけに、どうして作者がよく熟慮してもっといい作品にしあげなかったのかと責めざるをえなくなる」と留保つきの称賛を記している。ホーソーンはメルヴィルの作品を、ダイキンクから（メルヴィルを通じて）送られて読んでいたようだ。この手紙でメルヴィルの作品と書評というふたつに言及がおこなわれるのは偶然だが、書評がホーソーンの目に触れることを計算の上で、ダイキンクはメルヴィル作品をホーソーンに送っているのだから、ことほどさように、古今東西編集者というのは、作家たちをうまく操縦しているものである。

ふたりの友情は、ことにメルヴィルに影響を与え、そのころ執筆していた『白鯨』（一八五一年）を書きなおし、献辞を記してホーソーンに捧げている。対してホーソーンは同時期『七破風の屋敷』（一八五一年）を執筆しているが、こちらに直接メルヴィルの影響を見ることは難しいようだ。ホーソーン伝のなかで、ワインアップルはホルグレーヴにメルヴィルの姿を見ているが、これはどうだろう。ともかく、ふたりの友情はホーソーンが一八五一年十一月にレノックスを引き払うころまで、あつく保たれたようだ。また、この間ホーソーンは、恐らく『緋文字』と『七破風の屋敷』の執筆のあいだ（一八五〇年春から夏）に、「雪人形」を、そして『七破風』完成後一八五一年暮れまでには、最後の短編「フェザートップ」を執筆した。前者は五十ドル、後者は百ドルと、言い値で買いとられている。

『七破風の屋敷』はセーレムを舞台とする遺産相続の物語である。モデルとなった屋敷は、ホーソーンのまた、い、、、、とこにあたるスーザン・インガソルが所有していた屋敷で、現在でもセーレムの観光名所として保存されている。ホーソーンがインガソルから聞いた話では、かのじょのおじだったジョン・ホーソーンがこの屋敷を奪おうとしたが、インガソルは屋敷に住みつづけることでその奸計に抵抗したらしい。この話からも明らかだが、『七破風』の物語には、現在にとりついてそれを支配し、思うがままに操ろうとする過去の亡霊（のような存在）が登場する。この亡霊とは、ピンチョン判事――そのモデルは、ホーソーンをセーレム税関から追いおとしたチャールズ・アッパムそのひと――である。判事は、過去のピューリタンによる独裁と横暴をあらわすと同時に、十九世紀中葉のアメリカにおける政治支配を体現し、現実にセーレムを闊歩する。このように現在まで支配する過去の亡霊に対して、どのように立ちむかい抵抗していくかという問題を、この小説はテーマとしているのだ。余談になるが、このピンチョンという名は実在の家系から取られていて、これは『七破風』出版当時にもつづいていた。そうと知らずにこの名を使って、抗議の手紙が送られてきたという。アメリカ文学愛好家であれば、トマス・ピンチョンという作家をご存じだと思うが、このひとは、このピンチョン家の末裔である。

物語に話を戻そう。七破風の屋敷には、単にそれ自体不動産としての価値があるだけでなく、メイン州の広大な土地への証書が隠されているとされている。屋敷を所有するものは、その土地をも手にいれることになるのだ。つまり、この屋敷には、インディアンとピューリタン（を含む白人移住者）との土地交渉によるうさんくさい所有権までが含意されているようだ。ちなみに、ホーソーンの四代まえのジョン・ホーソーン（さきほどのインガソルのおじとは別人）もまた、メイン州の土地を購入したとされるが、のちにこの所有権は取り消されたことが、話の下敷きになっている。このジョン・ホーソーンこそが、かのセーレム魔女騒動で判事のひとりを務め、誤った伝承によれば魔女として処刑された女から、「おのれの血を飲むだろう」という呪いのことばを吐きかけられたという、そのひとなのだ。ピューリタンによる怪しげな土地所有の主張が、ホーソーンの生きていた当時のアメリカを依然として支配し、弱者たち――魔女として処刑されたものの多くは社会的弱者だった――に重圧を加えている。そのような弱者のなかに、ホーソーンはモール家の祖であるマシュー・モールと、ひいてはホルグレーヴやフィービー、クリフォード、ヘプジバを加えることで、いまだつづくピューリタン的な（これは、ホーソーンにとっては「北部白人的な《ヤンキー》」ともいいかえられる）支配の欲望に抑圧される一般民衆を描いているわけだ。

このような、文化的な「呪い」とでもいうべきものに対して、主人公であるホルグレーヴとフィービーとは、互いへの愛情に目覚め、ことにホルグレーヴは、フィービーに対する愛情から、過去の悪行に対するうらみつらみを忘れ、復讐の思いも捨て、さらには社会を転覆して根底から改良しようというもくろみもなげうって、結ばれようとする。フィービーに出会う前のホルグレーヴに仮託された、ピューリタン的支配への抵抗と、社会改革思想のうちに、ホーソーンの考える人間の悪の姿を見ることは可能だ。抑圧されることでひとが抱くルサンチマンは、ホーソーン自身も（マニング家とのかかわりのなかで、さらには税関失職事件を通じて）経験していたところだが、それが容易に社会改革への欲求へと変化することを、ホルグレーヴは体現している。フィービーとの愛情は、そのようなホルグレーヴの危険な欲求を制御して、社会との新しい関係、単なる抑圧でも、それに対する暴力的抵抗でもない、新しい階級の関係を生みだそうとする契機となるのである。

こう考えると、この小説の最後、ホルグレーヴとフィービーとの結婚が、あまりにもお手軽な結末として従来批判の対象となってきたこともうなずける。ホーソーンが扱おうとしていた問題の答え、つまり新しい階級関係というものは、当時南北戦争への道を急速にたどりつつあったアメリカにおいて、想像しがたいものだったのだ。この小説の意味は、そのようなある意味おとぎ話のような結末によって、抑圧でも抵抗でもない関係のありかを指ししめすことにあるといえるだろう。

『七破風』は、『緋文字』につづくホーソーンの作品として、おおむね好評だった。ホーソーン自身、『緋文字』と比べると多少なりとも明るい色調の作品として、自分の本性をよりよくあらわすものと考えていたらしい。ただし、『百周年記念全集』編者の調べによれば、最初の十三年間（つまりざっといえば、ホーソーン存命の間）の売り上げを比べると、『緋文字』が一万三千五百部だったのに対して、『七破風』は一万一千五百五十部だったという。『七破風』の印税は一冊十五セントだったというから、十三年間でも二千ドル（前述の計算式ではだいたい四百万円）に届かなかったことになる。かたや一八五二年に出版されたハリエット・B・ストウの『アンクル・トムの小屋』はミリオンセラーだったことを考えると、ホーソーンのような作風の作家が文学で身を立てようとするのには、なかなか厳しい時代だったということになるだろう。ホーソーンにとっては、奴隷制廃止運動も、ホルグレーヴの社会改良運動と同じていどに危険なものに映ったに違いなく、『七破風』はそのような運動とは異なる社会制度のありかたを求めようとしていたのだから。

さて、このころホーソーンは、編集者フィールズに尻を叩かれるようにして、さまざまの作品を出版・再版している。先にもあげたこども向けギリシア神話物語集『ワンダー・ブック』（一八五一年）と『タングルウッド・テールズ』（一八五三年）はそのよい例だ。これまた余談になるが、「タングルウッド」とは、レノックスにいたころ、住んでいた土地を作品の舞台とした際にホーソーンがつけた名前だが、この名前は土地所有者であったタッパン家にそのまま受けつがれ、タッパンはその土地をタングルウッドと名付けた。そしてこの土地が後年ボストン交響楽団に寄贈されたのだ。現在もタングルウッドはボストン響の夏季ホームグラウンドで、ニューイングランド周辺のクラシック好きには馴染みの深い名前となり、コンサートやワークショップなどが開かれている。セイジ・オザワ・ホールがあるのもこの場所だ。ともあれ、これらの児童向け作品以外にもホーソーンは、かつてエリザベス・ピーボディの書店で出版したこども向け歴史物語をまとめて『ほんとうの物語』という名前で再版（一八五〇年）、『トワイス・トールド・テールズ』第三版（一八五一年）、第三短編集『雪人形とそのほかのトワイス・トールド・テールズ』（一八五二年）、『旧牧師館の苔』第二版（一八五四年）と立てつづけに出版している。すべてフィールズの差し金だ。

さらに、一八五一年十一月に、レノックスからボストンにふたたび移りすんでのち、第三長編となる『ブライズデール・ロマンス』の執筆を開始する。翌年四月に完成し、七月に出版された。まさに、矢継ぎ早の長編執筆といえる。今度のテーマは、女性である。

ふたりの姉妹をめぐる語り手ともうひとりの男の鞘当て、駆け引きの物語。そして舞台は「ブライズデール」という名のユートピア共同体。ブルック・ファームで過ごした経験をもとに描かれている。姉のゼノビア（偽名だが、本名はあきらかにされない）は財産を持ち、また女権拡張運動家として知られている。異母妹のプリシラは、おとなしい性格だが、動物磁気の公開実験における霊媒〈ヴェールの女性〉としても働いている。このふたりの女性のうちに、再びホーソーンが社会への抵抗と、搾取の犠牲という二面を描きこんでいることは明らかだろう。かたやゼノビアは、女性として生きることの不満を広く社会にぶつけて社会を改良しようと試み、そのためにブライズデール共同体に財産をつぎ込んでいる。かたやプリシラは霊媒として悪漢に利用され、その手を逃れて共同体に逃げこむが、針子として働くしか生きるすべを持たない。この二人の状況は、語り手カヴァデールと、その友人で犯罪者更生制度の改革に血道を上げるホリングズワースという男性二人とかかわることで、さらに急転していく。カヴァデールは姉妹の背景を微に入り細をうがつように探り、ゼノビアの財産はすでに共同体につぎ込まれて回収が危ういことも知る。それが原因で、自分の計画への資金援助を求めていたホリングズワースは、ゼノビアからプリシラへと興味を移し、絶望したゼノビアは入水自殺する。女のプライヴァシーを探りつくそうとする男の欲望、そして女を自分の理想の実現のために利用して憚らない男のエゴ。こういった男にはさまれて、女の側に救いはない。ただプリシラは、罪の意識に破滅してしまったホリングズワースの精神を支えつづける妻として結末に登場し、かろうじて存在の意味を見いだしたかに見える。

ゼノビアのモデルが、マーガレット・フラーであることはまちがいない。ただし、ホーソーンはゼノビアを極端に肉感的な女性として描いているが、これはフラーとは重ならない。恐らくフラーの持つ個人的な存在感とでもいったものを、女性的な官能性に置きかえているのだろう。ゼノビアが水死したとされるのも、フラーの最期（ニューヨーク沖での遭難、溺死）とあい通じるものがある。ただし、入水自殺というモチーフは、ホーソーン自身が一八四五年、牧師館時代に経験した事件に基づいている。マーサ・ハントという名の女教師がコンコード川で投身自殺し、その遺体捜索にホーソーンも自分のボートを出して加わったのだ。

ホーソーンの長編三部作は、いずれも抵抗を振りかざしていきり立つか、抑圧搾取に甘んじるかという、二者選択の問題に対して、そのいずれでもない第三の道を探ろうとする物語だといえるだろう。当時のアメリカでは、奴隷制の問題と州権の問題が絡みあって、国を分けるか否かという問題がますます声高に論じられていた。そんななかで、危うい妥協を重ねてかろうじて国家をまとめていた時代である。『白鯨』のエイハブ船長は、「おれを支配しているのは誰か」と不遜な問いを吐き、逆に船員たちを説きふせ屈服させて、死出の航海へと導いていく。それがアメリカという国の命運だとすれば、ホーソーンが語ろうとする中間的な地帯は、その国のなかに居場所を見いだすことは困難だったはずだ。この現実は、いまも変わっていないかもしれない。

リヴァプール領事、ヨーロッパ巡礼

ホーソーンがこのように次々と作品を出版していった背景には、やはり経済的な問題があった。一八五一年のホーソーンの印税収入はおよそ千五百ドルだったが、これを維持するには書きつづけなければならない。一八五一年には、第三子次女ローズが誕生（五月）、一八五二年にはかつて新婚当時住んでいたコンコードの町に家を購入。ホーソーンは、もともと『若草物語』で有名なルイザ・メイ・オルコットが若いころ家族と住んでいたその家を「ウェイサイド《路傍》」と呼ぶ。ことほどさように、出費が重なっていたのだ。

ちょうど『ブライズデール』出版の準備中の一八五二年六月、大学の級友フランクリン・ピアスが民主党大統領候補に選ばれた。この報に接したホーソーンはすぐさま自身を伝記作家として売りこむ。テレビもラジオもない時代だ。大統領候補者がみずからの生い立ちや政治姿勢をあきらかにするには、「伝記」を出版して喧伝するしかない。もちろん、大統領選まで五か月を切って、自身で執筆している暇はない。ピアスとしても有名な作家、それも大学時代からの腹心の友に執筆してもらえれば、願ったりかなったりだった。ホーソーンの『フランクリン・ピアス伝』は九月につつがなくフィールズの出版社から出版され、そのかいあってか、ピアスは第十四代アメリカ合衆国大統領に選出される。

『ピアス伝』は、そのタイトルに掲げられた主人公以上に、著者ホーソーンの政治姿勢をあらわす文章として読まれてきた。そのなかでホーソーンは、ピアスがなによりも国家の統一を堅く守る人物であると描き、国を割りかねない問題である奴隷制については「それを撤廃するために、単に人間的な知恵や努力を用いることは、結果として合衆国憲法を破り捨て、それが求める誓約をないがしろにして」しまうことになると訴えた。ひとの知恵では、奴隷制を廃することはできないのだというのである。このような政治的態度が、ホーソーンの人種問題への無関心のあらわれとして永く主張されてきたが、これについてはもうすこし慎重な判断が必要だと思われる。

長編三部作に見られるように、ホーソーンの社会倫理は、急激な社会変革が結局は弱者をさらに抑圧しかねないことを教えている。当時の（そしてこんにちでも）多くの社会改良運動が、真の意味で純粋な動機と明晰な知恵によって支えられているかといえば、疑わしいといわざるをえないのは周知のことだ。たとえ純粋な思いではじめられたことも、それが最善の結果を生むとはいえないだろう。奴隷制廃止の問題についてもしかりである。国家分裂の危機から南北戦争を引きおこし、戦争終結後も南部における苛烈な人種差別法を生みだしつづけたという歴史の流れを見れば、ほんとうに当時の奴隷制廃止運動が、正しい選択をおこなったのか、ほんとうに現実の歴史の流れは黒人奴隷やその子孫に対して最善の道を選んだのか、微妙な問題だろう。ここでもやはり、ホーソーンが訴えるのは、激しい抵抗と、それにもまして激しい抑圧の応酬、そして、その葛藤から勃発する人命をないがしろにするような武力闘争を、なんとかして忌避する方法を見つけることだったのだ。

ともかく、ピアスの大統領就任にともない、ふたたびホーソーンは政治的猟官にいそしみ、こんどはリヴァプール領事の職を得る。さらにホーソーンはメルヴィルにもなにか職を求めようとするが、こちらは不調に終わった。一八五三年七月、ホーソーン一家はイギリスに向けて出帆する。

リヴァプール領事時代のホーソーンは、それなりにまじめに職務にあたるとともに、イギリス各地を巡り、またさまざまの著名人とも出会う。しかし、ホーソーンのより深い関心は、自分の祖先を探ることにあったようだ。「ぼくの祖先は一六三〇年に英国を発った。そしてぼくが一八五三年に戻ってくる。時として、まるでぼく自身がこの二百十八年間留守にしていたような気がする」。こう語って、現実に英国時代のホーソーン家の系図をたどりなおそうとした。この経験は、のちの未完長編のいくつかのテーマともつながっている。

また例によってホーソーンは、領事在職中は作品を発表することをせず、ただひたすら各地の印象をノートに記しつづけた。イギリスで書きためた文章は、そのいくつかが旅行記のかたちで帰米後発表され、のちにまとめられて『われらが故国』という名で出版される（一八六三年）。一八五七年ピアスの大統領任期が終わると、ホーソーンもリヴァプール領事職を辞して、家族を連れてヨーロッパ各地をめぐる。一八五八年にはフランスからイタリアに渡り、ローマで一年ほど過ごしたあと、一八五九年ロンドンにふたたび戻った。

『大理石の牧神』、帰国、南北戦争

ホーソーンはイタリア滞在中に『大理石の牧神』を書き、一八六〇年に出版。そして同年七月、アメリカに帰国した。アメリカではエイブラハム・リンカンが大統領選の真っ最中。そして、リンカンが大統領に選ばれた翌月十二月には、サウス・キャロライナが早くも連邦を離脱する。時代は南北戦争に向けて猛進し、風雲急を告げていた。ホーソーンとしては、七年間に急変したアメリカの国内情勢に戸惑うことしきりだった。

『大理石の牧神』は、そんな国内情勢をよそに、ローマを舞台にくり広げられる物語だ。その中心にはひとりの謎めいた女性ミリアムが存在している。かつて父親（もしくは父親に代わる人物）からなんらかの虐待を受けて、共犯者とともにそれに抵抗し、恐らくその人物を殺害したが、こんどはその共犯者（〈モデル〉と呼ばれている）につきまとわれる。あまりに執拗な〈モデル〉のストーキングにあって、ついには自分を慕うイタリア人男性ドナテロによって、これを断崖から突きおとし殺害する。ところがそれをたまたま目撃したアメリカ人女性の友人ヒルダが、その顛末をカソリック教会の告悔室で神父に告白、神父はヒルダがカソリック信徒ではないという理由で、その告白を当局に通報してしまう。ミリアムとドナテロはしばし官憲の手を逃れるが、ヒルダが行方不明になった（どうやら、ミリアムの身代わりとして官憲に身柄を確保されていた）ため、彼女を探していた同郷の男ケニヨンに諭されて出頭、無事ヒルダはケニヨンのもとに返され、ふたりはアメリカに戻る。

この物語でも、テーマは女性をめぐる抑圧と抵抗のありさまということになる。ただし、『ブライズデール』と違っているのは、ミリアムの抵抗活動が、さまざまの形で周りの友人たちに影響を与えるという点だ。まず、〈モデル〉の殺害の場面では、じっさいに突きおとすのはドナテロだが、かれはミリアムの目のうちに無言の訴えを読みとって、〈モデル〉を殺害してしまう。そしてミリアムも、ドナテロに対し、ことばにせずとも殺人を教唆したとして、これをおのれの罪と考える。愛する女性の目の訴えを受けとめてひとを殺害したり、そして女性のほうもその罪を自分のものと考えたりすることは、常識的に考えれば突飛な発想ということになるが、ミリアムとドナテロはひとの常識を越えて、この罪の瞬間に深くつながりあう。法的な責任を超えた人間同士のつながりにおける罪のありかたを、このふたりは体現している。

さらに、この犯罪を目撃しただけのヒルダもまた、友人の罪と堕落に深く思い悩み、まるでみずから犯罪に手を染めたかのように鬱々とする。そして、ケニヨンも、ドナテロのようすの変化に深くこころを痛め、その解決を模索する。ホーソーンが語る罪とは、じっさいの殺害そのものであるよりも、このようにひととひととのつながりを深く傷つけ、ねじ曲げてしまう、そのような点に見いだされる。先に見た、心が触れあうことでひとが創造されるという考えかたに通じるところのある罪のとらえかただ。

物語は、それまで自然児のようだったドナテロが、罪に手を染めたため深く鬱屈した存在に変わり、そのことでミリアムとの愛情が育まれるというふうに終わる。同時に、ヒルダも、この経験によってそれまでの自己完結性を失い、ケニヨンとのつながりに依存することの意味を知る。結局〈モデル〉殺害は、これら四人の登場人物にとって、人間的成長というある意味幸運な結果をもたらしたように見える。つまり、ひとの罪とは、最終的に益をもたらすのであれば、むしろ歓迎されるべきではないか、とこの小説は問いかける。いわゆる〈幸運な堕落〉の考えかたである。ひとの堕落とは、変装された幸運だったのではないか？　このことばは、そもそもカトリックの復活節ミサで歌われる讃美歌の一節から来ているが、簡単にいえば、アダムが罪を犯すことで、キリストによる贖いがおこなわれたのだから、結局アダムの罪は幸運なことだったのだというとらえかたである。同じようにこの四人も、堕落によってそれまで手に入れることのできなかった成長を実現したのではないか。

これに対して作中ヒルダは、決してそんなことはないのだと断言する。その理由は語られないが、そこにホーソーンの真意を探ることは可能だろう。

そもそも、〈幸運な堕落〉という考えかたは完全な結果論である。キリスト教において、最終的に神の創造が完全な完成で終わることが保証されているからこそ、この考えかたは成りたつ。しかし、現実の社会において、そのような完成を保証するものはなにもない。実人生は、決して〈幸運な堕落〉という安心を与えてくれないのだ。これは小説を読む姿勢にもかかわるものだといえよう。犯行が解明され、犯人が指名されることだけを信じ求めて小説を読むとき、ひとは小説を読む意味を失っている。むしろ、読みすすむ過程で、苦しむひとびとの苦悩をじっさいに体験することに、小説の意味はある。そうするときに、読者はミリアムやドナテロの苦悩、さらにはヒルダとケニヨンの懊悩を、結果よければすべてよしと手放しで忘れることはできなくなる。そのことを伝えようとするかのように、ホーソーンはミリアムにまつわるさまざまのなぞを、終わりまであきらかにすることをしない。(その結末のあまりのあやふやさに、読者の不満が噴出したため、しぶしぶあとになってなにがあったのかを語る章をつけ足したが、そこでも結局なにもあきらかにされない。)結果論で小説を読むひとびと、〈幸運な堕落〉を奉って安穏と歴史を語るひとびと、結局奴隷制が廃止されたのだから、南北戦争は正義のための戦争なのだと考えるようなひとびとに対して、ホーソーンは否を突きつけているのだ。『大理石の牧神』は、〈幸運な堕落〉をテーマのように扱い、それになぞらえて物語を運びながら、そうすることで逆に〈幸運な堕落〉という発想の安易さと危険性をあきらかにする小説なのである。

『我らが故国』、未完長編、旅先での死

ホーソーンの願いもむなしく、帰国後まもなく合衆国は南北戦争に突入する。そのなかでホーソーンはときに戦争の熱狂に浮かされるように興奮し、ときに戦況の停滞に不満をかこつ。小説執筆の筆は遅々として進まない。この時期すでにホーソーンは、なんらかの病に冒されていたようだ。体調は思わしくなく、気分もすぐれず、沈みがちだった。フィールズが編集する『アトランティック・マンスリー』に、先ほど述べたイギリス滞在中の見聞を、スケッチ集『我らが故国』としてまとめて発表する。しかし、創作作品については、いくつかの作品の原稿を抱えながら、結局そのうちのどれも完成することはなかった。

そういった原稿のひとつに、没後娘ユーナらの編集によって出版された『セプティミアス・フェルトン』という作品(一八七二年)がある。この物語では、舞台を独立戦争に据えて、自分が殺した英軍将校のメモをもと

に、〈不老不死の妙薬〉を作ろうとする男の話が語られる。男は、薬品調合の過程で、自分のおばでインディアンの血を引く女性を殺してしまう。しかし、その罪意識を忘れてさらに薬品調合にいそしみ、ついには完成したと考える。不死を夢見る男は、愛する女性とともに幻を語り、不死によって勝ち得た膨大な知恵知識によって、この世界を思うがままに操るのだという。しかし、結末で、愛する女性もその薬のせいで殺してしまう。この〈不老不死の妙薬〉をめぐるメガロマニアックな夢想が、独立戦争という舞台で語られることで、結局ホーソーンは、アメリカという国家が独立から南北戦争に至るまで、常にこのような誇大妄想的な夢想をかかげ、多くの犠牲を生みだしてきたことを語ろうとする。一八七二年に出版されたかたちでは、人物の造形が途中で変化するなどしていて、小説としての完成度は低い（『百周年記念全集』では、複数の原稿がまとめられないままに並列されている）。しかし、それらの問題を解決して完成に至っていれば、ホーソーン晩年の名作となって、ホーソーンの作家としての姿勢を照らしだす作品となっていただろう。未完であることが悔やまれる作品だ。

このほか、アメリカ人でありながら、イギリスの荘園に相続権を持つ男の話や、血糊の足跡の話など、いくつか未完の原稿を残したまま、ホーソーンは戦争の終わりを見ることなく、旅先で病のため命を落とす（一八六四年）。還暦を目の前にした五十九歳。級友フランクリン・ピアスが同行した旅だった。南北戦争前に民主党大統領として奴隷制を擁護したため、多くの非難を浴びたこのピアスを生涯弁護しつづけたホーソーンだったが、その友に看取られたまま、南北戦争の行方も、アメリカの向かう前途も見ぬままに没したのだ。

主要参考文献

藤村希「ホーソーン年譜」、川窪啓資編著『ホーソーンの軌跡――生誕二百年記念論集』開文社出版、二〇〇五年、三一六―六二頁
Fuller, Margaret. *Woman in the Nineteenth Century*. Ed. Larry J. Reynolds. New York: Norton, 1998.
――. *The Letters of Margaret Fuller*. 6 vols. Ed. Robert N. Hudspeth. Ithaca: Cornell UP, 1983–1994.

ロバート・L・ゲイル『ナサニエル・ホーソーン事典』高尾直知訳、雄松堂、二〇〇六年

Hawthorne, Nathaniel. *The Centenary Edition of the Works of Nathaniel Hawthorne.* 23 vols. Ed. William Charvat et al. Columbus: Ohio State UP, 1962-2003.

メーガン・マーシャル『ピーボディ姉妹——アメリカ・ロマン主義に火をつけた三人の女性たち』大杉博昭ほか訳、南雲堂、二〇一四年

F・O・マシセン『アメリカン・ルネサンス——エマソンとホイットマンの時代の芸術と表現』飯野友幸ほか訳、上智大出版局、二〇一一年

エドウィン・ハヴィランド・ミラー『セイレムは私の住み処——ナサニエル・ホーソーン伝』佐藤孝己訳、近代文芸社、二〇〇二年

Wineapple, Brenda. *Hawthorne: A Life.* New York: Random House, 2003.

作品解説

髙尾直知

本第三巻の底本には、第一巻、第二巻と同様、〈ライブラリー・オヴ・アメリカ〉版の『ホーソーン――短編とスケッチ』(Hawthorne, Nathaniel. *Tales and Sketches*. New York: Library of America, 1982) が用いられている。〈ライブラリー・オヴ・アメリカ〉版所載の短編テキストは、一九六二年から二〇〇三年にかけて刊行されたオハイオ州立大学出版局刊『百周年記念全集』のうち、第九巻、第十巻、第十一巻（いずれも一九七四年出版）で確立されたものである。以下の解説における書誌情報は、おもに『百周年記念全集』版の編者解説、およびロバート・L・ゲイル『ナサニエル・ホーソーン事典』に依拠する。生前の短編集作品名と出版年は以下のとおり。

『トワイス・トールド・テールズ』（以下『テールズ』と略す）第一版　一八三七年、第二版　一八四二年、第三版　一八五一年。

『古い牧師館の苔』（以下『苔』と略す）第一版　一八四六年、第二版　一八五四年。

『雪人形とその他のトワイス・トールド・テールズ』（以下『雪人形』と略す）一八五二年。

なお、第一巻、第二巻の「訳者解説」では、初出時の作家名の有無と、その表記について解題部分に記されているが、本第三巻に収録された後期短編は、すべて初出時に「ナサニエル・ホーソーン」と作者名が明記されている。作家として確立されたステータスを持つようになった証である。そのため、以下の解説では、作家名表記については略して、初出と収録短編集名を括弧内に記すこととする。

一　りんご売りの老人　"The Old Apple-Dealer"（初出『サージェンツ・ニュー・マンスリー・マガジン』誌一八四三年一月号。『苔』第一版に収録。）

書き出しから、「生き生きとした言葉を駆使して想像力に富む視覚」に訴えなければ描けないような「道徳的美しさ」を描こうといって、ホーソーンの小説的な野心がうかがえる作品。つまり絵筆や音色、そのほかの手段ではあらわすことができず、ことばを使って描くしか、描きようのないような道徳的美しさが存在している、と語っているのである。このスケッチについては、ハーマン・メルヴィルが「ホーソーンとその苔」（『リテラリー・ワールド』誌一八五〇年八月十七日、二十四日号）で絶賛したことがよく知られている。メルヴィルもホーソーンの野心に触れて少なからぬ感銘を受けているようなので、引用しておこう。「かれの「感情を表に出さず活気に乏しい少年時代は、壮年期が花開かぬままに終わることを予想させたし、同様に、その壮年期は、痩せこけて無気力な老年の姿を予言するものが含まれていた」。この作品中のこのような筆遣いは、尋常の心からは出てくるものではない。そこには、深い思いやり、生きとし生けるものへの限りない同情、常に変わることのない愛があふれていて、このホーソーンという男は、当代随一であるといわざるをえない——少なくとも、これらのものを芸術的に表現することにおいては。それだけではない。このような筆遣い——同様の例は、ホーソーンの作品にはたくさんある——は、それを生みだした複雑で深淵な心へと通じる、ささやかな道筋を示す手がかりも与えてくれるのだ。それを通じてわたしたちは、ときやかたちは違えども、苦汁をなめるという経験によってのみ、他人のうちにある苦悩を描くことができるようになることを知る。ホーソーンの作品全体に、メランコリーが、まるで小春日和のように降りそそいでいる。描かれる世界は、そのために柔らかな輪郭を帯びるが、それにもかかわらず、そびえる丘の姿や、遠くに蛇行する谷間が、余すことなくはっきりと描き出されているのである」。ホーソーンがこのような老人とも共感することができるのは、ホーソーンの胸中に深い苦悩が潜んでいるからだと、メルヴィルはいう。「人と生涯（三）」で述べたような抑圧されたものへのホーソーンの共感は、メルヴィルの慧眼をもってすれば明らかだった。

ホーソーンはこのリンゴ売りの老人を、徹底して否定的に描く。社会に抑圧され、ただただその日を生きることだけを求めて生きる小市民、社会的弱者。それを描くためには、あまりに悲惨な過去を想像することはできない。悲惨な過去は、それ自体積極的な意味を持つことになる。そして「肯定的すぎる色合いを多少なりとも持ち込めば、どれほど筆遣いに気をつけても失敗作になりかねない」からだ。そこでホーソーンは、蒸気機関車を持ちだして、それとの対比で老人を描こうとする。老人の身震いや溜め息は、機関車のもたらす振動や蒸気とは対極にある。『七破風の屋敷』のなかで、ヘプジバとクリフォードというふたりの耄碌した老人が、蒸気機関車に乗って小旅行をおこない、結局見知らぬ駅に降り立つ場面がある。ふたりのやるせなさがいやがうえにも際立つ趣向だが、それと同じ対比的発想がここでも使われている。

それでもホーソーンは、そのようなほとんど無に等しい老人の精神を、無意味無価値と切りすてることはしない。「この陰惨で痩せこけた老人の姿にも、天上を目指して飛び去る精神的な精髄がある」からだ。ひとの精神、ひとの魂というものが、それ自体として抱えている霊妙さ、そのたとえようもない働きの精妙さといったものは、このほとんど動物的、本能的としか見えない老人の心にも備わっている。その条件反射のような動作ひとつひとつにも、ひととしての精神の動きが見て取れる。そのことをホーソーンはこのスケッチを通じて示している。そして、それゆえにこそ、このような老人にも、永遠の安らぎが与えられてしかるべきであるという。ほんのささやかなスケッチだが、ここには、メルヴィルが見抜いたように、広義のキリスト教的人間理解の豊かさが満ちあふれているのだ。

二　**古い指輪**　"The Antique Ring"（初出『サージェンツ・ニュー・マンスリー・マガジン』誌一八四三年二月号。生前この作品は短編集未収録。）

この作品には、いくつかの不道徳・不品行（作中の言葉でいえば「不浄な情欲」）の物語が隠されている。まず、冒頭クララの発言で言及されるポスチューマスは、シェークスピアの戯曲『シンベリン』に登場する紳士で、シンベリン王の娘イモジェンと密かに結婚している。しかしポスチューマスは、友人イアキモーの奸計にあってイモジェンの不貞を疑う。イアキモーはイモジェンの寝室に忍び込んで、その肢体を窃視するということまでして、イモジェンの不貞を証拠立てようとする（胸の痣を見たことがその証拠となるというのも、後出の「痣」とのかかわりを感じさせる）。物語の結末でポスチューマスの疑いは晴れて、ふたりの結婚は許される。

また、キャリルの話の中に出てくるエセックス伯は、第二エセックス伯ロバート・デヴェルー。もともとエリザベス一世の寵愛を受けていたが、不遜が目に余るようになり、結局女王に対する反逆を起こして死刑になる。対アイルランド戦争に敗れて帰国したときは、身だしなみを整える前の女王の寝室に姿を現したという。それ自体は、それほど不品行ではないが、ホーソーン読者としては彼の息子第三エセックス伯についても知っておく必要がある。こちらのほうは若くして結婚したが、その結婚相手フランシスが不倫騒動を起こし、さらに不倫相手と共謀して、ふたりの関係に気付いたトーマス・オーヴァベリー卿を毒殺。エセックス伯をも不能にして、結局離婚を勝ちえる。このできごとについては『緋文字』のなかに言及があり、『緋文字』の三角関係との類似も指摘されている。

さらに、この物語の主題である指輪は、ロバート・ウォルポール卿による政略のためにも用いられたとされている。ウォルポールのあだ名の「コック・ロビン」については、マイケル・コラカーチオが、「ぼくの親戚モーリノー少佐」の主人公ロビンとのつながりを指摘しており、これもまたホーソーン作品のなかでは政治的腐敗の象徴的存在である。

このように見てみると、この指輪が宿す怪しい赤い光は、ホーソーン小説のなかにあらわれるひとの情欲と深いつながりがあることが分かる。しかし、不思議なことに、そのような指輪がいつの間にか教会の二階席に集まるような貧困層のうちのひとりの持ち物となり、銅貨の山に紛れて、礼拝献金のなかに投げいれられるのだ。ここで再び、ホーソーンの目は、ひとの情欲とは無縁に思われる貧困層の美徳といったものに向けられる。貧しいがゆえにこそ、ひとの情欲を洗い清めることのできる精神性を持ちうることができるという〈教訓〉が示されている。そして、そのような貧困層の清廉潔白さとは、宝石の価値と対極の立場にある物語作品に通じるものがある。物語の最後で、キャリルは〈宝石〉が人間の心、そこに住みついた〈悪霊〉が〈欺瞞〉を意味すると解説するが、それ以上の説明はおこなわない。もし〈宝石〉が人間の心なのだとすれば、それを洗い清めるのは、その来歴を明らかにし、さらにその心のなかにかろうじて残された神への崇敬やひとへの献身を指ししめす、物語の力ということにならないだろうか？　一銭にもならないような物語にこそ、ひとの心を変える力がある。だからこそ、クララは「想像力に火を付けたダイヤモンドより、わたしはこのお話をずっとずっと高く評価」するのだろう。

ホーソーンは編集者サージェントに一頁五ドルで、「リンゴ売りの老人」と「古い指輪」を売っている。実際の雑誌紙面を見ると、前者は四頁、後者は六頁半なので、計十頁半、五十ドルあまりということになる。のちの「雪人形」（五十ドル）や「フェザートップ」（百ドル）の価格と比べると、この時代の原稿料がだいぶ安かったことがうかがえる。しかも残念ながら、サージェントの雑誌も、次のローウェルの雑誌もともに短命で、そのためにさらにホーソーンへの支払いが滞った。

三　空想の殿堂　“The Hall of Fantasy”（初出『パイオニア』誌一八四三年二月。『苔』第一版に収録。）

初出は、詩人ジェームズ・ラッセル・ローウェルが発刊したばかりの文芸雑誌。ローウェルはのちにロングフェローの後任としてハーヴァード大学教授となり、外交官にもなる。ホーソーンとは互いの作品を雑誌書評で高く評価しあっていて、また経済的にホーソーンを援助するなどしていた。

タイトルの「空想の殿堂」とは、野球選手がよく「殿堂入りする」というふうにいうときの「殿堂《ホール・オヴ・フェーム》」ということばをもじって使っている。つまり、名声《フェーム》の大きさによって招きいれられるのではなく、空想《ファンタシー》の大きさによって入れられる殿堂というわけ。初出時には、冒頭近く泉の水を常用しているひとたちを見物するところで、ローウェルをはじめ、エマソン、アーヴィング、ロングフェロー、ホームズ、ポー、セジウィックといったアメリカ人作家らの名前が挙げられていたが、その部分は『苔』収録時にばっさりとカットされた。問題はこの「空想」ということばの意味で、作品を読めばわかるように、ホーソーンはこれを単に文学的想像力という良い意味に限定して使っていない。後半に登場するような投機師や発明家、社会改良主義者、さらには終末論的宗教家たちの誇大妄想までもが、偉大な「空想」として殿堂入りを果たしている。つまり、同時代の作家たちと稀代の似非預言者とが、同じ「空想」の持ち主として同列に並べられているのだ。これでは、エマソンらは気を悪くするだろう。そのことへの配慮が、作品改訂の背景にあったのではないか（これは『百周年記念全集』編者の意見でもある）。

ちなみに、後半に登場するミラー牧師とは、ウィリアム・ミラーのこと。一八三六年、黙示録に語られている世界の終わり（すなわち〈最後の審判〉）が、一八四三年ごろ（つまりこの作品が出版された年）に訪れるという予言をおこなって、世間を騒がせた。そののちも、同様の予言を繰りかえしたあげく、「わたしは過ちを告白し、失望していることを認める」と述べ数年後に没した。ホーソーンはほかの作品でもその名前に言及しているが、とりわけ「クリスマスの宴」（一八四四年一月発表）にミラーを登場させて、「最後の大火の到来が遅れに遅れていることに絶望して自暴自棄になっているように見えた」としている。一八四四年三月が、ミラーの予言した終末到来の最終期限だったのだ。それでもミラーの影響力は絶大で（だからこそホーソーンもたびたび言及するのだが）、信奉者たちは、その死後も活動をつづけ、現在のセヴンス・デー・アドヴェンティスト教会はその流れから生まれている。

それにしても一八四三年版で、多くの同国人作家たちと、ミラー牧師にいたるまでのさまざまの社会運動家たちが並べられているのは、ホーソーンがなんらかの共通点をかれらのあいだに見ていたことと、やはり無縁ではないだろう。社会改良を目指すひとびと、突飛な発明を企てるものたち、そして架空の土地投機に血道を上げる男たち、みなホーソーンのほかの作品でも、なんらかのかたちで取りあげられている。彼らがミラー牧師と同日の存在であるとすれば、結局は両者とも現状を破壊して構わないと考えているやからだということだ。ホーソーンは同じような破壊的社会批判を、エマソンらのうちにも見ていたのではないか。もちろん、文学作品がある意味で社会批判性を備えていることは当然だし、そうでなければ文学の意味はない。しかしそこに極端な過激さが加わったとき、それはミラー牧師のような終末論的破壊性を身に帯びることになる。四十年代以降、ニューイングランド知識人らの政治姿勢が急速に先鋭化していくことは、エマソンの例を見れば明らかだ。ホーソーンはきたるべき時代をそんなふうに見ていたのかもしれない。

四　新しいアダムとイヴ　“The New Adam and Eve”（初出『ユナイテッド・ステーツ・マガジン・アンド・デモクラティック・レヴュー』誌一八四三年二月号。『苔』第一版に収録。）

一八三七年ごろ、ホーソーンは級友ジョナサン・シリーを介して、『ユナイテッド・ステーツ・マガジン・アンド・デモクラティック・レヴュー』誌編集者ジョン・L・オサリヴァンの知己を得るが、この時期さらに親密な関係になり、多くの作品をその雑誌に寄稿している。先にあげたようなサージェントやローウェルの短命な雑誌に比べて、『デモクラティック・レヴュー』は少なくとも当時すでに五年以上つづいていたし、このあと一八五九年まで発行され、十九世紀としては長寿誌となる。それだけに、原稿料支払いについても安心できたのだろう(じっさいには、ずいぶん未払いで苦労することになるが)。オサリヴァンは、この雑誌で「明白な運命」ということばを使って人口に膾炙させたことで有名。その事実にあきらかなように、領土拡張主義の先鋒に立って政治活動をおこない、テキサス・オレゴン併合を主張し、キューバ併合を実現するためにキューバにも渡る。そののち、ホーソーンとともにピアス政権下の政治猟官で職を得て、ポルトガル代理大使となった。

「新しいアダムとイヴ」が掲載された『デモクラティック・レヴュー』誌一八四三年二月号を眺めていると、そのすぐ前には、聖職者であり社会改良主義者であったオレスティーズ・A・ブラウンソンの「共同体制度」と題する長大な記事が置かれていたり、「ワーズワースの自由へのソネット」と題して詩人の政治的姿勢を論じる文章が掲載されていたりと、この雑誌の性格が、タイトルのとおり民主党的イデオロギーに濃く染められていたことがうかがえる。この作品(のみならず、『デモクラティック・レヴュー』紙に掲載されたすべてのホーソーン作品)は、そのような政治的文脈のなかに置かれていることを了解しておかなければならない。

語り手は、「真実とか現実と名付けている鉄の足伽をゆるめ、自分たちがいかに囚人であるかを部分的にもせよ自らに実感させ」る必要があるとする。そしてそのために、全人類が死に絶え、ただ文化的業績だけが残された世界に、新しく男女が創られたと想像してみようという。そのふたりの目を通して〈人工〉と〈自然〉の区別を考えようというのだ。そして、服飾、宗教、法律、美食、金融、文芸などなどのひとの営みが、それらをまったく知らぬ無垢なる精神によって再検討されるのである。

この短編が社会批判に満ちた作品であることは、以上のような設定からして明らかだろう。新しいアダムとイヴは、人間の文化的遺物をとまどいながら眺めて、それらが本来の無垢なる人間にとってはまったく無用の長物であるのみならず、ときとしてかれらを惑わす害悪でさえあることを、はしなくもあきらかにする。ぎゃくにいえば、ひとがいかに悪しき環境のなかで暮らしているか、いかにそれらを断捨離する必要があるかを語っているわけだ。

いかにも、ブルック・ファームを経験したホーソーンが宣べつたえようとするメッセージを見る思いがするが、しかしその徹底した批判性は、単なる共同体的社会批判よりも深く、また、直前の「空想の殿堂」で批判した破壊性からは遠く離れ、当時の社会の問題をえぐり出していることに注意する必要がある。たとえば新しいアダムとイヴがバンカーヒル記念碑を見て、「祈り」をあらわしていると考える場面。バンカーヒル記念碑とは、独立戦争に際して合衆国側が英国軍をかろうじて食い止めた激戦を記念するものだ。そこで死んでいった多くの兵士たちの犠牲を記念し、ある意味でアメリカ国家のもっとも根源的なありかた——理想のためには人命すら犠牲とする——を明示するものなのである。それを、戦争という暴力（「末代まで残る殺戮」）の対極にある平和的な「祈り」の表現として捉えるふたりの所作は、痛烈にアメリカの国家イデオロギーを批判しているといえる。そのようなイデオロギーを抱え、アメリカ例外主義に染まった共同体運動は、そもそも真の意味での社会改革になりえないことを、ここでホーソーンは暗示しているのだ。

すこしあとの作品だが、ハーマン・メルヴィルの『イズリエル・ポッター』（一八五五年）の結末において、数十年ぶりに祖国に戻ってきたポッターが、やはりこのバンカーヒル記念碑のそばに憩いを見いだす。その個所で、語り手はそこを真の「陶器師の畑《ポッターズ・フィールド》」（裏切り者ユダの自殺後に、かれの得た銀三十枚で買いとられた墓地のこと、マタイ二十七章七節参照）であるとする。仲間を裏切ったとされるユダとポッターが結びつけられるとともに、そもそも同じ同胞であったイギリスと闘うという〈裏切り〉を犯したアメリカの根源的問題が、そこに例示されているのだ。ホーソーンの批判はそのようなメルヴィルの慧眼と軌を一にしている。

五　痣　“The Birth-mark”（初出『パイオニア』誌一八四三年三月号。『苔』第一版に収録。）

ホーソーンの後期短編代表作のひとつ。妻のたったひとつの欠点を受けいれることができず、それを矯正しようとして逆に妻を殺してしまう科学者の話。モデルは十七世紀の著述家で外交官も務めたケネルム・ディグビー卿とされる。ディグビーは、美貌の妻をさらに美しくしようとして、「毒蛇ワイン」を使って実験している最中に、誤って妻を殺したと噂されていた。このディグビーについては、のちに『緋文字』において、ロジャー・チリングワースが文通または交際していた相手だとされている。しかし、この物語の主人公エールマーの科学的な理論や発明のありさまは、むしろ先の「空想の殿堂」に描かれた発明家や科学者の実態にも似通ったものがある。

対して、妻ジョージアナの唯一の欠点はといえば、それは片方の頬に小さな手の形をした痣があること。それは血色を帯びていて、顔が赤らめば薄く消えてゆくが、青ざめると逆にくっきり浮かびあがる。この赤い小さな手の意味はなんだろうか？　それを考えることで、エールマーがそこまでこの痣の除去にこだわった理由も見えてくる。

まずその形については、「人間の手の形にそっくり」だが、大きさは「一番小さいピグミーくらい」しかないとされる。そして、ジョージアナを愛する男たちはそれが、「妖精」によってつけられたもので、「魔法の資質が備わっている印」であり「あらゆる人の心を支配する力」が与えられた証左であるとする。ぎゃくに女性たちのなかには、それを「血みどろの手」と呼んで忌みきらうものもいた。以上のことから、この手には、女性の性的な魅力といったものが含意されていると同時に、その魅力が相手を支配し操作する力でもあることが見てとれる。さらに、その色は、先にも見たように「血」と結びつけられており、あとで語られるエールマーの夢のなかでは、ジョージアナの心臓をつかんでいるかに思われるとされていて、ジョージアナの命に深くかかわりがあるものと推測される。また語り手は、「〈深紅の手〉は避けることのできない運命の手を表し」ているとして、ひとの死との結びつきを強調する。妻が死すべき存在であることを突きつけられるような思いで、エールマーはこの痣を眺めていた。

このように並べてみると、この痣に隠された深い意味が見えてこないだろうか？　それは女性の性的な魅力にかかわるもので、人の支配や操作にかかわる力を持つ。さらにはいのちと深い繋がりを保ち、死すべき運命をもあらわす。これらすべてが照らし出すテーマとは、女性の持つ妊娠出産という能力ではないだろうか？　もちろん、妊娠が性的な魅力にかかわるものであることはいうまでもない。そしてそれがゆえに、女性による支配力をあらわすとともに、ぎゃくにそのような女性を所有しみずからのものとして操作するという男性の側の欲望にも密接に関連している。さらにはいのちを生みだすという営為であると同時に、それは世代の交代をも意味し、個体としてのひとの死すべきことをも必然的に内包している。

当時のアメリカを見回すと、女性の妊娠出産を問題として取りあげる共同体の動きが広く見られる。男女の結婚を禁止したシェーカー教徒たち（ホーソーンはかれらの共同体についていくつか小説を書いている）、ぎゃくに男女の一夫一婦の婚姻関係を否定し複合結婚を勧めたオナイダ共同体やそれにつづくフリーラブ主義者たち、一夫多妻制をよみがえらせようとしたモルモン教共同体、近くではブロンソン・オルコット（ルイザ・メイの父。かれからホーソーンはコンコードのウェイサイドを購入する）が試みたフルーツランド共同体でも、同様の男女関係が示唆されていた。そもそも、ホーソーンが参加したブルック・ファームでも、フーリエ主義というかたちで、表立ってではないものの結婚制度の見直しがおこなわれようとしていたのである（『ブライズデール・ロマンス』にも、そのような共同体の性的自由が示唆されている）。これらすべて、女性の妊娠出産を、共同体的に管理制御して、女性にかかる負担を制限しようという試みとみることもできるだろう。かれらは、従来の家庭性を破壊して、夫が妻を性的に支配するという構図を改め、それを共同体の管理下に置くことで女性の精神的身体的荷重を軽減しようとしたのである。

もちろん、新婚のホーソーンが、身体的にも決して頑強とはいえないソファイアとの関係に配慮せざるをえなかったという事情も、この物語が示している関心の裏にあるだろうことは想像に難くない。事実、ソファイアは、この小説が発表されるひと月ほど前、一八四三年二月に流産を経験している。この小説を書きながら、ホーソーンの思いが女性の妊娠出産という問題に傾倒していったとしても不思議ではない。エールマーが妻のために用意する続き部屋の描写――「カーテンは天上から床まで届き、角も直角もすっかり隠しているので、どっしりと重々しい襞がその部屋を無限の空間から遮断しているよう」――も、まさに子宮的な女性の空間を作りだしているかのようだ。エールマーは、そのような人工子宮から、完全な女性を産みだそうとして、結局流産してしまうのである。そこにふたたび、伝統的家庭性を破壊して、新たな女性性を産みだそうとする実験的共同体の危険が示唆されているのである。

六　利己主義、もしくは胸中の蛇　"Egotism; or, the Bosom-Serpent"（初出『ユナイテッド・ステーツ・マガジン・アンド・デモクラティック・レヴュー』誌一八四三年三月号。『苔』第一版に収録。）

主人公のモデルは、ホーソーンの友人のひとりジョーンズ・ヴェリーとされている。かれはかつてホーソーンに「胸の中の偶像」を持っているかと尋ねたことがあるという。どうやらヴェリーもまた、精神的に不安定で、他人への批判を繰りかえしていたらしい。しかし、それ以上に興味深い解釈は、ホーソーンの伝記を書いたブレンダ・ワインアップルのものだろう。なんと「ロデリックは妊娠している」というのである。「ロデリックの胸中の蛇は、男性性のシンボルであるにとどまらない。蛇はロデリックを女性に変えてしまう。そのうちにはいのちある存在が宿り、「彼の食べ物を栄養とし、彼の命を食ら」っていたのだ」と。

伝記作家としては当然のことながら、ワインアップルはこのような小説のテーマを「父親になることへの恐れ」と結びつける（「痣」の項でも述べたように、ソファイアはこの小説執筆当時妊娠しており、まもなく流産を経験することになる）。しかし、ロデリック・エリストンがひとびとのあいだを行きめぐり、他人の胸のうちにも自分とおなじように蛇が宿っていることを指摘して回るというくだりは、それだけだと解釈が困難ではないだろうか。病のなかにあって苦しむ自己を強烈に意識し、その病を世間に晒すことに無上の喜びを感じるという〈利己主義〉。そして、おのれの罪過を他人のうちにも見いだして、「新しい使徒」となって、その恐るべき〈福音〉を宣べつたえようとする傲慢さ。これらの性格は、たとえば「牧師さんの黒いヴェール」のフーパー牧師の伝道姿勢にも通じるものがあるし、直前の「痣」のエールマーが体現するような社会改良運動の傲慢や、そして『ブライズデール・ロマンス』のホリングズワースが抱える博愛主義の自己中心性と言ったものを想起させる。

結局、妊娠のイメージが、そのような男性の社会的欲望へ結びつけられるところに、ホーソーンの理解する「悪」の問題の深さを知ることができるということなのではないか。エリストンの友人ハーキマーがいうように、「蛇が実質のある蛇だろうとなかろうと、君の病的な本性がそんな象徴を思い付かせたのだろうとなかろうと、この一件の教訓には、やはり真実と強さがある」。ひとは、たとえ一度は愛によって道徳的な高みへと導かれたとしても、常にみずからの胸中に、たとえ外からのいかなる働きかけがなくとも、悪を孕む可能性を抱えているのである。ひとの罪は、それこそ妊娠のように、気づかぬうちにおのれのなかに宿り、いつのまにか育ち、いつしかその胸を食いやぶって生まれでる。こんな風に書くと、まるで『エイリアン』シリーズのような話に聞こえるかもしれないが、ホーソーンは妊娠というイメージに、自己完結するひとの根源的な悪――そういえば、あのエイリアンも、ただ生殖だけが生存の目的と化していた――を見たのだろう。

七　人生の行列　“The Procession of Life”（初出『ユナイテッド・ステーツ・マガジン・アンド・デモクラ

ティック・レヴュー』誌一八四三年四月号。『苔』第一版に収録。)

現代の日本人読者にとっては、なんとも理解しがたい奇想による作品と思われるかもしれない。最初のところで語り手が語る、ひとびとを並ばせるための「誤った法則」、「おそろしく旧式な、人類の記憶のはるか彼方に、否、歴史の記録の彼方にすら遡る」やり方というのは、簡単にいえば、貧富の差、身分の上下、階級の区別のことを指している。それらは人間の本質をあらわすものではなく「人工の記章」にすぎない。だからそれらよりも「はるかに本物」の法則に従って人類を分類しよう、というのが話の発端である。

「新しいアダムとイヴ」の項でも述べたが、発表の舞台である『デモクラティック・レヴュー』は、民主党的なイデオロギー、つまり、一般人民を称揚して、既成制度の改革を推進しようという政治姿勢を標榜する雑誌である。語り手の目論む「社会の真なる分類」とは、まさにそのような人民主体の政体をあきらかにするかに見えるだろう。しかし、ホーソーンはそのような雑誌の政治的立ち位置に微妙に齟齬する物語を書きつづけている。どこが、「微妙に齟齬」しているのか。まず語り手が命じて吹かせる喇叭のイメージはいかがだろう。日本人読者には取っつきにくいといったのはこういうところだが、この喇叭の音には、途中「運命の日に轟く喇叭の音」といわれるように、黙示録に描かれた終わりの日に轟くとされる喇叭のイメージが重ねられているのである(黙示録八章以降)。これらの喇叭は、吹き鳴らされるたびにさまざまの災害を呼びおこし、終わりの日のさばきを完成していく。また、黙示録では喇叭ではないが、四つの生き物が「きたれ」と呼びかけて、さまざまの厄災をもたらすとされている(六章)。さらに、黙示録と終末つながりでいえば、キリストは終わりの日に人類すべてを呼びあつめて、「羊飼いが羊とやぎとを分けるように、彼らをより分け」るともいわれていた(マタイ二十五章)。これらのエピソードを知るもの(当時の読者は当然これらをよく知っていただろう)は、この物語をそのような終末的イメージで読みとったことだろう。そうすると、ぎゃくにいえばこのような「社会の真なる分類」は、最後の審判における状況でしか起こりえないものとしているわけだ。これはあまり民主主義的政治改革の姿勢とは思えない。

さらに、この小説を読みすすめるとわかるが、いかなる分類も、ほんとうの意味での公平な分類を達成することはない。愛にしても善行にしても、それらでひとを分類しようとすると、けっきょく「それぞれの宗派が、己の正義を棘の生垣で囲っている」ことに直面する。それらを乗りこえるには「神の摂理」によるしかない。やはり、地上的人間的な改革がむなしいことを語っているのである。

極めつけは、最期に「総司令官」と呼ばれる死が想起されるところである。死は究極の民主主義者であるが、その死すら、「死の領域の彼方」まで人類が進みゆくとき（つまり人類がみな死にたえるとき）、「私たちを道端へ置き去りにする」。死もまた「私たちの定められた行く先」を知らないのだ。死がすべてを虚無にさし戻すとき、すべての存在はその意味を失ってしまい、そのとき社会の改良も、人類の進歩も、すべては灰燼に帰するのである。ただ「私たちを作り給うた神はご存じ」であるというのが、この物語の結末だ。「ひとの偶然は神の目的」とは、ホーソーンがしばしば口にする警句だが、まさにそのことを敷衍する作品である。

八　天国鉄道　"The Celestial Rail-road"（初出『ユナイテッド・ステーツ・マガジン・アンド・デモクラティック・レヴュー』誌一八四三年五月号。『苔』第一版に収録。）

ジョン・バニヤン（一六二八年—一六八八年）の寓話『天路歴程』（第一部一六七八年、第二部一六八四年）は、十九世紀アメリカのキリスト教信仰入門書だった。L・M・オルコット『若草物語』第一部（一八六八年）では、この『天路歴程』が四人姉妹の成長の案内役として使われている。余談になるが、『若草物語』第一部第二章で、クリスマスのプレゼントに母親から送られた「長旅に出かけようとするどんな巡礼者にとっても、真実の案内書」といわれている書物が、新約聖書のことなのか、それともこの『天路歴程』のことなのか、研究者のあいだでも意見が分かれている。それほど『天路歴程』は、信仰書としての地位を確立していたのである。

『天路歴程』とはタイトルを直訳すれば「巡礼者の前進」といった意味だが、蒸気機関発明まえの巡礼者は徒歩で前進するのが常識だった。『天路歴程』の主人公〈キリスト者《クリスチャン》〉もまた、『滅亡の市』を出て行脚し、『落胆の沼』や『虚栄の市』を経て、『天上の市』へとたどり着く。この物語は、キリスト者が地上の労苦や誘惑を乗りこえて成長し天国へと至る信仰的足どりを寓話的にあらわしている。

そちらの話では、旅に出たばかりの〈キリスト者〉を、〈世才者〉（原文では〈世俗的な知恵者〉）という名の男が惑わし、〈遵法者〉のところへ行くように教えるのだが、ホーソーンのパロディ「天国鉄道」では、「スムーズ＝イット＝アウェイ」（つまり、困難な巡礼の道をなだらか《スムーズ》にしてしまう者、という意味）氏が主人公を導いて、『落胆の沼』にかかった危うい橋を越えて、『天上の市』行きの汽車に乗せてしまうところから話がはじまる。アポリオン（黙示録に登場する魔王。バニヤンの原作ではキリスト者と死闘を繰りひろげる）が機関士として運転する列車に乗って、『死の影の谷』をまたたく間に抜け、『虚栄の市』に滞在。そこで快適な生活にうつつを抜かすが、真の巡礼者の姿を見て一念発起しふたたび列車に乗って、いよいよ『天上の市』の手前の川岸まで来る。かつてクリスチャンが溺れそうになりながら渡った川にも、フェリーボートがかよっていて、ほかの乗客らといっしょにあわてて乗りこむ。ところがかのスムーズ＝イット＝アウェイ氏は船に乗らずに笑い声を上げて、悪魔的な正体を現す。あっと思ったら、夢だった、というおち。ちなみに原作でも、最期は語り手が目を覚まして、夢だったとされる（もっとも、原作は最初から夢であることが繰りかえし明示されている）。

『天路歴程』では、寓話の形式に則って、〈伝道者〉や〈敬愛〉といった普通名詞・抽象名詞を固有名詞化した名前を持つ人物が登場するが、ホーソーンはそれをさらに極端に押しすすめて、「リヴ＝フォー＝ザ＝ワールド」（世俗的な生活をする者、の意）や、「フット＝イット＝トゥ＝ヘヴン」（天国まで行脚する者、の意）のような複合語で名前を作っている。なかにはよく意味のわからないものもあって、『虚栄の市』に住むとされる聖職者のうちに「ジス＝トゥ＝デー」と「ザット＝トゥ＝モロー」という名前のふたりがいる。おそらく、近くのもの、つまり現世的なことがらを率先して実行し、遠くのもの、つまり来世的なことがらは後まわしにしようというような考えを表しているのではないかと思うが、いかがだろうか。

この物語で笑ってしまうのは、『死の影の谷』の外れ、かつて「ポープとペイガン」が住んでいた洞窟に、「ジャイアント・トランセンデンタリスト」が住んでいるというところ。あとに出てくる「ラパチーニの娘」の冒頭で、当時の超絶主義者《トランセンデンタリスト》たちについて、なかば皮肉交じりに「現代における世界のあらゆる文学にそれなりの関与をしている」と語られるとおり、かれらの影響力は「巨人」と呼ばれるにふさわしいものがあったのかもしれない（もちろん皮肉まじりだが）。また、バニヤンの時代には、ピューリタンたちの正統的信仰の敵は、カトリック（および英国国教会）の教皇主義者、さらにはさまざまの異教徒・異端たちだったのだが、十九世紀になると、トランセンデンタリズムがそれに取ってかわったということだろう（エマソンが一八三八年ハーヴァード大学神学部でおこなったトランセンデンタリズムのマニフェストともいえる「神学部演説」は、ずいぶん批判を集めた）。しかし、なによりおかしいのは、その体つきが曖昧模糊としていて、ことばづかいも「変てこりん」だったため、「何を言っているのか、励ましているのか、それとも脅かしているのかも」わからないというところだ。確かにエマソンの演説を読んでいると、なにがいいたいのかよくわからないところがあるが、それ以上に同じトランセンデンタリストのブロンソン・オルコットが、かれらの実質的な機関誌『ダイアル』に掲載した「オルフェウスのことば」などは、ほとんど理解不能に近い。ことほどさように、ホーソーンはトランセンデンタリストたちを随所で皮肉っている。

『天路歴程』第一部では、最期クリスチャンのあとをつけていた〈無知〉が、〈空望み〉という船頭に勧められて『天上の市』の門前に横たわる川を船で渡ってしまい、結局天使たちに連れ去られて地獄の門にいれられる。

語り手は、まるでこの故事を知らぬがごとくに、渡し船に乗ってしまうのだから、かれらの「巡礼」がいかに無知なるものかが暗に示されているわけだ。そもそも「巡礼」とは目的地の到達に意味を見いだす行為ではない。むしろ過程に価値を置き、その過程の積みかさねによって至るところが目的地であるという考えでなされるべきものだ。バニヤンは、キリスト者の人生を、そのような「巡礼」にたとえているわけだから、それはつまりひとの地上の生というものが、おなじように宗教的もしくは倫理的経験としての価値を持つことを教えている。「人と生涯（三）」で『大理石の牧神』を論じたところにも書いたが、ホーソーンは、単なる結果論としての信仰というものに重きを置かない。結果に至る経験がいかなるものだったか、それを問うのが真の宗教者の姿勢であるべきだし、人生の意味であるべきだと考えている。ホーソーンのキリスト教信仰がいかなるものか（いや、そもそもキリスト教信仰を持っていたのか）は、ここでは問題ではない。ただ、ホーソーンが小説において、そのような大きな意味でのキリスト教的思想から導きだされる人生観、倫理観を表していることは、この作品からも明らかだろう。

九　蕾と小鳥の声　"Buds and Bird-Voices"（初出『ユナイテッド・ステーツ・マガジン・アンド・デモクラティック・レヴュー』誌一八四三年六月号。『苔』第一版に収録。）

ニューイングランドの春は、日本でいうと東北か北海道あたりの感覚で訪れる。このスケッチの内容を読むと、二月末か三月の話かと思ってしまうが、じっさいの執筆時期は一八四三年の四月か五月と推測されている。やっぱり、ニューイングランドだなあと作者に同情してしまう。北国に住んだことのあるひとには理解してもらえると思うが、春になると一斉に花が咲きはじめ、冬のあいだの鬱屈が一気に解きはなたれ、いのちの喜びが感じられるものだ。「火を崇める」のところでも述べるが、当時ホーソーンが住んでいた牧師館は、だだっ広くて暖房が行きとどかず、冬のあいだずいぶん寒い思いをしたらしい。春への待ちきれない思いがこの作品にあらわれている。

このスケッチの最後は、「〈春〉はまこと〈運動〉の象徴なのだ！」と閉じられているが、この〈運動〉とはなんのことだろう。スケッチ全体から考えれば、春になって動植物が動きだす、その〈運動〉のこととするのが自然だと思われる。しかし、先にも述べたように、このスケッチの発表の舞台は『デモクラティック・レヴュー』だ。このスケッチと同じ号にも、例によってブラウンソンの長大な歴史論連載がつづいているし、巻頭論文は（先の「人生の行列」からの引用とともに）「クリスチャン・ユニオン」という名の共同体の設立を称えている。とすると、ここで語られる〈運動〉とは、少なくとも当時の読者にとっては、社会を席巻していた改革運動のことだったのではないだろうか。すくなくとも、そう取られることを意識しながら、これを記すことで、『デモクラティック・レヴュー』誌の編集方針におもねっている。しかし、ほんとうの意図としては、自然の時の流れこそが、社会改良運動の要諦であると（つまりひとがなにをやるよりも、自然に任せるのが正しいと）述べているのだろう。

十　可愛いダッファダンデリィ　“Little Daffydowndilly”（初出『ボーイズ・アンド・ガールズ・マガジン』誌一八四三年八月号。『雪人形』に収録。）

初出の雑誌名からもわかるとおり、こども向けの教訓的寓話。主人公の名前のダッファダンデリィは、ラッパ《ダファ》スイセン《ディル》の別名だが、同時に俗語で「愚かな」という意味もある。さらに「ぐずぐずする《ディリィダリィ》」ということばとの類似も感じられて、主人公の性格をあらわしている。またこの寓話の背景には、有名な聖書の教え「百合を思い見よ。紡がず、織らざるなり。されど我なんじらに告ぐ。栄華を極めたるソロモンだにその服装《よそおい》この花のひとつにも及《し》かざりき」（ルカ十二・二十七）がある。ここで「紡ぐ」と日本語になっていることばが、英語ではトイルである。ホーソーンはこれまでもこども向けの作品を書いているが、おもな動機は経済的なものだった。「可愛いダッファダンデリィ」もその例に漏れない。この作品は、教訓的性格が強く、ホーソーンがこれまでこども向けに書いてきたギリシア神話の再話や、歴史人物の伝記物語と比べると面白みにかけるが、トイル氏を避けつづけ、しかしどこに逃げてもトイル氏の親族に出くわすダッファダンデリィは、作家としての成功を夢見て実業を避けつづけながら、そこから逃れられないホーソーン自身の姿のようにも見える。

十一　火を崇める　“Fire-Worship”（初出『ユナイテッド・ステーツ・マガジン・アンド・デモクラティック・レヴュー』誌一八四三年十二月号。『苔』第二版に収録。）

ホーソーンは、結婚前の一時期『アメリカ有用娯楽教養雑誌』という名の編集者を務めていた（一八三六年）。この雑誌のなかで「拝火教徒」と題する短文を執筆し、インドでは火が神的な性質を象徴するものとされていることを記している。ホーソーンがこの情報をどこから得ていたのか明らかではないが、拝火教（もしくは、その開祖とされるゾロアスター――アヴェスター語ではザラスシュトラ、ドイツ語読みがツァラトゥストラ――については、エマソンやソローがはやくから注目し、「神学部演説」（一八三八年）や『ウォールデン』（一八四五年）でも言及されている。「自然の方法」と題された演説（一八四一年）では、エマソンはゾロアスターの教えとして「[真理]は、なにか特定の事物を理解するときのように理解できるものではなく、精神の開花によって理解するものである」と語っていた。火というものが、物理的現象であるとともに、実体をもたない精神的な事象でもあると考えることで、火をとおして精神と物質のつながりを捉えようとするのは、トランセンデンタリストらしい関心の持ちかたといえる。

それに対してホーソーンは、むしろ火の効用に目を留めて、「彼の温かい心はすべてを償って余りある。かれは人類に対して親切だし、人類も彼特有の欠点を許すのだ」として、その家庭的な「親切」を称揚する。火は「平和な家庭のなかに荒れくるい、家族をおそろしい力で抱きすくめ」ることもある。しかし、それほどの恐るべき存在でありながら「ジャガイモを焼いたり、チーズを炙ったり」してくれる。トランセンデンタリストたちと、ホーソーンとの肌合いの違いがよくわかる。

先にも述べたように、このころホーソーンが住んでいた牧師館は風通しがよすぎて、秋になるとすでに寒い家だったが、ホーソーンにはかつての住人であったリプリー牧師のように、惜しげもなく暖炉で薪を燃やす財力はない。効率がよいとされる密閉式のストーヴを秋になってあわてて三台買うのがやっとだった。そのような文明の利器に（そしてそういうものにすがるしかない自分たちの状況に）ホーソーンは嫌気がさしていて、ここでもそのような利器を生みだした文明の進歩をくさしている。

十二　クリスマスの宴

"The Christmas Banquet"（初出『ユナイテッド・ステーツ・マガジン・アンド・デモクラティック・レヴュー』誌一八四四年一月号。『苔』第一版に収録。）

副題に「未完に終わった「心の寓話」より」となっているが、これは前出の「利己主義、もしくは胸中の蛇」につけられた副題と同じもので、ホーソーンがまた新たな短編集企画を考えていたことがうかがえる。枠物語に登場するロデリックとロジーナという男女の名前も、またもうひとりの友人が「彫刻家」であるという設定も、「利己主義」と共通しているので、「利己主義」の物語の後日に、ロデリックがこの物語を語りきかせるという物語のなかの物語という設定なのだろう。そうすると、冒頭でロデリックが「ぼくは以前悲しい経験をした」というのは、「利己主義」のなかで語られる〈胸中の蛇〉事件ということになる。

ロデリックが「利己主義」の経験をとおして学んだ「暗い秘密」とはなにか。それは、「心という器官《うつわ》」の欠けた人間が、この世界にあり得るということのようだ。胸中の蛇を通じて他人の心に潜む悪をほじくり出した、あの経験のなかで、悪をほじくり出そうにも、心そのものを持たないような人間がこの世にはいるということに気がついた、ということなのだろうか。ロデリックが描きだす男は、ちょうど「リンゴ売りの老人」の対極にある人物といってもいいだろう。「リンゴ売りの老人」は、ひととしての愛情や情熱をまったく失ったかに見えていながら、しかしやはり心を持った存在であった。それに対して「クリスマスの宴」に登場するジャーヴェス・ヘースティングズは、人並み以上の環境と容姿に恵まれて、当然あふれんばかりに豊かな感情と共感を持っているだろうと思われながら、じつはそういう能力にまったく欠けた存在ということになる。「人と生涯（三）」で触れたようなホーソーンの根源的人間理解に従えば、心と心の「触れあいによってぼくたちは創造される」のだった。ぎゃくにいうと、そのような触れあいを実感しえない人間は、たとえ肉体という実体を持っていても、心という本質が創造されていない空っぽな人間ということになる。

そのようなひとをいかに想像し、いかに描くか。「リンゴ売りの老人」では、それをまったくの対極の存在である蒸気機関車との対比で描こうとした。とすれば、ジャーヴェス・ヘースティングズは、老人の対極的存在として、勢いだけはある蒸気機関車のような存在なのだろう。そのようなひとの不幸をいかにして描くかといえば、こんどは、自分の不幸を不幸として捉え、それを嘆き悲しむことのできるひとたちを列挙することで、それらのひとびととの対比で想像するということになる。これが、この小説の出発点なのだ。

とすると、この物語になん十人と登場するクリスマスの宴への招待客たち、どんなひとにもまして自分は不幸だと考えるひとびとというのは、ぎゃくにヘースティングズとの対比で考えれば、ほんとうの意味で不幸なのではないということになる。「利己主義」において、ロデリック・エリストンは胸中の蛇という己の不幸にとらわれ、そのことに拘泥することで利己主義者へと変わっていった。「クリスマスの宴」の招待客たちも、たとえば

「当世風の博愛主義者」の例に見られるように、社会を改善する手段が「実行不可能であることにあまりにも深く感じ入り」「同情を求めてみじめな状態でいることに自己満足を覚えるように」なっている。不幸によって、さらなる心の洞窟へとみずからを追いやってしまっているのだ。しかし、それに対して「クリスマスの宴」を読むものは、真の不幸とは、不幸を不幸と感じる心を持たないことなのだと教えられる。そしてそう教えられることで、不幸のもたらす「利己主義」からぎゃくに解放されることになる。

社会の改良を願うものたちは、ひとを不幸から解放することを目的とするが、ほんとうの不幸とは、おのれの不幸のなかにみずからを閉ざす利己主義にある。ジャーヴェス・ヘースティングズを創造することで、ホーソーンが語ろうとしているのは、そのようなひとの心の精妙な働きである。ぎゃくにそれを無視して、外的手段にのみ頼って、ひとの不幸を取りさることができると信じ切るものがいるとすれば、それこそ心を持たない「道徳のお化けみたいな人」、ジャーヴェス・ヘースティングズのような人物なのだと、ホーソーンは語っているのである。

十三　善人の奇跡　“A Good Man's Miracle”（初出『チャイルズ・フレンド』誌一八四四年二月号。生前この作品は短編集未収録。）

ロバート・レイクスは英国グロスターの新聞編集者だったが、貧民街のこどもたちのようすを見て、こどもたちが働く必要のない日曜日に学校をはじめることを思いつく。一七八〇年、グロスターではじまったこの日曜学校運動は、のちに全英に広がり、公立学校制度のさきがけとなった。ホーソーンは最初のきっかけの舞台をロンドンに移している。この作品も、こども向けの作品。ホーソーンの語る「奇跡」の要点は「善をなす本当の力は富にあるのでも、社会的地位にあるのでもない。それは、情愛深い心の持つエネルギーと知恵の中にある」という点に尽きる。ふたたび、「世界が改善されなければならない」としても、そのような改善は心からはじまることが語られている。これは、あとの「地球大燔祭」でも繰りかえされるテーマだ。

十四　情報局　“The Intelligence Office”（初出『ユナイテッド・ステーツ・マガジン・アンド・デモクラティック・レヴュー』誌一八四四年三月号。『苔』第一版に収録。）

原題を辞書で引くと「軍事目的の諜報部」とか「家政婦の職業紹介所」などと出てきて、どちらも作品の内容にそぐわないのでなんとも訳しにくい。描かれていることからすると「遺失物取扱所《ロスト・アンド・ファウンド・オフィス》」もしくは「項目別広告《クラシファイド・アド》室」のような感じだろうか。情報係が集めているのは、ひとが望んでいること、求めていることであり、その意味ではこの物語も、「クリスマスの宴」とおなじように、望みを叶えられずにいるひとの不幸のリストであると考えられる。

スケッチに登場するひとやものについて、すこし説明しておこう。ピーター・シュレーミールは、訳注にもあるように、ドイツの文人アデルベルト・フォン・シャミソーの中編『ペーター・シュレーミールの不思議な物語』（一八一三年）の主人公で、金貨を自由に取りだすことのできる袋と引き替えに、自分の影を悪魔に売ったとされる人物。ひとびとに疎まれて、女にも振られ、世界中を旅して回る。また、宝石をなくしたといってやってくる男が探している〈高価な真珠〉とは、マタイ伝十三章で語られるたとえ話に出てくるもの。「また天国はよき真珠を求むる商人のごとし。価たかき真珠、一つを見出さば、往きて有《も》てるものをことごとく売りて、之を買うなり」（四十五、四十六節）。つまりこの男は、いったん天国に入る鍵を手にしながら、それを捨ててしまった（信仰を忘れて、「のんきに街をうろうろ」してしまった）ということ。「ナポレオンが皇帝の座に上りつめるのを助けた、謎の〈赤い服の男〉」とは、ナポレオンにまつわる伝説的な逸話。ナポレオンはいにしえからテュイルリー宮殿に住むという〈小さな赤い服の男〉の幽霊にしたがって、戦役を勝ち抜いたという。

さらに、「一番奇妙な願い」として出てくる、〈自然の女神〉から「彼女が人間に持たせないのが正しいと考えている秘密の一部あるいは力を」奪いとろうという願いは、先に見た「痣」のエールマーの企てに近い。このあたりから、ひとの願うことがいかに自然の理を離れたことかが示唆されている。

「リンゴ売りの老人」の項であげた「ホーソーンとその苔」において、メルヴィルはこのスケッチの最後に現れる「真理」を探す男について、これがホーソーンの自画像であると述べている。しかし、これはすこしできすぎのような気がする。むしろホーソーンは「記録天使」を自称する情報係そのひとなのではないだろうか?

十五　地球大燔祭　"Earth's Holocaust"（初出『グラハムズ・レディーズ・アンド・ジェントルマンズ・マガジン』誌一八四四年五月号。『苔』第一版に収録。）

タイトルの「燔祭《ホロコースト》」とは、旧約聖書にあるいけにえの捧げかたのひとつで、解体したいけにえをすべて焼きつくしてしまうもの（レビ記一章）。「全焼のいけにえ」とも訳される。転じて、大量虐殺（ことに第二次世界大戦中のユダヤ人大虐殺）の意があることはご存じのとおり。この物語というかスケッチでは、地球が背負い込んだ「がらくたの山」を、「西部最大の草原の一つ」で燃やしてしまおうという企てを「大燔祭」と呼んで、そこに集まってくるさまざまな事物が列挙される。なにを「がらくた」とするかは、ひとによって価値判断の分かれるところのはずだが、この作品ではおもに、さまざまの社会進歩主義思想によって過去の遺物もしくは社会の害毒と判断されたものが、つぎつぎに運びこまれてくる。爵位や王権、勲章に代表される封建的制度からはじまり、当時の代表的な社会運動のひとつ、禁酒主義からは酒が持ちこまれ、ついでにたばこも火に投じられる。個人的な遺物も投げ入れられるが、武器、処刑台、貨幣や証書、さらには書物、聖書までが火にかけられた。しかし、火中にあっても、真実の価値を持つものは失われない。ぎゃくに〈最後の人殺し〉と呼ばれる悪党は、このようなラディカルで拙速な社会改良の企てをあざ笑う。「あの不潔な洞窟」つまり「人間の心自体」を「浄化する方法を見つけぬかぎり」「ありとあらゆる悪や悲嘆がふたたび……あふれ出てくるのさ」と悪党は宣言する。

このことが、ホーソーンの政治姿勢をあらわしていることはまちがいない。作品では旧弊な制度に関するものがさまざま火にくべられるなかで、奴隷制への言及がないことがぎゃくに目をひくが、ホーソーンが奴隷制廃止運動を嫌悪していたことはよく知られている。たとえ奴隷制のような明白な社会悪であっても、制度の改廃では、真実の平等は達成されず、むしろ新たな悪を積み重ねることになる。このあたりは、いつになくホーソーンの政治的意見が明示されている。この作品は、珍しく『グラハムズ』という当時発行部数を誇っていた文芸雑誌に掲載されたものだが、その分わかりやすい内容になっているということなのだろう。

十六 美の芸術家 "The Artist of the Beautiful"（初出『ユナイテッド・ステーツ・マガジン・アンド・デモクラティック・レヴュー』誌一八四四年六月号。『苔』第一版に収録。）

後期ホーソーンを代表する作品のひとつ。主人公オーエン・ウォーランドは、周りの人々の無理解や、無関心に、なんども躓きながらも、精密な人造機械によって崇高の〈美〉を表現することをあきらめず、ついに機械仕掛けの蝶を完成させる。この蝶は、自然界の蝶をも越えて美しくしかも繊細で、羽を休めてとまった指先によって、輝きも変化する。幼なじみで、オーエンが思い続けていた女性アニーの指先では、「宝石のような白い輝き」を発し、オーエンの追求にまったく無関心なアニーの父ピーター・ホーヴェンデンの指先では、「霞んでゆき」「星のようのような光も微かになり消えてゆ」く。そしてアニーとその夫ロバート・ダンフォースのあいだにできた幼児の指先では「明るくなったり暗くなったりを繰り返し」た。最後蝶は、この幼児の手のなかで粉々に壊されてしまう。これまでなんどとなく、機械仕掛けの蝶の製作に障害を経験し絶望してきたオーエンは、しかし機械仕掛けの蝶の残骸を見ても顔色を変えない。「彼が〈美〉を獲得する高みに昇った時、その〈美〉を人の目に見える形にしたものは彼の目には価値がなくなった」からだ。

あらすじからもわかるように、この短編は極端にホーソーン的な二項対立――自然と人工、実業と芸術、ピューリタン的な現実主義と、ロマン派的な理想主義――に彩られていて、解釈を困難にしている。もちろん、オーエンが、人工、芸術、ロマン派、理想主義といった側にたち、大敵ピーターが自然、実業、ピューリタニズム、現実主義の側に立つ。ピーターのオーエンに対する軽蔑のことば、〈美〉の追求への嘲笑は、ピューリタニズムと実業とが結びついたホーソーンの家庭環境のなかで、ホーソーンの職業作家としての芸術性追求に対して投げかけられただろう有言無言の侮蔑を思わせる。しかし、自然に対して人工が対抗すること、自然も生み出せないような〈美〉を、人工芸術が生み出しうるとすることに、ホーソーンが否定的な姿勢を取っていたことは、「痣」の項を見ていただければ明らかだ。とすると、作者はオーエンのような理想主義と、ピーターのような現実主義との対立に、どうこたえをだそうとしているのだろうか？

そのヒントは、後半近くに記された語り手の次のことばのなかにあると思われる。

人間にとって貴重この上ない構想がこうしてたびたび中断されるのは、地上での業績は、敬虔な心と稀有な頭脳によってどれほど天上のものに近づこうと、魂の軌跡と魂の顕現としての価値しか持ちえない証拠として受けとるべきなのです。〈天上〉にあっては、どれほど平凡な思念もミルトンの唄より高尚であり心地よく響きます。とすれば、ミルトンは自分が地上に未完のまま残した詩にさらなる詩句を付け加えるでしょうか？

ホーソーンのキーセンテンスは、しばしばこのように回りくどいいいかたになるがために理解されないことが多いのだが、ここで語り手が語っているのは、現実世界において究極の〈美〉はありえないということ、いいかえると、地上においては、たとえ〈美〉を追いもとめようとする人の思いが廃ることはないとしても、その追求が完成することはないことをわきまえなければならない、ということなのである。そのように読めば、この文章は「痣」においてエイルマーが理解できなかった真理を表していることになる。「痣」の最後にも、「[エイルマーは]は〈時〉という曖昧な領域の向こうを見通すことができず、しっかりと〈永遠〉の中に生き、現在の中に〈完璧な未来〉を見いだすことに失敗したのです」というふうに、やはりわかりにくい教訓が付されているが、これもまた、引用した「美の芸術家」の一節からぎゃくに照らし出せば、その意味が明らかになるだろう。つまり、エイルマーは、〈永遠〉つまり〈天上〉の世界にあって、現実のものが完成するという〈完璧な未来〉を信じることができなかった、それゆえに地上において、〈完璧〉を求めるという愚を犯してしまった、ということなのだ。

オーエンの物語に戻るが、では、かれが作りあげた至高の〈美〉、機械仕掛けの蝶はどうなのかという疑問が生まれるかもしれない。しかし、最後の部分で明らかなように、オーエンはこの蝶ですら、自身の真の〈美〉の概念には悖るものだと考えている。「この蝶はぼくにとって、僕が若い頃の白昼夢の中で遥かに眺めやった時の蝶とは違う」といい、さらに最終行で、オーエンが楽しんでいたとされる〈現実〉とは、現世的な意味での現実ではなく、〈天上〉における絶対的な理想を現しているのだ。また、オーエンが作りあげた蝶の精妙な美しさについては、それを見慣れたはずのオーエンの視点からではなく、それをはじめて見て賛嘆するアニーの視点からおもに語られているように思われるが、そのアニーは、「芸術的な蝶よりももっともっと自分の幼児に感心し」ているのである。つまり、完成した蝶は、確かにこの世のものではない美しさを持つものではあるが、それは決してエイルマーが試みたようなもの、すなわち人工によって自然に取ってかわる類のものではない。非日常的なまでに見える美しさも、あくまでアニーという常識人の感性から見たかぎりのもので、その真の価値については、留保が必要だ。それを知るオーエンは、地上にあって生きる芸術家が持つべき節度といったものを手に入れたのである。

一八四四年三月、ちょうどこの作品を書きはじめる直前に、長女ユーナが誕生している。この作品においても、またあとで述べる「雪人形」においても、母親は自分のこどもたちを過大に評価しているように描かれているが、それはぎゃくにいえば、自身が生みだした作品について欲目で見てしまうことを、ホーソーン自身が感じていたからではないか。アニーとロバートの子が、オーエンの蝶を握りつぶしてしまうのも、こどもの誕生が作品執筆に与える影響をあらわしているというより、妻が産みだした〈作品〉の価値を理解し、自身の作品と比較して、芸術至上主義に陥ることを自戒するホーソーンの思想性に通じているといえるだろう。

十七　ドウランの木像　"Drowne's Wooden Image"（初出『ゴーディーズ・マガジン・アンド・レディーズ・ブック』誌一八四四年七月号。『苔』第一版に収録。）

前出の「地球大燔祭」が『グラハムズ』に掲載された唯一のホーソーン作品だったように、この作品は『ゴーディーズ』に掲載された唯一のホーソーン作品となる。『ゴーディーズ』は、その名のとおり女性向けの雑誌であったため、ホーソーンは作風があわないと感じていたようだ。「ドラウンの木像」は、そういう発表媒体を意識してか、ホーソーン作品のなかでも若干毛色の違い——エキゾチックな女性の登場やロマンチックなテーマなど——を感じさせる作品だということになるだろう。

話は一読「ピュグマリオーン」伝説に取材したものであることが明らかだ（コプリー自身が言及している）——ただし、ピュグマリオーンのように自身の刻んだ像に芸術家が恋するのではなく、恋をした芸術家が、その恋愛対象を像に刻むのだが。この作品に登場するドラウンも、その友人の画家コプリーも、ともに歴史上の人物をモデルとしている。シェム・ドラウンは十七世紀から十八世紀にかけてボストンで活躍した銅細工師で、教会では執事の役職にのぼった。ジョン・シングルトン・コプリーは十八世紀から十九世紀にかけて活躍した画家で、若くして肖像画家として名声を得て、三十六歳でヨーロッパに渡り、英国に居を構えて創作をおこなった。ふたりの年齢は、五十歳近く離れているが、コプリーは当時ヨーロッパでも有名なアメリカ出身の画家だったので、発言の明敏さを保証するものとして、その名を使用したのだろう。

さきほども述べたとおり、ピュグマリオーンの物語は彫刻作品が生身のひとに変わる。しかし、この作品において、確かにひとびとは一瞬「魔法の木が霊と化して……ぬくもりと柔らかみを帯びて本物の女性になった」のかと見まごうのだが、それは木像がそれほどまでにモデルに生き写しだったがゆえの錯覚にすぎない。この作品で、まことの変身を経験するのはドラウン自身である。そこそこの技術を持っただけの職人が、真の芸術家へと脱皮するのである。「全身の力、魂、信念を込めて、この樫に向かっていったとき、内なる英知の源がぼくの中で噴出したのです！」と宣言するドラウンは、一皮むけた芸術家に変わっている。しかし、その変化はいっときのもので、すぐにもとの木工職人に戻ってしまうのだ。

表面的には、単に恋に落ちて霊感を得た男のロマンチックな物語、ということになるだろう。しかし、いくつか考えておくべきポイントはある。ひとつは、ドラウンにインスピレーションを与える女性の姿。「頭には華やかなエデンの園の不思議な花。ニューイングランドの美女たちよりももっと深みのある煌めくような肌の色。見たところ異国風で風変わりな衣装」。彼女の姿は、『ブライズデール・ロマンス』のゼノビアを思わせる。ピューリタン的な職人を、真の芸術家に変えるには、このように異国的で情熱的な女性との交流が必要であるというメッセージ、さらには「人と生涯（三）」に記したようなコンコードにおけるマーガレット・フラーとの交流がちょうどはじまる時期であることを考えると、そこにフラーの影響を見ることも可能かもしれない。ホーソーンの作品において、このような女性たちは常に一種の毒を帯びている（ゼノビアのみならず、後出の「ラパチーニの娘」がその好例）が、その毒は芸術家を社会の常識的な枠組みから誘いだす働きを持っている。これは、そういった女性たちが社会的抑圧に抵抗していて（それが「毒」の原点なのだ）、その抵抗への共感が芸術家を社会の常識を越えた〈美〉の追求へと唆すということなのだろう。

さらに、熱に浮かれたように作品制作に没頭して素晴らしい芸術を作りあげたドラウンと、そののちふたたび凡庸な木像彫刻家に戻って、熱心に働き「相当の資産を蓄え」、「教会の高い地位に」昇ったドラウンと、どちらをホーソーンは、ひとのほんとうの姿としているかという問題がある。「人間の心がもっとも高尚な野心に燃えて到達しうる最高の状態は、もっとも真正でもっとも自然な状態」であることは「疑いえないのではないだろうか」と問いかける語り手は、かならずしも作者ホーソーン自身の思いを代弁しているわけではない。先の「美の芸術家」の項で確かめたとおり、地上の芸術家は、自身の限界をわきまえるべきであることを、ホーソーンは語ろうとしているのである。とすれば、ドラウンの経験した幸運とは、ピューリタンの枠を越えた美女に出会い一世一代の芸術作品を生みだしたことにあるのではなく、むしろそののち、ふたたびもとの平凡な職人に戻って、そのようなおのれのありさまを悔やむことなく受けいれることができたという点にあるのだ。この時期のホーソーンは、立てつづけに後期の傑作短編を書きあげているが、その着想の泉もそろそろ枯れかけている。「人と生涯（三）」でも述べたとおり、このあと一八四五年に牧師館退去するまでに、「P——氏の手紙」までを書くわけだが、「ラパチーニの娘」をのぞくとほかはすべてスケッチ風の作品。ドラウンのように、熱に浮かされて作品を書いていた時代も、いよいよ終わりに近づいて、そののちに訪れる凡庸の日々に、あらかじめ心を馴らしておこうとしていたのだというと、うがち過ぎだろうか。

十八　選りすぐりの人々　“A Select Party”（初出『ユナイテッド・ステーツ・マガジン・アンド・デモクラティック・レヴュー』誌一八四四年七月号。『苔』第一版に収録。）

この時期のホーソーンの短編作品のなかでも、極めつきにとらえどころのない作品。〈空想の人〉が、まさにその名のとおり、さまざまのありえない空想上の人物を作りだして、「空中楼閣」に招いてパーティを開く。そこに登場する人物は、日本人読者にはピンとこないものが多い。たとえば最初に現れる〈最古の住人〉はどうだろうか。「誰からも信頼されており、酷寒と酷暑の季節には必ず言及される人物」で、「過ぎ去った過去の証人であり、その苦言混じりの回想はあらゆる新聞に掲載されるに及んだ」といわれているが、これはどういうことかといえば、新聞報道で引きあいに出される常套的表現を皮肉っているのである。現在の報道でも、なにか突拍子もないできごとが発生すると、「古くからこの町に住むAさんも、こういった光景は記憶にないといっている」というような決まり文句が使われる（この老人が開口一番「まったく記憶がないですな」というのは、そのことを指す）。そのような常套的な人物〈最古の住人〉は、じっさいには架空の存在であり、安易な新聞記者の創作であることを、アイロニーたっぷりに伝えようとしているのである。

さらにつぎに登場する人物も翻訳者泣かせのひどい人物だ。この人物を紹介する最後の一文（「そこには〈誰も〉移っていないのです！」）が、ことの次第をあきらかにしている。これは、英語の nobody、つまり「だれも～しない」という意味のことばを、固有名詞化し人物として扱っているという洒落なのである。「自由な我が国で独立独歩の人生を歩む唯一の市民」が〈ノーバディ〉だとすれば、つまりそんなひとはわが国にはひとりもいないといっていることになる。

そんな駄洒落ネタの解説ほどむなしいものはないのだが、最後にひとつだけ。最後のほうに登場する〈弁護士ギル〉について。一八九六年六月発行の書籍情報誌『ブック・バイヤー』（第十三巻第六号）のコラム「文学的質問者」によると、「トーマス・ギル、一般的には〈弁護士ギル〉という名で知られている人物は、ボストン『ポスト』紙の刑事法廷記者です。ギルの記事は、とくにユーモラスに書かれていて、人気記事でした。ホーソーンは同じ民主党員のギルのことを知っていたようです。ギルのウィットは多くの人に愛され、いろいろなところに喚ばれていました」という一般読者の投稿が載せられている。真偽のほどは定かでないのだが、訳注ではいちおうこの投稿に依拠した。

これらの空想上の人物たちから読みとれるのは、ホーソーンが当時の新聞報道のありかたに、少なからず批判的であったということだろう。これもホーソーンの政治イデオロギーに対する批判的姿勢を考えれば、無理もないことだといえる。

十九　自筆書簡集　"A Book of Autographs"（初出『ユナイテッド・ステーツ・マガジン・アンド・デモクラティック・レヴュー』誌一八四四年十一月号。生前この作品は短編集未収録。）

ある書物を前にして、語り手がそれを読みながら感想を記すという形式のスケッチ作品は、かつて「古い新聞」もそうだったが、そこでは語り手自身がじっさいに報道されたできごとのなかにタイムスリップする感覚があった。しかしこの「自筆書簡集」ではそのような小説的テクニックが用いられることはなく、平板なスケッチになっている。扱われているのがおもに革命期の書簡、ことに〈建国の父祖〉たちのものなので、ホーソーン自身の独立革命に対する姿勢をここから読みとれれば、作品としての価値も上がるのだが、なかなかしっぽをあらわさないところもホーソーンらしい。ただし、二代目大統領となるジョン・アダムズの書簡について「十三の植民地は一つの国家を構成するというより、むしろ同盟国と見なされた。実際に、合衆国市民の愛国心は、独特の本性を持った特有の感情であり、心の他の部分に混じって適合させるには一生涯あるいは少なくとも長年の慣習を必要とする」というあたりには、のちにホーソーンの語るアメリカの国家統一の「不自然さ」に関する思いの片鱗をうかがうことができるだろう。

二十　ラパチーニの娘　“Rappaccini's Daughter”（初出『ユナイテッド・ステーツ・マガジン・アンド・デモクラティック・レヴュー』誌一八四四年十二月号。『苔』第一版に収録。）

本解説冒頭で、本第三巻の作品はすべて作者名としてホーソーンの名が明記されているといったが、この作品についてはすこし注意が必要である。『デモクラティック・レヴュー』誌一八四四年十二月号に掲載されたときの本作のタイトルは「オーベピーヌの作品」となっていて、その下に「ナサニエル・ホーソーンによる」とされている。そして、作者オーベピーヌ紹介のあと「ラパチーニの娘」とされる。その部分には、作者名は記されていない。これは当然といえば当然で、ホーソーンが編集者として、「オーベピーヌ」なるフランス人作家の紹介をして、その作品として「ラパチーニの娘」を英訳しました、という体裁をとっているのである。「オーベピーヌ」というフランス語は、英語の「ホーソーン」が（最後のeをとると）「サンザシ」という植物の名になるので、それを仏訳したもの。その当時から読むひとが読めば、これがホーソーンの匿名であることは明らかだった。『苔』第一版初刷では、この冒頭の解説は省略されているようだが、このような念の入った仕掛けからして、この作品がよく作りこまれたものであることは確かで、短編後期作品のなかでも筆頭にあげられるべき代表作である。

その冒頭の自己韜晦的な紹介文は、作品解釈には大きくかかわるものではないので、ここでは触れずにおこう。物語の舞台は、十六世紀初頭、イタリアはパドヴァの町。そこにある有名な大学医学部に入るために、ナポリからやってきたジョヴァンニ・ギャスコンティは、下宿の隣にある家の庭で、美少女ビアトリーチェに出会う。ふたりは逢瀬を重ねるが、その間もビアトリーチェはジョヴァンニが近寄ろうとすると、慎み深く身を遠ざける。ビアトリーチェの庭には、この世のものとは思えないような草木が生いしげり、美しい花が咲きみだれている。みなビアトリーチェの父、ラパチーニ博士が研究のために育てているのだという。ジョヴァンニはビアトリーチェにどんどん惹かれていくが、父の親友であるバリオーニ博士はこれを快く思わず、ラパチーニやビアトリーチェに関する悪しき噂をジョヴァンニに吹きこむ。そのことばに惑わされ、ビアトリーチェがじつは体に毒を抱えた恐るべき存在ではないかと疑いはじめたジョヴァンニは、ふとしたことから自分にもビアトリーチェのように毒性が備わってきていることに気がつく。驚いてビアトリーチェを責めると、みな父ラパチーニ博士の仕業だという。そこにラパチーニが現れて、ビアトリーチェがもはや「弱い女」ではないことを祝福する。それを聞いたビアトリーチェは、ジョヴァンニがバリオーニから渡された解毒剤を手にとって、飲みほし息絶える。

ホーソーンの作品のなかで、もっとも難解とされるこの物語には、数え切れないほどの解釈が提出されてきた。とくにビアトリーチェのありさまが、純粋な女性性をあらわすのか、それとも悪しき罪を抱えた存在なのか、その問題が、この作品を解釈不能なまでにやっかいなものにしている。そのような難題に、簡単に答えを出すことはできないのだが、多少外堀を埋めるような意味で、作品の舞台について考えてみたい。ホーソーンの描く短編小説の舞台は、これまでほとんどニューイングランドを中心とするか、もしくはまったくありえない空中楼閣のような場所だった。「古い指輪」やこの次の「P――氏の手紙」がかろうじてロンドンを舞台としているが、それも英語圏である。それなのに突如としてイタリアが舞台として取りあげられるのはなぜだろう。

ここからは推測になるのだが、ホーソーンとイタリアとの関係をつなぐ鍵は、どうも妻のソファイアにあるのではないかと思われる。「人と生涯（三）」で述べたように、かのじょは当時珍しい女性画家として、ボストン近郊にその名を馳せつつあった。今でこそ、芸術の都といえばパリなのだが、十九世紀前半のアメリカ人にとって、芸術を学ぶために訪れるべき場所は、イタリアだったのである。ご多分に漏れず、ソファイアも絵の勉強のためにイタリア行きを切望していた。一時は裕福な家庭のヨーロッパ旅行に同行して、イタリア訪問を考えたこともあるぐらいなのだ。もちろん、その願いは叶わず、ホーソーンと結婚し、画家として立つという夢そのものもあきらめることになるのだが、それでも結婚前には、ホーソーンへのプレゼントとして、（いったこともないのに）イタリアの風景画を描いている。その絵のなかには、男女のカップル（つまりホーソーンと自分）を描きこむという念のいれようであった。

このことに関して、もうひとつ興味深い事実がある。ソファイアはイタリア渡航計画がだめになったあと、そのかわりにキューバに渡って、数年を過ごしている。その当時のことを書状で詳細に書きしるしたものが家族によってまとめられ、一冊のファイルとなっていて、ホーソーンも結婚前にその日誌を読んでいるのである。そのなかでソファイアが描くキューバの姿は、まるでイタリアの風景となって読むものの前にあらわれる。たとえば、訪れた島のヴィラについて「それはいままで見たことのあるどんなものよりも、コモ湖の風景を彷彿とさせるものでした。こんなことを書いていると、わたしがほんとうにコモ湖を訪れたことがあるみたいに聞こえますね。でも、そうでしょ。そうよ。千回も訪れたことがあるのよ」。さきほど述べたホーソーンへのプレゼントで描かれていたのも、このコモ湖だった。つまり、ソファイアのなかでは、キューバの景色はまだ見ぬイタリアの想像上の姿と強く結びついており、そしてそのことをソファイアとの婚約結婚を通じてホーソーンは熟知していたのである。ホーソーンにとっても、ソファイアの語るキューバはイタリアの情景を浮かびあがらせるものだったといえるだろう。そして、ソファイアが描くキューバをもっとも特徴づけているのは、その島の植生の豊かさだった。ソファイアは島のようすを、エデンの園のイメージを用いてなんども表し、さらには朝露の輝くようす、植物同士が兄弟姉妹のように結びつくさま、そしてその東洋的な趣に賛嘆している。これらのイメージは、みなホーソーンが「ラパチーニの娘」のなかで用いているイメージなのだ。

すこし、屋上屋を架すような議論になってしまったが、このように考えていくと、この小説の舞台がイタリアとされていることにも多少納得がいく。そして、このことをより強固な読みとする事実が、ソファイア自身の生涯から見えてくる。かのじょはホーソーンと出会う前から頻繁に猛烈な偏頭痛に悩まされていたのだが、それは父親がおさないころに処方した下剤に原因があるのではないかと考えられていた。「人と生涯（三二）」で触れたマーシャルのピーボディ姉妹伝によると、おさないころきかん気のソファイアに対して、医師だった父親が水銀の含まれた下剤を処方して飲ませたというのである。そのことは家族のあいだでは公然の秘密となっていて、ホーソーンもそれを聞かされていたと考えられる。支配欲の強い父親によって幼いときから毒を与えられ、その毒を抱えたまま大人になった娘。そのように見てみると、この小説の主人公ビアトリーチェとソファイアとが重なってくる。

さらに蛇足的な情報をつけ加えるなら、この小説の発表された『デモクラティック・レヴュー』誌は、前述のとおり領土拡大主義を奉じるオサリヴァンが編集長を務めていた。オサリヴァンはこのあとしばらくして、キューバをアメリカ合衆国の領土に併合するという運動に血道を上げて、ついにはじっさいにキューバに渡って政治活動を続けた（かれの妻はキューバ出身だった）。とすると、この小説はホーソーンにとって、単にソファイアの生涯の寓話であるに留まらず、アメリカ合衆国が、キューバを自分のものにしようとするという政治活動をも寓意する物語ということになる。キューバの毒とはなにか。それは、奴隷制だった。母国スペインの植民地政策によって、奴隷制という悪しき毒を注ぎこまれたキューバという島を、アメリカ合衆国がおのれのものとせんとすること。そのような国際政治のドラマが、この小説の裏側には隠されているのである。

しかし、そのように考えたときに結局この物語の教える意味とはなんなのだろうか？　もちろんそこには、女性を愛して娶るという行為が、どれほどまでにその女性の人生を抱えこむことになるのかということへの、自戒の思いがあることは確かだろう。女性の抱えた人生は、男と同様、いや、それ以上にさまざまな毒な満ちている。ジョヴァンニにはそのことを受けとめようとする気概はなく、単に自分の理想の姿としての空想上の女性しか受けいれることができなかった。それがジョヴァンニの軽薄さである。しかし、ホーソーンにとって、このような男女の愛をめぐる関係は、国同士の関係にも通じる重さを持ったものだったのである。合衆国が安易に奴隷制の跋扈するキューバを併合しようとすることで、どれほどの問題を抱えこむことになるのか。そのことの意味を見失ったまま、単に「明白な運命」のスローガンのもとに領土拡大をつづける国家への批判をも、そこに込めようとしているのだろう。

さらに、作品の幕切れにおいて登場するバリオーニ博士の憎しみにも、ホーソーンの視線は向けられている。男性によって抑圧され傷を負った女性、もしくは母国の植民地政策によって奴隷制という「毒」をしこまれたキューバ、そのような被害者というべき存在に対して、安易に「解毒薬」を与えようという男性の姿。虐げられた女性の問題に即効性のある解毒剤は存在しない。ちょうど奴隷制の問題に、奴隷制廃止運動家たちがいうような、安易な道徳的解決がまったく無意味なように。それを知らずに問題に口をはさむさまざまの社会改良主義者たちの跳梁跋扈が、このバリオーニの姿に映しこまれていると見ることができるだろう。

以上の読みは、先にも述べたように、百を軽く超えるであろうこの作品の解釈のひとつにすぎない。しかし、これだけでも、この作品の持つ豊かさの一端をご理解いただけたのではないだろうか。これほどまでの意味を作品のうちに込めることができる、すぐれた作家の（自身でも意識していないかもしれない）力量というものに賛嘆させられるし、この作品が円熟期に向かうホーソーンの関心を示すよき指標となっていて、『緋文字』以降の作品解釈の鍵ともなっていることに、あらためて驚かされる。

二十一　P——氏の手紙　"P.'s Correspondence"（初出『ユナイテッド・ステーツ・マガジン・アンド・デモクラティック・レヴュー』誌一八四五年四月号。『苔』第一版に収録。）

牧師館時代の最後の短編だが、これもまた、突飛な発想に基づくスケッチ風の作品ということになるだろう。話としては、「空想の殿堂」と「選りすぐりの人々」を足して割ったような内容。作家になろうとして失敗し、精神に異常をきたした男P――が、妄想のなかでロンドンに滞在して、すでに死んでしまったはずの多くの著作家たちに出会う。その印象を記した手紙という設定である。バイロン、バーンズ、スコット、シェリー、コールリッジ、キーツといった作家詩人たちの、ありえない晩年の姿が語られているいっぽうで、ディケンズのように存命の有名作家は早逝したとされている。英国人作家以外には、ナポレオン・ボナパルトやジョージ・キャニングといった軍人、政治家や、ウィティアやブロックデン・ブラウンといったアメリカ人作家も言及されている。

あまりに奇抜な発想のため、その意図を探るのは困難なように思われるが、ひとつ重要だと思われるのは、大詩人、大作家たちが、晩年になって若いころの作品を書きなおしたり、想像力の乏しい作品を書きつづけているとされているという点だろう。P――氏は、文名をあげられなかった作家なので、その妄想のなかにこのような有名人への嫉妬が働き、その衰えを願うという思いが隠れているのはまちがいない。ぎゃくにディケンズのように現役の作家が、死んだとされているのも同様の心理だろう。同時にそこには、結局文筆によって家計を支えることができなかったホーソーンの失望感が感じられるし、さらには二年間に二十本もの作品を著したことで創造力の枯渇を覚えるという思いもあったのではないか。どのように偉大な作家や詩人であっても、晩年には想像力も衰えていく。そのことを思いえがくことで、結婚後三年目にして経験する挫折に、備えようとしているのだろう。この時期すでにホーソーンは、友人の助力を得て政治猟官に積極的にとり組んでいた。

二十二　大通り　“Main-street”（初出『エスセティック・ペーパーズ』［一八四九年］。『雪人形』に収録。）

初出は義理の姉にあたるエリザベス・ピーボディが、みずからの書店に据えた印刷機を使って印刷出版した論文集。この論集はソローの「市民政府への反抗」（いわゆる「市民的抵抗」）が掲載されたことで有名である。ほかの論説同様ホーソーンの作品も、本文冒頭には「論説八――大通り」とタイトルが記されているだけだが、ホーソーンの名前は目次の蘭に「N・ホーソーン氏」と明示されている。ホーソーンは最初この論集のために次の「イーサン・ブランド」を寄稿したが、編集にあたったエリザベス・ピーボディがこの作品をあまりに暗すぎると却下し、そのかわりに「大通り」が掲載されることとなった。

内容は、インディアン時代から十八世紀初頭までのセーレムの歴史。その光景が、見世物師の操る「一種の人形劇にも似たもの」（機械仕掛けのパノラマのようなもの）で次々と描かれていく。そもそもノームキーグとインディアンに呼ばれた場所に、ピューリタンたちが入植し、インディアンたちを駆逐して町を作りあげていく。クエーカーたちの迫害、そして魔女裁判と語られ、一七一七年の大豪雪が襲ったところで、見世物機械が壊れてそこから先は見ることができない。怒った観客はつぎつぎに席を立ち、最前からパノラマのうさんくささに文句をいいつづけた男がお代を返せと要求する。

数少ない税関時代の作品だが、これまでホーソーンがニューイングランドの歴史を広く渉猟して、このスケッチに描かれている題材については自家薬籠中のものとしていたこと、さらに「人と生涯（三）」でも述べたように、故郷セーレムに帰ってきたことで、ふたたびピューリタンの歴史へと意識が向かったことを考えると、書かれるべくして書かれた作品ということになるだろう。このなかでもっとも印象的な一節は次の文章だ。「高潔で熱情的な先祖様を与え給うた神に感謝しようではありませんか。そしてまた後続の世代も、時の進行によりこのような始祖たちから一歩一歩歩み出ていけることに対し、同じく熱い感謝の念を抱くべきです」。ピューリタンたちの熱情が、この町を建設し、ひいてはこの国を作りあげた。そのことには感謝していい。しかし同時に、そのピューリタンたちの思いこみの激しさがもたらしたさまざまの悲劇からも、わたしたち子孫は遠ざかっていることに感謝すべきである。ホーソーンのピューリタンの父祖らに対する微妙な立ち位置をうかがわせる部分だ。

さらに、このスケッチで見世物師がしきりに文句を言う観客に、「別の角度からご覧になってはいかがでしょう」と勧めるところにも、思わず笑いがこみ上げてくる。読者に対して、しきりと「共感《シンパシー》」をもとめ、そのような「優しい読者」のためだけに作品を書いているというのは、このあとの長編序文でホーソーンが繰りかえす決まり文句だった。この見世物師の苦労は、ホーソーン自身の経験したものなのである。

二十三　イーサン・ブランド　“Ethan Brand”（初出『ボストン・ウィークリー・ミュージアム』誌一八五〇年一月五日号。『雪人形』に収録。）

この作品はホーソーン作品としては珍しいところに発表されているが、それというのも、（「人と生涯（三）」でも触れたが）じつは本作を受けとった編集者が、自分の雑誌創刊を断念したあと、勝手に違う雑誌に受けわたしてしまったからのようである。執筆の時期は一八四八年秋ごろとされているが、そのため発表が一年近く遅れている。

初出時のタイトルは「許されざる罪――未発表作より」。そこにもある「許されざる罪」とは、キリスト教においては、聖霊を冒瀆する罪とされている（「然れど言《ことば》をもて聖霊に逆らふ者は、この世にても後の世にても赦されじ」［マタイ十二・三十二］）。聖霊は、ひとを救いに導く働きをするものだから、そのような働きを否定するものは、当然救いに至ることができず、赦されることがない罪を犯したことになる。一般には、こう解釈されている。そのような宗教的ニュアンスを排して考えてみれば、イーサン・ブランドが犯した「許されざる罪」とは、単にエスターを自分の実験材料として心理的に操作し、さまざまの罪を犯させて、最後は死に追いやったということにあるのではないのだろう。むしろそのことを悔い改めようとするみずからの思いをも貶めて、良心の声に耳を貸さなかったことにかれの罪はある。さらに、もしそのような行為の結果として、ブランドの心の内に許されざる罪が胚胎したのだとすれば、かれが最後に石焼き窯に身を投げて燃えつきるのは、罪を償うためではなく、むしろおのれの良心を徹底的に圧し殺すためであったのだ。そのために、かれの心は最後まで血が通うことのない石のまま燃えつくされて、「最高の石灰」に変わるしかなかったのである。

この作品は作品外の「ぼくたちの物語のエスター」に言及がおこなわれていたり、ドイツ人見世物師とブランドとの以前からの関係が示唆されており、そもそもはより長い小説の一部を取りだしたものと考えることができる。また、物語そのものの立てつけも、村の「お歴々三人」とブランドとのかかわりを予想させるものだし、エスターに対する心理実験の経過も、詳細に描きこむことを前提としているように思われるので、明らかに長編的な要素を持ったものとなっている。ただ、ホーソーンがじっさいにそのような作品を書いていたわけではなく(「イーサン・ブランド」はセーレム税関職員時代の最後ごろに書かれたものである)、ある意味で長編小説の前段階としての短編といった位置づけだろう。じっさいには、この物語が長編へと生まれ変わることはなかった。このあとホーソーンは税関職をめぐる騒動に巻きこまれ、失職後『緋文字』執筆にいそしむこととなる。だから、「完成に至らざる伝記物語からの一章」という副題が、短編集収録時に付けられたのだ。

しかし、なにゆえにイーサン・ブランドは「許されざる罪」の探求という突飛な行動に突きすすんでしまったのだろう。単に人間心理の解明というだけであれば、なにも「許されざる罪」の探求という大目的をかかげる必要はないはずだ。やはりそこには、ひとの魂のうちに、犯すことのできない領域があって、その領域を侵すことは自身の魂をも汚してしまうことになるという理解があるのではないか。その部分を突きつめなければ、人を理解することは覚つかないとブランドは考えているのだろう。「人と生涯(三)」でも触れた、人間存在が関係のなかで生まれるというホーソーンの理解は、このようなところにもあらわれてきている。ちょうどキリスト教の創造物語において、ひとが神と対面し神の息を吹きこまれ、「神のかたち」に作られたように、ひととの触れあいによって人間に息が吹きこまれ、ほんとうに創造されるとすれば、ひとの心の奥底には、ほかのひとびととのつながりが織りこまれていることになる。その部分にまで分析のメスを差しこんで、ほかのひとびとの影をバラバラにするなら、ひとは単なる他者の言動の積みかさねに過ぎぬものになり、あるひとをそのひとたらしめている神聖なる部分を破壊してしまうことになる。そして、それはひいては自分自身のアイデンティティすら空しいものにしてしまうのだ。

このようなひとの神聖さを探る行為こそが「許されざる罪」の探求というテーマの持つ意味であり、その意味で、この小説はホーソーンの小説的営為そのものの比喩的な表現ということになるのではないか。いよいよ長編時代へと足を踏みいれるホーソーンにとっては、自身の中心的テーマを確かめる作品ということなのだろう。物語そのものが未完成の部分を多く含みながら、この作品がここまでひとの心を引きつけて離さないのは、そういった理由によるのかもしれない。

二十四　人面の大岩　"The Great Stone Face"（初出『ナショナル・エラ』紙一八五〇年一月二四日号。『雪人形』に収録。）

初出紙『ナショナル・エラ』は奴隷制廃止主義を標傍する週刊新聞で、ハリエット・B・ストウの『アンクル・トムの小屋』が一八五一年から一八五二年にかけて連載されたことで有名。どうしてそんな雑誌にホーソーンの短編が掲載されたのかよくわからないが、のちになんどか手紙のなかで、「[『ナショナル・エラ』編集者]ベイリー博士が、短編作品に百ドル出すといってくれた」と書いているので、ベイリーのほうからホーソーンにオファーがあったのだろう。ひょっとすると、奴隷所有者でもあったテイラー大統領政権下で、セーレム税関を馘になったという経緯から、ホーソーンに反奴隷制運動への共感を期待したのかもしれない。しかし、内容的には、政治的活動の限界を語り、むしろホーソーンの考える小説的な道徳教化を称揚するものになっている。

物語は、ある盆地から見える〈人面の大岩〉（ニューハンプシャー州のホワイト山脈にそのモデルがあるという）が、きたるべき偉人の容貌をあらわすという伝説を中心に進んでいく。金持ち、武人、政治家、詩人といった有名人らが、きたるべき偉人であるとしてつぎつぎに迎えいれられながら、結局はひとびとに失望を与えて終わる。そのなかで、アーネストはそれでも偉人の来たることを信じつづけ、大岩を見て教えられた純朴な教えをひとびとに説きつづける。いつの日かそのアーネスト自身の容姿が、〈人面の大岩〉にそっくりになっていった。

この作品は、『緋文字』執筆の直前に書かれており、その意味で「税関」にあらわされているようなホーソーンの小説哲学をより明快に示すものといえるかもしれない。結局ホーソーンは、経済、政治、武力といった社会制度を信用していないのではないだろうか。さらには詩人すら、そのような無力な制度の仲間に入れて、その社会的影響力を評価していないことを暗に語っている。ホーソーンが語るのは〈人面の大岩〉が示すような、アメリカの自然的倫理観——白人のみならず「以前この盆地に住んでいたインディアンたちでさえ、先祖から聞いた」ことがあるほど古くから伝わる倫理観——なのである。その意味で、ホーソーンはエマソンが語ったような「自然」観を標傍しているかに見える。しかしエマソンと違って、そこにアメリカという国家イデオロギーが持つような「進歩」のニュアンスはない。むしろ、インディアンすらその神話形成に加えることで、そのような政治性を排し、むしろ小説的な場所——アーネストの生きかたそのものが、「結果」だけを求めるようなものではなく、むしろ待ち望むという過程の重要性を体現している——をあきらかにしようとしているといっていいだろう。ホーソーンが『緋文字』序文の「税関」において語ったロマンスの「中間地帯」ということばについては、これまで語りつくされた感がある。しかしこのようなアーネストの生きかたをその明示的な表現と考えるなら、この言葉のもつ倫理性については、まだまだ考察の余地があるかに見える。その意味で、この作品はもっと価値を認められてもいいだろう。

二十五　雪人形　"The Snow-Image"（初出『インターナショナル・ミセラニー』誌一八五〇年十一月号。『雪人形』に収録。）

もともとは、詩人でエドガー・A・ポーとも親交のあったフランシス・S・オズグッドの追悼文集に寄せられた作品だが、編者のルーファス・グリズウォルドがみずから編集する『インターナショナル・ミセラニー』誌におそらく宣伝のために先行掲載したため、初出がそちらとなった。作品のモデルとなっているのは、ホーソーン自身の家族。作品発表時ホーソーン一家は、妻ソファイアと、長女ユーナ六歳（スミレちゃんのモデル）、長男ジュリアン四歳（ボタンちゃんのモデル）という家族構成だった（次女ローズは翌年誕生）。さらに、セーレム時代には家政婦としてドーラ・ゴールデンという名のアイルランド出身の女性を雇っており、かのじょの名前が物語最後に登場する。

こどもたちふたりが作った雪だるまにいのちが宿って、こどもたちと冬景色のなかを遊ぶようになる。しかし、日が暮れて父親のリンジー氏が帰ってくると、実務的な性格からすぐにもこの新しい友人を家に入れて暖めてやるように命じる。こどもたちは抵抗するが父親は耳を貸さず、結局は雪だるまを融かしてしまい、あとには水たまりが残るばかりとなる。こどもたちの自然との交歓、その自由な想像力によっていのちを与えられる芸術作品と、それを理解できない頭の固い金物屋の父親の実務性とが対比された物語。従来から、芸術作品が現実世界において存在することの難しさを語る作品として評価されてきた。その意味では、「美の芸術家」に通じるテーマを持っているといえる。そういえば、この作品に登場する母親の親ばかぶりは、オーエンの幼なじみアニーの姿を彷彿とさせる。

確かに芸術作品の作りだす幻想的な空間を、いかにして十九世紀アメリカの実業至上主義的社会に確保するかということが、ホーソーンの長年の課題だった。「大通り」の見世物師がいうように、「別の角度」から見なければ、そのような作品はあまりにも稚拙な作りごとに見えてしまうのだ。ただ、この作品においては、じっさいに雪人形にいのちが宿ったかどうかの判断は、読者自身にゆだねられているといっていいだろう。読者はそこに、

「背景画と称して汚く塗りたくったカンバス布」と「ヒクヒク動くボール紙の切り端」しか見ないだろうか、それとも「場面の幻影」に魅了されるだろうか。この作品は、こどもたちの世界と父親の頭の固さを極端に対立させることで、その判断を読者に丸投げしているのである。どうですか、二十五セント取りかえしますか？

二十六　フェザートップ　"Feathertop"（初出『インターナショナル・マンスリー・マガジン』誌一八五二年二月号、三月号。『苔』第二版に収録。）

初出の雑誌は、直前の「雪人形」と同じもの。一年ほどのあいだに誌名が微妙に変化したようだ。この時代よくあることである。作品自体は、レノックス時代後期に書かれたものと考えられており、その時点ですでにホーソンは『緋文字』と『七破風の屋敷』を書きあげている。その意味でこの作品は、長編時代に書かれた唯一の作品としての意味を持っている。のちに、一八五四年に『苔』第二版が企画されたときに、この作品は第一巻に加えられた（同時に第二巻には、「断念された作品からの抜粋」と「記憶からのスケッチ」［ともに本短編全集第一巻に収録］が加えられている）。

この作品のアイディアのひとつに、ホーソーンが一八四九年に記した創作ノートの記事があげられる。「現代の魔法使いが、木っ端を足に、カボチャを頭になどして、粗末ながらくたでひとの似姿を作りあげる。仕立屋が手伝って仕上げ、この案山子をおしゃれな姿に変える。注、R・S・R」。最後のR・S・Rというイニシャルは、ホーソーンのセーレム税関追いおとしに加わった商人リチャード・S・ロジャーズのことを指している。従来この事実から、案山子のフェザートップによってロジャーズの中身のなさが風刺されているとされてきた。しかし、フェザートップに対して作者は共感を持っているように思われることから、この解釈にはすこし無理があるようだ。

むしろ、ロジャーズへの言及は、作品のなかの商人グーキンにかかわるものと読むことができるのではないか。この名前は、すでに最初期の「若いグッドマン・ブラウン」で用いられていたが、そこではセーレムの教会執事とされていた（そのモデルは、ダニエル・グーキンというボストン在住の宗教者のようだ）。しかし、問題はこの作品におけるグーキンの挙動である。この男は、突如現れた優男フェザートップを前にして、その姿に（そして「マザー・リグビーの紹介の一言」に）憎悪と恐怖を覚え、さらにはフェザートップの出自の怪しさを理解しながら、愛娘ポリーを差しだすのである。「どうやらこの堅気の老紳士、人生のずっと前の段階で、悪の原理に対して何らかの誓約をしたらしく、おそらくは今それを果たすべく、娘を犠牲に差し出す破目になったと思われた」。

ここで思いだして欲しい。『七破風の屋敷』において、ホルグレーヴがフィービーに聞かせる「アリス・ピンチョン」の物語。その話——おそらくはホルグレーヴが自分自身の家系にまつわる逸話に取材して書きあげたもの——によれば、ジャーヴェス・ピンチョンは、失われた証書捜索のために大工のマシュー・モールを呼びよせ、モールの要望に従って愛娘アリスを呼んで、ふたりの対話に不安を抱えながら背を向けていた。その間一瞬アリスが助けを求めるかのようなうめきをあげるのにも、ふり返ることはなく、アリスがモールの魔術の犠牲となるのを手をこまねいたまま、妨げることをしなかったのである。

さきほども述べたとおり、「フェザートップ」は『七破風』執筆直後に書かれたものであるから、「アリス・ピンチョン」との類似は、作品解釈において重要なものと考えていい。とすると、さきほどのロジャーズへの風刺は、フェザートップにかかわるものではなく、むしろグーキンに関するものと考えることができる。実在のロジャーズに娘がいたかどうかは定かではないが、ホーソーンは、ついに作家としての名声を得た自分の作品を、自身を失職に追いこんだロジャーズ（の家族）のもとに送りこむことを想像しているのだ。マザー・リグビーは、フェザートップというまやかしをグーキンのもとに送りこみ、ちょうどマシュー・モールが催眠術でアリスを操るように、その娘ポリーを手玉に取ろうとする。同様に、ロジャーズをはじめその家族も、当然地元作家であるホーソーンによる話題作『緋文字』のことは——たとえ読まずとも——そのはなしぐらいは聞き知っただろう。そうすれば、その物語の魔力をかれらに対して振るうことになると、ホーソーンは想像しているのである。しかもその物語は、ロジャー・チリングワースという悪しき存在を語ることで、陰険なロジャーズの本性を密かに暴くものでもあったのだ！

　しかし、マシュー・モールはアリスを支配するが、そのエピソードを語るホルグレーヴは、良心に駆られてフィービーの精神を支配することを思いとどまる。おなじようにホーソーンも、フェザートップに真の自己省察を与えて、ポリーを支配することを回避させる。セーレムの屈辱から二年を経て、作家としての地位を確立したいまとなっては、みずからの作品にそのようなルサンチマンを込めることの大人げなさを理解しているのである。作品のなかに示された良心こそが、みずからの正しさであるという意識を、最後のフェザートップの「繊細」さや「感覚が深すぎる」性格にあらわしているのだろう。

　かくして、ホーソーンの短編小説執筆時代は幕を閉じるのである。

あとがき

ナサニエル・ホーソーンの本領である短編小説のすべてを収めた三巻の個人訳全集が、ここに完結した。無事に、とはいかなかったが、二〇一三年十二月十四日に國重純二氏当人が帰らぬ人となってからも、滞りなく作業は進んだことをここにご報告申し上げる。

第一巻の刊行が一九九四年。その後まもなく氏は肝臓を患い、入院治療を繰り返しながら、大学内外の要職をこなされていた。人望の厚さから氏は、日本アメリカ文学会の会長にも、日本英文学学会会長にも推され、責任感の強さから氏はどちらの職も全うされた。東京大学を退職後は十一年間にわたって鶴見大学で教鞭を執られ、二〇一二年に退職された時にはすでに、肝細胞癌との、勝ち目の薄い闘いを強いられていた。

そんななかで少しずつ進行していた『ナサニエル・ホーソーン短編全集 Ⅲ』については、いつも剛毅に構えておられた。私たち後輩と教え子に対して、いつも頼れる兄貴であった氏は、「あとは私たちが仕上げますので安心して……」と言いだす機会をまるで与えてくださらなかった。

葬儀の席でのささやき声から始まった刊行成就作戦は、平石貴樹（以下敬称を略します）の統括指揮のもと、まず遺されたパソコンからデータを取りだすことから始まった。三篇だけ、ほぼ手つかずの状態にあり、そのうち「人生の行列」と「フェザートップ」を柴田元幸が、「大通り」を佐藤が担当した。残り二十三篇の訳稿は、荒木純子、上原正博、舌津智之、髙尾直知、中野学而、日比野啓、平石貴樹、藤村希、宮本文の九名が原文と照合して校正を行った。全巻を通してのチェックと表現の統一、解説執筆の任にあたったのは國重さんの薫陶を受けたホーソーン学者、髙尾直知である。

以上が刊行の経緯である。編集を担当されたのは本企画の発案者、原信雄氏。國重さんがまだ大学院生だった頃から、故大橋健三郎先生を交えてよく飲んだという伝説の編集者の手によって、本巻が、あたかも無事に出版されることに安堵と感動を覚える。

（文責　佐藤良明）

平成二十七年一月

訳者について

國重純二（くにしげ・じゅんじ）

一九四二年生まれ。東京大学大学院博士課程単位取得退学。元東京大学大学院総合文化研究科教授。アメリカ文学専攻。二〇一三年十二月没。

主な著作に『文学とアメリカII』（共著、一九八〇、南雲堂）、『アメリカ文学読本』（共著、一九八二、有斐閣）、『宗教とアメリカ』（共著、一九九二、木鐸社）ほか論文多数。

主な訳書にウィリアム・インジ『さようなら、ミス・ワイコフ』（一九七二、新潮社）、ジョン・バース『キマイラ』（一九八〇、新潮社）、マクドナルド・ハリス『ヘミングウェイのスーツケース』（一九九一、新潮社）、『ナサニエル・ホーソーン短編全集I・II』（一九九四、一九九九、南雲堂）ほか多数。

ナサニエル・ホーソーン短編全集 III〈全3巻〉

二〇一五年十月十五日　第一刷発行

訳　者　國重純二
発行者　南雲一範
装幀者　岡孝治
発行所　株式会社南雲堂
東京都新宿区山吹町三六一　郵便番号一六二-〇八〇一
電話東京｛（〇三）三二六八-二三八四（営業部）（〇三）三二六八-二三八七（編集部）
振替口座　東京〇〇一六〇-〇-四六八六三
ファクシミリ　東京（〇三）三二六〇-五四二五
印刷所　株式会社ディグ
製本所　株式会社長山製本

乱丁・落丁本は御面倒ですが、小社通販係宛御送付下さい。送料小社負担にて御取替え致します。

〈検印廃止〉

Printed in Japan
ⓒ2015 Junji Kunishige

ISBN978-4-523-29220-3　C1398〈IB-220〉

ホーソーン短編全集Ⅰ巻〈内容〉國重純二訳

三つの丘に囲まれて
或る老婆の話
尖塔《せんとう》からの眺め
幽霊に取り憑かれたインチキ医者
　運河船上での話
死者の妻たち
ぼくの親戚モーリノー少佐
ロジャー・マルヴィンの埋葬
優しき少年
七人の風来坊
カンタベリー巡礼
断念された作品からの抜粋
　故郷にて
　霧の中の逃亡
　旅の道連れ
　村の劇場
ヒギンボタム氏の災難
憑かれた心
アリス・ドーンの訴え

村の伯父貴
　空想的思い出
アニーちゃんのお散歩
白髪の戦士
ナイアガラ行
古い新聞
　一
　二　昔々の対仏戦争
　三　老トーリー党員
若いグッドマン・ブラウン
ウェイクフィールド
野望に燃える客人
町のお喋りポンプ
白衣の老嬢
泉の幻影
原稿に潜む悪魔
記憶からのスケッチ
　一　ホワイト山脈峡道《ノッチ》
　二　山中での夕べのパーティー
　三　運河舟

ホーソーン短編全集Ⅱ巻〈内容〉國重純二訳

ピーボディ姉妹
アメリカ・ロマン主義に火をつけた三人の女性たち
メーガン・マーシャル
大杉・城戸・倉橋・辻訳
19世紀アメリカの揺籃期を果敢に生きた若き三姉妹の苦悩と喜びのドラマを描く！
A５判上製　５１８４円

マニエリスムのアメリカ
八木敏雄
神によって創造された「自然」の模倣をやめ、神の創造そのものを模倣する技法をマニエリスムと呼ぶなら、それがアメリカン・エクリチュールの流儀だ。アメリカ文学を再考する快著。
A５判上製　５４００円

アメリカの文学
八木敏雄
志村正雄
アメリカ文学の主な作家たち（ポオ、ホーソーン、フォークナーなど）の代表作をとりあげ、やさしく解説した入門書。
４６判並製　１８８８円

アメリカ文学史講義　全３巻
亀井俊介
第1巻「新世界の夢」第2巻「自然と文明の争い」第3巻「現代人の運命」。
A５判並製　各２２６３円

表層と内在
スタインベックの『エデンの東』をポストモダンに開く
鈴江璋子
ヴェトナム戦線従軍記などの新しい資料を踏まえてフェミニストが奏でる多彩なオーケストレーション！
４６判上製　３４５６円

＊定価は税込価格です。